MIRIAM COVI

Sommer in Atlantikblau

Roman

WILHELM HEYNE VERLAG
MÜNCHEN

Verlagsgruppe Random House FSC® N001967

Originalausgabe 05/2018
Copyright © 2018 by Miriam Covi
Copyright © 2018 dieser Ausgabe by Wilhelm Heyne Verlag, München,
in der Verlagsgruppe Random House GmbH,
Neumarkter Str. 28, 81673 München
Printed in the Czech Republic
Redaktion: Diana Mantel
Umschlaggestaltung: Eisele Grafik Design, München
unter Verwendung von © Westend61/GettyImages
Satz: Vornehm Mediengestaltung GmbH, München
Druck und Bindung: CPI books GmbH, Leck
ISBN 978-3-453-42213-1

www.heyne.de

Für meine Eltern.
Danke für all die zauberhaften Sommer
meiner Kindheit und Jugend, die ich in
Nova Scotia verbringen durfte.
Ohne euch gäbe es diesen Roman nicht.

Kapitel 1

Der Film hat gerade erst begonnen, und trotzdem kann ich mich nicht mehr darauf konzentrieren. Schuld daran ist allerdings nicht meine Mutter, die sich wegen ihrer Flugangst bei jedem noch so geringen Ruckeln der Boeing 777 in meinen Arm krallt, sondern ihre Tante Charlie.

Ich habe die Verfilmung von »Message in a Bottle«, die auf dem kleinen Bildschirm vor mir läuft, schon Dutzende Male gesehen, schließlich bin ich ein Riesen-Fan von romantischen Liebesgeschichten aller Art – darum schreibe ich ja auch so gern welche. Heute schweifen meine Gedanken allerdings bereits am Anfang ab, als Robin Wright Penn am Strand entlangjoggt und die Flaschenpost im Sand findet, denn sofort sehe ich einen anderen Strand vor mir: den Strand, den ich neulich nachts entlanggelaufen bin, meiner Großtante auf den Fersen. Zwar nur in meinem Traum, aber es fühlte sich so echt an – fast glaube ich sogar jetzt noch, den feuchten Sand unter meinen Füßen zu spüren, dann höre ich mich wieder Tante Charlies Namen rufen, während sie auf eine felsige Halbinsel zuläuft. Und das in einem Outfit, das so typisch war für meine lebensfrohe Großtante: Rosafarbene Cargohosen, eine mintgrüne Bluse mit einem Muster aus Kolibris (in Knallpink!) und dazu ihren geliebten Cowboyhut aus Stroh auf dem Kopf. Den trug sie gern an heißen Sommertagen, und vor allem Papa konnte sich bei diesem Anblick nie ein leicht irritiertes Kopfschütteln verkneifen.

Ich schließe meine Augen und atme tief durch, denn immer

wieder schweifen meine Gedanken von dem Film ab und hin zu Charlie. Genau heute vor einer Woche ist meine geliebte Großtante, die auch meine Patentante war, im Alter von fünfundachtzig Jahren an den Folgen eines Schlaganfalls gestorben. Drei Tage später habe ich unter Tränen ihre Lieblingsblumen – tiefviolette Lupinen, die ich nur unter größter Mühe in Düsseldorf hatte auftreiben können – auf ihr frisches Grab gelegt. Und bereits am Tag darauf sind meine Mutter, meine Schwestern und ich ins Flugzeug gestiegen, um über den Atlantik nach New York zu fliegen. Schließlich war das Tante Charlies letzter Wunsch.

Ich muss daran denken, wie zerbrechlich Charlie aussah, als sie am Abend vor ihrem Tod in ihrem Krankenhausbett lag und mir stolz einen weißen Umschlag überreicht hat.

»Hier, Lottchen. Die habe ich neulich im Reisebüro abgeholt.«

Ratlos öffnete ich den Umschlag und zog vier Flugtickets heraus. »DUS – JFK«, las ich perplex die Flughafencodes vor.

»Das sind vier Tickets nach New York«, erklärte meine Großtante, und auf ihrem blassen Gesicht lag ein zufriedenes Lächeln. Was kaum zu glauben war, schließlich war sie an eine ganze Batterie von Hightech-Geräten angeschlossen.

»New York«, wiederholte ich verständnislos. »Was …?« Mein Blick flog über die Namen auf den Tickets: Erika Seliger, Luise Seliger, Sophie Friedrich und zu guter Letzt Charlotte Seliger, also meine Wenigkeit.

»Charlie – du hast für Mama, für meine Schwestern und mich Flüge nach New York gebucht?«

Tante Charlie nickte und wirkte merkwürdig glücklich. »Am Samstag geht's los.«

Besorgt ließ ich die Tickets sinken. »Dir geht es wirklich nicht gut, hm?«, murmelte ich und griff nach ihrer Hand, wobei ich genau darauf achtete, die Kanüle in ihrem Handrücken nicht zu berühren.

»Ach, so ein Unsinn!« In den grünen Augen meiner Patentante, die meinen so ähnlich waren, flammte ihr altes Temperament auf. »Jetzt tu bloß nicht so, als sei ich plötzlich senil! Ich weiß noch sehr wohl, was ich mache, und diese Tickets habe ich bereits vor einigen Tagen im Reisebüro besorgt, also lange vor diesem dummen kleinen Schlägchen.«

Als sie das Ganze so verniedlichend »Schlägchen« genannt hat, musste ich trotz allem lächeln. Tante Charlie schien in der Tat erstaunlich gut drauf zu sein für jemanden, der kurz zuvor beim Yoga zusammengebrochen war. Ja, Charlie machte in ihrem Alter nach wie vor Yoga. Nur deshalb sei sie überhaupt fünfundachtzig geworden, behauptete sie stets.

»Und wieso schenkst du uns Flugtickets nach New York?« Ich fühlte mich ein wenig überfordert von dieser bizarren Situation.

»Ich schenke sie vor allem *dir*«, erklärte Charlie mit Nachdruck.

»Aber ich kann doch jetzt nicht einfach nach New York fliegen – es sind nicht einmal mehr drei Wochen bis zu meiner Hochzeit!«

»Eben«, erwiderte sie in aller Seelenruhe. »Das soll deine Junggesellinnen-Abschieds-Reise werden. Du hast doch immer davon gesprochen, mal nach New York zu wollen, und darum dachte ich, das wäre eine schöne Gelegenheit.«

»Aber – warum nicht mit Lennart?«, fragte ich ungläubig. Was ich eigentlich fragen wollte, war: »Wieso um alles in der Welt willst du, dass ich gemeinsam mit Mama und meinen Schwestern Urlaub mache? Bist du von allen guten Geistern verlassen?«

Nicht, dass ich ein besonders schlechtes Verhältnis zu meiner Mutter und meinen Schwestern hätte. Trotzdem wäre ich nicht im Traum darauf gekommen, mit allen dreien gemeinsam Urlaub in New York zu machen, und das nicht nur wegen Mamas Furcht vor Flugzeugen, Großstädten, Terroranschlägen und quasi allem anderen. Nein, auch meine Schwestern waren nicht unbedingt von der pflegeleichten Sorte: Luise, die Älteste, war eine taffe Karrierefrau, die keine Gelegenheit ausließ, unsere Mutter – die »nur« Hausfrau war – zu kritisieren und ihren Frust an ihr auszulassen. Sophie dagegen war die verhätschelte Jüngste, die von Kindheitstagen an immer ihren Willen bekommen hatte und auch als Erwachsene nach wie vor darauf zählte, dass ihr bezauberndes Lächeln genügte, um ihre Wünsche durchzusetzen. Was in der Tat meistens funktionierte.

Zwar sah ich meine Familie regelmäßig, schließlich arbeitete ich, genau wie Papa und Luise, in unserem Familienbetrieb »Seliger Leuchtmittel GmbH«, wo auch Mama und Sophie hin und wieder vorbeiguckten. Aber richtige Familientreffen fanden selten statt, und das, obwohl wir alle in Düsseldorf wohnten. Mein Vater war ein ebensolches Arbeitstier wie seine älteste Tochter, weshalb die zwei quasi in der Firma wohnten – selbst an den Wochenenden (schließlich war er der Firmenvorsitzende und sie seine Stellvertreterin). Nur selten verließen sie ihre Büros, und wenn sich meine ganze Familie dann doch einmal zu einem gemeinsamen Essen zusammenfand, gab es häufig Dramen der ganz eigenen Art. Mama war zu diesen Anlässen meistens damit beschäftigt, ihrem Nesthäkchen jeden Wunsch von den Augen abzulesen und gleichzeitig so zu tun, als würden sie Luises ständige bissige Bemerkungen nicht verletzen. Ich hielt mich in der Regel diskret im Hintergrund, ließ die anderen ihre Kabbeleien austragen und trank ein Glas Prosecco für meine Nerven. Wirklich genießen konnte ich unsere Familientreffen nur dann, wenn auch Tante Charlie eingeladen war. Sie und ich, wir waren ein eingeschworenes Team, das sich bei diesen Gelegenheiten mit der Prosecco-Flasche in eine Ecke des Wohnzimmers verzog und kichernd über dies und jenes tratschte – natürlich besonders gern über die Macken meiner Familie. Mit Charlie an meiner Seite ertrug ich sämtliche familiäre Reibereien einfach besser, denn ihre witzigen Bemerkungen ließen mich hemmungslos kichern, wenn ich sonst wohl eher nur über meine Familie die Augen gerollt hätte. Charlie und ich, wir hatten dieselbe Art von Humor, konnten uns über Kleinigkeiten dermaßen amüsieren, dass uns vor Lachen die Tränen kamen, und das nicht nur wegen des Proseccos. Papa nannte uns dann gern mit einem ratlosen Kopfschütteln »alberne Hühner«, aber das war uns egal. In solchen Momenten war Charlie nicht meine alte Großtante, sondern meine beste Freundin. Und wir waren nicht nur auf einer Wellenlänge, wir sahen uns auch ähnlich: Unsere Augen hatten denselben leuchtenden Grünton, der sonst bei keinem in der Verwandtschaft vorkam, und als Tante Charlie jünger war, war ihr Haar ebenso rostrot wie meines gewesen. Selbst wenn ich in der Schule mal wieder »Pippi Langstrumpf« genannt worden war (und das war noch das Netteste, was ich mir als Rothaarige so anhören durfte): Wenn ich mir alte Fotos von Tante Charlie ansah, auf denen sich ihre frühere rote Haarpracht noch nicht in das Silbergrau der späten Jahre verwandelt hatte, war ich stolz, wie meine Großtante auszusehen. Ich hatte sogar den Namen – Charlotte – von ihr, auch wenn ich meistens »Lotte« genannt wurde.

Aber leider wurde Charlie nur selten zu unseren Familienessen eingeladen, weil sie sich so oft mit meinem Vater in die Haare bekam. Die zwei waren grundverschieden und hatten zu allem unterschiedliche Meinungen, von Politik über Religion bis hin zu Sport. Wir wussten alle, dass Papa Charlies messerscharfen Verstand und ihre spitze Zunge zu fürchten gelernt hatte, allerdings hätte er natürlich nie zugegeben, dass er sie deshalb so selten einladen wollte. Seine Begründung lautete stattdessen, Charlie würde mit den Jahren immer schrulliger werden, und das sei ihm zu anstrengend. Das wiederum wollte Mama nicht so im Raum stehen lassen, deshalb schob sie stets hinterher: »Ludwig, das stimmt nicht! Charlie ist nicht schrullig. Sie ist speziell!«

Das traf es gut. Tante Charlie war speziell, und das war gut so. Und das merkte man auch jetzt an ihrem Krankenbett, als sie nicht locker ließ.

»Ich bitte dich, Kindchen, du willst doch nicht ernsthaft deinen Bald-Ehemann auf deine Junggesellinnen-Abschieds-Reise mitnehmen?« Tante Charlie sah mich mit einem amüsierten Lächeln an. Ich hob hilflos die Schultern und seufzte. Bis eben hatte ich gar nicht daran gedacht, überhaupt so etwas wie eine »Junggesellinnen-Abschieds-Reise« zu machen.

»Aber die Flüge waren doch bestimmt schrecklich teuer«, warf ich noch hilflos ein. »Und wo sollen wir in New York überhaupt übernachten?«

»Im Waldorf Astoria sind zwei Doppelzimmer für euch gebucht.«

Mit offenem Mund starrte ich sie an. Das konnte doch nicht ihr Ernst sein. Nicht nur, dass es viel zu teuer war – ich war außerdem überhaupt nicht der Typ für Luxushotels wie das piekfeine Waldorf Astoria!

»Im Waldorf Astoria? Tante Charlie …«

»Nun guck mich nicht an, als hättest du einen Geist gesehen«, lachte meine Großtante und tätschelte meine Hand. »Keine Sorge, ich habe noch genug Geld auf dem Sparkonto. Ins Grab kann ich die Kröten nicht mitnehmen, also verwöhne ich dich lieber jetzt noch ein bisschen.« Sie seufzte leise auf und murmelte: »Lottchen, ich bin schrecklich müde. Ich glaube, ich brauche jetzt ein bisschen Ruhe.«

»Natürlich«, sagte ich rasch und erhob mich von meinem unbequemen Stuhl. Ich beugte mich über Charlie und hauchte ihr einen Kuss auf die runzelige Wange. Ein Lächeln huschte über ihr Gesicht, bevor ihre grünen Augen zufielen. Vorsichtig legte ich den Umschlag auf ihr Nachttischschränkchen. Ich konnte dieses Geschenk einfach nicht annehmen. Es war zu viel. Und es war ganz und gar unmöglich, ausgerechnet jetzt für ein paar Tage nach New York zu fliegen. Schließlich gab es noch so viel vorzubereiten, bevor Lennart und ich heiraten würden! Nein, ich wollte die Tickets zurücklassen und am nächsten Tag, wenn Tante Charlie hoffentlich wieder fitter wäre, noch einmal mit ihr darüber sprechen. Sicher ließen sich die Flüge noch stornieren. Oder zumindest umbuchen. Vielleicht würde Charlie einsehen, dass es mehr Sinn machte, wenn ich nach unserer Hochzeit nach New York flöge. Mit Lennart. Und nicht mit meinen Schwestern und Mama. Gott bewahre!

»Nimm die Tickets mit, Lottchen«, holte mich Tante Charlies Stimme ein, als ich mich bereits vom Bett weggedreht und schon zwei Schritte auf die Tür zugemacht hatte. Ich hielt in meiner Bewegung inne und sah mich dann zu ihr um. Sie lag mit geschlossenen Augen in ihrem Bett, blass und schmal zwischen weißer Krankenhausbettwäsche und den ganzen furchteinflößenden Apparaten. Doch um ihre Lippen spielte ein winziges Lächeln. Ergeben ging ich zurück zu ihrem Nachttisch und griff nach dem Umschlag.

»Gute Nacht, Tante Charlie«, sagte ich leise, als ich das Zimmer verließ.

In jener Nacht träumte ich dann von ihr. Ich sah sie in ihren bonbonfarbenen Klamotten diesen halbmondförmigen Strand entlanglaufen, der so schön war, dass ich am liebsten stehen geblieben wäre, um mich genauer umzusehen. Doch Charlie lief äußerst zügig und zielstrebig, schien genau zu wissen, wohin sie wollte, sodass ich Mühe hatte, sie einzuholen. Immer wieder rief ich ihren Namen, aber die Brandung rollte donnernd an den Strand, wodurch sie mich nicht hören konnte. Als sie ein paar Felsen am Ende des Strands erreicht hatte, drehte sich Tante Charlie endlich zu mir um und lächelte mich an. Es war ein glückliches Lächeln, dachte ich noch, und ihre grünen Augen strahlten mich an. Aber da wandte sie sich schon ab und verschwand hinter der Spitze einer Landzunge. Als ich es endlich geschafft hatte, ebenfalls die Landzunge zu umrunden, sah ich auf der anderen Seite bewaldetes Ufer und einen Leuchtturm. Doch meine Großtante war verschwunden.

Das Klingeln meines Smartphones weckte mich abrupt. Mit heftig klopfendem Herzen setzte ich mich im Bett auf, starrte kurz ins Dämmerlicht des Schlafzimmers und griff dann benommen nach dem Telefon auf meinem Nachttisch, das einen Anruf meiner Mutter anzeigte. Ich wusste bereits, was geschehen war, bevor Mama mir unter Tränen erzählte, dass sich das Krankenhaus gerade gemeldet hätte: Tante Charlie war vor einer Viertelstunde gestorben.

Kapitel 2

Das Flugzeug ruckelt wieder ein wenig, und Mamas Finger krallen sich fester in meinen Unterarm. Und noch fester. Ich unterdrücke einen Seufzer und wende mich wieder dem kleinen Bildschirm im Sitz vor mir zu, der jetzt die Szene zeigt, in der Robin Wright Penn ihren Kollegen den Brief aus der gefundenen Flaschenpost vorliest. Kurz versuche ich wieder dem Film zu folgen, doch ich bin zu unkonzentriert und verpasse sogar die Pointe, über die ich sonst immer lachen muss. Meine Gedanken schweifen wieder ab, und ich sehe auf einmal Lennart vor mir, wie er an jenem Morgen, nachdem ich von Charlies Tod erfahren hatte, neben mir auf der Bettkante saß. In typisch männlicher, leicht hilfloser Art hatte er versucht, mich zu trösten. Natürlich konnte ihm das nicht gelingen, dafür war ich zu aufgelöst. Er gab sich allerdings wirklich Mühe, nahm mich fest in den Arm und sagte all die Dinge, die man in so einer Situation eben sagt. Aber als ich ihm dann von meinem Traum erzählt habe, spürte ich seine Skepsis ganz deutlich, sogar ohne dass ich mein Gesicht von seinem gestreiften Pyjamaoberteil lösen musste, in das ich eben noch geheult hatte. Natürlich glaubte er nicht, dass ich den Tod meiner Großtante im Schlaf erahnt und in einem Traum verarbeitet hatte. Dazu war und ist er viel zu rational.

Selbst jetzt, auf dem Rückflug von New York, spüre ich erneut eine Welle der Enttäuschung bei dieser Erinnerung in mir hochschwappen. Dass der Mann, den ich bald heiraten will, nicht an meinen Traum glauben wollte, konnte ich ja irgendwie noch verstehen. Wenn mir jemand so etwas erzählt hätte, wäre ich auch skeptisch gewesen, schließlich ist man einfach durcheinander und sehr sentimental, wenn ein geliebter Mensch stirbt. Aber dass Lennart überhaupt nicht nachvollziehen konnte, dass ich unbedingt Charlies letzten Wunsch erfüllen wollte, nagt sogar jetzt noch an mir.

»Tante Charlie hat mich gestern übrigens mit Flugtickets überrascht«, eröffnete ich Lennart an diesem Morgen nach der Todesnachricht, als ich schließlich mit verheulten Augen in der Küche saß und an einem Kaffee nippte. Er war am Abend zuvor mal wieder spät aus dem Büro gekommen, sodass ich, erschöpft von all der Aufregung um Tante Charlies Schlaganfall, schon geschlafen hatte. Deshalb hatte ich Lennart noch nichts von meinem Besuch bei ihr im Krankenhaus und von ihrem merkwürdigen Geschenk erzählt. »Für Mama, die Mädels und mich. Plus drei Nächte im Waldorf Astoria. Irre, oder?«

»Stimmt«, nickte Lennart langsam und schaute sich die Tickets, die ich auf den Küchentisch gelegt hatte, genau an. »Vollkommen irre. Hatte Charlie vielleicht schon vor ein paar Tagen einen Schlaganfall, ohne dass es jemand gemerkt hätte?«

»Quatsch«, entgegnete ich so entrüstet, als hätte ich diesen Gedanken nicht selbst gehabt, als meine Großtante mich mit den Tickets überrascht hatte. »Sie war bei klarem Verstand, als sie im Reisebüro war. In ihrem Stamm-Reisebüro, wohlgemerkt. Die kennen sie dort seit Jahrzehnten und hätten bestimmt keine Flüge für sie gebucht, wenn Tante Charlie unzurechnungsfähig gewirkt hätte.«

»Aber – du willst doch nicht ernsthaft am Samstag nach New York fliegen?«, hakte Lennart nach und sah mich an, als hätte ich komplett den Verstand verloren.

»Doch«, erwiderte ich und versuchte wie immer, dabei möglichst diplomatisch zu klingen, »ich denke, das wäre das einzig Richtige.« Mit einem Mal stand für mich hundertprozentig fest, dass ich diese Reise antreten musste. Tante Charlie hatte es schließlich so gewollt.

»Das einzig Richtige? Ist das dein Ernst? Charlotte, es gibt vor unserer Hochzeit noch so viel zu organisieren! Du hast dich doch nach wie vor nicht einmal für die Farbe der Rosen in deinem Brautstrauß entschieden, oder? Und die Sitzordnung ist ein einziges Chaos. Wir müssen außerdem unseren Walzer üben, und … ach, ich weiß schon gar nicht mehr, was alles noch! Mal ganz abgesehen davon, dass du deine Mutter und deine Schwestern nie im Leben dazu bringen wirst, einfach alles stehen und liegen zu lassen und über den Atlantik zu jetten, nur, weil deine Patentante – Gott hab sie selig – mal wieder eine ihrer merkwürdigen Ideen hatte!«

Doch genau das ist mir tatsächlich gelungen, was mich selbst am meisten überrascht hat.

Sophie und Mama habe ich noch am Tag von Charlies Tod in der Krankenhauscafeteria, in der wir uns nach Erledigung all der traurigen Formalitäten zu einem Kaffee zusammengefunden hatten, von der Reise nach New York erzählt.

»Du meinst, ich kann drei Tage in New York City ohne meine Familie verbringen? Und Flug und Hotel sind schon bezahlt?«, fragte Sophie und riss ihre hellbraunen Augen weit auf. Als ich nickte, sprang meine kleine Schwester von ihrem Stuhl auf, warf ihre Arme in die Luft und jubelte laut. Einige Besucher des Krankenhausrestaurants sahen sie irritiert an. Sogar Mama schüttelte den Kopf und warf ihrem Nesthäkchen über den Tisch hinweg einen für ihre Verhältnisse tadelnden Blick zu. Da wurde auch Sophie bewusst, dass unsere Großtante erst vor ein paar Stunden gestorben und ihr Verhalten darum ein wenig unangebracht war. Also setzte sie sich wieder, strich ihr Kleid glatt und sagte mit einem kaum unterdrückten Grinsen: »Na klar komme ich mit!«

Ich war wirklich verblüfft, weil Sophie einfach so bereit zu sein schien, ihre Familie allein zu lassen. Immerhin war ihr ältester

Sohn Mats gerade mal dreieinhalb Jahre, sein kleiner Bruder Fiete sogar erst dreiundzwanzig Monate alt.

»Wenn ich jetzt nicht mit euch nach New York fliege, werde ich diese Stadt womöglich niemals sehen«, meinte Sophie mit einem Schulterzucken, als sie meinen erstaunten Gesichtsausdruck bemerkte, und deutete dann auf ihre Fünf-Monats-Babykugel, in der mein dritter Neffe heranwuchs. »Wenn Nr. 3 erst einmal auf der Welt ist, werde ich nicht mehr so schnell irgendwohin fliegen. Ich bin ja schon froh, wenn ich mal allein auf die Toilette gehen kann.«

Mama wischte sich mit dem Handrücken über ihre rotgeweinten Augen. Ich hatte sie lange nicht mehr so mitgenommen gesehen. Nachdem sie ihre Eltern schon vor Jahren verloren hatte, war Tante Charlie ihre einzige verbliebene Verwandte mütterlicherseits und gleichzeitig ihr Fels in der Brandung gewesen. Endlich sah sie mich über ihre Tasse hinweg an und sagte: »Ich komme natürlich auch mit, wenn Charlie das so geplant hat.« Sie holte zitternd Luft, nippte an ihrem Kaffee und fügte hinzu: »Ich hoffe nur, dass das Flugzeug nicht abstürzt.«

Blieb also noch Luise. Ich hatte keine große Hoffnung gehabt, dass es meine ältere Schwester überhaupt in Erwägung ziehen würde, diese Reise mit uns zu unternehmen. An Tante Charlies Todestag hatte ich sie nicht zu Gesicht bekommen und sie deshalb noch nicht auf das Thema New York ansprechen können. Also lief ich am folgenden Morgen nicht gleich in mein Büro, sondern machte einen kleinen Umweg und fuhr zuerst in den 5. Stock von unserem Familienunternehmen.

Genau wie ich hatte Luise BWL studiert – doch anders als ich hatte sie das mit echter Leidenschaft getan, sodass sie mit gerade fünfunddreißig Jahren bereits stellvertretende Vorstandsvorsitzende unseres Betriebs war. Da Luises Leben ausschließlich aus Arbeit bestand, hatte sie natürlich auch ihren Mann Jens in der Firma kennengelernt. Nach ihrer Hochzeit war er zum Leiter unserer Exportabteilung befördert worden, und weil sein Büro im selben Stockwerk wie Luises lag, bestand für ihn die realistische Chance, seine Frau wenigstens hin und wieder zu Gesicht zu bekommen.

Auf Wunsch unseres Vaters hatte auch ich eine Stelle in unserer Firma übernommen. Doch meine Arbeit in der Marketingabteilung interessierte mich leider überhaupt nicht. Nicht, weil mir Marketing an und für sich keinen Spaß machte, denn eigentlich hätte ich in diesem Bereich meine kreative Ader durchaus ausleben können. Aber, ganz ehrlich: Glühbirnen waren einfach nicht mein Ding, und meine kreativen Einfälle im Hinblick auf die neuesten Leuchtmittel aus dem Hause Seliger hielten sich stark in Grenzen. Das wollte mein Vater, der die Firma bereits von seinem Vater übernommen hatte, allerdings nicht verstehen. Ich hatte mich Papas Vorstellungen von unserer Berufswahl aber auch nie widersetzt – im Gegensatz zu Sophie, die einfach Design studiert hatte. Nun, zumindest hatte sie das Studium begonnen. Bevor sie die Chance gehabt hätte, es zu Ende zu bringen, war sie im Alter von fünfundzwanzig Jahren mit Mats schwanger geworden, hatte ihren Freund Michael geheiratet und war seitdem vielbeschäftigte Ehefrau und Mutter.

Manchmal, wenn ich wieder über einer Werbekampagne für eine neue Glühbirne brütete, wünschte ich mir, ich hätte auch Sophies Mut gehabt und etwas studiert und dann später zum Beruf gemacht, was ich wirklich liebte: Schon als kleines Mädchen hatte ich nämlich Schriftstellerin werden wollen. Doch außer Tante Charlie hatte nie jemand wirklich an meine Leidenschaft oder mein Talent geglaubt, und so war ich einmal mehr den Weg des geringsten Widerstands gegangen und hatte etwas »Vernünftiges«, eben den Klassiker BWL, studiert, wie Papa es nannte. Also schrieb ich jetzt kleine Texte über Glühbirnen statt große Romane – obwohl mir bei jeder Gelegenheit Ideen für Geschichten durch den Kopf schossen.

Kaum war ich im Vorzimmer meiner Schwester angekommen, winkte mich ihre Assistentin, Frau Meyerhoff, schon durch – wie immer wirkte sie sehr gestresst, weil Luise ihr wahrscheinlich wieder hundert Aufträge gleichzeitig gegeben hatte. Meine Schwester blickte unwillig von ihrem Terminkalender auf, in der Hand den Telefonhörer, als ich ihr Büro betrat. »Was gibt es? Ich muss ein wichtiges Telefonat führen.«

»Guten Morgen«, sagte ich betont freundlich und blieb vor ihrem Schreibtisch stehen.

»Bist du nur vorbeigekommen, um mir einen guten Morgen zu wünschen? Dafür habe ich gerade echt keine Zeit, Lotte.« Ungeduldig trommelte Luise mit ihren Fingern auf die Schreibtischplatte, doch so schnell ließ ich mich nicht von ihr einschüchtern, schließlich kannte ich sie schon mein ganzes Leben lang. Meine ältere Schwester war schon früh ziemlich dominant und oft sehr anstrengend gewesen.

»Tante Charlie hat uns – also dir, mir, Mama und Sophie – am Tag vor ihrem Tod Flugtickets nach New York plus drei Übernachtungen im Waldorf Astoria Hotel geschenkt. Sie wollte, dass wir meinen Junggesellinnen-Abschied dort feiern. Abreise ist schon am Samstag. Kommst du mit?«

Ich erwartete, dass Luise mich genervt aus ihrem Büro schmeißen würde, mit dem Hinweis, sie habe keine Zeit für solche Schnapsideen. Doch stattdessen sah sie mich nachdenklich an, bevor sie mit ihrem Stuhl eine abrupte Vierteldrehung machte und aus dem bodentiefen Fenster ihres Büros starrte, ihre Handflächen vor der Brust aneinandergelegt, das Kinn auf die Fingerspitzen gestützt. Luises Denkerpose, wie Papa es gern nannte. Verdutzt fragte ich mich, ob meine ältere Schwester tatsächlich ernsthaft über New York nachdachte, oder ob ihr womöglich gerade ein wichtiger Einfall zu irgendeinem bevorstehenden Meeting gekommen war – die sehr viel wahrscheinlichere Option. Doch ehe ich weiter darüber nachgrübeln konnte, machte Luises

Drehstuhl erneut eine rasante Vierteldrehung, meine Schwester beugte sich über ihren Schreibtisch und blätterte in ihrem Terminkalender auf die nächste Seite, bevor sie zu meiner grenzenlosen Überraschung fragte: »Also Hinflug Samstag, Rückflug Dienstag?«

Ich nickte stumm und sah zu, wie sie mit einem gespitzten Bleistift etwas in ihren Kalender eintrug. Ohne mich anzusehen sagte sie: »Okay.«

»Okay?«, wiederholte ich verdattert. »Echt? Du kommst freiwillig mit?«

Nun sah mich Luise doch an, und zwar höchst ungeduldig. »Ja, na und? Ich will schon seit einer halben Ewigkeit nach New York, habe es aber zeitlich noch nie geschafft. Vier Tage Abwesenheit gehen gerade so, zumal ich ja über Skype an dem Meeting am Montag teilnehmen kann.«

»Aha«, sagte ich. »Schön, dass du mitkommst.«

»Mhhm«, machte meine Schwester, griff ohne ein weiteres Wort erneut nach dem Telefonhörer und begann ungerührt zu wählen, als sei ich nicht mehr da.

Damit war es also geklärt: Mama, Luise, Sophie und ich würden nach New York City fliegen – und das, obwohl Lennart alles andere als begeistert davon war. Bisher hatte ich in unserer zweijährigen Beziehung nie etwas gegen seinen Willen getan. Diesmal jedoch stand für mich fest, dass ich es Tante Charlie schuldig war, diese Reise anzutreten.

Und so sitze ich jetzt in diesem Flugzeug auf dem Weg zurück nach Deutschland und starre unkonzentriert auf den Bildschirm, obwohl dort inzwischen sogar Kevin Costner zu sehen ist. In meinem Magen macht sich mal wieder ein Knoten bemerkbar, weil ich an den Streit denken muss, den Lennart und ich vor meiner Abreise hatten. Warum er mir dieses Abenteuer nicht gönnen wollte, verstehe ich nach wie vor nicht. Lennart ist immer sehr vernünftig, selten spontan und wenig von Sentimentalitäten geleitet. Mit anderen Worten: ganz anders als ich. Aber vielleicht hatte er auch einfach Angst, dass ich aus irgendeinem Grund nicht rechtzeitig zur Hochzeit zurücksein würde, überlege ich und muss plötzlich lächeln, als mir dieser Gedanke durch den Kopf wandert. Wenn dem so sein sollte, hat er sich völlig umsonst Sorgen gemacht, denn nun bin ich ja auf dem Rückflug nach Düsseldorf, und unserer Hochzeit in anderthalb Wochen steht nichts im Wege. Auf einmal freue ich mich unbändig auf ein Wiedersehen mit ihm. Vielleicht werde ich die sexy weiße Unterwäsche von Victoria's Secret, die ich für die Hochzeitsnacht gekauft habe, schon vorher tragen, um Lennart eine kleine Freude zu bereiten.

Abgesehen vom Shopping war unsere New-York-Reise übrigens sehr anstrengend – was natürlich an meiner Familie lag. Unser Besuch im Guggenheim Museum war exemplarisch für den ganzen Kurztrip: Meine schwangere Schwester hatte sich dort auf eine Bank vor einigen Gemälden gelegt und ungerührt ein Nickerchen gehalten, während Luise neben ihr mittels Skype an besagtem Meeting in unserer Firma teilgenommen hat. Unsere Mutter huschte währenddessen nervös um die beiden herum und hielt nach Wächtern Ausschau, die etwas dagegenhaben könnten, dass Museumsgäste schliefen oder Business-Meetings abhielten. Dafür wurde sie wiederum regelmäßig von Luise angepflaumt, der Mamas Unruhe auf die Nerven ging. In diesem Moment fragte ich mich zum wiederholten Mal fassungslos, warum um alles in der Welt Charlie gewollt hatte, dass ich mit meiner überängstlichen Mutter und meinen anstrengenden Schwestern nach New York flog. Gleichzeitig vermisste ich meine Großtante mehr denn je, und zwar nicht nur, weil ihr die Gemäldesammlung des Guggenheim sicher wahnsinnig gut gefallen hätte, schließlich hatte Charlie selbst begeistert gemalt. Nein, ich wünschte mir, sie und ich könnten uns, wie so oft, gemeinsam über das unmögliche Verhalten meiner Familie amüsieren. Stattdessen musste ich nun alles allein ertragen, und ohne Charlie konnte ich nicht wirklich über meine Sippe lachen. Viel lieber hätte ich ihnen ordentlich die Meinung gegeigt, weil sie mir nach nur drei Tagen Kurzurlaub bereits ungeheuer auf die Nerven gingen. Doch leider war mir die Rolle der ausgleichenden mittleren Schwester im Laufe der Jahre so sehr in Fleisch und Blut übergegangen, dass ich mir kaum noch vorstellen konnte, auch mal theatralisch mit dem Fuß aufzustampfen, wie es Sophie gern tat, oder alle einen Kopf kürzer zu machen, ohne dabei nur mit der Wimper zu zucken, wie Luise. Nein, ich war stets diejenige, die versuchte, die Wogen zu glätten, während ich mich im Stillen umso mehr ärgerte.

Nur gut, dass diese Junggesellinnen-Abschiedsreise mit all ihrem Ärger nun fast vorbei ist, denke ich erleichtert, als mich Mama plötzlich aufgeregt am Ärmel meiner Strickjacke zupft. Mit einem ergebenen Seufzer ziehe ich einen meiner Kopfhörer aus dem Ohr. »Hast du gehört, was die Stewardess gerade gesagt hat?«, fragt sie mich atemlos.

»Welche Stewardess meinst du denn?«, erkundige ich mich nachsichtig. Mama fliegt höchst selten, und das merkt man ihr an.

»Na, die da vorn! Sie hat zu dem Herrn mit dem Vollbart gesagt, dass er nicht mehr auf die Toilette gehen solle, und sie hat dabei ganz hektisch gewirkt!«

»Sicher irgendwelche Turbulenzen«, vermute ich, als ich mich umsehe und merke, dass die Anschnallzeichen inzwischen wieder aufleuchten.

»Aber ich glaube, sie hat etwas von ›landing‹ gesagt«, beharrt Mama nervös.

»Mhhm«, murmele ich und tätschele Mamas Arm.

Doch meine Mutter lässt sich von meinem Getätschel nicht beruhigen, sondern erhebt sich halb von ihrem Sitz, um Luise in der Reihe vor uns auf die Schulter zu tippen.

»Was ist denn jetzt?«, höre ich meine Schwester zischen. Durch die Lücke zwischen den Vordersitzen kann ich erkennen, dass auch sie sich einen Stöpsel aus ihrem Ohr zieht – allerdings sieht sie sich selbstverständlich keinen romantischen Film an. Sobald unser Flugzeug vom John F. Kennedy-Airport abgehoben hatte, hat Luise ihren Laptop aufgeklappt und seitdem konzentriert an einer Präsentation für unser Unternehmen gearbeitet. Und dabei hört sie natürlich keine Musik – nein, sie hat sich Ohropax in die Ohren gestopft, um nur ja nicht bei der Arbeit gestört zu werden.

»Hast du verstanden, was die Stewardess gerade zu dem Herrn da vorn gesagt hat?«

»Nein, Mama, habe ich nicht!«, fährt Luise unsere Mutter gereizt an und hält demonstrativ den Ohrstöpsel in die Höhe, bevor sie ihn zurück in ihr Ohr stopft und weiter in die Tastatur hackt, als wäre nichts geschehen. Mama reckt ihren Kopf, um zu erkennen, ob Sophie auf dem Fensterplatz neben Luise wach ist. Doch das scheint nicht der Fall zu sein, denn Mama sinkt gleich wieder zurück auf ihren Sitz und beginnt, aufgeregt an ihrer Halskette herumzunesteln. Es handelt sich um eine der zahlreichen Ketten, die Papa ihr im Lauf der letzten Jahrzehnte geschenkt hat, immer zu ihrem Hochzeitstag. So rational mein Vater sonst auch ist, stets mit dem Kopf bei seinen Glühbirnen – in dieser Hinsicht ist er tatsächlich ein Romantiker. Vor siebenunddreißig Jahren, zum ersten Hochzeitstag, bekam Mama im Spanienurlaub eine zarte Silberkette von Papa geschenkt– und von da an folgte Jahr für Jahr eine weitere Kette. Heute trägt sie das neueste Modell: eine elegante Perlenkette in schimmerndem Grau, das gut zur Farbe ihres halblangen Bobs passt. Und an der sie jetzt nervös weiterzerrt.

Ich wende meinen Blick von den Perlen ab und betrachte den Sitz vor mir, auf dem Sophie zu schlummern scheint, worüber ich nicht wirklich überrascht bin. Meine jüngere Schwester hat ausgerechnet die drei Tage in der Stadt, die niemals schläft, dazu genutzt, um endlich Schlaf nachzuholen: Abends ist sie so früh wie möglich ins Bett gefallen und morgens mit Ach und Krach kurz vor 10.30 Uhr im Hotelrestaurant aufgetaucht, um noch etwas vom Frühstücksbuffet zu erwischen, bevor es abgeräumt wurde. »Ich habe immerhin zwei Kleinkinder zu Hause«, erklärte sie ungerührt, als Luise an unserem dritten Morgen mit einem Augenrollen fragte, ob wir nicht *ein einziges Mal* etwas früher zu unserer Sightseeing-Tour durch Manhattan aufbrechen könnten. »Ich bekomme sonst nie genug Schlaf. Dieser Kurztrip nach New York ist wie eine Mutter-Kur für mich.«

Und so genießt sie wohl jetzt noch ihre letzten Stunden ungestörten Schlafs – und auch ich möchte mich lieber wieder auf Schöneres konzentrieren. Gerade habe ich die Kopfhörer erneut in meine Ohren gesteckt, um mich ganz Kevin Costner zuwenden zu können, als sich eine Stewardess in Mamas und meine Sitzreihe beugt und auf Englisch sagt: »Würden Sie bitte Ihre Rückenlehnen senkrecht stellen? Wir setzen jetzt zum Landeanflug an.«

Hastig ziehe ich beide Ohrstöpsel heraus, denn anscheinend verstehe ich mit diesen Dingern nur Unsinn. Ratlos hake ich nach: »Entschuldigung – was haben Sie gerade gesagt? Wir landen? Aber wir sind doch erst vor zwei Stunden gestartet!«

»Es gibt eine unplanmäßige Zwischenlandung in Halifax, Nova Scotia«, erklärt die Stewardess kurz angebunden, bevor sie in der Reihe vor uns Luise auf die Schulter tippt und sie darauf hinweist, ihr Tischchen hochzuklappen und den Laptop während der Landung auszuschalten.

»Wie bitte? Warum?«, höre ich Luises aufgebrachte Stimme. »Wir haben doch noch gut sechs Flugstunden vor uns!«

Geduldig wiederholt die Stewardess, was sie uns auch schon gesagt hat: Dass wir zwischenlanden. Und zwar in irgendeinem Ort namens Halifax, der anscheinend in Kanada liegt, wie die Stewardess knapp erklärt, um schnell zur nächsten Sitzreihe weiterzugehen. Neben mir beginnt Mama, unruhig auf ihrem Sitz hin- und herzurutschen.

»Ich wusste es. Wir haben bestimmt eine Bombe an Bord!«

»Mama!«, höre ich Luise von vorn zischen. Ihr Kopf taucht zwischen den Vordersitzen auf. »Hör auf damit, du versetzt ja alle in Panik!«

Der blonde Haarschopf auf dem Sitz vor mir bewegt sich plötzlich auch wieder. Ich höre Sophie erst laut gähnen und dann fragen: »Was'n los?«

»Wir landen. Stell deine Rückenlehne senkrecht«, erklärt Luise knapp. An ihr ist wirklich ein Feldwebel verloren gegangen.

»Echt jetzt?« Sophie klingt mit einem Mal hellwach. »Wir landen schon? Wahnsinn, dann habe ich ja acht Stunden am Stück geschlafen!«

»Quatsch«, stöhnt Luise gereizt und verstaut ihren Laptop. Sie wird nicht gern bei ihrer Arbeit unterbrochen. »Wir sind noch längst nicht in Europa, sondern landen außerplanmäßig, und zwar irgendwo in der kanadischen Wildnis!«

Ja, die Frage ist nur: wo genau? Ich sehe aus dem Fenster und stelle fest, dass unter uns viel Wald ist.

Da knacken plötzlich die Lautsprecher, und man hört die Stimme des Flugkapitäns. »Wie Sie sicher gemerkt haben …«, beginnt er auf Englisch, »… bereiten wir uns auf eine unvorhergesehene Zwischenlandung vor. Uns wurde soeben mitgeteilt, dass auf Island ein Vulkan ausgebrochen ist. Da Halifax der nächste Flughafen ist, werden wir zunächst dort landen und auf nähere Informationen warten. Bitte haben Sie Verständnis, Sicherheit geht vor. Vielen Dank.«

»Ach du meine Güte!«, sagt Mama aufgeregt. »Wo liegt denn dieses Halifax genau?«

»Ich bin mir nicht sicher«, gebe ich zu und wechsele den Kanal, sodass Kevin Costner vom Bildschirm verschwindet und einer Landkarte Platz macht, auf der man die Flugroute verfolgen kann. Ich erkenne darauf noch ein Stückchen von der Küste des US-Bundesstaates Maine, dann kommt die Grenze zu Kanada.

Im Westen liegen die mir bekannten Städte Ottawa und Montreal – aber das kleine Flugzeug auf der Karte nimmt Kurs auf eine Halbinsel, die in den Atlantik hinausragt. Als ich den Namen der Stadt Halifax entdecke, begreife ich, dass wir genau dort zwischenlanden werden: auf dieser Halbinsel, die anscheinend eine kanadische Provinz mit dem merkwürdigen Namen »Nova Scotia« ist. Noch nie gehört. Erneut werfe ich einen Blick aus dem Fenster. Wald, Wald, nichts als Wald, hier und dort unterbrochen von den glitzernden Wasserflächen diverser Seen.

Luise hatte recht: Wir sind im Begriff, irgendwo mitten in der kanadischen Wildnis zu landen.

Kapitel 3

Für einen Ort irgendwo in der Wildnis hat Halifax allerdings einen wirklich schönen Flughafen, das muss ich sagen. Als wir die Halle mit den Pass-Schaltern betreten, betrachte ich beeindruckt die meterhohen Fotos hoch oben an der Wand: Grüner Wald und blaues Meer, ein Segelboot vor moderner Skyline, malerische Holzhäuser in fröhlichen Farben. Unterhalb dieser Bilder werden die Reisenden in großen Lettern mit den Worten »Nova Scotia, Canada – Welcome – Bienvenue« begrüßt. Richtig, Kanada ist ja zweisprachig, erinnere ich mich. Aber ob Nova Scotia nun zu den englischsprachigen oder zu den französischsprachigen Provinzen gehört – keine Ahnung. Ich wusste bis kurz vor unserer Landung auf diesem Fleckchen Erde ja nicht einmal von seiner Existenz. Hoffentlich sprechen sie hier Englisch, mein Schul-Französisch ist wirklich schon sehr eingerostet. Während ich Mama und meinen Schwestern durch die Halle in Richtung der Passkontrolle folge, kann ich nicht aufhören, zu dem Bild mit den bunten Holzhäusern hinaufzustarren, das mich irgendwie besonders in seinen Bann zieht. Wie malerisch, denke ich, bevor mich Luises Stimme in die Realität zurückholt.

»Auch das noch«, stöhnt sie genervt auf, während sie sich in das Ende einer Schlange einreiht, die sich durch die ganze Halle bis zu den Pass-Schaltern windet. Allem Anschein nach ist unser Flugzeug nicht das einzige, das wegen des Vulkans außerplanmäßig in Halifax zwischenlanden musste. Tatsächlich hatten wir vorher schon fast eine Stunde lang in der Maschine irgendwo auf dem Rollfeld warten müssen, weil nicht gleich klar war, ob wir in Halifax bleiben oder doch noch weiterfliegen würden – mir selbst ist jetzt auch nicht nach noch mehr Warterei zumute. Aber da Luise schon im Flugzeug fast an die Kabinendecke gegangen wäre, als erst nach einer Ewigkeit die frustrierende Durchsage kam, dass man die Weiterreise wegen der Aschewolke über dem Nordatlantik heute doch nicht mehr antreten könnte, versuche ich nun verzweifelt, ein wenig Zuversicht zu verbreiten. Immerhin war diese Reise meine Idee – wobei, nein, eigentlich war sie natürlich Tante Charlies Idee. Aber weil ich darauf bestanden habe, Charlies letzten Wunsch zu erfüllen, fühle ich mich gerade irgendwie mitschuldig an dieser Situation. Obwohl ich natürlich nichts dafür kann, dass in Island ein Vulkan ausgebrochen ist – und unsere tote Großtante ebensowenig.

»Immerhin ist die Schlange nicht so lang wie die am JFK-Flughafen, wisst ihr noch?«, versuche ich, etwas Aufbauendes zu sagen.

»Ja, aber nach New York WOLLTEN wir schließlich einreisen«, murrt Sophie und gähnt mal wieder so ausgiebig, dass ich sogar ihre Mandeln bewundern kann. Sie zwirbelt ihre goldblonden Haare zu einem Dutt und sieht mich aus müden braunen Augen genervt an. Es ist unglaublich, wie ähnlich sie unserem Vater sieht – dieselbe Augenfarbe, dieselbe Haarfarbe. Zumindest, als unser Vater noch Haare hatte. Wahrscheinlich hatte Sophie deshalb schon immer einen Stein bei ihm im Brett: Als Einzige von uns Schwestern musste sie nie zum verhassten Blockflöten-Unterricht gehen und bekam bei einer Fünf in der Mathearbeit keinen Vortrag gehalten. Doch als sie jetzt so übermüdet und mit ihrem runden Fünf-Monats-Bauch vor mir steht, bekomme ich gleich wieder ein schlechtes Gewissen und versuche darum eifrig, weiter die Stimmung zu retten. »Dafür ist es hier viel schöner als am Flughafen in New York. Habt ihr die Fotos da oben gesehen? Ich hätte gar nicht gedacht, dass es hier so tolle

Landschaften gibt.« Betont begeistert zeige ich auf die Bilder über uns an der Wand.

»Das stimmt«, pflichtet Mama mir mit einem etwas gezwungenen Lächeln bei.

»Ja, wer hätte gedacht, dass es in Kanada tolle Landschaft gibt, was?«, faucht Luise und rollt mit den Augen, wie sie es schon als Teenager getan hat, wenn sie genervt von Mama oder mir war. Was leider recht häufig vorkam. Vor allem unsere Mutter geht ihr schnell auf die Nerven: Wenn sie übermäßig besorgt um uns Kinder ist, wenn sie nicht mit ihrem Smartphone zurechtkommt oder wenn sie, wie jetzt, wieder nervös an ihrer Halskette herumnestelt. Luise findet immer einen Grund, um Mama mit oft erschreckend scharfen Worten zurechtzuweisen, ganz so, als sei sie die Ältere und unsere Mutter ein dummes kleines Kind.

Doch so viele Spannungen es zwischen ihnen auch geben mag und so verschieden Luise und Mama vom Charakter her sind – äußerlich sehen sie sich unglaublich ähnlich. Zumindest, wenn man Bilder von Mama in früheren Jahren sieht, als ihr Haar noch nicht grau war, sondern glänzend dunkelbraun, wie das meiner Schwester. Die blauen Augen hat Mama natürlich immer noch, und den Farbton hat sie ihrer Ältesten ebenfalls vererbt. Als Kind sah Luise aus wie ein echtes Püppchen und wurde immer von allen in die rosigen Wangen gekniffen. Wohl um ihre Position als taffe Geschäftsfrau zu untermauern, hat meine Schwester ihr volles Haar schon vor Jahren sehr kurz schneiden lassen – was ihr aber ziemlich gut steht.

Mir nimmt es Luise wahrscheinlich immer noch übel, dass ich ihr den Platz als verhätscheltes Einzelkind streitig gemacht habe, als sie drei Jahre alt war und ich die Frechheit besaß, geboren zu werden. Als dann Sophie drei Jahre nach mir auf die Welt kam, war die Situation eine ganz andere: Sophie wurde zwei Monate zu früh geboren und musste viele Wochen in einem Brutkasten verbringen. Unsere ganze Familie bangte um das Nesthäkchen, und als Sophie endlich nach Hause durfte, feierten alle – sogar Luise. Gegenüber ihrer jüngsten Schwester zeigte sie nicht diese tief sitzende Eifersucht, die ich stets zu spüren bekam – und auch heute noch manchmal zu spüren bekomme. Verstohlen mustere ich Luise nun, während sie vor mir in der Schlange steht und auf ihr Smartphone starrt. Nicht ohne Neid muss ich zugeben, dass sie in ihrem Hosenanzug – denn Luise trägt sogar im Urlaub Business-Klamotten! – toll aussieht. Die Natur hat es mit meinen Schwestern einfach besser gemeint, die von der athletischen Statur her beide nach Papa kommen. Ich hingegen habe in puncto Körperbau alles von Mama geerbt: den (meiner Meinung nach) zu großen Busen und die eher breiten Hüften, die mich beim Jeanskaufen regelmäßig verzweifeln lassen.

Um nicht weiter darüber nachzudenken, dass ich sogar in New York mal wieder keine passenden neuen Jeans gefunden habe, betrachte ich erneut die Bilder über unseren Köpfen. Nachdenklich schaue ich auf die bunten Holzhäuser, und ohne Vorwarnung bekomme ich dieses aufgeregte Kribbeln im Bauch, das ich nur zu gut kenne: Es erfasst mich immer dann, wenn ich in Schreiblaune gerate, eine neue Inspiration auf der Lauer liegt, eine Idee darauf wartet, in Worte gefasst zu werden. Diese Erregung hat mich zum ersten Mal ergriffen, als ich sieben Jahre alt war und mehr schlecht als recht und in haarsträubender Rechtschreibung Worte zu Papier bringen konnte. Damals begann sie, diese Liebe zu Geschichten, die sich ungefragt in meinem Kopf formten und unbedingt festgehalten werden wollten. Daran hat sich bis heute nichts geändert. Manchmal ist es ein Lied, das in mir dieses Kribbeln auslöst und manchmal ein bestimmter Geruch oder ein besonders schöner Film, der mich in die Stimmung für eine neue Geschichte versetzt. Und manchmal ist es eine Landschaft, so wie die auf dem riesigen Bild über mir. Die Frage ist nur: Was für eine Geschichte sollte ich in einer Umgebung von bunten kanadischen Holzhäusern spielen lassen? Ich war ja bisher noch nie in Kanada!

Als wir eine halbe Stunde später endlich unsere Pässe mit den Einreisestempeln in Empfang genommen haben, folge ich meiner schlecht gelaunten Familie in Richtung der Gepäckbänder. Mein Blick fällt auf eine große Kanada-Flagge, die von der Decke herabhängt. Ich betrachte das leuchtende Rot des Ahornblatts, und mein Herz klopft plötzlich vor Aufregung schneller. Zwar weiß ich, dass wir hier vermutlich nur einen kurzen Zwischenstopp einlegen und kaum etwas von diesem Land sehen werden, doch trotz allem packt mich mit einem Mal mehr Urlaubsstimmung als bei unserer Ankunft in New York vor drei Tagen.

Kapitel 4

D och diese Urlaubsstimmung verpufft so schnell, wie sie gekommen ist, als wir eine weitere halbe Stunde später zwar mit unseren Koffern, jedoch ohne weiteren Plan in der völlig überfüllten Ankunftshalle stehen.

»Und was machen wir jetzt?«, fragt Mama hilflos.

»Na, zum Informationsschalter da drüben gehen, was denn sonst?«, blafft Luise gereizt, ohne von ihrem Smartphone aufzusehen. Angesichts der Schlange, die sich vor dem Informationsschalter durch die ganze Ankunftshalle windet, stöhnt Sophie genervt auf und lässt ihren Rollenkoffer stehen. »So, mir reicht's. Mein Baby hat Hunger. Da drüben ist ein ›Subway‹. Bis gleich!«

Und schon verschwindet sie in der Menschenmenge, ohne auch nur auf die Idee zu kommen, uns zu fragen, ob wir auch etwas essen wollen. Mit einem ergebenen Seufzer greift Mama nach Sophies Koffer und zieht ihn weiter, auf das Ende der Schlange zu. Ich folge ihr, wobei mein Blick auf einen Wegweiser mit Toilettensymbolen fällt.

»Luise, passt du bitte kurz auf meinen Koffer auf? Ich muss schnell wohin verschwinden.«

Ich lächele sie an, doch Luise blickt durch mich hindurch und sagt plötzlich: »Hallo Frau Meyerhoff.«

Kurz bin ich irritiert, bis ich merke, dass sie ihr kleines silbernes Bluetooth-Headset auf ihr Ohr gestülpt hat und anscheinend gerade mit ihrer Assistentin spricht. Ich werfe einen Blick auf meine Armbanduhr und frage mich, ob die arme Frau Meyerhoff jetzt tatsächlich erreichbar ist – hier mag es halb neun Uhr abends sein, in Deutschland ist es aber halb zwei Uhr nachts. Luise jedenfalls beginnt, ohne Pause loszureden, also besteht die Hoffnung, dass sie nur mit Frau Meyerhoffs Voicemail telefoniert. Vielleicht lässt sie ihre Assistentin aber auch einfach nicht zu Wort kommen. Oder Frau Meyerhoff ist im Halbschlaf an ihr Telefon gegangen und noch zu keiner Reaktion fähig. Mit einem Seufzen wende ich mich Mama zu, die nervös an der Schlange vorbei Richtung Informationsschalter schaut und dabei schon wieder die Halskette um ihre Finger windet.

»Mama, ich gehe kurz auf die Toilette.«

»Mhm«, antwortet meine Mutter, ohne mich anzusehen. Also schiebe ich meinen Koffer neben den von Sophie und marschiere los.

Natürlich muss ich auch auf der Flughafentoilette zunächst Schlange stehen und nach Verlassen der Toilettenkabine sogar auf einen freien Platz an den Waschbecken warten. Dutzende Reisende, alle frustriert über den unfreiwilligen Zwischenstopp in Halifax, machen sich vor den Spiegeln frisch. Resigniert zupfe ich an meiner am Hinterkopf hochgesteckten Frisur herum, die mal wieder im Begriff ist, sich aufzulösen. Egal wie viele Haarnadeln ich verwende, meine Frisur schafft es immer, so auszusehen, als käme ich gerade vom Joggen zurück (wobei ich ehrlich gesagt nie joggen gehe). Als ich die Damentoilette endlich verlasse, muss ich mich kurz orientieren, um nicht in die falsche Richtung zu laufen – es sind so viele Reisende unterwegs, dass man leicht den Überblick verlieren kann. Gerade habe ich den Informationsschalter am Ende der Halle entdeckt und will auf ihn zusteuern, als mir ein vertrauter Duft in die Nase steigt und mich wie angewurzelt stehen bleiben lässt: Ganz eindeutig, es riecht nach Vanille. Mein Herz zieht sich schmerzhaft zusammen, während ich tief einatme. Tante Charlies Lieblingsparfüm hat genauso nach Vanille geduftet, weshalb sie immer von einer gewissen

Weihnachtsbäckerei-Atmosphäre umgeben war. Oh, wie sehr habe ich diesen Duft geliebt, vor allem als Kind! Ich muss dringend herausfinden, wie Charlies Parfüm heißt, damit mir dieser Geruch nicht verloren geht. Vielleicht steht in ihrer Wohnung in Düsseldorf noch eine angebrochene Parfümflasche, die ich als Andenken behalten kann? Wenn wir von unserem Kurzurlaub zurück sind, wollen Mama und ich sowieso die Dinge in Charlies Wohnung durchsehen. Außer uns gibt es niemanden, der das machen könnte: Charlies Schwester, also meine Oma, ist ja schon tot, genau wie Rudolf, Charlies Mann. Kinder hatten sie nie, sehr zum Kummer meiner Großtante. Sie wäre eine tolle Mutter gewesen, denke ich wie schon so oft, und schließe kurz die Augen, während der Vanille-Duft schwächer wird. Für einen kurzen Moment sehe ich ihr vertrautes Gesicht vor mir, und glaube sogar, ihr unbekümmertes Lachen zu hören. Dann werde ich von einem Koffer gerammt und bin mit einem Schlag zurück im Hier und Jetzt.

»Oh, excuse me!«, sagt die Frau, die ihr Gepäckstück in mich hineingefahren hat, bevor sie weitereilt.

»No problem«, murmele ich und frage mich, wer oder was in meiner Nähe wohl nach Vanille geduftet hat, als etwas in der Menschenmenge meine Aufmerksamkeit erregt. Verblüfft starre ich zwischen einigen Reisenden hindurch, auf die mintgrüne Bluse mit dem pinkfarbenen Muster. Das gibt es doch nicht! Dieses Muster – das sind doch Kolibris, oder? Ich kneife die Augen zusammen, um besser sehen zu können. Also, zumindest sind das Vögel, ich erkenne ganz eindeutig Flügel. Noch nie habe ich jemanden außer meiner Großtante mit einer vergleichbar fröhlich-grell gemusterten Bluse herumlaufen sehen! Und – nein, das ist völlig unmöglich. Ich recke meinen Kopf, um ganz sicher zu sein. Als ein fülliger Herr ein paar Schritte zur Seite macht, erkenne ich es deutlich: Die Frau mit der mintgrünen Bluse trägt wirklich einen Cowboyhut auf dem Kopf. Vor Aufregung bekomme ich feuchte Handflächen. Plötzlich bin ich mir ganz sicher: Das kann nur Tante Charlie sein!

Im nächsten Augenblick hetze ich bereits durch die Ankunftshalle und versuche, den Cowboyhut nicht aus den Augen zu verlieren. Wegen der vielen Reisenden mit ihren Unmengen an Gepäckstücken muss ich mich in einem umständlichen Slalom voranbewegen, und als der Cowboyhut an einer Starbucks-Filiale um die Ecke biegt und aus meinem Blickfeld verschwindet, stöhne ich frustriert auf und falle beinahe über einen Rollkoffer. Endlich erreiche ich den Coffeeshop, stürme atemlos um die Ecke – und laufe frontal in jemanden hinein.

»Uff«, macht der Mann, den ich gerammt habe und reibt sich mit einem leisen Ächzen über den Brustkorb. Ich habe mir zwar auch wehgetan, bin aber so damit beschäftigt, nach dem Cowboyhut Ausschau zu halten, dass ich keinen weiteren Gedanken an diesen Mann verschwende. Wo ist die Frau mit der auffälligen Bluse denn bloß? Sie kann sich doch nicht in Luft aufgelöst haben!

»Hey, Lady, wie wäre es mit einer Entschuldigung?«, höre ich auf einmal eine grollende Stimme auf Englisch sagen und zucke erschrocken zusammen. Der Fremde ist stehen geblieben, und mir wird bewusst, dass er natürlich recht hat. Ich werfe einen letzten schnellen Blick in die Richtung, in die meine Großtante (meine TOTE Großtante, an deren Grab ich vor ein paar Tagen noch geheult habe, um Himmels Willen!) verschwunden sein muss, und zwinge mich dann dazu, endlich den Mann neben mir anzusehen.

Eine tief ins Gesicht gezogene Baseballmütze mit ausgefranstem Schirm und ein pechschwarzer Dreitagebart verleihen dem Fremden ein schroffes Äußeres, das irgendwie zu seinen wütenden Worten passt, schießt es mir durch den Kopf, und bei dem Gedanken rücke ich schüchtern von ihm ab. Mir liegt die Entschuldigung schon auf der Zunge, als ich in die Augen des Mannes sehe und auf einmal vergesse, wie man spricht.

Oh. Mein. Gott. Das Getümmel in der Ankunftshalle ist plötzlich weit weg, und alle Geräusche sind mit einem Schlag merkwürdig gedämpft. Als wäre die Zeit stehen geblieben. Ich öffne meinen Mund und schließe ihn wieder, ohne dass ein Ton herauskommt. Stumm starre ich den Mann vor mir an. Er hat die Augen eines Huskys, schießt es mir durch den Kopf: schmal und von einem intensiven Hellblau, das mich umhaut. Ich weiß nicht warum, aber ich kann nicht aufhören, in diese Augen zu starren und bin nicht mehr in der Lage, irgendetwas Sinnvolles zu sagen oder zu tun. Nur denken geht noch.

Vor ihr stand der faszinierendste Mann, den Charlotte Seliger je zu Gesicht bekommen hatte. So schroff er auch wirkte, der Blick seiner strahlend blauen Augen drang ihr durch Mark und Bein. War dieser mysteriöse Fremde, dem sie gerade in die Arme gelaufen war, womöglich gefährlich oder vielmehr …

»Hey, Lotte! Da bist du ja.« Erschrocken zucke ich zusammen und fühle mich seltsam ertappt, als ich mich zu Sophie umdrehe, deren Stimme mich mit einem Schlag wieder in die Realität zurückgeholt hat. Ja, ich verliere mich gern ohne Vorwarnung in neuen Romanideen – vor allem in den unpassendsten Augenblicken. »Wir haben überall nach dir gesucht!«

»Ich hatte Mama und Luise doch gesagt, dass ich auf die Toilette gehe«, verteidige ich mich hastig. Die Anwesenheit dieses Fremden, der mich und nun auch Sophie schweigend mustert, macht mich unfassbar nervös. Warum steht der überhaupt immer noch hier? Du meine Güte, ernsthaft wehgetan habe ich ihm doch wohl kaum, oder? Immerhin ist er einen guten Kopf größer als ich und ziemlich breitschultrig. Er wirkt beim besten Willen nicht wie jemand, der sich leicht über den Haufen rennen lässt. Aber bitte, wenn er das hören will: »Entschuldigung, dass ich in Sie hineingerannt bin«, sage ich steif auf Englisch und fühle mich eigenartig befangen, als ich erneut in die blauen Husky-Augen sehe.

Der Fremde nickt und brummt etwas, was wohl als »Okay« verstanden werden könnte.

»Wieso bist du denn gerannt?«, fragt Sophie amüsiert und beißt von einem Sandwich ab.

»Ähm«, sage ich und trete unruhig von einem Fuß auf den anderen. Soll ich ihr wirklich erzählen, dass ich geglaubt habe, Tante Charlie zu sehen? Verstohlen blicke ich mich um, doch der Cowboyhut ist nicht wieder aufgetaucht. Nein, ich kann das meiner Schwester nicht anvertrauen, sie würde mich für verrückt halten. Inzwischen glaube ich selbst, dass diese fremde Frau einfach eine Bluse in ähnlichen Farben getragen hat, mit einem Muster, das aus der Entfernung an Kolibris erinnert hat. Und Charlie war ganz sicher nicht die einzige ältere Dame auf dieser Welt, die gern mit einem Cowboyhut aus Stroh herumlief! Gut, ich kenne außer ihr keine alte Dame, die das tut, aber immerhin sind wir hier auf einem ganz anderen Kontinent. Hier scheinen die Männer ja auch gern Baseballmützen zu tragen, wie zum Beispiel der Mann mit den Husky-Augen neben uns.

»Ach, eigentlich bin ich nur zügig gegangen«, sage ich zu Sophie und drehe dem Fremden den Rücken zu. »Komm jetzt.« Ich habe es plötzlich sehr eilig, von diesem Typen fortzukommen, der sich inzwischen an eine Säule gelehnt hat und ernst auf sein Telefon starrt.

»Ach, *hier* bist du«, höre ich da schon Luises vorwurfsvolle Stimme. Meine Schwester kommt um die Ecke marschiert, Mama im Schlepptau, die sich inzwischen mit drei Koffern gleichzeitig abmüht. »Wolltest du bei Starbucks ein kleines Kaffee-Päuschen einlegen, oder was?«

»Quatsch«, brumme ich. »Habt ihr inzwischen herausgefunden, wie es weitergeht?«

»Das wäre schön«, antwortet Luise gereizt und studiert das Display ihres Smartphones. »Dieser blöde Vulkan scheint so viel Asche in die Luft gespuckt zu haben, dass die nördliche Transatlantik-Route allerfrühestens in vierundzwanzig Stunden wieder freigegeben werden kann, also morgen Abend. Leider sind das Flughafenhotel und die Hotels in Halifax komplett ausgebucht, weil wir das x-te Flugzeug sind, das in den letzten zwei Stunden außerplanmäßig zwischenlanden musste. Außerdem findet in der Stadt irgendein Festival statt, weswegen eh schon alle Hotels gut belegt waren.«

»Was?«, frage ich erschrocken. »Es gibt wirklich gar keine Hotelzimmer mehr?«

Unglücklich schüttelt Mama den Kopf. »Die Airline hat uns angeboten, dass wir nach New York zurückfliegen können, aber der nächste Flug geht erst morgen früh.« Sie seufzt tief.

Entgeistert starre ich die beiden an. Nach New York zurück will ich auf gar keinen Fall. So sehr mich die Stadt auch begeistert hat – sie mit meiner Familie zu erkunden, war, wie schon erwähnt, höchst anstrengend. Deshalb bin ich wirklich nicht wild darauf, mit meiner Familie in den Big Apple zurückzukehren. Allerdings bin ich genauso wenig wild darauf, mit ihr irgendwo in Kanada zu stranden. Im Grunde genommen will ich nur nach Hause, zu Lennart. Ich könnte heulen, wirklich.

»Es müsste doch außerhalb von Halifax irgendwelche Hotels geben, wo noch Zimmer frei sind, oder?«, frage ich matt.

»Ja, natürlich gibt es die«, schnappt Luise genervt, als sei ich der dümmste Mensch auf diesem Planeten. »Irgendwo in der Pampa sind noch Zimmer frei, ja. Aber laut dieser unfähigen Mitarbeiterin am Info-Schalter dürfte es noch ein paar Stunden dauern, bis die Fluggesellschaften genügend Reisebusse organisiert haben, um alle Passagiere auf die unterschiedlichen Orte am Arsch der Welt zu verteilen. Im Moment sind alle Busse mit den Reisenden, die noch Hotelzimmer ergattern konnten, unterwegs in die Innenstadt von Halifax – das ist übrigens die Hauptstadt von Nova Scotia. Und, falls es jemanden interessiert, Nova Scotia ist die zweitkleinste Provinz Kanadas. Dieser komische Name kommt aus dem Lateinischen und bedeutet ›Neuschottland‹. Nur, falls ihr genauer wissen wollt, wo ihr hier gestrandet seid.«

»Wow«, sage ich beeindruckt. Meine ältere Schwester scheint die Wartezeit vor dem Infoschalter nicht nur für Telefonate, sondern auch für eine Mini-Weiterbildung mittels Wikipedia genutzt zu haben.

»Am liebsten würde ich diesen unsäglichen Vulkan verklagen!«, zischt Luise jetzt aufgebracht und erinnert mich wieder an unser eigentliches Problem. »Oder die isländische Regierung!«

Im ersten Moment glaube ich, dass meine Schwester tatsächlich einen Scherz gemacht hat, doch sie sieht dermaßen wütend aus, dass ich mich frage, ob sie das ernsthaft probieren würde. Zuzutrauen wäre es ihr. Erschöpft reibe ich mir die Schläfen.

»Mit wem redet Sophie da eigentlich?«, fragt Mama plötzlich. Jetzt erst wird mir bewusst, dass meine kleine Schwester bei diesem Typen von vorhin steht. Der Fremde scheint gerade telefoniert zu haben. Er lässt sein Handy sinken, und ich kann seine dunkle Stimme hören, als er etwas zu Sophie sagt – wobei ich nicht verstehe, was er sagt.

»Hey Leute, hört mal zu«, meldet sich Sophie plötzlich zu Wort und kommt ein paar Schritte auf uns zu, den Fremden im Schlepptau. Als mich wieder sein Blick aus diesen hellblauen Augen trifft, werde ich ganz zappelig. Man kann wirklich nicht behaupten, dass er mich freundlich ansieht, vielmehr wirkt er, als täte ihm meine Anwesenheit immer noch körperlich weh. Dann soll er doch endlich das Weite suchen, verdammt! Außerdem habe ich mich entschuldigt. Zu meinem Ärger spüre ich auch noch heiße Röte über meinen Hals heraufkriechen und weiß, dass ich jetzt diese unmöglichen hektischen Flecken auf meiner Haut bekomme, die die gleiche Farbe wie meine Haare haben. Wirklich, erst bilde ich mir ein, Tante Charlie durch den Flughafen spazieren zu sehen, und dann benehme ich mich in der Gegenwart dieses Menschen wie ein aufgeschrecktes Kaninchen.

Verdammt noch mal, warum sehe ich diesen Fremden eigentlich immer noch an? Und, was ich beinahe noch unerklärlicher finde – warum sieht er mich immer noch an?

»Ja, das sollten wir tun«, höre ich Luise plötzlich entschlossen sagen. »Dann kommen wir wenigstens von diesem elenden Flughafen weg. Ich brauche dringend einen ruhigen Arbeitsplatz mit WLAN, weil ich heute noch eine wichtige Präsentation abschicken muss, wenn ich morgen früh schon nicht persönlich im Büro sein kann.«

»Und ich brauche eine heiße Dusche und ein Bett«, seufzt Sophie.

»Sehr gut«, sagt Mama erleichtert. »Das ist ja wirklich eine geradezu göttliche Fügung.«

»Moment mal«, mische ich mich irritiert ein und sehe zwischen Mama und meinen Schwestern hin und her. »Wovon redet ihr?«

Kapitel 5

M ensch, Lotte«, stöhnt Sophie genervt auf, während Luise beginnt, ernst auf den Fremden einzureden. Hallo, was wollen denn plötzlich meine Schwestern alle von diesem Kerl?

»Hast du denn nicht gehört, was Sophie erzählt hat?«, fragt Mama erstaunt.

»Nein«, erwidere ich, unfreundlicher als gewollt. Ich komme mir nämlich gerade selbst reichlich dämlich vor, weil ich um mich herum nichts mehr wahrgenommen habe außer diesen blauen Augen. Fast scheint es mir, als würde ich seit unserer Landung in diesem Land langsam aber sicher den Verstand verlieren.

»Dieser reizende Mann mit der Baseballmütze hat mitbekommen, dass wir wohl noch ein paar Stunden, wenn nicht sogar die ganze Nacht, am Flughafen ausharren müssten, und hat daher angeboten, uns in seinen Heimatort mitzunehmen«, erklärt Mama und greift nach ihrem Koffer.

»Wie bitte?«, frage ich fassungslos. »Und das zieht ihr ernsthaft in Erwägung? Wollt ihr etwa alle bei diesem Fremden übernachten, oder was?« Kopfschüttelnd sehe ich Mama und Sophie an. Nicht nur ich verhalte mich merkwürdig, seit wir in Kanada sind. Dieses Land bekommt uns allen nicht, das ist schon jetzt klar. Meine anfängliche Begeisterung für dieses Fleckchen Erde verschwindet gerade ziemlich schnell.

»Quatsch, er hat extra in einer Pension in diesem Ort angerufen und gefragt, ob sie freie Zimmer haben. Ist das nicht nett? Und wir haben Glück: Die Pension ist nicht ausgebucht!«

»Das ist *nicht* nett«, sage ich mit Nachdruck. »Mama, du hast doch sonst vor jeder Ameise Angst, aber diesem Fremden willst du blind vertrauen?«

»Na ja ...«, beginnt Mama, und ich merke an ihrem nervösen Hüsteln, dass auch sie noch leichte Zweifel hat. Sophie jedoch wirft mit einem Kopfschütteln ein: »Mensch, Lotte, entspann dich mal. Wir sind schließlich zu viert.«

Als Luise, die gerade ihr kurzes Gespräch mit dem Husky-Augen-Mann beendet hat, schon damit beginnt, ihren Koffer auf den Ausgang zuzurollen, rufe ich laut: »Luise, warte! Wieso nehmen wir uns nicht einfach einen Mietwagen und fahren selbst dorthin?«

Meine ältere Schwester stöhnt ungeduldig auf. »Herzchen, glaubst du etwa, man bekäme hier heute noch einen Mietwagen?«, fragt sie über ihre Schulter, ohne anzuhalten. »Vergiss es, die sind alle weg!«

»Komm, Lotte, dieser Mann ist wohl wirklich unsere einzige Rettung«, seufzt Mama und wendet sich zum Gehen.

Der Husky-Augen-Mann mustert mich mit abwartendem Blick. Wirklich, keine zehn kanadischen Bären bringen mich in das Auto dieses Typs!

»Ihr wollt doch nicht ernsthaft bei einem Wildfremden im Wagen mitfahren? Der sieht doch aus wie irgendein dahergelaufener Hinterwäldler!« Ich deute auf das Holzfällerhemd und die zerschlissenen Jeans, die der Mann über groben Arbeitsstiefeln trägt. Es stimmt, er sieht aus, als käme er direkt aus dem kanadischen Wald. Eigentlich fehlt nur eine Säge, um das Image des Holzfällers zu vervollständigen. Der Fremde verschränkt seine Arme vor der Brust. Zwischen seinen dunklen Augenbrauen hat sich eine tiefe Furche gebildet. So bärbeißig, wie er mich ansieht, könnte man fast meinen, dass er mich verstanden hat – aber das ist ja Quatsch, beruhige ich mich schnell. Allerdings dürfte er auch ohne Deutschkenntnisse kapiert haben, dass ich mit dem grandiosen Plan meiner Familie nicht einverstanden bin.

»Ähm, Lotte ...« beginnt Mama und nestelt schon wieder an ihrer Halskette.

»Oder ... oder ... er könnte ein Irrer sein, der nur darauf wartet, dass ein paar naive Touristinnen in sein Auto steigen, die er dann in den Wäldern zersägt!«, fahre ich hektisch fort. »Der sieht doch wirklich gefährlich aus ... und ... und total ... eben gefährlich, wenn ihr mich fragt!«

Ja, meine Fantasie geht manchmal etwas mit mir durch. Zum Glück denke ich mir sonst immer nur Liebesromane aus und keine Thriller, denn die bekämen mir sicherlich nicht gut. »Dich fragt aber keiner!«, ruft Luise gereizt, bevor sie sich abwendet und weiter Richtung Ausgang geht.

»Lotte«, stöhnt Sophie und will etwas hinzufügen, doch da sagt der Fremde plötzlich: »Also, ein gefährlicher Irrer bin ich nicht, das kann ich dir versichern.«

Entgeistert sehe ich ihn an. Diesmal ist es nicht das Grollen seiner Stimme, das mich erstarren lässt, sondern die Tatsache, dass der Mann gerade astreines Deutsch mit nur ganz leichtem Akzent gesprochen hat. Ohne mit der Wimper zu zucken fährt er fort: »Mit dem Hinterwäldler hast du vielleicht recht, denn ich bin sicher kein Großstädter. Aber trotzdem bin ich in der Lage, ein Auto zu fahren, und könnte deine Familie und dich nach Chester bringen. Und zwar nicht, weil ich mich für dein Anrempeln rächen und dich irgendwo im Busch in Stücke zersägen will, und schon gar nicht, weil ich dich so nett finde.« Er macht eine kurze Pause und mustert mich herablassend. Ich schlucke. »Nein, ich biete das an, weil deine Schwester schwanger ist und nicht stundenlang in diesem überfüllten Flughafen warten sollte. Aber du kannst das gern tun, wenn du unbedingt möchtest.«

Mit diesen Worten wendet er sich ab, greift nach Sophies Gepäck und folgt Luise Richtung Ausgang. Mit offenem Mund starre ich ihm hinterher. Wieso duzt der Kerl mich eigentlich?

»Lotte, du hast anscheinend auch nicht mitbekommen, dass er Deutsch spricht«, höre ich Sophie neben mir sagen.

»Nein, das habe ich offensichtlich nicht«, entgegne ich matt.

»Und wieso spricht der Typ Deutsch?«

»Seine Mutter kommt aus München«, erklärt Mama und lächelt mich schief an. »Und ich glaube wirklich nicht, dass Connor ein gefährlicher Irrer ist.«

Aha, der Kerl hat einen Namen. Connor.

»Und warum glaubst du das nicht, Mama?«, hake ich nach, allerdings ohne viel Elan. Mir ist klar, dass ich auf verlorenem Posten kämpfe. »Stellen Söhne von Münchnerinnen grundsätzlich keine Gefahr dar oder was?«

»Ach komm jetzt, Lotte, das ist doch albern. Ich will hier wirklich weg.« Und mit diesen Worten lässt Sophie uns stehen.

»Sie hat recht. Lass uns fahren, Lottchen«, sagt Mama und sieht mich beinahe mitleidig an. »Sophie braucht etwas Ruhe, und Luise einen Arbeitsplatz.«

Genau. Und wie immer dreht sich alles um das Wohlergehen der Kleinen und die Arbeitswut der Großen, denke ich frustriert, während auch Mama diesem Connor in Richtung Ausgang folgt. Ich brauche noch einen Moment, um mich einigermaßen von den diversen Schocks der letzten Minuten zu erholen, und folge meiner Familie dann mit weichen Knien. Als ich Mama und meine Schwestern einhole, haben Connor und die drei gerade einen schwarzen Pick-up-Truck erreicht, der im Parkhaus gegenüber der Ankunftshalle steht. Wortlos lädt Connor unser Gepäck auf die Ladefläche, die durch eine feste Abdeckung wie ein Kofferraum zu nutzen ist, und öffnet dann die Türen zur Fahrerkabine, in der es zwei Sitzreihen hintereinander gibt.

Arglos stiegen die Seliger-Frauen in den Pick-up des unheimlichen Kanadiers. Später würden sie sich wünschen, auf das Bauchgefühl der mittleren Schwester Charlotte gehört zu haben.

Ja, schon wieder gehen mir Roman-Formulierungen durch den

Kopf, ohne dass ich etwas dagegen tun kann – und diesmal tendiert das Ganze tatsächlich mehr Richtung Thriller als Richtung Lovestory, was mir überhaupt nicht gefällt. Daher bin ich erneut unkonzentriert, was zur Folge hat, dass ich zu spät reagiere. Erst als sich Mama, Sophie und Luise bereits in die hintere Sitzbank geschoben haben, wird mir klar, dass für mich dort nun kein Platz mehr ist. Ich muss also vorne sitzen, neben Connor. Mein Magen krampft sich nervös zusammen, aber ich bin zu stolz, um eine meiner Schwestern oder Mama zu bitten, mit mir die Plätze zu tauschen – vor allem, da dieser Kerl ja verstehen würde, was ich sage. Also steige ich vorn in die Fahrerkabine. Dort berühren meine Schuhe einen harten Gegenstand, und ich versuche im schwachen Licht des Parkhauses zu erkennen, was da im Fußraum liegt. Es dauert ein paar Sekunden, bis ich begriffen habe, dass es sich um eine Säge handelt. Ich erstarre. Als ich mit hämmerndem Herzen den Blick hebe, merke ich, dass Connor mich beobachtet. Für den Bruchteil einer Sekunde glaube ich, seine Mundwinkel leicht zucken zu sehen, während er den Zündschlüssel dreht und der Motor anspringt. Doch wenn das der Anflug eines amüsierten Schmunzelns gewesen sein sollte, dann kann er das schnell verbergen. Connor legt den Rückwärtsgang ein und bemerkt beiläufig: »Damit zersäge ich Bäume. Keine Touristinnen. Nur, falls du dich gefragt haben solltest, was ich mit der Säge vorhabe.«

»Nein, das habe ich gar nicht«, erwidere ich eine Spur zu schnell, während Connor rückwärts ausparkt. Hinter uns unterhalten sich Sophie und Mama über den Vulkan, und Luise telefoniert schon wieder mit ihrer Assistentin oder mit deren Voicemail. Ganz toll, dass ich mich hier vorne allein mit diesem unmöglichen Kerl abgeben darf. Eigentlich will ich mich gar nicht weiter mit ihm beschäftigen, doch eine Frage lässt mir keine Ruhe.

»Warum waren Sie eigentlich am Flughafen?« Wenn er so harmlos ist, wie meine Familie zu glauben scheint, muss es ja einen Grund dafür geben, weshalb er in dieser Holzfällermontur, mit Säge, aber dafür ohne Gepäck, am Flughafen war.

»Ich wollte meine Mutter abholen«, erwidert Connor schlicht, seinen Blick auf die Schranke des Parkhauses gerichtet, die sich langsam öffnet.

»Aha«, sage ich und warte ab, ob er noch etwas hinzufügt. Als er das nicht tut, hake ich nach: »Und – wo haben Sie Ihre Mutter versteckt?«

Er schnaubt leise. »Hast du etwa noch nicht mitbekommen, dass der Luftraum über dem Nordatlantik gesperrt wurde?«

»Ach so, richtig«, murmele ich und sehe aus dem Fenster, wo das ausgebuchte Flughafenhotel an uns vorbeizieht. Was gäbe ich darum, jetzt dort in ein Zimmer einzuchecken und nicht neben diesem ungehobelten Mann in einem Pick-up auf dem Weg ins Ungewisse zu sein.

»Sie sind also umsonst zum Flughafen gekommen? Haben Sie denn vorher nicht im Internet nachgesehen, ob die Maschine pünktlich ist?«

»Nein, das habe ich nicht«, grollt Connor leise, und ich merke, dass er sich darüber ärgert. »Glück für euch, oder? Sonst wäre ich nicht hier, und ihr würdet jetzt am Flughafen mal wieder irgendwo Schlange stehen.«

Ich atme tief durch. Langsam geht mir dieser Mensch aber wirklich auf die Nerven. »Hey, ich habe Sie nie darum gebeten, mich in Ihrem Auto mitzunehmen. Wenn es nach mir ginge, wäre ich noch am Flughafen. Manchmal ist Schlange stehen gar nicht so schlecht.«

»Ich kann gerne umkehren und dich zurückbringen. Soll ich?«, fragt Connor gereizt und sieht mich von der Seite herausfordernd an. Als ich es wage, seinen Blick zu erwidern, lässt mich das wütende Funkeln in seinen hellblauen Augen allerdings tiefer in meinen Sitz sinken. Im ersten Moment will mein Stolz die Oberhand gewinnen und mich »Ja, bitte, machen Sie das! Und außerdem verbitte ich mir das ›Du‹!« fauchen lassen. Aber ich bin mir ziemlich sicher, dass dieser Kerl tatsächlich zurückfahren und mich, ohne mit der Wimper zu zucken, am Flughafen absetzen würde. Und dann? Ich muss an Sophie denken. In ihrem Zustand braucht sie wirklich nicht noch mehr Aufregung, sondern ein Hotelzimmer mit einem Bett zum Ausruhen. Immerhin ist sie wegen mir in dieser misslichen Situation. Oder wegen Tante Charlie. Wie auch immer.

Stumm presse ich meine Lippen aufeinander und schüttele den Kopf. Auch Connor sagt nichts mehr, stattdessen schaltet er das Autoradio ein. Darüber bin ich wirklich froh, denn unser eisiges Schweigen hätte ich sonst schwer ertragen.

Wir lassen das Flughafengelände mit den Hangars und Parkplätzen hinter uns und folgen einem schnurgeraden Highway mit gelber Mittelmarkierung. Links und rechts von uns erstreckt sich bald Wald, Wald, nichts als Wald, was ich zu gleichen Teilen schön und Furcht einflößend finde. Die Countrymusik, die aus den Lautsprechern des Pick-ups dringt, passt zu der wilden Landschaft und zu den riesigen amerikanischen Trucks, die wir regelmäßig überholen. Ich habe keine Ahnung von dieser Musikrichtung, doch nach etwa zehn Minuten Fahrt wird ein Lied gespielt, das ich tatsächlich kenne: »To make you feel my love«. Das heißt, ich kenne eine andere Version, gesungen von Adele, einer meiner absoluten Lieblingssängerinnen. Im Display des Autoradios steht allerdings der Name Garth Brooks. Nachdenklich starre ich das Display an und überlege, woher ich diesen Namen kenne. Auf jeden Fall gefällt mir diese Version des Liedes genauso gut. Gleichzeitig machen mich die langsame Melodie und der romantische Text jedoch noch unruhiger, als ich sowieso schon war. Durch dieses Liebeslied kommt mir die Fahrerkabine plötzlich enger und diese ganze Situation irritierend intim vor. Obwohl ich es sorgfältig vermeide, in Connors Richtung zu sehen, kann ich seine Präsenz spüren. Mir ist es unheimlich, wie sehr mich dieser

Fremde in seinen Bann zieht, und ich versuche, so viel Abstand wie möglich zwischen uns zu bringen, indem ich immer dichter an die Beifahrertür rücke. Trotzdem kann ich es mir nicht verkneifen, einen verstohlenen Blick auf Connors Hände zu werfen, die das Lenkrad locker umfasst halten. Er hat kräftige Hände, wie man es von jemandem, der Bäume zersägt, wohl erwarten kann. Trotz allem sehen sie nicht ungepflegt aus, und irgendwie ... attraktiv. Tante Charlie hat immer gesagt, dass ich bei einem Mann auf die Hände achten solle. Und, was mir außerdem auffällt: Er trägt keinen Ehering. Als ich aus dem Augenwinkel erkenne, dass Connor den Kopf dreht und mich auch ansieht, schaue ich hastig wieder aus dem Beifahrerfenster. Während ich in den Himmel über den dunklen Wäldern starre, der von der untergegangenen Sonne in ein zartes Rosé getaucht wird, lässt mich ein Piepsen aus meiner Handtasche zusammenzucken. Ich ziehe mein Smartphone heraus und sehe, dass ich eine Nachricht von Lennart bekommen habe:

Hey, Charlotte, habe eben Nachricht von Jens bekommen. Ihr sitzt wegen Vulkanausbruch irgendwo in Kanada fest? Geht es euch gut? Melde dich mal! Kuss, L.

Oh je. In Deutschland ist es halb drei in der Früh, und trotz allem hat Luise Jens erreicht und Jens wiederum Lennart informiert. Ob ich meinen Schatz um diese Zeit zurückrufen soll? Eigentlich sollte er schlafen, schließlich muss er morgen früh zur Arbeit.

Während mein Finger unschlüssig über dem Symbol mit dem Telefonhörer schwebt, fällt mir plötzlich ein, woher ich den Namen Garth Brooks kenne. Ich starre auf das Display des Autoradios und sehe vor meinem inneren Auge deutlich die CD und den Mann mit dem Cowboyhut auf dem Cover. Es ist schon einige Jahre her, seit ich diese CD gesehen habe – nämlich bei Tante Charlie im Regal. Sie hat alle Arten von Musik geliebt und besaß neben Klassik und Jazz auch einige Alben der Beatles und der Rolling Stones, von Elvis, ABBA und sogar von Michael Jackson.

»Tante Charlie, ich wusste gar nicht, dass du Countrymusik hörst«, habe ich an jenem Tag amüsiert gesagt und ein wenig ratlos die Garth-Brooks-CD in meiner Hand gemustert. Meine Großtante lächelte ihr unergründliches Lächeln und erwiderte: »Es gibt so einiges, das du nicht über mich weißt, Lottchen, und das ist gut so. Sonst wäre ich doch nur eine langweilige alte Schachtel.«

Das war sie allerdings nie. Während die letzten Takte des Liedes verklingen, schnürt mir die Erkenntnis, dass ich Tante Charlies Lächeln nie wieder sehen werde, die Brust zu. Ich atme tief ein und aus und blinzele konzentriert ein paar Tränen fort. Charlie hätte es hier gefallen, denke ich plötzlich, während ich draußen die Wälder vorbeiziehen sehe. Keine Ahnung, warum mir dieser Gedanke mit einem Mal kommt. Meine Großtante ist zwar ihr Leben lang gern gereist und hat vielen europäischen Ländern und einmal sogar Australien einen Besuch abgestattet, aber in Nordamerika war sie nie. Vielleicht liegt es an der Garth-Brooks-Verbindung, dass ich mir Charlie mit ihrem Cowboyhut, den sie damals in Australien gekauft hat, plötzlich so gut hier im Pick-up vorstellen kann. Wieder muss ich an die Frau mit der bunt gemusterten Bluse am Flughafen denken. Was für ein bizarrer Zufall, überlege ich und wische verstohlen eine Träne unter meinen Wimpern fort. Obwohl ich das so diskret wie möglich gemacht habe, merke ich, dass Connor wieder in meine Richtung schaut. Ich atme tief durch, um mich zu sammeln – was auch wieder ein Fehler war: Zu allem Überfluss bemerke ich jetzt auch noch, wie angenehm dieser Kanadier duftet. Nach Holz, nach Wäldern und nach irgendetwas Würzigem.

Eigentlich würde ich jetzt doch gerne Lennarts Stimme hören, denke ich, als mein Blick wieder auf mein Smartphone fällt, das fast mahnend in meiner Hand liegt. Mit einem Mal wird mir wirklich klar, in was für einer blöden Situation ich mich befinde: In anderthalb Wochen steht meine Hochzeit an, und ich sitze irgendwo in Kanada fest! Zwischen meinem Bräutigam und mir erstreckt sich der ganze Atlantik – ohne jede Möglichkeit, mal eben schnell nach Düsseldorf zurückzukehren. Hastig sehe ich aus dem Beifahrerfenster, um mich von meinen sorgenvollen Gedanken abzulenken, doch die endlose Weite der vorbeiziehenden Wälder scheint meine Entfernung zu Lennart noch zu unterstreichen. Oh Gott, ich werde doch wohl rechtzeitig zu unserem großen Tag wieder in Deutschland sein, oder? Ja, ganz sicher, rede ich mir nachdrücklich ein, um meinen Herzschlag wieder zu beruhigen. Connor scheint zu merken, dass ich aufgewühlt bin, denn sein prüfender Blick wandert immer wieder zu mir herüber, das spüre ich genau, auch wenn ich stur nach draußen sehe. Schließlich drückt mein Zeigefinger wie von selbst nur auf »Antworten« und nicht auf den Telefonhörer. Ich will Lennart um diese Zeit nicht unnötig lang mit einem Anruf aufhalten, rede ich mir selbst ein, schließlich muss der Arme ja bald aufstehen. Also schreibe ich ihm schnell, dass es uns gut geht und wir auf dem Weg in einen Ort namens Chester sind. Dass wir dabei von einem fremden Kanadier gefahren werden, verschweige ich. Und ich denke auch nicht weiter darüber nach, warum ich es vermeide, in Gegenwart dieses Kanadiers mit meinem Verlobten zu telefonieren, sondern schiebe das Telefon zurück in meine Handtasche, rutsche in die hinterste Ecke meines Sitzes und starre weiter stumm in die aufziehende Dämmerung hinaus.

Kapitel 6

Nach einer geschlagenen Stunde verlassen wir endlich den Highway, und ich entdecke ein Ortsschild mit der Aufschrift »Chester«. Bald kommen wir an mehr und mehr Gebäuden vorbei, ich erkenne, als ich neugierig nach draußen sehe, einen Baumarkt, eine Tankstelle und eine weiße Holzkirche. Vor einem hell erleuchteten Supermarkt biegen wir links ab. Eine Schule und verschiedene Häuser in dunklen Gärten ziehen am Beifahrerfenster vorbei, bevor der Pick-up-Truck einen Hügel hinauffährt, wo ich zu meinem Erstaunen drei weitere Kirchen entdecke. Wer braucht denn so viele Kirchen? Ein paar Straßen weiter verlangsamt Connor schließlich und lenkt seinen Pick-up in eine Einfahrt. Wir rollen über knirschenden Kies und kommen vor einem Haus zum Stehen. Gespannt blicke ich durch die Windschutzscheibe, sehe hell erleuchtete Fenster und ein angestrahltes Schild, das in einer Gruppe aus Steinen und violetten Blumen vor dem Haus steht: »Mapletree Bed & Breakfast« ist dort in großen goldfarbenen Lettern auf weißem Hintergrund zu lesen. Als ich bei genauerem Hinsehen erkenne, was das für Blumen sind, kann ich es kaum glauben: Lupinen. Tante Charlies Lieblingsblumen.

Ohne ein Wort zu sagen stellt Connor den Motor aus, steigt aus dem Wagen und schlägt die Fahrertür hinter sich zu, wodurch Mama auf der Rückbank aufwacht.

»Sind wir da?«, fragt sie aufgeregt und reckt erwartungsvoll den Kopf.

»Das will ich hoffen«, brummt Luise, schiebt ihr Telefon in ihre Laptoptasche und öffnet die hintere Wagentür.

»Sophie, Kleines, du musst aufwachen, wir sind da«, murmelt Mama ihrer Jüngsten liebevoll zu, und ich muss mit einem Lächeln an die Autofahrten unserer Kindheit denken, wenn sie uns, und vor allem das Nesthäkchen, genauso geweckt hat. Ich öffne die Beifahrertür und steige aus.

Charlotte Seliger war so erleichtert darüber, tatsächlich unversehrt in diesem fremden Ort namens Chester angekommen zu sein, dass sie erst auf den zweiten Blick wahrnahm, wie entzückend das viktorianisch anmutende Haus war, vor dem sie geparkt hatten: Das warme Licht der Außenlaternen ließ das Sonnengelb der Holzschindeln an den Wänden leuchten und einen schönen Kontrast zum Weiß der Sprossenfenster bilden. Auf der Veranda mit ihren verspielten Schnitzereien entlang des Vordachs luden gemütliche Korbstühle zum Verweilen ein, und bei Tage hatte man vermutlich einen wunderbaren Ausblick auf …

Tja, worauf? Ratlos sehe ich mich um und betrachte die dunklen Schatten hoher Bäume, um die Geschichte weiterzuspinnen. Dann wird mir plötzlich bewusst, wonach es hier duftet: Nach Meer. Liegt das Haus etwa an der Küste? Aufgeregt drehe ich mich um die eigene Achse und halte nach einem Schimmer des Atlantiks Ausschau, doch die Dunkelheit verschluckt alles. Aber dank dieser Dunkelheit kann man etwas anderes ganz deutlich erkennen, was ich jedoch erst bemerke, als ich zufällig nach oben sehe: Über mir breitet sich ein atemberaubender Sternenhimmel aus, wie ich ihn noch nie gesehen habe.

»Hier, dein Koffer«, holt mich Connors schroffe Stimme aus meinem andächtigen Staunen. Ich drehe mich um und falle beinahe über besagtes Gepäckstück, das er schräg hinter mir abgestellt hat. Bevor ich mich bedanken kann, hat er sich wieder abgewandt und hebt Sophies und Mamas Gepäck von der Ladefläche.

Luise hat sich ihren Koffer bereits geschnappt und marschiert auf die Veranda zu. Langsam folge ich ihr mit meinem Gepäck, während ich hinter mir höre, wie Connor mit Nachdruck darauf besteht, Sophies Koffer zu tragen, da sie als Schwangere nicht schwer heben solle. Womit er recht hat, und mir wird bewusst, wie anständig sich dieser Mann, der uns ja gar nicht kennt, verhalten hat. Plötzlich bin ich ihm tatsächlich sehr dankbar dafür, dass wir nicht mehr am Flughafen in irgendwelchen Schlangen stehen. Gerade als ich mich überwinden will, ihm das zu sagen, öffnet sich die Eingangstür, und eine kleine grauhaarige Frau tritt auf die Veranda hinaus. Und über lilafarbenen Dreiviertelhosen und einem gelben T-Shirt trägt sie eine Schürze mit einem Muster aus knallgrünen Kolibris.

Schon wieder diese Vögel. Plötzlich fällt mir ein, dass Tante Charlie nicht nur eine Kolibri-Bluse besaß, sondern auch ein Paar Topflappen mit einem solchen Muster. Sofort muss ich an unsere Nachmittage in der Adventszeit denken, wenn sie und ich gemeinsam Plätzchen gebacken haben. Mit Charlies Kolibri-Topflappen habe ich schon so manches Backblech aus dem Ofen meiner Großtante geholt, und die Vanille-Note ihres Parfüms hat sich damals immer mit dem Duft der Kipferln gemischt und einen noch viel köstlicheren Duft ergeben.

»Hallo, ihr müsst die gestrandeten Touristinnen aus Deutschland sein!«, begrüßt uns die ältere Dame freundlich auf Englisch.

»Genau die sind wir«, erwidert Luise und reicht ihr die Hand. »Mein Name ist Luise Seliger, und das hier sind meine Schwestern Lotte und Sophie und meine Mutter Erika.«

Die ältere Dame betrachtet uns der Reihe nach aus wachen braunen Augen und reicht jeder von uns die Hand. »Herzlich Willkommen im Mapletree Bed & Breakfast, liebe Familie Seliger!«, sagt sie und lächelt breit, wobei sie die Nase krauszieht, was ihr, trotz der Falten um ihre Augen, ein mädchenhaftes Aussehen verleiht. »Mein Name ist Hazel St. Clair, und mir gehört dieses Bed & Breakfast. Ich habe auch gleich gute Nachrichten für euch: Wegen dieses Vulkanausbruchs hatte ich heute drei Stornierungen von Familien aus Deutschland und England, also sind momentan alle vier Gästezimmer frei. Oder wollt ihr euch lieber jeweils zu zweit ein Zimmer teilen? Die Räume sind alle mit Doppelbetten ausgestattet.«

»Nein, nein, immerhin bezahlt uns die Airline vier Zimmer, also nehmen wir auch vier, Mrs. St. Clair«, erklärt Luise entschieden. Ausnahmsweise stimme ich meiner Schwester zu.

»Bitte, sag Hazel, Kindchen.«

»Okay. Gibt es im Haus WLAN, Hazel?«

Die Pensionsbesitzerin nickt. »Ja, natürlich. Das Passwort ist ›Ahornblatt‹. Aber jetzt kommt doch erst einmal herein, sonst fressen uns die Mücken noch auf. Connor, du bringst die Koffer am besten gleich in den ersten Stock hinauf, ja?«

Hazel tätschelt Connor im Vorbeigehen die Wange, als sei er ein kleiner Junge. Und er lächelt sie tatsächlich an. Wow. Wie vom Donner gerührt bleibe ich stehen. Was für ein Lächeln!

»Aua!«, rufe ich entrüstet, als Sophie von hinten in mich hineinläuft.

»Hey, warum bleibst du denn einfach so stehen?«, beschwert sie sich und schiebt sich ungerührt an mir vorbei.

»Hatte mir nur die Blumen angeguckt«, murre ich und gehe schnell hinter Sophie die Treppe zur Veranda hinauf. Nacheinander treten wir durch die Haustür und durchqueren einen kleinen Vorraum, bevor der Flur in ein heimeliges Zimmer übergeht, das offensichtlich als Rezeptionsbereich dient. Weiße Einbauregale ziehen sich an den Wänden entlang, alle sind vom glänzenden Holzboden bis unter die Decke mit Büchern gefüllt, was mir als Bücherwurm natürlich besonders gut gefällt. Die weißen Sprossenfenster werden von dunkelblauen Vorhängen eingerahmt, an einer Wand hängen diverse Gemälde von Segelschiffen, und in einem Goldrahmen ist das Porträt eines graubärtigen Kapitäns in schmucker Uniform zu sehen. Ergänzt wird der maritime Charakter dieses Zimmers durch die Schiffslaterne aus Messing, die auf einem Mahagonisekretär steht und offensichtlich als Schreibtischlampe dient. Hazel knipst sie gerade an und schiebt sich eine Lesebrille auf die Nase, bevor sie ein ledergebundenes Buch aufschlägt und um unsere Dokumente bittet. Während sie unsere Daten in dem Buch notiert, geht Connor mit Sophies und Mamas Koffern eine Treppe in den ersten Stock hinauf. Ich kann es mir nicht verkneifen, dabei verstohlen seinen Hintern zu mustern. Nicht schlecht. Überhaupt nicht schlecht.

Meine eigenen Gedanken lassen mich rot werden, und ich wende mich schnell einem gerahmten Foto an der Wand zu, um mich von diesem knackigen Holzfäller-Hintern abzulenken. Auf dem Bild ist das Mapletree Bed & Breakfast bei Tageslicht zu sehen. Ich verliebe mich auf Anhieb in die verspielten Erker und Dachgauben, in die liebevollen Schnitzereien über den Fenstern und besonders in das entzückende Türmchen ganz oben auf dem Dach. Jetzt kann ich es kaum erwarten, mein Zimmer zu sehen!

Prompt verkündet Hazel: »So, hier sind eure Zimmerschlüssel. ›Ahornblatt‹, ›Blaubeere‹ und ›Lupine‹ liegen im ersten Stock, nur ›Leuchtturm‹ befindet sich im zweiten Stock. Ah, Connor, da bist du ja wieder. Sei doch ein Gentleman und trag die Koffer der anderen zwei Damen auch noch nach oben, ja?«

»Klar, kein Problem«, höre ich Connors dunkle Stimme. Im nächsten Moment hat er sich schon meinen Koffer und den von Luise geschnappt und wendet sich erneut der Treppe zu.

»Wo ist denn der Router fürs Internet?«, höre ich Luise fragen, die hinter Connor in den ersten Stock hinaufgeht, gefolgt von Hazel, Sophie und Mama. Ich bilde das Schlusslicht.

»Der steht im Erdgeschoss«, meldet sich Connor zu Wort, und ich frage mich verdutzt, warum er das weiß. Er scheint Hazel gut zu kennen. Vielleicht sind sie verwandt?

»Dann nehme ich ein Zimmer im ersten Stock, da dürfte die Internetverbindung besser sein als im zweiten«, verkündet Luise.

»Ich bleibe auch im ersten Stock«, schnauft Sophie. »Bis in die zweite Etage schaffe ich es nämlich nicht mehr, zumindest nicht heute.«

»Ich kann gern ganz nach oben …«, beginnt Mama, doch ich unterbreche sie hastig: »Ich ziehe gern in den zweiten Stock.«

Nach drei Nächten in New York, in einem Doppelzimmer mit Mama, meine Schwestern im Verbindungszimmer neben uns, kann ich es plötzlich kaum erwarten, ein wenig Abstand zu meiner Familie zu bekommen. Außerdem gefällt mir der Zimmername »Leuchtturm« von allen am besten.

»Gut, dann ist das hier dein Schlüssel, Lotte«, sagt Hazel, als wir im Flur der ersten Etage ankommen. »Handtücher liegen auf dem Bett, die Wasserflasche auf dem Nachttisch geht aufs Haus – ach ja, und falls jemand noch Hunger hat: In der Küche steht frisch gebackener Lemon Meringue Pie. Ansonsten gibt es morgen ab 7.30 Uhr Frühstück.«

»Klingt hervorragend«, sage ich und lächele unsere Gastgeberin dankbar an. Dann werfe ich Connor einen flüchtigen Blick zu und bemühe mich um einen gelassenen Tonfall, als ich sage: »Ich kann den Koffer das letzte Stück wirklich selbst tragen.«

Doch er schüttelt den Kopf und murmelt etwas, das ich nicht ganz verstehe. Mit einem unterdrückten Seufzen wende ich mich der nächsten Treppe zu, die in den zweiten Stock hinaufführt. Kaum habe ich die ersten Stufen genommen, höre ich hinter mir Connors Schritte und laufe ein wenig schneller, weil mir klar wird, dass jetzt er einen wunderbaren Blick auf *meinen* Hintern hat – und dieser Hintern ist längst nicht so sehenswert wie seiner, befürchte ich.

Die Tatsache, dass sie nun ganz allein war mit diesem Mann mit den durchdringenden Augen, ließ Charlotte Seligers Herz heftig gegen ihren Brustkorb hämmern. Im zweiten Stock ange-

kommen, blickte sie sich nervös im schwach erleuchteten Flur um, unsicher, wo ihre Zimmertür sein könnte, während hinter ihr schwere Schritte die Treppe hinaufkamen ...

»Hier, gleich die erste Tür«, brummt Connor und reißt mich aus meinen Formulierungen. Er kennt sich hier wirklich gut aus! Da entdecke auch ich den kleinen Bilderrahmen mit dem gemalten Leuchtturm an der Tür, auf die er deutet. Als ich das Zimmer aufgeschlossen habe (seltsamerweise zittert meine Hand in Connors Gegenwart ein wenig), taste ich innen nach einem Lichtschalter. Endlich finde ich einen und strecke meine Finger danach aus, doch Connor ist schneller und schaltet das Licht ein. Unsere Hände streifen sich flüchtig, und ich zucke zurück. Die Wärme seiner Haut scheint mir bis ins Knochenmark zu schießen.

Wortlos stellt Connor meinen Koffer im Zimmer ab. Er will sich schon abwenden, als ich meine Befangenheit endlich überwinde und hervorstoße: »Danke, Connor. Dafür, dass wir nicht mehr am Flughafen sitzen. Und für das Koffertragen.«

Er hält kurz inne und sieht mich ernst an. Plötzlich wünsche ich mir, dass er mich so anlächelt, wie er es eben bei Hazel getan hat. Doch er nickt nur stumm und läuft dann mit schweren Schritten die Treppe hinab. Sehr redefreudig ist er nicht, so viel steht fest.

Ob ich Connor jemals wiedersehe?

Dieser Gedanke ist völlig unpassend für eine verlobte Frau und macht angesichts der Tatsache, dass ich diesen Typen ziemlich unfreundlich fand – und er mich offensichtlich sehr nervig – überhaupt keinen Sinn. Um mich abzulenken betrachte ich eingehend das Zimmer. Es ist ganz in Weiß möbliert, mit Akzenten in Dunkelblau und Hellgrau, was sehr maritim wirkt und mir wahnsinnig gut gefällt. Das Ehebett mit den hohen Pfosten sieht einladend aus, und ich freue mich schon jetzt darauf, bald darin zu schlafen. Dann fällt mein Blick auf den Bettvorleger: Es ist ein runder, geknüpfter Teppich, auf dem in einem Kreis aus Muscheln und Möwen ein Leuchtturm in Rot und Weiß zu sehen ist. Nachdenklich betrachte ich den Leuchtturm und muss erneut an meinen Traum von Tante Charlie denken. Doch bevor mich schon wieder Wehmut ergreifen kann, gehe ich ins Badezimmer und nehme schnell eine heiße Dusche.

Kapitel 7

Nachdem ich mich mit einer nach Vanille duftenden Bodylotion eingecremt habe, die im Bad bereitstand – und die mich wegen ihres Dufts natürlich schon wieder an Tante Charlie erinnert hat –, schlüpfe ich in mein Nachthemd und will eigentlich sofort unter die einladende Bettdecke kriechen, um endlich einzuschlummern. Dann aber beschließe ich, noch schnell nachzusehen, was meine Familie macht, und laufe die Treppe in den ersten Stock hinunter. Alle Türen sind geschlossen. Hinter der Tür mit dem gerahmten Bild eines roten Ahornblatts höre ich Luise telefonieren. Du meine Güte, mit wem denn bloß jetzt schon wieder, um diese Zeit? In Deutschland ist es inzwischen halb vier Uhr morgens! Während bei »Lupine« schwacher Lichtschein und die Geräusche eines Fernsehers unter der Tür hervordringen, ist bei »Blaubeere« alles dunkel und still. Sicher wohnt dort Sophie, die wahrscheinlich gleich wieder in einen seligen Schlummer gefallen ist, denke ich, bevor ich zaghaft an die Zimmertür mit dem Bild einer tiefvioletten Lupine klopfe.

»Herein!«, ruft Mama.

Ich öffne die Tür und strecke meinen Kopf ins Zimmer. Meine Mutter thront auf einem rustikalen Holzbett und hält eine Fernbedienung in der Hand.

»Hallo, Lotte«, sagt sie und stellt den Ton des Fernsehers leiser. »Ist alles in Ordnung?«

»Ja«, antworte ich und sehe mich neugierig in Mamas Pensionszimmer um: Am Fußende des Bettes liegt eine zusammengeschobene Tagesdecke mit einem floralen Muster in Blau- und Lilatönen, auf die Tapete sind kleine violette Blüten gedruckt, und über einer dunkelbraunen Kommode hängt ein gerahmtes Foto von violetten Lupinen vor einem tiefblauen Meer.

»Schön hier«, sage ich und sehe wieder Mama an. Sie nickt.

»Ausgerechnet Lupinen, hmm?«, fragt sie dann leise und lächelt mich wehmütig an.

»Ja«, murmele ich. »Tante Charlie hätte dieses Zimmer geliebt.«

»Das stimmt. Und ich liebe es auch. Wir hatten mit dieser Pension wirklich Glück im Unglück, Connor sei Dank.«

Bei der Erwähnung seines Namens wird mir warm. »Ähm, ja«, sage ich schnell und umfasse den Knauf der Zimmertür fester. »Dann wünsche ich dir eine gute Nacht. Wir sehen uns morgen beim Frühstück.«

»Ja, bis morgen. Gute Nacht, Lotte!«

Im Flur bleibe ich unschlüssig stehen und lausche kurz Luises gedämpfter Stimme. Dann fällt mir plötzlich ein, dass Hazel diesen Lemon Pie erwähnt hat. Mein Magen knurrt tatsächlich ein wenig. Der wenig ansprechende Imbiss an Bord unseres Flugzeugs liegt eine halbe Ewigkeit zurück und zu Subway habe ich es am Flughafen Halifax nicht mehr geschafft, im Gegensatz zu Sophie. Ob Mama und Luise auch Hunger haben? Spontan öffne ich noch einmal die Tür zum Lupinenzimmer und frage, ob ich Mama ein Stück Pie mitbringen soll, aber sie lehnt dankend ab. Als ich wieder im Flur stehe, überlege ich flüchtig, ob ich Luise ebenfalls fragen soll – aber da sie immer noch zu telefonieren scheint, unterbreche ich sie lieber nicht. Auf dem Weg zur Treppe zögere ich kurz und sehe im schwachen Flurlicht prüfend an mir herab. Mein weißes, knielanges Nachthemd mit dem Muster aus rosafarbenen Schäfchen ist sicherlich alles andere als ausgehtauglich, aber unserer freundlichen Pensionsbesitzerin kann ich so bestimmt unter die Augen treten. Also gehe ich die knarrende

Holztreppe hinab, durchquere das gemütliche Empfangszimmer und folge dem Duft nach Kuchen, einen langen Flur entlang. Im Vorbeigehen werfe ich einen neugierigen Blick in ein geräumiges Wohnzimmer und sehe zwei dunkelgrüne Sofas mit fröhlichen bunten Kissen, einen Schaukelstuhl vor der breiten Fensterfront und drei geblümte Ohrensessel, die im Halbkreis um einen gemauerten Kamin gruppiert sind. Ein paar Schritte weiter den Flur hinunter öffnet sich eine gemütliche Wohnküche, in der sich Hazel gerade mit jemandem unterhält.

Als ich erkenne, wer dort mit Hazel am Küchentisch sitzt, will ich am liebsten zurück in den zweiten Stock flüchten – aber Connor hat mich schon gesehen. Er hat seine Baseballmütze abgenommen, und dichtes schwarzes Haar fällt ihm in die Stirn. Seine dunklen Augenbrauen wandern in die Höhe, als er mich über seine Kaffeetasse hinweg mustert. Ich spüre deutlich, wie sich meine hektischen roten Flecken wieder in Windeseile ausbreiten, als mir bewusst wird, dass ich nur in einem Nachthemd vor ihm stehe. In einem mit Lämmchen bedruckten Nachthemd, über das sich Lennart gern lustig macht.

»Oh, hallo – äh – wie war noch einmal dein Name?«, reißt mich Hazels Frage aus meiner Erstarrung.

»Lotte«, höre ich eine dunkle Stimme, noch bevor ich antworten kann. Ich sehe Connor überrascht an. Er kann sich an meinen Namen erinnern? Ruhig erwidert er meinen Blick, ohne zu blinzeln oder zu lächeln oder sonst irgendetwas Menschliches zu tun.

»Ähm – genau«, bestätige ich heiser und räuspere mich.

»Brauchst du noch etwas?«, fragt Hazel freundlich und bedeutet mir mit einer Handbewegung, näher zu kommen. Aber das will ich gar nicht. Ich will mitsamt meinen peinlichen Lämmchen möglichst schnell verschwinden und rühre mich nicht von der Stelle.

»Nein, nein, es ist alles bestens, wirklich, super Zimmer«, höre ich mich plappern. Himmel, Lotte, sieh zu, dass du Land gewinnst. Da bemerke ich den Kuchen, der auf dem Tisch zwischen Hazel und Connor steht. Hazel entgeht mein sehnsüchtiger Blick nicht.

»Möchtest du vielleicht ein Stück Lemon Pie haben?«, fragt sie.

»Also, hmm, ja, ein Stück Kuchen wäre toll«, stammele ich nervös und werfe einen raschen Blick auf Connor, der mich zum Glück nicht mehr mustert, sondern stattdessen konzentriert in seine Kaffeetasse schaut. War da das Zucken eines Mundwinkels? Hat der Mann etwa doch Emotionen und amüsiert sich gerade innerlich über die Lämmer und mich?

»Setz dich doch einfach zu uns, Liebes«, höre ich Hazel zu meinem Entsetzen sagen und merke, wie sie einen Stuhl für mich zurechtrückt. »Möchtest du eine Tasse Kaffee haben?«

»Nein, nein, danke, keinen Kaffee«, winke ich ab. »Und eigentlich würde ich den Kuchen gern mit auf mein Zimmer nehmen, weil … ähm …« Die erste Notlüge, die mir einfällt ist: »Im Fernsehen läuft gerade ›Message in a Bottle‹.«

»Ah, ich LIEBE Kevin Costner«, seufzt Hazel und schneidet mir ein großes Stück Pie ab. »Hier, Honey, genieße den Kuchen und den Film. Solltest du noch etwas brauchen, dann melde dich einfach, ohne zu zögern!«

»Vielen Dank«, sage ich erleichtert und mache zwei schnelle Schritte durch die Küche, um den Teller entgegenzunehmen. Ich spüre genau, dass Connor nun doch mich ansieht und nicht seine Tasse. Unter seinem Blick fühle ich mich plötzlich nackt, und meine Hände sind ein wenig zittrig, als ich nach dem Teller greife. »Vielen Dank«, wiederhole ich und grinse nervös.

»Aber gern. Guten Appetit!«, sagt unsere liebenswerte Wirtin und strahlt mich an.

»Ich muss los«, erklärt Connor abrupt, und ich bleibe wie angewurzelt stehen, als er sich von seinem Stuhl erhebt und seine Mütze wieder aufsetzt. Da er mir nun den Rückweg in Richtung

Flur versperrt, betrachte ich eingehend das herrliche Kuchenstück auf meinem Teller. Mit seiner leuchtend gelben Zitronenfüllung und der weißen Meringue-Kruste, die hier und da braun gesprenkelt ist, sieht der Pie tatsächlich sehr appetitlich aus, aber dieses intensive Betrachten meinerseits ist eindeutig übertrieben.

»Vielen Dank für den Kaffee und den Pie, Hazel«, höre ich Connor sagen, bevor er sich zum Gehen wendet. »Gute Nacht«, fügt er hinzu, und ich flüstere kaum hörbar »Gute Nacht«, während Hazel fröhlich ruft: »Mach es gut, Connor. Gute Nacht, Lotte!«

Auf weichen Knien und mit sicherem Abstand folge ich Connor aus der Küche. Ich hatte gehofft, dass er aus der Haustür verschwunden sein würde, bevor ich die Treppe erreiche, doch zu meinem Entsetzen ist er neben dem Treppenaufgang stehen geblieben und scheint auf mich zu warten. Nervös umklammere ich meinen Kuchenteller mit beiden Händen, während ich auf die unterste Treppenstufe zugehe und so beiläufig wie möglich sage: »Tschüs!«

»Lotte«, sagt Connor mit rauer Stimme, und als er erneut meinen Namen ausspricht, stolpere ich beinahe über die Kante eines Teppichs. Fragend sehe ich ihn an. Mein Herz pocht nervös gegen meinen Brustkorb – und setzt im nächsten Moment zum Galopp an, als Connor ohne Vorwarnung einen Schritt näherkommt, sich ein wenig zu mir herunterbeugt und mir zuraunt: »Ein Tipp für die Zukunft: Wenn du fürchtest, es mit einem gefährlichen Irren zu tun zu haben, dann spaziere nicht in einem solchen Nachthemd durch die Gegend. Es ist ein bisschen … durchsichtig.«

»Ich …«, stammele ich fassungslos und würde gern meine Arme schützend vor meiner Brust verschränken, doch leider halte ich ja den Teller. Wieso denn durchsichtig, um Himmels Willen? Unsicher sehe ich an mir herab, und mir dämmert es, dass der dünne weiße Stoff im hellen Licht der Küchenlampe womöglich durchscheinender war, als ich geahnt habe. Aber Hazel hat gar nichts gesagt – vielleicht sind ihre Augen nicht mehr die besten? Hastig versuche ich, mich wieder zu sammeln und beschließe, das Thema Nachthemd zu ignorieren. Stattdessen stoße ich rasch hervor: »Was ich da am Flughafen gesagt habe, also, das tut mir leid. Ähm ... du, also, du bist bestimmt kein Irrer und auch nicht gefährlich ...«

Nein, nur etwas unwirsch. Und ziemlich gutaussehend. Überfordert von dieser Situation breche ich ab. Connor sagt nichts, sondern mustert mich ohne jede Regung. Nach einer halben Ewigkeit verzieht sich sein Mund zu einem winzigen spöttischen Schmunzeln.

Dieses Schmunzeln überraschte Charlotte Seliger so sehr, dass sie wie hypnotisiert auf seine Lippen starrte. Er hatte wunderschöne Lippen. Irgendwie sinnlich.

Hastig rufe ich mich zur Raison und löse meinen Blick von Connors Mund, nur um weiter oben von einem amüsierten Blitzen in seinen Augen getroffen zu werden. Ich bin froh, dass ich mich gegen das Treppengeländer in meinem Rücken lehnen kann, sonst bestünde die Gefahr, dass meine Beine nachgeben.

»Gute Nacht, Lotte«, sagt Connor schließlich ruhig. »Viel Spaß mit Kevin Costner.«

Dann wendet er sich ab und verlässt die Pension. Meine Haut scheint zu brennen, während ich wie erstarrt neben dem Treppenaufgang stehe und höre, wie draußen der Motor des Pickups anspringt. Es darf doch einfach nicht wahr sein, dass ich so heftig auf diesen Mann reagiere, von dem ich fast nichts weiß! Scheinwerfer erhellen die Dunkelheit hinter den Vorhängen, und das Geräusch von Reifen auf Kies ist zu hören, bevor es wieder still wird und nur das Ticken einer Wanduhr in meinen Ohren hallt. Plötzlich habe ich das starke Bedürfnis, Lennart anzurufen, um mich beim Klang seiner Stimme zu vergewissern, dass ich ihn liebe und dass alles gut ist.

Kapitel 8

Als ich aufwache, glaube ich zunächst, immer noch in unserem luxuriösen New Yorker Hotelzimmer mit diesem phänomenalen Blick auf die Wolkenkratzer um uns herum zu sein. Doch noch während ich mit geschlossenen Augen im Bett liege, merke ich, dass sich meine Bettdecke zwar nicht mehr so seidig fein anfühlt wie die des Waldorf Astoria, aber dafür herrlich nach Sonne duftet. Ich atme genüsslich ein, weil es für mich kaum etwas Schöneres gibt, als den Duft von Wäsche, die im Wind trocknen durfte – und dann höre ich ein Geräusch, das ganz eindeutig nicht nach dem Hupen und Sirenenkreischen der letzten Morgen in New York klingt: Das Krächzen von Möwen.

Mit einem Schlag bin ich wach und setze mich im Bett auf. Als mein Blick über die glänzenden Bodendielen, die weißen Holzmöbel, die Bilder von Leuchttürmen und Segelbooten an den graublau tapezierten Wänden wandert, muss ich spontan lächeln, weil ich mich so darüber freue, nicht mehr den Pomp des Waldorf Astoria um mich herum zu haben, sondern in diesem entzückenden Zimmer aufwachen zu dürfen. Dann kommt die Erinnerung an den gestrigen Tag zurück: Der Vulkanausbruch. Unsere Landung in Halifax. Die Frau am Flughafen, die aussah wie Tante Charlie. Blaue Husky-Augen.

Schwarze Haare.

Connor.

Mein Mund wird trocken, als mir mein peinlicher Auftritt im fast durchsichtigen Nachthemd einfällt. Um mich abzulenken schlage ich rasch die Bettdecke zurück und gehe auf das bodentiefe Fenster zu. Blau-weiß karierte Vorhänge, passend zur Bettwäsche, dunkeln das Zimmer ab, und so blinzele ich zunächst gequält, als ich den schweren Stoff zur Seite schiebe und in den hellen Morgen hinausblicke. Es dauert ein paar Sekunden, bis sich meine Augen an das Sonnenlicht gewöhnt haben, doch dann erkenne ich das, was da vor meinem Fenster zu sehen ist, und ich starre sprachlos hinaus. Direkt auf das Meer.

Das Mapletree Bed & Breakfast liegt auf einer Anhöhe. Hinter dem Haus zieht sich eine Rasenfläche über einen sanften Hügel hinab, hier und da durchbrochen von farbenfrohen Blumeninseln. Ich sehe weiß blühende Margeriten, leuchtend orangefarbene Lilien und, erneut, jede Menge Lupinen in einem tiefen Violett, genau wie Tante Charlie sie besonders geliebt hat. Das Ende des Gartens bildet ein über und über von pinkfarbenen Heckenrosen umrankter Zaun, hinter dem eine schmale Straße verläuft – und dahinter beginnt auch schon der Atlantik. Obwohl ich noch nie hier war, kommt mir dieser Ausblick merkwürdig vertraut vor – vielleicht wegen der vielen Lupinen, die auf diversen Bildern in Charlies Wohnung zu sehen sind.

Als ich begreife, dass es sich bei meinem bodentiefen Fenster um eine Balkontür handelt, öffne ich diese und trete auf einen Holzbalkon hinaus. Relativ dicht neben dem Haus wächst ein mächtiger Ahornbaum. Vermutlich hat er dem Bed & Breakfast seinen Namen gegeben, schließlich heißt Ahornbaum, wenn ich mich recht erinnere, auf Englisch »Mapletree«. Die dicken Äste des Baums reichen so dicht an meinen Balkon heran, dass man wohl vom Geländer aus sogar in das Astwerk steigen könnte, wenn man denn wollte. Ich werde das natürlich nicht machen, schließlich war ich noch nie sportlich und bin auch nicht lebensmüde. Stattdessen bleibe ich am Geländer stehen, atme tief die herrlich salzige Seeluft ein und betrachte verzückt die Meeresbucht, die sich vor meinen Augen erstreckt: Segelboote und

Motorjachten schaukeln sanft auf dem Wasser, neben jedem Boot schwimmt eine Boje in gut sichtbarem Orange. Mehrere lange Bootsstege aus Holz ragen auf Pfählen weit in die Bucht hinaus, am Ende eines Stegs weht eine Kanadaflagge in der Morgenbrise. Am gegenüberliegenden Ufer erkenne ich schmucke Häuser in Weiß und Grau, mit Erkern und gemauerten Schornsteinen und privaten Bootsstegen mit den dazugehörigen Jachten vor Anker.

Plötzlich packt mich die Entdeckerlust: Ich möchte unbedingt so schnell wie möglich diesen bezaubernden kleinen Ort erkunden. Wer weiß schließlich, wie lange wir überhaupt hier sein werden?

Da ich am Abend bereits geduscht habe, schlüpfe ich rasch in ein Paar Jeans und stehe dann ratlos vor meinem Koffer. Ich wollte für einen Kurzurlaub nicht zu viel Gepäck über den Atlantik schleppen und habe deshalb gerade genügend Oberteile für die drei Tage New York mitgenommen, was bedeutet, dass ich heute nichts Frisches mehr zum Anziehen habe. Wobei – ha! Zum Glück haben meine Familie und ich an unserem letzten Nachmittag in Manhattan einen Bummel entlang der Fifth Avenue gemacht, wo ich bei »Banana Republic« in einen kleinen Kaufrausch geraten bin, an den ich mich rückblickend mit einem leicht schlechten Gewissen erinnere, immerhin verschlingt unsere Hochzeit schon so viel Geld. Aber ich habe nun einmal ein Faible für romantisch-verspielte Blusen, und da es von denen einige in diesem tollen Modegeschäft gab, war es um mich geschehen. Gut gelaunt ziehe ich eine hellblaue Bluse mit weißen Pünktchen und einer Rüschenbordüre entlang der Knopfleiste aus dem Koffer und schneide das Etikett ab. Während ich die Bluse zuknöpfe, werfe ich einen Blick aufs Meer hinaus, und mir wird wieder bewusst, dass ich mich nicht mehr in der Hitze New Yorks befinde. Nein, denke ich bei der Erinnerung an den kühlen Wind eben auf dem Balkon, nun bin ich in Kanada! Also ziehe ich meine warme dunkelblaue Strickjacke über die Bluse, flechte mein Haar zu einem lockeren Zopf und tusche mir zügig die Wimpern, bevor ich mich mit knurrendem Magen auf den Weg ins Erdgeschoss mache. Schon auf der Treppe begrüßt mich der Duft von Kaffee und etwas frisch Gebackenem. Mir läuft das Wasser im Munde zusammen, während ich den Flur entlanggehe und zögernd um die Ecke in die Küche luge. Fast bin ich enttäuscht, als diesmal kein Connor am Tisch sitzt und mich anstarrt. Aber auch wirklich nur fast.

»Oh, guten Morgen, Lotte!« Hazel holt gerade eine Butterdose aus dem Kühlschrank und strahlt mich gut gelaunt an. »Du bist also auch schon auf?«

Verdutzt sehe ich mich in der Küche um, doch außer Hazel ist hier niemand. »Ja … Sind die anderen etwa schon fertig mit dem Essen?«

»Nein, von deiner Mutter und Sophie habe ich noch nichts gesehen, aber Luise hat sich schon vor einer halben Stunde ihren Kaffee aufs Zimmer hinaufgeholt. Ich habe ihr gesagt, dass die Brötchen noch abkühlen müssen, aber sie meinte, dass ihr morgens sowieso ein Kaffee genüge. Ehrlich, so etwas verstehe ich ja nicht. Man braucht doch eine gute Grundlage, um in den neuen Tag zu starten, oder nicht?« Ohne eine Antwort abzuwarten fährt sie fort: »Ich hoffe, du hast gut geschlafen?«

»Oh ja, das habe ich«, versichere ich ihr. Wenn ich es mir recht überlege, war es das erste Mal seit Tante Charlies Tod, dass ich eine ganze Nacht durchgeschlafen habe.

»Wie schön. Na, komm, inzwischen sind die Brötchen abgekühlt. Bitte, greif doch zu, meine Liebe.« Hazel deutet auf die Arbeitsfläche unter dem Küchenfenster, auf der ein Frühstücksbuffet aufgebaut ist, das natürlich gar kein Vergleich ist zu der Auswahl an Köstlichkeiten, die es noch gestern Morgen im Waldorf Astoria gab – aber dieses kleine, feine Buffet in Hazels gemütlicher Küche ist mir plötzlich um ein Vielfaches lieber: Neben dem Korb mit den verheißungsvoll duftenden Brötchen lachen mir eine Käseplatte, Gläser mit Marmelade, Honig und Erdnussbutter, eine Karaffe mit Orangensaft und eine Schüssel mit einem herrlich farbenfrohen Obstsalat entgegen. »Die Blaubeer-Preiselbeer-Marmelade mache ich übrigens selbst, und der Ziegen-Frischkäse kommt von einer Farm hier in Chester«, erklärt Hazel und reicht mir einen Teller.

»Hmm, das sieht fantastisch aus!«, freue ich mich. »Übrigens war auch der Lemon Meringue Pie gestern Abend hervorragend. Meinst du, ich könnte mir bei Gelegenheit das Rezept aufschreiben? Ich backe nämlich für mein Leben gern.«

»Aber natürlich, kein Problem.« Hazel strahlt mich an. »Schön, dass er dir geschmeckt hat. Möchtest du ein Ei haben, Lotte?«

»Nein, danke, nicht nötig«, erwidere ich und greife nach einem Brötchen, das noch ein wenig warm ist. »In New York habe ich jeden Morgen Eier gegessen, und … Oh!« Eine Bewegung vor dem Küchenfenster lässt mich überrascht nach draußen sehen. Vor dem Fenster baumelt ein durchsichtiges Behältnis mit merkwürdigen rot-gelben Plastikblüten, das ich für gewöhnungsbedürftige Dekoration gehalten habe. Doch nun erkenne ich ein winziges Vögelchen, das mit schnellem Flügelschlag aufgetaucht ist, sich auf einer dieser Blüten niederlässt und beginnt, mit einem langen, gebogenen Schnabel daraus zu trinken. Jetzt erst merke ich, dass das Gefäß mit Flüssigkeit gefüllt ist. »Ist das etwa … ein Kolibri?«, frage ich verdutzt und muss wieder an das Muster auf Tante Charlies Bluse und an ihre geliebten Topflappen denken. Hazel tritt neben mich und schaut ebenfalls aus dem Fenster.

»Allerdings«, bestätigt sie lächelnd. »In dem Behältnis ist Zuckerwasser, das lieben die kleinen Kerle. Sind die nicht putzig?«

Andächtig nicke ich, während ich das winzige Vögelchen betrachte. Bisher habe ich noch nie einen echten Kolibri zu Gesicht bekommen. »Ich wusste gar nicht, dass es in Kanada

Kolibris gibt«, sage ich. Nun gut, ehrlich gesagt wusste ich bisher kaum etwas über dieses Land.

»Oh ja, im Sommer halten sie sich hier bei uns auf. Immer von Muttertag bis Labour Day.« Hazel lacht auf, als sie meinen erstaunten Blick sieht. »Ja, das ist tatsächlich so. Als hätten die kleinen Kerlchen einen eingebauten Kalender. Labour Day, das ist der erste Montag im September und gilt als das offizielle Ende des Sommers. Danach beginnt die Schule wieder – und die Kolibris machen sich auf den Weg in den Süden, bis nach Florida oder sogar Mittelamerika. Diese Winzlinge, kannst du dir das vorstellen? So, Honey, hier ist dein Kaffee. Milch und Zucker?«

»Ja, leider beides«, seufze ich und greife dankbar nach der Tasse, auf der die Worte »The Smiling Whale Café« zu lesen sind. Auf der Innenseite der Tasse ist oben am Rand ein freundlich lächelnder Wal in einem fröhlichen Gelb zu sehen.

»Wieso denn ›leider‹? Du gehörst doch wohl nicht zu diesen jungen Dingern, die ständig abnehmen wollen, oder? Du siehst ganz wunderbar aus, meine Liebe.«

»Oh«, sage ich und werde ein kleines bisschen rot. »Vielen Dank.«

»Das konnte man ja auch gestern Abend bewundern, in deinem süßen Nachthemdchen.«

Vor Schreck lasse ich beinahe meine Tasse fallen. »Oh nein«, murmele ich peinlich berührt und starre Hazel entsetzt an. »Das ist mir so schrecklich unangenehm! Ich hatte keine Ahnung, dass der Stoff im hellen Licht so durchsichtig wirkt, ehrlich! Und ich hatte noch gehofft, dass du das gar nicht gemerkt hättest …«

So viel also zur Frage, ob Hazels Augen nicht mehr so gut sind.

Hazel lacht vergnügt auf. »Kein Grund sich zu schämen, Honey. Wenn der liebe Gott einen so gebaut hat, braucht man nichts zu verstecken.«

Trotz meiner Verlegenheit muss ich ebenfalls auflachen. Wenn sie wüsste, wie oft in meinem Leben ich schon versucht habe, meinen Körper zu verstecken, zu verhüllen, bestimmte Stellen zu kaschieren! In einem fast durchsichtigen Hauch von Nichts durch die Gegend zu spazieren sieht mir wirklich überhaupt nicht ähnlich. In dem Versuch, meine Fassung wieder zu finden, überlege ich, wie ich das Thema »Nachthemd« möglichst elegant hinter uns lassen könnte. Da ich seit Hazels Bemerkung zu eben diesem Nachthemd wieder permanent Connor vor mir sehe, wie er mich am Treppenaufgang auf den durchsichtigen Stoff angesprochen hat, ist es wohl nicht weiter verwunderlich, welcher Gedanke mir spontan kommt: »Sag mal, Hazel … dieser Connor … was … ich meine, ist er … also …« Ich breche ab und fahre mir mit einer Hand über die Stirn. Plötzlich ist mir sehr warm. Hazel sieht mich mit einem geduldigen Lächeln an, während ich ein wenig Marmelade auf meinen Teller löffele und mich mit dem Brötchen und meinem Kaffee an den Küchentisch setze. Unsere Wirtin nimmt mir gegenüber Platz und hakt nach: »Was möchtest du über Connor wissen, Lotte?«

»Na ja … Er wirkte so – wie soll ich sagen?« Verlegen verteile ich die Marmelade auf meinem Brötchen und beiße ab, um Zeit zu schinden.

»Ein wenig schroff?«, hilft mir Hazel auf die Sprünge. Kauend nicke ich.

»Ja, nach dem Wort habe ich gesucht. Schroff. Aber du scheinst dich ja gut mit ihm zu verstehen, also kann er kein schlechter Mensch sein, oder?«

»Ein schlechter Mensch? Ach wo, doch nicht Connor, der liebe Junge!« Amüsiert schüttelt Hazel den Kopf, bevor sie sich räuspert und an ihrem Kaffee nippt. Dann fährt sie mit ernsterem Gesichtsausdruck fort: »Ich kenne Connor schon ewig, weißt du. Er ist fast wie ein Sohn für mich. Und … er war nicht immer so … schroff. Es gab Zeiten, da war er ein charmanter und lebenslustiger junger Kerl, in den fast alle Frauen in Chester verknallt waren. Na ja, zumindest die jüngeren«, fügt sie beinahe verlegen hinzu, wohl um sich selbst von diesem Verdacht zu befreien. Im nächsten Moment lässt mich das Schrillen des Telefons zusammenzucken. Innerlich stöhne ich leise auf. Wer unterbricht uns denn gerade jetzt?

»Ach, das wird meine Tochter in Toronto sein, wir telefonieren morgens oft, bevor sie zur Arbeit muss«, sagt Hazel und steht auf, um das Telefon von der Anrichte zu holen. Sie wirft mir einen entschuldigenden Blick zu. »Wir unterhalten uns gleich weiter, ja? Lass es dir schmecken, Lotte.«

»Danke«, murmele ich zwischen zwei Bissen. »Die Marmelade ist wirklich köstlich!«

»Das freut mich.« Hazel strahlt. »Das Geheimnis ist eine Spur Vanille!« Sie zwinkert mir zu. »Ja, hallo, Maggie?«

Ich starre Hazel hinterher, die übergangslos beginnt, mit ihrer Tochter zu plaudern und dabei die Küche verlässt.

Schon wieder Vanille. Ich muss lächeln, während ich genüsslich meine Brötchenhälfte verputze. Dann wandern meine Gedanken erneut zu Connor. Er war also früher nicht so unnahbar? Sogar charmant? Gestern Abend war er davon wirklich weit entfernt … Wobei er mit diesen Augen sicherlich spielend leicht charmant sein könnte. Ja, ich kann mir gut vorstellen, dass er, wenn er öfter so lächeln würde, wie er gestern Hazel angelächelt hat … Mein Gesicht wird schon wieder heiß. Du meine Güte, Lotte.

In der Hoffnung, dass mich der niedliche Kolibri auf andere Gedanken bringt, stehe ich auf und trete wieder ans Küchenfenster, doch der kleine Kerl scheint weitergeschwirrt zu sein. Nachdenklich blicke ich an der Zuckerwasser-Flasche vorbei. Von hier aus sieht man die kiesbedeckte Auffahrt, die von großen Bäumen mit ausladenden Ästen gesäumt wird. Ein Blick in die Kronen verrät mir, dass es sich ebenfalls um Ahornbäume handelt. Klar, wir sind ja auch in Kanada, und das Ahornblatt ist schließlich *das* kanadische Symbol schlechthin. Erneut packt mich die Entdeckerlust. Nebenan höre ich Hazel mit ihrer Tochter plaudern.

Kurz bin ich versucht, abzuwarten, bis sie ihr Gespräch beendet hat, um mehr über Connor zu erfahren. Dann jedoch sage ich mir energisch, dass der Kerl mir egal sein sollte, leere meine Kaffeetasse in wenigen Zügen … nur, um zögernd mitten in der Küche stehen zu bleiben. Einfach so gehen kann ich ja auch wieder nicht, oder? Wäre das nicht schrecklich unhöflich? Aber Hazel redet und redet und mir kribbelt es in den Füßen … Also greife ich kurz entschlossen nach dem rosa Notizblock, den ich neben dem Kühlschrank entdeckt habe, und hinterlasse unserer Wirtin die Nachricht, dass ich auf Erkundungstour durch Chester bin, bevor ich zur Haustür eile.

Kapitel 9

Gut gelaunt verlasse ich das Bed & Breakfast und biege nach links ab, sodass mich die Straße bergab und um eine Kurve herumführt, bis ich nach wenigen Schritten das Meer vor mir habe. Der Duft nach Algen und Salzwasser steigt mir in die Nase, und ich atme tief und genüsslich ein. Einige Möwen sitzen nebeneinander auf einem grau geschindelten Bootsschuppen nahe des Wassers, neben dessen Tür ein rotweißer Rettungsring hängt. Ich komme an einem schmalen Kiesstrand vorbei, an dem hier und da goldgelbe Flecken von Seetang liegen. Der Straßenrand wird von wilden Lilien gesäumt, die in demselben Orangeton leuchten wie die Bojen draußen in der Bucht. Als ich in eine Straße einbiege, die mich vom Meer fortführt, komme ich an den entzückendsten Häusern vorbei, die ich je gesehen habe: Ein efeuumranktes Haus mit überdachter Veranda hier, ein hellgrau geschindeltes Haus mit weißen Sprossenfenstern dort, gegenüber ein viktorianischer Prachtbau in Dunkelblau mit Erkern und Türmchen. Eine Tanne in einem Vorgarten lässt mich überrascht innehalten: Überall an den Zweigen hängen kunterbunt gestreifte, längliche Gegenstände aus Holz, sodass es aussieht, als stünde dort ein geschmückter Weihnachtsbaum. Bei genauerem Hinsehen komme ich zu dem Schluss, dass es sich bei den bemalten Holzklötzen um Bojen handeln muss. Überhaupt erinnert an jeder Ecke etwas daran, dass Chester ein Ort am Meer ist: Ich entdecke Häuser, über deren Eingangstüren klangvolle Namen wie »Ship's Bell«, »Morning Tide« und »Compass Rose« zu lesen sind. Ein

Gartentor hat Scharniere in Ankerform, ein Briefkasten die Form eines Leuchtturms, und vor einem Haus hängt von einer riesigen Kastanie eine Schaukel herab, die auf den ersten Blick aussieht wie ein orangefarbener Kürbis, sich jedoch bei genauem Hinsehen als eine der Bojen entpuppt, die auch draußen in der Bucht neben den Segelbooten auf dem Wasser schaukeln.

Ich überquere eine Kreuzung und komme an einem türkisfarbenen Haus vorbei, das im Erdgeschoss ein Geschäft beherbergt. Über dem Eingang prangt der Schriftzug »The Mermaid Boutique«, und in den einzelnen Quadraten eines Sprossenfensters hängen viele wunderschöne Dinge, wie entzückende Windspiele aus Muscheln, filigrane Ketten mit Perlmuttanhängern, silberne Ohrringe in der Form von Walen oder Seesternen. Allerdings entdecke ich auch das Schild mit der Aufschrift »Closed«. Schließlich ist es erst kurz vor halb neun, sodass die Galerie in dem pfirsichfarbenen Haus gegenüber und der Laden daneben mit dem schönen Namen »By the Sea« genauso geschlossen aussehen. Ein wenig unschlüssig bleibe ich stehen. In welche Richtung soll ich weitergehen? Da fällt mir ein hellgraues Haus mit gelber Eingangstür auf, aus der gerade eine Familie mit Kindern kommt. Neugierig gehe ich den Bürgersteig entlang und erkenne beim Näherkommen die Worte »The Smiling Whale Café« auf einem Schild im Fenster. Aha, von dort stammt also die Tasse, aus der ich eben meinen Kaffee getrunken habe! Hmm, einen zweiten Kaffee könnte ich jetzt gut gebrauchen.

Charlotte Seliger war bereits im Begriff, die Tür aufzuziehen, als ihr ein Gedanke kam: Was, wenn Connor da war? Augenblicklich wurden ihre Knie weich und ihre Handflächen feucht.

Oh, bitte nicht, denke ich, während ich das kleine Restaurant betrete und mich nervös umsehe. Als ich merke, dass an den verschiedenen Tischen zwar zahlreiche Leute sitzen, doch niemand von ihnen schwarzes Haar, hellblaue Husky-Augen und einen düsteren Gesichtsausdruck hat, bin ich erleichtert. Und enttäuscht. Ich wusste bisher nicht, dass man das gleichzeitig sein kann, und dieses Gefühlschaos verwirrt mich dermaßen, dass ich fast in eine Kellnerin hineinlaufe, die ihr volles Tablett im letzten Moment vor mir rettet.

»Oh, Darling, vorsichtig!«, ruft die rotblonde Frau mit einem Lachen. »Hast du dir wehgetan?«

»Nein, nein, Entschuldigung«, stammele ich. Es scheint meine neue Gewohnheit zu werden, in Leute hineinzulaufen.

Um nicht weiter negativ aufzufallen, nehme ich hastig an einem freien Tisch nahe des Eingangs Platz und lasse meinen Blick neugierig durch das Café wandern. An den zartgelb gestrichenen Wänden verlaufen Holzregale, auf denen bunt gemusterte Teekannen in der Gesellschaft von hölzernen Bojen mit breiten Querstreifen in kräftigem Blau, Gelb und Weiß aufgereiht stehen. Die lange Theke, die sich übers Eck durch das Café zieht, ist in einem sanften Grau gestrichen, während der Wal, der von seinem großen Schild an der Stirnseite des Lokals aus auf die Gäste hinablächelt, in einem fröhlichen Sonnengelb leuchtet, genau wie die Tische und Stühle des Cafés. Auf der Theke steht eine moderne Kasse neben herrlich altmodischen Bonbonieren und Kuchenglocken aus Glas, die mit allerlei Köstlichkeiten gefüllt sind.

Inspiriert von diesem hübschen Ambiente greife ich in meine Tasche und hole das Notizbuch hervor, das ich immer bei mir trage. In meinem Kopf schwirren so viele Gedankenfetzen durcheinander, dass mir fast schwindelig wird. Dann jedoch finde ich meinen Stift nicht. Ich wühle in sämtlichen Innenfächern meiner Handtasche herum und verfluche mich für das Chaos, das dort wie immer herrscht: Mir fällt die abgerissene Eintrittskarte vom Guggenheim in die Hände, eine leere Kaugummipackung, diverse Tampons, Haargummis und -nadeln und die Farbkärtchen mit den zwei in die engere Wahl kommenden Schattierungen meiner Hochzeitsrosen, zwischen denen ich mich noch dringend entscheiden muss. Hastig lasse ich die Kärtchen zurück in meine Tasche gleiten, denn die Farbe der Rosen ist in diesem Moment wirklich nicht mein Problem – mein Problem ist vielmehr, dass ich meinen Lieblingsstift nicht finde, diesen wunderbaren Tintenschreiber unserer Familien-Firma, der so schön in der Hand liegt und mit dem ich am allerbesten Romanideen festhalten kann. Was mache ich jetzt bloß? Frustriert stelle ich meine Tasche auf den Boden und sehe mich im Lokal um. Da entdecke ich in einer Ecke ein Regal mit diversen hübschen Kleinigkeiten zum Verkauf. Ich lasse meinen Blick über Teepackungen, Seifen in Muschelform und Flaschen mit Ahornsirup wandern, bis er an einer Tasse hängen bleibt, die einen Strauß Kugelschreiber enthält. Erleichtert stehe ich auf und gehe zu dem Regal, greife nach einem der hellgrauen Stifte mit dem Aufdruck eines gelben Wals. Suchend sehe ich mich nach der Kellnerin um, die eben noch am Nachbartisch war, entdecke sie aber gerade nicht. Ich beschließe, den Stift später mit meiner Gesamtrechnung zu begleichen, und kehre summend zurück an meinen Tisch.

Der neue Kugelschreiber schwebt einige Minuten lang über einer leeren Seite meines Notizbuchs, denn ich weiß nicht so recht, wo ich anfangen soll. Was ich weiß, ist, dass mich dieser wunderschöne Ort mit seinen schmucken Häusern in seinen Bann gezogen hat und die Schriftstellerin in mir geradezu überquillt vor Inspiration – nur fehlt mir trotz allem noch der Aufhänger für eine Geschichte. Dass ich einen Roman in diesem Städtchen an Kanadas Atlantikküste spielen lassen möchte, ist mir klar, seit ich gestern Abend das Mapletree Bed & Breakfast betreten habe. Aber wovon genau soll dieser Roman handeln? Wer sind die Protagonisten? Wie von selbst beginne ich zu notieren: »Dunkelhaariger Mann mit hellblauen Husky-Augen, sehr attraktiv, wirkt jedoch unnahbar und schroff ...«

»So, was darf ich dir denn bringen?« Die Kellnerin überrascht mich dermaßen, dass ich zusammenzucke und einen Kugelschreiberstrich quer über die Seite des Notizbuchs mache. »Oh, bitte entschuldige, ich wollte dich nicht erschrecken!«

»Schon okay«, versichere ich verlegen und lächele die Kellnerin an, die vielleicht Mitte vierzig sein dürfte. Ihr rotblonder Pferdeschwanz wird von ein paar grauen Strähnen durchzogen, und das Namensschild an ihrem Poloshirt verrät mir, dass sie Rachel heißt. Sie deutet auf meine Notizen und fragt: »Tagebuch?«

»Ähm ... nein«, murmele ich und klappe mein Notizbuch zu. Zwar habe ich auf Deutsch geschrieben, aber seit dem Erlebnis mit Connor gestern Abend gehe ich lieber auf Nummer sicher, was die Sprachkenntnisse der Einheimischen angeht. Da mich Rachel nach wie vor interessiert mustert, habe ich das Gefühl, erklärend hinzufügen zu müssen: »Ich ... ähm ... ich schreibe Romane.«

Die Kellnerin reißt ihre Augen weit auf und sagt begeistert: »Wow! Du bist also Schriftstellerin? Das ist ja klasse! Ich lese schrecklich gern, vor allem Liebesromane.«

»Ähm, na ja, nein, also bisher habe ich noch nichts veröffentlicht«, erkläre ich hastig und könnte mir in den Hintern beißen. Wieso habe ich nicht einfach behauptet, Tagebuch zu schreiben? Plötzlich bin ich froh, dass Lennart nicht hier ist. Er würde Rachel jetzt vermutlich nachsichtig anlächeln und ihr erklären, dass das Schreiben nur so ein kleines Hobby von mir und nicht weiter ernst zu nehmen sei. Schließlich stapeln sich meine Manuskripte – die meisten leider nie vollendet – seit über zwei Jahrzehnten in diversen Schubladen und digital auf der Festplatte meines Laptops, aber keines von ihnen hat es bisher in einen Verlag geschafft. Und dabei habe ich sogar eine Agentin, Julia Cramer. Allerdings nur, weil Julia außerdem die Cousine der Ehefrau von Lennarts Bruder Justus ist.

»Na ja, aber das kann ja noch werden!«, sagt Rachel enthusiastisch. »Und wenn es so weit ist, möchte ich ein signiertes Buch von dir haben!«

Kurz überlege ich, ob ich sie darauf hinweisen soll, dass ich – wenn überhaupt – einen Roman in deutscher Sprache veröffentlichen würde, spare mir diesen Einwand jedoch. Dafür fällt mir siedend heiß der Kugelschreiber ein, und ich erkläre hastig: »Oh, ich habe mir übrigens einen der Stifte aus dem Regal dort vorn genommen – kann ich den mit der Gesamtrechnung bezahlen?«

»Aber klar. Na sowas, dass mal ein Roman mit einem Smiling-Whale-Kugelschreiber geschrieben werden würde, wer hätte das wohl gedacht? Das muss ich Arnie, dem Besitzer des Cafés, erzählen. Der wird sich ein Loch in den Bauch freuen. Hoffentlich erwähnst du uns in deinem Roman.« Rachel lacht mich an, und ich grinse verlegen. »Also, was darf es denn für die Schriftstellerin sein?«

»Ich hätte gern einen Kaffee und … was für Muffins sind das dort drüben auf dem Tresen?«

»Blaubeer-Schokolade und Himbeer-Zitrone«, verkündet Rachel gut gelaunt.

»Blaubeer-Schokolade, bitte«, sage ich.

»Kommt sofort.«

Gedankenverloren starre ich aus dem Fenster und beobachte ein Auto mit zwei roten Kajaks auf dem Dachgepäckträger, das am Café vorbeifährt. Inzwischen ist schon fast ein Jahr vergangen, seit ich mich bei einer Familienfeier mit Julia über meine Schreibleidenschaft unterhalten habe. Ein paar Wochen später habe ich ihr ein Exposé zu einer Romanidee und eine Leseprobe geschickt. Zwar war Julia ganz angetan von meinem Schreibstil, meinte jedoch, dass die Story noch nicht ausgereift genug sei, dass ihr der gewisse Pfiff fehle. »Nichts für ungut, Lotte«, sagte sie, »du hast Talent, das sehe ich sofort. Aber diese Liebesgeschichte von Ben und Lilly, die ist … nimm es mir nicht übel, aber die ist einfach ein wenig zu platt. Gut geschrieben, aber ihr fehlt das Besondere: ein außergewöhnliches Setting, ein historischer Hintergrund, eine spannende Verwicklung – irgendetwas, was einem Verlag zeigt, dass er eine einmalige Geschichte bekommt, die es in dieser Form auf dem überfüllten Markt der Liebesromane noch nicht gibt.«

Nichtsdestotrotz schien sie an mich zu glauben, denn sie bot mir eine Agenturvereinbarung an, was bedeutete, dass ich mich verpflichtete, meine Romanideen ausschließlich ihr zu präsentieren und sie wiederum versicherte, ihr Möglichstes zu tun, um einen Verlag für mich zu finden. Auch wenn es an mir nagte, dass Julia meine Geschichte »zu platt« fand, war ich dennoch außer mir vor Glück, weil der erste Schritt Richtung Veröffentlichung gemacht war – ich hatte tatsächlich eine Agentin! Leider teilte Lennart meine Begeisterung nicht.

»Du willst ernsthaft einen Roman veröffentlichen?«, hat er mich fassungslos gefragt, als ich ihm stolz meine unterschriebene Agenturvereinbarung gezeigt habe. »Wieso denn, um Himmels Willen? Du hast doch einen tollen Beruf, du brauchst doch diese Schreiberei gar nicht!«

»Diese Schreiberei«. Das war typisch Lennart. Ich wünschte, mein Verlobter könnte meine Leidenschaft fürs Schreiben nachvollziehen, doch Lennart ist einfach viel zu rational, genau wie Papa. Und da er weiß, dass ich ausschließlich Liebesromane zu Papier bringe, graut es ihm vor einer Veröffentlichung. Würde ich ein Sachbuch zum Thema »Die Geschichte der Glühbirne« schreiben, wäre das vielleicht anders. So aber hat er mir schon gesagt, dass ich, sollte ich jemals einen Liebesroman an einen Verlag verkaufen, unter Pseudonym würde veröffentlichen müssen. »Auf keinen Fall kann ›von Seehausen‹ auf so einer Schnulze stehen«, waren seine Worte. Schnulze. Ich war damals ziemlich gekränkt und hatte ernsthaft in Erwägung gezogen, bei der Hochzeit doch nicht seinen Namen anzunehmen. Doch Lennart stammt aus einer sehr konservativen Familie, und ich weiß, dass seine Eltern entsetzt wären, wenn ich meinen Mädchennamen behielte.

Ja, es war ganz eindeutig, dass Lennart nicht verstand, warum ich schreibe und warum ich möchte, dass eines meiner Bücher veröffentlicht und von anderen Menschen gelesen wird. Von Menschen, die ich nicht kenne. Natürlich hat meine Familie früher meine ersten Roman-Versuche gelesen – und sich ausgiebig darüber amüsiert. Außer Mama, die meine Werke immer toll fand. Allerdings finden Mütter ja alles toll, was ihre Kinder fabrizieren, ob nun Salzteig-Türschilder, schief gewebte Topflappen oder eben »Romane«. Weder mein rationaler Vater noch Sophie interessierten sich besonders dafür, und vor allem Luise hänselte mich sogar, wenn sie mich bei meinen Selbstgesprächen ertappte. Deshalb lernte ich früh, die Dialoge meiner Romanfiguren, die mir ständig durch den Kopf gingen, nicht mehr laut mitzusprechen, was mir vermutlich auch viel Ärger in der Schule ersparte. Den bekam ich aber trotz allem immer wieder, weil ich eine Träumerin war, die lieber darüber nachdachte, welche Abenteuer ihre erfundenen Protagonisten erlebten, anstatt sich auf Mathe und Erdkunde zu konzentrieren.

Tante Charlie war diejenige, die stets am meisten an mein Talent geglaubt hatte und mich auch im Erwachsenenalter immer wieder dazu anspornte, das Schreiben bloß nicht an den Nagel zu hängen. Mein ganzes Studium hindurch fragte sie immer wieder: »Und, hast du gerade eine Romanidee im Kopf?«. Sie wollte verhindern, dass mich BWL zu rational machte, sodass ich meine eigentlichen Träume und Talente vergaß. Als Tante Charlie erfuhr, dass ich eine Agentin hatte, machte sie vor Aufregung einen kleinen Luftsprung und jubelte: »Ich wusste es! Du wirst sehen, Lottchen, eines Tages wirst du einen deiner Romane als gedrucktes Buch in der Hand halten!«

Doch bisher hat dieser Tag leider auf sich warten lassen, denn das Exposé, das ich Julia vor knapp einem Jahr habe zukommen lassen und das sie eben etwas zu »platt« fand, ist immer noch nicht überarbeitet. Irgendwie fehlt mir nach wie vor die zündende Idee, wie die Geschichte origineller werden könnte. Seit ich weiß, dass meine Agentin nur darauf wartet, dass ich endlich eine kreative Eingebung habe, bin ich leider regelrecht blockiert. Kaum habe ich eine neue Idee, befürchte ich sofort, dass das Ganze nicht gut genug ist, und verwerfe alles wieder. Das Problem ist: Ich will mich vor Julia nicht blamieren. Ich fürchte mich davor, dass das überarbeitete Exposé auch nicht gut genug sein könnte. Tante Charlie hat während der letzten Monate immer wieder versucht, mir Mut zu machen, indem sie mir versicherte, dass ich es kann und dass mir die zündende Idee kommen wird. »Verzage nicht, Lottchen, die richtige Romanidee wird dich finden, ganz sicher«, hat sie mir mehr als einmal mit diesem wissenden Lächeln gesagt, das sie gern an den Tag legte, wenn sie davon überzeugt war, recht zu haben. »Manchmal muss man gar nicht suchen. Manchmal findet das Schicksal die Lösung.«

Doch so recht mochte ich nicht an Schicksal glauben, auch wenn ich sonst fast immer mit Tante Charlie übereinstimmte.

Bei dem Gedanken daran, dass Charlie es nun nicht mehr erleben wird, einen Roman ihrer Patentochter in ihrem Lieblingsbuchladen zu kaufen, füllen sich meine Augen mit Tränen.

»So, einmal der Kaffee und ein Blaubeer-Schokoladen-Muffin«, reißt mich Rachels Stimme aus meinen Gedanken. »Guten Appetit!«

»Vielen Dank.« Erleichtert über die Ablenkung begutachte ich den köstlich duftenden Muffin und will gerade das Papier von den Seiten lösen, als das Bimmeln der Türglocke ertönt. Ich blicke zum Eingang hinüber und erstarre, als ein großer Mann mit Baseballmütze, unter der schwarzes Haar hervorlugt, das Café betritt. Doch ich erkenne sofort, dass es nicht Connor ist, als der Mann mit einem breiten Lächeln auf den Verkaufstresen zusteuert und ruft: »Guten Morgen, Rachel, wie geht's, wie steht's?«

Nein, das ist eindeutig nicht der mürrische Mann von gestern Abend. Ich kann mir beim besten Willen nicht vorstellen, dass Connor je so fröhlich seine Mitmenschen begrüßen würde, selbst wenn Hazel behauptet, er sei früher anders gewesen. Was hat ihn bloß so verändert? Mit einem Seufzen schiebe ich das Notizbuch zurück in die Tiefen meiner Handtasche und greife nach dem Muffin. Das reicht, ich will wirklich nicht schon wieder über Connor nachdenken. Oh, da fällt mir ein … Verdammt, ich muss dringend Lennart anrufen! Das habe ich nämlich gestern Abend, nach meinem Nachthemd-Intermezzo, doch nicht mehr getan, weil ich ihn nicht zu so früher Stunde wecken wollte. Hastig ziehe ich mein Telefon hervor. Nein, er hat noch nicht versucht, mich zu erreichen. Schleunigst wähle ich Lennarts Handynummer. Es klingelt ein paar Mal, dann springt die Voicemail an.

»Hallo, Schatz«, sage ich nach dem Piep. »Ist alles okay bei dir? Uns geht es gut, ich hoffe, dass wir heute Abend zurück nach Deutschland fliegen können. Melde dich mal. Ich vermisse dich!«

Kaum habe ich aufgelegt, als ich eine SMS von Lennart bekomme:

Bin in einem Meeting. Kann jetzt nicht.

Kein Kuss, kein gar nichts. Ist er etwa sauer, weil ich in Kanada festsitze?

Kapitel 10

s ist bereits elf Uhr, als ich das Smiling Whale Café verlasse. Schuld an meiner ausgedehnten Pause bei insgesamt zwei Tassen Kaffee, einem Schokoladen-Blaubeer- und dann auch noch einem Himbeer-Zitronen-Muffin war aber leider kein kreativer Schreibrausch, sondern das Bücherregal, das ich in einer Ecke des Cafés entdeckt habe. Ein Wälzer über Chesters faszinierende Freibeuter-Vergangenheit hatte mich so sehr gefesselt, dass ich alles um mich herum vergessen habe. Darin erfuhr ich, dass die Mahone Bay – so heißt die Meeresbucht, in der Chester liegt – dank ihrer rund 360 kleinen und großen Inseln ein ideales Versteck für amerikanische Freibeuter bot, die während der zwei Amerikanischen Unabhängigkeitskriege Ende des 18. und Anfang des 19. Jahrhunderts im Auftrag ihrer Regierung britische Handelsschiffe überfielen. Einer dieser Freibeuter-Segler war die »Young Teazer« aus New York, die im Jahr 1813 in der Mahone Bay von einem britischen Marineschiff angegriffen wurde. Um einer schmachvollen Verhaftung und der drohenden Exekution zu entgehen, soll die Crew der Teazer die an Bord gelagerte Munition zur Explosion gebracht haben, wodurch das Schiff sank und der größte Teil der Besatzung ums Leben kam. Besonders fasziniert mich, dass einige der geborgenen Schiffsbalken zum Bau einer Kneipe in Chester genutzt worden sind – die Kneipe muss ich unbedingt besuchen! Dass man angeblich in manchen Nächten den flammenden Schein der brennenden Teazer weit draußen in der Mahone Bay sehen kann, habe ich hingegen mit einem nachsichtigen Schmunzeln quittiert. Ich glaube nun einmal nicht an Geistergeschichten.

Nun, im hellen Sonnenlicht vor dem Café, rücke ich die hellgraue Baseballmütze mit dem lächelnden Wal zurecht, die ich gerade gekauft habe, und sehe unschlüssig die Straße hinauf und hinab. Soll ich erst einmal in die Mermaid Boutique gehen? Es wäre doch nicht verkehrt, außer dieser Mütze noch ein paar andere Andenken aus Nova Scotia mitzunehmen. Oder soll ich zunächst meinen Spaziergang durch den Ort fortsetzen?

Im nächsten Augenblick wird mir diese Entscheidung abgenommen, denn – das kann doch nicht sein! – ich sehe schon wieder Tante Charlie. Ja, ganz eindeutig: Da vorn läuft eine ältere Dame in rosafarbenen Hosen, mit einer Bluse, die man als mintgrün bezeichnen könnte. Und das Muster auf dieser Bluse ... also, ich kann es aus dieser Entfernung nicht richtig erkennen, aber das könnten durchaus pinkfarbene Kolibris sein! Auch diese grauen Löckchen sehen aus wie bei Charlie. Mein Herz hämmert heftig in meiner Brust, als ich spontan die Straßenseite wechseln will. Im letzten Moment lässt mich ein Hupen zurück auf den Bürgersteig springen – fast wäre ich geradewegs vor einen Pick-up gelaufen. Eine Sekunde lang befürchte ich, dass der Fahrer Connor ist, doch der Mann mit – wie sollte es anders sein – einer Baseballmütze auf dem Kopf ist ziemlich breit und hat einen Stiernacken. Er lässt sein Fahrerfenster herunter und ruft mir zu: »Hey, ist alles okay bei Ihnen?«

»Ja, ja, alles in Ordnung!«, antworte ich peinlich berührt und versuche dabei, die alte Dame nicht aus dem Blick zu verlieren. Ich sehe sie gerade noch hinter einer Kurve verschwinden und merke zu meiner Erleichterung, dass der Mann sein Ungetüm von Pick-up langsam weiterfährt. Hastig überquere ich die Straße und verfalle in einen Laufschritt. So schnell wie möglich renne ich an dem Backsteingebäude der »Bank of Nova Scotia« vorbei, doch als ich die Kurve erreiche, kann ich die graugelockte

Dame nicht mehr sehen. Keuchend bleibe ich stehen und blicke mich suchend um. Nirgends die Spur einer rosafarbenen Hose. Und selbst wenn: Dürfen nicht auch andere Frauen ein Faible für bonbonfarbene Klamotten haben? So viel zum Thema »Ich glaube nicht an Geistergeschichten!«. Bin ich denn noch zu retten?

Mit einem tiefen Seufzer lasse ich meinen Blick über die Fronten der Läden wandern, vor denen ich stehen geblieben bin: Ein Kerzengeschäft und ein kleines Spa, das mit dem Angebot der Woche wirbt – eine Hot-Stone-Massage zum halben Preis. Gerade will ich mich abwenden und zurück in die Richtung gehen, aus der ich gekommen bin, als das Schaufenster eines kleinen Geschäfts ein paar Schritte weiter die Straße hinab meine Aufmerksamkeit erregt. Es scheint ein Trödelladen zu sein, also gehe ich neugierig näher, denn ich liebe Trödel. Den Mittelpunkt der Schaufensterauslage bildet eine alte Babywiege aus wunderschön verziertem Holz. Mein Blick wandert über eine weiße Suppenterrine aus verschnörkeltem Porzellan, ein hölzernes Fernrohr mit Messingbeschlägen und eine offene Schmuckschatulle, aus der zwei Perlenketten heraushängen, bevor er an einer schmalen Holzkiste hängenbleibt, die unscheinbar am Rande des Schaufensters steht. Auf dem unbehandelten Holz ist auf der Längsseite der verblasste Aufdruck »Canadian Butter« zu lesen. Ich muss zugeben, ich habe eine Schwäche für Holzkisten. Bevor ich mit Lennart zusammengezogen bin, haben sich in meiner Küche einige hölzerne Weinkisten gestapelt, in denen ich meine Koch- und Backutensilien aufbewahrt habe. Ich mag diesen rustikalen Charme, doch Lennart hat dafür leider gar nichts übrig, weshalb ich die Kisten schweren Herzens Sophie vermacht habe. Aber diese schmale Kiste dort – die wäre ideal für einen kleinen Kräutergarten auf unserer Küchenfensterbank. Ehe ich michs versehe, habe ich bereits die Tür zum Geschäft geöffnet und werde vom Bimmeln einiger Glöckchen über dem Eingang empfangen.

»Guten Morgen!«, begrüßt mich eine Frau mittleren Alters und kommt gut gelaunt aus einem Hinterzimmer. Wirklich, dass die Leute hier alle so freundlich sind, finde ich – vor allem nach ein paar Tagen New York, wo man froh sein konnte, wenn man in den Läden überhaupt eines Blickes gewürdigt wurde – überaus erstaunlich. Automatisch lächele auch ich und erwidere »Guten Morgen«, bevor ich in die Auslage des Schaufensters schiele.

»Möchten Sie sich etwas näher ansehen?«, erkundigt sich die Verkäuferin und tritt neben mich. Sie ist relativ korpulent, bewegt sich jedoch mit einer erstaunlichen Grazie zwischen den vielen Möbeln und Gegenständen, die das kleine Geschäft fast bis unter die Decke zu füllen scheinen. Es riecht etwas muffig hier drinnen, aber auch spannend, nach lange verborgenen Schätzen.

»Ich würde mir gern diese Holzkiste dort näher ansehen«, erkläre ich.

»Ah, die Butterkiste«, nickt die Verkäuferin und greift in die Auslage, um mir die schmale Kiste in die Hände zu drücken. »Sie stammt aus den 30er-Jahren. Damals gab es eine Butterfabrik in der Nähe von Halifax, und in diesen Kisten wurde die Butter transportiert.« Auf einmal senkt sich ihre Stimme, als wäre sie drauf und dran, mir ein Geheimnis anzuvertrauen: »Wissen Sie ...«

Sie bricht ab, als es am Eingang erneut bimmelt.

»Lotte!« Es ist Sophie, die hereinkommt. Sie trägt ihr Haar wie immer zu einem Dutt oben auf ihrem Kopf, was ihr das Aussehen einer Primaballerina verleihen würde, wenn sich unter ihrem weißen T-Shirt nicht so deutlich ihre Babykugel abzeichnen würde.

»Hallo«, sage ich verdutzt, als auch Mama hinter Sophie im Türrahmen auftaucht. »Woher wusstet ihr, dass ich hier bin?«

»Wir haben dich eben die Straße entlangrennen sehen, und als wir dir gefolgt sind, haben wir gerade noch mitbekommen, dass du hier im Laden verschwunden bist.«

»Ist alles in Ordnung, Kind?« Mama ist nähergekommen und mustert mich besorgt.

»Ähm, ja«, sage ich ausweichend.

»Warum bist du so gerannt?« Sophie sieht mich mit schiefgelegtem Kopf prüfend an. »Und wieso warst du so früh schon weg? Wir wollten doch zusammen frühstücken! Und warum trägst du so eine komische Baseballmütze?«

»Hey, wird das ein Verhör?«, wehre ich mich und rücke besagte Mütze zurecht, bevor ich halb im Scherz hinzufüge: »Ich möchte mich dem lokalen Bekleidungsstil anpassen. Sorry, dass ich das Frühstück mit euch habe sausen lassen, aber ich wollte möglichst viel von diesem hübschen Ort sehen«, erkläre ich und hoffe, dass Sophie ihre Frage bezüglich meines Sprints die Straße entlang schon wieder vergessen hat. »Außerdem hatte ich nicht wirklich damit gerechnet, dass du es zum Frühstück schaffen würdest, Schwesterherz. Was ist passiert? Bist du aus dem Bett gefallen?«

»Nee«, brummt Sophie. »Luise musste schon um kurz nach neun ausgerechnet auf ihrem Balkon ein Telefonat mit der Firma führen, und weil sie sich mal wieder über den Leiter der Import-Abteilung aufgeregt hat, wurde es so laut, dass ich nicht mehr schlafen konnte.« Sie verdreht schlecht gelaunt die Augen und gähnt demonstrativ. Dann fällt ihr Blick auf die Holzkiste, die ich in den Armen halte wie ein Baby.

»Was willst du denn mit der Kiste?«

»Das ist eine Butterkiste, darin wurde früher Butter transportiert. Nicht wahr?«, frage ich an die Verkäuferin gewandt. Da ich der Meinung bin, dass sie mir eben noch etwas zu der Kiste erzählen wollte, warte ich gespannt ab, doch sie nickt nur und wirft einen schnellen Blick auf Sophies Babykugel. Dann sieht sie wieder mich an und erklärt: »Genau. Sie kostet 20 Dollar.«

»20 Dollar für eine alte Holzkiste?«, fragt Sophie mit einem Kopfschütteln. »Die willst du doch nicht kaufen, oder, Lotte?«

»Doch«, sage ich entschlossen und gehe mit der Kiste auf die Ladentheke zu. Zwar sehe ich genau, wie Mama und Sophie einen fragenden Blick tauschen, aber das ist mir egal. Diese Kiste fasziniert mich auf eine Weise, die ich nicht erklären kann. Ich möchte sie zu Hause auf meine Fensterbank stellen und mich immer an Chester erinnern, wenn ich sie sehe.

Dann fällt mein Blick auf den Tresen, auf dem neben der Kasse ein wunderschöner Bilderrahmen steht, der aus naturbelassenen, teils leicht gebogenen Holzstücken in verwittertem Grau zusammengesetzt ist.

»Wow«, hauche ich und greife danach. Ich glaube, das Meer zu riechen, als ich den Rahmen näher mustere.

»Schön, oder?«, fragt die Verkäuferin mit einem Lächeln, während sie etwas in die Kasse eintippt. »Dieser Rahmen ist allerdings nicht antik, auch wenn er so aussieht. Ein lokaler Künstler stellt allerlei Dinge aus Treibholz her: Lampenfüße, Garderoben, Spiegel – und eben Bilderrahmen. Derzeit ist das hier mein letztes Stück, ich muss dringend Nachschub bestellen.«

»Den nehme ich auch mit«, sage ich spontan, ohne mich nach dem Preis zu erkundigen. So ein einmaliges Stück finde ich in Düsseldorf nicht, schon gar nicht inklusive Meeresduft. In dem Rahmen könnte eines unserer Hochzeitsfotos sicherlich schön zur Geltung kommen, überlege ich. Wobei Lennart wenig für den rustikalen Stil übrig haben dürfte. Na gut, zur Not kann ich den Rahmen auf meinen Schreibtisch in der Firma stellen.

»Lotte, kommst du mit? Wir wollen uns den Ort weiter ansehen. Warst du schon in der Mermaid Boutique?«, höre ich Sophie quengeln. Sie wartet nicht gern auf andere.

»Noch nicht. Geht doch schon mal vor. Wir treffen uns in der Boutique, ja?«

»Ist gut«, sagt Mama und folgt Sophie nach draußen, während ich meine Kreditkarte über den Tresen schiebe.

Als auch ich das Geschäft verlasse, eine Papiertüte mit meinen Schätzen in der Hand, frage ich mich kurz, ob ich Rahmen und Butterkiste überhaupt in meinem Koffer werde unterbringen können, verdränge den Gedanken jedoch schnell wieder. Es wird schon irgendwie gehen. Außerdem habe ich die erlaubte Gewichtsgrenze beim Einchecken für den Rückflug gar nicht erreicht, und das trotz der Banana-Republic-Einkäufe. Auf der Straße stelle ich zu meinem Erstaunen fest, dass es langsam wirklich warm wird. Die Sonne scheint von einem strahlend blauen Himmel und sorgt dafür, dass ich in meiner Strickjacke zu schwitzen beginne. Doch noch während ich sie ausziehe und mir um die Taille knote, reißt mir plötzlich eine kräftige Windböe die Baseballmütze vom Kopf. Ich hechte ihr hinterher, aber der Wind scheint mich zum Narren halten zu wollen: Er hebt die Mütze hoch, lässt sie dann zurück in Richtung Boden segeln, nur um sie mit der nächsten Böe weiter fortzutreiben, und zwar in die Richtung, in die ich eigentlich gar nicht gehen wollte. Immer weiter eile ich die Straße hinab, die mich von der Mermaid Boutique und somit auch von meiner Familie fortführt. Endlich segelt die Mütze – fast wie von Geisterhand, könnte man meinen, wenn man an Geister glaubte – in ein paar hohe Gräser am Straßenrand und scheint dort entspannt auf mich zu warten. Schwer atmend bücke ich mich nach ihr und will sie aufsetzen, als etwas Weißes im Gras meine Aufmerksamkeit erregt: Da liegt ein umgekipptes Holzschild in Form eines Pfeils, der nach links deutet. Dorthin, wo meine Familie nicht auf mich wartet und wohin ich nicht länger gehen sollte. Aber auf dem Schild lese ich das verlockende Wort »Beach«. Ein Strand? Neugierig richte ich mich auf und sehe in die Richtung, in die das Schild mal gewiesen haben muss, als es noch stand.

»Ah, der Wegweiser ist im Winter mal wieder vom Schneepflug umgeschubst worden.« Ein weißhaariger Mann ist neben mir stehen geblieben und betrachtet kopfschüttelnd das Schild im Gras. »Wird wohl Zeit, dass man das wiederaufrichtet, wie? Ist immerhin schon Juli.« Er kratzt sich am Kinn und grinst mich an.

»Suchen Sie den Strand, Miss?« Ehe ich verneinen kann, erklärt er hilfsbereit: »Sie folgen einfach dieser Straße bis zu dem knallorangefarbenen Haus an der Ecke. Das ist Jimm's Pottery, die können Sie nicht übersehen, es sei denn, Sie sind farbenblind. An der Kreuzung biegen Sie nach rechts ab und gehen dann gleich wieder die erste Straße rechts. Dann immer an der Küste entlang, bis zum Ende der Halbinsel. Dauert vielleicht fünf bis zehn Minuten zu Fuß.«

»Aha, vielen Dank!«, sage ich, ehrlich überrascht von so viel Hilfsbereitschaft. Hier scheint man noch nicht genervt zu sein von den Touristen. Der alte Herr tippt sich lächelnd an die – natürlich – Baseballmütze und geht pfeifend weiter, Richtung Zentrum, wohin auch ich gehen sollte.

Doch stattdessen drehe ich mich, ohne weiter darüber nachzudenken, um und folge der Straße bergab, bis ich die leuchtend orangefarbene Töpferei an der Kreuzung entdecke und nach rechts abbiege. Ein paar Minuten mehr oder weniger können Mama und Sophie doch auf mich warten – ich muss unbedingt diesen Strand sehen!

Kapitel 11

Allerdings hat sich der hilfsbereite alte Herr mit der Zeitangabe etwas verschätzt. Schließlich kann es doch nicht sein, dass er trotz seines Alters die Strecke zum Strand so viel zügiger läuft als ich, überlege ich entgeistert, als ich eine Viertelstunde später auf meine Uhr sehe und erschöpft stehen bleibe. Zwar genieße ich den Anblick der malerischen Häuser auf ihren großzügigen Rasenflächen, an denen die Uferstraße mich vorbeiführt, und auch die Meeresbucht mit ihren Segeljachten und Fischerbooten und den schmucken Häusern am Ufer gegenüber lässt mich immer wieder entzückt Bilder mit meinem Smartphone knipsen. Aber langsam könnte dieser mysteriöse Strand trotzdem auftauchen, schöne Umgebung hin oder her. Gerade frage ich mich, ob mich der alte Mann vielleicht komplett in die Irre geschickt hat, als ich plötzlich einen weiteren Wegweiser mit der Aufschrift »Beach« entdecke – dieser ist allerdings vom Schneepflug verschont worden. Ich schöpfe neue Hoffnung und folge der Straße um die Spitze der Halbinsel herum, wo mich nicht länger Privatgrundstücke begrüßen, sondern hohe Kiefern auf der einen Straßenseite, und auf der anderen Dünengras, durch das der Wind wispernd streicht. Am Straßenrand stehen drei Autos geparkt, zwei davon sind natürlich Pick-ups, was sonst. Ohne Pick-up und Baseballmütze scheinen sich Kanadier eher ungern voranzubewegen. Neugierig betrete ich einen schmalen Weg aus Holzplanken, der mich durch das Dünengras führt, direkt auf einen wunderhübschen und vor allem fast menschenleeren

Strand zu. Eine Frau joggt mit ihrem Hund nahe der Wasserlinie entlang, ein junges Paar knipst stolz Fotos von einem speckigen Kleinkind mit Sonnenhut, und ein Mann läuft, den Blick nach unten gerichtet, den Strand entlang. Er scheint nach Muscheln oder etwas Ähnlichem zu suchen, denn hin und wieder bückt er sich und hebt etwas vom Boden auf.

Ich ziehe Schuhe und Socken aus und laufe über weichen, von der Sonne angenehm erwärmten Sand. Während ich tief die salzige Luft einatme, lasse ich meinen Blick den ganzen Strand entlangwandern ... und erstarre. Mein Mund wird trocken, meine Finger umklammern fest die Schnürsenkel der Sneakers, die ich in einer Hand halte. Das kann doch nicht sein! Das hier ist doch ... Ob da hinten ...? Ich muss nachsehen, sofort.

Wie in Trance laufe ich über den Sand, meinen Blick auf einen Punkt am Ende des Strands geheftet. Als ich hinter mir plötzlich eine vertraute Stimme höre, die meinen Namen sagt, bleibe ich wie angewurzelt stehen und fahre herum.

Der Muschelsammler ... ist niemand anderes als Connor. Ich war so überwältigt von diesem Strand, dass ich den Mann mit der Baseballmütze gar nicht weiter beachtet habe. Er steht rund zwei Meter von mir entfernt und sieht mich an.

Charlotte Seliger musste all ihren Mut aufbringen, um dem Blick aus seinen hellblauen Augen standzuhalten ... erst recht, als ihr bewusst wurde, dass er sie gestern Abend so gut wie nackt gesehen hatte.

Und da sind sie auch schon, die roten Flecken an meinem Hals, das spüre ich genau.

»Ähm, hallo«, sage ich und starre auf meine Zehen, die nervös im Sand scharren. Meine Zehennägel sind hübsch rot lackiert, weil ich in New York in einem dieser kleinen Kosmetiksalons war, wo emsige koreanische Mitarbeiterinnen wahre Wunderwerke vollbringen. Als ob das jetzt gerade von Bedeutung wäre.

»Du hast etwas verloren«, höre ich Connor sagen und fühle

mich genötigt, wieder hochzuschauen. Er hält eine meiner blauen Socken in die Luft. Sie muss aus meinem Schuh gefallen sein, in den ich beide Socken hineingestopft hatte.

»Oh … ähm … danke«, murmele ich verlegen. Connor macht keine Anstalten, mir entgegenzukommen, sondern bleibt stehen, wo er ist, und lässt mich die Strecke zwischen uns zurücklegen. Wahrscheinlich will er sich für mein Verhalten von gestern rächen. Bitte, soll er doch. Wirklich kindisch.

Mit sicherem Abstand bleibe ich vor ihm stehen und strecke meine Hand nach der Socke aus. Connor reicht sie mir, und als ich mich dazu überwinde, in sein Gesicht zu sehen, merke ich, dass sich seine Mundwinkel leicht nach oben bewegen. Ganz leicht. Erstaunlich, dass dieses angedeutete Lächeln ausreicht, um mein Herz gleich drei Gänge hochschalten zu lassen. Ich schnappe leicht nach Luft und stoße ein »Danke« hervor.

Connor erwidert nichts, sondern beobachtet schweigend, wie ich die Socke sorgfältig zurück in die Tiefe meines Sneakers stopfe.

»Du warst einkaufen?«, fragt er plötzlich, und ich merke, dass er meine Papiertüte mustert.

»Ähm … ja«, erwidere ich und frage mich, warum meine Haut so verräterisch brennen muss. »Ich … hm … ich habe in diesem kleinen Trödelladen eine antike Butterkiste entdeckt. Und einen einmalig schönen Bilderrahmen, der aus Treibholz gemacht ist. Von einem lokalen Künstler.«

»Mhhm«, macht Connor und sieht wieder mich an. Jetzt, bei hellem Sonnenschein und vor dem Hintergrund des blauen Meers, leuchten seine Augen noch intensiver als gestern. Ich hätte das nicht für möglich gehalten. Verzweifelt überlege ich, was ich noch sagen könnte, als er sich abrupt abwendet.

»Mach's gut«, höre ich ihn noch brummen, während er schon über den Sand davonstiefelt. Verdutzt starre ich ihm hinterher, rufe »Bye … und danke für die Socke!«

Danke für die Socke? Himmel, Lotte, kannst du mal etwas Sinnvolles sagen? Connor macht lediglich eine Handbewegung, die wahrscheinlich so etwas wie »Schon okay« heißen soll. Ratlos mustere ich ihn, seine breiten Schultern, die schwarzen Haare, die sich leicht in seinem Nacken locken, den Hintern (ja, ich weiß, ich bin verlobt, aber dass andere Männer Hintern haben, darf ich ja wohl feststellen). Über einer Schulter trägt er einen Rucksack, und mir fällt ein, dass ich ihn hätte fragen können, was er eben gesammelt hat. Doch da mein Gehirn grundsätzlich Aussetzer zu haben scheint, wenn ich mich in Connors Nähe aufhalte, ist es nicht weiter verwunderlich, dass mir diese Frage nicht in den Sinn gekommen ist. Plötzlich wirft Connor einen Blick über seine Schulter und ertappt mich dabei, wie ich ihm hinterhergaffe.

Panisch drehe ich mich so schnell um meine eigene Achse, dass ich im weichen Sand beinahe über meine Füße stolpere. Ich könnte schwören, dass ich Connor leise lachen höre. Aber eigentlich kann das nicht sein, weil er a) fast nie zu lachen scheint und b) der Wind dieses Lachen forttragen müsste. Auf keinen Fall werde ich mich noch einmal umdrehen, um zu sehen, ob er mich immer noch ansieht. Stattdessen setze ich meinen Weg fort, und nach wenigen Metern vergesse ich tatsächlich, dass Connor irgendwo hinter mir in die entgegengesetzte Richtung geht.

Nein, ich habe jetzt andere Sorgen. Atemlos lasse ich meinen Blick den Strand entlangwandern. Er ist halbmondförmig, dieser Strand, und an seinem Ende wartet eine felsige Landzunge darauf, dass ich sie umrunde, was ich mit zittrigen Beinen tue. Der Wind zerrt an meinem Haar, das sich größtenteils aus dem geflochtenen Zopf gelöst hat, und ich fröstele nun doch ein wenig. Eigentlich sollte ich wohl meine Strickjacke wieder anziehen, doch ich will jetzt keine Pause einlegen. Bloß weiter, Felsen für Felsen, bis ich sehen kann, was auf der anderen Seite liegt.

Als ich es sehe, rutscht mir mein Herz in die Hose. Tatsächlich. Wie angewurzelt bleibe ich stehen und starre auf den Leuchtturm, den ich in der Ferne sehen kann. Er hat rote und weiße Querstreifen – und sieht ganz genauso aus wie der Leuchtturm, den ich in meinem Traum gesehen habe. In meinem Traum von Tante Charlie, die den halbmondförmigen Strand entlanggelaufen ist, wie ich es selbst gerade getan habe, bevor sie hinter dieser Landzunge verschwunden ist – an deren Spitze ich nun stehe und nicht weiß, wie mir geschieht.

Als ich eine Etage tiefer Luises aufgebrachte Stimme höre, schrecke ich hoch. Oh, ich muss tatsächlich eingeschlafen sein, stelle ich verdutzt fest, als ich auf meine Armbanduhr sehe. Es ist kurz vor drei Uhr am Nachmittag. Vor einer Stunde bin ich vom Strand zurückgekommen.

Der Strand. Und der Leuchtturm. Bei der Erinnerung klopft mein Herz ein wenig schneller. Wirklich, das ist doch alles völlig irre.

»Diese unfähige Airline!«, höre ich Luise schimpfen und stehe auf. Noch etwas verschlafen verlasse ich mein Zimmer und gehe langsam die Treppe hinab. Im ersten Stock stehen Mama und Sophie, die anscheinend gerade die Treppe heraufgekommen sind. Ich habe sie nicht im Bed & Breakfast angetroffen, als ich vorhin zurückgekehrt bin, und nicht einmal telefonisch waren sie erreichbar. Auch Lennart habe ich immer noch nicht gesprochen, sondern nur eine weitere Nachricht auf seiner Voicemail hinterlassen. Entweder ist er wirklich sauer – oder er hat Stress im Büro und kommt einfach nicht zum Telefonieren. Ich hoffe auf Letzteres.

Luise war ebenfalls in ihre Arbeit vertieft, als ich zurückgekommen bin. Zwar habe ich zaghaft an ihre Zimmertür geklopft, doch das Einzige, was ich hörte, war »Nein, Frau Meyerhoff, ich muss *jetzt* mit Herrn Flötotto sprechen!«. Also habe ich sie lieber nicht gestört. Jetzt steht meine ältere Schwester in Leggins und T-Shirt im Flur, ganz wie in New York, wenn sie in den Fitnessraum des Waldorf Astoria gegangen ist. Zum Sportoutfit trägt sie leider eine ziemlich übellaunige Miene.

»Hallo«, sage ich zaghaft. »Was ist denn los?«

Luise sieht mich düster an und schnauft laut. »Was los ist? Nachdem sich diese verfluchte Fluggesellschaft nicht gemeldet hat, habe ich gerade Ewigkeiten in deren Warteschleife verbracht und irgendwann endlich mit einer unfähigen Callcenter-Mitarbeiterin gesprochen: Unser Flug kann heute doch noch nicht stattfinden. Vielleicht morgen. *Vielleicht.*« Luise schnaubt wütend.

»Na ja«, meint Mama und setzt ihr optimistisches Lächeln auf. »Ich denke, es gibt Schlimmeres, als hier in Chester auf unseren Rückflug zu warten. Sophie und ich haben eben im Smiling Whale Café zu Mittag gegessen. Ein reizendes Restaurant, und die Fischsuppe war wirklich köstlich, du hättest mitkommen sollen, und …«

»Es gibt nun einmal Leute, die haben in Deutschland ein Leben, das auf sie wartet, Mama«, giftet Luise. »Leute, die gebraucht werden, die einen Beruf haben, die nicht ewig Däumchen drehend in der Wildnis herumhängen können!« Mit diesen Worten schiebt sie sich an Mama und Sophie vorbei und stapft die Treppe hinab.

»Schönen Dank auch, Schwesterherz!«, ruft Sophie ihr hinterher und rollt mit den Augen. »Nur, weil ich nicht auf Papas Gehaltsliste stehe, heißt das nicht, dass ich kein Leben habe!«

Als Antwort fällt die Haustür mit einem Krachen ins Schloss.

»Hoffentlich baut sie beim Joggen ein paar Aggressionen ab«, murmele ich mit einem Kopfschütteln. Ich hasse nichts so sehr wie Streit und Unstimmigkeiten.

Auch Mama starrt ihrer Ältesten bekümmert hinterher. Dass sie nach Luises Geburt aufgehört hat, zu arbeiten und von da an aufopfernde Hausfrau und Mutter war, fand meine ältere Schwester schon immer peinlich. Ich erinnere mich noch gut daran, wie sie Mama als Teenager an den Kopf geschmissen hat, sie lasse sich von so einer einfachen Hausfrau nichts sagen.

»Lotte, wo warst du eigentlich die ganze Zeit?«, fragt Sophie und sieht mich vorwurfsvoll an. »Wir haben Ewigkeiten in der Mermaid Boutique auf dich gewartet!«

»Ich habe zufällig einen hübschen kleinen Strand entdeckt und einfach die Zeit vergessen«, erkläre ich schuldbewusst. So war es tatsächlich. Erst, als irgendwann mein Magen knurrte, habe ich auf meine Armbanduhr gesehen und gemerkt, dass ich zwei Stunden lang regungslos auf einem Felsen gesessen und aufs Meer hinausgestarrt hatte. Ich hatte in der Ferne Fischerboote vorbeituckern gesehen, Jachten mit geblähten Segeln, die lautlos über das tiefblaue Wasser glitten, und zwei rote Kajaks, die mit gleichmäßigen Paddelschlägen hinter einer Halbinsel verschwanden. Und ich hatte wieder und wieder ungläubig den Leuchtturm betrachtet, der auf einer kleinen felsigen Insel nahe des Ufers stand. Wie konnte das sein, dass ich diesen halbmondförmigen Strand und diesen Leuchtturm in meinem Traum gesehen hatte, obwohl ich noch nie hier gewesen war?

»Man merkt, dass du am Strand die Zeit vergessen hast«, reißt mich Sophies Stimme aus meinen Gedanken. Fragend sehe ich sie an. Sie deutet auf mein Dekolleté. »Du siehst verdächtig nach gekochtem Hummer aus.«

»Ach, verdammt«, murmele ich und lege eine Hand flach auf meine Haut, die sich in der Tat ziemlich heiß anfühlt. Dabei sind wir hier doch in Kanada! Wenn ich sonst von diesem Land gehört habe, kamen mir Eskimos in den Sinn, Elche, Eishockey. Aber doch kein Sonnenbrand! Zum Glück hatte ich meine neue Baseballmütze auf, sonst wäre mein Gesicht nun wohl auch krebsrot.

»Ich habe übrigens versucht, euch anzurufen«, verteidige ich mich, während Sophie ihre Zimmertür aufschließt und ihre Sneakers von den Füßen kickt.

»Hab mein Smartphone hier im Zimmer gelassen«, gibt sie

mit einem Schulterzucken zurück. »Und Mama hat ihre PIN vergessen und kann ihres nicht mehr einschalten.«

»Ach, Mama, nicht schon wieder«, sage ich. Mama lächelt gequält und sucht in ihrer Handtasche nach ihrem Zimmerschlüssel.

»Ich weiß, ich weiß. Luise hat mir auch schon gesagt, wie blöd das ist.«

Ich seufze. Natürlich hat sie das.

»Worüber hat sich denn eure Schwester gerade so aufgeregt?« Hazel kommt die Treppe hinauf und mustert uns besorgt. »Ist alles in Ordnung?«

»Wie man es nimmt«, antworte ich mit einem schiefen Lächeln. »Wir können heute Abend noch nicht zurückfliegen.«

»Ja, und Luise hat Panik, dass zu Hause die Firma unserer Familie ohne sie Insolvenz anmelden muss«, meint Sophie mit einem frechen Grinsen und lehnt sich an den Türrahmen.

»Sind unsere Zimmer denn überhaupt weiterhin frei, Hazel?«, fragt Mama sorgenvoll.

»Ja, die anderen europäischen Gäste können ja wegen des Vulkans auch noch nicht kommen. Erst für nächsten Montag habe ich zwei Buchungen von Touristen aus Ontario und Kalifornien, die es wohl trotz des Vulkans hierherschaffen müssten, sie kommen ja aus der anderen Richtung. Bis dahin könnt ihr die vier Zimmer haben, sollte die Aschewolke sich nicht schneller verziehen.«

Montag. Heute ist Mittwoch. Beklommen frage ich mich, wie lange es tatsächlich dauern wird, bis wir die Heimreise antreten können. Immerhin wollen Lennart und ich in nur anderthalb Wochen heiraten! Und, was mir gerade einfällt: Übermorgen habe ich mein Probe-Haarstyling beim Frisör. Verdammt.

»Übrigens könnt ihr die Waschmaschine und den Trockner benutzen, wenn ihr frische Sachen braucht«, fügt Hazel noch hinzu.

»Ach, das wäre toll!«, erwidere ich erleichtert.

»Aber das ist doch selbstverständlich. Wenn du möchtest, zeige ich dir unten den Waschraum, Lotte. Oh je, du hast einen ganz schönen Sonnenbrand bekommen, hmm? Ich kann dir eine gute After-Sun-Lotion leihen.«

»Das wäre nett«, seufze ich und versuche, zu erkennen, wie schlimm mein Dekolleté aussieht. »Aber zunächst würde ich tatsächlich gern eine Ladung Wäsche waschen.«

Ich sehe Mama und Sophie an. »Wenn ihr mir eure Sachen gebt, kümmere ich mich um die Wäsche.«

»Das ist lieb, Lotte«, sagt Mama und zieht endlich ihren Schlüssel aus den Tiefen ihrer Tasche.

»Was machen wir eigentlich heute Abend?«, ruft Sophie aus ihrem Zimmer, während sie ein paar auf dem Boden verteilte Kleidungsstücke zusammenklaubt. »Wenn wir schon nicht zum Flughafen müssen, könnten wir doch nett essen gehen.«

»Allerdings«, stimme ich zu und habe eine Idee. »Hazel, kann man in dieser Kneipe, in der die Balken von der Teazer verbaut wurden, etwas essen?«

»Du meinst die ›Rope Loft‹? Aber ja!«, nickt Hazel. »Die Küche ist hervorragend, und in der Kneipe ist abends immer was los, da lernt ihr den halben Ort kennen.«

Augenblicklich frage ich mich, ob Connor ebenfalls dort sein wird. »Okay, dann gehen wir dahin!«, grinst mich Sophie an und drückt mir ihre Schmutzwäsche in die Arme.

In der Küche duftet es schon wieder wunderbar nach etwas frisch Gebackenem. Anerkennend schnuppere ich. »Hazel, bei dir wird der Backofen aber auch nie kalt, oder?«, frage ich, während ich ihr in ein Zimmer hinter der Küche folge, wo eine dieser amerikanischen Toploader-Waschmaschinen neben einem Trockner steht.

Hazel kichert und klingt dabei wie ein junges Mädchen. »Das sind meine Spezial-Brownies, mit extra viel dunkler Schokolade und Walnüssen. Die bringe ich nachher zum Treffen der Trauergruppe mit, aber es sind so viele geworden, dass du ruhig einen probieren kannst, Lotte.«

Überrascht sehe ich sie an. Trauergruppe? Jetzt erst wird mir bewusst, dass Hazel allein lebt. Ist sie verwitwet? Ich frage mich noch, ob ich nachhaken soll, als unsere Wirtin schon beginnt, mir die Einstellungen der Waschmaschine zu erklären.

Erst, als ich Hazels Einladung auf eine Tasse Tee und einen Brownie angenommen habe und kurz darauf am Küchentisch sitze, erkundige ich mich zaghaft: »Wieso triffst du dich mit einer Trauergruppe, Hazel?«

Ein trauriges Lächeln huscht über ihr Gesicht, während sie sich auf einen Stuhl mir gegenüber sinken lässt und dampfenden Tee aus einer Porzellankanne in meine Tasse füllt.

»Ich bin seit einem Jahr Witwe«, erklärt sie schließlich, stellt die Kanne ab und schaut mich über ihre gefalteten Hände hinweg an. Sie ist das absolute Gegenteil von Connor, fährt es mir durch den Kopf: Stets liegt ein leichtes Lächeln auf ihren Lippen, sogar wenn sie etwas Trauriges erzählt.

»Oh, das tut mir sehr leid«, erwidere ich leise.

»Ja, mir auch«, seufzt Hazel und starrt in ihren Tee, während sie ihn umrührt. »James war ein guter Mann, meine große Liebe. Wir waren fünfzig Jahre lang verheiratet. Kannst du dir das vorstellen? Ich war neunzehn, als ich ›Ja‹ gesagt habe, James war zweiundzwanzig. Als der Krebs ihn mir genommen hat, konnte ich mir nicht vorstellen, auch nur einen Tag ohne diesen Mann überleben zu können, von dem ich immer geglaubt hatte, er wäre unverwüstlich.«

Sie sieht mich an, und ihre braunen Augen schimmern feucht. Ich schlucke und umklammere fest meine Teetasse. Sofort formt sich ein Kloß in meinem Hals. Wenn Leute in meiner Gegenwart weinen, breche ich aus Solidarität meist auch in Tränen aus. Doch da lächelt Hazel schon wieder tapfer, tupft sich mit ihrer Serviette unter ihren Augen entlang und fährt fort: »Aber ich musste erkennen, dass kein Mensch unverwüstlich ist, selbst mein James nicht. Und ich habe gelernt, ohne ihn zu überleben. Weißt du, James hat sich immer um die Arbeiten rund ums Haus gekümmert. Außerdem kannte er sich dank unserer Tochter ganz gut mit Computern aus, war für die Homepage des Bed & Breakfast und für die E-Mail-Korrespondenz mit den Gästen zuständig. Als er von mir gegangen ist, war ich am Anfang noch nicht einmal in der Lage, eine E-Mail zu verschicken.«

Hazel nimmt einen Schluck Tee. Dann straffen sich ihre Schultern ein wenig, als sie hinzufügt: »Aber ich habe einen Computerkurs belegt, weil ich nicht einfach klein beigeben und den Krebs noch mehr zerstören lassen wollte, als er ohnehin schon getan hatte. Ich habe nicht nur alles über E-Mails gelernt, sondern bin inzwischen sogar in der Lage, unsere Homepage zu überarbeiten. Nur ab und zu, wenn ich irgendetwas zerschieße, muss Connor vorbeikommen und alles retten.«

Bei der Erwähnung seines Namens setze ich mich ein wenig aufrechter hin und sehe Hazel aufmerksam an. »Ach, Connor hilft dir?«, hake ich so beiläufig wie möglich nach und nippe ebenfalls an meinem Tee.

»Aber ja, der Gute geht hier ständig ein und aus. Ich fürchte, ich nehme ihn manchmal ganz schön in Anspruch«, lacht Hazel, und ich frage mich mit plötzlich aufkeimender Nervosität, wann er wohl das nächste Mal im Bed & Breakfast auftauchen wird. »Connor war schon als kleiner Junge oft bei uns. Er war mit meiner Tochter Maggie befreundet, die beiden sind stundenlang draußen im Ahornbaum herumgeklettert, und ich habe ihm Klavierunterricht gegeben.«

Ich versuche, mir Connor als kleinen Jungen vorzustellen, der in Bäume klettert und bei Hazel Klavierunterricht nimmt. Spielt er heute wohl auch noch Klavier? Mit einer Säge im Wald kann ich ihn mir, ehrlich gesagt, eher vorstellen.

»Connor hilft mir oft, wenn es ums Haus herum etwas zu reparieren gibt. Er hat für so vieles ein Händchen«, erklärt Hazel mit einem beinahe liebevollen Lächeln.

Beim Gedanken an seine Hände wird mir warm.

»Sag mal, Hazel, heute Morgen, bevor deine Tochter angerufen hat, da hast du erwähnt, dass Connor nicht immer so unnahbar gewesen ist.« Ich hoffe sehr, dass meine Stimme nicht verrät, wie nervös ich bei diesem Thema bin.

Doch sollte Hazel dies bemerken, ignoriert sie es taktvoll. »Richtig, da wurden wir ja unterbrochen.« Nachdenklich streicht sie mit einem Finger über die Maserung in der Tischplatte, bevor sie fortfährt: »Wo genau sind wir denn stehengeblieben? Habe ich schon von Linda Sullivan erzählt?«

Ach du Schande. Wer, bitteschön, ist denn Linda Sullivan? Ich schüttele den Kopf und beiße ein großes Stück vom Brownie ab.

»Linda war das hübscheste Mädchen hier im Ort, und alle Jungs waren in sie verknallt. Aber sie hatte nur Augen für Connor, denn der war damals wirklich ein Hingucker. Ich meine, nicht dass er das heutzutage nicht mehr wäre, aber du hast ja selbst schon gemerkt, dass er oft ein wenig … nun ja, mürrisch wirkt. Damals war das ganz anders.«

Gespannt höre ich zu und versuche, mir vorzustellen, wie eine jüngere Version von Connor ausgesehen haben könnte. Ob er viel gelächelt hat. Beim Gedanken an sein angedeutetes Lächeln heute am Strand wippe ich nervös mit meinem Fuß.

»Linda und Connor waren *das* Paar von Chester. Wenn sie Hand in Hand die Hauptstraße entlanggingen, drehten sich alle nach ihnen um.« Bei der Erinnerung lächelt Hazel versonnen, während sich in meinem Magen ein fieser Klumpen formt. Ich würde gern wissen, wie diese Linda aussieht, wage es aber nicht, Hazel zu fragen. Das wäre wirklich zu auffällig. Dennoch überlege ich, was für ein Typ Linda Sullivan sein mag. Blond? Brünett? Vielleicht sogar rothaarig? Nein, ganz sicher nicht. Connor steht bestimmt nicht auf blasse Rothaarige. Und eigentlich ist es ja auch ganz egal, auf wen er steht, sage ich mir im Stillen mit Nachdruck und konzentriere mich wieder auf das, was Hazel erzählt.

»Na ja, um die Geschichte kurz zu machen: Die beiden haben einige Jahre nach der Highschool tatsächlich geheiratet. Doch dann ist das Unglück passiert.«

Überrascht sehe ich Hazel an, die mit plötzlich bekümmertem Gesichtsausdruck in ihren Tee starrt.

»Was ist passiert?«, frage ich atemlos. Im nächsten Augenblick lässt mich das Zuschlagen der Eingangstür einen erschrockenen Hüpfer auf meinem Stuhl machen. Als ich eine mir inzwischen wohlbekannte tiefe Stimme »Hazel?« rufen höre, bin ich versucht, unter den Küchentisch zu tauchen, um mich zu verstecken. Da ich jedoch nicht weiß, wie ich das Hazel erklären sollte, bleibe ich sitzen, wo ich bin, und versuche, gelassen auszusehen, woran ich sehr wahrscheinlich grandios scheitere. Immerhin trage ich dieses Mal kein durchsichtiges Nachthemd mit Schäfchen-Muster.

»Ja! Hier in der Küche!«, ruft Hazel, und im nächsten Moment kommt Connor bereits mit großen Schritten um die Ecke gebogen. »Hallo«, sagt er zu Hazel, dann bleibt sein Blick an mir hängen und er nickt mir zu.

»Hallo«, krächze ich und räuspere mich peinlich berührt.

»Noch hier?«, erkundigt sich Connor in einer beinahe herablassenden Art und Weise, die ich eigentlich unmöglich finde … aber auch … irgendwie … sexy. Ja, ich kann es nicht leugnen. Nun bin ich es, die nickt, denn ich sehe mich nicht in der Lage, etwas zu sagen.

»Hallo, mein Junge«, meldet sich da zum Glück Hazel mit warmer Stimme zu Wort, und ich hoffe inständig, dass sie jetzt nicht etwas sagt wie »Wir haben gerade über dich gesprochen!«. Doch das tut sie zu meiner großen Erleichterung nicht, sondern bemerkt lediglich: »Ja, Lotte und ihre Familie bleiben noch bis mindestens morgen, je nachdem, wie sich die Aschewolke entwickelt. Was ist mit deiner Mutter?«

»Sie wartet auch auf grünes Licht von ihrer Airline«, erwidert Connor und klingt absolut nicht mehr herablassend, sondern geradezu liebenswürdig. »Es ist übrigens schon halb fünf.«

»Ach du meine Güte, schon so spät!«, ruft Hazel und sieht erschrocken auf ihre Armbanduhr. »Während ich mit Lotte geplaudert habe, habe ich völlig die Zeit vergessen. Ich muss mir noch schnell die Nase pudern!«

Sie schiebt ihren Stuhl zurück und eilt aus der Küche. Ich sehe ihr konzentriert nach, um nicht diesen Mann anschauen zu müssen, mit dem sie mich zurücklässt.

Kapitel 12

S onnenbrand?«, höre ich Connors Stimme, und als ich ihn doch ansehe, glaube ich, dass eine gewisse Belustigung in seinem Blick liegt.

»Ja«, ist alles, was ich hervorbringe.

»Ihr Touristen glaubt immer, hier in Kanada sei es kalt, stimmt's?«, bemerkt er in spöttischem Tonfall. Er verschränkt die Arme vor der Brust und fixiert mich mit seinen hellblauen Augen. Also, im Moment glaube ich das keinesfalls, denn gerade ist mir warm. Verdammt warm, und zwar nicht nur im Gesicht, sondern auch an Stellen meines Körpers, die eigentlich in dieser Situation nicht warm zu werden haben. Ich bin schließlich verlobt!

»Ähm, na ja«, stammele ich und trommele nervös mit den Fingern auf das Holz der Tischplatte.

»Dabei liegt Nova Scotia auf demselben Breitengrad wie Italien. Die Sonneneinstrahlung sollte man also nicht unterschätzen«, sagt Connor und sieht mich nach wie vor mit dieser Herablassung an, die mich fast in den Wahnsinn treibt. Aber dorthin scheine ich mich ja ohnehin zu bewegen, seit wir in Halifax gelandet sind.

»Tja, da ich bis gestern gar nicht wusste, dass es diese kanadische Provinz überhaupt gibt, konnte ich mich wohl schlecht mit der Sonneneinstrahlung auskennen!«, gebe ich zurück und klinge dabei heftiger als beabsichtigt.

Langsam ließ Connor seinen Blick zu Charlottes verbranntem Dekolleté wandern, das daraufhin noch stärker in Flammen zu

stehen schien als vorher. Dann sah er ihr wieder in die Augen,
und für einen winzigen Augenblick zuckte tatsächlich ein amü-
siertes Lächeln um seine Lippen. Dieses Lächeln raubte Charlotte
den Atem.

Hastig bringe ich meine abdriftenden Gedanken unter Kontrolle und versuche, meine Nervosität zu überspielen. Mit so viel Spott wie möglich frage ich in aufgesetzt verblüfftem Tonfall: »War das gerade etwa ein echtes *Lächeln*? Ich fasse es nicht! Ich wusste nicht, dass du dazu in der Lage bist!«

Connors Augenbrauen wandern leicht in die Höhe, während er mich unablässig mustert und schließlich in kühlem Tonfall erwidert: »Das liegt vermutlich daran, dass du mich überhaupt nicht kennst, Lotte.«

Da hat er in der Tat recht.

»So, ich bin fertig!« Hazel kommt in die Küche geeilt. »Lass uns fahren. Könntest du bitte die Brownies tragen?«

»Ihr … ihr fahrt zusammen zur Trauergruppe?«, frage ich erschüttert, diesmal auf Englisch, damit mich auch Hazel versteht. Sie sieht Connor rasch an und erwidert: »Ja, genau, wir fahren zusammen.«

Connor kommt langsam auf den Küchentisch zu, ohne seinen Blick von mir abzuwenden.

»Bye, Lotte«, ruft Hazel mir zu, während sie in eine quietschgelbe Strickjacke mit Zopfmuster schlüpft – eine sehr eigenwillige Farbwahl in Kombination mit ihren türkisblauen Bermudashorts. »Gegen sieben werde ich zurück sein, aber vermutlich sind deine Familie und du dann schon in der Rope Loft. Ich wünsche euch viel Spaß!«

»Danke«, murmele ich, während ich versuche, meine wirren Gedanken zu ordnen. Connor geht mit Hazel zur Trauergruppe? Heißt das, dass seine Frau Linda …? Dass sie bei diesem Unglück, von dem Hazel gesprochen hat … ums Leben gekommen ist?

Connor greift nach dem Blech mit den Brownies. Ich sehe ihn groß an, er erwidert meinen Blick schweigend. Hastig versuche ich, mich zu sammeln, stoße hervor: »Euch … ähm …« Gerade noch rechtzeitig verkneife ich mir das »… auch viel Spaß«, denn das wäre für ein Treffen mit einer Trauergruppe wohl mehr als unpassend. Die roten Flecken breiten sich in Windeseile überall aus, merke ich deutlich, als ich nervös meinen Satz beende: »… Euch, ähm … einen angenehmen Abend.«

Ohne ein weiteres Wort verlässt Connor mit dem Kuchenblech die Küche. Hazel winkt mir zum Abschied zu und folgt ihm.

Wie betäubt bleibe ich noch lange am Tisch sitzen. Ohne Connor im Türrahmen, groß und düster, kommt mir die Küche seltsam leer vor. Ich kann nicht aufhören, an dieses winzige Lächeln zu denken, das sein Gesicht für einen kurzen Augenblick aufgehellt hat. Es hat mir den Hauch einer Ahnung davon gegeben, wie dieser Mann früher gewesen sein muss. Aber vor allem ahne ich jetzt, warum Connor so finster wirkt.

Als ich mich vom Küchenstuhl erhebe, merke ich, dass meine Knie butterweich sind. Ich nehme meine leere Teetasse und gehe zur Spüle, um mir Wasser einzuschenken. Mein Mund fühlt sich staubtrocken an, und meine Wangen glühen nach wie vor, dabei dürften Hazel und Connor seit mindestens zehn Minuten weg sein. Während ich die Tasse in wenigen Zügen leere, versuche ich, meine Gedanken zu ordnen, doch sie kreisen unaufhörlich um die Frage, was mit Linda passiert ist. Wie ist sie gestorben? Wann ist es passiert? War sie krank? Hatte sie einen Unfall? Oh Gott – war Connor womöglich dabei, als sie ums Leben kam?

Verwirrt starre ich aus dem Küchenfenster hinaus in den Garten, der in das goldene Licht des späten Nachmittags getaucht ist. Du meine Güte, warum gehen mir dieser düstere Mann und seine offensichtlich tragische Vergangenheit so nahe? Ich kenne ihn doch kaum. Und, was noch wichtiger ist: Ich bin verlobt, und mir sollte nur Lennart so nahegehen!

Entschlossen versuche ich, Connor zu vergessen und stattdessen an meine bevorstehende Hochzeit zu denken. Immerhin sollte die eigene Hochzeit doch der schönste Tag des Lebens sein, also müsste ich mich langsam aber sicher etwas mehr darauf freuen. Und das tue ich ja eigentlich auch. Doch, ganz bestimmt. Ich freue mich, wenn ich an das romantische Schloss außerhalb von Düsseldorf denke, in dessen hauseigener Kirche ich »Ja« zu Lennart sagen werde. Das Schloss gehört seinem Patenonkel – es hat wirklich Vorteile, in adelige Kreise hineinzuheiraten! Für das eigentlich recht kurze Stück von der Kirche zu dem Teil des Schlosses, wo der Empfang stattfinden wird, hat Lennart sogar eine Kutsche gebucht, sodass ich mich einmal im Leben wie eine Prinzessin fühlen darf. Ja, natürlich, ich freue mich. Und ob.

Allerdings würde ich mich wesentlich mehr freuen, wenn nicht der Platz am Tisch, wo Tante Charlie bei unserer Feier im Schloss hätte sitzen sollen, leer bleiben würde. Ich habe darauf bestanden, dass dort kein anderer Gast sitzen wird, als Lennart und ich vor meiner Abreise nach New York noch die Sitzordnung unter Dach und Fach gebracht haben. An Charlies Platz soll ein Foto von ihr stehen, damit ihr Lächeln bei unserer Hochzeit nicht fehlt – wobei ein Bild natürlich niemals meine lebensfrohe Großtante wird ersetzen können. Zum Glück hatte der sonst eher unsentimentale Lennart nichts gegen meinen Wunsch einzuwenden, was mich wirklich sehr gefreut hat.

Mit einem Mal erscheint es mir geradezu lächerlich, dass ich wegen Lennarts verständnisloser Reaktion auf meine spontane New-York-Reise so gekränkt war. Er wurde nun einmal überrumpelt, das ist doch logisch! Ich würde jetzt wirklich gern seine Stimme hören. Rasch vergewissere ich mich, dass es in Deutschland noch nicht zu spät ist und wähle Lennarts Nummer. Endlich antwortet er.

»Hallo, Charlotte.« Ich merke sofort, dass er nicht gut drauf ist.

Vorsichtig erwidere ich: »Hallo, mein Schatz. Endlich erwische ich dich. Ist alles in Ordnung?«

Am anderen Ende folgt ein kurzes Schweigen, dann entgegnet Lennart gereizt: »Ob alles in Ordnung ist? Lass mich nachdenken. Hmm ... nein, nicht wirklich. Schließlich habe ich nicht nur Mega-Stress im Büro, nein, meine Verlobte musste außerdem partout kurz vor unserer Hochzeit über den Atlantik jetten und sitzt jetzt in der kanadischen Wildnis fest, anstatt zurück nach Deutschland zu kommen und sich um die restlichen Hochzeitsvorbereitungen zu kümmern!«

Beinahe erschrocken starre ich auf die Holzplatte des Küchentischs, bevor ich vorsichtig antworte: »Jens hat dir also schon gesagt, dass wir vermutlich erst morgen fliegen können?«

»Jens hat mir gesagt, dass ihr noch nicht aus Kanada wegkommt, ja. Und ob das morgen der Fall sein wird, das wage ich ganz stark zu bezweifeln! Erinnerst du dich nicht an den Eyjafjallajökull-Ausbruch vor ein paar Jahren? Der hat den Flugverkehr über eine Woche lang beeinflusst!«

Ehrlich, das ist wieder so typisch für Lennart, der immer alles hundertprozentig macht. Natürlich hat er den letzten Vulkanausbruch auf Island gegoogelt und kann sogar den komplizierten Namen dieses Vulkans aussprechen, ohne sich zu verhaspeln, wie es damals selbst erfahrene Nachrichtensprecher getan haben. Trotz seiner aufgebrachten Stimme muss ich schmunzeln, als ich mir vorstelle, wie er vermutlich in seinem gestreiften Pyjama zu Hause auf dem Sofa sitzt, sicher ein Glas Rotwein auf dem Couchtisch, daneben seinen Laptop oder die Tageszeitung. So wie jeden Abend.

»Ehrlich, Charlotte, ich habe dir gleich gesagt, dass du nicht so kurz vor unserer Hochzeit nach New York fliegen solltest. In anderthalb Wochen würde ich dich gern in einem weißen Kleid vor dem Altar treffen, wenn es recht ist!«

»Aber wer konnte denn schon ahnen, dass so etwas passieren

würde?«, verteidige ich mich. »Ich habe den Vulkan nun wirklich nicht persönlich zum Ausbrechen gebracht.«

»Nein, aber du musstest natürlich die Schnapsidee deiner Großtante wichtiger nehmen als unsere Hochzeit!«

»Das war keine Schnapsidee!« Nun schmunzele ich nicht mehr, sondern werde langsam wütend. Wunderbar, mein Verlobter und ich streiten uns über einen ganzen Ozean hinweg.

»Natürlich nicht, klar. Weißt du was, ich habe noch zu tun. Ich denke, wir sollten unser Gespräch beenden«, sagt Lennart in seinem steifen Business-Tonfall. Ich hasse es, wenn er so mit mir spricht. Dann fühle ich mich wie seine Klientin und nicht wie seine Verlobte. »Gute Nacht, Charlotte.«

Und einfach so beendet er unser Telefonat. Fassungslos starre ich auf mein Smartphone und will mich gerade über meinen Verlobten aufregen, als mein Blick zu meiner linken Hand wandert und mein Herz stehen zu bleiben scheint: Mein Ringfinger ist nackt.

Als ich anderthalb Stunden später müde und frustriert ins Bed & Breakfast zurückkehre, sitzen Mama und Sophie in gemütlichen Korbsesseln auf der Veranda und sehen mir erstaunt entgegen.

»Wo warst du denn schon wieder?«, fragt Mama.

»Ja, wirklich, wo treibst du dich denn immer allein herum, Lotte? Hast du einen heimlichen Lover, oder was?«

Bei Sophies lapidar daher gesagten Worten lache ich eine Spur zu laut auf. Eine Sekunde lang will ich den beiden die Wahrheit sagen: Dass ich gerade die Wege abgelaufen bin, die mich heute durch Chester geführt haben, um meinen Verlobungsring zu finden. Zunächst habe ich im Smiling Whale Café unter dem Tisch nachgesehen, an dem ich heute Morgen gesessen hatte. Ohne Erfolg. Im Antiquitätenladen wurde ich ebenso wenig fündig, aber die Verkäuferin versicherte mir, sich zu melden, sollte das Schmuckstück doch noch unter einer der alten Kommoden auftauchen. Als ich schließlich am Strand ankam, zog sich mein Herz angstvoll zusammen, denn nun herrschte Flut, und der Strand war nur noch halb so breit wie heute Mittag. Trotzdem lief ich mit gesenktem Blick an der Wasserlinie entlang und hielt hoffnungsvoll nach dem Aufblitzen von Platin und einem Diamanten irgendwo im Sand Ausschau. Als ich die Landzunge erreichte, kraxelte ich zwischen den Felsen herum. Da jedoch der Stein, auf dem ich gesessen hatte, nun von Wasser umspült wurde, wusste ich, dass der Ring längst fortgeschwemmt worden sein müsste.

»Ich wollte einfach ein bisschen Luft schnappen«, sage ich leise und weiche den fragenden Blicken aus. Ich mag es mir selbst noch nicht eingestehen, dass der Ring, für den Lennart sicher ein Vermögen ausgegeben hat, weg ist. Anderthalb Wochen vor unserer Trauung.

Da erhebt sich Mama aus ihrem Stuhl und kommt auf mich zu. Sie legt ihren Arm um meine Schulter und fragt sanft: »Tante Charlies Tod nimmt dich noch immer sehr mit, oder?«

Überrascht sehe ich Mama an. Ihre Augen schimmern feucht, während sie mich wissend mustert. Einen Augenblick lang bin ich versucht, ihr anzuvertrauen, dass ich schon zweimal geglaubt habe, Charlie zu sehen, seit wir in Kanada angekommen sind. Doch da sich in diesem Moment die Haustür öffnet und Luise herauskommt, nicke ich lediglich.

»Was ist, gehen wir jetzt zum Abendessen in diese Kneipe oder nicht?«, fragt Luise zu meiner großen Überraschung – ich hätte nicht gedacht, dass sie mitkommt. Aber auch sie muss manchmal Nahrung zu sich nehmen. »Ich habe nicht viel Zeit, weil ich nachher noch ein paar Dokumente gegenlesen muss, die mir Frau Meyerhoff gemailt hat.«

»Mensch, mit dir Urlaub zu machen ist genauso entspannend wie im Haifischbecken baden zu gehen«, murrt Sophie und erhebt sich aus ihrem Korbsessel.

»Urlaub?«, fragt Luise spöttisch und folgt ihr die Verandastufen hinab. »Wer würde denn hier freiwillig Urlaub machen?«

Ich!, denke ich, sage jedoch stattdessen: »Ich muss mich schnell frisch machen. Geht schon vor, ich treffe euch in der Rope Loft.«

»Mhhm«, macht Sophie und mustert mich prüfend. »Vielleicht doch ein Lover?«

»Spinnerin«, entgegne ich und tippe mir lachend an die Stirn, bevor ich in mein Zimmer hinaufeile und mich unter die Dusche stelle.

Kapitel 13

Mit aufgefrischtem Make-up und einer weiteren neuen Bluse aus weich fließendem cappuccinofarbenem Satin bleibe ich an der Balkontür stehen und sehe hinaus auf den Atlantik, der in der tief stehenden Sonne golden schimmert. Der Streit mit Lennart liegt mir im Magen. Es macht mich wütend und traurig, dass er so vorwurfsvoll auf unseren verschobenen Rückflug reagiert hat. Dass er nach wie vor nicht versteht, warum ich Charlies letzten Wunsch respektieren wollte und deshalb nach New York geflogen bin. Beklommen streiche ich über die Stelle an meinem Ringfinger, die sich nun seltsam nackt anfühlt. Mit einem Mal muss ich daran denken, dass Charlie mich seit dem Tag, an dem ich »Ja!« zu Lennarts Antrag gesagt habe, mehr als einmal gefragt hat: »Lottchen, bist du dir auch wirklich ganz sicher, dass deine Gefühle für Lennart groß genug sind für eine lebenslange Beziehung?«

»Natürlich sind sie das!«, habe ich dann automatisch geantwortet und wollte mir nie eingestehen, dass mich Charlies Nachbohren ganz schön ins Grübeln brachte.

Liebe ich Lennart wirklich genug, um seine Frau zu werden? Doch, natürlich tue ich das, sage ich mir im Stillen, während ich einer Möwe hinterhersehe, die über die Meeresbucht davon segelt. Ich liebe ihn – auch wenn es keine Liebe auf den ersten Blick war, als Lennart vor etwas mehr als zwei Jahren einen Auftrag in unserer Firma hatte, um als Unternehmensberater meinem Vater und Luise ein paar Wochen lang zur Seite zu stehen.

Wenn sie zusammen mittags essen gingen, war ich oft mit von der Partie und hörte Lennart gern zu, wenn er in seiner ruhigen, selbstsicheren Art über Umsatzzahlen und Marketingstrategien sprach. Er war gebildet und höflich, hielt Luise und mir die Türen auf und hatte ein charmantes Lächeln. Dennoch hatte ich kein ernsthaftes Interesse an ihm und war umso überraschter, als er mich an seinem letzten Tag in der Firma fragte, ob er meine private Telefonnummer haben dürfte. Weil es mir unangenehm gewesen wäre, ihm einen Korb zu geben, sagte ich »Ja«, obwohl ich mir gar nicht sicher war, ob ich tatsächlich mit ihm ausgehen wollte. An Lennarts Aussehen lag es nicht: Mit seinem kurz geschnittenen dunkelblonden Haar und den braunen Augen war er durchaus attraktiv, und die schwarze Brille verlieh ihm einen intellektuellen Touch. Trotz allem gab es keine Schmetterlinge in meinem Bauch, als wir das erste Mal abends bei einem Düsseldorfer In-Italiener essen gingen.

Weitaus begeisterter als ich selbst war mein Vater von meinem Date mit Lennart: Während ihrer Zusammenarbeit in unserer Firma hatte er ihn regelrecht ins Herz geschlossen und sah ihn schon vor unserem ersten Kuss hoffnungsvoll als Schwiegersohn. Dass Lennart aus einer Adelsfamilie kam, trug nicht unerheblich zu Papas Begeisterung bei. Es war das erste Mal, dass ich das Gefühl hatte, etwas zu seiner Zufriedenheit zu tun. Mein Abitur war mittelmäßig gewesen, mein Studium hatte ich ohne herausragende Leistungen durchgezogen und dass ich lediglich aus Loyalität auf meinem Posten in der Firma saß, war auch kein Geheimnis. Doch nun, da Lennart offenkundig Interesse an mir zeigte, schien Papa plötzlich stolz auf mich zu sein.

Also ging ich weiterhin mit Lennart aus, schließlich wollte ich meinen Vater nicht enttäuschen. Außerdem war ich schon viel zu lange Single gewesen. Schuld daran, dass ich vor Lennart jahrelang keinen Mann zu nah an mein Herz gelassen hatte, war meine erste große Liebe, Sven Haselhof. Sven und ich waren seit der 12. Stufe ein Paar gewesen, und unsere Liebe hatte die ersten Uni-Semester gut überstanden, da Sven auch in Düsseldorf studierte, und zwar Spanisch und Geografie auf Lehramt. Dann jedoch ging er für ein Auslandssemester nach Spanien – und noch bevor ich dazu kam, meinen ersten Flug nach Barcelona zu buchen, um ihn zu besuchen, verliebte er sich Knall auf Fall in eine rassige Kommilitonin namens Penelope. Das teilte er mir nur drei Wochen nach unserem tränenreichen Abschied am Düsseldorfer Flughafen relativ nüchtern am Telefon mit, und ich verbrachte den Rest meiner Unizeit ohne festen Freund, denn von Männern hatte ich vorerst genug. Natürlich ging ich in den folgenden Jahren hin und wieder mit dem einen oder anderen Typen aus, doch mit niemandem kam ich über das zweite Date und in wenigen Fällen über einen ersten Kuss hinaus. Ich war einfach nicht der Typ für One-Night-Stands, und die große Liebe, auf die ich hoffnungslose Romantikerin trotz der Sven-Enttäuschung heimlich wartete, war einfach nie dabei. Dann kam eben Lennart, und obwohl ich erst wenig Hoffnung in ihn als potentiellen Märchenprinzen gesetzt habe, stellten sich nach den ersten Wochen langsam aber sicher doch ein paar Schmetterlinge in meinem Bauch ein, mit zunächst zaghaftem Flügelschlag, aber immerhin. Lennart las viel, war weit gereist, und man konnte sich mit ihm über Gott und die Welt unterhalten. Ja, ich begann, tatsächlich glücklich zu sein mit diesem Mann.

Trotz allem war ich ziemlich überrumpelt, als Lennart mir ein Jahr nach unserem ersten Date einen Heiratsantrag gemacht hat. Vielleicht hätte ich mir Bedenkzeit erbeten, wäre die Situation eine andere gewesen: Lennart wählte für seinen Antrag ausgerechnet die Taufe von Sophies jüngerem Sohn Fiete. Wir waren nach dem Taufgottesdienst alle um die lange Tafel im Wohnzimmer meiner Eltern versammelt, als Lennart mit seinem Buttermesser gegen sein Weinglas schlug und verkündete: »Liebe Familie Seliger, liebe Freunde, ich möchte diese Gelegenheit nutzen und der Frau, die mich seit zwölf Monaten sehr glücklich macht, eine wichtige Frage stellen.«

Mir wurde schummerig. Doch als Lennart auf ein Knie sank, eine Schmuckschatulle öffnete, aus der mir ein Diamant entgegenfunkelte und die Frage aller Fragen stellte, sagte ich mal wieder automatisch »Ja«. Wie sonst hätte ich reagieren sollen, nachdem Papa schon vor meiner Antwort aufgestanden war und begeistert zu klatschen begonnen hatte? Mama wischte sich Tränen von den Wangen, sogar Luise strahlte … nur Sophie nicht, denn sie war alles andere als begeistert darüber, dass ich ihr an der Taufe ihres Sohnes die Show zu stehlen wagte. Es kam immerhin nicht häufig vor, dass sich alles um mich drehte. Und ich genoss dieses Gefühl, genoss die Glückwünsche der Anwesenden, freute mich über den wunderschönen Ring und über Papas stolzes »Gut gemacht, Lotte«, als er mir den Rücken tätschelte.

Erst, als ich Tante Charlies ernsten Gesichtsausdruck sah, kehrte das mulmige Gefühl in meinem Bauch zurück. Auch meine Großtante gratulierte mir, doch später nahm sie mich zur Seite und fragte leise: »Lottchen, bist du dir sicher, dass du das Richtige tust?«

»Natürlich!«, antwortete ich automatisch. Doch Tante Charlie sah mich zweifelnd an und meinte: »Überlege es dir gut, mein Liebling. Du brauchst dich nicht verpflichtet zu fühlen, diese Hochzeit auch wirklich durchzuziehen, nur, weil du es nicht übers Herz gebracht hast, vor versammelter Mannschaft Nein zu sagen.«

Meiner Großtante konnte ich einfach nichts vormachen.

Ich schlief schlecht in meiner ersten Nacht als Verlobte. Lennart und ich wohnten noch nicht einmal zusammen, und ich fragte mich wieder und wieder, warum wir uns so mit dem Heiraten beeilen sollten. Vielleicht wäre es besser, noch einmal mit ihm zu sprechen, ihn davon zu überzeugen, uns mit der Hochzeit ein wenig Zeit zu lassen. Wir konnten ja trotzdem offiziell verlobt bleiben. Doch Lennart schien wild entschlossen, Nägel mit Köpfen zu machen. Schon am nächsten Tag fuhren wir zu seinen Eltern, ließen uns auch dort beglückwünschen, und ehe ich michs versah, wurde eifrig über ein Hochzeitsdatum diskutiert. Als wir zwei Stunden später meine Schwiegereltern in Spe verließen, stand fest, dass wir am 14. Juli heiraten würden. Ich hatte also noch ein knappes Jahr Zeit, um mir Gedanken über mein Hochzeitskleid, die Torte und die Frage, ob ich das Richtige tat, zu machen. Da Lennart darauf bestand, dass wir als Ehepaar in unser eigenes Haus ziehen würden, das es noch zu finden und zu kaufen galt, siedelte ich vorerst zu ihm über, denn seine Wohnung war größer als meine eigene.

Ein paar Wochen später, als wir nach Feierabend bei einem Glas Wein auf seinem Sofa saßen, fragte ich Lennart, ob wir das alles nicht irgendwie überstürzten. Er sah mich über seinen Laptop hinweg ehrlich erstaunt an und sagte: »Charlotte, du bist einunddreißig Jahre alt, ich werde bald sechsunddreißig. Ich möchte Kinder haben, am liebsten vier. Wann hattest du denn vor, zum ersten Mal schwanger zu werden?«

Erstaunt erwiderte ich seinen Blick. Bisher hatten wir nur über unsere Hochzeit geredet. Natürlich stand auch für mich fest, dass ich irgendwann Kinder haben wollte, wenn auch ganz sicher nicht vier. Allerdings hatte ich bisher meine biologische Uhr noch gar nicht so laut ticken gehört. Lennart hingegen schien ein feineres Gehör zu haben.

»Du willst mich also möglichst schnell heiraten, damit ich nicht zu alt werde, um ein paar stramme Stammhalter in die Welt zu setzen?«, erkundigte ich mich gekränkt. »Bin ich nur dazu da, damit die von Seehausens nicht aussterben?«

Grinsend schüttelte Lennart den Kopf und stellte seinen Laptop zur Seite. »Quatsch«, meinte er und rückte dicht neben mich, küsste mich zärtlich. »Du bist jetzt nicht wirklich beleidigt, weil ich gar nicht abwarten kann, dich zu meiner Frau zu machen, oder?«

Ich konnte seinem charmanten Lächeln mal wieder nicht

widerstehen und musste lachen. »Nein, natürlich nicht«, meinte ich zögerlich. »Aber, ganz ehrlich: Vier Kinder sind mir zu viel, Lennart.«

»Okay. Dann drei«, schmunzelte Lennart und begann, meine Bluse aufzuknöpfen. »Komm, wir üben schon einmal«, murmelte er, bevor er mich wieder küsste und einmal mehr dafür sorgte, dass ich meine Bedenken vorübergehend vergaß.

Je mehr die Hochzeitsvorbereitungen Gestalt annahmen, desto weniger zweifelte ich an meiner Entscheidung, Charlotte von Seehausen zu werden. Immerhin mochten Lennart und ich dieselben Filme, aßen beide gern beim Thailänder und hatten unseren bisher einzigen gemeinsamen Urlaub – in Italien – relativ harmonisch miteinander verbracht, wenn man mal von einem heftigen Streit mitten in Rom absah – aber in welcher Beziehung wurde schließlich nicht gestritten? Außerdem würde Lennart sicherlich ein toller Vater werden, das wusste ich. Also entschied ich mich für ein traumhaftes weißes Rüschenkleid mit bodenlangem Schleier, das meiner konservativen Schwiegermutter in spe sehr gut gefallen würde, wählte gemeinsam mit Lennart unsere Eheringe aus und brütete über der Gästeliste für unsere Feier. Während all dieser Vorbereitungen dachte ich nicht weiter darüber nach, ob Lennart nun meine große Liebe war oder nicht. Wir waren doch glücklich. Nur, wenn ich Tante Charlie besuchte und sie mich mit wissendem Blick fragte, ob ich mir ganz sicher sei, dass ich heiraten wolle, spürte ich erneut ein paar Zweifel. Doch über diese Zweifel sprach ich nie, nicht einmal mit meiner Großtante, die sonst alles über mich wusste.

Aber vermutlich, denke ich nun, beim Blick hinaus auf den Atlantik, wusste Tante Charlie auch das. Sonst hätte sie sich mehr gefreut, als ich ihr ihre Einladungskarte aus cremefarbenem Karton mit goldener Gravur überreicht habe. Sonst wäre sie entzückter gewesen, als sie mich bei der zweiten Kleideranprobe in meinem weißen Rüschentraum gesehen hat.

Ich seufze leise und wende mich vom Fenster ab, während ich immer noch über die nackte Stelle an meinem Ringfinger streiche. »Du fehlst mir, Charlie«, wispere ich und dränge ein paar Tränen zurück. Dann verlasse ich mein Zimmer.

»Hmm, das war wirklich köstlich«, seufzt Mama und tupft sich ihren Mund mit einer Serviette ab, als wir eine Stunde später auf der Veranda der Rope Loft sitzen und von unserem Tisch aus auf eine weitere pittoreske Meeresbucht hinausblicken. Schöne Buchten scheint es in Chester wirklich ohne Ende zu geben.

»Allerdings«, stimme ich zu und kratze einen letzten Rest der Fischsuppe aus meiner Schüssel. Ich weiß nicht, ob ich jemals etwas so Leckeres gegessen habe – vor allem die Jakobsmuscheln und die großen Hummer-Stücke haben mich umgehauen. Ob man so etwas Gutes in Düsseldorf bekommen kann? Ich sollte unser Hochzeitsmenü noch einmal überdenken. Wobei – anderthalb Wochen vor unserem großen Tag ist es wohl etwas zu spät dafür.

»Okay, jetzt noch ein Espresso, und dann muss ich zurück an die Arbeit«, erklärt Luise, legt ihre Gabel zur Seite und winkt unserer Kellnerin zu. »Möchtet ihr auch noch etwas trinken?«

Mama und Sophie verneinen. »Für mich auch nichts mehr, danke«, sage ich und erhebe mich aus meinem weißen Plastikstuhl. »Ich gehe mal kurz auf die Toilette.«

Ich überquere die Veranda, auf der kleine und größere Grüppchen von Dinner-Gästen zusammensitzen. Es wird gelacht, geplaudert, und mit Drinks angestoßen. Ein paar Mutige haben sich ganze Hummer bestellt und versuchen nun – mal mehr, mal weniger geschickt – mit Hilfe von zangenähnlichem Besteck die leuchtend roten Schalen zu knacken. Wenn mal wieder ein Hummerteil ungewollt über einen Tisch schießt, hört man johlendes Gelächter oder peinlich berührtes Kichern. Nein, so köstlich die Hummer-Stückchen in meiner Suppe auch waren – an ein ganzes Tier würde ich mich nicht heranwagen.

Als ich das Innere der Rope Loft betrete, sehe ich mich neugierig um. Ich bin nicht nur auf der Suche nach den Toiletten, sondern auch nach den Überbleibseln des Segelschiffes The Young Teazer. Da ich vorhin direkt von der Straße aus auf die Veranda gegangen bin, wo meine Familie bereits saß, habe ich den Pub noch gar nicht von innen zu Gesicht bekommen. Als ich eine junge Kellnerin in Hotpants nach den Schiffsüberresten frage, deutet sie im Vorbeigehen auf einige dunkle Balken an der niedrigen Decke des Schankraums. Fasziniert lasse ich meinen Blick über das beinahe schwarze Holz wandern und stelle mir vor, wie diese Balken im Jahr 1813, als die Teazer unterging und die Rope Loft gebaut wurde, aus dem Meer geborgen und zu diesem Bauplatz gebracht worden sind. Nicht nur die alten Deckenbalken, auch der Rest des Schankraums verströmt ein urig-maritimes Flair: Über der Theke hängen Fischernetze, die Deckenlampen sind Schiffslaternen aus glänzendem Messing, auf den hölzernen Sitzbänken entlang der Wände liegen Kissen mit Mustern aus Seemannsknoten und auf den Tischplatten laden Seekarten unter Glas dazu ein, bei einem Bier die Inselwelt der Mahone Bay zu erforschen.

Als ich von der Toilette komme und mich auf den Rückweg zur Veranda mache, erregt aus irgendeinem Grund eine Bewegung am Eingang zur Straße meine Aufmerksamkeit. Ich sehe hinüber und bleibe wie angewurzelt stehen: Connor betritt die Kneipe. Er lässt seinen Blick über die Köpfe der anderen Pub-Besucher wandern und hält genauso inne, als er mich sieht.

Ein paar Sekunden lang, die sich wie eine halbe Ewigkeit anfühlten, starrte er sie an, und sie starrte zurück, unfähig, ihren Blick von seinen hellblauen Augen zu lösen.

Schließlich nickt mir Connor flüchtig zu, ohne die Miene zu verziehen, und geht zur Theke. Mein Herz rast, und ich kann nicht aufhören, ihn anzusehen. Er trägt ausnahmsweise keine Baseballmütze, das schwarze Haar lockt sich leicht im Nacken und unter seinem Hemd zeichnen sich deutlich seine Schulterblätter ab.

»Lotte? Hast du einen Geist gesehen?«, höre ich plötzlich Sophies Stimme neben mir, und meine kleine Schwester stößt mir unsanft ihren Ellenbogen in die Seite.

»Was ... ich? Nein!«, stammele ich und versuche, mich zu sammeln. Nicht nur Sophie hat den Schankraum betreten, auch Mama ist ihr gefolgt. Draußen auf der Veranda sehe ich Luise stehen und mit konzentrierter Miene auf ihrem Smartphone herumtippen.

»Luise will schnell zurück in die Pension. Kommst du?«, fragt Mama und spielt unruhig mit ihrer Perlenkette. Ehe ich mich stoppen kann, höre ich mich selbst erwidern: »Ach, wollen wir nicht noch ein bisschen bleiben? Luise kann ja vorgehen. Ich könnte noch einen Drink vertragen. Außerdem mag ich dieses urige Ambiente hier. Und die Musik.«

Es ist erneut Countrymusik, die aus den Lautsprechern in den Ecken des verwinkelten Pubs dringt.

»Die Musik?«, fragt Sophie und verzieht das Gesicht. »Na ja. Aber bleib du ruhig noch, wenn du plötzlich so ein Country-Fan bist. Ich muss ins Bett, und ein richtiger Drink kommt für mich ja eh nicht infrage. Kommst du mit, Mama?«

Mama zögert. »Na ja ...«, beginnt sie und wickelt sich ihre Kette so straff um ihren Zeigefinger, dass ich fürchte, im nächsten Moment könnte sie reißen und die Perlen in alle Richtungen fliegen. Ich merke, wie sie verstohlen mit dem Fuß zum Takt der Musik wippt und weiß, dass sie eigentlich gern bleiben würde. Aber ich weiß auch, dass sie ihrer Jüngsten nichts ausschlagen kann.

»Schon gut, wir können auch gehen«, wende ich resigniert ein, denn allein will ich nun wirklich nicht bleiben. Verstohlen starre ich in die Richtung, wo Connor eben noch stand. Ich kann ihn nicht mehr entdecken.

»Ach was, nein«, widerspricht Mama hastig. »Ein Drink wäre wirklich nett. Sophie, Schätzchen, macht es dir etwas aus, wenn ich noch bleibe?«

Überrascht mustere ich Mama und komme ihr schnell zur Hilfe. »Ich glaube, Sophie-Schätzchen ist durchaus in der Lage, gemeinsam mit ihrer älteren Schwester zurück in die Pension zu laufen«, bemerke ich trocken.

Sophie wirft mir einen gekränkten Blick zu und bemerkt schnippisch: »Na klar kann ich das. Euch noch viel Spaß. Aber bleibt anständig, ihr zwei.«

Kapitel 14

Auf dem Weg zum Tresen kommen Mama und ich an einer fröhlich feiernden Gruppe vorbei, die ihren maritim angehauchten Klamotten und braun gebrannten Gesichtern nach zu urteilen Segler sein könnten und sich mit britischem Akzent unterhalten. Entlang der Bar sitzen und stehen mehrere Einheimische, und auch ein paar deutsche Touristen, die ich sofort erkenne, noch bevor ich sie Deutsch sprechen höre, weil zwei von ihnen Socken in Sandalen tragen. Nervös sehe ich mich nach Connor um. Als ich ihn nicht entdecken kann, bin ich mal wieder gleichzeitig erleichtert und enttäuscht. Wirklich, ich gebe mir derzeit selbst jede Menge Rätsel auf.

»Danke, dass du mit mir auf einen Drink hierbleibst«, sage ich an Mama gewandt, als wir den Tresen erreicht haben. Sie lächelt mich an und meint: »Ich wollte auch wirklich noch nicht gehen, es ist so nett hier in der Rope Loft. Ich mag diese fröhliche Atmosphäre, die Musik ist toll … und mir ist jetzt nach einem schönen, kühlen Weißwein zumute!«

Während Mama ihren Wein bei dem bulligen Barkeeper mit dem gutmütigen Lächeln bestellt, überfliege ich die Tafel über dem Flaschenregal, auf der Drinks mit interessanten Namen wie »Dark and Stormy«, »Naughty Captain« oder »Pirate's Kiss« aufgelistet sind. Allerdings bleibe ich lieber bei etwas, das ich kenne, und entscheide mich für eine Piña Colada. Noch während ich meine Bestellung aufgebe, überkommt mich mit einem Mal die beunruhigende Erkenntnis, dass Connor hinter mir steht. Aus einem mir unerfindlichen Grund spüre ich regelrecht seine Nähe, und als ich mich umdrehe, merke ich, dass ich recht habe: Er steht nur zwei Schritte von mir entfernt und sieht mich an. Meine Knie werden butterweich, ich muss Halt am Tresen suchen und hätte fast Mamas Wein umgeschubst.

Mitten in der vollen Kneipe begann Charlotte Seliger, endgültig ihren Verstand zu verlieren.

»Hallo«, sagt Connor, und ich erwidere mit belegter Stimme: »Ähm ... ja, hallo.«

Hilfesuchend sehe ich mich nach Mama um, doch sie wendet mir den Rücken zu, weil sie ein Gespräch mit einem Herrn begonnen hat, von dem ich nur ein wenig weiß gelocktes Haar erkennen kann. Zum Glück reicht mir der Barkeeper in diesem Moment meinen Drink, sodass ich wenigstens etwas zu tun bekomme: Ich nehme den Strohhalm zwischen die Lippen und trinke einen großen Schluck des süßen Cocktails. Als sich hinter Connor zwei Frauen mit ihren Margarita-Gläsern vorbeischieben, kommt er einen Schritt näher auf mich zu und steht nun so dicht vor mir, dass ich glaube, die Wärme seines Körpers zu spüren. Er trägt immer noch dasselbe wie vorhin, auf dem Weg zur Trauergruppe: Dunkelblaue Jeans und ein kariertes Hemd in Blau-Tönen, dessen Ärmel bis zu den Ellenbogen aufgerollt sind. Ohne die tief ins Gesicht gezogene Mütze und mit dieser Hose, die nicht so zerschlissen ist wie die gestrige, sieht er gar nicht mehr so ... so sehr nach Holzfäller aus. Und das Hemd steht ihm ziemlich gut, finde ich – die Blautöne lassen seine Augen noch mehr leuchten, als sie es ohnehin tun.

Mensch, Lotte, reiß dich zusammen, denke ich und starre beschämt in mein Glas. Warum sagt er nichts? Und was könnte ich sagen? Als ich erneut einen Schluck von meinem Cocktail nehme, fällt mein Blick auf ein paar handballgroße Kugeln aus dunkelblauem Glas, die, von Netzen eingefasst, an groben Kordeln von einem Deckenbalken in einer Ecke der Kneipe herabhängen.

»Was für Kugeln sind denn das?«, erkundige ich mich – teilweise, weil es mich wirklich interessiert, teilweise, um irgendeine Art von Unterhaltung in Gang zu bringen. Connor wirft nur einen flüchtigen Blick zu den Kugeln hinüber, erwidert dann knapp: »Glasbojen. Die wurden früher als Schwimmer für Fischernetze benutzt.«

»Interessant«, sage ich und nicke. Ich hoffe darauf, dass er noch etwas hinzufügt, doch das tut er nicht. Als ich unser Schweigen nicht länger ertrage, frage ich spontan: »Und, wie war es bei der Trauergruppe?«

Oh, oh. Falsche Frage. Als ich den Blick wieder hebe, merke ich, wie sich Connors Gesicht verdüstert. Mensch, Lotte, du Elefant im Porzellanladen! Connor nimmt einen Schluck aus seiner Bierflasche und erwidert: »Was glaubst du denn, wie es in einer Trauergruppe ist?«

Ich schlucke und nestele betreten an meinem Zopf herum. »Entschuldigung, das war eine blöde Frage«, gebe ich schließlich kleinlaut zu, vermeide es jedoch, ihn anzusehen. Als er nichts erwidert, sondern nur sein Bier trinkt, nehme ich all meinen Mut zusammen und frage: »Du gehst dort wegen Linda hin, richtig?«

Er starrt mich lange schweigend an. »Hat Hazel dir von ihr erzählt?«, fragt er dann nach einer halben Ewigkeit, und seine Stimme klingt noch rauer, als es ohnehin meistens der Fall ist. Sie erinnert mich spontan an die schroffe Felsküste, die ich heute Mittag so lange betrachtet habe.

»Äh … ja, genau. Hazel, ja.« Verstohlen wische ich mir eine verschwitzte Handfläche an meiner Jeans ab.

Connor sagt nichts weiter, und er bestätigt auch nicht, dass er wegen Linda zur Trauergruppe geht. Als ich bereits überlege, warum er eigentlich immer noch so dicht bei mir steht, sich aber offensichtlich nicht mit mir unterhalten will, fragt er plötzlich: »Weißt du eigentlich, was es mit den Butterkisten auf sich hat, von denen du heute eine gekauft hast?«

Überrascht über diesen plötzlichen Themenwechsel schüttele ich den Kopf. »Nein«, gebe ich zu. »Die Verkäuferin im Antiquitätenladen wollte mir zwar noch etwas dazu erzählen, aber wir wurden unterbrochen.«

Erneut sieht mich Connor lange an, bevor er wieder an seinem Bier nippt. Als ich schon glaube, dass er mich ebenfalls ohne Erläuterung hängen lassen wird, öffnet er endlich den Mund, um etwas zu sagen, doch genau in diesem Moment wird die Musik noch lauter gedreht. Aus den Lautsprecherboxen dringen die Stimmen zweier Männer, die davon singen, ein Pferd zu verschonen und dafür einen Cowboy zu reiten. Fast die ganze Kneipe scheint das Lied zu kennen, und viele grölen ausgelassen den Refrain mit: »Save a horse, ride a cowboy!«

Mein Gesicht wird noch röter, wenn das überhaupt geht. Dieser Zustand verbessert sich nicht wirklich, als Connor einen flüchtigen Blick über seine Schulter wirft, mit dem Hauch eines amüsierten Schmunzelns den Kopf schüttelt und sich dann näher zu mir beugt. Oh Gott, er riecht gut. Sein Aftershave mischt sich erneut mit diesem leichten Duft nach Holz. Nervös umklammere ich mein Glas und starre auf seinen obersten Hemdknopf, der offen steht und ein Stückchen braun gebrannte Haut zeigt. Ich kann mich nicht dazu überwinden, den Blick zu heben und in seine Augen zu sehen.

»Von den 30er Jahren bis Mitte der 50er gab es hier in Chester eine Klinik mit angeschlossenem Heim für junge Frauen, die unverheiratet schwanger geworden waren«, erzählt Connor dicht an meinem Ohr, damit ich ihn über die laute Musik hinweg verstehen kann. Dabei spüre ich seinen warmen Atem auf meinem Hals und bekomme eine Gänsehaut. Ohne den Tresen in meinem Rücken würde ich in die Knie gehen, ganz sicher. Ich schließe kurz die Augen und versuche, mich auf das zu konzentrieren, was Connor mir erzählt.

»In der Bayview Clinic kamen im Laufe der Jahre Tausende

von Babys auf die Welt. Weil sie für die ledigen Frauen damals eine Schande und finanzielle Katastrophe bedeuteten und die Mütter oft von ihren Familien im Stich gelassen wurden, gaben viele ihre Kinder zur Adoption frei. Miles und Jeannette O'Leary, die gemeinsam die Bayview Clinic betrieben, verdienten ziemlich gut an diesen Adoptionen. Viele Babys wurden bis nach New York vermittelt, und die Adoptiveltern zahlten einen Batzen Geld dafür. Natürlich ging das alles unter der Hand über die Bühne, die Behörden wussten von nichts.«

Fasziniert höre ich zu. Zwar kapiere ich noch nicht, was diese Klinik mit meiner Butterkiste zu tun hat, aber es macht mich merkwürdig glücklich, dass Connor endlich mehr als zwei Worte mit mir spricht. Als er an mir vorbeireicht, um seine leere Flasche auf dem Tresen abzustellen, kommt mir sein Oberkörper so nah, dass ich mich ein wenig zur Seite lehnen muss, um nicht mein Gesicht gegen seine Schulter zu pressen. Nicht, dass ich etwas dagegen hätte, aber …

Lotte, stöhne ich innerlich auf. Denk an Lennart. An Lennart!

»Mit der Zeit häuften sich Geschichten, dass über die Jahre Dutzende Babys auf unerklärliche Weise gestorben sind«, fährt Connor fort, und ich sehe erschrocken zu ihm hoch. Er erwidert meinen Blick ruhig, beugt sich dann wieder näher zu mir, damit ich ihn besser verstehe. »Diese Geschichten stammten von ehemaligen Heimbewohnerinnen, die allerdings nie zur Polizei gingen, weil sie nicht wollten, dass die Öffentlichkeit von ihrer Schwangerschaft und Entbindung erfuhr. Außerdem hatten die meisten – auch die Angestellten des Heims – eine irrsinnige Angst vor den O'Learys und hüllten sich in Schweigen. Wie sich daher erst viel später herausstellte, ließen die O'Learys Babys, die optische Makel oder Behinderungen hatten oder bei denen sonst irgendetwas gegen eine erfolgreiche Vermittlung an zahlende Adoptiveltern sprach, systematisch verhungern. Kinder über Jahre hinweg durchzufüttern, die man nicht mehr loswurde, gehörte nicht zu ihren Prioritäten.«

Entsetzt reiße ich meine Augen auf und starre Connor an, doch er schaut über meinen Kopf hinweg, und plötzlich verfinstert sich sein Gesicht. Ich drehe mich um und versuche zu erkennen, wen oder was er gesehen haben mag, aber bei der Menschenmenge ist das unmöglich zu sagen. Unglaublich, wie viel Betrieb hier an einem Mittwochabend herrscht! Als sich ein paar junge Männer an uns vorbeidrängen, wird Connor noch näher an mich herangeschoben und meine Brust gegen seinen Oberkörper gedrückt.

»Hey, Leute, passt doch mal auf!«, sagt Connor zu den Typen, die ihn angrinsen und rufen »Sorry! Oh, hey, Connor, lang nicht gesehen! Und schon gar nicht hier!«, bevor sie sich weiter ihren Weg bahnen. Connor rückt wieder von mir ab, jedoch nicht viel. Ich spüre meine Halsschlagader heftig pochen. Zwischen seinen Augenbrauen ist eine tiefe Furche entstanden, und ich würde gern mit meinem Finger darüberfahren und sie glatt streichen.

»Wie entsetzlich«, sage ich heiser, um wieder zu unserem Gespräch zurückzufinden. »Aber … was hat das alles mit meiner Butterkiste zu tun?«

Connor mustert mich und erwidert dann ernst: »Mitte der 50er-Jahre brannte die Bayview Clinic unter nie geklärten Umständen ab, wobei praktischerweise sämtliche Unterlagen zu den dort geborenen, verstorbenen und zur Adoption vermittelten Babys verloren gingen. Die O'Learys verkauften das Grundstück und verschwanden. Jahre später sollte dort erneut gebaut werden. Bei den Bauarbeiten stieß man auf Dutzende Babygräber, die über das ganze Grundstück verteilt waren – alle ohne Grabsteine. Die Babys waren zum größten Teil in Butterkisten beerdigt worden. Die Kisten hatten die passende Größe.«

»Was?«, murmele ich erschüttert. »Aber … Die Kiste, die ich gekauft habe …«

»Na ja, die dürfte ja noch in gutem Zustand sein, vermute ich mal«, brummt Connor und zieht ein wenig spöttisch die Augenbrauen hoch. »Keine Sorge, die wird also kaum jahrelang in der Erde vergraben gewesen sein. In deiner Kiste ist mit Sicherheit wirklich nur Butter transportiert worden. Aber jetzt kennst du wenigstens die Geschichte der Butterkisten-Babys. So, ich muss los. Mach's gut, Lotte.«

Und mit diesen Worten dreht er sich einfach um und verschwindet zwischen den Kneipengästen. Wie betäubt sehe ich seinem dunklen Haarschopf hinterher. Ich weiß nicht, was mich mehr schockt: Die schaurige Vergangenheit der Butterkisten oder die Tatsache, dass mich Connor einfach so stehen lässt. Ungläubig trinke ich von meinem Cocktail und starre auf die Stelle, wo Connor gerade noch stand. Mit einem Schlag wird mir klar, warum mir die Verkäuferin keine Details zu den Butterkisten erzählt hat, denn gerade, als sie das tun wollte, ist Sophie mit ihrer Babykugel in den Antiquitätenladen gekommen. Sehr rücksichtsvoll von der Dame, dass sie so eine Geschichte nicht vor einer Schwangeren zum Besten gegeben hat. Oder vielleicht ist ihr auch einfach bewusst geworden, dass die Geschichte nicht unbedingt ein gutes Verkaufsargument ist.

Zittrig lehne ich mich gegen den Tresen. Hätte Connor mir nicht lieber etwas über sich erzählen können? Zum Beispiel, ob er tatsächlich Holzfäller ist? Was er heute am Strand gesammelt hat? Was mit Linda passiert ist? Oder warum zum Teufel er sich mir gegenüber so verwirrend verhält? Im einen Moment behandelt er mich wie ein lästiges Insekt, und im nächsten steht er hier in der Kneipe so dicht bei mir, dass er fast meinen Herzschlag hätte spüren können. Und warum ist er so abrupt verschwunden? Ratlos blicke ich ins Leere, als mich Mama am Arm berührt.

»Und das hier ist meine mittlere Tochter Charlotte, genannt Lotte«, sagt sie, und ich merke, dass sie sich nach wie vor mit dem weiß gelockten Mann neben ihr unterhält. Kurz wundere ich mich darüber, wie leicht ihr plötzlich eine Unterhaltung auf Englisch über die Lippen zu kommen scheint. Vielleicht liegt es am Weißwein. Oder daran, dass meine überkritische ältere Schwester nicht anwesend ist und unsere Mutter somit nicht auf jeden Grammatikfehler aufmerksam machen kann. Ich glaube, Mama hat gar nicht mitbekommen, dass Connor hier war. Irgendwie beginne ich gerade selbst daran zu zweifeln, dass er das wirklich war. Vielleicht habe ich jetzt nicht nur Tante-Charlie-Visionen, sondern auch Connor-Visionen.

»Hallo«, sage ich matt und mustere das wettergegerbte Gesicht des Mannes, der mich freundlich anlächelt.

»Hi, freut mich sehr. Ich bin Harold«, sagt er mit einer knarzigen Stimme wie Willy Nelson und schüttelt mir die Hand, wobei er mir fast die Finger bricht. Du meine Güte, diese Kraft sieht man dem alten Herrn auf den ersten Blick gar nicht an!

»Harold ist Fischer«, erklärt Mama eifrig und spielt mit ihrer Kette. »Er fährt jeden Tag raus aufs Meer und fängt Kabeljau und Hummer. Ist das nicht spannend?«

»Mhmm«, mache ich, weil ich gedanklich noch bei Connor und den Butterkisten-Babys bin. Kabeljau und Hummer können mich gerade nicht wirklich beeindrucken.

»Und er hat mir angeboten, mich morgen mit raus aufs Meer zu nehmen! Klingt das nicht wahnsinnig aufregend, Lotte?«

Verdutzt mustere ich Mama. Sie will ernsthaft mit diesem Fischer raus auf den Atlantik fahren? Meine Mutter, die früher immer Panik bekommen hat, wenn meine Schwestern und ich im Mittelmeer-Urlaub in Ufernähe auf einer Luftmatratze herumgeschippert sind?

»Du kannst natürlich auch gern mitkommen, Lotte«, sagt Harold und nippt an seinem Bier. »Ist genügend Platz auf dem Boot.«

»Ach, das ist nett, aber, na ja … Mal sehen, was morgen ist«, weiche ich aus. Schließlich könnte es durchaus sein, dass wir morgen zum Flughafen müssen.

Bei dem Gedanken, dass ich Connor dann womöglich nicht mehr wiedersehe, schnürt sich mir das Herz zusammen. Und die Tatsache, dass mein Herz so reagiert, schnürt wiederum meine Kehle zu. Mein Ringfinger fühlt sich nackt und leblos an. Ich muss hier raus. »Mama, eigentlich würde ich jetzt ganz gern gehen, ich bin doch irgendwie sehr müde.«

»Ach, hmm, okay«, sagt Mama, und ich höre ihr die Enttäuschung deutlich an.

»Ich kann dich später gern zur Pension zurückbringen, Erika«, bietet Harold an. Ich weiß nicht, ob ich irritiert sein soll, weil ein fremder Mann nachts meine Mutter nach Hause bringen will, oder vielmehr erleichtert darüber, allein zum Bed & Breakfast laufen zu können, um meinen eigenen Gedanken nachzugehen.

»Ach, das wäre schrecklich nett«, höre ich Mama flöten. Jawohl, sie flötet. So habe ich sie noch nie erlebt. Dann sieht sie mich an und meint zweifelnd: »Aber eigentlich möchte ich nicht, dass du dich jetzt noch allein draußen aufhältst, Lotte …«

»Ach Quatsch«, widerspreche ich resolut. »Es ist doch erst kurz vor neun, und wir sind hier schließlich nicht in einer kriminellen Großstadt. Oder muss ich in Chester um mein Leben fürchten, Harold?«

Harold schüttelt den Kopf und lacht gutmütig. »Nur, wenn du den Tidenhub nicht ernst nimmst«, erwidert er.

»Den was?«, frage ich ratlos.

Der Fischer sieht mich mit einem amüsierten Lächeln an, das tiefe Furchen um seine wachen grauen Augen entstehen lässt. Diese Furchen erzählen von seiner Arbeit auf dem Meer, von rauem Wind und Salz auf der Haut, von brennender Sonne und beißender Kälte und von den Höhen und Tiefen eines intensiven Lebens. »Ahh, immer diese ahnungslosen Landratten«, brummt er, jedoch ohne jegliche Arroganz. Ich beschließe spontan, dass ich ihn mag. »Der Tidenhub ist der Unterschied zwischen dem höchsten Wasserstand des Meeres bei Flut und dem niedrigsten bei Ebbe. Hier in Nova Scotia haben wir den höchsten Tidenhub der Welt.« Er klingt geradezu stolz, als er das erzählt, und ich muss schmunzeln. »Besonders an der Bay of Fundy – das ist eine Bucht auf der anderen Seite unserer Provinz, am Golf von Maine – muss man beim Vertäuen seines Fischerboots ganz schön aufpassen. Sind die Leinen nicht lang genug, baumelt das Boot bei Ebbe in der Luft, weil der Tidenhub dort rund dreizehn Meter betragen kann. Bei einem Sturm im 19. Jahrhundert wurde sogar ein Tidenunterschied von fast zweiundzwanzig Metern gemessen.«

»Wow«, sage ich ehrlich beeindruckt. »Gut zu wissen.«

»Darum sage ich: Nimm dich in Acht vor den Gezeiten, denn auch hier kann die Flut ganz schön gefährlich werden. Aber ansonsten musst du keine Angst haben. Der letzte Mord hier in der Gegend liegt dreißig Jahre zurück, wobei nie eindeutig geklärt wurde, ob die verrückte Grace ihren Mann absichtlich von den Klippen gestürzt hat oder ob es doch ein Unfall war.«

»Aha«, mache ich. »Dann werde ich mich sicherheitshalber auch von den Klippen und von Frauen namens Grace fernhalten. Also, gute Nacht, Mama. Tschüs, Harold.«

Als ich aus der Rope Loft trete, empfängt mich angenehm kühle Luft, und ich schlüpfe in meine Strickjacke. Es ist noch ein wenig hell, doch am gegenüberliegenden Ufer der Bucht sind die Fenster der schmucken Häuser bereits heimelig erleuchtet. Ich frage mich, ob Connor in einem dieser Häuser lebt. Oder in der Nähe des Strandes, wo ich ihn heute gesehen habe? Oder womöglich ganz nah bei unserer Pension, da er schließlich so oft dort ein- und auszugehen scheint? Dass ich so wenig über ihn weiß, macht mich regelrecht zappelig. Während ich durch

die ruhigen Straßen spaziere, spähe ich verstohlen in die Fenster der Häuser und mustere die Autos, die in den Einfahrten geparkt stehen. Doch nirgendwo erhasche ich einen Blick
auf Connor oder auf seinen Pick-up, sodass ich nach wie vor
keine Ahnung habe, wo dieser rätselhafte Mann wohnt, als ich
die Pension erreiche und in mein Leuchtturm-Zimmer hinaufsteige.

Kapitel 15

Am nächsten Morgen treibt mich strahlender Sonnenschein bereits um kurz nach sieben Uhr aus dem Bett. Während ich mich anziehe, höre ich aus dem ersten Stock Luises aufgebrachte Stimme. Oh je, ein Wutausbruch um diese Uhrzeit? Voll böser Vorahnungen schlüpfe ich in Jeans und ein dunkelblaues Banana-Republic-Oberteil und eile aus meinem Zimmer, die Treppe hinunter. Luise steht in ihrer geöffneten Zimmertür, Mama und Sophie im Flur. Es überrascht mich, meine jüngere Schwester schon wach zu sehen – wobei Luises Schimpftirade selbst Bären aus dem Winterschlaf reißen würde. Zum Glück gibt es nach wie vor keine anderen Gäste, die Luise mit ihrem Gezeter ebenfalls wecken könnte, denke ich, während ich versuche, mitzubekommen, worum es geht.

»Das ist einfach nur eine Unverschämtheit! Nie wieder fliege ich mit dieser Fluggesellschaft, nie wieder!«

»Aber Luise, die Airline entscheidet das doch nicht eigenmächtig. Andere Gesellschaften fliegen doch sicher genauso wenig …«, versucht Mama, ihre Tochter zur Raison zu bringen.

»Ja, das ist ja das Schlimme: Die stellen sich alle so an! So ein bisschen Asche in der Atmosphäre und alle tun so, als sei das das Ende der Welt! Du meine Güte, heutzutage fliegt der Mensch zum Mond, und da kann man nicht mehr den verfluchten Atlantik überqueren, nur weil so ein Vulkan ein bisschen vor sich hin spuckt? Dann sollen sie halt einen Bogen um Island machen!«

»Ähm, guten Morgen«, melde ich mich vorsichtig zu Wort und

bleibe auf der dritten Treppenstufe von unten stehen, in sicherem Abstand zu meiner aufgebrachten Schwester. »Gehe ich recht in der Annahme, dass ...«

»... unser Flug erneut verschoben wurde? Allerdings!«, giftet Luise mich an, als habe ich persönlich den Vulkan zum Ausbrechen bewegt. »›Heute wird es leider auch noch nichts mit Ihrem Weiterflug‹, hat mir gerade diese Mitarbeiterin der Fluggesellschaft mit so einer verflucht zuckersüßen Stimme gesagt, dass ich am liebsten durchs Telefon gestiegen wäre, um ihr an die Gurgel zu gehen!«

Oh ja, das kann ich mir bildlich vorstellen.

»Und ob es morgen klappt, steht natürlich auch noch nicht fest. Das muss man sich mal vorstellen! Morgen ist schon Freitag, und ich wollte bereits gestern wieder im Büro sein!«

»Mensch, Luise, nun mach doch mal halblang«, schaltet sich Sophie ein und sinkt mit einem Gähnen auf die unterste Treppenstufe. Sie trägt ein Big-Shirt als Nachthemd, und ihr Haar hängt wirr um ihren Kopf, wobei selbst das meine jüngere Schwester nicht verunstalten kann. »Wie wäre es, wenn du einfach mal versuchst, zu relaxen und die Tage, die wir hier festsitzen, als spontanen Zusatz-Urlaub zu betrachten?«

»Außerdem geht die Firma ohne dich nicht unter«, meldet sich Mama zu Wort. »Schließlich ist euer Vater da und hält die Stellung. Sophie hat recht, du solltest dich wirklich ein wenig entspannen, Liebes.«

»Stimmt«, wage ich es, Mama zuzustimmen. »Und, ganz ehrlich, wir hätten es wesentlich schlechter treffen können: Chester ist ein wunderschöner Ort, das Essen schmeckt hervorragend, das Wetter ist unerwartet herrlich für Kanada – wusstet ihr, dass wir hier auf dem Breitengrad von Italien sind? Die Leute sind freundlich ...«

Gerade will ich gedanklich hinzufügen, dass nicht ALLE Leute freundlich sind, sondern ein gewisser Mann immer wieder durch eher unwirsches Verhalten auffällt, als Luise wütend dazwischenfährt: »Ja, das war ja völlig klar, dass ihr drei überhaupt nichts dabei findet, noch ein paar Tage hier herumzuhängen. Wieso auch? Es ist ja nicht so, dass zu Hause ein wichtiger Job auf euch warten würde!«

Ganz ehrlich, Luise beginnt, mir mit ihren Vorwürfen auf den Geist zu gehen. »Was soll das heißen?«, erkundige ich mich gereizt. »Arbeite ich etwa nicht?«

Im nächsten Moment bereue ich meine Frage, denn Luise erwidert in schneidendem Tonfall: »Ehrlich gesagt weiß ich es nicht, Lotte. Arbeitest du? Ich glaube, dass du einen Großteil deiner Zeit im Büro mit deinen Romanideen verbringst. Wir wissen doch alle, dass du nur Papa zuliebe auf deiner Stelle hockst, und dass du ohne ihn nie im Leben einen so guten Job bekommen hättest. Das Wichtigste, was du gerade in Deutschland verpasst, ist vermutlich ein Besuch beim Floristen, um dich endlich zu entscheiden, ob du deine Hochzeitsrosen in Pink oder Rosa haben willst. Wow, eine wirklich weltbewegende Aufgabe!«

Sprachlos starre ich Luise an. Nicht nur, weil sie so gemein ist, sondern auch, weil sie teilweise recht hat. Leider.

»Luise, wirklich …«, beginnt Mama, doch da mischt sich Sophie aufgebracht ein: »Und warum, bitteschön, wartet zu Hause kein wichtiger Job auf *mich*? Nur, weil ich nicht jeden Tag in unsere verdammte Familien-Firma renne? Warum glaubst du, dass man nur glücklich sein kann, wenn sich alles lediglich um den verdammten Job dreht, wie bei dir? Du hast ja überhaupt kein Privatleben, Luise! Aber ich, ich habe immerhin zwei kleine Kinder, bald sogar drei! Die sind mein Job!«

»Ach ja, stimmt«, schnaubt Luise. »Die fruchtbare Sophie, die immer nur schwanger durch die Gegend spaziert.«

»So, das ist genug«, erklärt Mama ungewohnt resolut, während Sophie in Tränen ausbricht. »Luise, reg dich ab und sieh ein, dass der Mensch noch nicht in der Lage ist, einen Vulkanausbruch zu verhindern. Es gibt Dinge auf dieser Welt, die man nicht beeinflussen kann, und die Situation ändert sich nicht, indem du deine Schwestern anpflaumst. Sophie, hör auf zu weinen, Luise hat es nicht so gemeint.«

»Und ob!«, schluchzt Sophie aufgebracht und wischt sich theatralisch die Tränen von den Wangen.

Luise sagt nichts. Sie scheint von Mamas nachdrücklichen Worten so überrascht zu sein, dass sie nur mit zusammengepressten Lippen auf ihr Smartphone starrt.

»Ich habe jetzt auch wirklich gar keine Zeit für diese Diskussion: Ich bin mit Harold am Fischereihafen verabredet. Er fährt heute extra wegen mir später raus, da will ich ihn nicht zusätzlich warten lassen«, erklärt Mama, und nun sieht Luise sie doch wieder an. In ihrem Blick kann ich deutliche Verwunderung ablesen und weiß genau, was sie denkt. Unsere Mutter auf einem Fischerboot? Wirklich unfassbar. »Sophie und Lotte, wollt ihr vielleicht mit aufs Boot kommen?«

Sophie schüttelt heftig schluchzend den Kopf. »Mir ist ja schon an Land oft genug übel, da muss ich nicht auch noch auf so ein schwankendes Boot! Und wer ist überhaupt dieser Harold?«

»Ein Fischer, den ich gestern Abend in der Rope Loft kennen gelernt habe«, erklärt Mama. Bilde ich mir das ein oder werden ihre Wangen von einer leichten Röte überzogen?

Noch bevor ich mich dazu äußern kann, ob ich mit auf Harolds Boot kommen möchte, sagt Luise mit eisiger Stimme: »Das ist ja wieder so typisch, Mama. Natürlich fragst du nur deine beiden Lieblingstöchter, ob sie mitkommen wollen.«

Ehrlich überrascht sieht Mama ihre Älteste an. »Wirklich, Luise, ich bin davon ausgegangen, dass du mir an die Gurgel springen würdest, sollte ich es wagen, dir vorzuschlagen, den heutigen Tag auf einem Boot zu verbringen. Ich weiß noch nicht einmal, ob es da draußen ein Handynetz gibt. Aber, wenn du möchtest, bist du herzlich willkommen mitzufahren.«

»Weißt du was? Ja, ich komme mit! Ich will mir nicht ständig anhören müssen, dass ich die ganze Zeit nur arbeite!« Und mit diesen Worten verschwindet Luise aufgebracht in ihrem Zimmer, nur um im nächsten Augenblick mit Sonnenbrille im Haar und ihrer Handtasche über der Schulter wiederaufzutauchen.

»Ich bin startklar«, erklärt sie kühl.

Damit hätte sich auch geklärt, ob ich mitfahren will oder nicht. Ein Tag mit Mama und Luise auf einem Boot, ohne Fluchtmöglichkeit? Nein, danke! Ich glaube, dass Mama Ähnliches durch den Kopf geistert, zumindest sieht sie einen Augenblick lang so aus, als würde sie alles lieber wieder absagen.

»Ich bleibe mit Sophie hier«, erkläre ich.

»Okay«, seufzt Mama. »Dann sehen wir uns später.«

Als Luise bereits die Treppe hinabmarschiert, drückt Mama Sophie einen Kuss auf die Wange und flüstert: »Nimm dir Luises Ausbruch nicht so zu Herzen, meine Kleine.«

Sophie hat die Arme vor der Brust verschränkt, schluchzt trocken auf und schweigt mit leicht vorgeschobener Unterlippe, wie früher, als Kind, wenn sie beleidigt war. Mama wendet sich mir zu und tätschelt mir liebevoll die Wange.

»Viel Spaß euch beiden«, sage ich.

»Danke«, murmelt sie und nickt. Einen winzigen Moment lang wirkt sie, als würde sie sich tatsächlich darüber freuen, dass ihre Älteste den Tag mit ihr auf einem Fischerboot verbringen möchte. Dann jedoch zucken erneut Zweifel durch ihre Augen, das erkenne ich genau, und als Mama nervös nach ihrer Halskette greift, wird mir klar, dass sie ahnt, wie gründlich dieser Ausflug in die Hose gehen kann. So, wie sie sich Harold gegenüber verhalten hat, hätte ich sowieso schwören können, dass sie gern Zeit mit ihm zu zweit verbracht hätte.

Dieser Gedanke kommt mir so plötzlich und fühlt sich so … falsch an, dass ich schlucken muss. Mama kann doch nicht ernsthaft an diesem Fischer interessiert sein, oder? Doch nicht unsere

Mutter, die Vorzeige-Ehefrau von Ludwig Seliger! Aber da sie uns aufgefordert hat, mitzukommen, scheint ihr Bootsausflug mit Harold ja völlig harmlos zu sein, bemühe ich mich, meine Sorge im Keim zu ersticken. Sonst hätte Mama schließlich versucht, allein mit ihm zu sein. Oder?

Während Sophie wieder in ihrem Zimmer verschwindet, folge ich Mama die Treppe hinunter und sehe Luise und ihr nach, wie sie Seite an Seite die Auffahrt hinabgehen. Das wirkt so einträchtig, wie man sie seit … nun ja, eigentlich seit Kindergartenzeiten nicht gesehen hat. Aber natürlich unterhalten sie sich nicht, sondern Luise telefoniert. Sonst wäre es auch zu unheimlich gewesen.

Kapitel 16

Zwei Stunden später spazieren Sophie und ich am Meer entlang. Im Laufe unseres Frühstücks hat sich meine Schwester ein wenig beruhigt, Hazels unterhaltsamen Anekdoten zu einigen Gästen der vergangenen vierzig Jahre sei Dank. Danach konnte ich Sophie tatsächlich dazu bewegen, sich anzuziehen und mit mir in den Ort zu kommen. Zwar mag ich es mir nicht eingestehen, aber ich werde von einer fieberhaften Unruhe getrieben: Ich hoffe, erneut Connor über den Weg zu laufen. Während wir durch Chester spazieren und die Morgensonne auf unseren Gesichtern genießen (heute habe ich vorgesorgt und mich mit Sonnenmilch eingecremt, schließlich erinnert mich mein nach wie vor feuerrotes Dekolleté daran, wie leichtsinnig ich gestern war), beschleunigt sich mein Herzschlag bei jedem vorbeifahrenden Pick-up. Und da es hier, wie schon erwähnt, sehr viele Pick-ups gibt, ist das ziemlich anstrengend. Zwar ist es nie Connor, der an uns vorbeifährt, aber auch die anderen Autofahrer grüßen uns fast alle, ganz so, als würden sie uns kennen. Wirklich ein freundliches Völkchen hier, das muss ich sagen. Bei dem Gedanken daran, bald wieder in Düsseldorf zu landen, wo mich ganz sicher niemand grüßen wird, der mich nicht kennt, werde ich melancholisch. Allerdings nur, bis wir am Jachthafen ankommen und die Boote in der Morgensonne schimmern sehen. Eine Kanadaflagge weht im Wind, und das kräftige Rot und Weiß bildet einen schönen Kontrast zum tiefen Blau des Himmels. Es ist mal wieder alles so malerisch, dass ich verzückt stehen bleibe und staune.

»Komm, wir setzen uns ein bisschen«, schlage ich vor und deute auf den hölzernen Pavillon nahe des Ufers, von dem aus man einen herrlichen Blick über den Hafen und die Inseln in der Bucht hat. Mit einem tiefen Seufzen sinkt Sophie auf die Bank, die sich innen an den Seiten des Pavillons entlangzieht. Eine Weile sehen wir schweigend auf den Atlantik hinaus und gehen unseren Gedanken nach. Als wir in der Ferne einen Fischkutter zwischen den Inseln hindurchtuckern sehen, frage ich mich, wie die Stimmung an Bord von Harolds Boot sein mag. Ich kann mir beim besten Willen nicht vorstellen, wie Mama und Luise einen ganzen Tag lang in der Enge eines Kutters miteinander auskommen wollen.

Bei dem Gedanken an Luises harschen Vorwurf vorhin auf dem Flur muss ich schlucken. Natürlich hat sie recht: Ich wollte die Stelle in unserer Firma nie haben. Nicht nur, weil mich Glühbirnen langweilen, sondern vor allem, weil der Job nichts mit meiner eigentlichen Leidenschaft zu tun hat. Doch ich bin auch realistisch genug, um zu wissen, dass ich mit dem Schreiben von Romanen wohl nie viel Geld verdienen werde. Selbst wenn ich es irgendwann schaffen sollte, tatsächlich einen Roman zu veröffentlichen, verdient man mit so einem Buch ja eher selten genug, um davon zu leben.

Als ich Sophie auf einmal leise schluchzen höre, drehe ich überrascht meinen Kopf. »Hey!«, sage ich und greife nach ihrer Hand. »Nun lass dich doch von Luise nicht so fertigmachen! Die brauchte doch bloß ein paar Sündenböcke, weil sie dem Vulkan nicht persönlich die Meinung geigen kann.«

Sophie presst ihre zitternden Lippen fest aufeinander und starrt mit verzerrtem Gesichtsausdruck aufs Meer hinaus. Der Wind, der den Geruch nach Salzwasser und Seetang zu uns trägt, spielt mit ihren blonden Haarsträhnen, von denen sich einige aus ihrem Dutt gelöst haben. Selbst wenn sie weint, sieht Sophie auf kindliche Weise hübsch aus. Sanft streiche ich mit dem Daumen über ihren Handrücken und warte ab, ob sie etwas erwidert. Ein paar Minuten lang kommt nichts, und ich glaube bereits, dass sie sich beruhigt und Luises unreifen Ausbruch überwunden hat, als Sophie so leise etwas sagt, dass ich mich vorbeugen muss, weil der Wind ihre Worte fortzutragen droht: »Ich bin mir nicht sicher, ob ich dieses dritte Baby wirklich haben will.«

Erschrocken sehe ich meine jüngere Schwester an und weiß zunächst nicht, was ich antworten soll. Doch Sophie scheint gar nicht zu erwarten, dass ich etwas erwidere, denn sie fährt fort: »Dieses Baby war nicht geplant, weißt du? Unsere zwei Jungs hätten uns wirklich voll und ganz gereicht. Ehrlich, ich liebe Mats und Fiete, aber sie sind einfach ungeheuer anstrengend. Den ganzen Tag über rennen sie durch die Gegend und verbreiten Chaos, streiten sich und machen Sachen kaputt, und es ist immer laut, laut, laut.«

Leider weiß ich genau, wovon sie spricht. Zwar liebe auch ich meine Neffen abgöttisch, aber trotz allem graut es mir stets davor, wenn Sophie und die Jungs bei uns zu Hause vorbeikommen. Nach ihren Besuchen sieht es in unserer Wohnung aus, als habe ein Tornado eine Schneise der Verwüstung geschlagen. Ich glaube, in solchen Momenten bekommt sogar Lennart Zweifel daran, ob er wirklich vier Kinder haben will.

Sophies Mundwinkel zittern. »Und das Schlimme ist: Ich vermisse die Jungs im Moment gar nicht so sehr, sondern bin einfach nur froh, ein paar Tage lang meine Ruhe zu haben! Darum konnte ich mein Glück kaum fassen, als du von dieser New-York-Reise erzählt hast. Einfach mal raus aus dem Alltag und die Arbeit zu Hause meiner Schwiegermutter und Michi überlassen.«

Sie starrt in die Ferne, als sie mit bebender Unterlippe fortfährt: »Tja, aber obwohl ich jetzt schon oft völlig fertig bin wegen der Jungs, erwarte ich natürlich einen dritten Chaoten, denn ich bin ja ›die fruchtbare Sophie‹, wie Luise eben so nett gesagt hat. Dabei habe ich Michi nach Fietes Geburt gebeten, eine Vasektomie vornehmen zu lassen, aber er hatte Angst vor dem Eingriff und wollte das nicht. Also blieb die Verhütung mal wieder an mir hängen. Ich habe die Pille genommen, aber weil mein Leben ein einziges Chaos ist, habe ich einmal vergessen, sie abends zu schlucken. Als ich dann erfahren habe, dass ich wieder schwanger bin, habe ich einen halben Tag lang geheult.« Sie sieht mich an, und in ihrem schiefen Lächeln schwingen Schuldbewusstsein und Hilflosigkeit mit. Betroffen drücke ich ihre Hand ganz fest.

»Mensch, Sophie, das tut mir leid. Ich wusste nicht …, also, ich dachte immer, ihr wolltet ein weiteres Kind haben.«

Sophie seufzt schwer und starrt ein paar Möwen hinterher. »Das, was Luise eben gesagt hat, das stimmt. Ich habe keinen Job und werde so schnell auch keinen bekommen, wenn man mal von Windeln wechseln und Brei kochen als Job absieht.«

»Hey, das ist auch Arbeit!«, erkläre ich vehement.

»Mhhm«, murmelt Sophie, und ich bin mir nicht sicher, ob sie mich wirklich gehört hat. Ihr Blick hängt in der Ferne, am Horizont. »Ich wünschte, ich hätte mein Studium damals wenigstens beendet. Wobei – was ich wirklich mit Design hätte arbeiten sollen, keine Ahnung.« Sie seufzt erneut. »Manchmal habe ich das Gefühl, in einer Sackgasse gelandet zu sein, Lotte. Dann sehe ich mich regelrecht zwischen Dreckswäsche und Windelbergen versinken und beneide Michi um seinen Job bei der Versicherung und Luise und dich um eure schicken Büros, selbst wenn ich nie in unserer Firma arbeiten wollte. Aber das Leben, das ich jetzt habe … Also, wie gesagt, ich liebe die Jungs, aber …« Sie bricht ab und wischt sich mit dem Handrücken über die Augen.

»Hey«, sage ich sanft und drücke ihre Hand. »Es ist doch normal, dass man als junge Mutter überarbeitet ist. Kleine Kinder sind unfassbar anstrengend, das geht nicht nur dir so. Aber kleine Kinder werden groß und machen irgendwann nicht mehr so viel Arbeit. Du wirst sehen.«

Nicht, dass ich so viel Ahnung von Kindern hätte, aber ich hoffe einfach, dass ich recht habe.

Sophie nickt langsam. »Mag sein«, murmelt sie. »Ich wünschte nur, ich könnte mich mehr auf dieses Baby freuen.«

Ich greife nach ihrer Hand und drücke sie fest. »Die Freude kommt bestimmt noch«, versichere ich ihr. Sophie lächelt mich müde an und steht dann auf.

»Ich gehe zurück zur Pension und mache ein Nickerchen«, erklärt sie, aber ich höre nur noch halb zu, denn in dem Moment sehe ich hinter ihr jemanden die Straße überqueren. Atemlos starre ich an Sophie vorbei auf die alte Dame mit der rosafarbenen Hose, die auf eine Kurve zusteuert. Sie trägt einen Cowboyhut auf dem Kopf.

»Ich weiß, ich penne immer nur, aber ich kann es nicht ändern: Diese Schwangerschaft macht mich weitaus mehr fertig als die ersten zwei«, seufzt Sophie.

»Hmm«, murmele ich geistesabwesend und stehe ebenfalls auf, um besser sehen zu können. Das darf doch einfach nicht wahr sein!

»Ist alles okay?« Meine Schwester mustert mich verdutzt. Dann dreht sie sich um und schaut in die Richtung, wo ich die Frau gesehen habe – doch die ist gerade hinter der Kurve verschwunden.

»Ja, alles okay«, erwidere ich hastig. »Ich dachte nur ... Ach, egal. Sag mal, wäre es okay, wenn ich noch ein wenig spazieren gehe?«

»Na klar«, nickt Sophie und wendet sich zum Gehen.

»Wir können ja später zusammen etwas zu Mittag essen gehen und noch ein wenig reden«, versuche ich, sie aufzumuntern. »Es wird alles gut werden, bestimmt.«

»Ja, gerne«, murmelt Sophie. »Bis später. Und danke fürs Zuhören.«

Als sie sich abwendet und der Küstenstraße in Richtung Pension folgt, drehe ich mich um und beginne, schnellen Schrittes in die entgegengesetzte Richtung zu laufen. Ich befürchte, dass die Tante-Charlie-Erscheinung mal wieder verschwunden sein wird, wenn ich um die Kurve komme, und bin daher umso überraschter, als ich die alte Dame in der Ferne erneut erblicke. Sofort verfalle ich in einen Laufschritt und eile mit Seitenstichen an der Mermaid Boutique und am Smiling Whale Café vorbei. Als ich die Kreuzung erreiche, an der die Dame nach links abgebogen ist, muss ich keuchend eine kurze Pause einlegen. Wenn ich doch bloß mehr Sport machen würde, dann könnte ich diese rätselhafte Frau vielleicht endlich einholen!

Kapitel 17

Schnaufend trotte ich weiter, die Straße entlang. Hübsche Häuser in blühenden Gärten säumen die Gehwege zu beiden Seiten, bis kurz vor einer Kreuzung ein mehrstöckiges, kastenförmiges Backsteingebäude auftaucht. Ein Schild am Eingang verrät mir, dass hier zwei Anwaltskanzleien und ein Versicherungsbüro untergebracht sind. Ich bleibe an der Kreuzung stehen und sehe die ruhigen Straßen hinauf und hinab, entdecke jedoch lediglich einen Jungen auf einem Skateboard und ein Eichhörnchen, das über den Gehweg huscht. Die alte Dame mit dem Cowboyhut ist verschwunden. Enttäuscht will ich mich umdrehen und zurück Richtung Zentrum gehen, als mein Blick an einer Säule aus grau-glänzendem Stein hängen bleibt, die im Schatten einer Eiche neben dem Backsteingebäude steht. Das weckt mein Interesse, und ich überquere eine gepflegte Rasenfläche und bleibe vor der Säule stehen. Als ich die Inschrift lese, bekomme ich eine Gänsehaut.

In Erinnerung an die Babys der Bayview Clinic
1933 bis 1955

Ganz langsam gehe ich um die Säule herum und entdecke auf der anderen Seite ein Bibelzitat:

Lukas 18:16: »Aber Jesus rief sie zu sich und sprach: Lasset die Kindlein zu mir kommen und wehret ihnen nicht; denn solcher ist das Reich Gottes.«

Und bevor ich wieder an meinem Ausgangspunkt ankomme, entdecke ich noch die Zeilen:

Errichtet von den Überlebenden der Bayview Clinic
13. Mai 1985

Ich starre lange auf diese Säule, sehe dann hinüber zu dem Backsteinbau, an dessen Stelle einst die Bayview Clinic gestanden haben muss. Mein Blick wandert über die gepflegte Rasenfläche, und ich schlucke schwer, als ich an die vielen Babys denke, die auf diesem Grundstück in Butterkisten beerdigt worden sind.

Als ich das Smiling Whale Café erreiche, bin ich erneut völlig außer Atem. Ich brauche dringend eine Pause und etwas zu trinken. Und noch dringender brauche ich einen Tisch. Um zu schreiben. Noch vor der Gedenksäule ist mir so plötzlich diese eine zündende Romanidee gekommen, dass ich mich eilig auf den Rückweg zum Café gemacht habe, während in meinem Kopf Ideen und Formulierungen aufgeregt durcheinanderpurzelten. Genau das haben sie zwar bereits seit meiner Landung in Halifax getan – und es ging dabei fast immer um Connor, wenn ich ehrlich bin –, aber nun haben all meine Formulierungen endlich ein gemeinsames Ziel! Denn jetzt weiß ich, was für eine Story ich in Chester spielen lassen will und, noch besser, wie ich gleichzeitig meinen Liebesroman, dem noch das gewisse Etwas fehlte, spannender verpacken kann: Lilly und Ben, meine Protagonisten, lernen sich nicht etwa in Düsseldorf oder an der Nordsee kennen, wie ich es bisher geplant und immer wieder verworfen hatte, nein: Lillys Großvater und Bens Großmutter wurden beide in der Bayview Clinic geboren und reisen mit ihren Enkeln anlässlich der Errichtung einer Gedenksäule für die Überlebenden der Klinik zum ersten Mal hierher, nach Chester. Lilly und Ben können sich zunächst nicht ausstehen, doch da sich Lillys verwitweter

Opa und Bens geschiedene Oma ineinander verlieben, kommen sich schließlich, nach vielem Hin und noch mehr Her, auch meine zwei Hauptfiguren näher.

Bingo! Ich könnte schreien vor Glück!

Kaum habe ich mich an einem freien Fenstertisch niedergelassen, zücke ich auch schon mein Notizbuch und beginne, meine Ideen festzuhalten. Schon nach wenigen Minuten bin ich so vertieft in meine Notizen, dass mich die freundliche Kellnerin Rachel gleich zweimal fragen muss, was sie mir bringen kann, bevor ich sie richtig wahrnehme. Ich bestelle ein Glas Wasser, eine Tasse Kaffee und dazu noch einen Muffin, diesmal Walnuss-Banane. Allerdings bin ich bald so damit beschäftigt, die Seiten meines Notizbuchs mit Eckpunkten der Handlung zu füllen, dass der Muffin eine Stunde später immer noch unangerührt auf meinem Teller liegt und der Kaffee kalt geworden ist.

»Schmeckt es dir heute gar nicht?«, erkundigt sich Rachel vorsichtig, und ich sehe überrascht auf. Ich brauche zwei Sekunden, um ins Hier und Jetzt zurückzufinden und blinzele, wie nach einem intensiven Traum. Dann verstehe ich, was sie meint, und sage mit einem schnellen Blick auf den Muffin entschuldigend: »Oh! Nein, also, ich meine, doch, doch, der Muffin – ich habe ihn noch nicht probiert, aber er schmeckt sicherlich köstlich und der Kaffee … also …«

»Warte, ich schenke dir einen neuen ein«, erklärt Rachel in ihrer unkomplizierten Art und greift nach meiner unangetasteten Tasse. Als sie an meinen Tisch zurückkehrt und mir einen dampfenden Kaffee reicht, fragt sie mit einem kurzen Blick auf mein Notizbuch und einem verschwörerischen Lächeln: »Es scheint ja gut zu laufen mit deinem Roman, oder?«

Ich will abwinken, doch dann nicke ich und muss grinsen. »Ich denke ja. Allerdings bin ich erst bei der Vorarbeit, mit dem eigentlichen Schreiben habe ich noch nicht begonnen.«

»Na ja, die Vorarbeit will auch erledigt werden, nicht wahr?«

Rachel wendet sich zum Gehen, fügt jedoch mit einem Zwinkern hinzu: »Na, dann wird es sicherlich doch noch etwas mit einer signierten Ausgabe für mich!«

Schmunzelnd sehe ich ihr nach, wie sie an einen anderen Tisch geht und mit ein paar Touristen plaudert. Um den Kaffee nicht wieder kalt werden zu lassen, fülle ich mir Zucker und Milch in die Tasse und will gerade einen großen Schluck nehmen, als mich das Klingeln meines Telefons zusammenzucken lässt. Im Display leuchtet der Name »Sophie« auf, und ich sehe erschrocken auf meine Armbanduhr. Oh je, schon fast eins! Wir wollten doch eigentlich gemeinsam zu Mittag essen, und hier sitze ich, mit Kaffee, Muffin und einer Unmenge an Ideen im Kopf.

»Hallo, Sophie?«, melde ich mich schuldbewusst. »Hör mal, sorry, ich habe völlig die Zeit vergessen ...«

Ihr Schluchzen lässt mich alarmiert abbrechen. »Lotte, ich blute! Ich weiß nicht, was ich machen soll!« Eine ratlose Sekunde lang frage ich mich, ob sie sich in den Finger geschnitten hat, doch dann fällt der Groschen. »Scheiße, ich glaube, ich verliere das Baby!«, heult Sophie, und mir schnürt sich das Herz zusammen. »Und ich bin allein im Haus, Hazel ist nicht da, und ich habe keine Ahnung, wo das nächste Krankenhaus ist und welche Nummer ich anrufen muss ...«

»Okay, ganz ruhig, ganz ruhig, Sophie.« Ich versuche, mir meine Panik nicht anhören zu lassen, doch das gelingt mir nicht wirklich. Hastig stehe ich auf und werfe das Notizbuch in meine Handtasche. »Ich komme sofort zur Pension und dann ... dann ... wir finden eine Lösung, keine Angst. Ich bin in fünf Minuten da!«

Während ich mein Telefon mit zittriger Hand in meine Tasche stecke, kommt Rachel auf mich zu. »Ist alles in Ordnung?«, fragt sie besorgt.

Ich bemühe mich darum, ruhig zu atmen, während ich antworte: »Ähm ... nein, also, meine Schwester, sie ist schwanger, und sie hat mir gerade gesagt, dass sie Blutungen bekommen hat.«

»Ach du meine Güte!« Rachel sieht mich entsetzt an. »Ist sie auch hier im Urlaub?«

»Ja, und wir wissen gar nicht, wohin wir gehen sollen. Wo ist denn das nächste Krankenhaus?«

»Oh, das ist in Bridgewater, ungefähr eine dreiviertel Stunde von hier«, erwidert Rachel und legt eine Hand auf meine Schulter. »Aber keine Sorge, es gibt hier in Chester eine gynäkologische Praxis, sogar eine hervorragende. Habt ihr ein Auto?«

Aufgelöst schüttele ich den Kopf. »Nein. Und Hazel, unsere Wirtin, ist nicht zu Hause ...«

»Hazel St. Clair? Dann wohnt ihr im Mapletree B&B? Okay. Los, komm, wir holen deine Schwester ab und fahren schnell zur Praxis«, erklärt Rachel entschlossen und löst die Schleife, die ihre Schürze hinter dem Rücken zusammenhält.

»Das ist wirklich wahnsinnig nett von dir«, sage ich, nachdem Rachel einer Kollegin Bescheid gegeben hat und ich ihr aus dem Café folge. »Dabei kennst du mich doch kaum.«

»Aber du brauchst Hilfe – beziehungsweise deine Schwester«, erwidert Rachel mit einem Achselzucken. »Und hier hilft man seinen Mitmenschen.«

Diese Feststellung ist so einfach und klingt so logisch, dass ich nichts zu erwidern weiß.

Zwanzig Minuten später eilen Sophie und ich so schnell es meiner Schwester möglich ist ins »Chester Health Centre«, das in einem moosgrünen Gebäude am Ortsrand untergebracht ist. Rachel hat bereits am Empfang der gynäkologischen Praxis im zweiten Stock Bescheid gesagt, dass wir kommen, und sich dann mit vielen guten Wünschen von uns verabschiedet. Erst, als ihr Ford Mustang bereits davongebraust ist, wird mir klar, dass ich meinen Kaffee und den Muffin gar nicht bezahlt habe.

Im Wartezimmer nimmt uns eine freundliche ältere Dame mit lavendelfarbenen Löckchen in Empfang, die sich als Doris vorstellt und uns erklärt, dass gerade noch eine Patientin im Behandlungszimmer von Doktor Hammond sei und wir uns noch einen winzigen Moment gedulden müssten. Sie bittet mich, für Sophie einen Anmeldebogen auszufüllen, und während ich am Empfangstresen die Daten meiner Schwester eintrage, setzt sich Doris mit Sophie auf ein geblümtes Sofa, gibt ihr ein Glas Wasser und redet beruhigend auf sie ein.

Als ich mit dem Formular fast fertig bin, höre ich, wie sich die Tür zum Behandlungszimmer öffnet. Eine sehr schwangere Frau kommt mir entgegen, ein breites Lächeln auf dem Gesicht und eine Hand auf ihrem gigantischen Bauch. Ich schicke ein knappes Stoßgebet gen Himmel, dass auch Sophie in einigen Wochen mit so einem Bauch durch die Gegend watscheln darf, und will schon mit dem Formular zu meiner Schwester gehen. Doch Sophie hat sich bereits vom Sofa erhoben und eilt auf den Gynäkologen zu, der hinter der Schwangeren aus dem Behandlungszimmer gekommen ist. Sie redet und weint gleichzeitig und erst, als ich eine mir inzwischen verdammt vertraute Stimme höre, nehme ich den Arzt bewusst wahr. Ich bleibe wie angewurzelt stehen und starre den Mann fassungslos an, als hätte ich einen Geist vor mir: Es ist Connor.

Kapitel 18

Ich bin so verblüfft, dass mir das Formular aus der Hand rutscht und auf den Linoleumboden segelt. Ungläubig mustere ich Connor, der mit dem weißen Arztkittel über seinen Jeans plötzlich gar nicht mehr nach Holzfäller aussieht. Als er leise mit Sophie spricht, klingt seine Stimme ruhig und fest und lässt mein Herz unangebracht heftig wummern. Schließlich deutet er auf die geöffnete Tür zum Behandlungszimmer, und ich höre ihn sagen: »Bitte, warte drinnen auf mich, Sophie«, bevor er sich dem Empfang zuwendet. Da fällt sein Blick auf mich, und ich spüre schlagartig Hitze in meine Wangen schießen.

»Ähm, hallo!«, sage ich und lache nervös. »Das ist ja eine Überraschung!«

Connor sieht mich zwei Sekunden lang schweigend an, als wüsste er nicht so recht, was ich hier will. Dann erwidert er knapp »Hallo«, während er seiner Mitarbeiterin eine Krankenakte reicht.

»Danke, Doris«, sagt er und schenkt ihr tatsächlich ein flüchtiges Lächeln, bevor er sich wieder der Tür zum Behandlungszimmer zuwendet.

»Ähm, bitte warte!«, stoße ich etwas atemlos hervor, bücke mich nach dem Formular auf dem Fußboden und reiche es Connor. »Sophie muss noch unterschreiben.«

»Danke«, sagt er, und als er mir das Formular abnimmt, streift sein Daumen leicht meinen Zeigefinger. Ich zucke zurück, als hätte ich mich verbrannt und würde in der nächsten Sekunde am liebsten vor Verlegenheit im Linoleumboden versinken. Ohne noch etwas zu sagen wendet sich Connor ab und verschwindet mit ein paar langen Schritten im Behandlungszimmer, schließt die Tür hinter sich und lässt mich wie betäubt zurück.

»Ähm ... das war ... Doktor Hammond?«, frage ich an Doris gewandt und fühle mich dabei ziemlich dämlich, doch ich muss das von der freundlichen Dame mit der seltsamen Haarfarbe bestätigt bekommen. Sie sieht mich über den Rand ihrer riesigen Brille hinweg an und nickt. »Ja«, sagt sie lächelnd, »das war unser lieber Doktor Hammond.«

Unser lieber Doktor Hammond. Einfach nicht zu fassen. Connor ist also gar kein Holzfäller, sondern Arzt! Ratlos wandert mein Blick durch das Wartezimmer, als hoffte ich hier ein paar Erklärungen zu dem Mysterium namens Dr. Connor Hammond zu bekommen. An den zartgrün gestrichenen Wänden hängen Fotos mit malerischen Küstenszenen, die ganz sicher alle um Chester herum aufgenommen worden sind. Und – oh! Einer der Bilderrahmen sieht genauso aus wie der, den ich im Antiquitätenladen erstanden habe – er ist aus Treibholzstücken zusammengesetzt, von einem lokalen Künstler, wie ich nun weiß. Als ich an der Wand neben der Garderobe einen großen Bilderrahmen entdecke, in dem ein längerer Text zusammen mit einem Foto von einem grauhaarigen Herrn zu sehen ist, trete ich neugierig näher heran.

Als Sophie zwanzig Minuten später das Behandlungszimmer verlässt, weiß ich tatsächlich etwas mehr über den dunkelhaarigen Arzt mit den hellblauen Augen, der meiner Schwester folgt. Oder vielmehr weiß ich nun einiges über seinen Vater, und mir ist auch klar, warum mir Connor die Geschichte der Butterkisten-Babys erzählt hat.

Denn Dr. Roy Hammond, der grauhaarige Herr auf dem Foto und ebenfalls Gynäkologe wie sein Sohn, wurde 1935 in der Bayview Clinic geboren und an Adoptiveltern in Toronto vermittelt.

Doktor Hammond Senior war schon dreißig Jahre alt, als er von seiner wahren Herkunft erfuhr. Der Skandal um die kurz zuvor entdeckten Babygräber rund um die abgebrannte Bayview Clinic erschütterte damals ganz Kanada. Dr. Roy Hammond, der in Toronto bereits eine frauenärztliche Praxis hatte, war so entsetzt von der Tragödie um seine Geburtsklinik, dass er beschloss, Chester einen besseren Ruf zu verschaffen: Im Jahr 1969 eröffnete er eine gynäkologische Praxis mit angeschlossenem Heim, dem »Hope Home«, wo ledige Schwangere – größtenteils Teenager aus zerrütteten Familienverhältnissen – unterkommen und ihre Babys zur Welt bringen konnten. 2008 ging Dr. Hammond Senior in den wohlverdienten Ruhestand und übergab die Praxis und die Leitung des Hope Home an seinen Sohn, Dr. Connor Hammond.

Ich würde Connor so gern auf seinen Vater und die Bayview Clinic ansprechen, doch sobald ich Sophie sehe, wird die spannende Geschichte um Dr. Roy Hammond schlagartig völlig nebensächlich.

»Und?«, frage ich atemlos und eile auf meine Schwester zu. Als sich ihre Augen schon wieder mit Tränen füllen, schlage ich entsetzt eine Hand vor den Mund. Doch im nächsten Moment höre ich Connors Stimme, die fest und zuversichtlich klingt, als er sagt: »Mit dem Baby ist alles in Ordnung.«

Erleichterung durchflutet mich, und ich atme zitternd aus.

»Ja«, bestätigt Sophie und wischt sich über die Augen. »Connor hat mich untersucht und einen Ultraschall gemacht, und dem Baby geht es gut. Es ist anscheinend eine leichte Zwischenblutung, die nicht weiter gefährlich ist. Aber ich soll mich trotzdem schonen.«

Connor nickt. »Ja, für den restlichen Tag bitte Bettruhe. Morgen möchte ich dich noch einmal kurz sehen, Sophie. Vor allem, falls ihr zurück nach Deutschland fliegen solltet.«

»Vielen Dank, Connor«, sage ich leise. Er hebt kurz den Blick von Sophies Krankenblatt, auf dem er gerade etwas notiert und nickt mir zu, bevor er sich wieder seiner Arbeit widmet. Ich sehe Sophie an und streiche ihr eine Haarsträhne aus der Stirn. Dann nehme ich sie in den Arm.

»Ich bin so froh, dass es deinem Baby gut geht«, murmele ich in ihr Ohr.

»Und ich erst!«, schluchzt Sophie heiser auf und schlingt ihre Arme fest um mich, als suchte sie Halt. Diese Geste rührt mich auf seltsame Weise. Zwar ist sie die Jüngere, und ich fühle mich immer verantwortlich für sie, doch in den letzten Jahren ist Sophie selten zu mir gekommen, um sich trösten zu lassen. Eigentlich seit unserer Schulzeit nicht mehr, wenn ich es mir genau überlege.

»Wenn ich dieses Kind verloren hätte, nach all dem, was ich heute zu dir gesagt habe ...«, wispert Sophie mit erstickter Stimme und zieht ein Taschentuch aus ihrer Jeanstasche, um sich die Nase zu putzen. »Ich habe so oft gedacht, dass ich dieses Baby eigentlich nicht haben will ... Aber eine Fehlgeburt hätte ich mir nie verziehen!«

»Selbst, wenn du das Baby verloren hättest, wäre das nicht deine Schuld gewesen«, sage ich sanft, aber mit Nachdruck. Dann füge ich lächelnd hinzu: »Aber es ist ja alles nochmal gut gegangen. Zum Glück. Ich freue mich auf meinen dritten Neffen!« Sophie nickt und sieht mich aus verheulten Augen an. Zu meiner Erleichterung bekommt sie ein winziges Lächeln zustande. Zärtlich tätschele ich ihre Wange, bevor ich mich dem Empfang zuwende. Mir ist nämlich gerade ein Problem bewusst geworden.

»Entschuldigung, Doris, gibt es hier in Chester einen Taxiservice? Ich möchte nicht, dass meine Schwester den ganzen Weg bis zum Mapletree Bed & Breakfast zurückläuft und ...«

»Ich fahre euch«, unterbricht mich Connor auf Deutsch und wendet sich dann auf Englisch an seine Mitarbeiterin: »Doris, ich habe doch heute keinen Termin mehr, richtig?«

Doris schüttelt den Kopf. »Nein, da Mrs. Publicover ja abgesagt hat, sind wir hier für heute schon durch.«

»Gut. Bitte leiten Sie das Telefon auf mein Handy um. Danke, meine Gute. Wir sehen uns morgen.«

Er schiebt den Kugelschreiber in die Brusttasche seines Arztkittels und sieht erst Sophie an, dann mich. »Ich bin sofort zurück und fahre euch heim«, erklärt er, und beginnt, die Knöpfe seines Kittels zu öffnen, während er sich abwendet und im Behandlungszimmer verschwindet.

Als er zwei Minuten später erneut auftaucht, ist er wieder der alte Connor, mit Bluejeans und Holzfällerhemd. Ich muss feststellen, dass ich beginne, Gefallen an diesem rustikalen Look zu finden. Nicht, dass das irgendwie von Bedeutung wäre. Natürlich mag ich nach wie vor Lennarts schicke Anzüge und seine Freizeitoutfits, die für gewöhnlich aus Chino-Hosen und langärmeligen Hemden bestehen. Natürlich nie Holzfällerhemden. Und das ist auch okay, sage ich mir mit Nachdruck, als wir Connor zu seinem Pick-up folgen, der hinter dem Gebäude geparkt steht.

Diesmal sitzt Sophie vorn, ich nehme auf der Rückbank Platz. Während der Fahrt erzählt meine Schwester merklich gelöst von ihren zwei kleinen Söhnen, die daheim auf sie warten. Als wir an einer Ampel stehen, zückt sie ihr Smartphone und zeigt Connor ein Bild von Mats und Fiete, auf dem die beiden beim Schlammbad in einer Pfütze zu sehen sind. Connor lacht auf und erklärt, dass er das als Kind auch gern gemacht habe, sehr zum Kummer seiner Mutter. Verstohlen starre ich ihn von der Rückbank aus an. Ich sehe ihn nur im Profil, aber, verdammt, was hat er für ein attraktives Profil! Vor allem, wenn er so breit lächelt wie jetzt gerade.

Als wir das Bed & Breakfast erreichen und Sophie bereits aussteigt, nehme ich all meinen Mut zusammen und frage: »Ähm, Connor?«

Connor, der gerade die Fahrertür geöffnet hat, dreht sich nach hinten um und mustert mich über die Kopfstütze seines Sitzes hinweg fragend. Ich bemühe mich darum, mich von dem intensiven Blau seiner Augen nicht aus dem Konzept bringen zu lassen, und fahre hastig fort: »Ich habe im Wartezimmer den Text über deinen Vater gelesen.«

Abwartend erwidert er meinen Blick, ohne etwas zu sagen. Nervös befeuchte ich meine Lippen und verhaspele mich ein wenig, als ich hervorstoße: »Ich – also – ich habe heute auch zufällig das Grundstück entdeckt, wo die Bayview Clinic mal stand, und die Gedenksäule. Und …«

»Lotte, ich gehe schon rein, ja?«, ruft Sophie von draußen. »Connor, nochmals tausend Dank. Ich bin dann morgen um 10 Uhr in der Praxis.«

»Ja. Bis morgen, Sophie.«

Er sieht meiner Schwester nach, die über knirschenden Kies auf das sonnengelbe Haus zugeht, bevor er sich wieder mir zuwendet. Jetzt, da wir zu zweit sind, erscheint mir die Fahrerkabine des Pick-ups mal wieder enger als zuvor. Und wärmer. Wieder spüre ich, wie mein Gesicht zu brennen beginnt, während ich mich zwinge, weiterzusprechen: »Ja, hmm, es ist nämlich so, dass ich schreibe.«

Connor zieht seine Augenbrauen ein wenig in die Höhe. Ich schlucke. »Also, ich meine damit nicht, dass ich schreiben kann, das ist ja klar, kann ja jeder. Also, fast jeder. Ähm …« Du meine Güte, Lotte, was stellst du dich dämlich an, zische ich mir innerlich zu. Dann halte ich Connors durchdringenden Blick nicht mehr aus und murmele hastig: »Ach, sorry, vergiss es, ist nicht so wichtig.«

Ich öffne die hintere Wagentür und falle vor lauter Eile beinahe aus dem Pick-up, während Connor vorne ebenfalls aussteigt, allerdings mit wesentlich weniger Hektik. Er versperrt mir den direkten Weg zum Haus, und ich sehe ihn mit einem verlegenen Lächeln an, bevor ich um ihn herumgehen und zum rettenden Eingang flüchten kann.

»Lotte«, sagt er ruhig, und beim rauen Klang seiner Stimme bleibe ich wie angewurzelt stehen. Ich liebe es, wie er meinen Namen ausspricht, mit diesem leichten Akzent, sodass es eher nach »Lotti« klingt. Als ich seinen Blick erwidere, legt er den Kopf ein wenig schief und fordert mich auf: »Nun sag schon.«

Ich atme tief durch und starre auf meine Füße, die unruhig im Kies scharren. »Na ja, wie gesagt, ich schreibe ... ähm ... Romane.« So, jetzt ist es raus. Da ich es nicht wage, ihn anzusehen, fahre ich mit Blick auf meine Schuhe fort: »Und ... ich hatte heute so eine Idee, die auf der Bayview Clinic-Geschichte basiert. Keine Dokumentation, sondern eine fiktive Story, aber mit historischem Hintergrund. Und ... na ja, als ich eben gelesen habe, dass dein Vater ...«

Hilflos breche ich ab. Ich fürchte mich davor, dass Connor mich auslacht oder zumindest belächelt, so, wie Lennart es gern tut. Doch Connor lacht nicht. Okay, er lacht natürlich generell sehr viel seltener als Lennart. Aber da ist auch kein Spott auf seinen Gesichtszügen, merke ich, als ich zögernd meinen Blick hebe.

»Würdest du meinen Vater gern zur Bayview Clinic interviewen?«, vollendet Connor meine Frage, als wäre das eine ganz natürliche Sache. Ich bringe nur ein Nicken zustande. »Okay«, sagt er und wendet sich wieder seiner Fahrertür zu. »Willst du Sophie kurz Bescheid sagen?«

»Ähm ... fahren wir jetzt sofort zu ihm?«, erkundige ich mich verdattert.

»Warum nicht?«, fragt Connor schlicht. »Immerhin könntest du morgen schon auf dem Rückweg nach Deutschland sein, oder?«

Bei dem Gedanken daran wird mir seltsam schwer ums Herz.

»Ähm, gut, wenn dir das keine Umstände macht ... Also ... ja, dann gebe ich Sophie schnell Bescheid«, erkläre ich hastig, drehe mich um und gehe auf das Haus zu. Ich spüre Connors Blick deutlich in meinem Rücken, bis die Eingangstür der Pension hinter mir zufällt.

Kapitel 19

Wenig später sitze ich neben Connor im Pick-up-Truck und nestele nervös am Ende meines geflochtenen Zopfs herum, während er den Wagen schweigend durch Chester lenkt. Es gibt so vieles, was ich ihn gern fragen würde – zu seiner Frau Linda, zu seiner Arbeit, zu seinem verwirrenden Verhalten mir gegenüber –, doch da ich mich in seiner Gegenwart mal wieder nicht in der Lage sehe, ganze Sätze zu formulieren, starre ich stumm aus dem Beifahrerfenster. Zum wiederholten Mal an diesem Tag sehe ich Schule und Supermarkt, Kirche und Tankstelle, einen Baumarkt und eine Drogerie vorbeiziehen. Wir passieren das moosgrüne Gebäude, in dem Connors Praxis untergebracht ist, und ich recke ein wenig meinen Kopf, um zu erkennen, wo das Hope Home liegen könnte, von dem im Text im Wartezimmer die Rede war.

»Ähm, wo genau ist denn das Hope Home?«, frage ich zaghaft, während wir weiter der Straße folgen, die uns fortführt vom Ortskern.

»Am Back Harbour«, erwidert Connor und deutet mit seinem Daumen über die Schulter nach hinten, ohne mich anzusehen. »Am anderen Ende von Chester. Da war früher auch die Praxis. Wir sind erst vor zwei Jahren in das neue Gebäude des Chester Health Centre gezogen.«

»Aha«, mache ich und nicke. Als Connor nichts mehr sagt, sondern nur konzentriert auf die Straße sieht, betrachte auch ich erneut stumm meine Umgebung. Rechts schimmert hier und da der Atlantik zwischen den Bäumen hindurch, während uns die gewundene Straße dicht an der Küste entlangführt. Nach einigen Minuten öffnet sich der Wald und gibt den Blick auf eine entzückende Meeresbucht frei: Felsen, die von goldgelb in der Sonne schimmerndem Seetang bedeckt sind, windschiefe Kiefern dicht am Ufer, lange Holzstege, die auf Pfählen ins tiefblaue Wasser reichen. Connor verlangsamt den Wagen und biegt nach rechts in eine Straße ein, die am Rande dieser Bucht entlangzuführen scheint. Auf einem Schild lese ich den Namen »Buccaneer Road«.

»Was heißt denn Buccaneer?«, frage ich neugierig, während ich die hübschen Häuser betrachte, an denen wir vorbeifahren. In den Einfahrten liegen Kinderfahrräder und Hockeyschläger, hier und da parkt der obligatorische Pick-up. Der Straßenrand wird von wilden Lupinen und typisch amerikanischen Briefkästen auf Pfählen gesäumt.

»Bukaniere waren Piraten«, erklärt Connor. »Von denen gab es hier mal jede Menge.«

Als ich ihn von der Seite betrachte, mit seinem schwarzen Haar, dem Dreitagebart und der steilen Falte zwischen den dichten Augenbrauen, kann ich mir fast vorstellen, dass Connors Vorfahren ebenfalls Piraten waren.

»Ja, ich weiß«, sage ich. »Ich habe von der Teazer gelesen.«

»Mhhm«, murmelt Connor und wirft mir einen flüchtigen Blick zu. Ich will ihn fragen, ob er jemals das Leuchten draußen auf dem Meer gesehen hat, das von dem explodierten Segelschiff stammen soll, doch ich wage es nicht. Bestimmt würde er mich auslachen. Nein, Connor glaubt ganz sicher nicht an Geistergeschichten.

Als er den Pick-up in eine Einfahrt zwischen hohen Bäumen lenkt, sehe ich mich gespannt um. Noch erkenne ich kein Haus, nur der windschiefe Briefkasten mit der Aufschrift »Hammond« deutet darauf hin, dass man sich auf dem Weg zu einem Grundstück befindet. Meine Handflächen werden vor Aufregung feucht.

Hoffentlich ist Connors Vater nicht genauso schweigsam wie er! Als wir eine holprige, schmale Straße in ein dunkles Waldstück hineinrumpeln, starre ich atemlos aus dem Beifahrerfenster in das dichte Unterholz am Wegrand. »Gibt es hier Bären?«, höre ich mich fragen, bevor ich mich daran hindern kann.

»Klar«, erwidert Connor. Ich warte ab, ob noch mehr kommt, doch er sieht nur ruhig nach vorn, was angesichts der vielen Schlaglöcher und Wurzeln, die die Straße durchbrechen, auch wirklich besser ist.

»Echt?«, hake ich nach, denn ich bin mir nicht sicher, ob er mich auf den Arm nimmt.

Nun sieht mich Connor doch an. Spott blitzt im hellen Blau seiner Augen auf. »Als Hinterwäldler wohne ich natürlich da, wo es Bären gibt. Außerdem ist das hier nun einmal Kanada. Nicht der Schwarzwald.«

Ich schlucke und höre nicht auf, ihn anzustarren, obwohl er selbst den Blick wieder nach vorn gerichtet hat. Ein vages Schmunzeln umspielt seine Lippen, was ihm wirklich gut steht. »Ähm – aber ich dachte, wir fahren zu deinem Vater und nicht … zu dir?«

»Wir teilen uns ein Haus.«

Genau in diesem Moment öffnet sich der Wald vor uns und gibt den Blick auf eben dieses Haus frei. Wie viele der schmucken Holzhäuser in Chester ist es in viktorianischem Stil gebaut, die überdachte Veranda wird von Schnitzereien entlang des Dachvorsprungs verziert, die Fenster werden von Holzläden eingerahmt, die ebenso weiß gestrichen sind wie die Fensterrahmen und einen hübschen Kontrast zum tiefen Blau des Hauses bilden, das mich an die Farbe des Atlantiks erinnert. Atlantikblau.

Connor lenkt den Wagen auf einen Hof aus Kies an der Seite des Hauses, in dessen Mitte ein mächtiger Ahornbaum wächst. Um den Stamm des Baums schmiegt sich eine hölzerne Sitzbank. Während ich noch überlege, wie schön es sein muss, dort im

Schatten der weitausladenden Äste zu sitzen, stellt Connor den Motor ab, steigt wortlos aus und wirft die Fahrertür hinter sich zu. Ein wenig irritiert verlasse auch ich den Pick-up und folge Connor zum Eingang des Hauses. Um meine Nervosität zu überspielen frage ich betont spöttisch: »Du bist wirklich nicht sonderlich gesprächig, oder?«

Connor hält auf der untersten Stufe der Veranda inne und dreht sich zu mir um. »Was würdest du denn gern von mir hören?«, erkundigt er sich ruhig, und die Art, wie er das fragt, die tiefe Tonlage seiner Stimme und zu allem Überfluss seine Augen ... Ich suche Halt am Treppengeländer und vergesse kurz, wie ich heiße und was ich hier mache.

»Ähm ... also ... schon gut«, murmele ich und wende meine Aufmerksamkeit hastig den Unmengen orangefarbener Lilien, weißer Margeriten und violetter Lupinen entlang der Veranda zu.

Dann merke ich, dass Connor mir die Haustür aufhält, und ich betrete die Veranda und schlüpfe an ihm vorbei in einen Flur, dessen dunkelbraune Holzdielen glänzen. Als die Fliegengittertür mit einem Krachen hinter uns zufällt, zucke ich zusammen.

»Du bist ganz schön schreckhaft«, sagt Connor leise und bleibt neben mir stehen. Zwischen einem mit Arbeitsboots, Gummistiefeln und Turnschuhen überladenen Schuhregal auf der einen Seite und einer hölzernen Kommode auf der anderen ist nicht besonders viel Platz hier im Eingangsbereich, und dementsprechend dicht befindet er sich neben mir.

»Eigentlich nicht«, verteidige ich mich mit krächzender Stimme.

»Sondern nur in meiner Gegenwart?«

Stumm starre ich Connor an, er erwidert meinen Blick ernst. Ja, denke ich.

»Connor? Bist du das?«, rettet mich eine fremde Männerstimme aus meiner Verlegenheit.

Connor mustert mich noch zwei Sekunden lang und ruft dann: »Ja, Dad!«, bevor er sich von mir abwendet. Während ich ihm durch den Flur folge, atme ich tief durch und versuche, nicht mehr so nervös zu sein. Ohne Erfolg, denn im nächsten Moment stolpere ich über eine Türschwelle und falle in Connor hinein, der vor mir das Wohnzimmer betreten hat. Mit einem peinlich berührten »Hoppla!« suche ich Halt an seinem Hemd, das ich ihm bei dieser Aktion quasi von den Schultern reiße. Connor dreht sich um, und erneut taumele ich halb in ihn hinein, während ich beschämt sein Hemd loslasse. Dann sind seine Hände zur Stelle, umfassen meine Oberarme und bringen mich ins Gleichgewicht. Starr vor Scham sehe ich ihn an, und er erwidert meinen Blick mit eindeutiger Belustigung, ohne seine Hände von meinen nackten Armen zu nehmen. Das Gefühl seiner Finger auf meiner Haut elektrisiert mich, und das amüsierte Funkeln in seinen Augen lässt mich fast in die Knie gehen.

Aber zum Glück nur fast, denn in diesem Moment kommen Schritte über das knarzende Holz der Bodendielen näher, und ich höre wieder die Stimme von Connors Vater: »Oh, wir haben Damenbesuch?«

Kapitel 20

H i, Dad. Das hier ist Lotte Seliger«, sagt Connor und lässt meine Arme los. Die Wärme seiner Hände auf meiner Haut hält noch zwei Sekunden an, und ich wünsche mir augenblicklich, dass er mich wieder festhalten möge. Dann jedoch reiße ich mich zusammen, straffe meine Schultern und lächele den alten Herrn an, der durch das Wohnzimmer auf uns zukommt.

Roy Hammond hat kurzes silbergraues Haar und ist, im Gegensatz zu seinem Sohn, glatt rasiert. Doch das kantige Kinn erinnert eindeutig an Connor und, was noch viel frappierender ist: Hinter den Gläsern einer Hornbrille hervor mustern mich zwei wache hellblaue Augen, die mir sofort vertraut erscheinen.

Dr. Hammond Senior betrachtet mich freundlich und sagt zu meiner Überraschung auf Deutsch, mit starkem Akzent: »Ah, du bist eine der deutschen Touristinnen, nicht wahr? Connor hat mir von euch erzählt.«

Oh je, denke ich. Hoffentlich hat er seinem Vater nicht gesagt, dass er von einer der Touristinnen als Hinterwäldler bezeichnet wurde und dass diese Touristin gern in fast durchsichtigen Nachthemden mit Lämmchen-Muster durch die Gegend spaziert. Ein wenig befangen schüttele ich die Hand des alten Mannes. »Ja, ganz genau. Es freut mich sehr, Sie kennen zu lernen, Dr. Hammond.«

»Bitte, sag doch Roy.«

Ich lächele, erleichtert über seine freundliche und unkomplizierte Art. »Gern. Roy.«

»Na so etwas, dass immer mal wieder gestrandete Touristinnen hier auftauchen«, meint Connors Vater und schüttelt offensichtlich amüsiert den Kopf. Verdutzt will ich nachhaken, ob dank des isländischen Vulkans tatsächlich noch mehr Transatlantik-Reisende hier festsitzen, doch da fährt er bereits fort, diesmal auf Englisch:

»Du musst entschuldigen, Lotte, aber mein Deutsch ist leider nicht so gut wie das meines Sohnes. Vor vielen Jahren konnte ich mal ganz ordentlich Deutsch sprechen, aber dann ging meine Ehe mit Angelika in die Brüche und seitdem ... nun ja, wie es so ist. Man vergisst eine Sprache, wenn man sie nicht benutzt.«

Aha, Angelika. So heißt also Connors Mutter.

»Mir macht es gar nichts aus, mich auf Englisch zu unterhalten«, versichere ich.

»Ich habe Lotte mitgebracht, weil sie gern mehr über die Bayview Clinic erfahren würde«, meldet sich nun Connor wieder zu Wort. »Sie möchte einen Roman darüber schreiben.«

Kaum höre ich diese Worte aus Connors Mund, winde ich mich innerlich vor Scham und komme mir mit einem Mal wirklich lächerlich vor. Als ob ich eine echte Autorin wäre! Doch sein Vater wirkt ehrlich interessiert, als er nachhakt: »Wirklich? Einen Roman? Über die Bayview Clinic?«

»Na ja ...«, wende ich ein und kaue kurz auf meiner Unterlippe herum. »Also, ich möchte keinen rein historischen Roman schreiben, der ausschließlich von der Bayview Clinic handelt, sondern vielmehr einen ... ähm ... also, eigentlich soll es ein Liebesroman werden.« Ich spüre, wie mir Schweißperlen den Rücken hinabrinnen. Ohne Connor anzusehen fahre ich eilig fort: »Ja, ein Liebesroman, aber mit historischem Hintergrund. Und ich würde ihn gern hier in Chester spielen lassen, und ...«

Und Ben, der Protagonist, soll schwarze Haare und hellblaue Augen haben und Lilly, meine Heldin, ständig mit seinem durchdringenden Blick aus dem Konzept bringen. Das sage ich natür lich nicht laut, während ich mir verstohlen über die Stirn wische und mich frage, ob es hier im Zimmer wirklich so warm ist oder ob nur ich das so empfinde.

»Das klingt ja wahnsinnig interessant, Lotte!«, sagt Roy und lächelt mich an, wobei in seiner linken Wange ein Grübchen entsteht. Das sonnige Gemüt hat er seinem Sohn offensichtlich nicht vererbt. Oder es ist Connor tatsächlich abhandengekommen, in Folge dieses ominösen Unglücks, von dem ich immer noch fast nichts weiß.

»Ich habe noch nie eine waschechte Autorin kennengelernt. Wirklich, ich fühle mich geschmeichelt, dass ich dir bei deiner Recherche helfen soll.«

»Na ja, also …«, beginne ich und hüstele. »Es ist leider so, dass ich bisher noch nie einen Roman veröffentlicht habe. Aber immerhin habe ich eine Agentin, es könnte also sein, dass es irgendwann klappt. Vielleicht. Allerdings will ich Ihnen … ich meine, dir … nicht zu viel Hoffnung machen, Roy. Es ist sehr gut möglich, dass dieses Buch eines meiner vielen, vielen unveröffentlichten Projekte wird.« Ich lache verlegen und wische meine verschwitzten Handflächen an meiner Jeans ab. Als ich es endlich wage, Connor einen flüchtigen Blick zuzuwerfen, merke ich, dass er mich stoisch mustert. Wie schon so oft wünsche ich mir wirklich, ich könnte seine Gedanken lesen, denn aus seiner Mimik werde ich leider überhaupt nicht schlau.

»Jeder fängt mal klein an«, erklärt Roy resolut. »Ich finde es toll, wenn jemand die Fantasie hat, sich eine Geschichte auszudenken und die Fähigkeit, sie dann auf Papier zu bringen. Das ist bewundernswert. Findest du nicht auch, Connor?«

»Mhhm«, macht Connor, ohne den Blick von mir abzuwenden. Ich schlucke und bemühe mich um eine gleichmäßige Atmung. Wenn die beiden wüssten, wie sehr meine Fantasie auch in diesem Moment mal wieder mit mir durchgehen will!

»Ich mache mal eine Kanne Kaffee«, erklärt Connor plötzlich, dreht sich abrupt um und verschwindet mit ein paar großen Schritten aus dem Wohnzimmer.

Augenblicklich entspanne ich mich ein wenig und nehme das Zimmer zum ersten Mal richtig wahr: Nahe der Tür zum Flur, über deren Schwelle ich eben gestolpert bin, steht ein nussbraunes, glänzendes Klavier, und mir fällt wieder ein, dass Hazel erzählt hat, Connor als Kind Unterricht gegeben zu haben. Ob er immer noch auf diesem Instrument spielt? Auf dem Klavier sind einige gerahmte Bilder aufgereiht. Aus einem Silberrahmen lächelt mir eine dunkelhaarige Frau mittleren Alters entgegen, und ich frage mich, ob das Angelika ist. Ein kleiner Junge mit zerzaustem schwarzen Haar und breiter Zahnlücke grinst in die Kamera, einen Fisch in der ausgestreckten Hand. Das muss Connor als Kind sein, denke ich, und bin merkwürdig gerührt. Ihn so fröhlich und unbefangen zu sehen ist fast wie ein Blick in eine andere Welt. Diskret betrachte ich die übrigen Fotografien, doch ich kann keine Aufnahme von Connor und Linda entdecken. Kein Hochzeitsfoto, gar nichts. Schade, ich hätte zu gern gewusst, wie Linda aussah.

Eine Wand des Wohnzimmers wird beinahe komplett von hölzernen Einbauregalen eingenommen, die mit sicher Hunderten Büchern gefüllt sind. Der Bücherwand gegenüber liegt die Fensterfront. Vor den bodentiefen weißen Sprossenfenstern sind zwei dunkelblaue Sofas so positioniert, dass sie den Blick nach draußen erlauben, aber gleichzeitig nah genug am Holzofen in der Zimmerecke stehen. So dürfte es im Winter kuschelig warm sein, wenn man auf dem Sofa sitzt und liest oder den Fernseher einschaltet. Ein Bild von Connor und einer Frau auf einem dieser Sofas blitzt ohne Vorwarnung vor meinem inneren Auge auf. Die Tatsache, dass die Frau rotes Haar und grüne Augen hat und die beiden Dinge tun, die ich noch nie auf einem Sofa getan habe, lässt mich kurz vergessen, warum ich überhaupt hier bin. Um mich wieder zu sammeln, gehe ich rasch auf die Fensterfront zu, ignoriere resolut die Sofas und sehe stattdessen hinaus.

»Wow. Roy, das ist ja wunderschön«, sage ich ehrlich beeindruckt.

Direkt vor uns erstreckt sich die Meeresbucht, die ich vom Auto aus bereits gesehen habe. Das dunkle Blau des Atlantiks schimmert in der Nachmittagssonne, hier und da gekrönt von weißer Gischt.

Roy ist mir langsam gefolgt, und ich höre seine Stimme schräg hinter mir, als er erwidert: »Ja, nicht wahr? An diesem Ausblick werde ich mich niemals satt sehen können, nicht einmal, wenn ich hundert Jahre alt werden sollte. Ganz besonders schön ist es, wenn sich im Indian Summer die Ahornbäume dort gegenüber am Ufer rot verfärben. Warte, ich muss dir unbedingt ein Foto zeigen.«

Er wendet sich vom Fenster ab, geht zu einem Holz-Sekretär in der Zimmerecke und öffnet eine Schublade. Ich folge ihm langsam, als Roy plötzlich innehält und konzentriert auf ein Radio starrt, das auf dem Sekretär steht. Erst jetzt bemerke ich, dass gedämpfte Musik aus dem Lautsprecher dringt. »Das gibt es ja nicht«, murmelt Roy mit einem Kopfschütteln, und ich sehe einen entrückten Ausdruck über sein Gesicht gleiten, als er die Lautstärke hochdreht. »Das habe ich ewig nicht gehört.«

Die dunkle, melancholische Stimme eines Mannes erfüllt das Wohnzimmer. Er singt von einer Frau in einem nördlichen Land, die er einst kannte. Dann stimmt ein zweiter Mann ein, sie singen gemeinsam, begleitet von Gitarrenklängen. Ich verliebe mich augenblicklich in dieses Lied.

»Wer singt das?«

Roy blinzelt und sieht mich beinahe überrascht an, als habe er kurz vergessen, dass ich noch hier bin. Er räuspert sich und antwortet: »Johnny Cash und Bob Dylan, der das Lied auch geschrieben hat. ›Girl from the North Country‹, so heißt es. Es ist ewig her, seit ich diesen Song gehört habe – und seit ich mit einer Frau dazu getanzt habe.« Er lächelt mich warm an und streckt mir seine Hand entgegen. »Würdest du mir die Ehre erweisen, Lotte?«

Verlegen schiebe ich mir eine Haarsträhne aus der Stirn und will etwas von meinen zwei linken Füßen erzählen. Doch beim Blick in die hellblauen Augen des alten Mannes, in denen plötzliche eine unbestimmte Melancholie liegt, bringe ich es nicht fertig, ihn abzuweisen.

»Aber gern«, erwidere ich daher höflich und lasse mich von Roy in die Mitte des Wohnzimmers führen, wo wir beginnen, uns langsam über den knarzenden Holzboden zu wiegen. Roys Hände halten meine fest umfasst, und er führt mich mit erstaunlicher Eleganz und Sicherheit über unsere improvisierte Tanzfläche.

»Du hast also zu diesem Lied mit Connors Mutter getanzt?«, erkundige ich mich und mustere Roy von der Seite, wobei mir zum ersten Mal sein Hörgerät auffällt.

»Nein, mit Angelika nicht«, erwidert Roy, und ich reiße überrascht die Augen auf. Als mir sein Blick begegnet und ich ein spitzbübisches Schmunzeln um seine Lippen zucken sehe, muss ich kichern. »Roy, du Schwerenöter!«

Er lacht leise auf und lässt mich elegant eine kleine Drehung machen. Ich bin mir ganz sicher, dass ich bei jedem anderen Tanzpartner geradewegs in den Holzofen gedonnert wäre, doch Roy zieht mich unfallfrei zurück in seine Arme. Erst, als ich merke, dass Connor im Türrahmen lehnt und uns zusieht, trete ich Roy auf den Fuß. »Oh! Entschuldigung!«, keuche ich und spüre die vertraute Röte in meinen Kopf schießen.

»Nichts passiert«, lacht Roy und sieht ebenfalls zu seinem Sohn hinüber. »Ah, Connor. Ich habe eine talentierte Tanzpartnerin gefunden.«

»Hmm, talentiert wie ein Nilpferd«, winke ich mit einem verlegenen Lachen ab. Connor sieht mich schweigend an, und ich würde mich am liebsten vor diesem Blick verstecken.

»Von wegen Nilpferd«, widerspricht Roy resolut und macht eine angedeutete Verbeugung, bevor er meine Hände loslässt. »Du bist eine begnadete Tänzerin, Lotte. Eigentlich heißt du Charlotte, nehme ich an?«

»Ähm, ja, richtig«, erwidere ich und zupfe unruhig an meinem Oberteil herum.

»Ein wunderschöner Name«, bemerkt Roy und wendet sich dem Radio zu, um es leiser zu drehen. »Vor vielen Jahren ...«, setzt er an, bricht jedoch mit einem leichten Kopfschütteln ab. »Ach was, man sollte lieber in der Gegenwart leben.« Er lächelt mich schief an, schnuppert dann und stellt zufrieden fest: »Es riecht nach Kaffee.«

»Ja, die Kanne ist durchgelaufen«, erwidert Connor und wendet sich ab, verschwindet wieder Richtung Küche. Fast wirkt es so, als sei das für ihn ganz normal, als würde er ständig für seinen alten Vater – und vielleicht auch für den ein oder anderen Besucher – Kaffee kochen. Und womöglich sogar nicht nur Kaffee? Ist er vielleicht generell ein guter Koch? Ich liebe Männer, die kochen können – leider ist Lennart nicht einmal in der Lage, unfallfrei ein Spiegelei zu braten. Dabei sind Männer am Herd doch unvergleichlich sexy, finde ich zumindest.

»Was meinst du, Lotte, setzen wir uns mit einer Tasse Kaffee nach draußen auf die Veranda?« Roys Frage reißt mich aus meinen mal wieder abdriftenden Gedanken.

»Oh, ja, das klingt toll!«, erwidere ich ehrlich begeistert und muss lächeln, als sich Connors Vater bei mir unterhakt und mich galant aus dem Wohnzimmer führt.

Kapitel 21

Den restlichen Nachmittag verbringen Roy und ich auf der Veranda, wo mir der alte Mann von seiner Kindheit in Toronto und von seinen liebevollen Eltern, einem Ärzteehepaar, erzählt. Er wurde Gynäkologe, wie sein Vater, und begann nach seinem Studium, in dessen Praxis zu arbeiten.

»Alles änderte sich im Jahr 1965, als ich dreißig Jahre alt war«, fährt Roy fort, ohne seinen Blick vom Atlantik zu lösen. »Die Zeitungen waren plötzlich voll von Artikeln über eine gewisse Bayview Clinic in Nova Scotia, die bereits zehn Jahre zuvor abgebrannt war. Doch bei Bauarbeiten auf dem brachliegenden Grundstück hatte man erst jetzt Dutzende anonyme Babygräber entdeckt. Ich überraschte meine Mutter eines Tages, als sie weinend über der Zeitung saß. Es stellte sich heraus, dass auch ich in dieser Klinik in Chester geboren worden war – meine leibliche Mutter hatte mich zur Adoption freigegeben, weshalb ich im Alter von einem Jahr nach Toronto gekommen war. Meine Eltern konnten sich noch an den Namen meiner Mutter erinnern: Catherine Gates.«

Er lächelt mich an, doch seine hellblauen Augen schimmern feucht. Mit einem Räuspern fährt er fort: »In den folgenden Wochen wurde ständig über die Bayview Clinic berichtet. Als man immer mehr sterbliche Überreste von Babys fand, wurde klar, dass die Zahl der über die Jahre hinweg ums Leben gekommenen Kinder in die Hunderte gehen musste.«

Ich gebe einen entsetzten Laut von mir und schüttele fassungslos den Kopf. Roy nickt und fährt ernst fort: »Wirklich klären ließ sich das nicht mehr, denn es gab keine Unterlagen, da die Klinik ja abgebrannt war. Das Ehepaar O'Leary, das die Bayview Clinic geleitet hatte, war inzwischen verstorben, und man machte lediglich ein paar ehemalige Angestellte und eine Hand voll Frauen ausfindig, die ihre Babys in der Klinik bekommen hatten. Sie erzählten von katastrophalen hygienischen Zuständen, von einigen Babys, die schon bei der Geburt oder kurz danach gestorben waren. Angeblich soll Jeannette O'Leary gar keine ausgebildete Hebamme gewesen sein, wie sie immer behauptet hatte, und ihr Mann nannte sich zwar ›Doktor‹, war aber nicht etwa Gynäkologe, sondern Chiropraktiker. Die Patientinnen mussten ihre Schulden für Unterkunft und Geburt oft monatelang abzahlen und wurden im Hinblick auf diese finanzielle Not häufig dazu gedrängt, ihre Kinder zur Adoption freizugeben, selbst wenn sie das eigentlich nicht wollten. Nova Scotia war damals eine arme Provinz, die Leute hier auf dem Land lebten mehr schlecht als recht von der Fischerei. Es war ein hartes Leben. Die Frauen in dieser Klinik hatten keine Mittel, um sich zu wehren. Es kam angeblich sogar vor, dass Müttern, die ihre Kinder trotz allem behalten wollten, der Tod ihrer Babys vorgetäuscht wurde, um sie an gut zahlende Adoptiveltern vermitteln zu können. Andere Kinder wiederum, die im Heim blieben, aber aufgrund irgendwelcher ›Makel‹ oder Krankheiten keine erfolgreiche Adoption versprachen, ließ man peu à peu verhungern. Das alles ging damals an den Behörden vorbei, weil die Frauen, aus Scham über ihre missliche Situation, nichts über die Vorfälle publik machten.«

Roy seufzt bekümmert, bevor er fortfährt: »Irgendwann hielt ich es nicht mehr aus: Ich wollte mit eigenen Augen sehen, wo ich geboren worden war.« Er richtet den Blick wieder aufs Meer und erzählt mit ruhiger Stimme davon, wie er zum ersten Mal nach Chester reiste und sich sofort in den Ort verliebt hatte. Und wie er schließlich seine leibliche Mutter ausfindig machte – auf dem Seaside Cemetery, dem Friedhof der Gemeinde.

»Catherine Gates wurde nur 42 Jahre alt«, erzählt Roy leise. »Sie ist an Brustkrebs gestorben, habe ich erfahren. Als ich dort an ihrem Grab stand, wusste ich nicht, ob ich weinen sollte oder nicht. Ich meine, diese Frau, die dort begraben lag, hatte mich zwar auf die Welt gebracht – aber meine wirkliche Mutter, das war für mich immer Eloise Hammond gewesen, die mir die Windeln gewechselt und die Knie verpflastert und die Ohren langgezogen hatte.« Er lächelt mich an. »Trotzdem war ich traurig. Traurig darüber, dass ich es verpasst hatte, Catherine kennen zu lernen. Sie nach ihrer Geschichte zu befragen. Nach unserer Geschichte.«

Gerührt schlucke ich und mache mir ein paar Notizen. Dann höre ich weiter zu, als Roy davon erzählt, wie er ein paar Jahre später die Entscheidung fällte, hierher, nach Chester zu ziehen, eine gynäkologische Praxis und das »Hope Home« zu gründen, eine gemeinnützige Einrichtung, die auf Grundlage von Spenden und staatlichen Zuschüssen ins Leben gerufen wurde und mittellosen Schwangeren eine echte Chance bieten sollte.

»Ich wollte meinem Geburtsort etwas Positives zurückgeben, etwas, das die Zeitungen im guten Sinne füllen würde«, sagt Roy leise.

Allerdings, so fährt er fort, hatte die Erfüllung seines Traums einen großen Preis, nämlich seine Ehe. Seine Frau Angelika zog nur widerstrebend mit nach Nova Scotia. Sie war 1964 als deutsche Austauschstudentin nach Toronto gekommen, hatte sich in die Stadt und in Roy verliebt, ihn dort geheiratet. Und nun beharrte Roy darauf, in diesen kleinen Ort irgendwo am Atlantik ziehen zu wollen.

»Ich war starrköpfig und wie besessen von der Idee, hier als Arzt zu arbeiten«, gesteht Roy. Als er fortfährt, den Blick ernst in die Ferne gerichtet, mustere ich gespannt sein Profil und stelle fest, dass zwischen seinen Augenbrauen dieselbe steile Falte entsteht wie bei Connor.

»Angelika war nie glücklich hier. Auch nicht, als Connor geboren wurde. Ihr fehlte Toronto, und je älter sie wurde, desto mehr fehlte ihr auch Deutschland. Connor war siebzehn Jahre alt, als seine Mutter und er in den Urlaub nach Deutschland flogen. Ich blieb mal wieder hier, weil für mich die Arbeit immer an erster Stelle stand, nicht die Familie.« Roy starrt in seine Tasse, in der der Kaffee unangerührt und inzwischen sicherlich kalt ist. »Connor kam allein zurück. Angelika blieb in Deutschland und hat schließlich die Scheidung eingereicht.«

Ohne mich anzusehen, fügt er heiser hinzu: »Ich habe mir nie verziehen, dass ich meine Ehe habe zugrunde gehen lassen. Aber ich konnte nicht anders. Es war, als würde mich eine unsichtbare Kraft dazu antreiben, diese Praxis und dieses Heim aufzubauen. Wenn ich einer jungen Schwangeren Mut zusprach, wenn ich einem Baby auf die Welt half, dann hatte ich das Gefühl, indirekt auch meiner Mutter etwas zurückzugeben. Eine gewisse Menschenwürde.«

»Wow«, hauche ich. »Das ist … Mensch, Roy, was für eine Geschichte.«

»Aber das Beste kommt erst«, sagt Roy und lächelt mich an. »Als ich die Praxis und das Hope Home eröffnete, ging das in Nova Scotia durch alle Zeitungen. ›Überlebender der Bayview Clinic eröffnet Heim für Schwangere‹, so ungefähr. Durch einen dieser Artikel, in dem auch der Name meiner leiblichen Mutter vorkam, wurde Glen McKenna aus einem Fischerdorf weiter südlich auf mich aufmerksam und stand eines Tages vor meiner Praxis. Mein leiblicher Vater.«

»Nein!«, rufe ich überrascht und lasse fast meinen Kugelschreiber fallen. Roy nickt mit einem glücklichen Lächeln, als könnte auch er das bis heute nicht fassen. »Glen und ich, wir verstanden uns auf Anhieb. Ich hatte nicht nur seine hellblauen Augen geerbt, sondern auch viel von seinem Charakter, wir waren uns beinahe erschreckend ähnlich. Er erzählte mir, dass meine Mutter und er nicht verheiratet gewesen waren. Sie waren noch jung, er hatte durchaus vor, um ihre Hand anzuhalten – doch eines Tages verschwand Catherine einfach und hinterließ nur einen Abschiedsbrief, in dem sie schrieb, dass sie die Beziehung beenden wollte – und tauchte erst zwei Jahre später wieder auf. Sie gestand ihm, dass sie schwanger gewesen war, das Baby – also mich – in der Bayview Clinic bekommen und zur Adoption freigegeben hatte. Sie hatte sich noch zu jung und völlig überfordert gefühlt, hatte sich wahnsinnig geschämt, weil sie nicht einmal verlobt gewesen war, und hatte nicht gewollt, dass ihr Umfeld von ihrem Baby erfuhr. Tja, das waren die 30er-Jahre. Andere Zeiten als heute. Glen war so verletzt und wütend, dass er daraufhin den Kontakt zu Catherine abbrach.«

»Aber dann hat er Jahre später seinen Sohn gefunden«, sage ich nachdenklich und mache mir weitere Notizen.

»Ja«, nickt Roy. »Unglaublich, oder? Als Connor klein war, ist er oft mit seinem Großvater auf dessen Fischerboot raus aufs Meer gefahren. Glen hat ihn vergöttert. Man merkte, dass er all das nachzuholen versuchte, was er selbst als Vater verpasst hatte.«

»Hat Glen denn nie mit einer anderen Frau eine Familie gegründet?«, erkundige ich mich.

»Nein, nie. Bis ich auftauchte, bestand seine Familie aus seinem Fischerboot und einer Katze namens Pirate.« Er macht eine kurze Pause, bevor er hinzufügt: »Glen ist vor zwanzig Jahren gestorben. Er hat mir sein Fischerboot vererbt. Die ›Endless Sea‹ liegt dort draußen in der Bucht vor Anker. Siehst du den weißen Kutter mit dem dunkelblauen Ruderhaus?«

Ich schaue über das Wasser der Bucht in die Richtung, in die Roy deutet. Als ich den Kutter ausmache, nicke ich.

»Immer, wenn ich seit Glens Tod ein wenig Zeit für mich brauche, rudere ich rüber zur Endless Sea, setze mich an Deck und genieße die Stille. Nur ich und das Meer – und Glens Geist. Der wohnt nämlich da draußen auf dem alten Kutter.«

Roy zwinkert mir zu, und ich muss grinsen, obwohl ich das Thema »Geist« seit meinen Charlie-Visionen ziemlich ernst nehme. Aber daran denke ich jetzt lieber nicht. Stattdessen greife ich mit einem zufriedenen Seufzer erneut nach meinem Notizbuch.

Kapitel 22

Als ich mein Büchlein etliche Notizen später zuklappe, fragt Roy: »Möchtest du zum Abendessen bleiben, Lotte?«

Bei diesem Stichwort sehe ich ein wenig erschrocken auf meine Armbanduhr und stelle fest, dass es schon fast 18 Uhr ist. »Ach du meine Güte!«, sage ich mit einem verblüfften Kopfschütteln. »Schon so spät! Es war wirklich interessant mit dir, Roy, da habe ich völlig die Zeit vergessen.«

»Wir haben heute Abend zwar nur aufgewärmte Reste von gestern, aber dafür überaus köstliche Reste: Connor hat ein Shrimp-Risotto mit Weißwein gekocht. Davon macht er immer große Mengen, weil er weiß, dass ich den ganzen Topf leer essen könnte.« Roy legt den Kopf schief und lächelt mich treuherzig an. »Aber mit dir würde ich das restliche Risotto sogar teilen.«

Shrimp-Risotto mit Weißwein, eines meiner absoluten Lieblingsgerichte! Verdammt, wieso muss Connor offenbar wirklich auch noch kochen können? Reichen nicht diese unverschämt blauen Augen? Doch bevor ich mich dazu hinreißen lassen kann, spontan zuzusagen, finde ich mit einem energischen Kopfschütteln gerade noch so zurück Richtung Vernunft. »Das Angebot klingt wirklich verlockend, Roy, und ich würde eigentlich gern noch länger bei euch bleiben, aber ich sollte schleunigst zurück zum Bed & Breakfast fahren und nachsehen, was meine Familie macht. Meine Mutter und meine ältere Schwester haben heute einen Ausflug auf einem Fischkutter gemacht, und meine jüngere

Schwester ist schwanger und musste vorhin zu Connor in die Praxis, weil sie leichte Zwischenblutungen hatte.«

Unwillkürlich frage ich mich, wo Connor eigentlich steckt.

»Oh«, sagt Roy und sieht mich besorgt an. »Ich hoffe, es ist alles in Ordnung mit deiner Schwester und ihrem Baby?«

»Ja, Connor hat ihr nur Bettruhe verordnet. Aber ich möchte trotzdem nach dem Rechten sehen, ob wirklich alles okay ist.«

»Natürlich, Kind, das verstehe ich.« Roy erhebt sich von seinem Stuhl, und ich stehe ebenfalls auf und strecke mich mit einem zufriedenen Seufzen. »Das war ein wahnsinnig interessanter Nachmittag.« Ich lächele ihn warm an. »Vielen Dank, Roy, dass du dir die Zeit genommen hast.«

»Keine Ursache. Das hat mir Spaß gemacht. Connor kann die immer gleichen Geschichten seines alten Vaters ja nicht mehr hören, also bin ich froh, mal andere Zuhörer zu haben.« Er grinst mich verschmitzt an, dann geht er voraus, die Stufen der Verandatreppe hinab. »Komm, ich bringe dich zu Connor, er fährt dich zurück zum Bed & Breakfast.«

Bei der Vorstellung, wieder allein mit Connor im Pick-up-Truck zu sitzen, macht mein Herz ein paar schnelle, aufgeregte Schläge. Ich schlucke nervös und will schon einwenden, dass ich zu Fuß zurücklaufen kann, doch dann fällt mir das Waldstück ein, in dem es eventuell Bären gibt. Nein, vielleicht ist es dann doch weniger nervenaufreibend, neben dem schweigsamen Mann in seinem Wagen zu sitzen. Also folge ich Roy über den Hof, an dem Ahorn mit der einladenden Sitzbank vorbei, und erst jetzt nehme ich den Schuppen wahr, der am Ende des Hofes direkt am Waldrand steht. Vor dem Schuppen liegt ein rotes Kajak im Gras.

»Fährt Connor Kajak?«, erkundige ich mich neugierig, während wir nebeneinander auf den Schuppen zugehen. Roy nickt und erwidert: »Wir beide. Wenn möglich fahren wir jeden Tag einmal raus aufs Meer, meist abends, zum Sonnenuntergang. Das ist der schönste Teil des Tages.«

»Ihr fahrt mit diesem Boot raus auf den Atlantik?«, frage ich fassungslos und starre auf das flache, stromlinienförmige Kajak.

»Na klar«, grinst Roy und öffnet mir die Schuppentür. Lärm begrüßt mich und lässt mich das Kajak vergessen. Es klingt fast wie eine Schleifmaschine. Neugierig betrete ich hinter Roy den Raum und werde von intensivem Holz-Duft empfangen. Erstaunt sehe ich mich um, lasse meinen Blick über die Regale wandern, die sich an den Wänden des Schuppens entlangziehen und mit den unterschiedlichsten Dingen gefüllt sind: Werkzeuge hier, Farbtöpfe dort und überall Holz, Holz, Holz. Zum Teil handelt es sich um Holzbretter, die ich als IKEA-Expertin in die Kategorie »Kiefer« einordnen würde. Andere, aufeinandergestapelte Holzbalken sehen alt aus, grau und verwittert. Dann entdecke ich einen beinahe mannshohen Spiegel, der neben einem Fenster an der Wand lehnt, und ich reiße überrascht meine Augen auf: Der Rahmen des Spiegels ist aus unzähligen dieser verwitterten grauen Holzstücke zusammengesetzt. Sie sind grob und wirken unbehandelt und rau. Sofort fällt mir ein, woher ich diesen Stil kenne: Der Bilderrahmen, den ich im Antiquitätengeschäft gekauft habe, ist aus genau solchen Holzstücken zusammengesetzt. Aus Treibholz, am Meer gesammelt. Von einem lokalen Künstler zu Rahmen, Spiegeln und vielem mehr verarbeitet, wie die Verkäuferin erzählt hat.

Mein Blick fällt auf Connor, der an einem Arbeitstisch in der Mitte des Raumes steht. Die inzwischen weit nach Westen gewanderte Abendsonne fällt durch ein bodentiefes Fenster am Kopfende des Schuppens und taucht den Arbeitstisch und den darüber gebeugten Mann in goldenes Licht. Connor hat uns noch nicht bemerkt. Er ist dabei, einen verwitterten Baumstamm, der auf der Arbeitsfläche liegt und ungefähr halb so hoch sein dürfte wie er selbst, mit einem Schleifgerät zu bearbeiten. Dabei trägt er eine Schutzbrille aus durchsichtigem Plastik, doch selbst damit sieht er noch so verdammt attraktiv aus, dass mein Herz beinahe schmerzhaft gegen meinen Brustkorb hämmert. Connors Blick ist konzentriert auf das Holz gerichtet, und seine Gesichtszüge wirken dabei so entspannt und friedlich, wie ich ihn noch nie gesehen habe. Es ist ganz eindeutig, dass er diese Arbeit liebt. »Er hat für so vieles ein Händchen«, hat Hazel gestern in ihrer Küche zu mir gesagt, als sie davon erzählt hat, wie Connor ihr oft in der Pension hilft. Während ich nun seine Hände in den groben Arbeitshandschuhen betrachte, von denen eine das Schleifgerät hält und die andere auf dem Stamm ruht, begreife ich, was sie meinte.

Erst, als Roy nah an den Tisch herantritt, bemerkt Connor uns. Er schaltet das Gerät aus und sieht erst seinen Vater an, dann mich. »Na, seid ihr fertig?«, fragt er und wischt mit der Hand den feinen Holzstaub vom Baumstamm. Ich kann nur nicken, während ich näher an den Tisch herantrete und staunend die intensive Maserung des Stamms betrachte.

»Wow«, sage ich leise und lege meine Hand auf das Holz. Es fühlt sich gut an, grob und dennoch erstaunlich glatt. Ich sehe Connor an, der meinen Blick nur kurz erwidert, bevor er das Schleifgerät zur Seite legt und die Schutzbrille abnimmt. »Du bist also der lokale Künstler«, stelle ich fest.

Ein leichtes Lächeln zuckt um seinen Mund, während er sich den Regalen zuwendet. »Ja«, sagt er und schmeißt seine Handschuhe in eine Kiste auf dem untersten Regalbrett. »Der bin ich.«

»Und was wird das hier?« Erneut fährt meine Hand über den Stamm.

»Eine Stehlampe«, erwidert Connor, ohne sich zu mir umzudrehen.

»Toll, nicht wahr?«, fragt Roy, der neben mich getreten ist. »Ich finde, er macht das großartig.«

»Ja«, stimme ich ehrlich beeindruckt zu. Das finde ich auch. Mein Blick fällt auf einen Lampenschirm, der auf einem Regalbrett weiter oben steht. Er ist mit cremefarbenem Stoff bespannt und wird sicherlich fantastisch zu der rustikalen Holz-Maserung des Stamms aussehen, der einen wirklich beeindruckenden Lampenfuß abgeben dürfte.

»Leider konnte ich Lotte nicht davon überzeugen, das restliche Shrimp-Risotto mit uns zu teilen«, erklärt Roy nun. »Fährst du sie zurück zu ihrem Bed & Breakfast?«

Connor, der gerade ein paar Werkzeuge in zwei weitere Kisten sortiert, nickt, ohne mich anzusehen. »Klar«, sagt er.

»Danke«, murmele ich.

Roy wirft einen Blick auf seine Armbanduhr. »Wenn ihr zwei mich dann entschuldigen würdet? Meine Lieblingssendung beginnt gleich: ›Die Hochseefischer von Alaska‹.«

Er grinst mich kameradschaftlich an, ich grinse zurück. Ich habe diesen freundlichen Mann wirklich ins Herz geschlossen. »Aber natürlich. Ich wünsche dir einen schönen Abend, Roy. Und nochmals vielen Dank für die hilfreichen Informationen.«

»Keine Ursache. Ich habe es wirklich genossen, mich mit dir zu unterhalten, meine Liebe. Bitte komm vorbei, wenn du noch Fragen zur Bayview Clinic hast. Oder wenn du mal wieder tanzen möchtest.« Er zwinkert mir zu, und ich muss kichern.

»Das werde ich natürlich tun«, versichere ich ihm.

»Vielleicht bleibt ihr ja noch ein bisschen hier in Chester.« Es klingt beinahe hoffnungsvoll, wie er das sagt, und auch ich kann mir den Gedanken nicht verkneifen, dass ich noch nicht so bald abreisen möchte. Im nächsten Moment beiße ich mir schuldbewusst auf die Unterlippe, als meine Gedanken zu Lennart und unseren Hochzeitsvorbereitungen wandern.

»Das wäre schön, ja«, sage ich trotz allem und lächele Roy warm an, bevor er sich umdreht und den Schuppen verlässt. Als Connor den Deckel einer Werkzeugkiste mit einem Krachen zufallen lässt, zucke ich erschrocken zusammen und sehe ihn an. Er erwidert meinen Blick schweigend, bevor er kurz angebunden sagt: »Okay, dann komm.«

Er will sich dem Ausgang zuwenden, als ich, noch bevor ich mich selbst daran hindern kann, spontan hervorstoße: »Connor – ich bin dir wirklich dankbar für all deine Hilfe. Du weißt schon, am Flughafen – und natürlich das, was du heute für Sophie getan hast – und dein Vater, dass du mich zu ihm gebracht hast ...« Ich hole tief Luft und fahre atemlos fort, bevor mich der Mut wieder verlässt: »Darf ich dich zum Dankeschön vielleicht auf einen ... ähm ... Drink einladen? Vielleicht in der Rope Loft? Heute Abend? Ich muss nur ... also, ich will vorher ins Bed & Breakfast fahren und dort nach dem Rechten sehen, du weißt schon, wegen Sophie und außerdem waren Mama und Luise heute mit diesem Harold auf seinem Boot beim Fischen, und ich hoffe, dass sie überhaupt noch leben und sich nicht gegenseitig über Bord geschmissen haben ...« Nervös fahre ich mir mit einer Hand durch ein paar Strähnen, die sich aus meinem Zopf gelöst haben, und zwinge mich dazu, mit dem kopflosen Plappern aufzuhören. Connor hat die Arme vor der Brust verschränkt und sieht mich mit leicht schief gelegtem Kopf schweigend an. »Lass mal gut sein. Komm, ich bringe dich einfach zurück«, sagt er schließlich und wendet sich ab. Das soll wohl als Antwort auf meine Einladung genügen.

Ungläubig starre ich ihn an. ›Lass mal gut sein‹? Ist das sein Ernst? Mein Gesicht beginnt zu glühen, und in Kombination mit meinem Sonnenbrand fühlt es sich gerade an, als stünde mein Dekolleté in Flammen.

»Es fällt dir wirklich schwer, freundlich zu sein, oder?«, bringe ich hervor und bemühe mich um einen ruhigen Tonfall. Connor wirft einen langen Blick in den offenen Giebel des Schuppens, bevor er leise seufzt und antwortet: »Bitte entschuldige, dass ich nicht vor Freude in die Luft springe, Lotte. Ich habe dich nicht hergebracht, um mich dafür zu rechtfertigen, dass ich nichts mit dir trinken gehen will. Ich habe dich hergebracht, damit du mit meinem Vater sprechen kannst. Und jetzt werde ich dich zurück ins Bed & Breakfast fahren. Okay?«

Nein. Nichts ist okay. Ich wünsche mir, der Holzboden würde aufgehen und mich verschlingen. Oder er möge Connor verschlingen, mitsamt seiner abweisenden Art. Dann soll er doch Kajak fahren und Risotto kochen und tolle Sachen aus Treibholz bauen können! Trotzdem ist er ein launischer, mürrischer, unmöglicher Kerl – blaue Augen hin oder her!

Mit einem letzten Rest Würde wende ich mich ab und mache ein paar Schritte durch den Schuppen, auf den Ausgang zu. Als ich höre, dass Connor mir folgt, drehe ich mich zu ihm um. »Lass mal gut sein, Connor«, wiederhole ich spöttisch seine Worte, um meine Gekränktheit zu überspielen. »Ich will dich nicht länger belästigen. Ich gehe zu Fuß.«

»So ein Blödsinn«, widerspricht Connor mit einem Kopfschütteln und will noch etwas hinzufügen, als ich ihn unterbreche, heftiger als beabsichtigt: »Nein, kein Blödsinn. Ich gehe tausendmal lieber zu Fuß, als neben dir und deiner Grabesmiene im Pick-up zu sitzen! Leb wohl.«

Von verletztem Stolz getrieben, marschiere ich aus dem Schuppen und über den Hof. Hinter mir höre ich Connors Schritte auf dem Kies. Ich bin überrascht, dass er mir folgt, mir sogar hinterherruft: »Weißt du, wie weit es bis zum Bed & Breakfast ist? Außerdem hattest du doch vorhin noch solche Angst vor Bären.«

Macht er sich jetzt auch noch lustig über mich? Was erlaubt dieser Kerl sich eigentlich? Zum Glück hat er Nein gesagt, denn ich will gar nichts mehr mit ihm trinken gehen! Ohne zu verlangsamen, laufe ich an seinem Pick-up vorbei und rufe über meine Schulter: »Ob du es glaubst oder nicht, Connor: Jeder Bär ist mir im Moment lieber als deine Gesellschaft!«

Als ich die ersten Bäume des Waldstücks erreiche, springt hinter mir der Motor des Pick-up-Trucks an. Was soll das? Glaubt er etwa, ich meine es nicht ernst? Dem werde ich es zeigen! Ich mag zwar sonst ziemlich harmoniebedürftig sein und Konflikten gerne aus dem Weg gehen – aber wenn mein Stolz erst einmal wirklich verletzt ist, schalte ich auf stur. Das ist mir schon mehr als einmal nicht wirklich gut bekommen. Nur ungern denke ich an meinen bisher einzigen großen Streit mit Lennart zurück – nun gut, wenn man mal von unserer Meinungsverschiedenheit wegen dieser Reise nach New York absieht: Wir waren im Urlaub in Italien, als ich Lennart nach besagtem Streit – er hatte lapidar bemerkt, dass ich auf keinen Fall eine »Schnulze« unter seinem Namen würde veröffentlichen können – wütend auf einer Piazza mitten in Rom habe stehen lassen. Das Dumme war, dass Lennart mir nicht etwa reuevoll folgte, wie ich es eigentlich gehofft hatte, und ich mich im Gewühl der Altstadtgassen rasch verirrte. Leider hatte ich aus Angst vor Taschendieben mein Telefon im Zimmersafe gelassen, weshalb ich weder Lennart anrufen noch über Google Maps unser Hotel ausfindig machen konnte und, meinem miserablen Orientierungssinn sei Dank, hilflos durch die verwinkelten Gassen wandern musste. Eine sehr lange und sehr nervenaufreibende Stunde später fand ich endlich zurück zu der Piazza, wo ich Lennart hatte stehen lassen – und tatsächlich, dort wartete er, wütend auf einem Brunnenrand sitzend, noch immer. Über zwei köstlichen Pizzen haben wir uns damals zwar schnell wieder versöhnt und dank reichlich Rotwein am Ende herzlich über meinen »Ausflug« gelacht, dennoch habe ich mir nach dem Schrecken in Italien geschworen, mich nicht mehr von verletztem Stolz zu kopflosen Aktionen treiben zu lassen.

Doch da ich mich gerade ähnlich zurückgewiesen und verletzt fühle wie damals, laufe ich nun überstürzt weiter, in den Wald hinein.

Der Pick-Up holt mich langsam ein, aber die Straße ist so schmal, dass Connor mich nicht überholen kann, und ich mache keinen Platz. Soll er doch anhalten und zurücksetzen, ich habe ihm schließlich mehr als einmal gesagt, dass ich nicht von ihm gefahren werden will. Obwohl ich es mir selbst nicht eingestehen mag, bin ich allerdings doch ziemlich froh darüber, nicht ganz allein zu sein in diesem Waldstück, in dem das Licht der tief stehenden Sonne unheimliche Schatten zwischen Büschen und Baumstämmen tanzen lässt. Als sich der Wald endlich lichtet und die Buccaneer Road vor mir liegt, atme ich verstohlen auf. Ohne anzuhalten folge ich der Straße, meinen Blick stur auf den Atlantik geheftet, der in malerischen Rosatönen zu meiner Linken liegt. Als Connors Pick-up langsam aufholt und neben mir her rollt, versuche ich, mir meine Überraschung nicht anmerken zu lassen. Ich war davon überzeugt, dass er an der Buccaneer Road wenden und durch das Waldstück zurück zum Hammond-Haus fahren würde. Stattdessen lässt er das Beifahrerfenster herunter und ruft mir zu: »Komm schon, Lotte, du hast mir bewiesen, dass du keine Angst vor Bären und Hinterwäldlern hast, aber jetzt steig ein. Ich muss eh noch kurz zum Baumarkt fahren, also macht es mir nichts aus, dich mitzunehmen.«

Für den Bruchteil einer Sekunde bin ich versucht, vernünftig zu handeln und mich von Connor zum Bed & Breakfast fahren zu lassen, verletzter Stolz hin oder her. Dann jedoch höre ich wieder seine abweisenden Worte, fühle meine Wangen erneut vor Scham brennen. Und da hier nicht die Gefahr besteht, dass ich mich verlaufe, weil ich einfach immer nur der Küstenstraße bis in den Ort hinein folgen muss, sehe ich Connor kühl an und erwidere: »Ich würde gern einen Abendspaziergang machen, wenn es dir recht ist.«

Connor schüttelt mit einem leichten Schmunzeln den Kopf. Verdammt, es war wirklich noch vergleichsweise einfach, als er immer nur grimmig geguckt hat!

»Das dürfte ein ganz schön langer Abendspaziergang werden«, ruft er mir zu. »Ich glaube, du unterschätzt die Strecke ein wenig. Bis zum Bed & Breakfast sind es rund sieben Kilometer.«

»Ich laufe gern!«

»Aha«, höre ich Connor noch sagen. Dann beschleunigt der Pick-up plötzlich, biegt am Ende der Buccaneer Road nach links auf den Küstenhighway und fährt Richtung Ortskern von Chester davon. Nun bin ich doch ein wenig überrascht. Und enttäuscht.

Wirklich, Lotte, dir ist nicht zu helfen, fluche ich innerlich über mich selbst. Erst vertreibst du ihn, dann wünschst du ihn dir wieder zurück. Ich atme tief durch und straffe die Schultern. Was soll's, ich schaffe das. So lang können sieben Kilometer doch nicht sein.

Kapitel 23

Oh doch, das können sie. Ich habe die Entfernung tatsächlich gewaltig unterschätzt. Meine Füße tun mir bereits weh, als ich eine halbe Stunde später an einem Haus vorbeikomme, an das ich mich von der Hinfahrt noch deutlich erinnere, weil ich die grellgrüne Farbe so gewöhnungsbedürftig fand. Mir wird klar, dass wir auf dem Hinweg bereits eine Weile im Auto unterwegs gewesen waren, ehe wir dieses Haus passiert haben, und dass somit noch eine gewaltige Wegstrecke vor mir liegt. Erschöpft sinke ich auf eine Holzkiste, die am Rand des Straßengrabens neben der Einfahrt zum grünen Haus steht. Ich könnte mich in den Hintern beißen, weil ich zu stolz war, um mich von Connor fahren zu lassen!

Als ein dunkelblauer Van verlangsamt und auf meiner Höhe am Straßenrand anhält, umklammere ich nervös den Rand des Holzdeckels, auf dem ich sitze. Was will dieser Typ denn nur? Jetzt lässt er das Beifahrerfenster herunter und fragt: »Kann ich Ihnen helfen, Lady?«

»Ähm, nein, danke, alles in Ordnung!«, erwidere ich hastig, als wäre es das Normalste der Welt, dass ich hier sitze und mich ausruhe. Verdammt, dieses Straßenstück ist ziemlich einsam. Außer dem grellgrünen Haus kann ich von hier aus kein anderes bewohntes Grundstück erkennen, nur Wald. Und vor dem Haus parkt kein Auto, vermutlich ist niemand daheim. Gut möglich, dass es der Van-Fahrer mit der obligatorischen Baseballmütze auf dem Kopf nur nett meint – aber was, wenn nicht? Als sich aus der entgegengesetzten Richtung ein Pick-up nähert und auf der anderen Straßenseite verlangsamt, atme ich verstohlen auf. Okay, ich bin nicht ganz allein mit diesem Typ, der mich immer noch fragend mustert. Nein, am gegenüberliegenden Straßenrand steigt jemand aus dem Wagen, der dort gerade gehalten hat. Als ich allerdings sehe, wer da die Straße überquert und auf uns zukommt, würde ich mich am liebsten in der Kiste verstecken.

»Hi, Lotte«, sagt Connor und verschränkt die Arme vor der Brust. »Und, genießt du deinen Abendspaziergang?«

»Ähm«, beginne ich und erhebe mich von der Kiste. »Ja, klar, alles okay.«

»Aha«, macht Connor, und um seine Lippen zuckt es leicht. »Hi, Jim«, wendet er sich dann an den Typ im Van und nickt in das Innere des Autos.

»Hi, Doc. Du kennst die Lady?«

»Allerdings. Eine sture Touristin aus Deutschland. Wollte unbedingt zu Fuß von unserem Haus bis zum Mapletree Bed & Breakfast wandern.«

Empört will ich etwas erwidern, weil ich die »sture Touristin« nun wirklich nicht auf mir sitzen lassen kann, als mich Jims Antwort erstarren lässt: »Ach so«, lacht er amüsiert auf. »Dann verstehe ich, warum sie auf meiner Müllkiste eine Pause einlegt. Also, schönen Abend noch!«

Seine Müllkiste? Jetzt erst wird mir klar, warum es hier ein wenig streng riecht. Ich mustere die gezimmerte Kiste und stöhne innerlich auf, als der Van in die Einfahrt zum grünen Haus einbiegt. Der Mann namens Jim tippt sich im Vorbeifahren an den Schirm seiner Baseballmütze und grinst mich an. Schön, dass ich immer wieder zur Erheiterung der lokalen Bevölkerung beitrage. Müllkiste, wer soll denn so etwas ahnen?

»Müllkisten sind hier wichtig«, reißt mich Connors dunkle Stimme aus meiner Verlegenheit, als könnte er meine Gedanken lesen – bitte nicht! »Wenn wir unsere Müllsäcke einfach so an den Straßenrand stellen würden, hätten die Bären ihren Spaß damit.« Ich sehe ihn an und merke, dass er mich leicht anlächelt.

»Aha«, mache ich matt.

»Zufällig steht da drüben mein Wagen. Darf ich dich vielleicht ins Bed & Breakfast fahren, Lotte Seliger?«

Die Art, wie Connor das dieses Mal fragt, lässt mir das Herz bis zum Hals schlagen. Er klingt freundlich, ohne jeden Spott. Als versuche er, seine abweisenden Worte von vorhin wieder auszubügeln. Ich nicke und folge ihm schweigend über die Straße. Als wir in seinen Pick-up eingestiegen sind und er in der Einfahrt des grellgrünen Hauses wendet, um noch einmal in die Richtung zurück zu fahren, aus der er gerade gekommen ist, frage ich ehrlich ratlos: »Warum gibst du dir so viel Mühe, Connor? Es hätte dir doch egal sein können, wie lange ich brauche, um das Bed & Breakfast zu erreichen.«

Erst antwortet Connor nicht, sondern starrt schweigend auf die Straße hinaus, die sich sanft ihren Weg in den Ort hineinbahnt. Als ich schon glaube, dass er meine Frage einfach ignorieren wird, erwidert er endlich: »Nur, weil ich nichts mit dir trinken gehen möchte, heißt das doch nicht, dass es mir egal ist, wie du nach Hause kommst.«

Er sagt das so schlicht und vernünftig, dass ich mich sofort wie ein albernes Kind fühle. Und zwar umso mehr, als die nächste Frage aus meinem Mund schießt, ohne, dass ich es verhindern kann: »Und warum willst du nichts mit mir trinken gehen?«

Verdammt noch mal, wieso habe ich das gefragt? Ich beiße mir so heftig auf die Unterlippe, dass es wehtut, und starre aus dem Beifahrerfenster, ganz so, als hätte ich nichts gesagt und würde auch keine Antwort erwarten. Erneut glaube ich, dass ich auch keine bekommen werde, als Connor leise antwortet: »Lotte, glaub mir, es ist besser so.«

Seine Stimme klingt rau und doch gleichzeitig beinahe sanft. Augenblicklich überzieht eine Gänsehaut meine Arme. Ich wage es nicht, ihn anzusehen. Während die Abstände zwischen den Häusern am Straßenrand geringer werden und wir schließlich am Supermarkt abbiegen und durch den Ort rollen, frage ich mich immer wieder ratlos, warum Connor es für besser hält, wenn er und ich nichts gemeinsam trinken gehen. Erst, als wir an den hellerleuchteten Fenstern des Smiling Whale Cafés vorbeikommen, unterbreche ich unser Schweigen und frage kurzentschlossen: »Lässt du mich bitte hier aussteigen?«

Connor wirft mir einen überraschten Seitenblick zu, hält jedoch kommentarlos am Straßenrand.

»Ich möchte mir etwas zum Abendessen besorgen«, erkläre ich. »Meine Familie hat bestimmt schon gegessen.«

Gerade will ich mich von Connor verabschieden, als er zu meiner Überraschung den Motor ausschaltet und erklärt: »Ich muss auch noch etwas besorgen.«

Verblüfft steige ich aus und folge Connor zur Tür des Cafés, die er mir galant aufhält. Ich fühle mich befangen, als ich an ihm vorbeischlüpfe und das Lokal betrete, wo viele Tische besetzt sind. Einige Leute sehen uns neugierig an, und mir fährt durch den Kopf, dass sie vielleicht glauben, Connor und ich würden gemeinsam essen gehen. Mit brennenden Wangen zupfe ich mein Oberteil zurecht.

»Hi, Darling«, höre ich Rachels inzwischen vertraute Stimme sagen und sehe die rotblonde Kellnerin auf uns zukommen – und Connor einen flüchtigen Kuss auf die Wange drücken.

Ich bemühe mich darum, meine Irritation zu verbergen. Immerhin dürfte Rachel knapp zehn Jahre älter sein als Connor, den ich auf Mitte bis Ende dreißig schätze. Oder ist er doch schon älter? Verstohlen mustere ich die silbergrauen Strähnen, die vereinzelt im dichten schwarzen Haar an seinen Schläfen zu sehen sind – und ihn irgendwie noch attraktiver machen. Ich könnte es Rachel nicht verdenken, wenn sie ein Auge auf den einsamen Witwer geworfen hätte.

»Hi, Lotte«, höre ich Rachel zu mir sagen und bemühe mich um einen neutralen Gesichtsausdruck, der meine lächerlichen Gedankengänge nicht verrät. »Wie geht es deiner Schwester?«

»Zum Glück ganz gut, vielen Dank«, erwidere ich und schiebe verlegen meine Eifersucht zur Seite, die hier schließlich völlig fehl am Platz ist. Immerhin hat mir Connor eben deutlich zu verstehen gegeben, dass er kein Interesse an einer Verabredung mit mir hat. Und ich bin mit Lennart verlobt!

»Connor meinte, Sophie müsse sich nur etwas ausruhen. Es scheint nichts Ernstes zu sein. Nochmals vielen Dank fürs Fahren, Rachel.«

Rachel nickt mit einem Lächeln. »Habe ich doch gern gemacht, Honey.« Dann sieht sie prüfend zwischen Connor und mir hin und her und fragt – nicht ohne Zweifel in der Stimme, das merke ich genau: »Ein Tisch für zwei?«

Für den Bruchteil einer Sekunde glaube ich, Connor zögern zu spüren. Dann jedoch schüttelt er den Kopf und sagt: »Ich will nur ein paar Muffins mitnehmen. Habt ihr Dads Lieblingssorte da?«

»Du hast Glück, ein Himbeer-Zitronen-Muffin ist noch da.« Rachel wirft einen Blick auf die Kuchenglocke und fügt hinzu: »Außerdem hätte ich noch Haferflocke-Rosine und Vanille-Mandel im Angebot.«

»Dann nehme ich einmal Himbeere und einmal Vanille-Mandel. Außerdem bitte einen Kaffee zum Mitnehmen.« Connor wirft mir einen prüfenden Blick zu und ergänzt: »Und Lotte wollte auch etwas bestellen.«

»Ja, allerdings möchte ich hier essen«, erwidere ich kurz entschlossen. Plötzlich sehne ich mich danach, noch ein halbes Stündchen mit meinem Notizbuch in diesem gemütlichen Café zu verbringen. Meine Familie scheint mich ja nicht zu vermissen, zumindest hat bisher niemand versucht, mich zu erreichen. Wobei mir einfällt, dass ich dringend Lennart anrufen sollte.

»Ich hätte gern einen Bagel mit Frischkäse und Lachs, dazu

eine Coca-Cola. Kann ich mich dort drüben an den Ecktisch setzen?«

»Aber natürlich, Lotte. Mach das. Wie läuft es eigentlich mit deinem Roman?«, erkundigt sich Rachel.

Ich muss lächeln. »Ich bin immer noch bei der Vorarbeit, aber die läuft ganz gut, danke.«

Rachel tritt hinter die Ladentheke und hebt den gläsernen Aufsatz der Kuchenglocke, während sie Connor einen Blick zuwirft und bemerkt: »Ich habe mir schon eine signierte Ausgabe gesichert. Du hoffentlich auch?«

Verlegen wende ich mich dem Ecktisch zu. »Noch nicht«, höre ich Connors Stimme hinter mir, während ich mich auf einen Stuhl sinken lasse und in meiner Handtasche nach meinem Notizbuch krame.

»Dann solltest du keine Zeit verlieren, mein Lieber«, bemerkt Rachel. »Der Kaffee braucht übrigens noch ein paar Minuten, es läuft gerade eine neue Kanne durch.«

»Kein Problem«, murmelt Connor, der noch immer an der Theke steht, den Blick auf mich gerichtet. Hastig ziehe ich mein Notizbuch hervor und beginne, den Kugelschreiber zu suchen, als mich Connors Stimme zusammenzucken lässt.

»Willst du ganz allein essen?«

Kapitel 24

Ich habe gar nicht gemerkt, dass er auf meinen Tisch zugekommen ist und nun fragend zu mir heruntersieht.

»Ähm – ja«, erwidere ich und ziehe meinen Stift hervor, bevor ich die Handtasche auf den Boden stelle.

»Es ist nicht gut, allein zu essen«, stellt Connor leise fest. Überrascht sehe ich zu ihm hoch. Er erwidert meinen Blick ruhig, und mit einem Mal sehe ich eine gewisse Traurigkeit in seinen Augen, eine Verletzlichkeit, die mich rührt und mich begreifen lässt, dass er dieses Gefühl der Einsamkeit gut kennt – obwohl er einen liebevollen Vater wie Roy hat. Plötzlich frage ich mich, seit wann er wieder bei seinem Dad wohnt. Oder ist er nie dort ausgezogen? Haben Linda und er womöglich gemeinsam bei Roy gelebt? Doch etwas in seinem Blick erzählt mir etwas anderes: Dass Connor wohl erst nach dem Tod seiner Frau wieder in sein Elternhaus gezogen ist, weil er eben diese Einsamkeit nicht länger ertragen hat. Diese neue Erkenntnis über den sonst so verschlossenen Mann mit den Husky-Augen haut mich um – seine folgende Frage jedoch fast noch mehr: »Darf ich mich zu dir setzen, während ich auf meinen Kaffee warte?«

Ich bringe nur ein Nicken zustande. Connor setzt sich mir gegenüber und erwidert stumm meinen Blick. »Hier, Honey, die Cola!«, unterbricht Rachel gut gelaunt unser Schweigen und stellt ein Glas und eine Dose vor mir ab, bevor sie mit einem Stapel Speisekarten an unseren Nachbartisch eilt. Dankbar darüber, Connors Blick ausweichen zu können, widme ich meine Aufmerksamkeit der Cola-Dose. Ich habe sie gerade geöffnet und gieße den Inhalt auf den Eiswürfelberg in meinem Glas, als Connor fragt: »Schreibst du hauptberuflich Romane?«

Vor Überraschung verschütte ich ein wenig von meinem Getränk. Peinlich berührt stelle ich die Dose ab und greife nach dem Servietten-Halter in der Form eines Wals, doch Connors Hand ist schneller, und unsere Finger stoßen über dem Spender zusammen. Ich zucke zurück. Als ich den Blick hebe, sehe ich, dass Connor ganz vage lächelt. Ohne ein Wort legt er eine Papierserviette auf meine Cola-Pfütze.

»Danke«, murmele ich und streiche mir eine Haarsträhne hinter das Ohr. »Ähm, nein, ich bin keine richtige Schriftstellerin. Das Schreiben, das mache ich bloß nebenher, und bisher nur für mich, denn es wurde ja noch keiner meiner Romane veröffentlicht. Und weil ich wusste, dass ich vom Schreiben nicht würde leben können, habe ich BWL studiert und arbeite in der Firma meines Vaters.«

Ich zögere kurz und füge dann erklärend hinzu: »BWL, das ist die Abkürzung für Betriebswirtschaftslehre.«

»Ja, ich weiß«, nickt Connor und sieht mich unverwandt an. Erstaunt bemerke ich: »Du sprichst wirklich gut Deutsch, wenn du sogar solche Abkürzungen beherrscht.«

»Ich habe zwei Semester lang Medizin in Heidelberg studiert«, erklärt er schlicht, und ich verschlucke mich an meiner Coca-Cola, an der ich gerade genippt habe. Hustend stoße ich hervor: »Was? Du hast in Deutschland studiert?«

Da verziehen sich Connors Lippen zu einem richtigen Lächeln. Ich bin mir sicher, ich starre ihn an, als wäre er das achte Weltwunder, aber ich kann nicht anders. Wenn er lächelt, dann erhellt sich sein ganzes Gesicht, die tiefen Furchen um seinen Mund und auf der Stirn verschwinden beinahe, und dieser düstere, ernste Mann wirkt mit einem Mal um Jahre jünger.

»Allerdings«, bestätigt er und lächelt noch immer, während ich versuche, meine Fassung wiederzuerlangen. »Es tut mir immer wieder leid, wenn ich deine Vorurteile im Keim ersticken muss, aber: Es gibt tatsächlich kanadische Hinterwäldler, die im Ausland zur Uni gegangen sind.«

»Ich …«, stammele ich und spiele nervös mit meiner Cola-Dose. Leider bin ich so fahrig und durcheinander, dass mir die Dose umkippt und sich der Rest des klebrig-süßen Getränks auch noch über die Plastik-Tischdecke ergießt. Connor ist blitzschnell mit einer Papierserviette zur Stelle, und ich höre ihn leise lachen, während ich noch auf meine Hände starre und mich auf den Mond wünsche.

»Bist du irgendwie nervös, Lotte?«

Ich kann nicht antworten. Erleichtert atme ich auf, als Rachel an unseren Tisch tritt und einen Pappbecher und eine Papiertüte vor Connor abstellt. »Bitteschön, mein Lieber«, sagt sie und legt eine Hand auf seine Schulter. »Lasst es euch schmecken, dein alter Herr und du. Und bitte grüße Roy herzlich von mir.«

»Das mache ich. Danke, Rachel.«

Ich rechne damit, dass sich Connor nun, da er seine Bestellung bekommen hat, schleunigst aus dem Staub macht. Doch er bleibt seelenruhig sitzen und öffnet sogar seinen Pappbecher, um einen Schluck Kaffee zu nehmen.

»Dachte ich mir«, kann ich mir nicht verkneifen.

Connors Augenbrauen wandern fragend in die Höhe. Ich muss leicht grinsen, als ich auf seinen Becher deute und sage: »Dass du deinen Kaffee schwarz trinkst. Milch und Zucker hätten auch wirklich nicht zu dir gepasst.«

Ich hatte auf ein weiteres amüsiertes Lächeln gehofft, doch Connor sieht mich nur mit unbewegter Miene an. So lange, bis ich anfange, nervös mit meiner nun leeren Cola-Dose zu spielen. Erneut taucht Erlösung in Form von Rachel auf, die mit einem »Hier, bitteschön, Honey! Lass es dir schmecken!« einen Teller mit zwei Bagelhälften, ein paar Scheiben Räucherlachs und einer Keramikschale voll Frischkäse vor mir auf dem Tisch abstellt.

»Danke«, sage ich heiser und bin froh, mich dem Bagel widmen zu können.

»Guten Appetit«, sagt Connor leise.

»Danke«, murmele ich und frage schließlich, weil ich die Stille zwischen uns nicht länger ertrage: »Hast du wegen deiner Mutter in Deutschland studiert?«

»Ja.«

Ich nicke, während ich von meinem Bagel abbeiße und darauf hoffe, dass er mehr erzählt. Als er das nicht tut, hake ich nach: »Aber dir hat es in Deutschland nicht so sehr gefallen, dass du hättest bleiben wollen?«

Connor braucht lang für seine Antwort. Er starrt aus dem Fenster und erwidert schließlich mit rauer Stimme: »Mir hat es sehr gut gefallen. Aber ich habe Nova Scotia trotzdem vermisst.«

Klar, er hatte ja eine Freundin in Chester, die er nach seinem Studium sogar geheiratet hat. Ob Linda ihn in Deutschland besucht hat? Und was ist eigentlich mit ihr passiert?

Connor scheint zu spüren, dass mir Fragen zu seiner verstorbenen Frau auf der Zunge brennen, zumindest wirkt sein Gesicht erneut verschlossen und ernst. Fast erwarte ich, dass er aufsteht und mich allein zu Ende essen lässt – und in gewisser Weise wäre mir das sogar recht, dann würde sich mein nervöser Herzschlag endlich beruhigen, und ich wäre in der Lage, diesen Bagel zu genießen. Doch Connor bleibt sitzen, und seine Anwesenheit macht mich völlig zappelig. Als sich unter dem Tisch auch noch unsere Füße berühren, lasse ich vor Schreck die Bagelhälfte fallen. Connor sieht mich an, seine Augenbrauen wandern leicht in die Höhe, und ich weiß, dass er stumm seine Frage wiederholt: »Bist du irgendwie nervös, Lotte?«

Ja, verdammt. Und wie. Mit einem unterdrückten Seufzer greife ich nach meinem Teller und stehe abrupt auf. »Rachel?

Könnte ich den Rest bitte zum Mitnehmen eingepackt bekommen?«

»Aber natürlich.« Im Vorbeigehen nimmt sie mir den Teller ab und verschwindet damit. Ich stelle mich an die Theke, wo ich auch gleich bezahlen möchte. Erneut spüre ich Connor hinter mir, bevor ich ihn sehe oder höre.

»Warum plötzlich so eilig?«, erkundigt er sich und tritt neben mich, lehnt sich seitlich gegen die Theke und nippt wieder an seinem Pappbecher. Betont gleichgültig zucke ich mit den Schultern.

»Ich möchte hören, wie es Sophie geht«, erkläre ich. »Außerdem habe ich gerade doch nicht so viel Hunger. Ich werde im Bed & Breakfast weiteressen.«

Connor mustert mich prüfend. »Du hast da ein wenig Frischkäse«, sagt er schließlich und deutet auf meine Mundregion. Oh nein, auch das noch! Hektisch fahre ich mir mit einer Hand über die Lippen. Ein Lächeln zuckt um Connors Mundwinkel, was alles noch schlimmer macht.

»Nein, jetzt hast du ihn nur verteilt.«

Ehe ich weiß, wie mir geschieht, hat er seine Hand ausgestreckt und fährt mit seinem Zeigefinger sacht unterhalb meines Mundes über meine Haut. Oh. Mein. Gott. Bisher wusste ich nicht, dass man im Gesicht eine Gänsehaut bekommen kann.

»Arbeitest du gern in der Firma deines Vaters?«, fragt Connor seelenruhig, während er sich seinen Finger an einer Serviette abwischt.

»Ähm«, sage ich und atme tief durch. Firma? Vater? Ich muss mich kurz sammeln und bringe dann endlich einigermaßen gefestigt hervor: »Das ist ein schwieriges Thema.«

»Also eher nicht«, bemerkt Connor trocken.

Ich muss lächeln. »Nein, eher nicht«, bestätige ich wahrheitsgemäß.

»Warum machst du es dann?«

Nachdenklich starre ich zum Fenster hinter der Theke hinaus, wo man ein Stückchen zartrosa Abendhimmel sehen kann. »Tja. Das frage ich mich auch oft«, gebe ich leise zu. »Vermutlich aus Pflichtgefühl. Und aus Mangel an Alternativen. Wenn ich nicht in Papas Firma arbeiten würde, müsste ich mir irgendwo anders eine ähnliche Stelle suchen, die mir mit Sicherheit genau so wenig Spaß machen würde.«

»Warum hast du dann BWL studiert, wenn dir das keinen Spaß macht?«

Ich lache leise auf. »Aus Vernunft. Und weil mein Vater es so wollte.«

Connors Augenbrauen wandern in die Höhe, während er mich unverwandt ansieht. »Du lebst also dein Leben so, wie deine Familie es will«, stellt er sachlich fest. »Oder machst du auch mal etwas, was nur du selbst willst?«

Ich schlucke schwer. Aus irgendeinem Grund sehe ich bei Connors Frage nicht meinen Arbeitsplatz in der Familien-Firma vor mir, sondern Lennart, wie er vor mir kniet und mir einen Antrag macht, während Papa klatscht, noch bevor ich Ja sagen kann. Mir wird schummerig. Unbewusst streiche ich mit dem Daumen über die Stelle an meinem linken Ringfinger, wo bis gestern ein kühler Ring aus Platin saß. Ich überlege noch, was ich antworten soll, als Rachel eine braune Papiertüte über die Theke schiebt.

»Bitteschön, meine Liebe.«

»Danke«, murmele ich und zücke meine Kreditkarte. »Ich muss übrigens auch noch meinen Muffin und den Kaffee von heute Mittag zahlen.«

»Ach was«, winkt Rachel resolut ab, während sie das Lesegerät für die Kreditkarte auf die Theke stellt. »Das ging aufs Haus. Keine Widerrede. Hier, deine PIN wird verlangt, meine Liebe!«

Als sie Connor und mich schließlich mit vielen guten Wünschen in den Abend entlässt, folge ich ihm langsam nach draußen. Zum x-ten Mal in der letzten halben Stunde frage ich mich ratlos, warum zum Teufel sich Connor doch einen schwarzen Kaffee lang zu mir gesetzt hat. War es tatsächlich reine Fürsorge – so wie er mich auch nicht den weiten Weg zum Bed & Breakfast zu Fuß laufen lassen wollte – oder … oder liegt ihm womöglich doch mehr an mir, als er sich selbst eingestehen will?

»Ich kann zu Fuß weitergehen«, schlage ich vor, als wir draußen stehen, doch selbst in meinen eigenen Ohren klingt das halbherzig. Für heute bin ich genug zu Fuß gelaufen.

»Oder du könntest ohne Diskussion einsteigen und ich fahre dich«, bemerkt Connor und öffnet mir die Beifahrertür. Dieses Mal steige ich ohne ein weiteres Widerwort ein.

»Du hast meine Frage eben nicht beantwortet«, sagt Connor, während er seinen Wagen langsam die Hauptstraße entlanglenkt.

»Welche?«, stelle ich mich dumm.

»Du weißt genau, welche«, erwidert er leise.

Ich atme tief durch. Dann antworte ich mit belegter Stimme: »Nein, ich mache nicht nur das, was meine Familie will.« Damit er nicht weiter darüber nachdenkt und womöglich erkennt, dass ich lüge, schiebe ich hastig hinterher: »Darf ich dich jetzt auch etwas fragen?«

»Bitte. Frag.«

»Was ist mit Linda passiert?«

Kapitel 25

Das Schweigen erfüllt den Pick-up-Truck den ganzen Weg durch den Ort, bis zu der Anhöhe, auf der das Mapletree Bed & Breakfast liegt. Erst, als Connor den Wagen in die Einfahrt lenkt, sagt er endlich: »Linda ist vor drei Jahren gestorben.«

Ja, so viel konnte ich mir denken. Ich will fragen, woran sie gestorben ist – immerhin hat Hazel von einem »Unglück« gesprochen –, doch da kommt Connor mir mit seiner nächsten Frage zuvor: »Kommst du morgen früh mit, wenn Sophie ihren Termin hat?«

Überrascht mustere ich ihn von der Seite, während er den Pickup vor dem sonnengelben Haus hält. Als er endlich den Kopf dreht und meinen Blick erwidert, schlägt mir mein Herz bis zum Hals. Ich will nicken, doch dann erinnere ich mich an all das, was er heute zu mir gesagt hat – dass er nicht mit mir in die Rope Loft gehen will, dass es besser so sei – und schüttele zu meiner eigenen Überraschung den Kopf.

»Ich denke, es ist besser, wenn Mama Sophie begleitet«, erkläre ich und versuche, so nüchtern wie möglich zu klingen. Connor nickt und sieht wieder nach vorn, durch die Windschutzscheibe. »Ja, klar«, sagt er nur. Ich warte kurz ab, ob er noch etwas hinzufügt, doch er schweigt.

»Also, mach es gut«, sage ich schließlich und öffne die Wagentür.

»Bye, Lotte«, erwidert Connor. »Und viel Erfolg mit deinem Roman.«

»Danke«, wispere ich und drücke die Beifahrertür weiter auf. Einen winzigen Augenblick lang zögere ich noch, ganz so, als hoffte ich, dass Connor mich zurückhält, noch etwas zu mir sagt. Mich küsst.

Nein, nein, das hoffe ich natürlich nicht! Und selbstverständlich tut er nichts dergleichen. Warum sollte er auch?

Dafür ist mehr als klar, was ich tun sollte: Mir dringend über die Farbe der Rosen für meine Hochzeit den Kopf zerbrechen und nicht darüber, warum ich aus diesem Mann mit den hellblauen Augen nicht schlau werde. Ohne Connor noch einmal anzusehen steige ich aus, schlage die Beifahrertür hinter mir zu und gehe festen Schritts auf das Bed & Breakfast zu. Erst, als ich im Flur stehe und höre, wie draußen der Pick-up wendet und über knirschenden Kies davonfährt, lehne ich mich an die blau-weiß-gestreifte Tapete und schließe die Augen. Ich glaube noch immer, das Holz zu riechen, diesen Duft, der Connor stets zu umgeben scheint. Jetzt weiß ich auch, warum das so ist, und wieso er am Strand entlanggewandert ist, einen Rucksack auf dem Rücken. Was er gesammelt hat. Treibholz, das von der Atlantik-Brandung auf den Sand gespült worden ist, rau und rissig und doch wunderschön, wie die Natur entlang dieser malerischen Küste. So schnell wie möglich möchte ich hinauf in mein Leuchtturmzimmer gehen und mir den Bilderrahmen genauer ansehen, den ich erstanden habe, ohne zu wissen, wer der lokale Künstler ist. Doch bevor ich mich dem Treppenaufgang zuwenden kann, höre ich aus der Richtung des Wohnzimmers Lachen und halte inne. Das klingt nach Hazel und meiner Mutter. Fast hätte ich vergessen, dass ich nicht allein hier in Chester bin, dass ich eine Familie habe. Meine Gedanken scheinen tatsächlich nur noch um diesen rätselhaften Mann zu kreisen. Ich schüttele den Kopf und atme tief durch, bevor ich mich von der Treppe abwende und den Flur entlanggehe.

Als ich das Wohnzimmer betrete, sehe ich mich suchend nach Mama und Hazel um, entdecke sie dann jedoch draußen, auf der Veranda. Ich durchquere das Zimmer, öffne die Fliegengittertür und strecke meinen Kopf hinaus.

»Hallo, ihr zwei.«

»Oh, hallo, Lotte!«, sagt Mama und sieht mich mit einem breiten Lächeln an, das ich gar nicht bei ihr kenne. Ich weiß nicht, wann ich Mama je so entspannt und glücklich habe lächeln sehen.

»Na, dir scheint es ja gut gefallen zu haben auf dem Boot«, bemerke ich und trete hinaus auf die Veranda. Auf dem Tischchen zwischen Mama und Hazel stehen ein paar Windlichter, deren Kerzen ihren flackernden Schein auf zwei Weingläser, einen Teller mit Käsewürfeln und eine Schale voll Kräcker werfen.

»Ach, es war wunderbar«, seufzt Mama, und ich merke, dass ihre Wangen zu glühen beginnen. Ich will mich freuen, doch ich kann nicht verhindern, dass ich ein winziges Bisschen irritiert bin. Daher kommt meine nächste Frage spitzer herüber, als ich es eigentlich beabsichtigt hatte: »Hast du mitbekommen, dass ich mit Sophie beim Arzt war?«

Augenblicklich erlischt das Strahlen auf Mamas Gesicht und ebenso schnell bereue ich meine Frage. Warum kann ich ihr nicht einen Augenblick des Glücks gönnen? Vielleicht, weil mir ihr Strahlen unangenehm ist. Weil Mama mit meinem Vater verheiratet ist. Auch wenn ich nicht immer mit Papa klarkomme – zu sehen, dass Mama rote Wangen bekommt, wenn sie von einem Ausflug mit einem anderen Mann zurückkehrt, irritiert mich. Wohl auch deshalb, weil ich selbst mehr als nur rote Wangen bekomme, sobald ich in Connors Nähe bin. Zwar bin ich noch nicht verheiratet, aber fast.

»Ach Schätzchen, ja, das habe ich natürlich mitbekommen«, sagt Mama hastig, und ihr schuldbewusster Tonfall ärgert mich und macht mein schlechtes Gewissen gleichzeitig noch größer, was mich zusätzlich nervt.

»Komm, Lotte, setz dich doch«, meldet sich Hazel zu Wort, steht auf und zieht einen weiteren Korbstuhl heran. »Möchtest du auch ein Glas Wein haben?«

»Ja, das wäre toll, danke.«

Während Hazel im Haus verschwindet, um ein Glas für mich zu holen, setze ich mich neben Mama und angele mir einen Käsewürfel vom Teller. Sie greift nach meiner freien Hand und drückt sie. »Ich bin so froh, dass du zur Stelle warst, um mit Sophie zum Arzt zu fahren«, sagt sie, und ich höre ihr die Gewissensbisse deutlich an. »Eigentlich hätte ich nicht mit dem Boot hinausfahren sollen. Wirklich, wenn deiner Schwester etwas Schlimmes passiert wäre und ich wäre nicht erreichbar gewesen ... Was, wenn sie das Kind verloren hätte?«

»Hat sie aber nicht, Mama«, sage ich mit einem Hauch Ungeduld. Dann bemühe ich mich um einen sanfteren Tonfall und füge hinzu: »Es konnte doch niemand ahnen, dass Sophie Blutungen bekommen würde. Warum hättest du denn keine Bootstour machen sollen? Ihr ging es doch gut, als du losgefahren bist. Na ja, zumindest physisch.«

Mama sieht mich ernst an. »Luise hat einen ganz schönen Schreck bekommen, als sie von Sophies Blutungen erfahren hat. Ich glaube, sie macht sich Vorwürfe, weil sie heute Morgen so unfreundlich zu ihr war. Vermutlich befürchtet sie, dass Sophie nur deshalb zu bluten begonnen hat, weil sie sich so über Luise aufgeregt hat.« Sie zögert eine Sekunde und fragt: »Du meinst doch nicht, dass Sophie tatsächlich deshalb ...?«

Ich schüttele den Kopf, obwohl wir darüber nicht mit Connor gesprochen haben. Vielleicht hat es wirklich mit Sophies vielen Tränen heute Morgen zu tun? Aber ich will Mama nicht noch mehr belasten, also sage ich ruhig: »Nein, das hatte sicher nichts damit zu tun. Connor hat nichts dergleichen erwähnt.«

Bei der Erwähnung seines Namens schießt mir augenblicklich das Blut ins Gesicht, und ich kann rein gar nichts dagegen tun.

Dankbar greife ich nach dem Weinglas, das mir Hazel in dem Moment reicht.

»Was für ein merkwürdiger Zufall, findest du nicht?«, fragt Mama inzwischen auf Englisch. Sie möchte, dass sich Hazel in unsere Unterhaltung einklinken kann. »Dass ausgerechnet Connor Gynäkologe ist und Sophie untersucht hat! Wusstest du, dass er Arzt ist?«

Ich schüttele den Kopf und nippe an meinem Wein. Wenn ich nur aufhören könnte, über Connors Finger auf meiner Haut nachzudenken. Verstohlen fahre ich mit einer Hand über die Stelle schräg unterhalb meines Mundes, wo mich Connor berührt hat.

»Aber jetzt erzähl du doch mal, Lotte«, sagt Mama und sieht mich aufmerksam an. »Du hast doch heute Nachmittag Connors Vater besucht, hat Sophie erzählt. Wie war es denn?«

»Sehr nett«, antworte ich und muss lächeln, als ich an Roys und meine Tanzeinlage denke. »Er hat mir viel zur Bayview Clinic erzählt, in der er selbst geboren worden ist. Ich möchte, dass die Geschichte der Klinik in meinen Roman einfließt.«

»Von was für einer Klinik redest du da?« Mama mustert mich ratlos.

»Ah, das ist eine lange Geschichte«, seufze ich und werde plötzlich von einer bleiernen Müdigkeit überrollt. Obwohl ich es schön finde, mit Mama und Hazel hier draußen auf der Veranda zu sitzen und dem Zirpen der Grillen im Garten zu lauschen, sehne ich mich doch plötzlich nach meinem Leuchtturmzimmer und nach ein wenig Zeit zum Nachdenken.

»Vielleicht kann Hazel sie dir erzählen«, sage ich und erhebe mich aus dem Stuhl. »Seid mir nicht böse, aber ich werde diesen Wein oben in meinem Zimmer zu Ende trinken. Ich bin irgendwie sehr müde und möchte mir noch ein paar Notizen zu meinem Roman machen, bevor ich zu viel von dem, was Roy erzählt hat, wieder vergesse.«

Was nicht einmal gelogen ist.

»Aber natürlich, Kind«, sagt Hazel. »Ich wusste gar nicht, dass du Romane schreibst! Dazu musst du mir unbedingt mehr erzählen. Vielleicht morgen früh, beim Frühstück. Ich habe Blaubeer-Bagel gebacken.«

»Oh, das klingt köstlich«, freue ich mich. Da fällt mein Blick auf einen Flyer, der unter Mamas Weinglas klemmt und dessen Ecke sich in der Abendbrise hin und her bewegt. Neugierig beuge ich mich ein wenig vor und lese die Wörter »Aquarell« und »Jachtclub«.

»Was ist denn das?«, erkundige ich mich. Mama, die gerade versonnen aufs Meer hinausgeträumt hat, sieht mich fragend an und blickt dann auf den Flyer.

»Ah, richtig«, sagt sie und zieht ihn unter dem Glas hervor. »Den habe ich heute von Harold bekommen. Sein Sohn Ethan, der nur in der Hummer-Saison mit ihm auf dem Fischkutter arbeitet, malt wunderbare Aquarelle von der Küstenlandschaft hier in Nova Scotia. Er bietet morgen einen Aquarell-Workshop im Jachtclub an.« Mama deutet auf den Flyer. »Man muss keine Materialien mitbringen, es wird alles vor Ort zur Verfügung gestellt. Ich wollte doch immer schon malen und denke, dass das meine Gelegenheit ist – zumindest, wenn wir morgen nicht doch noch spontan fliegen sollten. Hazel kommt übrigens auch mit.«

»Ja«, lächelt unsere Wirtin. »Das wollte ich schon ewig mal machen.«

»Wow«, sage ich und versuche, mich daran zu erinnern, ob Mama jemals davon gesprochen hat, malen zu wollen. Vergeblich.

»Allerdings fängt der Workshop ausgerechnet um 10 Uhr an, wenn Sophie ihren Termin bei Connor hat«, erklärt Mama und nestelt mit betretenem Gesichtsausdruck am farbenfrohen Millefioriglas-Anhänger ihrer Kette herum, die Papa ihr vor einigen Jahren von einer Geschäftsreise nach Italien mitgebracht hat.

»Als ich das erfahren habe, wollte ich das Ganze erst absagen, aber Luise meinte, sie würde mit eurer Schwester gehen. Ich glaube, sie will ihr schlechtes Gewissen wegen ihrer Vorwürfe von heute Morgen ein wenig beruhigen und für Sophie da sein.«

Erstaunt nicke ich und lasse diese neuen Entwicklungen sacken. Dann frage ich: »Wie war es eigentlich heute auf dem Boot mit Luise?«

Ein Lächeln spielt um Mamas Mundwinkel. Sie nickt bedächtig und sagt: »Es war erstaunlicherweise relativ harmonisch. Zuerst haben wir nicht viel miteinander geredet, aber im Laufe des Tages, als sie keinen Handyempfang mehr hatte, hat sich deine Schwester merklich entspannt und wurde regelrecht zugänglich. Ein paar Mal haben wir sogar herzlich miteinander gelacht, zum Beispiel, als sie auf dem nassen Deck ausgerutscht ist und sich auf den Hintern gesetzt hat. Oder als ich mich vor einer Möwe erschrocken habe, die im Tiefflug über das Boot geschossen kam. Ich glaube, Luise tat dieser Tag weit weg von ihrem Büro-Kram richtig gut.«

»Oh ja«, meldet sich auch Hazel zu Wort. »Deine Schwester war kaum wiederzuerkennen, als sie heute Nachmittag zurück ins Bed & Breakfast kam. Und das lag nicht nur an der frischen Gesichtsfarbe. So ein Tag auf dem Meer tut einfach der Seele gut. Ich finde, jeder Mensch müsste regelmäßig einen Tag draußen auf See verbringen. Nichts beruhigt so sehr wie der Blick bis zum Horizont, das Schaukeln der Wellen und die Stille.«

Ich nicke und versuche, mir eine entspannte und herzhaft lachende Luise vorzustellen. Wie traurig, dass mir das nicht gelingen will.

»Allerdings ist deine Schwester trotz allem noch die Alte, denn sie sitzt schon längst wieder oben an ihrem Laptop«, bemerkt Mama mit einem schiefen Grinsen. »So schnell ändern ein paar Stunden Wind und Wellen unsere Luise nicht.«

Fast beruhigt mich das ein wenig. Mit einem Schmunzeln

greife ich nach meinem Weinglas und wende mich zum Gehen. »Na dann, macht euch noch einen schönen Abend, ihr zwei.«

»Warte, Lotte«, sagt Hazel und sieht mich besorgt an. »Hast du überhaupt etwas zu Abend gegessen? Soll ich dir schnell ein Sandwich machen?«

»Ach, danke, aber das ist nicht nötig«, winke ich ab und spüre schon wieder die altvertraute Röte in meine Wangen kriechen. »Ich habe mir eben einen Bagel im Smiling Whale Café geholt, den werde ich oben in meinem Zimmer essen.«

»Hat Connor dich gefahren?«, fragt Hazel, doch irgendwie habe ich das Gefühl, dass sie die Antwort schon kennt. Als ich so beiläufig wie möglich nicke, glaube ich, ein zufriedenes Lächeln über ihre Züge gleiten zu sehen, bevor sie den Blick abwendet und einen Schluck Wein nimmt. »Wie schön. Gute Nacht, Kind.«

»Gute Nacht«, antworte ich und werfe den beiden Frauen einen kleinen Luftkuss zu, bevor ich mich auf den Weg in mein Zimmer mache. Dort greife ich nach dem Bilderrahmen, der auf der Kommode steht. Meine Finger gleiten sacht über das raue Treibholz, und ich halte den Atem an, als ich den Rahmen umdrehe und die Rückseite betrachte. Da steht es, in schwarzer Handschrift, sauber in der rechten unteren Ecke: Made by C. Hammond.

Kapitel 26

In dieser Nacht träume ich, dass ich erneut mit Connor im Smiling Whale Café sitze und Frischkäse um meinen Mund verschmiert habe. Diesmal jedoch beugt sich Connor über den Tisch zu mir herüber und küsst ihn fort.

Als ich mit wild hämmerndem Herzen hochschrecke, glaube ich, noch seine warmen Lippen auf meiner Haut spüren zu können. Fassungslos fahre ich über die Stelle neben meinem Mund, wo mich gestern sein Zeigefinger berührt hat und starre in das Dunkel des Zimmers. Da mir mein heftig pochendes Herz klarmacht, dass ich nicht einfach so wieder werde einschlafen können, schäle ich mich aus meiner Bettdecke und trete ans Fenster. Noch hängt die Nacht über Chester, doch ganz allmählich kann man am Horizont das Meer vom Himmel unterscheiden. Aufgewühlt von meinem intensiven Traum verharre ich an der kühlen Fensterscheibe und starre hinaus auf den Atlantik. Als schließlich das erste Licht des Tages zaghaft das Dunkel der Nacht zu verdrängen beginnt, haben sich mein Herzschlag und meine Gedanken ein wenig beruhigt. Dafür sind meine Füße nun eiskalt, und so schließe ich die Vorhänge wieder und krieche erneut unter die einladende Decke des weißen Holzbetts.

Ein Klingeln reißt mich aus tiefem – und diesmal zum Glück traumlosem – Schlaf. Ratlos blinzele ich und brauche ein paar Sekunden, bevor ich begreife, dass mein Telefon auf der Kommode bimmelt. Schlagartig bin ich hellwach, schlüpfe hastig aus dem Bett und sprinte durchs Zimmer, um den Anruf nicht zu verpassen.

»Hallo?«, frage ich atemlos. Ich habe gar nicht aufs Display gesehen, rechne jedoch fest mit Lennart – und behalte recht.

»Hallo«, höre ich ihn in Düsseldorf mäßig gut gelaunt erwidern. Augenblicklich überrollt mich eine Welle des schlechten Gewissens, weil ich mich gestern nicht bei ihm gemeldet habe. Stattdessen träume ich einfach von anderen Männern! Bin ich eigentlich noch zu retten?

»Charlotte, du hast es anscheinend nicht für nötig gehalten, deinen Frisörtermin abzusagen, oder?«, fragt Lennart. Mit einem unterdrückten Stöhnen starre ich mein Spiegelbild an. Verdammt. Der Termin fürs Probe-Haarstylen. Ein Blick auf meine Armbanduhr zeigt mir zu meinem Schrecken, dass es bereits halb zehn Uhr vormittags ist. Also halb drei am Nachmittag in Düsseldorf, wo ich eigentlich vor einer halben Stunde in einem der bequemen Frisiersessel von Beatrix Hunkemöller hätte Platz nehmen sollen, um mein Haar und den langen Spitzenschleier ihren erfahrenen Frisörinnen-Händen zu überlassen. Als wollte es mich zusätzlich stressen, scheint mich eben dieses Haar heute besonders rot und besonders wirr aus dem Spiegel anzustarren. Ich starre zurück und fahre mit einer Hand mutlos über meinen Kopf, bevor ich mir mit einem tiefen Seufzen über die Augen reibe.

»Charlotte, hast du mich verstanden?«, fragt Lennart ungeduldig. »Beatrix Hunkemöller war ziemlich verblüfft, als ich ihr gerade verklickern musste, dass du dich nicht nur ein wenig verspätest, sondern heute gar nicht mehr kommst. Und morgen auch nicht. Und ob es vor unserer Hochzeit überhaupt noch klappt mit einem Probe-Frisieren, ist wohl mehr als fraglich. Ich darf ja vermutlich schon dankbar sein, wenn du es überhaupt pünktlich in die Kirche schaffst.«

Ich atme tief durch. Warum muss Lennart so unfreundlich sein? So möchte man wirklich nicht geweckt werden – und schon gar nicht von seinem Verlobten. Ja, natürlich war es gedankenlos von mir, dass ich vergessen habe, meinen Frisörtermin abzusagen. Das ist mir wirklich unangenehm, denn normalerweise bin ich sehr penibel, was Termine angeht. Es sieht mir nicht ähnlich, so etwas einfach zu verschwitzen. Das zeigt, wie sehr meine Gedanken mit anderem beschäftigt sind, seit ich hier in Kanada bin. Oder vielmehr: mit einem anderen.

In reuevollem Tonfall sage ich: »Es tut mir leid, Lennart, dass ich vergessen habe, den Termin abzusagen. Du musst zugeben, dass mir so etwas sonst nie passiert. Ich war einfach zu durcheinander wegen dieses Zwischenstopps hier in Kanada – und außerdem hatte Sophie gestern …«

Doch Lennart hört sich nicht an, was mit Sophie war, sondern unterbricht mich ungeduldig: »Frau Hunkemöller wollte wissen, ob du einen neuen Termin brauchst. Was soll ich ihr sagen? Ich weiß ja nicht, wann du zurückzukommen gedenkst.«

Langsam durchquere ich das Zimmer, schiebe die Vorhänge zur Seite und blinzele in den inzwischen hellen Tag hinaus. Ich bemühe mich, beim Blick auf das in der Vormittagssonne glitzernde Meer ruhig zu bleiben, trotz des aufgebrachten Tonfalls meines Verlobten. Das jedoch geht gründlich schief, als ich in der Ferne ein rotes Kajak sehe, das von zwei Personen mit synchronem Paddelschlag durch die Bucht und in Richtung des offenen Atlantiks gesteuert wird. Mein Herzschlag beschleunigt sich. Könnten das Connor und Roy sein? Dann jedoch fällt mir ein, dass Connor in der Praxis sein müsste, schließlich hat Sophie gleich einen Termin bei ihm. Wieder glaube ich, Connors Zeigefinger an meinem Mundwinkel zu spüren. Und dann spüre ich seine Lippen – so deutlich, wie vorhin im Traum. Kurz schließe ich die Augen – nur, um sie hastig wieder zu öffnen, als ich Lennart ungeduldig nachhaken höre: »Charlotte? Bist du noch da?«

»Ja«, erwidere ich kleinlaut und hasse mich dafür, dass ich solche Gedanken zulasse, während ich mit Lennart spreche. »Ich kann dir natürlich auch noch nicht ganz genau sagen, wann wir wieder in Düsseldorf ankommen werden, aber versuch doch bitte, einen Termin für nächste Woche auszumachen. Und wenn es nur zwei oder drei Tage vor der Hochzeit ist – Hauptsache, ich kann ein Probe-Haarstecken machen.«

Ich höre Lennart laut schnauben und etwas Unverständliches murmeln, bevor er fragt: »Und was ist mit den Rosen? Hast du dich endlich für eine Farbe entschieden? Du kannst den Floristen nicht ewig warten lassen. Wie hießen noch die zwei Rosatöne?«

»›Morgentau‹ und ›Balletschuh‹«, erwidere ich automatisch, während mein Blick unruhig durch den Garten wandert und an dem Meer aus violetten Lupinen hängen bleibt.

»Genau. Also, komm, entscheide dich. Ist doch eh beides Rosa.«

»Kein Rosa«, sage ich auf einmal entschlossen. »Keine Rosen. Ich möchte violette Lupinen in meinem Brautstrauß haben.«

In Düsseldorf herrscht Schweigen. Schließlich sagt Lennart langsam: »Du benimmst dich wirklich merkwürdig, seit du dort im Busch sitzt, Charlotte.«

Ich kann mir ein Kichern nicht verkneifen. »Ach mein Schatz, hier ist es so wunderschön, wirklich. Wenn du nur wüsstest, WIE schön – dann würdest du nicht so abfällig vom ›Busch‹ sprechen.«

»Das mag ja sein, aber ich muss dem Floristen verdammt noch mal eine Auskunft zu deinem Brautstrauß geben! Soll ich wirklich von violetten Lupinen anfangen?«

»Ja. Die habe ich für Tante Charlies Grab auch auftreiben können. Lupinen waren ihre Lieblingsblumen, und hier in Kanada wachsen sie überall.«

»War ja klar, dass deine Großtante wieder was damit zu tun hat«, murrt Lennart gereizt.

Ich atme tief durch und sage in beschwichtigendem Tonfall: »Ich schicke dir gleich ein Foto, das kannst du dem Floristen zeigen.«

»Fein, mach das«, gibt Lennart zurück. »Hauptsache schön kompliziert. Warum solltest du auch etwas so Einfaches wie Rosen haben wollen? Also, ich muss los, ein Meeting.«

»Hey«, sage ich betont sanft. »Wie geht es dir denn überhaupt?«

»Wie soll es mir schon gehen?«, fragt Lennart aufgebracht. »Ich habe im Büro reichlich Stress und darf mich jetzt auch noch mit Frisörterminen und irgendwelchen Lupinen herumschlagen, weil meine Verlobte sich nicht selbst darum kümmert!«

Zwei Sekunden lang hängt Schweigen zwischen uns, bevor Lennart hörbar Luft holt und herzzerreißend höflich fragt: »Und wie geht es dir, Charlotte?«

»Geht so«, sage ich und kämpfe gegen Tränen an. Ich möchte die Vertrautheit spüren, die sonst zwischen Lennart und mir herrscht. Aber diese Vertrautheit mag sich über den Atlantik hinweg einfach nicht einstellen und sie hat erst recht keine Chance, weil mein Verlobter so unfassbar wütend auf mich zu sein scheint. Irgendwie kann ich ihn ja verstehen. Natürlich bedeutet es für ihn zusätzliche Arbeit, wenn er sich vor unserer Hochzeit auch noch um die Dinge kümmern muss, die eigentlich auf meiner To-do-Liste standen. Aber andererseits könnte er doch wirklich endlich einsehen, dass ich nicht freiwillig nach wie vor hier in Kanada sitze!

»Lass mich wissen, wenn ihr Neuigkeiten von der Airline habt«, bemerkt Lennart. »Mach's gut, Charlotte.«

Und schon hat er aufgelegt. Minutenlang starre ich auf das Telefon in meiner Hand, unfähig, es wegzulegen oder sonst irgendetwas zu machen. Ich blinzele ein paar Tränen fort und versuche, mich zu beruhigen. Klar, Lennart ist gestresst wegen der Ungewissheit, wann ich zurückkomme. Das bedeutet im Grunde genommen, dass er mich vermisst, und das ist ja etwas Positives. Logisch, dass er nicht entspannt mit mir plaudern mag, wenn er sich Sorgen darüber macht, ob ich es überhaupt pünktlich bis zur Hochzeit zurück nach Düsseldorf schaffe. Außerdem ist diese ganze Situation Neuland für uns, denn Lennart und ich waren während unserer Beziehung nie länger als einen Tag getrennt. Das einzige Mal, dass wir eine Nacht nicht gemeinsam verbracht haben, war, als er geschäftlich nach München musste und dort übernachtet hat. Sonst sind wir immer gemeinsam eingeschlafen, immer gemeinsam aufgewacht. Wir haben stets gemeinsam gefrühstückt und abends zusammen gegessen, uns dabei jedes Detail von unserem jeweiligen Arbeitstag erzählt. Nun, von Telefon zu Telefon, einen Ozean zwischen uns, fehlen uns anscheinend plötzlich die richtigen Worte. Wir scheinen nur am selben Ort als Paar zu funktionieren, nicht über die Entfernung. Was ja auch nicht weiter schlimm ist, schließlich haben wir nicht vor, eine Fernbeziehung zu führen. Und Telefonieren ist nun einmal nicht jedermanns Sache.

Plötzlich jedoch muss ich an meine langen Telefonate mit Tante Charlie denken. Charlie liebte es, ausgiebig am Telefon zu plaudern, selbst wenn wir uns ein paar Tage zuvor gesehen hatten. Wenn ich sie anrief, musste ich Zeit haben. »Alles unter einer Stunde ist ein Notruf«, pflegte meine Großtante gern zu sagen. Bei der Erinnerung an ihre Worte muss ich schmunzeln, trotz meines unerfreulichen Telefonats mit Lennart.

Doch, es ist alles in Ordnung zwischen uns, denke ich entschlossen und dränge den Gedanken zur Seite, dass ich gerade verzweifelt versuche, mich selbst davon zu überzeugen. Ich bemühe mich darum, mir Lennarts Gesicht vor Augen zu rufen: Sein dunkelblondes Haar, das stets akkurat kurz geschnitten ist. Seine braunen Augen, die im hellen Sonnenlicht die Farbe von Karamellbonbons bekommen. Aber so sehr ich mich auch bemühe, Lennarts Gesicht vor mir zu sehen – immer wieder muss ich an schwarzes Haar denken statt an blondes. Nicht an karamellbraune Augen, sondern an huskyblaue. Und das macht mich mit einem Mal so wütend und gleichzeitig so verzweifelt, dass ich eilig beginne, mein Telefon zu durchforsten, auf der Suche nach einem Foto von Lennart. Das erste Bild, über das ich stolpere, ist ein Selfie von uns beiden, das wir an einem sonnigen Frühlingssamstag am Rheinufer gemacht haben. Ein wenig beruhigt betrachte ich Lennarts Gesichtszüge, die nun, da ich sie vor mir sehe, wieder so tröstlich vertraut sind. Er hat für das Foto seine Brille abgenommen, die Lachfältchen um seine Augen wirken auf mich wie alte Freunde. Ich glaube, sein würziges Aftershave und das Duschgel zu riechen, das wir uns daheim teilen. Heimweh erfasst mich, Sehnsucht nach diesem Mann. Also öffne ich eine leere SMS, tippe mit Tränen in den Augen: »Es tut mir leid, dass wir so lange getrennt sind und du so viel Stress hast. Vergiss die Lupinen, ich nehme Rosen im Ton ›Ballettschuh‹. Ich vermisse dich und liebe dich von ganzem Herzen.«

Nachdem ich die Nachricht abgeschickt habe, starre ich minutenlang auf mein Telefon. Ich hoffe so sehr, dass Lennart gleich antwortet, dass es mir weh tut.

Doch es kommt keine SMS von ihm. Weder, während ich mich dusche, noch als ich mich anziehe, und auch nicht, als ich vor dem Spiegel stehe, mich schminke und versuche, etwas Vernünftiges aus meinem Haar zu zaubern. Als ich fertig bin mit dem Flechten eines schlichten Zopfs, sehe ich mich stumm im Spiegel an. Wie von selbst fährt mein Zeigefinger wieder über die Stelle, an der mich Connor gestern berührt an. Dann fällt mein Blick im Spiegel auf meinen nackten Ringfinger, und ich muss schlucken.

»Pling!«, macht mein Telefon. Mein schlechtes Gewissen schnürt mir die Kehle zu, als ich Lennarts Nachricht öffne:

Ich liebe dich auch. L.

Mit zittriger Hand schiebe ich das Handy in meine Handtasche und verlasse mein Leuchtturmzimmer.

Kapitel 27

Wenig später sitze ich wieder im Pavillon oberhalb des Jachthafens, mein Notizbuch auf den Knien. Die Küche des Bed & Breakfast war verwaist, als ich aus meinem Zimmer kam, weshalb ich nur schnell gefrühstückt und versucht habe, dabei nicht an Connor zu denken. Vergeblich. Als ich nach der Thermoskanne griff, fiel mir ein, dass Connor seinen Kaffee schwarz trinkt. Um den Frischkäse im Kühlschrank musste ich einen Bogen machen und einen von Hazels köstlichen Blaubeer-Bagels stattdessen lediglich mit Butter bestreichen. Trotzdem glaubte ich wieder, Connors Finger an meinem Mund zu spüren. Genervt und ruhelos gab ich schließlich auf und verließ das Haus, um Ablenkung zu finden. Und am besten lenkt mich immer noch meine Romanidee ab, weshalb ich schon wieder emsig schreibe.

Hier, vom Pavillon aus, habe ich einen guten Blick auf die Rasenfläche des Jachtclubs, wo rund ein Dutzend Frauen und zwei Männer an einem langen Tisch im Schatten eines Ahorns sitzen, vor sich Blöcke und Aquarellkästen. Ein Mann geht um den Tisch herum, hält ab und zu an und gibt anscheinend Tipps. Er trägt ein schwarzes T-Shirt und olivefarbene Cargohosen, einen Kinnbart, und sein dunkelblondes Haar ist zu einem lockigen Pferdeschwanz gebunden. Das ist also Ethan, Harolds Sohn. Mama und Hazel sitzen nebeneinander und sind in ihre Werke vertieft. Erstaunt beobachte ich meine Mutter, die mit konzentrierten Pinselstrichen arbeitet. Aus dieser Entfernung kann ich nicht erkennen, was genau sie malt, aber ich sehe viele Blautöne und wundere mich über den Eifer, mit dem sie bei der Sache ist. Bisher hatte ich wirklich keine Ahnung, dass sich Mama für Malerei interessiert. Streng genommen hatte sie noch nie eigene Interessen. Sie war immer unsere liebevolle Mutter, die dafür sorgte, dass gute Mahlzeiten auf den Tisch kamen, die Hausaufgaben kontrollierte und den Chauffeur ihrer Töchter spielte, die Abendessen für Papas Geschäftsfreunde organisierte und sich schick machte, wenn sie mit ihm zu Einladungen ging. Zwar besuchte sie Papa oft in der Firma, hatte jedoch keine Ahnung davon, was in den Büros genau ablief, um was für Zahlen es ging, was die vielen Business-Begriffe bedeuteten. Ganz im Gegensatz zu Luise, die schon als Kind gern bei Papa am Schreibtisch saß und sich alles erklären ließ. Mama nahm immer an unser aller Leben teil, aber mir kam es stets so vor, als habe sie währenddessen kein richtiges eigenes Leben. Etwas, was sie interessierte, wofür sie sich begeisterte, wofür sie sich Zeit nahm. Bis jetzt, so scheint es.

Erneut wandern meine Gedanken zu Tante Charlie und zu ihren Aquarellen, die sie mit Leidenschaft gemalt hat. Die Wände ihrer Wohnung sind mit ihren Werken gepflastert, zum großen Teil sind es Landschaftsbilder. Meine Großtante war wirklich gut, soweit ich das einschätzen kann. Wenn ich mich recht erinnere, hat sie mal erzählt, auf ihrer Australienreise das Malen für sich entdeckt zu haben. Wie lustig, dass ihre Nichte nun in Kanada zum ersten Mal zum Pinsel greift, sinniere ich, bevor ich mich erneut meinen Notizen widme.

Erst, als auf der Rasenfläche des Jachtclubs Bewegung entsteht, blicke ich wieder auf. Mein Nacken schmerzt, und mit einem leisen Ächzen massiere ich mir die versteiften Muskeln, während ich beobachte, wie die Malerinnen und Maler in Unterhaltungen vertieft über den Rasen in Richtung Clubhaus wandern. Kurz frage ich mich, warum sie ihre Malsachen im Stich lassen – Kaffeepause? –, als ich einen Blick auf meine Uhr werfe und erschüttert feststelle, dass es bereits halb eins ist. Die Kursteilnehmer werden wohl zum Mittagessen gehen. Erstaunt betrachte ich die Seiten, die ich in meinem Notizbuch beschrieben habe. Ich habe inzwischen schon sämtliche Protagonisten entworfen und außerdem eine Übersicht der Handlung festgehalten. Mich verblüfft es selbst, wie flüssig mir das Ganze von der Hand geht. Zufrieden streiche ich einen Knick in einer Seite glatt und klappe das Büchlein zu. Dann fällt mir siedend heiß ein, dass ich vor lauter Schreiben gar nicht mehr an Sophie gedacht habe. Ob bei der Untersuchung alles in Ordnung war? Kurz entschlossen zücke ich mein Handy und wähle Luises Nummer. Meine Schwester antwortet beim zweiten Klingeln.

»Hallo, ich bin es, Lotte«, sage ich und beobachte zwei Kanada-Gänse, die am Pavillon vorbeiwatscheln. »Ich wollte hören, wie es Sophie geht.«

»Es geht ihr gut«, höre ich Luises Stimme und staune darüber, wie entspannt sie klingt. »Connor hat sie noch einmal gründlich untersucht. Es gibt keinen Anlass zur Sorge.«

»Gott sei Dank«, seufze ich erleichtert. »Wo seid ihr denn jetzt?«

»Sophie ist im Bed & Breakfast, sie wollte sich ausruhen«, erwidert Luise. »Und ich haben meinen Laptop mit ins Smiling Whale Café genommen und esse gerade einen fantastischen Salat mit Erdbeeren, Ziegenkäse und karamellisierten Pekannüssen. Echt köstlich. Hast du nicht Lust, vorbeizukommen? Ich habe die wichtigsten E-Mails schon verschickt, den Rest mache ich nachher.«

Staunend starre ich aufs Meer hinaus. Was ist denn mit meiner älteren Schwester passiert? Sie hat etwas in diesem Ort gefunden, das ihr gefällt? Sie sitzt freiwillig in einem Café und arbeitet von dort aus? Und sie wirkt dazu auch noch regelrecht entspannt? Fast bin ich versucht, spontan einzuwilligen, doch allein der Gedanke an das Smiling Whale Café lässt mein Herz schneller schlagen.

Nein, ich will nicht wieder die ganze Zeit über an Connor denken, ich will nicht, dass meine Fantasie erneut mit mir durchgeht, ich will Lennart nicht in Gedanken betrügen. Außerdem juckt es mir in Fingern und Füßen, ich möchte mehr von Chester erkunden und vor allem schreiben, schreiben, schreiben. So inspiriert wie hier war ich schon lange nicht mehr – oder vielleicht noch nie. Diese Phase muss ich ausnutzen, schließlich dürfte sie kurz genug sein. Ich kann mir beim besten Willen nicht vorstellen, daheim in Düsseldorf weiter an diesem Roman zu arbeiten. Wie soll das gehen, wenn ich nicht den würzigen Duft der Kiefern und den salzigen Geruch nach Meer in der Nase habe? Wenn ich nicht das tiefe Blau des Atlantiks, das satte Grün der Wälder, das kräftige Rot und Gelb und Pink und Türkis der zauberhaften Holzhäuser vor Augen habe?

»Hmm, das klingt wirklich gut, aber ich möchte so gern einen Spaziergang machen und noch mehr vom Ort erkunden. Ist es schlimm, wenn ich dir keine Gesellschaft leiste?«

»Quatsch«, kommt die belustigte Antwort meiner Schwester. »Du glaubst hoffentlich nicht im Ernst, dass ich mich langweile, oder?«

»Nein, auf die Idee würde ich nie kommen«, frotzele ich liebevoll. »Lass dir deinen Salat schmecken. Hat sich eigentlich die Airline gemeldet?«

»Nein«, kommt Luises knappe Antwort. »Aber ich habe im Internet recherchiert: Noch keine Entwarnung in Sachen Aschewolke. Darüber möchte ich jetzt allerdings nicht reden, sonst rege ich mich nur wieder auf. Also, schönen Spaziergang.« Und schon hat sie aufgelegt. Wirklich, Lennart und sie können einem ganz schön auf den Geist gehen mit ihrer Art, Telefonate abrupt zu beenden.

An einem Imbisswagen in der Nähe des Jachtclubs kaufe ich mir ein Hummersandwich und eine Flasche Orangensaft. Während ich das köstliche Sandwich esse, schlendere ich in der warmen Mittagssonne am Wasser entlang, sehe eine Fähre mit dem Namen »Tancook Island Ferry« an einem Pier anlegen und spaziere an der Rope Loft vorbei, wo einige Mittagsgäste auf der Veranda sitzen und den Blick aufs Meer genießen. Erst als ich ein paar Straßen weiter an dem Schild mit der Aufschrift »Beach« vorbeikomme, wird mir klar, wohin mich meine Füße wie von selbst tragen. Die ersten Dünen tauchen vor mir auf, und mein Herz klopft beim Anblick des am Straßenrand geparkten Pickups schneller, bis ich bei näherem Hinsehen erkenne, dass es sich nicht um Connors Truck handelt. Tief atme ich die salzige Meeresluft ein, während ich auf dem hölzernen Weg die Dünen durchquere, mir die Sneakers ausziehe und über weichen Sand weiterlaufe. Es ist Ebbe, der Strand ist breit und überall liegen Häufchen von Seetang herum, die einen intensiven Geruch nach Fisch und Salzwasser verströmen. Als ich die Landzunge am Ende des Strands erreicht habe, wandert mein Blick zum Leuchtturm, der nun, bei Niedrigwasser, gar nicht mehr auf einer Insel zu stehen scheint. Es sind so viele trockene Stellen zwischen den Felsen entstanden, dass man leicht am Ufer entlangspazieren kann, bis zu der Erhebung aus Gesteinsbrocken, auf der der Leuchtturm thront. Bevor ich weiß, was ich da tue, wandern meine Füße wie von selbst weiter, treten auf matschigen Seetang und knirschende Muschelschalen, balancieren über modrig riechendes Treibholz und umrunden kleine Pools voll Meerwasser, in denen winzige Fische umherflitzen und auf die Flut hoffen. Als ich mich dem Leuchtturm nähere, stelle ich fest, dass da doch noch ein wenig Wasser zwischen Eiland und Ufer ist, aber nachdem ich mir die Jeans bis zu den Knien hochgekrempelt habe, kann ich leicht durch das seichte Wasser waten und kraxele schließlich über schroffe Felsen hinauf zum Fuß des Leuchtturms. Ehrfurchtsvoll sehe ich hoch zu den großen Fensterscheiben im Turm, durch die nachts das Leuchtfeuer weit hinaus aufs Meer strahlt. Ob man dort hinaufgehen kann? Neugierig umrunde ich den Turm und entdecke eine Tür, stelle jedoch zu meiner Enttäuschung fest, dass sie verschlossen ist. Dafür steht hier, auf der Seite, die aufs offene Meer hinausblickt, eine verwitterte Holzbank unter einem schützenden Dachvorsprung. Ich trete näher und erkenne, dass die Bank übersäht ist von Dutzenden Initialen, verbunden mit Pluszeichen und oft eingerahmt von Herzen, manchmal ergänzt durch Datumsangaben. Die Liebesbekenntnisse älteren Datums sind mit Messern in das Holz geritzt worden, das mal weiß gestrichen gewesen sein muss, denn hier und da sind noch abblätternde Farbreste zu sehen. Die Buchstaben und Zahlen jüngeren Datums hat man mit Edding auf das inzwischen größtenteils grau verwitterte Holz geschrieben. Neugierig setze ich mich auf die Bank und betrachte die unterschiedlichen Verewigungen von Liebenden. Mir geht die Frage durch den Kopf, wie viele dieser Paare wohl noch zusammen sind und wie viele sich längst wieder getrennt oder ihre große Liebe durch den Tod verloren haben. Ich habe diesen Gedanken noch nicht ganz zu Ende geführt, als mein Blick auf vier geschnitzte Buchstaben, verbunden durch ein Pluszeichen, eingerahmt von einem schiefen Herz, fällt und mir der Atem stockt: »LS + CH«. Unter dem Herz ist das Datum 7/8/1999 zu lesen.

Linda Sullivan und Connor Hammond. Obwohl es in Chester im Laufe der Jahrzehnte sicherlich mehrere Paare gab, auf die diese Initialen zutreffen könnten, bin ich mir ganz sicher: Linda und Connor saßen an einem Sommertag im Jahr 1999 hier und haben ihre Liebe mit einem Taschenmesser in dieser Bank verewigt. Wie alt sie damals wohl waren? Ich rechne kurz und stelle fest, dass ich 1999 fünfzehn Jahre alt war. Da Connor sicherlich ein paar Jahre älter ist als ich, vermute ich, dass er vielleicht achtzehn oder neunzehn Jahre alt gewesen sein dürfte – und Linda vermutlich auch, da sie ja in derselben Highschool-Klasse waren.

Mein Zeigefinger fährt sacht über die Einkerbung im verwitterten Holz. Die Vorstellung, wie die beiden als junges Paar hier saßen, rührt mich und tut mir gleichzeitig weh. Weil ich mir vorstelle, wie Connor Linda verliebt angesehen hat und ich mich erneut frage, wie sie aussah. Sie soll eine Schönheit gewesen sein, doch ich habe immer noch keine Ahnung, ob nun eine dunkelhaarige Schönheit oder eine blonde – oder eventuell tatsächlich eine rothaarige. Mit einem kleinen Seufzer lasse ich meine Hand sinken und zwinge mich dazu, meinen Blick von den Buchstaben »CH« zu lösen. Dass Connor meine Gedanken so sehr fesselt – selbst auf einer einsamen Bank am Fuße dieses Leuchtturms –, das gefällt mir überhaupt nicht.

Um mich auf andere Gedanken zu bringen, zücke ich erneut Notizbuch und Stift, lege meine nackten Füße auf das sonnenerwärmte Holz der Bank und lehne mich bequem gegen die Armstützen, den Blick aufs offene Meer hinaus gerichtet. Eine tiefe Zufriedenheit erfasst mich. Ich glaube kaum, dass ich jemals einen schöneren Arbeitsplatz werde finden können, als dieses lauschige Plätzchen unter dem Dachvorsprung eines Leuchtturms, der laut Inschrift über der Tür seit 1923 den Stürmen des Atlantiks trotzt.

Kapitel 28

Eine kühle Windböe lässt mich hochfahren. Erschrocken reibe ich mir über die Augen und blinzele. Bin ich tatsächlich eingeschlafen? Ja, ganz eindeutig. Und meinem schmerzenden Rücken nach zu urteilen auch nicht unbedingt kurz. Mit einem leisen Stöhnen richte ich mich auf und sehe mich um. Verdammt, wo kommen denn diese bedrohlichen Wolkentürme am Horizont plötzlich her? Und auch über mir hat sich der Himmel zugezogen. Vorhin war es doch noch herrlich sonnig! Ich zucke zusammen, als ich von einer Welle, die sich an den Felsen bricht, nass gespritzt werde. Fröstelnd ziehe ich meine Sneakers wieder an. Dann fällt mir mein kostbares Notizbuch ein, in dem ich eben geschrieben und geschrieben und geschrieben habe, bis mir anscheinend die Augen zugefallen sind. Hektisch sehe ich mich um und finde das Büchlein schließlich neben mir auf der Bank. Um es vor der Gischt zu schützen, schiebe ich es in meine Handtasche, als mich Donnergrollen erstarren lässt. Erschrocken sehe ich aufs Meer hinaus, zu den Wolkenbergen am Horizont. Oh nein, jetzt bloß kein Gewitter. Nicht hier, schutzlos, direkt am Wasser, so weit weg vom Bed & Breakfast. Und während ich noch auf den stürmischen Atlantik hinausblicke und mit einem Mal weit draußen einen Blitz aus einem der Wolkentürme hinabzucken sehe, lässt mich ein Gedanke erstarren. Ich springe auf. Schon ein Blick vor mir die Felsen hinab bestätigt das, was sich mir gerade als Befürchtung in den Kopf gedrängt hat: Die Flut hat eingesetzt. Mir schlägt das Herz bis zum Hals, als ich eiligen Schrittes den Leuchtturm umrunde. Bei dem Anblick, der sich mir auf der anderen Seite bietet, murmele ich tonlos: »Verdammt.«

Der leicht passierbare Weg durch wadentiefes Wasser und auf matschigem Sand zwischen Felsen hindurch ist von der Flut geschluckt worden. Und die Felsen ebenfalls, was mir zeigt, wie hoch das Wasser gestiegen ist. Zu hoch, um sich zu Fuß einen Weg zurück an Land zu bahnen. Was soll ich bloß tun? Ob ich es schaffe, hinüber ans Ufer zu schwimmen? Ich starre auf die hohen Wellen, die sich an den schroffen Felsen vor der Küste brechen. Nein, bei diesem Seegang, und noch dazu mit den scharfkantigen Felsbrocken überall unter Wasser ... Das geht auf keinen Fall! Wie lange dauert es wohl, bis der höchste Wasserstand erreicht ist und der Meeresspegel wieder abfällt? Einige Stunden sicherlich.

Auf weichen Knien umrunde ich erneut den Leuchtturm, drücke mich dicht an die Wand, denn der Wind zerrt an meinem Haar und lässt mein dünnes Oberteil flattern. Gerade heute habe ich natürlich keine Strickjacke mitgenommen. Wie ungeheuer blöd! Allerdings längst nicht so blöd, wie meine leichtsinnige Idee, einfach so auf diese Leuchtturm-Insel zu spazieren, vor lauter Schreibrausch die Zeit zu vergessen und dann zu allem Überfluss einzuschlafen. Man merkt, dass ich die frische Seeluft nicht gewöhnt bin, sonst wären mir sicher nicht am helllichten Nachmittag, auf einer nicht unbedingt bequemen Holzbank, die Augen zugefallen. Und man merkt, dass ich nicht am Meer aufgewachsen bin. Es ist ganz eindeutig, dass ich die Gefahren der Natur nicht ernst genug genommen habe. Wie hat Harold noch gesagt? Dass ich den Tidenhub in Nova Scotia nicht unterschätzen solle. Verdammt, wie recht er hatte!

Ich bin mir ziemlich sicher, dass die Wolkenberge nähergekommen sind. Zitternd kauere ich mich auf die Bank und lasse meinen Blick über den aufgewühlten Atlantik schweifen, in verzweifelter Suche nach einem Fischerboot. Doch bei diesem Wetter sind die Fischer wohl alle längst daheim im Hafen. Und auch die Segler und Kajakfahrer haben natürlich zugesehen, dass sie ihre kostbaren Boote rechtzeitig zurück an die Küste bringen. Als ein weiterer greller Blitz aus den Wolkenbergen am Horizont hinab ins Wasser zuckt, wühle ich in meiner Tasche hektisch nach meinem Telefon. Zwei panische Sekunden lang fürchte ich, dass ich hier draußen kein Netz haben könnte, doch ein halber Balken schimmert mir hoffnungsvoll auf dem Display entgegen. Mit zitternden Fingern wähle ich die Nummer der Person, von der ich am ehesten glaube, dass sie sofort antwortet. Und so ist es auch: Beim dritten Klingeln meldet sich Luise in ihrer gewohnt rationalen Art: »Ja, Lotte, was gibt es?«

Ich muss mich sehr zusammenreißen, um nicht in Tränen auszubrechen. Da es in diesem Moment auch noch anfängt zu regnen und der Wind dicke Tropfen unter das Vordach peitscht, kreische ich wenig beherrscht in mein Telefon: »Luise, ihr müsst mich retten! Ich sitze am Leuchtturm fest, ich bin von der Flut überrascht worden. Ich komme nicht zurück ans Ufer, und gerade zieht ein Gewitter auf!«

»Was?«, höre ich Luise erschrocken fragen, und diese ungewohnten Emotionen in der Stimme meiner älteren Schwester geben mir den Rest. Ich schluchze auf und bekomme kaum noch ein Wort heraus, während ich Luise hektisch mit jemandem reden und dann Hazel im Hintergrund höre. Gott sei Dank, unsere ortskundige Wirtin wird wissen, was zu tun ist. Doch im nächsten Augenblick falle ich vor Schreck beinahe von der Bank, als ich Connors Stimme höre.

»Lotte? Du bist beim Leuchtturm?«

So beherrscht wie möglich presse ich ein »Ja!« hervor. Ich höre ihn unterdrückt fluchen. Dann knurrt er ungehalten durchs Telefon: »Gib mir zwanzig Minuten. Versuch auf keinen Fall, an Land zu schwimmen, hörst du mich?«

»Ja«, murmele ich kleinlaut. Als er ungeduldig nachhakt: »Hast du mich verstanden?« antworte ich lauter: »Ja, ich bleibe, wo ich bin!«

»Gut. Bis gleich.«

Als er aufgelegt hat, starre ich auf das Display meines Telefons und werde von Erleichterung durchflutet, obwohl mich Wind und Regen wie Espenlaub zittern lassen. Aber: Connor ist unterwegs. Zwar habe ich keine Ahnung, wie er das anstellen wird, aber wenn er sagt, dass er kommt, dann ist das so, da bin ich mir ganz sicher.

Der Regen hat meine Klamotten längst durchweicht, als ich eine gefühlte Ewigkeit später eine Bewegung auf dem Meer wahrnehme. Ich springe von der Bank auf, schirme meine Augen zum Schutz vor dem Regen mit einer Hand ab und blinzele auf den stürmischen Atlantik hinaus: Ja, da kämpft sich ein türkisblaues Fischerboot über die wogende See auf den Leuchtturm zu! Vor Erleichterung breche ich gleichzeitig in Jubel und Tränen aus und winke mit beiden Armen, wie eine Schiffbrüchige. Während ich mich noch frage, wie um alles in der Welt der Kutter nah genug an die felsige Insel herankommen will, sehe ich, wie eine Gestalt in grellgelber Regenkleidung und orangefarbener Schwimmweste über das Heck klettert und in ein Ruderboot hinabsteigt, das wie eine Nussschale neben dem Kutter auf den Wellen tanzt. Atemlos beobachte ich, wie der Mann beginnt, das Boot auf den Leuchtturm zuzurudern. Da er mir den Rücken zuwendet, erkenne ich ihn erst, als er sich endlich umdreht und zu mir herübersieht.

»Lotte!«, höre ich Connor über Wind und Wellen hinweg schreien. »Weiter komme ich nicht, wegen der Felsen! Du musst versuchen, ein Stück zu schwimmen!«

Schwimmen? Entgeistert starre ich ihn an.

»Geh da vorn rein!«, brüllt Connor und deutet auf eine Stelle links von mir. »Da sind die wenigsten Felsen unter Wasser!«

Mir schlottern vor Angst die Knie, als ich mich von der Bank erhebe. Flüchtig spiele ich mit dem Gedanken, ob es nicht besser gewesen wäre, einfach hier auszuharren und zu warten, bis die Ebbe kommt. Soll ich mich ernsthaft in dieses tosende Meer wagen und versuchen, zu Connors Ruderboot hinüberzuschwimmen? Erst, als erneut ein Blitz den Himmel erhellt und mich kurz darauf lauter Donner zusammenzucken lässt, verwerfe ich augenblicklich die Option, hierzubleiben. Eilig streife ich mir den Riemen meiner Handtasche quer über die Schultern und haste auf die Stelle zu, die mir Connor gezeigt hat. Da der Regen die Felsen rutschig gemacht hat, verliere ich schon nach wenigen Schritten den Halt und lande auf meinem Hintern, wo ich allerdings auch gleich bleibe. Auf meinem Hosenboden rutsche ich über die algenbewachsenen Felsen abwärts, bis mich eiskaltes Meereswasser umspült. Ich versuche, trotz der Kälte und der bedrohlich auf mich zurollenden Brandung die Nerven zu behalten, und werfe einen Blick zu Connor hinüber. Er versucht offensichtlich sein Bestes, um das Ruderboot nicht gegen die Klippen treiben zu lassen und müht sich mit den Rudern ab. »Komm her, Lotte!«, schreit er. »Du schaffst das!«

Ich wate, soweit ich kann, wobei ich hin und wieder von einer gewaltigen Welle umgeworfen werde. Bald klebt mir mein Haar nasskalt am Kopf, ich habe Salzwasser in Mund und Nase. Hustend kämpfe ich mich weiter, bis ich keinen Grund mehr unter den Füßen habe. Also schwimme ich los. Dabei habe ich Mühe, Connors Boot nicht aus dem Blick zu verlieren, so hoch türmen sich vor mir die Wellen auf. Dann landet plötzlich etwas Orangefarbenes mit einem »Platsch« neben mir im Wasser. Automatisch greife ich danach und klammere mich an einem Rettungsring fest. Ich merke, wie sich die Leine, die an dem Ring hängt, mit einem Ruck spannt, wie ich vorwärtsgezogen werde. Mit meinen Beinen mache ich weiterhin Schwimmbewegungen, um Connor zu helfen, der mich unbeirrt Richtung Boot zieht. Plötzlich spüre ich unter Wasser etwas Scharfkantiges an meinem Knie, sicher ein Felsen. Der Schmerz wird von der Kälte des Wassers betäubt, außerdem habe ich keine Zeit, um mich darum zu kümmern.

Mit einem Mal ist das Boot direkt vor mir. Ich umklammere den Rand, werde von zwei Händen gepackt, die mir helfen, mich über die rettende Kante zu hieven. Keuchend sehe ich Connor an. Unter der Kapuze seiner Öljacke hervor starren mich seine hellblauen Augen eindringlich an. »Bist du verletzt?«, schreit er über den Wind.

Ich schüttele den Kopf und kauere mich zitternd auf den Boden des Bootes. Etwas Orangefarbenes landet vor mir, gefolgt von Connors knappem Befehl: »Zieh die an!«

Gehorsam schlüpfe ich in die Schwimmweste und schließe Reißverschluss und Schnallen. Der dicke Kunststoff über meiner durchweichten Bluse tut so gut, doch trotz allem schlottere ich weiterhin wie Espenlaub. Ohne ein weiteres Wort beginnt Connor verbissen, das Boot zurück zum Fischkutter zu rudern. Als über uns ein Blitz den Himmel erhellt, schreie ich auf. Ich höre Connor fluchen und beginne stumm, ein Stoßgebet gen Himmel zu schicken. Bitte, lieber Gott, lass uns nicht hier auf dem Meer sterben! Endlich ist der türkisfarbene Kutter direkt vor uns. Connor manövriert unser Boot zum Heck, zu einer metallenen Leiter.

»Du zuerst!«, schreit er, während er die Leine des Boots zum Kutter hinaufwirft, wo schon zwei Hände zur Stelle sind, um sie aufzufangen. Ängstlich rappele ich mich auf und greife nach der Leiter. Das kleine und das große Boot schwanken wie verrückt, und ich fühle mich wie bei einer Achterbahnfahrt, doch irgendwie schaffe ich es, mit meinem Fuß die unterste Sprosse zu erwischen und mich vom Ruderboot zu lösen. Von oben packen Hände meine Oberarme und ziehen mich halb die Leiter hinauf, während sich meine Füße in den durchweichten Sneakers damit abmühen, nicht von den Sprossen zu rutschen. Als ich wenig elegant an Deck taumele, fängt mich eine in Ölkleidung gehüllte

Gestalt auf. Ich höre eine knarzige Männerstimme fragen: »Geht es dir gut, Lotte?«

»Ja!«, keuche ich und mustere ratlos den Fremden, dessen Gesicht ich im Schatten der Kapuze kaum ausmachen kann.

»Ich bin es, Harold!«, sagt der Mann und streicht mir väterlich über das nasse Haar. Da wird mir klar, dass ich mich auf dem Fischerboot befinde, auf dem Mama und Luise gestern einen Ausflug unternommen haben.

Kapitel 29

E ndlich steigt auch Connor an Deck, und ich atme erleichtert auf. Dann trifft mich sein Blick, und ich würde am liebsten zurück auf meine einsame Leuchtturm-Insel fliehen. Obwohl Connor erschöpft und abgekämpft aussieht, funkeln mich seine Augen so wütend an, dass ich hastig auf meine durchweichten Schuhe starre. Ich schäme mich entsetzlich. Im nächsten Moment kann ich jedoch nicht weiter darüber nachdenken, wie leichtsinnig ich mich verhalten habe, denn ein weiterer Blitz erhellt den Himmel, dicht gefolgt von krachendem Donner.

»Seht zu, dass ihr ins Steuerhaus kommt!«, höre ich Harold über den Wind hinwegrufen. Ich will unter das schützende Dach flüchten, verliere jedoch auf dem rutschigen Deck beinahe den Halt. Bevor ich mich schon wieder auf den Hintern setze, sind Connors schwere Gummistiefel neben mir. Er packt mich am Oberarm und bugsiert mich vor sich her, in den Schutz des Steuerhauses. Kaum sind wir in der kleinen Kabine, ist auch Harold da und zieht hinter sich die Tür zu. Mit einem Mal sind das Klatschen des Regens auf das Deck, das Heulen des Windes, das Krachen der Brandung gegen die Felsen und selbst der bedrohliche Donner beruhigend gedämpft. Ich erkenne, dass ein weiterer Mann hier im Steuerhaus steht, die Hände fest am Steuerrad. Er ist jünger als Harold, ebenfalls in schweres Ölzeug gehüllt und sieht mich nur flüchtig an, bevor Harold neben ihn tritt und etwas zu ihm sagt. Im nächsten Moment setzt sich der Fischkutter auch schon in Bewegung, kämpft sich über die Dünung die Küste entlang.

Da erst merke ich, dass Connor immer noch mit festem Griff meinen Arm umfasst. Er steht so dicht hinter mir, dass ich spüre, wie sich sein Oberkörper samt Schwimmweste hebt und senkt, während er infolge der enormen Anstrengung erst langsam beginnt, wieder gleichmäßig zu atmen. Ich halte meinen Blick nach vorn gerichtet, sehe, wie sich der Bug des Bootes mit jeder uns entgegenkommenden Welle hebt, um dann in den Abgrund zu sausen und mit der nächsten Woge erneut nach oben zu steigen. Vermutlich würde mir übel werden, wäre ich nicht gerade so sehr damit beschäftigt, vor Kälte zu schlottern und mich in Grund und Boden zu schämen.

»Harold«, ruft Connor über das Tuckern des Dieselmotors hinweg. »Wo sind die Wolldecken?«

»Im Schrank unten rechts!«

Dann spüre ich, wie Connor sich hinabbeugt, höre das Quietschen von Scharnieren. Im nächsten Moment wird mir eine kratzige Decke über meine Schultern gelegt. »Lass die Schwimmweste an«, sagt Connor dicht hinter mir. Ich nicke, während ich mir die Decke über Kopf, Oberkörper und Arme schlinge und versuche, nicht mehr ganz so stark zu schlottern. Als ich bei einer besonders hohen Welle den Halt verliere und rückwärts zu taumeln drohe, pralle ich gegen Connor. Seine Hände umfassen meine Hüften, stabilisieren mich. Vorsichtig wage ich einen schnellen Blick nach unten und erkenne, dass er seine Daumen durch die Gürtelschlaufen meiner Jeans geschoben hat. Trotz der Eiseskälte, die meine Gliedmaßen immer noch lähmt, spüre ich zaghafte Wärme durch meinen schlotternden Körper kriechen. Zu wissen, dass Connor dicht hinter mir steht und dafür sorgt, dass der Seegang mich nicht umwirft, schenkt mir ein beruhigendes Gefühl der Sicherheit. Gleichzeitig überrollt mich jedoch die Erkenntnis wie eine der stürmischen Wogen dort draußen auf dem Meer: Die Situation war gerade wirklich verdammt gefährlich. Wie konnte mir das nur passieren? Ich fasse es einfach nicht!

So eine Rettungsaktion kenne ich sonst nur aus Romanen und Filmen, aber doch nicht aus dem wirklichen Leben!

Und das Schlimmste daran ist, dass ich nicht nur mich, sondern auch Connor, Harold und diesen dritten Mann in Gefahr gebracht habe. Was, wenn einem von ihnen etwas zugestoßen wäre, nur, weil sie mich törichte Touristin retten mussten? Ich wage es nicht, Connor oder die anderen Männer noch einmal anzusehen, während der Fischkutter langsam in den Hafen von Chester tuckert, wo der Seegang endlich nachlässt. Harold verlässt das Ruderhaus, und Connor folgt ihm, ohne mich eines weiteren Blickes zu würdigen. Beklommen bleibe ich neben dem Mann am Steuerrad stehen, der den Fischkutter konzentriert an einen Pier manövriert. Ein Stück von uns entfernt erkenne ich die Fähre, die ich vorhin hier habe anlegen sehen. Kaum zu glauben, dass das nur ein paar Stunden her ist.

Auch, als der Motor verstummt, stehe ich noch immer wie versteinert auf meinem Platz, den Blick nach vorn gerichtet, wo ich die erleuchteten Fenster der Rope Loft sehe.

»Wir sind da«, höre ich den Mann sagen, und es klingt erstaunlich freundlich. Ich sehe ihn an und nehme zum ersten Mal bewusst sein Gesicht wahr. Als ich merke, dass er einen Kinnbart hat und ein kurzer Pferdeschwanz aus dem Kragen seiner Regenjacke lugt, wird mir klar, wer vor mir steht.

»Du bist Harolds Sohn Ethan, richtig?«, frage ich mit belegter Stimme. Er nickt.

»Ja«, sagt er. »Deine Mutter hat heute den Malkurs bei mir gemacht. Ich war noch dabei, die Pinsel zu reinigen, als der Anruf von Dad kam, dass ich ihn schnellstmöglich am Hafen treffen solle.« Er mustert mich und fügt dann hinzu: »Sieh zu, dass du ins Warme kommst. Und grüß deine Mutter von mir. Sie hat wirklich Talent.«

Dann lächelt er flüchtig, bevor er die Tür zum Steuerhaus öffnet und auf dem Deck verschwindet. Wie betäubt folge ich

Harolds Sohn hinaus. Noch immer regnet es, und ich bin froh, die Wolldecke über meinem Kopf zu haben. Connor ist bereits über eine schmale Gangway von Bord gegangen und wartet auf dem Pier. Ich sehe Harold an, der an Deck neben der Gangway steht.

»Es tut mir so leid«, beginne ich mit erstickter Stimme, doch der alte Mann winkt ab und sagt: »Jetzt nicht, Herzchen. Du musst so schnell wie möglich ins Warme. Stell dich unter die heiße Dusche und trink einen Liter Tee, das mache ich, wenn ich zu viel kaltes Atlantikwasser abbekommen habe. Du wirst sehen, danach geht es dir besser.«

Er tätschelt flüchtig meine Wange und lächelt mich aufmunternd an. Ich muss konzentriert gegen die Tränen ankämpfen, als ich mit belegter Stimme antworte: »Das werde ich machen. Tausend Dank für alles, Harold.«

Der alte Fischer reicht mir seine schwielige Hand, die sich rau anfühlt wie Sandpapier, und hilft mir auf die schwankende Gangway. Meine Knie schlottern nach wie vor, als ich langsam auf den rettenden Pier zugehe. Ich werfe einen letzten Blick zurück auf den türkisfarbenen Kutter, dabei nehme ich den in weißen Lettern ans Heck geschriebenen Namen »Lady of the Tides« wahr, was meines Wissens »Lady der Gezeiten« heißt. Tja, wie es aussieht, bin ich keine Lady der Gezeiten, sondern eine völlig ignorante und naive Landratte.

Connor hat sich bereits abgewandt und läuft mit langen Schritten über die Holzbohlen. Meine durchweichten Sneakers geben schmatzende Geräusche von sich, als ich ihm folge. Durch den Regen nehme ich am Ende des Piers die Umrisse eines Pick-up-Trucks wahr und erkenne beim Näherkommen mit Erleichterung, dass es Connors ist. Er steigt ein und lässt den Motor an, und ich renne die letzten Meter und flüchte mich eilig in die Trockenheit des Pick-ups.

Da Connor nicht sofort losfährt, sondern durch das monotone

Hin und Her der Scheibenwischer in den düsteren Spätnachmittag hinausstarrt, glaube ich, etwas sagen zu müssen. Ich räuspere mich und beginne leise, meinen Blick starr auf das Handschuhfach vor mir gerichtet: »Es tut mir wirklich leid, dass ich euch solche Umstände bereitet habe, Connor. Ich …«

»Wie kann man bloß so ungeheuer dumm sein, Lotte?«, herrscht mich Connor ohne Vorwarnung an und beugt sich so abrupt zu mir herüber, dass ich erschrocken zurückzucke. »Hast du etwa in deinem Leben noch nie etwas von Gezeiten gehört? Dass man sich nicht bei Ebbe auf eine Insel setzen sollte, die bei Flut vom Festland abgeschnitten wird? Wir haben hier in Nova Scotia den höchsten Tidenhub der Welt!«

»Ja, das ist mir inzwischen auch klar!«, schreie ich aufgelöst zurück. »Aber bis vor ein paar Tagen wusste ich überhaupt nicht, dass es diese Provinz gibt, und jetzt soll ich mich plötzlich bestens mit den Gezeiten auskennen, als wäre ich eine Einheimische, oder was?«

»Nein, das sollst du nicht, aber wenn man sich nicht auskennt, wandert man nicht allein bis zu einsamen Leuchttürmen!«

Connors Stimme bebt vor Wut, und seine Augen funkeln mich aufgebracht an.

»Ja, verflucht, es war ein Fehler, das sehe ich ja ein!«, erwidere ich heftig. »Aber Menschen machen Fehler, oder nicht?«

»Ja, das tun sie!«, brüllt Connor und packt mich bei den Schultern, als wolle er mich schütteln. Ich sehe ihn an wie erstarrt und weiß nicht, was ich machen soll. »Menschen machen Fehler, oft saublöde Fehler, und manche bezahlen diese Fehler mit ihrem Leben! Weißt du eigentlich, wie verflucht gefährlich das eben war? Und damit meine ich nicht nur den Teil, als du auf das Dingy zuschwimmen musstest oder wir zu Harolds Fischkutter gerudert sind. Nein, ich meine genauso den Teil, als du auf der Insel auf uns gewartet hast. Nicht nur, dass dich ein Blitz hätte erschlagen können, nein, bei einem solchen Wetter ist es nicht selten, dass sich gewaltige Wellen an der Küste und den vorgelagerten Felsen brechen, also auch am Leuchtturm. Du hättest vor solchen Wellen keinen Schutz gehabt. Du hättest ohne Weiteres ins Meer gerissen werden können, bevor wir dich erreicht hätten. Ohne Rettungsring. Und die Strömung kann an der Stelle tückisch sein! Wenn man Pech hat, zieht sie einen raus aufs offene Meer, verflucht noch mal!«

Ich bin seinen Worten gefolgt, aber ich kann nicht angemessen reagieren, denn sein Gesicht ist meinem so nah, dass ich seinen Atem auf meinen Wangen und Lippen spüre. Und ich spüre seine ungeheure Wut, jede Pore seines Körpers scheint sie abzugeben. Allerdings ist noch etwas anderes in seinen aufgebracht blitzenden Augen. Ich könnte beinahe schwören, dass es Angst ist. Aber da so etwas gar nicht zu Connor Hammond passt, kann ich mir nicht vorstellen, dass ich richtigliege. Ich merke erst, dass seit Connors wütender Tirade ein paar Sekunden verstrichen sind und ich ihn immer noch stumm wie ein Fisch anstarre, als sich sein durchdringender Blick plötzlich von meinen Augen löst und zu meinem Mund wandert. Meine Finger krallen sich nervös in den Sitzbezug, während ich den Atem anhalte … und leise entweichen lasse, als Connor seine Hände abrupt von meinen Schultern nimmt und sich abwendet. Ohne mich geküsst zu haben.

Dabei hätte ich schwören können, dass er das tun wollte, und es bringt mich fast um, dass er stattdessen den Pick-up vom Pier fortlenkt und auf die Straße biegt. Ich weiß nicht, was ich sagen könnte, und so fahren wir schweigend zurück zum Bed & Breakfast, während seine heftigen Worte in meinem Kopf widerhallen. Gewaltige Wellen. Ins Meer gerissen werden. Tückische Strömung. Mir wird schlecht.

Am Bed & Breakfast angekommen hat der Pick-up-Truck kaum auf dem Kies der Einfahrt gehalten, als auch schon die Haustür auffliegt und meine Mutter herausgerannt kommt.

»Lottchen!«, schreit sie mir entgegen, während ich die Beifahrertür öffne und zu meinem Schrecken sehe, dass Mama rotgeweinte Augen hat. Zittrig steige ich aus und werde von meiner Mutter stürmisch in ihre Arme gerissen. »Geht es dir gut? Bist du verletzt?«

»Nein, nein, alles in Ordnung«, versuche ich schwach, sie zu beruhigen, doch fange schon wieder an, stärker zu schlottern, ohne etwas dagegen tun zu können. Mama schiebt mich eine Armlänge weit von sich und mustert mich eingehend von Kopf bis Fuß, während sie bestürzt murmelt: »Du zitterst ja wie Espenlaub ... Klitschnass ... Eiskalte Hände ... Hättest sterben können ... Und du bist doch verletzt!«

Fragend folge ich ihrem Blick und erkenne, dass sie auf mein Knie sieht. Erst jetzt merke ich, dass meine Jeans links auf Kniehöhe zerrissen und dort ein blutiges Stück Haut sichtbar ist.

»Ja, da habe ich mich beim Schwimmen an einem Felsen gestoßen«, gebe ich zu. Ich habe bisher gar nicht gemerkt, dass ich dort blute. Bisher hat es auch gar nicht wirklich geschmerzt – vermutlich wegen des kalten Wassers und des Schocks.

»Beim Schwimmen? Du bist im Meer gewesen? Bei einem Gewitter?«, schreit meine Mutter beinahe hysterisch, während sich die Stimmen meiner Schwestern nähern.

»Lotte! Ist alles okay? Du siehst ja furchtbar aus!«

»Connor, Mensch, tausend Dank, dass du unsere Schwester zurückgebracht hast.«

»Lotte, warum um alles in der Welt warst du denn beim Leuchtturm?«

In meinen Ohren beginnt es zu summen. Ich schließe kurz meine Augen und will Halt am Pick-up-Truck neben mir suchen, greife jedoch in etwas Feuchtes, Gummiartiges. Als ich erschrocken meine Augen öffne, merke ich, dass Connor neben mich getreten ist und ich meine Finger in seine Öljacke gekrallt habe. Rasch ziehe ich meine Hand zurück und sehe ihn stumm an. Er erwidert meinen Blick nicht, sondern beugt sich zu meinem Knie hinab und sagt kurz angebunden: »Ich komme mit rein und sehe mir das an.«

Ergeben lasse ich mich von Mama, die einen Arm um meine voluminöse Schwimmweste gelegt hat, im Slalom um mehrere große Pfützen herum zum Haus führen. Dass ich die Schwimmweste immer noch trage, wird mir erst jetzt richtig bewusst, aber sie auszuziehen wäre auch keine Option gewesen, denn ohne sie würde ich zweifelsohne noch sehr viel stärker frieren.

»Kind! Komm schnell herein, ich koche gerade Wasser für eine große Kanne Tee!«, ruft mir Hazel entgegen, als ich auf wackeligen Beinen die Verandatreppe hinaufgehe.

»Tee ist gut, danke, Hazel«, antwortet Connor an meiner Stelle, bevor er mich mit schroffer Stimme anweist: »Sieh zu, dass du die nassen Sachen auszieht und dich unter die heiße Dusche stellst. Ruf die Treppe runter, wenn du fertig bist, dann komme ich hoch und verarzte dein Knie.«

Mit einem Nicken wende ich mich ab und sage zu Mama, die Anstalten macht, mir zu folgen: »Mama, gib mir ein wenig Zeit allein, ja?«

Ich sehe meiner Mutter an, dass sie widersprechen will und die Sorge um mich, die ihr deutlich ins Gesicht geschrieben steht, rührt mich. Doch zu meiner Erleichterung nickt sie und sagt: »Ich bringe dir dann gleich den heißen Tee hinauf.«

Kapitel 30

Dankbar darüber, den Fragen und besorgten Blicken meiner Familie entfliehen zu können, schleppe ich mich die Treppen hinauf, bis in die Stille meines Leuchtturmzimmers. Mit zittrigen Fingern öffne ich den Reißverschluss der Schwimmweste und streife sie mir von den Schultern. Erst in diesem Moment wird mit bewusst, dass ich ja eine Handtasche dabeihatte – und zwar jetzt, da ich sie unter der Schwimmweste auftauchen sehe. Sie klebt nass an meinem Körper, und mir fällt siedend heiß ein, dass das Meerwasser dem Inhalt meiner Tasche nicht gutgetan haben dürfte.

Mein Notizbuch!

Panik durchfährt mich, als ich mit klammen und ärgerlich ungelenken Fingern meine Tasche aufklappe und in das durchweichte Durcheinander in ihrem Innern greife. Mit wild klopfendem Herzen fische ich mein Büchlein hervor und öffne es. Entsetzt starre ich auf die ersten Seiten, auf denen nur noch Reste von zerlaufener Tinte zu erkennen sind. Nein! Das darf doch nicht wahr sein! Ungläubig vor Schreck blättere ich langsam durch die Seiten – und halte inne. Vor Erleichterung würde ich am liebsten in Tränen ausbrechen. Ich schlage noch ein paar Seiten um, und ja, tatsächlich: Alle Notizen, die ich hier in Kanada gemacht habe, sind noch lesbar. Weil ich sie nicht mit meinem geliebten Tintenschreiber aus unserer Firma gemacht habe, wie sonst immer. Der Kugelschreiber aus dem Smiling Whale Café hat meine Romanidee gerettet.

Das Badezimmer ist in dunstige Nebelschwaden gehüllt, als ich es kurz darauf wieder verlasse, mit vom heißen Wasser rot gefärbter Haut. Doch schon auf halbem Wege in mein Schlafzimmer hinein fange ich erneut an zu zittern, weshalb ich in so viele Klamotten schlüpfe, wie ich sie in der Eile finde: Unterwäsche, Schäfchen-Nachthemd, darüber den wärmsten Pullover, den ich mitgenommen habe, und über das Ganze noch eine Strickjacke, außerdem zwei Paar Socken. Dann zögere ich. Connor will mein Knie untersuchen. Ratlos starre ich an meinen Beinen hinab. Ich habe nur zwei Paar Jeans dabei, von denen eine nun ein Loch hat. Die schmalen Hosenbeine lassen sich schwer über die Knie hochschieben. Wenn ich es also vermeiden will, mich vor Connor auszuziehen, sollte ich wohl lieber gleich auf Hosen verzichten. Nachdem ich mich im Spiegel vergewissert habe, dass mein Outfit zwar eine mittelschwere Katastrophe ist, mein Gesicht aber, trotz der erschöpften Blässe, einigermaßen passabel aussieht, öffne ich meine Zimmertür und rufe zunächst krächzend, dann so laut wie möglich ins Erdgeschoss hinab: »Ich – ähm – ich bin fertig!«

Ein paar Sekunden lang verharre ich in der geöffneten Tür und lausche, bis ich unten auf der Treppe Schritte höre. Eilig wende ich mich ab und schlüpfe ins Bett, ziehe mir die Decke bis unters Kinn. Ich frage mich noch, ob Mama ihre Chance nutzen und mit Connor zu mir hinaufkommen wird, doch als die Tür aufgeht, betritt nur er mein Schlafzimmer. Er hat das nasse Ölzeug ausgezogen und durchquert in Jeans und einem langärmeligen blauen Shirt das Zimmer, sein Haar feucht und zerzaust, auf dem Gesicht den üblichen finsteren Ausdruck. Mein Herz schaltet einen Gang hoch, als ich ihn ansehe und er meinen Blick stumm erwidert. Und noch einmal zwei Gänge, als er neben dem Bett stehen bleibt und schweigend auf mich herabsieht.

»Ist dir noch kalt?«, fragt Connor schließlich und stellt ein paar Gegenstände auf meinen Nachttisch. Da ich meiner Stimme nicht traue, schüttele ich lediglich den Kopf. Nein, mir ist nicht mehr kalt. Meine Fantasie wirkt besser als jede noch so heiße Dusche.

»Würdest du mir bitte dein Bein zeigen? So kann ich nichts für dein Knie tun.«

Ich suche in Connors Gesicht nach dem Anflug eines Lächelns, nach einem spöttischen Zucken der Mundwinkel, doch entdecke lediglich die steile Furche zwischen seinen Augenbrauen, die nicht auf Belustigung hindeutet. Eher wirkt er so, als wäre er immer noch ziemlich sauer auf mich, und würde lediglich versuchen, seine Wut hinter beruflicher Professionalität zu verbergen.

»Ähm – ja«, stottere ich und schiebe das betroffene Bein unter der Bettdecke hervor, wobei ich mich im Stillen dafür beglückwünsche, mich erst heute Morgen rasiert zu haben. Connor greift nach meinem Fuß und manövriert mein Bein ein wenig zur Seite, sodass er sich auf die Bettkante setzen kann. Seine Berührung schießt mir vom Knöchel aus durch den ganzen Körper. Als er mit einer Hand meine Wade umfasst, um mein Bein so drehen zu können, dass er mein Knie besser sehen kann, zucke ich leicht zusammen. Seine Hände sind warm und kräftig und fühlen sich so gut an, dass ich meine Lippen fest aufeinanderpresse, um nicht leise aufzustöhnen.

»Ist ja eigentlich nicht unbedingt dein Spezialgebiet, oder?«, stoße ich kurzatmig hervor, während Connor seine Hand weiter nach oben schiebt, sie in meiner Kniekehle ruhen lässt, und mit der anderen nach den Gegenständen auf meinem Nachttisch greift: eine weiße Plastikflasche und ein Stück Mullbinde, wie ich jetzt erkenne. Er sieht mich flüchtig an und fragt trocken: »Was? Knie?«

»Ähm – ja. Na ja, normalerweise untersuchst du ja – äh – keine Knie. Oder?« Himmel, Lotte, halt doch einfach den Mund!

Connors Augenbrauen wandern leicht in die Höhe, während er die Mullbinde mit Flüssigkeit aus der Flasche – vermutlich

Alkohol – tränkt. »Ob du es glaubst oder nicht: Auch Gynäkologen sind in der Lage, eine Schürfwunde zu versorgen. Ob nun am Knie oder sonst irgendwo.« Er wirft mir einen weiteren kurzen Blick zu, der mich tiefer unter meine Decke rutschen lässt.

»Ja. Klar«, stammele ich. »Wow, du – du hast echt warme Hände.«

Lotte! Was plapperst du denn für einen Mist?

»Ich meine, dafür, dass du ja auch so lang da draußen warst. Hast du schon Tee getrunken?«

»Nein. Mir ist warm geworden, weil ich so wütend auf dich war. Bin.« Diesmal sieht er mich länger an. Mir stockt der Atem. Warum muss dieser Mann so unfassbar sexy sein, wenn er wütend ist? Fast bin ich geneigt, ihn immer wieder wütend zu machen. Im nächsten Moment stöhne ich laut auf, denn Connor tupft mit der alkoholgetränkten Mullbinde über mein Knie.

»Verflucht«, murmele ich und schließe kurz die Augen.

»Ist gleich vorbei«, erwidert Connor ruhig. »Außerdem ist es gut, wenn es weh tut. Das hält dich hoffentlich davon ab, wieder so einen Blödsinn zu machen.«

Ich starre ihn an, doch er betrachtet ungerührt mein Knie, legt dann Mullbinde und Flasche zur Seite und greift nach einem großen Pflaster, um es über die offene Stelle zu kleben. Dann umfasst er erneut meine Kniekehle und begutachtet sein Werk. Und sieht mich an. Mein Gott, diese Augen! Mir wird bewusst, dass seine Hand nach wie vor in meiner Kniekehle ruht, und ich starre sie an, diese Hand, die sich so verdammt gut anfühlt, dass ich mir wünsche, er möge sie niemals fortbewegen. Oder, doch, vielleicht schon. Wenn er sie ein wenig weiter nach oben wandern ließe …

Schockiert von meinen eigenen Gedanken sehe ich hoch und merke, dass Connor mich schweigend betrachtet. Kurz sieht er mir in die Augen, bevor sein Blick, wie vorhin im Pick-up-Truck, zu meinem Mund wandert. Oh, bitte, denke ich. Ich glaube, zu sterben, wenn er mich nicht endlich küsst. Hier, jetzt, in diesem Bett. Connors Hand bewegt sich ganz leicht, seine Finger verstärken ihren Griff um meine Kniekehle. Sein Blick wandert kurz zu meinen Augen, dann erneut zu meinem Mund. Bitte, tu es!

»Lottchen, hier ist dein Tee!«

Erschrocken fahre ich zusammen und trete Connor dabei ungewollt gegen den Oberschenkel. Ich fühle mich so ertappt, als hätten er und ich uns gerade wild knutschend in meinen Laken gewälzt. Aber leider sind wir davon ja wirklich weit entfernt. Gerade bin ich so frustriert, dass ich heulen könnte, als Connor hastig mein Knie loslässt und nur einen fachmännischen und vor allem nüchternen letzten Blick darauf wirft.

»Ist nichts Schlimmes, nur eine Schürfwunde«, erklärt er laut, damit Mama es hört, doch ich merke genau, dass seine Stimme heiserer ist als noch vor zwei Minuten. Er räuspert sich, während er aufsteht und die Flasche und die Mullbinde vom Nachttisch nimmt, damit Mama Platz für meinen Tee hat. Sie kommt mit einem Tablett durch den Raum und sieht mich besorgt an.

»Geht es dir besser, Kind?«

Ich nicke und beiße mir auf die Unterlippe, und starre dann Connor an, der am Fußende meines Betts stehen geblieben ist und meinen Blick erwidert.

»Du musst jetzt viel heißen Tee trinken, der wird dir guttun«, verkündet Mama eifrig, und ich höre das Plätschern von Flüssigkeit. »Und ich habe dir zwei frisch gebackene Preiselbeer-Scones von Hazel mitgebracht, die schmecken himmlisch, vor allem mit Butter und Marmelade!«

»Mhhm, danke«, murmele ich.

»Geht es dir besser, Lotte?«, höre ich Sophies besorgte Stimme, und im nächsten Augenblick steht auch sie neben meinem Bett, dicht gefolgt von Luise, die mich aufmerksam mustert.

»Ja, die Dusche tat sehr gut«, antworte ich hastig, um irgendetwas zu sagen. Da wendet sich Connor zu meiner Enttäuschung zum Gehen und verkündet nüchtern: »Ich muss los. Wenn die Schürfwunde über Nacht anfangen sollte, stärker weh zu tun, gib mir morgen früh Bescheid, Lotte.«

»Okay«, antworte ich mit belegter Stimme. Fast hoffe ich, dass die Wunde über Nacht anfängt, stärker zu schmerzen. Dann hätte ich einen Grund, Connor morgen früh wiederzusehen. Wieder seine Hand in meiner Kniekehle zu spüren. Etwas lauter rufe ich ihm nach: »Connor?«

Er bleibt mitten im Zimmer stehen und dreht sich zu mir um. Oh, wie sehr ich meine Familie weit, weit weg wünsche. Ich möchte ein paar weitere kostbare Minuten allein mit Connor haben, möchte herausfinden, ob er mich gerade wirklich küssen wollte. »Ähm, es – es tut mir wirklich leid, dass ich Harold und Ethan und dir solche Umstände bereitet habe. Vielen Dank, dass ihr mich gerettet habt. Besonders du, mit dem – wie hast du das Ruderboot eben genannt?«

»Dingi«, erwidert Connor schlicht.

»Ähm, genau. Danke, dass du mich mit dem Dingi von der Insel geholt hast. Wirklich – ich, ähm, ich danke dir – von Herzen.«

Meine Wangen glühen, mein ganzer Körper fühlt sich unter der Bettdecke an, als würde er brennen. Jetzt brauche ich wirklich keinen Tee mehr. Connor erwidert meinen Blick noch zwei Sekunden lang, bevor er stumm nickt und sich abwendet. Während er das Zimmer durchquert, höre ich ihn »Bye!« brummen.

»Bye, Connor!«, ruft Luise, Mama fügt hinzu: »Tausend Dank, für alles!«, und Sophie ergänzt: »Grüß Kayla von mir!«

Kayla?, denke ich alarmiert. Wer ist Kayla? Hat Connor etwa eine Freundin?

»Okay«, höre ich noch einmal seine Stimme, bevor seine Schritte die Treppe hinab verschwinden.

»Hier, Kind, dein Tee«, sagt Mama und setzt sich auf die Bettkante, genau an die Stelle, wo eben noch Connor gesessen hat.

Ich muss mich dazu zwingen, nach der Tasse zu greifen und frage dann an Sophie gewandt: »Wer ist Kayla?«

Meine Schwester lässt sich mit einem kleinen Ächzen auf einen Stuhl neben der Kommode plumpsen und erwidert: »Einer der schwangeren Teenager aus dem Hope Home.«

»Ihr wart im Hope Home?«, hake ich erstaunt nach und kann nicht verhindern, dass ich mich sofort eifersüchtig frage, warum Connor mir das Heim nicht gezeigt hat.

Weil er mich dafür zu seinem Vater gebracht hat. Himmel noch mal, Lotte, hast du eigentlich keine anderen Sorgen? Doch, merke ich, als ich mein Bein unter der Bettdecke bewege und sich mein Knie schmerzhaft meldet. Aua, verdammt!

»Nein, Kyla war heute auch zum Ultraschall in Connors Praxis«, erklärt Sophie. »Wir haben sie im Wartezimmer kennen gelernt. Sie ist siebzehn und von zu Hause abgehauen, weil ihr Stiefvater sie verprügelt hat, als er erfahren hat, dass sie schwanger ist. Und der Vater ihres Kindes ist ein Achtzehnjähriger ohne Job, der nach wie vor leugnet, der Erzeuger zu sein.«

»Wie furchtbar«, murmele ich erschüttert.

»Du sagst es«, meldet sich Luise zu Wort. »Diese Kyla und die anderen Teenies können von Glück sagen, dass es das Hope Home gibt. Sie hat in höchsten Tönen davon gesprochen. Und von ihrem Arzt.«

»Oh ja, sie war eindeutig verknallt in Connor«, grinst Sophie, und ich merke, wie ich rot anlaufe. Luise wirft mir einen merkwürdigen Blick zu.

»Ist ja irgendwie auch verständlich, oder nicht?«, fügt Sophie hinzu. »Ich finde, er sieht wahnsinnig gut aus, auch wenn er meistens etwas mürrisch wirkt. Aber allein diese Augen, die sind doch der Hammer, oder?«

»Mhhm«, murmele ich und puste konzentriert in meine Teetasse. »Warum … warum war Connor eigentlich hier im Bed & Breakfast, als ich vom Leuchtturm aus angerufen habe?«

»Ach, richtig, das habe ich in der ganzen Aufregung völlig vergessen. Er hat dir ein Buch vorbeigebracht«, erklärt Mama und steht auf. »Ich habe es unten in meinem Zimmer. Warte, ich hole es.«

Als sie den Raum verlassen hat, spüre ich augenblicklich Luises prüfenden Blick auf mir, und schon fragt meine ältere Schwester: »Läuft da was zwischen Connor und dir?«

Kapitel 31

Vor Schreck verschlucke ich mich an meinem Tee. »Wie bitte?«, keuche ich entgeistert. »Wieso glaubst du das?«

»Na, weil in diesem Schlafzimmer gerade so viel Spannung in der Luft hing, dass man fast einen Schlag bekam«, erwidert Luise trocken und zieht eine Augenbraue hoch, während sie mich unverwandt mustert, als könne sie die Antwort auf meinen Gesichtszügen ablesen. Und gerade fürchte ich fast, dass sie dazu tatsächlich in der Lage ist, sodass ich mit einem möglichst unbefangenen Lachen antworte: »Ja, Spannung, das kommt hin. Connor war ziemlich sauer auf mich, wegen meines leichtsinnigen Verhaltens am Leuchtturm. Und er hat ja recht, schließlich habe ich nicht nur mich, sondern auch ihn und Harold und seinen Sohn in Gefahr gebracht.«

»Das war wirklich eine ziemlich hirnlose Aktion von dir«, bestätigt Luise. »Wie kamst du überhaupt dazu, so lange auf dieser Insel zu hocken, bis der Landweg abgeschnitten war?«

»Ich war einfach völlig versunken in meine neue Romanidee und habe nicht gemerkt, wie schnell das Wasser stieg. Dann bin ich zu allem Überfluss auch noch eingeschlafen. Mir ist selbst klar, dass das ziemlich blöd und leichtsinnig war. Glaubt mir, ich werde so etwas auch nicht wieder tun.«

»Nein, besser nicht«, bestätigt Luise. »Schließlich ist nicht immer ein rettender Dr. Hammond zur Stelle.«

»Luise hat übrigens recht«, meldet sich Sophie zu Wort und sieht mich mit schräg gelegtem Kopf nachdenklich an, während sie ihre Hand in Kreisen über ihren Bauch bewegt. »Da war eben reichlich Spannung in diesem Zimmer. Connor hat dich mit seinem Blick ja quasi ausgezogen.«

»Was?«, keuche ich und will etwas Sarkastisches antworten. Doch mir fällt partout nichts ein, weil ich so damit beschäftigt bin, an Connor und die Art und Weise zu denken, wie er mich gerade angesehen hat. Meine Wangen fühlen sich inzwischen so an, als könne man ein Spiegelei auf ihnen braten.

»Lotte ...«, beginnt Luise in ernstem Tonfall, doch da kommt Mama herein. Ich bin lange nicht mehr so froh darüber gewesen, meine Mutter zu sehen.

»So, hier ist es!«, verkündet sie und legt ein Buch auf meine Bettdecke. Auf dem Cover ist eine Butterkiste zu sehen, ganz ähnlich der, die auf der Kommode neben Sophie steht. »Die Butterkisten-Babys« lese ich, und eine Zeile tiefer »Die Geschichte der Bayview Clinic«. Ich schlage die erste Seite auf, entdecke ein Post-it, und in der Erwartung, eine Nachricht von Connor zu lesen, greife ich mit wummerndem Herzen danach.

»Dieses Buch müsste hilfreich für deinen Roman sein. Du kannst es mit nach Deutschland nehmen. Alles Liebe und viel Erfolg! Roy«.

Gerührt streiche ich mit dem Zeigefinger über das Buchcover und erkläre meiner Familie dann: »Es ist von Connors Vater. Wir haben ja gestern über meine Romanidee gesprochen, und er möchte, dass ich dieses Buch für meine Recherche benutze.«

»Tja, was für ein Glück, dass Connor das Buch hier vorbeigebracht hat, als dein Anruf kam«, bemerkt Luise.

»Ja«, pflichtet Sophie ihr ein wenig spöttisch bei. »Sonst säßest du bestimmt jetzt noch am Leuchtturm.«

»Immerhin könntest du da jetzt in aller Ruhe schreiben, bis die Ebbe wieder einsetzt«, fügt Luise spitz hinzu.

»Ja, klar, im strömenden Regen, bei Blitz und Donner«, antworte ich mit einem genervten Augenrollen.

»Ach, Kind, ich bin ja so froh, dass alles gut ausgegangen ist«, seufzt Mama, greift nach meiner Hand und drückt sie fest. »Du kannst dir nicht vorstellen, was du uns für einen Schrecken eingejagt hast. Wirklich, ich werde diesem Connor bis in alle Ewigkeit dankbar sein. Nicht nur, dass er uns in diesen zauberhaften Ort gebracht und Sophie sofort untersucht hat, nein, er hat dich im Sturm von einer Insel gerettet!«

»Mama, du klingst wie ein Groschenroman«, bemerkt Luise mit einem Kopfschütteln und wendet sich ab. »Nichts für ungut, aber ich werde unten noch ein wenig arbeiten.«

Da erhebt sich auch Mama von meiner Bettkante und verkündet: »So, Lottchen, nun ruh dich mal aus. Lass dir die Scones schmecken und ruf mich, wenn du etwas brauchst.« Sie tätschelt meine Hand und fügt mit einem flüchtigen Blick auf ihre Armbanduhr hinzu: »Ach übrigens, das habe ich ganz vergessen: Ich gehe heute früh schlafen, denn morgen werde ich noch einmal mit Harold hinaus zum Fischen fahren.«

Harolds türkisfarbenes Fischerboot. Ich schlucke. Das kenne ich ja nun auch.

»Was, du fährst morgen schon wieder raus?«, fragt Luise, die, eine Hand auf dem Türknauf, stehen geblieben ist. Dabei mustert sie unsere Mutter kritisch.

Eine Spur zu hastig erwidert Mama: »Ähm, ja, diesmal allerdings wesentlich früher, weil Harold gestern extra wegen mir …« Sie sieht Luise an und korrigiert sich: »… extra wegen uns später als sonst rausgefahren ist. Normalerweise legen die Fischer schon vor sechs Uhr ab. Darum habe ich Harold gebeten, mich zu seiner gewohnten Uhrzeit mit rauszunehmen, damit er nicht das Beste vom Fang verliert. Ich werde also schon um 5.30 Uhr das Haus verlassen, Harold holt mich ab. Falls du trotzdem wieder mitkommen möchtest, Luise …?«

»Nein, nein, lass mal«, murmelt Luise mit einem Kopfschütteln. Dann fügt sie spitz hinzu: »Ich will dir und deinem Schwarm nicht im Weg stehen.«

»Wie, Schwarm?«, hakt Sophie mit weit aufgerissenen Augen nach.

»Ja«, sagt Luise trocken. »Schwarm. Unsere Mutter benimmt sich in Harolds Gegenwart wie ein verknallter Teenager. Echt peinlich für eine verheiratete Frau, Mama. Vor allem in deinem Alter.«

»Was soll denn das heißen?«, fragt Mama, und ihre Stimme zittert ein wenig. »Dass man sich in meinem Alter nicht mehr verlieben darf?«

Ein paar Sekunden lang ist es ganz still in meinem Leuchtturmzimmer, nur der Regen schlägt monoton gegen die Fensterscheiben, und um das Dach heult der Wind. Das Gewitter ist inzwischen weitergezogen, zumindest grollt kein Donner mehr. Dafür braut sich in meinem Zimmer gerade offenbar ein ganz neues Unwetter zusammen. Mama steht mit hochroten Wangen neben meinem Bett, und ich kann ihr deutlich ansehen, dass sie über sich selbst erschrocken ist. Aber die Worte lassen sich nicht mehr zurücknehmen.

»Verliebt?«, flüstert Sophie merklich schockiert. »Mama, du bist doch nicht wirklich in diesen Fischer verliebt, oder?«

Das kann gut sein, denke ich beklommen, und sehe wieder Mama und Harold ins Gespräch vertieft vor mir, am Tresen der Rope Loft stehend.

»Ich ... also ...« Ich merke, wie Mama mit sich ringt und zu überlegen scheint, ob Leugnen funktionieren würde. Erst als sie Luise ansieht, ihrem verächtlichen Blick begegnet, straffen sich Mamas Schultern, und es klingt beinahe trotzig, als sie sagt: »Doch, ich denke, das bin ich.«

Wir Schwestern starren sie stumm an, unfähig, zu begreifen, dass sich unsere Mutter in einen anderen Mann verlieben kann.

»Mama!«, ruft Sophie, und in ihrer Stimme schwingt Panik mit. »Du willst doch wohl Papa nicht verlassen, oder?«

Mama sieht sie mit einem nachsichtigen Lächeln an. »Kind,

wer hat denn etwas von Verlassen gesagt, ich bitte dich. Nur, weil man ein bisschen verliebt ist, verlässt man doch seinen Ehemann nicht. Und ich habe Harold doch gerade erst kennengelernt.«

»Aber ... aber ... dann fahr morgen auf keinen Fall mit ihm raus!«, sagt Sophie aufgebracht. »Dann lern ihn bitte nicht näher kennen!«

Mama seufzt und will etwas erwidern, und mit einem Mal kann ich so gut nachvollziehen, wie es ihr geht: Vernunft gegen Gefühle, wie bei mir. Auch ich sollte Connor eigentlich nicht mehr sehen. Aber ich will.

»Natürlich wird Mama Papa nicht verlassen, Sophie«, meldet sich Luise kühl zu Wort. »Was hat sie denn ohne Papa? Keinen Beruf, kein eigenes Einkommen. Wieso sollte sie unseren Vater und ihr gutes Leben in Deutschland aufgeben, um hier in der Wildnis mit einem einfachen Fischer zu leben? Wach auf, Sophie. Das passiert nicht.« Sie sieht Mama herablassend an und fügt hinzu: »Wenn überhaupt, dann verlässt Papa Mama. Nicht umgekehrt.«

»Luise!«, rufe ich entsetzt, während Mama hörbar nach Luft schnappt. Okay, das reicht. Ich ertrage Luises Unverschämtheiten gegenüber unserer Mutter – und uns anderen auch – einfach nicht mehr. Warum wehre ich mich eigentlich so selten, wenn Luise uns mit ihrem Frust überschüttet? »Wie kannst du bloß so etwas zu Mama sagen?«, frage ich, lauter und aufgebrachter als eigentlich beabsichtigt, und merke, dass mich Sophie und Mama überrascht anstarren. Ohne leiser zu werden füge ich hinzu: »Das ist eine Unverschämtheit, weißt du das? Ich finde es unfassbar, wie du dich regelmäßig aufführst!«

Luise schaut mich mit zusammengepressten Lippen schweigend an, doch ich kann ihr deutlich ansehen, dass meine empörten Worte sie ebenfalls überraschen. Bestärkt von der Erkenntnis, dass ich viel zu lang geschwiegen habe, will ich fortfahren: »Wirklich, Luise, wenn ich deine Mutter wäre, ich ...«

Doch ich komme nicht mehr dazu, diesen Gedanken weiter auszuführen, denn Mama unterbricht mich. Sie ist während meiner wütenden Tirade ein paar Schritte auf Luise zugegangen und sagt nun entschlossen: »Lotte hat völlig recht. So behandelst du deine Mutter nicht mehr, Luise. Das habe ich mir lange genug gefallen gelassen. Es reicht mir!«

Erstaunt starre ich Mama an. Ich kann nicht glauben, dass das dieselbe Frau ist, die noch vor drei Tagen ängstlich auf dem Flughafen von Halifax stand.

»Jahrelang habe ich deine Unverschämtheiten ertragen«, fügt Mama hinzu, und nun bebt ihre Stimme ganz leicht, wird allerdings rasch wieder fest. »Jahrelang habe ich mir gesagt, dass du mich im Grunde deines Herzens liebst, auch wenn du es nie zeigst. Schließlich bin ich deine Mutter, und Kinder lieben ihre Mutter doch immer, oder? Wenn du einmal Kinder haben solltest, dann verstehst du vielleicht, wie weh du mir regelmäßig tust.«

Luise schnappt hörbar nach Luft, und ein paar Sekunden lang scheint ihr tatsächlich der Wind aus den Segeln genommen worden zu sein. Ich kann mich nicht daran erinnern, meine Schwester jemals sprachlos erlebt zu haben. Dann jedoch ballen sich ihre Hände zu Fäusten, und sie faucht: »Aber vielleicht will ich gar keine Kinder bekommen! Vielleicht will ich nicht als frustrierte Mutter und Hausfrau enden! Du hast doch schon eine Tochter, die ein Baby nach dem anderen in diese Welt setzt! Wozu soll ich denn auch noch mit dickem Bauch herumrennen?«

»Luise!«, ruft Sophie empört und hält sich demonstrativ ihren Bauch mit beiden Händen, als wolle sie ihre Schwester daran erinnern, dass sie und ihr ungeborenes Baby anwesend sind. Auch ich sehe Luise mit einem Kopfschütteln an. Warum reagiert sie denn schon wieder so heftig? Merkt sie eigentlich gar nicht, wie sehr sie ihre Mitmenschen verletzt?

Doch Mama geht nicht weiter auf die wütenden Worte ihrer Ältesten ein, sondern erklärt mit Nachdruck: »Damit du es weißt, Luise: ICH hätte euren Vater einmal fast verlassen. Nicht umgekehrt.«

Wir Schwestern reißen überrascht unsere Augen auf, starren die Frau an, die unsere Mutter ist, die uns jedoch momentan völlig fremd erscheint. Mama fasst kurz an ihre Halskette und fragt dann, auch an Sophie und mich gewandt: »Vielleicht könnt ihr euch an Carl Westermann erinnern, der in den 80er-Jahren stellvertretender Geschäftsführer unserer Firma war?«

Sophie schüttelt den Kopf, Luise nickt langsam. Ich grabe angestrengt in meiner Erinnerung und glaube, mich an einen sehr großen, schlanken Mann mit schwarzem Haar und einem ansteckenden Lachen zu erinnern, der öfter bei uns zum Abendessen war. Damals war ich ungefähr fünf Jahre alt.

»Carl war drei Jahre lang Papas Kompagnon. Und wir ... nun ja, wir hatten eine Affäre.«

»Was?«, hake ich ungläubig nach. »Du hattest eine Affäre?«

Mama nickt und lächelt beinahe entschuldigend. »Ja, die hatte ich«, gibt sie unumwunden zu. »Aber es war nicht nur etwas rein Körperliches.« Sophie stöhnt gequält auf. »Wir waren sehr verliebt, Carl und ich. Nein, mehr noch: Wir haben uns geliebt.«

Erschüttert starre ich Mama an, mag meinen Ohren nicht trauen. Dass ich bei ihren Worten erneut Connor vor mir sehe, wie er an meinem Bettende steht und mich aus seinen verdammt blauen Augen anstarrt, macht diesen Augenblick noch viel verwirrender. Oh, warum muss denn bloß alles so kompliziert sein?

Mama räuspert sich und fährt hastig fort, als wolle sie den Mut nicht verlieren: »Ihr fragt euch sicher, wie ich so etwas zulassen konnte, als Mutter von drei kleinen Kindern. Die Wahrheit ist: Es ist einfach passiert. Weder Carl noch ich wollten es, und ich schämte mich dafür. Aber unsere Gefühle waren stärker als wir selbst. Ich weiß, jetzt klinge ich wieder wie ein Groschenroman, aber so war es.« Mama macht eine kurze Pause, während Luise, Sophie und ich uns unbehagliche Blicke zuwerfen. Fassungslos mustere ich Mama und überlege, wie sie damals ausgesehen hat, als sich Carl Westermann in sie verliebte. Sie trägt ihr nun graues Haar als kinnlangen Bob, aber bis vor ungefähr fünfzehn Jahren war es lang und von einem glänzenden Dunkelbraun, wie Luises Haar. Ich rufe mir meine jüngere Mama vor Augen, stelle sie mir mit 80er-Jahre-Schulterpolstern im Pullover und mit einem anderen Mann als unserem Vater vor. Unglaublich, dass auch ich bis vor fünf Minuten gedacht habe, Mamas Hausfrauenleben sei immer etwas eintönig gewesen.

»Ich will euch die Details ersparen – ich wollte nur, dass ihr eins wisst: Damals war ich tatsächlich kurz davor, euren Vater zu verlassen. Carl wollte mich unbedingt heiraten.«

»Was?«, rufen Sophie und ich wie aus einem Munde, und Luise fragt ungläubig: »Wusste Papa das?«

»Ja«, sagt Mama, und ich halte überrascht den Atem an. »Er hat es mitbekommen und mich angefleht, unsere Ehe, unsere Familie nicht aufzugeben. Ich rang lange mit mir. Aber schließlich sagte ich Carl, dass ich bei eurem Vater bleiben würde. Er verließ die Firma und zog nach Hamburg. Ich habe nie wieder von ihm gehört. Euer Vater hat mir verziehen und war in keiner Weise nachtragend, das rechne ich ihm hoch an.«

Sie mustert uns der Reihe nach und sagt mit fester Stimme: »In all den Jahren habe ich noch oft an Carl gedacht, aber ich habe immer gewusst, dass ich die richtige Entscheidung getroffen habe. Weil ihr in einer intakten Familie aufgewachsen seid – und weil ich euren Vater liebe, selbst wenn ich Carl nie vergessen konnte.« Sie macht eine kurze Pause, sieht mich an. »Ich weiß, gerade du, Lotte, hast manchmal Probleme mit deinem Vater und fragst dich jetzt vielleicht, warum ich bei ihm geblieben bin.«

Sie lächelt mich an, und ich schweige betreten, denn genau die Frage ist mir gerade durch den Kopf gegeistert. Natürlich liebe ich meinen Vater, aber er ist kein einfacher Mensch. Luise kommt sehr nach ihm, das sagt alles.

»Euer Vater hat sicherlich seine Macken«, fährt Mama nun ruhig fort und sieht dabei immer noch mich an. »Er arbeitet zu viel, bestimmt gern, wo es langgeht, kann sehr starrköpfig sein.« Oh ja, das alles trifft es ziemlich genau.

»Trotz allem bringt mich niemand so zum Lachen wie Ludwig«, erklärt Mama sanft, und ich sehe sie überrascht an. Dann muss ich an die verschiedenen Dialekte denken, die mein Vater hervorragend beherrscht. Wenn er mit einem breiten Wiener Akzent einen Witz erzählt oder plötzlich kaum verständliches Bayerisch redet, haben wir schon als Kinder vor Lachen unter dem Tisch gelegen. »Ich liebe es, wenn er Coq au Vin kocht und mich hin und wieder, ganz ohne Anlass, mit einem Blumenstrauß überrascht. Und in all den Jahren hat er mir zum Hochzeitstag nicht eine einzige Kette geschenkt, die mir nicht gefallen hätte, so gut kennt er meinen Geschmack. Euer Vater ist ein toller Mann, Mädels. Und ich bin froh, ihn damals nicht verlassen zu haben, denn wir hatten wunderbare gemeinsame Jahre.«

›Hatten‹, denke ich und frage mich beklommen, ob sie diesmal Ernst machen würde. Ob sie tatsächlich solche Gefühle für Harold entwickeln könnte, dass sie unseren Vater verlassen und am Ende womöglich hier, in Chester, bleiben könnte. Der Gedanke scheint mir so absurd, dass ich unter anderen Umständen versucht wäre, zu lachen – doch nach lachen ist mir gerade wirklich nicht zumute.

Als weder Luise noch Sophie noch ich etwas sagen, fügt Mama hinzu: »Es tut mir leid, falls ich euch geschockt und euch Kindheitsillusionen genommen haben sollte. Aber ich denke, ihr seid erwachsen genug für die Wahrheit. Und die Wahrheit ist, dass ich euren Vater liebe, und er mich, das lässt er mich jeden Tag spüren, selbst wenn er mit dem Kopf ständig bei der Arbeit ist. Doch seit wir hier in Chester sind, habe ich neue Seiten an mir entdeckt. Ich bin mit einem Fischer auf seinem Boot auf den Atlantik hinausgefahren, obwohl ich immer Angst vor dem Meer hatte. Ich habe einen Malkurs bei seinem Sohn gemacht – etwas, was ich seit Jahrzehnten immer machen wollte, mich aber nie getraut habe, weil ich dachte, ich hätte kein Talent. Während der wenigen Tage hier in Chester habe ich endlich gemerkt, wer ich bin und was ich im Leben will.«

»Jetzt sag bitte nicht, dass du wirklich Harold willst«, sagt Luise leise, und zu meinem Erstaunen wirkt sogar sie fast ängstlich bei dieser Vorstellung.

»Das kann ich heute Abend noch nicht mit Sicherheit sagen«, erklärt Mama ruhig. Beinahe ehrfürchtig mustere ich diese mir bisher unbekannte Frau. »Ich kann nur sagen, dass ich hier momentan so glücklich bin, dass ich mich davor fürchte, einen Anruf von der Airline zu bekommen, dass wir fliegen können.«

Dieses Gefühl kenne ich, denke ich. Bei dem Gedanken daran, Chester bald zu verlassen und Connor nie mehr wiederzusehen, wird mir regelrecht schlecht. Hastig versuche ich, mich auf das Hier und Jetzt zu konzentrieren.

»Luise, ich möchte, dass dir eines klar ist«, höre ich sie sagen, während sie einen weiteren Schritt auf ihre Älteste zumacht und nach ihren Händen greift. »Ja, ich war ein Leben lang ›nur‹ Hausfrau und Mutter, wie du es gern nennst. Aber ich habe mein Leben immer geliebt – und das war vor allem der Grund, warum ich Carl habe ziehen lassen. Ich habe mir nie einen schöneren Job vorstellen können, als eure Mutter zu sein.«

Luise bricht so plötzlich in Tränen aus, dass ich vor Überraschung Tee auf meiner Bettdecke verschütte. Luise weint! Meine ältere Schwester, die ich zum letzten Mal habe weinen sehen, als 1995 unser Meerschweinchen Herbert gestorben ist!

Erschüttert starren wir sie alle an, bis Mama sie in ihre Arme zieht. Ich weiß nicht, wann sich Mama und Luise zum letzten Mal so innig umarmt haben. Eine Zeit lang ist nur Luises gedämpftes Schluchzen zu hören, und auch mir steigen prompt Tränen in die Augen, weil es mich so berührt, meine taffe ältere Schwester zur Abwechslung weich und verletzlich zu erleben. Als sich Luise wieder von unserer Mutter löst, wischt sie sich peinlich berührt über das Gesicht.

»Ähm, sorry, ich weiß auch nicht, was mit mir los ist«, murmelt sie und greift dankbar nach dem Taschentuch, das Sophie ihr reicht. Sie putzt sich die Nase, starrt auf ihre Hände und räuspert sich, bevor sie leise fortfährt: »Mir ist selbst klar, dass ich manchmal unerträglich bin. Dass ich ständig um meinen Job kreise, gereizt bin, Dinge sage, die besser nicht gesagt werden sollten.« Dann schluchzt sie trocken auf und erinnert mich mit einem Mal so sehr an die Luise unserer Kindheitstage, dass ich selbst nur mit Mühe ein Schluchzen unterdrücken kann.

»Es ist nur so … Ich bin momentan einfach durcheinander. Vielleicht reagiere ich deshalb noch öfter unmöglich als ohnehin schon.« Sie lächelt uns schief an.

»Was ist denn los?«, fragt Mama sanft und massiert mit einer Hand Luises Schultern, die völlig verkrampft wirken.

Luise holt zitternd Luft und stößt zögernd hervor: »Ich … Jens und ich … Ich war so froh, ein paar Tage wegzukommen, denn …bei uns kriselt es ziemlich. Er …« Sie bricht ab und wischt sich mit dem Taschentuch unter den Augen entlang, wirkt beinahe wütend über die Tränen, die schon wieder aus ihren Augen rollen. »Er fängt plötzlich damit an, dass er doch Kinder haben will, wirft mir vor, dass ich mehr mit der Firma verheiratet bin als mit ihm, immer nur arbeite, dass wir kein Privatleben haben. Vor Kurzem hat er aus heiterem Himmel erklärt, dass ihm das im Leben nicht mehr reiche. Dass er sich eine Familie wünsche. Dabei hatten wir vor der Hochzeit ausgemacht, keine Kinder zu bekommen. Er weiß doch, wie wichtig mir meine Arbeit ist, dass ich nicht zu Hause auf dem Abstellgleis enden will!«

Aufgebracht schnäuzt sie sich erneut die Nase, und ich starre sie erschüttert an. Das kommt wirklich überraschend. Oder auch nicht, denn ich habe mich in den letzten Jahren schon einige Male im Stillen gefragt, ob Jens nie Kinder haben wollte. Dass Luises Lebensplan keinen Nachwuchs vorsah, hat sie uns oft genug erzählt – aber Jens? Er ist ein so sanfter, fröhlicher, liebevoller Mensch, den ich mir wunderbar als Vater vorstellen könnte.

»Aber könnte denn nicht Jens zu Hause beim Baby bleiben, wenn ihr eins bekämt?«, frage ich vorsichtig. »Das ist doch heutzutage fast normal, dass der Mann auch Elternzeit nimmt. Du müsstest deinen Job gar nicht vollständig an den Nagel hängen und könntest sogar von zu Hause aus arbeiten.«

»Ja«, seufzt Luise. »Ich weiß. Das hat Jens auch alles gesagt.«

»Und was ist dann das Problem?«, hake ich ratlos nach.

»Das Problem ist, dass für mich eigentlich immer klar war, keine Kinder bekommen zu wollen. Und plötzlich soll ich meinen ganzen Lebensentwurf auf den Kopf stellen, nur, weil Jens seine Meinung dazu geändert hat?«

»Aber … hast du denn wirklich noch nie den Wunsch gehabt, ein Baby zu bekommen?«, fragt Sophie zaghaft.

Luise sieht unsere kleine Schwester an, dann ihren Bauch. Schließlich gibt sie kaum hörbar zu: »Doch. Manchmal schon. Irgendwie. Ach, ich weiß auch nicht. Einerseits frage ich mich hin und wieder, ob es nicht ein Fehler ist, meine fruchtbaren Jahre vorbeiziehen zu lassen. Ob ich mich in zehn Jahren in den Hintern beißen werde, weil es dann zu spät ist, und ich vielleicht merke, was ich verpasst habe. Aber andererseits war ich nie wirklich … mütterlich. Ich habe nie dieses Bedürfnis, jedes Baby, das ich sehe, auf den Arm nehmen zu dürfen. Mag sein, dass das bei meinem eigenen Baby anders wäre. Aber vielleicht eben auch nicht. Vielleicht wäre ich als Mutter eine Versagerin.«

Ich muss auf einmal laut lachen, und alle sehen mich überrascht an. »Du und eine Versagerin?«, frage ich liebevoll. »Luise, du warst bisher in keinem Bereich deines Lebens eine Versagerin.«

»Stimmt«, bestätigt Sophie. »Außerdem lieben meine Jungs dich, weißt du das?«

»Echt?«, fragt Luise verblüfft. »Das habe ich gar nicht gemerkt.«

»Dann solltest du bei unseren Familientreffen vielleicht öfter
dein Smartphone aus der Hand legen«, bemerkt Sophie, doch sie
lächelt dabei, um ihren Worten die Schärfe zu nehmen.

»Ja«, erwidert Luise bitter. »Das sagt Jens auch ständig. Dass
ich ›entschleunigen‹ solle. Das Leben mehr genießen. Aber meine
Arbeit ist mir einfach wichtig!« Mama streicht ihr sacht über den
Kopf. »Ach, Lieschen«, sagt sie sanft.

Lieschen, das war ihr Kosename für ihre Erstgeborene, als
diese sich noch Kosenamen von unserer Mutter gefallen ließ.

»Deshalb bist du also mit nach New York gekommen. Ich hatte
mich, ehrlich gesagt, schon gewundert, weil dir so ein spontaner
Kurzurlaub wirklich nicht ähnlich sieht.«

»Ähm ... ja«, murmelt Luise. »Jens und ich, wir haben in den
Tagen vor Charlies Tod ständig gestritten. Ich habe mich so in die
Ecke gedrängt gefühlt und richtige Panik bekommen. Ich liebe
Jens. Was, wenn er mich verlässt, weil ich keine Kinder haben
möchte? Ich musste da einfach raus, musste Abstand gewinnen.«

Als ihr erneut Tränen kommen, zieht Mama sie wieder in ihre
Arme. Sophie und ich wechseln einen betretenen Blick. Dass
Luise uns so offen von ihrer Ehekrise erzählt, das ist wirklich
eine ganz neue Seite an unserer Schwester. Bisher hat sie ihre
Probleme gern für sich behalten, verborgen hinter ihrer profes-
sionellen Fassade. Doch diese Fassade beginnt hier in Kanada
tatsächlich zu bröckeln und offenbart Luises verletzliche Seite –
was sie mir mit einem Mal viel näher bringt. Endlich kann ich
besser nachvollziehen, was in ihr vorgeht. Meine arme Schwester! Einerseits verstehe ich Jens' plötzlichen Kinderwunsch, denn
auch mir würde ein Leben, das nur von der Karriere gesteuert
wird, nicht reichen. Aber andererseits hat Luise immer deutlich
gemacht, dass sie sich nicht nach Babys sehnt, weshalb ich es
von meinem Schwager nicht fair finde, dass er nun ihren ganzen

gemeinsamen Lebensplan in Frage stellt. Allerdings, überlege ich dann, ist es wohl einfach menschlich, im Laufe der Zeit seine Meinung zu ändern. Zu merken, dass man eben doch mehr sucht als nur berufliche Erfüllung. Auf jeden Fall tut es mir weh, Luise so leiden zu sehen. Hoffentlich finden Jens und sie eine Lösung! Ich habe meinen Schwager wirklich gern und mag mir nicht vorstellen, dass er sich tatsächlich von Luise trennen könnte.

Als sich Luise schließlich von unserer Mutter löst, sagt sie mit etwas festerer Stimme: »Vielleicht ist es tatsächlich hilfreich, dass wir noch länger von zu Hause weg sind, als ursprünglich geplant. So können Jens und ich in Ruhe darüber nachdenken, was wir wollen.«

»Heißt das, dass du den Vulkan doch nicht verklagst?«, frage ich neckend, um die Stimmung wieder ein wenig aufzulockern. Luise rollt mit den Augen und grinst mich an. Dann sagt sie zögernd an Mama gewandt: »Ich ... ich finde es übrigens gut, dass du uns von Carl Westermann erzählt hast, Mama. Danke für dein Vertrauen.«

In ihren Worten schwingt etwas ganz Neues mit, stelle ich überrascht fest: Respekt.

Mama putzt sich geräuschvoll die Nase und nickt mit einem dankbaren Lächeln. »Wie gesagt, solltest du morgen tatsächlich um 5.30 Uhr aus dem Haus wollen, dann kannst du selbstredend gern mitkommen. Ich würde mich sehr darüber freuen, noch einen Tag mit dir auf dem Boot zu verbringen.«

Luise scheint Mamas Vorschlag ein paar Sekunden lang abzuwägen, bevor sie schließlich langsam den Kopf schüttelt und meint: »Das ist wirklich lieb von dir, aber ich habe vorhin im Smiling Whale Café so einen Aushang gesehen, den ich ganz interessant fand. Yoga am Strand, morgen Vormittag. Yoga wollte ich schon immer mal ausprobieren, aber in Düsseldorf habe ich einfach nie die Zeit für einen Kurs. Ich denke, das würde mir vielleicht beim ›Entschleunigen‹ helfen.«

»Hervorragender Plan«, bestätige ich und zwinkere Luise zu.

»Aber, bevor ihr auf falsche Ideen kommen solltet: Morgen ist eh Samstag. Im Büro verpasse ich also nichts«, fügt Luise hinzu und strafft ihre Schultern. Ich muss lachen.

»Und du, Lottchen ...« Mama wirft mir einen Blick zu. »Natürlich kannst du auch gern mit raus auf Harolds Boot kommen. Sophie, in deinem Zustand ist es wohl wirklich nicht das Wahre, beim letzten Mal herrschte ganz schöner Seegang.«

Sophie nickt nur stumm. Sie wirkt immer noch ziemlich erschüttert. Es ist ja auch wirklich unfassbar, was hier, in Kanada, alles ans Licht kommt. Da mussten wir so weit fort von zu Hause reisen, um uns endlich richtig zu unterhalten. Uns einander anzuvertrauen. Ich bin die Einzige, die das bisher nicht getan hat, wird mir plötzlich klar. Weder habe ich von meinen Tante-Charlie-Erscheinungen erzählt, noch von meinem verlorenen Verlobungsring oder meinen täglich heftiger werdenden Gefühlen für Connor.

Als ich in meiner Erinnerung erneut seine Hand in meiner Kniekehle spüre, muss ich unweigerlich auch wieder an Mamas Affäre mit Carl Westermann denken, die mich einfach nicht loslässt. Unglaublich, dass sie wirklich so etwas getan hat! Und dennoch hat sie sich am Ende für unseren Vater entschieden. Allerdings war Mama damals bereits verheiratet, hatte drei Kinder.

Ich bin noch nicht mit Lennart verheiratet. Eine Woche lang habe ich noch Zeit. Aber würde ich ihm das jetzt wirklich noch antun? Unsere Hochzeit so kurzfristig absagen? Nein, das könnte ich nicht.

Oder?

»Ähm, ich habe heute genug von Harolds Boot gesehen«, werfe ich rasch ein, als mir klar wird, dass Mama immer noch auf eine Antwort von mir wartet.

»Das kann man wohl sagen«, meint Luise trocken, wieder ganz die Alte. »Gute Nacht, Lotte. Erhol dich gut.«

»Ja, gute Nacht«, sagt auch Sophie und erhebt sich mit einem Seufzen von ihrem Stuhl. Man sieht ihr an, dass es für ihren Geschmack heute wirklich zu viel Aufregung gab.

»Gute Nacht«, erwidere ich und sehe Sophie und Luise nach, die Seite an Seite mein Leuchtturmzimmer verlassen.

Mama kommt noch einmal auf mein Bett zu und drückt mir einen dicken Kuss auf die Stirn, wobei sie mich in ihren vertrauten Duft nach »Amarige« von Givenchy einhüllt, der mich seltsam sentimental macht. So roch Mama meine ganze Kindheit über, und mit einem Mal wird mir klar, dass mich dieser Duft eines Tages an sie erinnern wird, wenn sie nicht mehr da ist. Dass ich womöglich irgendwann dieses Parfüm an einer fremden Frau riechen werde und mir klar werden wird, dass Mama mich nie wieder in den Arm nehmen und »Lottchen« nennen wird. So, wie mir jedes Mal bewusst wird, dass ich nie wieder Tante Charlies Lachen hören werde, wenn mir der Duft nach Vanille in die Nase steigt. Ergriffen von dieser Erkenntnis und einer plötzlichen Panik, auch meine Mutter zu verlieren, schlinge ich meine Arme um sie und drücke mich eng an sie. Ich merke genau, dass Mama überrascht ist, und schäme mich augenblicklich, weil das nur bedeuten kann, dass ich meine Mutter viel zu selten so innig umarme. Spontan drücke ich sie noch fester und sage: »Ich hab dich lieb, Mama. Egal, was in der Vergangenheit passiert ist und was in der Zukunft passieren könnte: Du bist die beste Mutter der Welt. Danke, dass du immer für uns da warst. Und es immer noch bist.«

Ich spüre deutlich, dass Mama weint, denn ihr Brustkorb hebt und senkt sich ein wenig zu heftig für normale Atemzüge. Doch sie tut ihr Bestes, um ihre Tränen vor mir zu verbergen, wischt hastig über ihre Wangen, bevor sie mich wieder ansieht und sagt: »Danke dir, Lottchen. Ich habe dich auch lieb. Du ahnst gar nicht, wie sehr. Und was für eine Angst du mir heute eingejagt hast.«

»Ja. Ich weiß«, murmele ich und erschaudere bei der Erinnerung an das kalte Atlantikwasser. »Du meine Güte, was für ein Tag.«

»Allerdings«, meint Mama mit einem Kopfschütteln und scheint ein paar Sekunden lang ihren Gedanken nachzuhängen, während sie meine Tasse mit frischem, dampfendem Tee auffüllt. »Ich glaube ja, dass in Luise mehr Mütterliches steckt, als sie selbst ahnt«, überlegt sie schließlich laut. »Und ich für meinen Teil hätte auch nichts gegen weitere Enkel einzuwenden – aber das ist allein Luises und Jens' Entscheidung.« Mit einem liebevollen Lächeln reicht sie mir die Tasse. »Na, vielleicht haben wir ja bald das Glück, ein paar kleine von Seehausens in der Familie zu begrüßen!«

»Gleich ein paar?«, frage ich und bemühe mich um einen fröhlichen Tonfall, denn irgendwie will sich beim Gedanken an Lennarts und meine zukünftigen Kinder kein Glücksgefühl einstellen. Dass ich mich spontan frage, ob Connors und mein Baby wohl seine hellblauen Augen oder meine grünen bekommen würde, hilft nicht wirklich weiter.

»Nein, nein, eines reicht für den Anfang«, lacht Mama. »So, ich muss jetzt wirklich ins Bett gehen. Gute Nacht, mein Kind.«

Ich sehe ihr nach, wie sie mein Leuchtturmzimmer verlässt und hinter sich die Tür schließt. Dann nippe ich an meiner Tasse und starre nachdenklich auf den Teefleck auf meiner Bettdecke. Ich muss an Mama und Carl Westermann denken, doch im nächsten Augenblick sehe ich schon wieder das geheimnisvolle Blau von Connors Augen vor mir, das mir so wenig über ihn verrät. Mein Herzschlag beschleunigt sich, und ich stelle aufgewühlt die Tasse auf meinen Nachttisch. Ich muss dringend Lennart anrufen. Natürlich werde ich ihm nicht erzählen, dass ich im Sturm von einer kleinen Felseninsel im Atlantik gerettet werden musste, schließlich hält er mich so schon für verrückt genug. Nein, ich will nur schnell seine Stimme hören. Vielleicht hat er sich ein wenig beruhigt, vielleicht können wir endlich normal telefonieren, ohne uns zu streiten. Suchend sehe ich mich nach meiner Handtasche um, doch als ich sie in einer Pfütze in der Zimmerecke liegen sehe, erstarre ich. Verdammt. Bisher hatte ich nur an mein Notizbuch gedacht, das dem Meerwasser zum Opfer gefallen sein könnte. Aber was ist mit meinem Smartphone? Eilig steige ich aus dem Bett und ziehe mein Telefon aus den feuchten Tiefen meiner Handtasche. Bedrückt versuche ich, dem Gerät irgendeine Reaktion zu entlocken. Vergeblich.

Kapitel 32

E in seltsames Heulen, dumpf und melancholisch, reißt mich aus dem Schlaf. Müde blinzele ich, stelle fest, dass es noch fast dunkel ist in meinem Leuchtturmzimmer. Wieder dieses unheimliche Heulen. Meine Hand ertastet den Schalter der Nachttischlampe, knipst das Licht an. Ein Blick auf meine Armbanduhr zeigt mir, dass es erst kurz vor sechs Uhr in der Früh ist.

Sofort muss ich an Mama denken. Ob sie das Haus schon verlassen hat, um mit Harolds Fischkutter hinaus aufs Meer zu fahren? Harolds Fischkutter. Bei der Erinnerung an die gestrigen Ereignisse schlägt mein Herz schneller. Fast glaube ich, erneut kaltes Atlantikwasser an meiner Kleidung zerren zu spüren, rieche Salz und Seetang, höre Donnergrollen. Sehe Wut und Sorge in Connors blauen Augen. Dann fällt mir Mamas Affäre mit Carl Westermann ein. Connors Hand in meiner Kniekehle. Mein kaputtes Smartphone. Ich stöhne leise auf und reibe mir die Schläfen, als es draußen erneut dumpf heult.

Da ich weiß, dass an Schlaf nicht mehr zu denken ist, schäle ich mich aus meiner Bettdecke und trete ans Fenster. Mein Knie schmerzt noch ein wenig, aber es ist über Nacht nicht schlimmer geworden. Kein Grund also, Connor um eine weitere Untersuchung zu bitten. Schade eigentlich.

Als ich die Vorhänge zurückziehe, sehe ich nichts. Und zwar nicht, weil draußen noch schwarze Nacht wäre, nein, vielmehr ist Chester in dichten grauen Nebel getaucht, in Nebel, der alles verschluckt. Da wird mir klar, was das dumpfe Heulen bedeutet: Das muss das Nebelhorn vor der Küste sein. Sofort frage ich mich, ob Harold bei dieser schlechten Sicht überhaupt mit seinem Kutter hinausfahren kann, und mache mir spontan Sorgen, dass Mama etwas zustoßen könnte. Was, wenn das Fischerboot im dichten Nebel auf Felsen aufläuft? Mit einem Schaudern denke ich an die scharfkantigen Gesteinsbrocken im Meer, durch die ich mir gestern meinen Weg bahnen musste.

Eilig schlüpfe ich in das Paar Jeans, das gestern keine Bekanntschaft mit dem wilden Atlantik gemacht hat, ziehe mir ein sauberes T-Shirt an und verlasse mein Leuchtturmzimmer.

Im ersten Stock ist alles ruhig, Luise und Sophie schlafen sicherlich noch. Im Erdgeschoss jedoch empfangen mich der Duft nach Kaffee sowie leises Stimmengemurmel aus der Küche. Connor?, frage ich mich sofort aufgeregt, obwohl mir kein Grund einfällt, warum er schon um sechs Uhr morgens bei Hazel sein sollte – und als ich um die Ecke biege, erkenne ich, dass unsere Wirtin mit Mama und Harold über dampfenden Tassen zusammen am Tisch sitzt. Überrascht sehen alle drei auf, als ich im Türrahmen erscheine.

»Guten Morgen, Lotte!«, sagt Mama, und ich merke, wie sie sich ein wenig versteift. Mein Blick wandert kurz zu Harold und wieder zu ihr. »Schon so früh auf?«

»Das Nebelhorn hat mich geweckt«, erkläre ich.

»Das passiert einem hier oft«, lacht Hazel und steht auf, um mir einen Kaffee einzuschenken. »Komm, Kind, setz dich zu uns.«

»Ja, diese trübe Suppe da draußen, das ist typisches Nova-Scotia-Wetter«, bestätigt Harold und nippt an seiner Tasse. »Darum konnte ich heute Morgen auch noch nicht auslaufen. Man erkennt kaum die Hand vor Augen. Nur gut, dass dein Haus so strahlend gelb leuchtet, Hazel, sonst wäre ich daran vorbeigefahren.«

»Tja, jetzt wisst ihr auch, warum wir hier in Nova Scotia oft Häuser in so kräftigen Farben haben.« Schmunzelnd stellt Hazel eine dampfende Tasse vor mir ab. Ich setze mich an den Tisch und greife dankbar danach. Harold sieht mich aus seinen grauen Augen freundlich an und fragt: »Na, hast du dein Abenteuer gut überstanden?«

»Ja, das habe ich«, murmele ich. »Danke nochmals, Harold. Es tut mir wirklich unglaublich leid, dass ich dir und deinem Sohn und …, ähm, Connor solche Umstände bereitet habe.«

Harold lächelt mich gütig an. Die Freundlichkeit, die sein wettergegerbtes Gesicht ausstrahlt, sorgt für ein warmes Gefühl in meinem Bauch. Mit einem Mal verstehe ich, warum Mama ihn mag. Ich finde es nicht gut, weil sie mit meinem Vater verheiratet ist, aber verstehen kann ich sie trotzdem.

»Mach dir keine Gedanken, Kind«, sagt Harold nun. »Du bist nicht die Erste, die in eine solche Situation geraten ist. Wir müssen einfach dankbar sein, dass gestern alles gut ausgegangen ist.«

»Ja«, sagt Hazel leise. »Nicht wie bei Linda.«

Wie vom Donner gerührt sehe ich Hazel an. »Linda? Du meinst – Connors Frau?«

Als Hazel mit bekümmerter Miene nickt und einen Teller voll Muffins näher zu mir herüberschiebt, hake ich atemlos nach: »Ist sie so gestorben? Ist sie etwa … ertrunken?«

»Ja«, antwortet Hazel und lässt sich mit einem tiefen Seufzer wieder auf ihrem Stuhl nieder. Als sie in ihrem Kaffee rührt und nichts weiter sagt, hake ich erneut nach und kann nicht verhindern, dass eine Spur Ungeduld in meiner Stimme mitschwingt: »Aber – was ist denn eigentlich genau passiert?«

Ich sehe erst Hazel an, dann Harold. Er erwidert meinen Blick, und als Hazel nichts sagt, sondern schweigend an ihrem Kaffee nippt, antwortet er langsam: »Sie war draußen am Leuchtturm, so, wie du. Allerdings nicht allein.«

»War sie dort mit Connor?«, frage ich und muss an die Initialen in der verwitterten Holzbank denken. Dann jedoch fällt mir das Datum ein: 1999. Nein, Linda ist vor drei Jahren gestorben, hat Connor gesagt. Es war also nicht ihr Todestag, als die beiden ihre Liebe in der Bank verewigt haben.

»Nein«, sagt Hazel und sieht mich ernst an, bevor sie erklärt: »Linda war mit Taylor Hill da draußen.«

»Taylor Hill?«, frage ich ratlos. Den Namen habe ich noch nie gehört. Dann dämmert es mir. »Hatte sie etwa …?« Ich sehe Mama an, die meinen Blick stumm erwidert. »… eine Affäre?«

Harold und Hazel nicken und nehmen beide einen Schluck Kaffee. Sprachlos sehe ich von einem zum anderen.

»Sie waren zu zweit am Leuchtturm, und wurden von der Flut überrascht?«, rate ich. Wieder ein Nicken. Endlich sagt Harold, während er nach einem Muffin greift: »Ja, so war es. Sie haben das gemacht, was alle Verliebte machen und darüber die Zeit und mit ihr das Einsetzen der Flut vergessen.«

»Als sie merkten, dass die Insel vom Festland abgeschnitten worden war, haben sie versucht, an Land zu schwimmen«, ergänzt Hazel mit ernster Miene. »Es herrschte ein starker Wind und mit ihm eine gefährliche Brandung.«

»Linda wurde von einer Welle gegen die Felsen der Küste geschleudert«, erklärt Harold leise. »Als man sie später fand, hatte sie eine Platzwunde am Kopf. Sie muss ohnmächtig geworden und ertrunken sein.«

»Und … und dieser Taylor, er konnte ihr nicht helfen?«, frage ich mit belegter Stimme. Was für ein gewaltiges Glück ich gestern tatsächlich gehabt habe, das wird mir erneut mit voller Wucht bewusst.

»Er hat es versucht«, sagt Hazel und starrt gedankenverloren in ihre Kaffeetasse. »Aber er konnte Linda nicht erreichen, die Brandung war zu stark. Irgendwann war er selbst so geschwächt, und seine Gliedmaßen waren von der Kälte des Wassers so gelähmt, dass er sich nur noch mit letzter Kraft auf die Felsen retten konnte. Er blieb dort liegen und wurde erst Stunden später von einem Fischer entdeckt, der mit seinem Kutter nahe der Küste entlangfuhr.«

»Ja, das war Howie Stuart mit seiner ›Fisherman's‹ Pride'«, nickt Harold und wischt sich mit dem Handrücken ein paar kleine Krümel vom Mund. »Taylor kam mit einer Lungenentzündung ins Krankenhaus. Für Linda kam jede Hilfe zu spät.«

Erschüttert starre ich auf die Holzmaserung des Küchentischs. Meine Hände halten die Kaffeetasse fest umklammert, die Wärme schafft es nur teilweise, die Kälte zu vertreiben, die mich bei der Erzählung und bei der Erinnerung an den eisigen Atlantik erneut erfasst hat.

»Wie furchtbar«, spricht schließlich Mama die Worte aus, die mir wieder und wieder durch den Kopf tanzen. »Der arme Connor. Wusste er …?«

»Nein«, sagt Hazel, und ihr Tonfall klingt nun beinahe wütend. Ich sehe sie an, merke, dass ihre Augen feucht schimmern. Wieder einmal wird mir bewusst, dass Connor für sie wie ein Sohn ist. »Nicht nur der schreckliche Tod seiner Frau traf ihn unvorbereitet – auch die Nachricht, dass sie mit ihrem Geliebten auf der Leuchtturm-Insel war. Er hatte keine Ahnung.«

»Und … die Leute im Ort … hat niemand etwas davon mitbekommen?«, frage ich ungläubig. Hazel schüttelt den Kopf.

»Nein. Linda und Taylor hatten es tatsächlich geschafft, ihre Affäre geheim zu halten. Sie haben sich immer nur bei Taylor zu Hause getroffen, wie ich hinterher erfahren habe. Sein Haus liegt außerhalb des Ortes, etwas abgeschieden. Nicht weit entfernt von der Highschool, an der Linda unterrichtet hat. Sie ist wohl nach der Schule oft zu ihm gefahren.«

»Linda war also Lehrerin?«

»Ja«, murmelt Hazel und starrt in ihre Tasse. »Für Englisch und Deutsch.«

»Deutsch«, wiederhole ich überrascht. »Hat Connor ihr das beigebracht?«

Hazel nickt. »Ja. Sie sprach sehr gut Deutsch. Vor allem, als sie nach den zwei Auslandssemestern aus Heidelberg zurückkam. Sie ist Connor dorthin gefolgt – die beiden hätten es doch nicht mehrere Monate lang ohne einander ausgehalten.«

Ihre Worte treffen mich in den Magen wie eine Faust. Ich nehme einen Schluck Kaffee und versuche, mich zu sammeln. Man kann doch nicht auf eine Tote eifersüchtig sein, oder? Tot. Linda ist tot, und ich könnte das genauso sein. Es hätte nicht viel gefehlt, und auch ich wäre im Atlantik ertrunken. Ich muss daran denken, wie wütend Connor gestern auf mich gewesen ist. Wie er mich im Pick-up-Truck angeschrien hat, dass manche Menschen ihre Fehler mit dem Leben bezahlen. Jetzt verstehe ich, an wen er da gedacht hat.

»Oh, ich glaube, der Nebel lichtet sich ein wenig.« Harolds Worte holen mich zurück an den Küchentisch. Genau wie die anderen sehe auch ich zum Fenster hinüber, stelle fest, dass die Büsche und Bäume vor dem Haus langsam wieder Kontur annehmen.

»Wir sollten los«, sagt Harold zu Mama, die eilig ihren Kaffee austrinkt.

»Kannst du bitte Ethan noch einmal ein herzliches Dankeschön von mir ausrichten, Harold?«, frage ich zaghaft und schüttele dem Fischer die raue Hand, als er sich zum Gehen wendet.

»Aber klar«, sagt er. »Kein Problem.«

»Tschüss, Mama. Ähm … einen schönen Tag«, wünsche ich und fühle mich seltsam befangen. Auch Mamas Lächeln wirkt eine Spur verkrampft, als sie mir einen Kuss gibt und Harold aus der Küche folgt.

Ich starre den beiden stumm nach, nippe nachdenklich an meinem Kaffee. Erst, als Hazel die leeren Tassen von Mama und Harold abräumt, erinnere ich mich wieder an ihre Anwesenheit.

»Bist du immer so früh auf oder nur heute, wegen der beiden?«, frage ich und beiße genüsslich in einen Muffin. Ganz sicher werde ich in Düsseldorf Probleme bekommen, mein Brautkleid zu schließen. Aber darüber werde ich mir Gedanken machen, wenn ich wieder in meinem normalen Leben in Deutschland bin, das mir momentan Lichtjahre entfernt zu sein scheint. Kurz muss ich mit schlechtem Gewissen daran denken, dass Lennart mich nicht mehr erreichen kann, seit mein Smartphone baden gegangen ist. Ich darf nicht vergessen, Luise zu bitten, dass Jens ihm eine Nachricht überbringt: dass mein Telefon in die Toilette gefallen ist.

»Ich wache meistens sowieso gegen fünf Uhr auf«, antwortet Hazel. »Alte Gewohnheit. Mein Mann war auch Fischer. Habe ich das schon erwähnt?«

Überrascht schüttele ich den Kopf. Hazel lächelt. »James hatte ein Boot und eine Lizenz zum Hummerfang. Jahrelang habe ich ihm um kurz nach 5 Uhr das Frühstück zubereitet, bevor er zum Hafen fuhr. Ich wusste, dass Harold deine Mama heute früh abholen würde, also wollte ich ihnen etwas Gutes tun und sie nicht ohne Kaffee und einen Muffin ziehen lassen. Dass die beiden wegen des Nebels sogar ganz in Ruhe frühstücken konnten, das war natürlich Zufall. Ein netter Zufall, wie ich finde, auch wenn es für Harolds Fang natürlich nicht allzu gut sein dürfte.«

»Das Leben eines Fischers ist ganz schön hart, oder?«, frage ich zaghaft, weil ich nicht sicher bin, ob sie über ihren verstorbenen Mann reden möchte. Hazel seufzt leise und lässt sich wieder auf ihren Stuhl sinken.

»Ja, das ist es allerdings«, nickt sie langsam. »Du hast ja gestern mitbekommen, wie rau und unberechenbar der Atlantik sein kann. Von ihm abhängig zu sein, darauf angewiesen, mit seinem Kutter hinausfahren zu können, das ist ein täglicher, zermürbender Kampf. Stürme, Nebel, so viele Faktoren können einen Fischer daran hindern, einen guten Fang zu machen und somit sein tägliches Brot zu verdienen.« Sie betrachtet mich mit einem liebevollen Lächeln und sagt: »Du siehst heute schon wieder viel besser aus, Lotte. Gestern hast du uns allen wirklich einen Schrecken eingejagt.«

»Ich weiß«, sage ich kleinlaut und beiße erneut von meinem Muffin ab.

»Solltest du übrigens die ›Lady of the Tides‹ auslaufen sehen wollen, kannst du ganz nach oben auf den Widow's Walk gehen«, bemerkt Hazel und wirft einen Blick zum Fenster hinüber. »Schau, der Nebel hat sich fast vollständig aufgelöst, die Sicht müsste jetzt gut sein.«

»Widow's … was?«, erkundige ich mich verdutzt. Hazel hält inne, sieht mich an und lacht.

»Ach, den kennst du ja noch gar nicht«, sagt sie vergnügt. »Der Widow's Walk, das ist die kleine Plattform mit dem Geländer, ganz oben auf dem Türmchen dieses Hauses. Solche architektonischen Besonderheiten findest du oft bei diesen viktorianischen Häusern entlang der nordamerikanischen Ostküste. Früher dienten diese Ausgucke dazu, dass die Kapitänsgattinnen nach den Schiffen ihrer Männer Ausschau halten konnten. Da einige von ihnen das vergeblich taten, wurden diese Plattformen, Türmchen und Galerien auf den Hausdächern nach den Witwen benannt: Widow's Walk.«

Fasziniert habe ich Hazel gelauscht, nicke nun begierig. »Oh, wenn ich auf diese Plattform hinaufdürfte, wäre das super! Von dort oben muss man ja eine fabelhafte Aussicht haben!«

Kapitel 33

Und die hat man in der Tat. Hazel zeigt mir die hinter einer Tür versteckte schmale Holztreppe, die am Ende des Flurs, wo mein Leuchtturmzimmer liegt, in das Türmchen hinaufführt. Dieses Turmzimmerchen ist entzückend, finde ich. Es hat zu allen vier Seiten fast bodentiefe Sprossenfenster, denen man zwar ansieht, dass sie lange nicht geputzt wurden, die aber trotz allem einen fantastischen Rundumblick auf Chester bieten. Das einzige Möbelstück hier oben ist ein etwas abgewetzter roter Ohrensessel. In der Mitte des Zimmerchens führt eine enge, weiß getünchte Holzwendeltreppe nach oben, zu einer Dachluke, die Hazel für mich aufstemmt. Dann läuft sie die Stufen wieder herunter, um mich hochsteigen zu lassen.

»Genieß die Aussicht«, lächelt sie mich an. »Ich muss unten ein wenig Papierkram erledigen. Bis später!«

Langsam steige ich die enge Wendeltreppe hinauf, deren Stufen ziemlich niedrig sind und mich ein paarmal fast stolpern lassen. Als ich oben meinen Kopf aus der Luke strecke, werde ich von einer frischen Brise empfangen, die den Duft nach Meer mit sich trägt. Langsam richte ich mich auf und blinzele überwältigt in die Morgensonne: Ich stehe auf einer quadratischen Plattform, die von einem weißen Holzgeländer umgeben ist und kann weit in alle Richtungen sehen. Es ist unfassbar, wie schnell sich der Nebel aufgelöst und strahlendem Sonnenschein Platz gemacht hat. Begeistert lasse ich meinen Blick über Hazels Garten wandern, die Küstenstraße entlang, in die Gärten der umliegenden

Häuser, über Dächer und mächtige Baumkronen. Ich erkenne die Hauptstraße mit dem leuchtenden Türkis der Mermaid Boutique und dem Hellgrau des Smiling Whale Café, ein paar Straßen weiter Richtung Meer liegt der Jachthafen mit den weiß in der Sonne leuchtenden Segelbooten auf dem Wasser. Begeistert halte ich den Atem an, als ich sogar die Rope Loft erkenne und weiter rechts den Fischerhafen, wo ich gestern von Harolds Boot gestiegen bin. Und dann entdecke ich tatsächlich ein leuchtend türkisfarbenes Fischerboot, das gerade die Hafenmündung verlässt und hinaus auf den offenen Atlantik fährt. Fasziniert sehe ich der »Lady of the Tides« hinterher und frage mich, ob Ethan mit an Bord ist – oder ob Harold und Mama womöglich nur zu zweit auf dem Kutter sind. Ich schirme meine Augen vor den hellen Strahlen der Morgensonne ab und folge dem Kutter nachdenklich mit meinem Blick. Bei der Vorstellung, dass Mama wirklich solche Gefühle für Harold entwickeln könnte, dass sie Papa verlassen und hierherziehen würde, schlucke ich beklommen. Aber, nein, diese Vorstellung will in meinem Kopf einfach keine Gestalt annehmen. Selbst wenn Mama ihren Malkurs im Jachtclub und die Fahrten hinaus aufs Meer mit Harold genießt – das ganze Jahr über in einem kleinen Ort in Kanada zu leben, wo die Winter sicher lang und hart sind, das ist eine ganz andere Sache, und ich glaube kaum, dass Mama so ein Leben auf Dauer wirklich gefallen würde. Schließlich ist sie gebürtige Düsseldorferin, sie würde sicherlich nur schwer ohne die Annehmlichkeiten der Stadt auskommen.

Unwillkürlich muss ich an Lennart denken. Und an Connor. Würde ich für länger als für diesen unverhofften Kurzurlaub hier in Chester bleiben wollen? Würde ich der Liebe wegen mein Leben in Deutschland aufgeben und hierherziehen?

Langsam lasse ich meinen Blick über die malerische Landschaft um mich herum gleiten, und mit einem Mal bin ich mir so sicher, hier glücklich sein zu können, dass mir ganz flau im Magen wird. Ich halte mich am Geländer fest und sehe nachdenklich einer Möwe hinterher, die mit einem leisen Krächzen aufs offene Meer hinausfliegt. Beinahe verzweifelt suche ich nach Gründen, warum es hier auf Dauer womöglich doch nicht so schön sein könnte – und da fällt mir Connors Mutter Angelika ein, die Mann und Sohn verlassen hat und zurück in ihr altes Leben nach Deutschland gegangen ist. Ich versuche, diesen Gedanken festzuhalten, doch im nächsten Moment sehe ich nur noch Connors hellblaue Augen vor mir, höre die Worte, die meine Schwestern gestern Abend zu mir gesagt haben: Dass die erotische Spannung zwischen uns deutlich spürbar gewesen sei, dass Connor mich mit seinem Blick ausgezogen habe. Trotz der frischen Brise, der ich hier oben schutzlos ausgeliefert bin, durchflutet mich ohne Vorwarnung lodernde Hitze, und ich schäme mich sofort dafür. Eigentlich ist es ja ganz egal, ob ich mir nun ein Leben hier in Chester vorstellen kann oder nicht, sage ich mir im Stillen: Connor hat mich noch nicht einmal geküsst, und ich bin mir auch ziemlich sicher, dass er das nicht mehr tun wird. Und das ist gut so. Immerhin ist heute schon Samstag. Vielleicht sitzen wir bereits morgen im Flugzeug und kehren zurück in unser normales Leben. Bald werde ich Connor vergessen haben – spätestens, wenn ich in meinem wunderschönen Brautkleid auf Lennart zuschreite und Charlotte von Seehausen werde. Mit einem Mal fröstele ich doch wieder und schlinge meine Arme um meinen Oberkörper. Ich werfe einen letzten Blick in die Runde und steige dann die schmale Wendeltreppe hinunter, zurück ins Turmzimmer. Jetzt muss ich mich dringend ablenken, und wie das am besten geht, das weiß ich ja inzwischen nur zu gut. Kurz entschlossen laufe ich ein weiteres Stockwerk tiefer, hole mein inzwischen trockenes (wenn auch sehr welliges) Notizbuch und den Kugelschreiber und kehre zurück zu dem einladenden Ohrensessel im Turmzimmer, von wo aus ich beim Schreiben immer wieder einen fantastischen Ausblick über den langsam erwachenden Ort habe.

Ich merke erst, wie lange ich mal wieder geschrieben habe, als meine Beine eingeschlafen sind, denn ich sitze im Schneidersitz im Sessel. Stöhnend pule ich meine Füße unter meinen Oberschenkeln hervor und stelle sie auf dem Dielenboden ab, massiere mir die kribbelnden Waden. Der Ohrensessel mit seinem wunderschönen Ausblick ist zwar ein sehr inspirierender Ort zum Schreiben, aber leider kein orthopädisch empfehlenswerter Arbeitsplatz. Mit einem leisen Ächzen stehe ich auf, wobei ich meinen Kugelschreiber vergesse, der von meinem Schoß kullert und auf die Dielen plumpst, unter den Sessel rollt. Der Boden ist hier oben erschreckend schief, noch dazu klaffen breite Risse zwischen den alten Holzdielen. Suchend bücke ich mich nach meinem Stift und wundere mich, als ich ihn nicht sofort finden kann. Da leuchtet mir das helle Gelb des Wals auf dem Kugelschreiber auf einmal aus einer Ritze zwischen zwei Bodenbrettern unterhalb des Sessels entgegen. Ich schiebe den Sessel ein wenig zur Seite, knie mich auf den Boden und pule den Stift heraus. Gerade will ich mich aufrichten, als ich in der Ritze auch noch etwas Metallisches schimmern sehe. Vielleicht eine Münze, die dort hineingekullert ist? Neugierig greife ich erneut in den Spalt. Als ich etwas Kühles, Glattes spüre, hebe ich den Gegenstand heraus und starre erstaunt auf ein zierliches, ovales Medaillon an einer silbernen Kette. Das Silber des Schmuckstücks ist angelaufen, doch man erkennt trotz allem die feine Gravur auf der Vorderseite, ein zartes Blumenmuster. Vorsichtig nehme ich das flache Medaillon in die Hand, lasse die feingliedrige Kette durch meine Finger gleiten und klappe den Deckel auf. Ich erwarte ein Foto, wie man es üblicherweise in einem Medaillon findet. Das Bild eines Mannes oder vielleicht eines Kindes. Stattdessen fällt mir ein kleiner silbriger Gegenstand entgegen und landet auf dem Fußboden. Zum Glück verfehlt er die Spalte im Holzboden, denn als ich mich bücke, erkenne ich, dass es sich um einen winzigen Schlüssel handelt, den ich vermutlich nicht mehr aus dem Krater zwischen den antiken Dielen hätte herauspulen können. Erstaunt drehe ich den Schlüssel zwischen meinen Fingern. Von der Größe her erinnert er mich an den Schlüssel des Tagebuchs, das ich als Teenager eine Zeit lang geschrieben und nach jedem Eintrag sorgfältig verschlossen habe, damit meine Schwestern nicht erfuhren, dass ich in den Mathe-Referendar verknallt war. Nachdenklich mustere ich den Schlüssel und lege ihn dann zurück in das Schmuckstück, schließe den Deckel. Während mein Zeigefinger über die feine Gravur fährt, frage ich mich, wer die Kette hier verloren haben könnte. Als ein Stockwerk tiefer Schritte auf den knarzenden Dielen des Flurs zu hören sind, muss ich über meine eigene Gedankenlosigkeit auflachen: Wer soll das Medaillon hier schon verloren haben? Natürlich Hazel, der dieses Haus gehört!

Kurz entschlossen schnappe ich mir meine Schreibsachen und verlasse das Turmzimmer. Schon auf der Treppe in den zweiten Stock hinab höre ich Hazels Stimme. Ich stutze. Mit wem spricht sie denn? Hier oben wohne doch eigentlich nur ich, im Leuchtturmzimmer. Als mir bewusst wird, wer der einzige Mensch außer meiner Familie ist, den ich in den letzten Tagen regelmäßig hier im Bed & Breakfast habe ein- und ausgehen sehen, wird mir heiß. Atemlos warte ich ab, ob ich Connors tiefe Stimme höre, doch es ist weiterhin nur Hazel, die etwas murmelt. Vielleicht telefoniert sie? Dann jedoch geht am Ende des Flurs eine Zimmertür auf und Hazel erscheint im Türrahmen, allein und ohne Telefon, in der Hand eine Broschüre. Erschrocken zuckt sie zusammen, als sie mich im Flur stehen sieht, und lacht dann auf.

»Ach, du bist es, Honey!«

»Entschuldige, Hazel«, sage ich verlegen und kann es mir nicht verkneifen, einen neugierigen Blick an ihr vorbei in das Zimmer zu werfen. Ein Himmelbett mit Quilt und Zierkissen in Blautönen dominiert den Raum, im Hintergrund erkenne ich eine altmodische Frisierkommode und daneben einen hübschen Erker zum Meer hinaus, dessen tiefe Fensterbank mit dicken Sitzkissen gepolstert zu sein scheint. Ich habe mich schon ein paarmal gefragt, wohin sich Hazel in dieser Pension eigentlich zurückzieht, wenn sie mal ihre Ruhe und Privatsphäre haben will, und nun weiß ich es. Ihr Schlafzimmer, das nur zwei Zimmer von meinem entfernt liegt, sieht einladend und gemütlich aus.

»Ich wollte dich nicht erschrecken«, sage ich zu der älteren Dame, die nun die Tür hinter sich schließt. »Ich dachte ... ähm, ich hatte dich sprechen gehört und habe mich gefragt, ob ...«

Ob Connor da ist.

»Ob du Besuch hast.«

Hazel schüttelt den Kopf. »Ach, nein, ich habe mit mir selbst gesprochen. Eine dumme Angewohnheit, seit James tot ist. Streng genommen sind es gar keine Selbstgespräche, sondern Unterhaltungen mit ihm. Ich erzähle ihm immer, was ich erlebt habe, was mich bedrückt, was ich lustig finde.«

»Ach so«, sage ich und nicke, wobei ich versuche, meine Rührung zu verbergen. »Ja, das verstehe ich.«

Hazel sieht mich überrascht an und neigt ein wenig den Kopf, als müsste sie überlegen, ob ich es ernst meinen könnte. »Wirklich?«, fragt sie dann leise. »Die meisten Leute halten mich für ein wenig – nun ja, sagen wir gaga, wenn ich meine Gespräche mit James erwähne.«

Nachdrücklich schüttele ich den Kopf. »Nein, ich nicht.«

Noch vor kurzem hätte ich Hazel deswegen vielleicht auch für ein wenig sonderbar gehalten. Nun jedoch, da ich von Tante Charlies Tod geträumt, den halbmondförmigen Strand, den Leuchtturm und zu allem Überfluss immer wieder Tante Charlie gesehen habe, glaube ich langsam, dass es Dinge zwischen dieser Welt und dem Jenseits gibt, die sich wissenschaftlich nicht erklären lassen. Und irgendwie finde ich es seit Charlies Tod sogar sehr tröstlich, dass es diese Dinge zu geben scheint.

Mit einem Mal spüre ich deutlich das kühle Silber in meiner Hand, und mir fällt wieder ein, warum ich Hazel eigentlich sprechen wollte. »Sieh mal, was ich oben im Turmzimmer gefunden habe«, sage ich und halte ihr das Medaillon an der Silberkette entgegen. Doch anstatt in Begeisterung auszubrechen, runzelt Hazel die Stirn, beugt sich vor und mustert das Medaillon ratlos, ohne mir die Kette abzunehmen. Schließlich fragt sie verwundert: »Das hast du im Turmzimmer gefunden?«

»Ja«, erwidere ich und lasse das Medaillon sinken. »Es lag in einer Bodenspalte verborgen.«

»Ach, diese Krater im Holz dort oben«, seufzt Hazel. »In den übrigen Stockwerken haben James und ich vor ungefähr dreißig Jahren die Böden ausgetauscht, aber dort oben liegen noch die Bodendielen aus dem Jahr, als dieses Haus gebaut wurde, also 1895. Das Holz ist mittlerweile so verzogen, dass die Spalten immer größer werden. Es würde mich nicht wundern, wenn wir irgendwann ganze Bücher zwischen den Dielen finden sollten.«

Sie schmunzelt amüsiert und betrachtet dann wieder das Schmuckstück in meiner Hand. »Keine Ahnung, von wem das sein könnte«, sagt sie. »Ich selbst habe nie ein solches Medaillon besessen. Vielleicht hat es irgendwann einmal ein Gast dort oben verloren – aber das muss Jahre her sein, weil ich seit Ewigkeiten niemanden mehr in das Turmzimmer gelassen habe. Es ist mir etwas peinlich, wie alt und unrenoviert es dort oben ist, und dieser olle Sessel macht ja auch nicht mehr viel her.«

»Ich liebe das Zimmerchen!«, erkläre ich enthusiastisch. »Und ich liebe den alten Boden und den Sessel – auch wenn ich nach dem langen Sitzen einen etwas steifen Rücken bekommen habe.«

»Ach Lotte, das ist wirklich lieb von dir«, seufzt Hazel und wirkt mit einem Mal ganz gerührt, als sie ihre Hand ausstreckt und meine Wange streichelt. Überrascht lächele ich sie an, bevor sie sich abwendet und auf die Treppe zugeht, die nach unten führt. Ich folge ihr. Im ersten Stock bleiben wir stehen, Hazel dreht sich zu mir um und fragt, halb im Scherz, doch mit einer gehörigen Prise Ernsthaftigkeit in den braunen Augen: »Du hast nicht zufällig eine halbe Million Dollar auf dem Konto, die du in ein altes Haus investieren möchtest, oder?«

Verblüfft sehe ich sie an. »Ähm – nein, zufällig nicht«, lache ich, werde dann jedoch gleich wieder ernst, weil ich merke, dass Hazel trotz ihres bemüht fröhlichen Lächelns eigentlich nicht zu Scherzen aufgelegt ist. »Wieso? Welches Haus sollte ich kaufen?« Wobei ich die Antwort natürlich schon erahne.

»Na, dieses hier«, bestätigt Hazel meine Vermutung und geht auf die nächste Treppe zu, die ins Erdgeschoss führt. Ich jedoch bleibe stehen und frage ratlos: »Aber du willst doch das Bed & Breakfast nicht wirklich verkaufen?«

Hazels Hand ruht auf dem Treppengeländer. Sie sieht mich an und sagt traurig: »Wollen ist übertrieben, aber mir bleibt wohl kaum etwas anderes übrig. Weißt du, ich werde bald siebzig Jahre alt. Ich weiß, dass ich diese Pension nicht ewig allein werde betreiben können, aber meine einzige Tochter wohnt in Toronto und kann mir nicht dabei helfen. Das Bed & Breakfast bringt mir aber auch nicht so viel ein, dass ich ohne Weiteres jemanden einstellen könnte, der mir zur Hand geht. Ich schätze mich ja schon sehr glücklich, dass Connor mir ständig hilft, ohne dafür einen Cent zu nehmen.«

Bei der Erwähnung seines Namens scharre ich unruhig mit meinem Fuß auf dem blank geputzten Dielenboden herum.

»Aber – du hängst doch an diesem Haus!«, sage ich bedrückt.

Hazel nickt mit einem wehmütigen Lächeln und wirft einen Blick aus dem Erkerfenster am Ende des Flurs, als müsse sie sich erneut vor Augen halten, wie schön dieses Haus ist.

»Oh ja, und ob ich das tue«, sagt sie leise. »Es ist schließlich mein Elternhaus.«

»Was? Wirklich?«, frage ich erstaunt.

Hazel nickt. »Ja. So ein Haus hätten James und ich uns sonst nicht einfach leisten können, selbst wenn die Hummersaison hin und wieder sehr gut war.« Sie lacht auf. »Aber ich bin Einzelkind und habe dieses Haus geerbt, das mein Großvater vor vielen Jahren hat bauen lassen. Kapitän William Turner. Sein Bild hängt unten im Empfangszimmer.«

»Nein!«, rufe ich überrascht aus und erinnere mich an das Gemälde des graubärtigen Kapitäns in Uniform. »Dann hat also auch deine Großmutter oben auf dem Widow's Walk gestanden und nach ihrem Mann Ausschau gehalten?«

Hazel nickt. »Ja. Und leider am Ende umsonst, denn das Schiff meines Großvaters ist 1910 bei einem Sturm vor Neufundland untergegangen.«

»Wie schrecklich«, murmele ich.

Hazel nickt. »Wie du siehst, in diesem Haus ist so viel Familiengeschichte vorhanden, und natürlich bricht mir der Gedanke das Herz, all das aufzugeben – aber das Ganze wächst mir in letzter Zeit über den Kopf. Die Steuer ist schon wieder erhöht worden, die Versicherung kostet ein halbes Vermögen. Darum kann ich auch nicht einfach ohne Pensionsbetrieb hier wohnen, das könnte ich mir nicht leisten. Und was soll ich alleinstehende Frau mit acht Schlafzimmern?«

»Acht?«, frage ich verblüfft und zähle ihm Kopf die Zimmer, von denen ich weiß. Meine Familie und ich belegen sämtliche Gästezimmer, nämlich vier. Und dann habe ich gerade noch Hazels privates Schlafzimmer entdeckt. Macht fünf.

Hazel nickt. »Ja. Unten im Erdgeschoss ist ein Raum mit tollem Gartenblick, in dem ich lediglich bügele. Den könnte man als weiteres Gästezimmer nutzen, wenn man ihn renovieren und einen Durchbruch zum Badezimmer machen würde, das praktischerweise direkt daneben liegt. Aber mir ist das einfach zu anstrengend. Ich will keine Bauarbeiten im Haus haben, all diesen Lärm und Schmutz. Ja, und dort hinten, den Raum nutze ich nur als Abstellkammer.« Sie deutet auf eine Tür am Ende des Flurs, neben Mamas Lupinen-Zimmer. »Dabei wäre auch das ein wunderbares weiteres Pensionszimmer, mit romantischem Erker und Blick aufs Meer. Und dann gibt es im zweiten Stock noch mein Arbeitszimmer, das ich eigentlich nicht wirklich brauche, weil ich ja unten im Empfangszimmer schon einen Schreibtisch habe. Du siehst, das Haus ist zu groß und meine Energiereserven sind zu klein. Man könnte hier so viel mehr auf die Beine stellen, viel mehr Gewinn herausholen. Ich habe bisher noch nie wirklich Werbung gemacht, obwohl Connor mir das schon so oft vorgeschlagen hat.« Sie lächelt mich an und wirkt mit einem Mal sehr müde. »Aber der ausschlaggebende Grund, warum ich momentan ernsthaft darüber nachdenke, dieses Haus zu verkaufen, heißt Maggie. Ich vermisse meine Tochter. Und weißt du, was sie mir gestern Abend am Telefon eröffnet hat?«

Hazels Augen leuchten auf, als sie sagt: »Maggie ist schwanger! Ich werde Oma!«

»Oh, Hazel!«, juchze ich und schließe die ältere Dame fest in meine Arme. »Wie wundervoll! Herzlichen Glückwunsch!«

»Danke«, sagt Hazel und wischt sich gerührt über die Augen. »Hach, ich freue mich so auf mein erstes Enkelkind. Ich wünschte nur, James wäre noch hier, um das zu erleben.«

»Ich bin mir sicher, er ist noch hier«, sage ich, ehe ich michs versehe. Keine Ahnung, woher mit einem Mal dieses übersinnliche Gerede kommt, aber der Gedanke, dass James und auch Tante Charlie irgendwie noch anwesend sind und mitbekommen, was hier passiert, tröstet und beruhigt mich ungemein. Hazel sieht mich an, legt mir erneut eine Hand auf die Wange. »Deshalb habe ich dich eben gefragt, ob du nicht zufällig dieses Haus kaufen möchtest«, sagt sie leise. »Du hast ein gutes Herz, Honey. Und du … du hast Verständnis für gewisse Dinge, von denen andere Leute keine Ahnung haben. Vielleicht liegt es daran, dass du Schriftstellerin bist. Ich denke, dass Künstler oft sensibler sind als andere Menschen. Genauer hinsehen und zuhören.«

Staunend bin ich ihren Worten gefolgt, frage mich, ob da was dran ist. Wenn man meine Lehrer in der Schule fragen würde, würden sie sicherlich in lautes Gelächter ausbrechen. Ich war wirklich nie eine gute Zuhörerin, wenn es um Algebra oder Photosynthese ging. Aber vermutlich ist es nicht das, was Hazel meint.

»Hmm«, murmele ich und stehe etwas neben mir. Der Gedanke, dieses entzückende Haus zu kaufen, bringt mich leicht aus der Fassung. »Leider habe ich nicht einmal annähernd so viel Geld«, sage ich schließlich und lache auf, als ich an mein mageres Sparkonto denke. Meine Ersparnisse würden nicht einmal ausreichen, um den Eigenanteil bei einer Baufinanzierung zu decken. Da müsste ich mir schon meinen Erbanteil auszahlen lassen. Aber so eine Aktion käme bei meinem Vater sicherlich überhaupt nicht gut an – ganz zu schweigen von dem, was er von der Idee, ein Haus in einem kleinen Ort in Kanada zu kaufen, halten würde. Oder Lennart. Himmel, ich heirate in ein paar Tagen. Wieso fällt mir das erst jetzt ein? Ich kann kein Haus in Kanada kaufen, weil Lennart und ich bald unser Eheleben in Düsseldorf beginnen und dort ein Eigenheim kaufen werden!

»Aber es dürfte doch kein Problem sein, einen Käufer zu finden, oder? Ich meine – falls du wirklich verkaufen willst.«

Ich kann mir noch immer nicht vorstellen, dass sich Hazel wirklich von diesem Schmuckstück trennen möchte. Apropos Schmuckstück. Für einen Moment öffne ich meine Hand und vergewissere mich, dass das Medaillon noch da ist. Ja, ist es.

Hazel hat meinen Blick bemerkt und sagt mit einem Lächeln: »Behalte du das Medaillon. Ich wüsste wirklich nicht, wem es gehört haben könnte.« Sie beginnt, die Treppe ins Erdgeschoss hinabzusteigen, und ich folge ihr. Ohne sich zu mir umzudrehen sagt sie: »Ja, ich denke, dass ich tatsächlich zu Maggie ziehen werde, dass ich also verkaufen muss.« Am Ende der Treppe bleibt sie stehen, sieht mich ernst an. »Aber der Gedanke, an irgendeinen Fremden zu verkaufen, macht mir Angst. Es wäre so viel leichter, den Käufer zu kennen. Ihn – oder sie – gern zu haben.« Sie lächelt mich schief an, schüttelt dann jedoch resolut den Kopf und meint: »Aber das ist natürlich nur ein Wunschgedanke. Ich werde gleich erst einmal Henry McLloyd kontaktieren, unseren Immobilienmakler hier im Ort.« Sie hält die Broschüre hoch, die sie eben aus ihrem Schlafzimmer geholt hat. Jetzt erkenne ich, dass es die Broschüre eines Maklerbüros ist. »Der wird ein paar schöne Fotos vom Haus machen, und dann sehen wir weiter. Vielleicht habe ich ja Glück, und es findet sich ein netter Käufer, dem ich mein Elternhaus gern überlasse.«

»Guten Morgen!«, werden wir von Luise unterbrochen, die erschreckend gut gelaunt den Flur entlangkommt.

»Was ist denn mit dir los?«, frage ich verdutzt.

»Wieso?«, erkundigt sie sich unschuldig, als sei es das Normalste der Welt, dass sie mit einem Lächeln auf den Lippen unterwegs ist.

»Du warst beim Yoga am Strand, richtig?«, fragt Hazel mit einem wissenden Schmunzeln. Als Luise nickt, sagt sie lachend: »Ah, ja. Ich habe schon von einigen Leuten gehört, dass Conny O'Brians Yogakurse Balsam für die Seele sind. Danach ist jeder ausgeglichen.«

»Ja, sogar ich«, sagt Luise voller Selbstironie und lacht aus vollem Halse, was mich so verblüfft, dass ich sie mit offenem Mund anstarre. »Nun guck nicht so, als hättest du einen Geist vor dir!«, sagt Luise und rammt mir ihren Ellenbogen in die Seite. »Hey, wollen wir nachher zum Mittagessen ins Smiling Whale Café gehen? Ich muss dringend noch einmal diesen sündig guten Salat mit den kandierten Pecannüssen essen.«

»Ähm – ja, gern«, sage ich ehrlich überrascht.

»Wo ist denn Sophie?«

»Hier«, kommt die von einem Gähnen begleitete Antwort, und wir merken, dass im ersten Stock die Tür zum Blaubeer-Zimmer aufgegangen ist. Sophie blinzelt mit kleinen Augen zu uns ins Erdgeschoss hinab, eine Hand auf ihrem Bauch, der sich unter einem weiten Big-Shirt wölbt.

»Mahlzeit, Schlafmütze«, kommentiert Luise und sprintet die Treppe hinauf. »Bist du auch dabei? Mittagessen im Smiling Whale Café? Ich dusche nur schnell und checke meine Mails. Gehen wir um halb zwölf los?«

»Oh Gott, oh Gott, ich habe noch nicht mal gefrühstückt«, stöhnt Sophie.

»Möchtest du einen Kaffee haben?«, erkundigt sich Hazel. »Ich kann dir einen aufs Zimmer bringen.«

»Ach, das wäre grandios, danke!« Sophie sinkt auf die oberste Treppenstufe und zwirbelt ihr Haar zu einem Dutt.

»Übrigens: Heute Abend gehen wir tanzen!«, ruft Luise, die schon in ihrem Zimmer ist, ihre Tür jedoch noch offen hat stehen lassen. Sophie wirft mir einen geradezu entsetzten Blick die Treppe hinab zu, und ich muss kichern, bevor ich mich erkundige: »Wieso tanzen?« Ich mache ein paar Schritte die Treppe hinauf und beobachte, wie Luise ihre Turnschuhe auszieht und nebenher ihren Laptop einschaltet, der auf ihrem Bett steht.

»Conny O'Brian vom Yoga hat erzählt, dass samstags immer solche ›Barn-Dances‹ stattfinden, Scheunenpartys. Das klingt doch interessant. Und wenn wir hier eh noch einen weiteren Abend festsitzen, können wir genauso gut feiern gehen. Ich habe übrigens eben mit der Airline telefoniert. Nichts Neues. Aber ich nehme das jetzt yogamäßig gelassen. Und heute Abend tanze ich. Mit euch!«

Es ist so typisch für Luise, dass sie nicht fragt, sondern befiehlt. »Ähm …«, murmele ich und überlege, ob Connor auch zu diesen Scheunenpartys geht. Nein, ich kann ihn mir dort beim besten Willen nicht vorstellen.

»Ich bin mir nicht sicher, ob ich schon tanzen sollte«, wendet Sophie ein und streichelt über ihren Bauch.

»Nein, natürlich solltest du das nicht«, kommt Luises Antwort von oben. »Das habe ich schon geklärt: Es gibt im Barn entlang der Theke Barhocker, wo du sitzen und der Musik zuhören kannst. Übrigens Live-Musik! Du möchtest doch auch mal etwas Anderes machen, als immer nur zu schlafen, oder?«

»Ha, ha«, gibt Sophie zurück, grinst jedoch dabei. »Na gut, überredet.«

»Aber mein Knie tut noch weh«, gebe ich zu Bedenken und starre an meinem Bein hinab, auf das Pflaster. »Ein bisschen, zumindest.«

»Na ja, du kannst ja zwischendurch immer mal eine Tanzpause einlegen«, erwidert Luise ungerührt. »Du bist schließlich nicht schwerverletzt.«

Nein, zum Glück nicht. Erneut erschaudere ich bei der Erinnerung an die gestrige Rettungsaktion und werfe hastig ein, um mich selbst von diesen Gedanken abzulenken: »Aber ich habe gar nichts zum Anziehen für eine Party.« »Na sowas Lotte, nichts zum Anziehen für eine Party!« spottet Luise, wobei sie ins Englische wechselt, weil Hazel mit einer Tasse Kaffee aus dem Erdgeschoss hochkommt.

»Dann solltest du dringend in die Mermaid Boutique reinschauen«, wendet sich Hazel an mich. »Dort gibt es entzückende Sommerkleider, die dir hervorragend stehen würden.«

»Oh ja, das stimmt!«, bestätigt Sophie und bedankt sich überschwänglich bei unserer Wirtin, während sie ihr den Kaffee abnimmt. »Da sollten wir nach dem Mittagessen unbedingt hingehen, Lotte. Ich wollte mir eh noch die Kette kaufen, die ich dort neulich gesehen habe. Mit so einer schönen, glatt geschliffenen Scherbe als Anhänger.«

»Eine Scherbe?«, frage ich ratlos. »An einem Schmuckstück?«

»Aber ja«, sagt Hazel mit einem wissenden Lächeln. »Das nennen wir hier Beachglass oder Seaglass. Es handelt sich dabei um Scherben, meist von zerbrochenen Flaschen, die vom Meer wunderbar glatt geschliffen worden sind. Wenn man am Strand die Augen offenhält, findet man manchmal ein paar schöne Stück

Beachglass. Am häufigsten sind Scherben in Weiß und Grüntönen, seltener sind schöne Blautöne.«

»Das klingt toll«, sage ich und nicke. »Gut, gehen wir nachher ein bisschen Kleider und Schmuck shoppen!«

»Und heute Abend tanzen!«, ruft Luise, die gerade aus ihrem T-Shirt geschlüpft ist und mit einem Grinsen ihre Zimmertür schließt.

»Na gut«, seufze ich ergeben. »Und heute Abend tanzen.«

Kapitel 34

K ommst du, Lotte?«, ruft Luise zum wiederholten Mal aus dem Erdgeschoss.

»Ja-ha!«, antworte ich und werfe einen zweifelnden Blick in den Spiegel. Obwohl ich mein neues Kleid aus der Mermaid Boutique entzückend finde, bin ich doch ein wenig unsicher, ob ich darin zum Tanzen gehen sollte. Der Grund dafür ist der doch recht gewagte Ausschnitt. Normalerweise laufe ich nicht so freizügig gekleidet herum, doch die Sommerkleider in der Boutique waren alle ähnlich weit dekolletiert. Langsam drehe ich mich zu allen Seiten, lasse meine Hände über den weichen Stoff in diesem fantastisch grünlichblauen Farbton gleiten, der meine grünen Augen zum Leuchten bringt. Das verspielte maritime Muster aus kleinen Ankern gefiel mir auf Anhieb, und besonders die Spitze an Ausschnitt und Saum hat es mir angetan. Wenn nur die Träger des luftigen Kleides ein wenig kürzer wären, dann würde ich weniger offenherzig durch die Gegend spazieren. Andererseits – warum soll ich nicht auch mal zeigen, dass ich von Mutter Natur obenherum gut ausgestattet wurde? Meine Finger fahren über die feine Silberkette mit dem Stück Beachglass daran, das angenehm kühl auf meinem leider nach wie vor ein wenig sonnengeröteten Dekolleté ruht. Als sich Sophie heute in der Mermaid Boutique besagte Kette gekauft hat, konnten auch Luise und ich nicht widerstehen. Sophies Scherbe ist fast durchsichtig, Luises dunkelblau und mein Beachglass-Anhänger hat denselben blaugrünen Farbton wie mein Kleid. Wunderschön.

Kurz zögere ich, ob ich zum tiefen Dekolleté auch noch Lippenstift tragen soll – aber, hey, warum nicht? Das hier ist schließlich meine Junggesellinnen-Abschiedsreise – auch, wenn Charlie sie so sicher nicht geplant hatte. Trotzdem greife ich entschlossen nach meinem Lippenstift in diesem gewagten Rotton, den ich mir in New York geleistet und noch kein einziges Mal getragen habe. Prüfend betrachte ich mich mit roten Lippen und stelle zu meinem Erstaunen fest, dass ich mir so gefalle. Zufrieden lächele ich mein Spiegelbild an. Mein Haar habe ich locker am Hinterkopf hochgesteckt, und dass sich schon wieder die ersten Strähnen lösen, stört mich heute nicht weiter. Mit einem leisen Summen greife ich nach meiner neuen Handtasche. Da meine Ledertasche immer noch feucht ist, habe ich mir in der Mermaid Boutique eine neue Tasche gegönnt, die über und über mit silbernen Perlen bestickt ist und wunderbar zu meinen neuen Flip-Flops passt, die ebenfalls silbern schimmern. Ich wollte nicht mit meinen ausgelatschten Sneakers zum Tanzen gehen. Während ich den Lippenstift in meinem neuen Täschchen verstaue, verdränge ich konsequent alle Gedanken an meine nasse Handtasche und mein ruiniertes Smartphone, das momentan in einem Bad aus ungekochtem Reis ruht – laut Sophie eine Möglichkeit, um es noch zu retten. Sie kennt sich damit aus, ihre Kinder haben schon zwei ihrer Telefone ertränkt. Lennart weiß Bescheid, dass ich bis auf weiteres nicht auf meinem Telefon erreichbar bin, denn Luise hat Jens gebeten, es ihm mitzuteilen. Dass die beiden, trotz ihrer Krise, regelmäßig miteinander telefonieren, hat mir Hoffnung gemacht, dass zwischen meiner Schwester und ihrem Mann alles gut werden wird.

Und auch bei Lennart und mir wird alles gut werden, versuche ich mich selbst zu überzeugen und werfe einen letzten prüfenden Blick in den Spiegel. Angeblich hat Lennart gelassen auf die Nachricht von meinem Smartphone reagiert. Und somit bin auch ich nun gelassen und habe vor, diesen Abend mit meinen

Schwestern zu genießen – schließlich verbringen wir selten genug Zeit zu dritt.

»Da bist du ja endlich – wow!«, ruft Sophie, die auf der untersten Treppenstufe im Erdgeschoss sitzt und mir mit theatralisch weit aufgerissenen Augen entgegensieht. »Hey, du scharfer Feger! Wo ist denn meine Schwester?«

»Haha«, entgegne ich trocken.

»Das Kleid steht dir echt verdammt gut!«, bemerkt Luise, die von ihrem Smartphone aufsieht, auf dem sie gerade herumgetippt hat. »Sehr sexy.«

»Hmm, ein wenig zu sexy für meinen Geschmack«, seufze ich. »Ich habe Angst, dass mir bei einer ungeschickten Bewegung die Brüste rausspringen.«

»Dann mach halt keine ungeschickten Bewegungen«, kommentiert Luise trocken und schiebt ihr Telefon in ihre Handtasche.

»Genau«, bestätigt Sophie und ruft den Flur entlang: »Hey, Connor, komm doch bitte mal her!«

»Was? Wieso Connor?«, flüstere ich hektisch und merke, wie mein freizügiges Dekolleté von roten Flecken überzogen wird. »Was macht der hier?«

»Irgendetwas mit Hazels Website«, erwidert Luise und betrachtet mich mit einem Kopfschütteln. »Du benimmst dich wie eine Pubertierende.«

Das weiß ich selbst, doch ich kann es nicht ändern. Als ich Schritte im Flur näherkommen höre und Connors Stimme, die fragt: »Ja, was ist denn, Sophie?«, würde ich am liebsten kehrtmachen und die Treppe hinauffliehen. Wenn ich auf meinen Flip-Flops fliehen könnte.

Connor taucht im Flur auf und sieht erst Sophie an, dann Luise – und schließlich fällt sein Blick auf mich. Sein Gesicht bleibt regungslos, während er zu mir hochstarrt. Ich verharre auf der Treppe, umklammere das Geländer fester und bemühe mich um ein gelassenes Lächeln, obwohl ich Mühe habe, nicht vor Aufregung in die Knie zu gehen. Dass ich plötzlich wieder glaube, Connors Hand in meiner Kniekehle zu spüren, macht die ganze Sache nicht besser.

Und Sophies Worte auch nicht.

»Connor, findest du, dass Lotte ZU sexy aussieht?«, erkundigt sich meine kleine Schwester unschuldig. Vor Entsetzen falle ich beinahe die letzten Treppenstufen hinab. Fassungslos starre ich Sophie an. Ich könnte sie umbringen, wirklich.

Connors Blick verlässt mich keine Sekunde. Als sich ein paar Lachfältchen um seine Augen bilden und sich seine Mundwinkel ein wenig nach oben bewegen, halte ich den Atem an. Oh Gott, ich sterbe. Wenn hier einer zu sexy ist, dann sicherlich nicht meine Wenigkeit.

Schließlich schüttelt Connor ganz leicht den Kopf und sagt spöttisch: »Nein. Nicht mit dem Pflaster.«

Stimmt, das Pflaster hatte ich fast vergessen. Ich starre an meinem Bein hinab und frage mich kurz, ob ich angesichts seiner Bemerkung gekränkt sein soll, als Connor in nüchternem Tonfall fragt: »Wie geht es deinem Knie, Lotte?«

»Ganz gut«, gebe ich kurz angebunden zurück. Was der Wahrheit entspricht – die Schmerzen sind im Lauf des Tages erträglicher geworden. Solange ich mein Knie nirgendwo anstoße, ist alles im grünen Bereich.

»Übertreib es heute nicht mit dem Tanzen«, bemerkt Connor mit einem weiteren Blick auf mein Knie. »Und du auch nicht«, fügt er an Sophie gewandt in strengem Tonfall hinzu.

»Nein, nein, Doc. Ich werde die meiste Zeit auf einem Barhocker sitzen und alkoholfreie Cocktails trinken«, verspricht Sophie.

»Dann ist es ja gut«, brummt Connor, während er sich abwendet. »Ich arbeite jetzt mal weiter an Hazels Website, wenn es recht ist.«

»Das machst du also an einem Samstagabend?«, fragt Luise, ganz so, als würde sie samstags nie arbeiten. Wäre ich nicht immer noch so nervös, wäre ich versucht, zu lachen.

»Yep«, kommt Connors Antwort, ohne dass er mich noch einmal ansieht. »Und danach habe ich meinem Dad eine Kajaktour versprochen. Falls es dann noch hell ist.«

Da taucht Hazel hinter ihm im Flur auf und juchzt mit flatternden Händen: »Hach, was seht ihr drei toll aus! Nein, Connor, sehen sie nicht wunderschön aus?«

»Ja«, murmelt Connor und bleibt stehen. Er dreht sich um und sieht mich an. Nur mich. Er starrt mir in die Augen, und ich kann nicht anders, ich muss zurückstarren.

»Hach, so jung möchte ich noch einmal sein!«, zwitschert Hazel und bewundert Luise in ihrem roten Wickelkleid, tätschelt dann Sophies Babybauch, der in einer verspielten Tunika entzückend verpackt ist. Meine Schwestern sind in der Mermaid Boutique ebenfalls fündig geworden. Besonders Luises Einkauf hat mich wirklich überrascht, denn normalerweise trägt sie weder solche Kleider noch Signalfarben. Doch dieses leuchtende Rot und der feminine Schnitt des Kleides stehen ihr wahnsinnig gut, und ich bin froh, sie mal in etwas anderem als ihren sonst so vernünftigen und strengen Business-Klamotten in Grau und Schwarz zu sehen.

»Lotte, und du – das Kleid ist ja der pure Wahnsinn!«, ruft Hazel begeistert. Ich winde mich vor Verlegenheit und muss gleichzeitig über die Wortwahl unserer Pensionsbesitzerin schmunzeln. Hazel sieht mich verschwörerisch an, beugt sich ein wenig vor und raunt mir zu: »Da werden die Verehrer heute Abend aber Schlange stehen!« Ich werde noch röter, wenn das überhaupt möglich ist. »Ähm, na ja, mal sehen«, erwidere ich verlegen und begegne erneut Connors Blick. Betont gelassen füge ich hinzu: »Also, einen schönen Abend, Hazel. Und dir auch, Connor.«

»Danke, Liebes, und euch erst!«, ruft Hazel, während Connor mich nur schweigend anstarrt.

Eilig wende ich mich ab, falle beinahe über meine Flip-Flops, die sich ineinanderverhakt haben und flüchte aus dem Haus.

»Was sollte das gerade?«, zische ich Sophie wütend zu, während ich hinter ihr die Verandastufen hinabgehe.

»Was denn?«, fragt sie betont ahnungslos. Diese Rolle beherrscht meine kleine Schwester hervorragend.

»Warum hast du Connor gefragt, ob ich zu sexy bin? Musst du mich so in Verlegenheit bringen?«

»Ach komm, war doch nur ein Spaß«, grinst Sophie. »Wobei sein Blick ja Bände gesprochen hat. Na ja, diesmal war da ja nicht so viel zum Ausziehen«, fügt sie keck hinzu und sieht bedeutungsschwer auf mein luftiges Outfit.

»Hey, hör auf damit!«, wehre ich mich und schüttele aufgebracht den Kopf. »Ich heirate bald, schon vergessen?«

»Nee, WIR haben das ganz sicher nicht vergessen«, kommentiert Luise.

»Hey, ein bisschen Spaß darf Lotte schon haben, ist schließlich ihre Junggesellinnen-Abschiedsreise!«, wirft Sophie ein.

»Aber nicht zu viel Spaß«, kontert Luise entschlossen. »Es reicht, wenn unsere Mutter sich benimmt wie eine verknallte Vierzehnjährige.«

Bei dem Gedanken an Mama seufze ich leise und vergesse Connor und die Sticheleien meiner Schwestern für ein paar Sekunden. Als unsere Mutter heute Nachmittag von ihrem Ausflug mit Harold zurückgekommen ist, wirkte sie so glücklich. Sie schwärmte vom endlosen Atlantik, vom Himmel, der so unglaublich blau und weit war, und von dem Wal, der ganz in der Nähe von Harolds Kutter seine Schwanzflosse aus dem Wasser gehoben hatte. Von Harold selbst schwärmte sie zwar nicht, aber es war offensichtlich, dass sie immer noch sehr angetan von ihm war.

»Heute Abend wollen Harold und ich einen besonders schönen Kabeljau braten«, verkündet sie mit einem versonnenen Lächeln, während sie mit Luise, Sophie und mir bei einem Glas Eistee auf der Veranda saß, wo wir den Spätnachmittag genossen. Dass Luise freiwillig, ohne ihren Laptop, Zeit in unserer Gesellschaft verbrachte, kam mir wie ein Wunder vor.

Keine von uns vieren hatte heute noch einmal die diversen Offenbarungen des gestrigen Abends in meinem Leuchtturmzimmer angesprochen, doch es war eindeutig, dass die ehrlichen Worte etwas bewirkt hatten: Besonders Luise schien entspannter zu sein, ganz so, als habe die Aussprache mit uns eine Last von ihren Schultern genommen, die sie vorher allein mit sich herumgetragen hatte. Vielleicht lag es aber auch am Yoga. Oder es war eine Mischung aus beidem.

Auch Mama wirkte verändert. Sie sprach anders mit Luise, war nicht mehr so vorsichtig, immer auf der Hut davor, etwas zu sagen, über das sich ihre Älteste aufregen könnte. Unsere Mutter kam mir selbstsicherer und gelöster vor. Ich könnte schwören, dass sie im Laufe des Nachmittags auf der Veranda kein einziges Mal nervös an ihrer Halskette gespielt hat. Auch ich selbst fühlte mich im Umgang mit meiner älteren Schwester entspannter, nachdem ich ihr gestern zum ersten Mal so deutlich meine Meinung gesagt hatte. Außerdem verstand ich sie nun besser, begriff, dass auch sie Lasten mit sich herumtrug, die nicht nur mit dem Büro zu tun hatten. Zwischen Luise, Sophie und mir schien heute eine noch nie da gewesene Verbundenheit in der Luft zu liegen. Vielleicht hatten die diversen Geständnisse dazu geführt, dass wir Schwestern das Gefühl hatten, auf eine ganz neue Art zusammengeschweißt zu sein, nachdem wir jahrelang hauptsächlich nebeneinanderher gelebt hatten.

»Ich kann es nicht erwarten, den ersten selbst gefangenen Fisch meines Lebens zu essen!«, sagte Mama und ihre Augen leuchteten.

»Ihr bratet den Fisch hier, in Hazels Küche?« Sophie sah unsere Mutter mit offensichtlich gemischten Gefühlen an.

»Nein. Bei Harold.« Als sie unsere Blicke sah, fügte sie schnell hinzu: »Sein Sohn Ethan wird auch da sein.« Sie zögerte kurz und fragte vorsichtig: »Möchtet ihr mitkommen?«

Luise, Sophie und ich wechselten Blicke, schüttelten schließlich einvernehmlich den Kopf. »Wir gehen zu einer Scheunen-Party«, erklärte Luise.

»Oh, wirklich?« Mama sah ehrlich überrascht aus. »Ihr drei zusammen?«

Sophie nickte. »Ja. Noch bin ich mir allerdings nicht sicher, ob Luise nicht zwischendurch vom Barn aus an einer Telefonkonferenz teilnehmen wird.«

»So ein Quatsch«, brummt Luise und schwenkte ihr Glas, sodass die Eiswürfel darin leise klirrten.

Mama strahlte uns der Reihe nach an. »Finde ich toll, dass ihr zu dritt ausgeht. Ich wünsche euch viel Spaß! Irgendetwas Neues von der Airline?«

Luise schüttelte den Kopf. »Morgen früh rufe ich wieder an und steige denen aufs Dach.«

»Ja, das solltest du«, bestätigt Mama nachdenklich. »Denn wenn wir morgen nicht fliegen, haben wir ein Problem: Ab Montag sind Hazels Gästezimmer mit den Leuten aus Ontario und Kalifornien belegt.«

Kapitel 35

Nach zehn Minuten zu Fuß erreichen wir – weniger dank Hazels Wegbeschreibung, sondern eher dank Luises Smartphone mit Google Maps – den Barn, wo die Party stattfinden soll. Er liegt am Ende einer schmalen Straße unweit der Halbinsel, wo es Richtung Strand und Leuchtturm geht. Von außen wirkt die Scheune recht unscheinbar: Ein großes Holzgebäude in verwittertem Grau, wie so viele der Häuser hier an der Atlantikküste. Hazel hat mir erklärt, dass es sich bei dem Holz dieser ergrauten Häuser um Zeder handelt, die erst hellbraun ist, dann jedoch, wenn sie nicht gestrichen wird, peu à peu dieses »ganz besondere Atlantikgrau« annimmt, wie Hazel es beinahe liebevoll genannt hat. Auf einem Parkplatz unter Kiefern stehen schon Dutzende Autos, und mehrere Partygäste laufen vor uns über einen Trampelpfad durch hohes Gras und gelb blühende Blumen auf den Barn zu. Wir zahlen an einem Tisch neben dem Scheunentor bei einer ebenso fülligen wie fröhlichen Blondine unseren Eintritt und gehen dann in die Scheune, deren Inneres wesentlich mehr hermacht als ihr Äußeres: Wir stehen auf der obersten Stufe einer breiten Holztreppe, die in den Barn hinabführt. Am Fuß der Treppe beginnt sofort eine Tanzfläche aus glänzenden Holzdielen, über die sich bereits mehrere Dutzend Füße zu dem Klassiker »American Pie« fortbewegen. Es handelt sich allerdings nicht um die weichgespülte Madonna-Pop-Version, nein: Auf einer Bühne im linken Teil des Barns steht eine fünfköpfige Band, bestehend aus zwei Frauen und drei Männern, die alle Cowboyhüte tragen und wirklich gute Countrymusik machen, das muss ich sagen. Die ganze rechte Wand wird von einem glänzenden Holztresen und einem langen Regal dahinter eingenommen, das mit den unterschiedlichsten Flaschen gefüllt ist. Ein Barkeeper mit Baseballmütze schüttelt gerade einen silberfarbenen Cocktail-Shaker. Ich lasse meinen Blick nach oben wandern, wo man bis in den offenen Giebel der Scheune hinaufsehen kann. Um die Querbalken im Dachfirst sind Lichterketten geschlungen, und von den Balken hängen Dutzende runde Laternen aus weißem Papier mit Glühbirnen darin herab, sodass es aussieht, als würde die Tanzfläche von vielen, vielen Monden beleuchtet werden.

Diese Lichter, der hohe Raum, die mitreißende Musik, die ausgelassen tanzenden Menschen – all das überwältigt mich und führt dazu, dass ich sekundenlang auf der Treppe stehen bleibe und alles in mich aufnehme, bis ich merke, dass sich hinter mir die nächsten Partygäste stauen. Mit einer Entschuldigung auf den Lippen watschele ich auf meinen Flip-Flops die Treppe hinab und bahne mir einen Weg durch die Feiernden, die inzwischen zu »Brown Eyed Girl« tanzen. Meine Schwestern haben sich zur Bar hindurchgeschoben, wo Luise gerade ein Bier für sich und eine Virgin Piña Colada für Sophie bestellt.

»Was darf's für dich sein, Lotte?«, erkundigt sie sich, während der Blick des Barkeepers bewundernd an der dunkelhaarigen Frau in dem feuerroten Wickelkleid hängt, die kaum noch an die Luise im strengen Businessdress erinnert. Als ich jedoch nach einem kurzen Blick in die Karte erkläre, dass ich gern einen »Sex on the Beach« hätte, sieht er mich an, und sofort verliert sich sein Blick in meinem Ausschnitt.

»Aber gerne doch«, erwidert er süffisant und grinst mich breit an. Ich bemühe mich, unbeschwert zurückzulachen, fühle mich aber ein wenig unwohl. Selbst schuld, warum habe ich nicht einfach einen harmlosen Mojito bestellt? Es ist schon lange her, seit ich in einer Bar von einem Mann angemacht wurde – genau genommen kann ich mich überhaupt nicht daran erinnern, wann das zum letzten Mal der Fall war. Sobald ich meinen Drink in der Hand halte, nehme ich zwei große Schlucke, um meine flatternden Nerven zu beruhigen. Die hören jedoch nicht auf zu flattern, denn ein paar atemlose Sekunden lang glaube ich, Connors schwarzen Haarschopf zwischen den Tanzenden entdeckt zu haben. Nein, Fehlalarm, stelle ich fest und nehme einen weiteren großen Schluck. Es gibt noch andere schwarzhaarige Männer in Chester.

»Ohhh, das war mein Lieblingslied, als ich noch jung und wild war!«, juchzt Luise neben mir plötzlich auf, als von der Bühne her die ersten Takte des Bryan-Adams-Klassikers »Summer of 69« erklingen.

»Du warst nie wild«, bemerkt Sophie.

»Hast du eine Ahnung«, kontert Luise und zieht mich entschlossen hinter sich her. »Komm, Lotte, tanzen«, befiehlt sie.

»Ähm …«, mache ich und bin kurz verstört über diese neue Luise, die hier in Chester zum Vorschein kommt. Dann jedoch sehe ich ein, dass Widerspruch zwecklos ist. Meine Schwester scheint ganz wild darauf zu sein, sich nicht nur ihren Frust über den erzwungenen Kanada-Aufenthalt, sondern auch, wie ich nun weiß, über ihren Beziehungsstress von der Seele zu tanzen. Also folge ich ihr mit mäßigem Enthusiasmus auf die Tanzfläche, während Sophie brav auf einem Barhocker sitzen bleibt und an ihrem alkoholfreien Cocktail schlürft, ganz so, wie sie es Connor versprochen hat.

Connor. Ich kann nicht verhindern, dass meine Gedanken immer wieder um ihn kreisen, während Luise und ich uns zwischen die Tanzenden mischen. Auch wenn ich mein Bestes gebe, um nicht länger über ihn nachzudenken, so wandern meine Gedanken doch wieder und wieder zu ihm zurück. Deutlich merke ich, dass ich mir mit jeder Faser meines Körpers wünsche, Connor möge es sich anders überlegen, möge die Website an einem anderen Abend überarbeiten, die Kajaktour mit Roy verschieben und stattdessen hier im Barn auftauchen. Allerdings bekomme ich allein bei dieser Vorstellung mittelschweres Herzrasen. Himmel, ich kann es nicht leugnen: Ich bin tatsächlich ernsthaft in diesen Mann verliebt.

Luise wird mit jedem Song lockerer und ausgelassener – besonders, nachdem sie in einer kurzen Pause ihre ganze Bierflasche geleert hat. Wirklich, ich erkenne meine ältere Schwester kaum wieder, und auch Sophie hat einen Riesenspaß, während sie uns von ihrem Hocker aus beobachtet, aus voller Kehle die Songs mitsingt und schon am zweiten alkoholfreien Cocktail nippt. Der »Sex on the Beach« lässt auch mich rasch meine Sorgen vergessen, bis ich schließlich genauso ausgelassen wie Luise über die Tanzfläche wippe. Hin und wieder greift sie übermütig nach meinen Händen und lässt mich eine Drehung machen, wobei ich mehr als einmal über meine eigenen Flip-Flops falle, was dazu führt, dass wir immer wieder in hemmungsloses Gelächter ausbrechen. So albern habe ich meine ältere Schwester noch nie erlebt. Ich weiß wirklich nicht, ob wir jemals so viel Spaß miteinander hatten.

Erst, als die Band eine mitreißende Countryversion von »The tide is high« zum Besten gibt, denke ich wieder mit Schaudern an mein gestriges Hochwassererlebnis und somit unweigerlich an Connor. Bei den letzten Klängen des Liedes bleibe ich stehen und ringe nach Atem, während Luise ein paar weitere Drehungen macht. Bei diesem Anblick fällt mir plötzlich wieder ein, wie gern Tante Charlie bis ins hohe Alter getanzt hat. Bei größeren Familienfeierlichkeiten war sie fast pausenlos auf der Tanzfläche zu finden – zuletzt bei Luises und Jens' Hochzeit. Ich kann mich deutlich daran erinnern, wie sie mit einem Arbeitskollegen aus der Familien-Firma, der rund dreißig Jahre jünger war als sie, zu »It's raining men« durch die Gegend gewirbelt ist. Bei dieser Erinnerung muss ich schmunzeln, bis mir bewusst wird, dass Tante

Charlie nun nicht mehr auf meiner Hochzeit wird tanzen können. Ich atme tief durch, während ich kurz die Augen schließe. Mit einem Mal glaube ich, ganz deutlich Charlies Vanilleduft in der Nase zu haben. Ja, es riecht so intensiv nach Weihnachten und meiner Großtante, dass ich erstaunt die Augen öffne und mich umsehe. Bilde ich mir das nur ein oder trägt eine der tanzenden Frauen um mich herum ein Parfüm mit Vanillenote? Da bemerke ich plötzlich eine mintgrüne Bluse, die zwischen den Tanzenden verschwindet. War das …? Ich konnte den dazugehörigen Kopf in dem Gedränge nicht ausmachen. Kurz entschlossen schiebe ich mich durch die Menge, versuche, den mintgrünen Farbklecks nicht aus dem Blick zu verlieren. Aber natürlich passiert genau das nach wenigen Metern. Hier sind einfach zu viele Menschen auf zu engem Raum. Ratlos bleibe ich stehen, sehe mich um und merke, dass ich am Rand der Tanzfläche angekommen bin, ganz in der Nähe der Bühne stehe. Der Leadsänger rückt gerade seinen Cowboyhut zurecht und verneigt sich mit einem Lachen, als die Menge begeistert applaudiert. »Thank you«, sagt er mit rauchiger Stimme ins Mikrofon. »And now, something slow, to calm us all down.«

Aha, jetzt wird etwas Ruhiges gespielt. Höchste Zeit also, zurück zu meinem Cocktail zu kommen, bevor ich mich am Ende noch mit einem Fremden zu einem langsamen Schmacht-Song über die Tanzfläche schieben muss. Ich drehe mich um und stoße frontal mit jemandem zusammen.

»Sorry!«, sage ich und sehe flüchtig auf. Mein Herz setzt einen Schlag aus, als ich feststelle, dass ich einen Zentimeter von Connor entfernt stehe.

»Nichts passiert«, erwidert er ruhig, während er auf der Stelle verharrt, wie der Fels in der Brandung, der er gestern auf dem Boot auch war. Ich muss an seine Daumen in meinen Gürtelschlaufen denken und bin versucht, mich einfach gegen ihn zu lehnen, so wie ich es gestern nicht machen konnte, weil die

Schwimmwesten zwischen uns waren. »Du scheinst gern in mich hineinzurennen«, bemerkt er, ohne den Blick von mir abzuwenden, und ich weiß, dass er auf unsere erste Begegnung am Flughafen anspielt.

Wenn du wüsstest, was ich eigentlich gern mit dir machen würde, denke ich und werde im nächsten Moment knallrot. Verlegen stoße ich hervor: »Ja – ähm – ich meine, nein, natürlich nicht … Was – was machst du hier? Ist die Website schon fertig überarbeitet?«

Er nickt, ohne etwas zu sagen – und ohne den Blick von mir zu lösen. Als meine Flip-Flops die Spitzen von Connors dunkelblauen Sneakers berühren, wird mir bewusst, wie dicht ich vor ihm stehe. Mit den verwaschenen Jeans und dem langärmeligen Shirt, das hellblau ist und seine Augen noch intensiver strahlen lässt, sieht er so unverschämt gut aus, dass ich ein paar Sekunden lang ebenfalls nur starren kann, bevor ich mich räuspere und frage: »Und – die Kajaktour?«

»Mein Dad ist vor dem Fernseher eingeschlafen«, erklärt Connor ruhig, und mir wird bewusst, dass er ebenso wenig von mir abrückt wie ich von ihm. Und dann wird mir noch etwas bewusst: Das langsame Lied, das die Band zu spielen begonnen hat, kenne ich. Es ist dasselbe Lied von Garth Brooks, das an meinem ersten Tag gespielt wurde, als Connor und ich uns im Auto angeschwiegen haben. Das Lied, das ich bis zu jenem Tag nur von Adele kannte. To make you feel my love.

»When the rain's blowing in your face …«, singt der Leadsänger, und ich muss an unsere regennassen Gesichter gestern auf dem Boot denken. Mein Herz hämmert laut in meinen Ohren. Ausgerechnet dieses Lied. Was für ein merkwürdiger Zufall. Ist das wirklich ein Zufall? Während ich noch versuche, mir das zu erklären, greift Connor nach meinen Händen. Beinahe erschrocken starre ich auf unsere Finger, versuche, zu begreifen, was er tut. Als er mich noch näher zu sich heranzieht und langsam anfängt, sich zu den weichen Worten des Leadsängers zu bewegen, wird mir klar, dass er tanzt. Mit mir tanzt.

Ich tanze mit Connor Hammond. Dieser Gedanke verblüfft mich dermaßen, dass ich mich wie betäubt von ihm führen lasse, ohne, dass meine Füße so recht wissen, was sie da tun. Aber da Connor ein wirklich guter Tänzer zu sein scheint, ist das nicht weiter schlimm. Wir wiegen uns langsam am Rand der Tanzfläche vorwärts, und nach einigen Takten traue ich mich, meinen Kopf gegen Connors Schulter sinken zu lassen. Das tue ich nicht nur, um den Geruch seines Shirts zu inhalieren, das nach Waschpulver, Aftershave und Holz duftet, sondern auch, weil ich so nicht in Connors Augen sehen muss. Den Mut bringe ich gerade nicht auf. Ich weiß, dass das zu viel wäre. Diese plötzliche Nähe wirft mich so schon beinahe um.

»I know you haven't made your mind up yet, but I would never do you wrong. I've known it from the moment that we met … There's no doubt in my mind where you belong.«

Das Lied ist beinahe zu Ende, als ich es endlich wage. Ich atme tief durch, sehe hoch. Begegne sofort dem Blick aus Connors Augen, als habe er die ganze Zeit darauf gewartet, dass ich ihn anschaue. Wir halten uns gegenseitig mit unseren Blicken fest, sagen kein Wort. Als Connor seinen Kopf plötzlich eine Winzigkeit in meine Richtung bewegt, erstarre ich kurz. Connor sieht mich fragend an. Ich habe das Gefühl, dass er mich stumm um Erlaubnis bittet, mich küssen zu dürfen und zögere für den Bruchteil einer Sekunde, weil ich flüchtig an Lennart denken muss. Dann jedoch will auch ich meinen Kopf ihm entgegenneigen, als uns eine Stimme auseinanderfahren lässt.

»Hey, Connor.« Ein rotblonder Mann mit einer Flasche Bier in der Hand steht leicht schwankend neben uns und sieht erst Connor an, dann mich und schließlich mein Dekolleté. Es ist offensichtlich, dass sich der Typ nicht an seinem ersten Bier festhält. Ich merke, wie sich Connor versteift. Er lässt eine meiner Hände los, die andere jedoch bleibt fest von seinen Fingern umschlossen.

»Hallo, Sean«, sagt er ruhig.

»Wie ich gehört habe«, beginnt Sean lallend und scheint kurz eine Pause machen zu müssen, weil das Reden ihn offensichtlich anstrengt. Er nippt an seinem Bier und sieht mich an. »Wie ich gehört habe …«, wiederholt er und strauchelt ein wenig. Connors Griff um meine Hand verstärkt sich, während er hörbar ungehalten fragt: »Was hast du gehört, Sean?«

»Er hat dich gestern von der Leuchtturm-Insel gerettet, oder?«, fragt Sean und sieht mich interessiert an. Oder vielmehr meine Brüste. Ich würde gern meine Arme vor selbigen verschränken, doch dann müsste ich Connors Hand loslassen und das will ich unter keinen Umständen. Also nicke ich lediglich und hoffe inständig, dass Sean nun weiterziehen wird. Doch leider tut er das nicht. Er grinst erst meine Brüste und dann mein Gesicht schief an, bevor er Connor ansieht und lallt: »Dann hattest du diesmal also mehr Glück, was?«

Connors Griff verkrampft sich mit einem Mal so sehr, dass ich einen Aufschrei unterdrücken muss – ich habe das Gefühl, er würde mir die Finger brechen. Im nächsten Moment lässt er meine Hand los, ballt seine eigene zur Faust. Er will einen Schritt auf Sean zumachen, doch ich greife nach seinem Arm.

»Bitte, nicht«, flehe ich eindringlich. »Er ist betrunken, Connor.«

Einen Moment lang glaube ich, dass Connor mich abschütteln und trotz meiner Worte auf diesen Sean losgehen wird. Ich erkenne genau, wie angespannt seine Kiefermuskulatur ist. Dann jedoch hält er tatsächlich inne, die Hände allerdings nach wie vor zu Fäusten geballt.

»Hey, Sean, was faselst du denn da?« Ich atme ein wenig auf, als ein zweiter Mann neben dem Rotblonden auftaucht, eine Hand in seinen Nacken legt, ihn auf halb freundschaftliche, halb scheltende Art schüttelt. »Hör auf mit dem Blödsinn und lass Connor in Ruhe. Junge, du solltest echt nichts mehr trinken. Komm, ich bringe dich nach Hause.«

Der andere Mann, groß und hager, mit merkwürdig traurigen Augen, sieht Connor an. Er nickt ihm zu, sagt ruhig: »Hi, Connor.«

Connor erwidert den Blick des Hageren, ohne sich zu entspannen. Schließlich erwidert er gepresst: »Hallo. Taylor.«

Taylor. Den Namen habe ich mir gemerkt. Erschrocken mustere ich den hageren Mann mit dem kurzen braunen Haar. Ja, das muss er sein. Natürlich. Darum sieht Connor gerade so aus, als würde er am liebsten alle beide erwürgen. Taylor Hill war der Liebhaber von Linda. Der nach ihrem Schäferstündchen auf der Leuchtturminsel überlebt hat, während Linda ertrunken ist.

Erleichtert atme ich auf, als Taylor den Rotblonden nun am Schlafittchen packt und ihn mit einem bestimmten »Los, Sean, mitkommen« von uns fortschiebt. Er dreht sich noch einmal zu uns um und fügt an Connor gewandt hinzu: »Nimm es ihm nicht übel, okay? Du weißt ja, dass Sean nicht gerade intelligenter wird, wenn er trinkt. War ja in der Highschool schon so, weißt du noch?«

»Klar«, murmelt Connor, und ich frage mich, ob Taylor ihn über die Musik hinweg überhaupt verstanden hat. Er nickt erst Connor, dann mir zu und beginnt, Sean durch die Menschenmenge zu bugsieren, fort von uns.

Ich merke, dass sich Connors Oberkörper heftig hebt und senkt, ganz so, als habe er gerade einen Sprint hingelegt. Er sieht mich nicht an, beachtet mich überhaupt nicht. Mit einem Mal wendet er sich wortlos ab, schiebt sich durch die Menge, in Richtung des Ausgangs. Wie versteinert bleibe ich stehen, sehe ihm nach. Noch bevor ich seinen dunklen Haarschopf aus den Augen verlieren kann, folge ich ihm, ohne weiter darüber nachzudenken.

Kapitel 36

Draußen empfangen mich kühle Nachtluft und der würzige Duft nach Kiefernnadeln. Suchend sehe ich mich vor dem Barn um, aber entdecke nur hier und da ein paar Raucher. Wo ist Connor geblieben? Ich muss ihn finden, denn ich kann ihn nicht einfach so gehen lassen. Nicht nach diesem Tanz, nach diesen kostbaren Minuten zwischen uns, nach der Art, wie er meine Hand festgehalten hat! Ich haste über den Trampelpfad auf den Parkplatz zu, und als ich Connor endlich entdecke, atme ich erleichtert auf. Er öffnet gerade die Tür seines Pick-up-Trucks.

»Connor!«, rufe ich, ziehe meine Flip-Flops aus und renne die letzten Meter bis zum Parkplatz. Er dreht sich um, sieht mich an. Ich habe keine Ahnung, was ich sagen oder tun will, ich weiß nur eines: Ich kann ihn nicht einfach so fahren lassen.

Als ich endlich vor ihm stehen bleibe und nach Luft ringe, starrt mich Connor stumm an und wirkt wieder so verschlossen wie immer. Seine Gesichtszüge sind hart, die Furche zwischen den Augenbrauen ist tief. Aber davon lasse ich mich nicht abschrecken, denn ich weiß jetzt, warum er so ist.

»Hey«, sage ich und greife zaghaft nach seiner Hand. Er erwidert nichts, sieht nur auf unsere Hände hinab. Seine Finger umschließen meine nicht, aber er zieht seine Hand auch nicht fort. »Bitte fahr nicht einfach weg«, sage ich leise. »Oder – nimm mich mit.«

Ein paar Herzschläge lang sagt Connor nichts. Dann sieht er mir in die Augen und erwidert schlicht: »Okay.«

Ich versuche, mir meine Überraschung nicht anmerken zu lassen, als ich erleichtert aufatme und wiederhole: »Okay.«

»Was ist mit deinen Schwestern? Musst du ihnen nicht Bescheid sagen?«

Mist, Connor hat natürlich recht. An Luise und Sophie habe ich gar nicht mehr gedacht. Ich werfe einen schnellen Blick zum Barn hinüber. »Ja, klar«, murmele ich und sehe Connor zögernd an. Als könnte er meine Gedanken deutlich auf meinem Gesicht lesen, verspricht er: »Ich warte auf dich.«

Bei diesen Worten flattert mein Herz aufgeregt. Ich kann nur nicken, bevor ich Connor meine Flip-Flops in die Hand drücke und im Laufschritt erneut barfuß die Wiese überquere, wobei sich mein Knie nun doch wieder schmerzhaft zu Wort meldet. Zu meiner Erleichterung sitzt Sophie immer noch auf ihrem Barhocker, stelle ich beim Betreten des Barns fest. Ich schiebe mich durch die Menge aus Feiernden und erreiche meine jüngere Schwester atemlos. »Sophie, ich …« Verdammt, wie verpacke ich das jetzt möglichst harmlos? »Ich habe keine Lust mehr, zu tanzen. Connor bringt mich zurück ins Bed & Breakfast.«

»Er ist also doch nicht Kajak fahren gegangen«, stellt meine Schwester fest und klingt dabei nicht wirklich überrascht.

»Nein«, sage ich heiser. »Sein Dad ist vorher eingeschlafen.«

»Mhhm«, nickt Sophie. »Na dann – bis morgen.«

»Bis morgen«, murmele ich erleichtert und wende mich rasch ab, um dem vielsagenden Blick zu entkommen, den sie mir zuwirft.

Als ich mich am Rand der Tanzfläche entlangschiebe, entdecke ich Rachel aus dem Smiling Whale Café, die zu einer flotten Version von »Country Roads« mit einem Mann tanzt, der mir von hinten vage bekannt vorkommt. Als ich ihn im Profil sehe, wird mir klar, wer das ist: Ethan, Harolds Sohn. Ein Stich durchfährt mich, denn mir wird klar, was das bedeutet: Mama ist allein bei Harold.

»Alles klar?«, fragt Connor, als ich in den Pick-up steige und die Beifahrertür zuziehe. Die Dunkelheit, die uns nun umgibt, beschleunigt meinen Herzschlag.

»Alles klar«, gebe ich atemlos zurück. Connor nickt und startet den Wagen, setzt zurück und fährt vom Parkplatz.

Kurz befürchte ich, dass er mich tatsächlich lediglich zum Bed & Breakfast bringt. Wir befinden uns auf direktem Wege dorthin – doch dann biegt er an einer Kreuzung kurz vor der Pension links ab, wo wir bisher immer rechts gefahren sind.

»Darf ich dich noch auf einen Drink einladen?«, erkundigt er sich, ohne den Blick von der Straße abzuwenden. Ich merke an der Art, wie er das fragt, dass er seinen Korb von vorgestern wiedergutzumachen versucht, als ich ihn einladen wollte. Ein wenig muss ich lächeln, während ich neugierig nach vorn sehe, um zu erkennen, wohin wir fahren.

»Gern«, sage ich und bemühe mich, meine Aufregung zu verbergen.

»Allerdings wirst du auf Alkohol verzichten müssen«, bemerkt Connor. »Ich hoffe, eine Coca-Cola oder Ähnliches tut es auch.«

»Aber klar«, erwidere ich schnell. »Ich hatte schon im Barn einen Sex ... ähm ... on the Beach.«

Der Name des Cocktails ist mir so schnell herausgerutscht, dass ich nun verlegen tiefer in meinen Sitz sinke. Neben mir höre ich Connor leise lachen.

»Na dann«, sagt er, und ich spüre Schweißperlen meinen Rücken hinabrinnen. Schweigend starre ich aus dem Beifahrerfenster, sehe Häuser und Gärten vorbeiziehen, bevor wir um eine Kurve kommen und linkerhand das Meer liegt. Als nach einer Weile direkt am Ufer ein flaches türkisfarbenes Gebäude mit hell erleuchteten Fenstern auftaucht, verlangsamt Connor und lenkt den Pick-up-Truck auf einen Kiesstreifen am Straßenrand. Neugierig betrachte ich das Gebäude, erkenne ein Schild an der

Stirnseite des Hauses, auf dem »Sandy Toes & Salty Kisses« zu lesen ist und darunter: »Home of the best Fish & Chips along the South Shore«.

»Wir sind gerade noch rechtzeitig hier, um 22 Uhr schließt das Sandy Toes«, stellt Connor mit einem Blick auf seine Armbanduhr fest, als wir aussteigen. »Was kann ich dir holen? Coca-Cola? Fish & Chips?«

»Hmm, eigentlich habe ich schon zu Abend gegessen ...«

»Aber hier gibt es die besten Fish & Chips an der ganzen Südküste von Nova Scotia«, bemerkt Connor und zeigt mit bedeutungsschwerem Blick auf das Schild, das ich schon gesehen habe. Ich muss lachen.

»Tja, wenn das so ist ...«

»Sollen wir uns eine Portion teilen?«

»Gerne.«

»Okay. Geh doch schon mal vor, an den Strand.« Connor deutet in Richtung Meer.

»Strand?«, frage ich verdutzt.

»Klar, was meinst denn du, warum das Lokal so heißt, wie es heißt?«

Ich weiß, dass er hauptsächlich die sandigen Zehen meint. Trotzdem bin ich gedanklich bei den salzigen Küssen und wende mich schnell ab, damit er im Lichtschein des Restaurants meine Verlegenheit nicht sieht. »Gut, ich erkunde mal die Gegend. Bis gleich.«

Während Connor im Lokal verschwindet, gehe ich neugierig am Gebäude entlang, sehe in ein Fenster, hinter dem eine Kellnerin gerade Tische abwischt. Das Meeresrauschen wird lauter, als ich um die Ecke des Restaurants komme und mit einem Mal einen kleinen Strand vor mir sehe. Entlang des Gürtels aus Felsen und Seegras, der den Strand von der Straße trennt, stecken in regelmäßigen Abständen kleine Solarlampen auf dünnen Pfählen im Sand. Da der Himmel im Westen nur noch in einem schwachen Zartrosa leuchtet, hilft das Licht dieser Lampen, um mich auf den verwitterten Holzstufen zum Strand hinab nicht stolpern zu lassen. Ich lasse meine Flip-Flops neben der Treppe liegen und laufe barfuß durch den kühlen Sand. Als sich meine Augen an das schwache Licht gewöhnt haben, erkenne ich, dass über den Strand verteilt einige hölzerne Picknicktische mit Bänken dazu einladen, hier das Essen aus dem Restaurant zu sich zu nehmen. Was für eine nette Idee! Da außer mir und zwei Möwen niemand hier ist, habe ich freie Wahl und setze mich an einen Tisch nahe der Wasserlinie.

Schweigend starre ich auf das dunkle Wasser hinaus, höre dem Rauschen der Wellen zu, die an den Strand rollen.

»Schön?«, höre ich plötzlich Connors Stimme hinter mir. Ich habe seine Schritte im weichen Sand nicht gehört und zucke leicht zusammen.

»Puh, du hast mich erschreckt«, sage ich lachend, als er sich neben mich auf die Bank setzt und eine braune Papiertüte auf den Tisch stellt.

»Sorry«, sagt er, und ich höre das Lächeln in seiner Stimme, während ich schon wieder aufs Meer hinaussehe. Die plötzliche Nähe dieses Mannes, an einem so romantischen Ort wie einem einsamen nächtlichen Strand, macht mich befangen. »Ja, wunderschön«, beantworte ich seine Frage.

»Finde ich auch. Hier«, sagt Connor, und im nächsten Moment spüre ich etwas Kratziges an meinem nackten Arm. Überrascht stelle ich fest, dass er eine Wolldecke für mich mitgebracht hat. »Ich dachte, du frierst in deinem Kleid vielleicht«, erklärt er. Trotz des schwachen Dämmerlichts entgeht mir nicht, dass sein Blick kurz zu meinem Dekolleté wandert. Verlegen und dankbar zugleich hülle ich mich in die Decke, denn ich hatte tatsächlich ein wenig gefröstelt.

»Gab es die auch im Restaurant zu kaufen?«, erkundige ich mich mit einem Grinsen.

»Nein«, antwortet Connor und zieht zwei Coca-Cola-Dosen aus der Papiertüte. »Die habe ich immer im Auto. Zusammen mit der Säge.«

Bei der Erinnerung an unsere erste gemeinsame Fahrt im Pick-up-Truck, vom Flughafen nach Chester, muss ich kichern. Connor öffnet eine der Dosen und reicht sie mir, bevor er eine weiße Styroporschachtel aus der Tüte zieht, zusammen mit Plastikbesteck und Papierservietten.

»Okay, here we go«, sagt er und wirkt so ernst, als wäre er drauf und dran, eine lebensrettende Operation durchzuführen. Ich beiße mir auf die Unterlippe, um nicht erneut albern los zu kichern. Er scheint das zu merken, denn er wirft mir kurz einen verschmitzten Blick zu, der meinen Herzschlag erheblich beschleunigt. Als er die Schachtel öffnet und mir der wunderbare Duft nach frittiertem Fisch und Pommes entgegenweht, grummelt mein Magen energisch. Okay, ich habe doch Hunger.

»Na dann«, sagt Connor und reicht mir Besteck. »Lass es dir schmecken.«

»Danke«, erwidere ich und nehme den Inhalt der Schachtel in Augenschein, in der zwei goldbraun gebackene Stück Fisch auf einem Bett aus Pommes Frites liegen. Ein wenig befangen schneide ich einen Bissen von meinem Fisch ab. Hmm, der schmeckt wirklich köstlich!

»Lecker«, sage ich anerkennend und schiebe mir eine Pommes in den Mund.

»Mhhm«, macht Connor zwischen zwei Bissen. Eine Weile essen wir schweigend, bis Connor plötzlich mit rauer Stimme fragt: »Hat Hazel dir inzwischen erzählt, was mit Linda passiert ist?«

Ich schlucke, tupfe mir den Mund mit meiner Serviette ab.

»Ja.« Meine Antwort ist beinahe ein Wispern. Connor schweigt wieder ein paar Sekunden, bevor er sagt: »Deswegen meide ich solche Veranstaltungen wie heute Abend normalerweise. Wegen

Typen wie Sean, die einem im betrunkenen Zustand irgendwelche Sachen sagen, die sie am nächsten Tag längst vergessen
haben. Während man selbst einfach nicht vergessen kann.«

Ich höre, wie er tief Luft holt, dann langsam ausatmet. »Verstehst du das?«, fragt er leise, und diese Frage berührt mich
zutiefst. Vielleicht, weil es das erste Mal ist, dass Connor sich mir
gegenüber öffnet. Dass er so menschlich und verletzlich wirkt,
auf Bestätigung zu hoffen scheint.

Mit Nachdruck antworte ich: »Klar, das verstehe ich absolut.«

Connor nippt an seiner Coca-Cola und scheint in Gedanken
vertieft, also nehme ich meinen Mut zusammen und bemerke
zaghaft: »Das ... das mit Linda muss ganz schrecklich für dich
gewesen sein. Nicht nur, sie zu verlieren ... auf so eine tragische
Art und Weise ..., sondern auch, weil sie nicht allein war, bevor
sie gestorben ist.«

Erneut verstreichen Sekunden, in denen Connor nichts sagt,
und ich beginne zu befürchten, dass er gleich aufsteht und ohne
ein weiteres Wort zu seinem Pick-up läuft. Doch zu meiner
Erleichterung erwidert er schließlich leise: »Ja. Es war die Hölle.
Und es wurde noch schlimmer, als ich nach ihrer Obduktion
erfahren habe, dass Linda schwanger war.«

»Oh Gott«, flüstere ich. »Und das ... das hat sie dir vorher
nicht erzählt?«

»Nein«, erwidert Connor und klingt ein wenig heiser. Er räuspert sich und nimmt einen weiteren Schluck aus seiner Dose,
bevor er fortfährt: »Sie hat es mir nicht gesagt. Dabei war sie
schon Ende der 11. Schwangerschaftswoche.« Er lacht bitter auf.
»Man sollte ja eigentlich meinen, dass ich als Gynäkologe hätte
merken müssen, dass meine eigene Frau schwanger war. Aber das
habe ich nicht. Weil ich mit meinen Gedanken immer nur bei
meinen schwangeren Patientinnen im Hope Home war. Ich habe
ständig gearbeitet, immer versucht, die großen Fußstapfen meines Vaters auszufüllen. Allen gerecht zu werden. Und während

ich das versucht habe, habe ich meine Ehefrau verloren. Erst an einen anderen Mann. Und dann an das Meer.«

Er fährt sich mit einer Hand durchs Haar, und ich merke, wie aufgewühlt er ist. Betroffen schweige ich eine Weile, bevor ich mich schließlich traue, zu fragen: »War ... war das Baby von dir?«

Als Connor nicht gleich antwortet, fürchte ich erneut, eine Grenze überschritten zu haben. Dann jedoch sagt er mit harter Stimme: »Nein. Nein, das war es nicht.« Er zögert kurz, fügt dann leiser hinzu: »Ich denke, Linda hätte mir von dem Baby erzählt, wenn sie geglaubt hätte, dass das Kind von mir war. Schließlich haben wir ... wir wollten immer Kinder haben. Linda hatte vor Jahren eine Fehlgeburt. Danach ist sie nicht mehr schwanger geworden. Zumindest nicht von mir.« Er holt tief Luft, lässt sie hörbar entweichen, während ich betroffen schweige. Leise fügt Connor schließlich hinzu: »Abgesehen davon lag es auf der Hand, dass ich nicht der Vater war, denn es war mehr als drei Monate her, seit wir miteinander geschlafen hatten.«

Schweigend starre ich aufs dunkle Meer hinaus und lasse seine Worte sacken. Wie ungeheuer tragisch, dass Connor gern Vater geworden wäre – und dass Linda von einem Anderen schwanger war, als sie starb. Ich weiß nicht so recht, was ich darauf erwidern soll, also murmele ich schließlich mit einem Kopfschütteln: »Das ... das tut mir alles so schrecklich leid.« Ich würde gern nach Connors Hand greifen, sie drücken, ihn spüren lassen, dass ich mit ihm fühle. Doch ich traue mich nicht.

»Tja. Nach ihrem Tod habe ich unser Haus am Back Harbour verkauft, bin wieder zu Dad gezogen«, fährt Connor fort und sieht ebenfalls aufs Meer hinaus. »Du wunderst dich vielleicht, warum ich trotz allem zu den wöchentlichen Treffen der Trauergruppe gehe, obwohl ich doch eigentlich eher wütend auf Linda sein müsste, anstatt um sie zu trauern.« Er seufzt tief auf und fährt sich erneut mit der Hand durchs Haar. »Ich wollte auch zunächst gar nichts von dieser Gruppe wissen. Hazel hat mich nach dem Tod ihres Mannes schließlich dazu überredet, zusammen mit ihr dorthin zu gehen. Und die Gespräche in der Gruppe haben mir tatsächlich geholfen, meine Wut und meine Trauer zuzulassen, sie zu begreifen und zu verarbeiten. Ich habe verstanden, dass ich um Linda trauern darf und sogar muss, trotz alldem, was sie getan hat. Denn ich habe sie schließlich geliebt, und ich konnte mir noch so oft sagen, dass sie mich am Schluss anscheinend nicht mehr geliebt hat – ich habe dennoch lange gebraucht, um den Verlust einigermaßen zu verwinden. Und – ganz geschafft habe ich es immer noch nicht. Sie war meine erste große Liebe. Die vergisst man wohl nicht so schnell.«

Connor sieht unverwandt nach vorn, vermeidet es, mich anzuschauen. Ich jedoch kann nicht anders, als ihn von der Seite anzustarren und mich zu fragen, wie Linda aufhören konnte, diesen Mann zu lieben.

»Ich bin froh, dass du mir das alles erzählst«, sage ich. »Du hast ja bisher nicht sonderlich viel zu mir gesagt.«

Connor lacht leise auf und sieht mich nun doch an. Im sanften Schein der Solarlampen sieht er unfassbar attraktiv aus, und ich frage mich fassungslos, wie ich jemals denken konnte, dass er ein ungehobelter Holzfäller und überhaupt nicht mein Typ sei.

»Ich weiß, dass ich oft ziemlich unmöglich bin«, sagt er und wird wieder ernst. »Dass viele Leute mich unfreundlich und abweisend finden. Zu Recht. Und ich hasse mich oft selbst dafür. Es gibt Tage, da lähmt mich die Erinnerung an all das, was passiert ist, nach wie vor, und ich glaube, nie wieder einen Grund zu bekommen, richtig glücklich zu sein.« Er schweigt und sieht mich an. Ich starre mit wild klopfendem Herzen zurück und wünschte, ich hätte den Mut, etwas Kitschiges zu sagen wie »Lass mich versuchen, dich glücklich zu machen«, aber die Worte finden nicht über meine Lippen. Connor lächelt leicht, und dieses Lächeln raubt mir den Atem. Er schüttelt den Kopf, ohne den Blick von mir abzuwenden, und sagt: »Aber es gibt auch andere Tage.«

Ich beiße mir auf meine Unterlippe, merke, dass sein Blick kurz genau dort hängen bleibt, bevor er nach seiner Cola-Dose greift. »Heute Nacht könnten wir die Teazer sehen«, bemerkt er beiläufig und nippt an seinem Getränk, während er wieder aufs nun fast schwarze Meer hinaussieht.

Ein wenig enttäuscht, weil er anscheinend das Thema wechseln will, hake ich nach: »Die Teazer? Warum?«

»Weil wir Anfang Juli haben, und noch dazu müsste gleich der Vollmond aufgehen. Und man sagt, dass in Vollmondnächten um den 27. Juni herum – denn am 27. Juni ist die Teazer untergegangen – immer wieder ein brennendes Segelschiff in der Mahone Bay gesehen wurde.«

»Der Geist der Teazer«, wispere ich und bekomme eine Gänsehaut. »Glaubst du daran?«, frage ich ein wenig atemlos. Connor erwidert meinen Blick, und ich fürchte schon, dass er spöttisch auflacht und etwas sagt wie: »Ach, Quatsch, wer glaubt denn schon an Geistergeschichten?«

Doch als er wieder aufs Meer hinaussieht, wirkt er sehr nachdenklich und erwidert schließlich: »Natürlich gibt es viele, die sagen, dass all die, die behaupten, das Flammenschiff gesehen zu haben, ein Bier zu viel getrunken haben. Andere schieben es auf den Vollmond, der zu Spiegelungen auf dem Meer führt, die man mit ein wenig Fantasie für den Umriss eines Segelschiffs in der Ferne halten könnte. Wiederum andere geben dem Nordlicht die Schuld, das für ein Leuchten über dem Meer sorgt.«

»Nordlicht?«, frage ich erstaunt. »Hier? Ich dachte immer, Nordlicht gäbe es nur – na ja, ganz weit im Norden. In … ähm … Grönland und so.«

Connor schüttelt den Kopf und sagt: »Nein, wir haben hier auch ab und zu ziemlich spektakuläres Nordlicht. Das vergisst man nicht mehr so schnell. Aber zum Thema Teazer: Als Arzt sollte ich wohl eigentlich sagen, dass so eine Geistergeschichte natürlich Schwachsinn ist. Ich dürfte nur an Dinge glauben, die wissenschaftlich bewiesen sind.« Er sieht mich kurz an, betrachtet dann seine Hände und sagt: »Aber ich bin ja nicht nur Arzt. Und als Bewohner dieser Küste bin ich mit Geistergeschichten aufgewachsen. Viele davon sind natürlich Humbug. Aber die Teazer ...« Er macht eine Pause, scheint den Horizont abzusuchen und sagt schließlich: »Wenn du die Fischer hier fragst, werden dir die meisten sagen, dass sie der Teazer schon begegnet sind. Und einige von ihnen hatten sicher tatsächlich ein Bier zu viel intus. Aber ... sogar mein Großvater hat behauptet, das Schiff einmal von seinem Kutter aus gesehen zu haben.« Er sieht mich an und fügt erklärend hinzu: »Mein Großvater war auch Fischer.«

»Ich weiß«, nicke ich. »Glen McKenna mit seinem Boot Endless Sea.«

Connor lächelt mich von der Seite an. »Da hast du aber gut aufgepasst, als du dich mit Dad unterhalten hast.«

»Aber klar«, gebe ich mit einem Schmunzeln zurück.

»Mein Großvater hat prinzipiell nichts getrunken, wenn er auf See war. Und er war niemand, der leichtfertig irgendwelche Geschichten zum Besten gab. Er hat nur Dad und mir von der Teazer erzählt, weil er nicht wollte, dass ihn seine Mitmenschen für verrückt erklären.«

Ich starre Connor an, er erwidert meinen Blick ernst. Bevor ich es mir anders überlegen kann, stoße ich hastig hervor: »Meine Großtante ist vor anderthalb Wochen gestorben. In der Nacht vor ihrem Tod habe ich im Traum gesehen, dass sie einen Strand entlangläuft und hinter einer Landzunge verschwindet. Ich bin ihr gefolgt und habe hinter der Landzunge einen Leuchtturm entdeckt. Meine Großtante war verschwunden. Und dann wurde ich vom Klingeln meines Telefons geweckt. Es war Mama, die mir sagte, dass Tante Charlie kurz zuvor gestorben war.« Nach einer kurzen Pause fahre ich leise fort: »Als ich hier angekommen bin, habe ich gemerkt, dass der Strand und der Leuchtturm aus meinem Traum ... hier in Chester sind.«

Ich starre auf meine Hände, während ich Connors Blick auf mich gerichtet spüre. »Außerdem habe ich schon ein paar Mal geglaubt, Tante Charlie hier in Chester zu sehen. Manchmal fürchte ich, dass ich verrückt werde. Oder es schon bin.«

Als Connor zunächst nichts erwidert, beiße ich mir auf die Unterlippe und warte beklommen ab, ohne den Blick von meinen Händen zu lösen. Endlich sagt er leise: »Dass du von deiner Großtante geträumt hast, während sie gleichzeitig im Krankenhaus gestorben ist, das ist nicht weiter verwunderlich, Lotte. So etwas kommt immer wieder vor, zwischen Menschen, die sich nahestehen. Nenn es Telepathie oder Gedankenübertragung, was auch immer ... ich glaube absolut daran, dass so etwas existiert. Vielleicht hat deine Großtante in ihren letzten Minuten intensiv an dich gedacht, und du hast das im Traum verarbeitet.«

Mit einem Schlag überkommt mich meine Trauer um Tante Charlie mit einer solchen Intensität, dass ich in Tränen ausbreche. Ehe ich michs versehe, hat Connor einen Arm um meine Schultern gelegt und mich an sich gezogen.

Kapitel 37

Sein Griff ist fest, er hält mich eng an sich gedrückt, während sich die Tränen mit Macht einen Weg aus mir heraussuchen. Ganz sacht streicht er mir eine Haarsträhne aus dem Gesicht, und diese zarte Geste wirft mich endgültig aus der Bahn. Vor lauter Tränen und überschäumenden Gefühlen weiß ich kaum noch, wohin mit mir, vergrabe mein Gesicht in Connors Shirt, kann ihn nicht ansehen.

Keine Ahnung, wie lang mich Connor einfach hat weinen lassen, aber als ich irgendwann beginne, weniger zu schluchzen und wieder ruhiger zu atmen, sagt er: »Dass du den Strand und den Leuchtturm gesehen hast … tja. Womöglich kann man auch das irgendwie erklären. Vielleicht hattest du beides schon einmal auf einem Foto gesehen, ohne, dass du dich bewusst daran erinnerst?«

Ich löse mich von seinem Shirt, auf dem nun ein großer nasser Fleck prangt. Mit Nachdruck schüttele ich den Kopf. »Nein, das kann nicht sein«, sage ich und bemühe mich um eine feste Stimme, während ich mir über die Wangen wische. Connor reicht mir eine der unbenutzten Papierservietten, und ich greife dankbar danach. »Ich hatte ja noch nie von Nova Scotia gehört, bis wir in Halifax gelandet sind.«

»Hmm«, macht Connor nachdenklich. »Na ja, es gibt meiner Meinung nach so einiges zwischen Himmel und Erde, was wir Menschen nicht erklären können. Warum sollten wir alles verstehen und begreifen? Immerhin gehören wir zu derselben Spezies, die diesen Planeten sehenden Auges zerstört. So intelligent können wir also gar nicht sein.«

Ich kann nur nicken, während ich versuche, meine Gefühle in den Griff zu bekommen und nicht erneut aufzuschluchzen. Trotz meiner Tränen tut es so gut, endlich mit jemandem über all dies zu sprechen.

»Du scheinst deine Großtante sehr geliebt zu haben, wenn du sie so sehr vermisst«, sagt Connor leise, und seine Hand streicht beruhigend über meinen Rücken. Obwohl die kratzige Wolldecke zwischen seinen Fingern und dem dünnen Stoff meines Kleides ist, fühlt sich seine Berührung wahnsinnig gut an.

»Ja«, wispere ich. »Sie war etwas ganz Besonderes. Mit Charlie konnte ich über alles reden, mit ihr habe ich gelacht wie mit keinem anderen Menschen. Sie hatte einen tollen Sinn für Humor. Und sie konnte so viel erzählen. Charlie ist immer gern verreist, und das sogar ganz allein. Ihr Mann hatte selten Lust mitzukommen, und Kinder hatten sie nicht. Also ist Charlie immer wieder ohne Onkel Rudolf mit dem Auto nach Italien oder Frankreich gefahren. Ein paar Mal ist sie mit Freundinnen nach Griechenland und Kroatien geflogen. Und einmal war sie sogar allein in Australien. Einfach so, weil sie es wollte.«

»Sie scheint eine mutige Frau gewesen zu sein«, sagt Connor anerkennend.

»Ja, das war sie. Und sie hat immer an mich geglaubt.« Ich stocke. »An … na ja. Daran, dass ich irgendwann einen Roman veröffentlichen werde.«

»Aber hoffentlich war sie nicht die Einzige in deiner Familie, die daran geglaubt hat?« Connor sieht mich mit hochgezogenen Augenbrauen fragend an, und ich muss plötzlich an Lennart denken und an seine Verständnislosigkeit, was meine »Schreiberei« betrifft.

»Na ja«, sage ich zögernd. »Doch, irgendwie schon.«

Ich schweige und starre aufs Meer hinaus. Auch Connor sagt

ein paar Sekunden lang nichts, bevor er fragt: »Wie läuft es denn mit deinem Roman?«

Ein Lächeln überzieht mein Gesicht, weil ich mich so freue, dass er sich danach erkundigt. Als ich ihn ansehe, lächelt auch Connor. Ein breites Lächeln mit vielen Lachfältchen, das mich so fassungslos macht, dass ich ihn etwas zu lang anstarre und mich schließlich verlegen räuspere, bevor ich antworte: »Ähm … ganz gut. Wobei die vielen Notizen, die ich hier in Chester schon gemacht habe, beinahe verloren gegangen wären. Mein Notizbuch ist nämlich gestern völlig durchweicht worden.«

Connor schüttelt leicht den Kopf, während er nach ein paar weiteren Pommes greift. »Warst du etwa mit Notizbuch schwimmen?«, fragt er ironisch.

Ehe ich weiß, was ich tue, ramme ich ihm meinen Ellbogen in die Seite, wie ich es bei meinen Schwestern mache, wenn sie mir blöd kommen. Connor gibt einen überraschten Laut von sich und lässt die Pommes fallen. Erschrocken über mich selbst schlage ich mir eine Hand vor den Mund, doch Connor sieht mich mit hochgezogenen Augenbrauen an und lacht amüsiert auf. Er wirkt mit einem Mal so ungezwungen, und ich merke, dass er im Grunde genommen ziemlich viel Humor zu haben scheint – nur hält er diesen Humor wohl seit Lindas Tod meistens gut unter Verschluss. »Lotte, Lotte«, sagt er in tadelndem Tonfall, der bei mir eine Gänsehaut verursacht. »Erst darf ich dich unter echt bescheidenen Umständen retten, dann läufst du zum zweiten Mal innerhalb weniger Tage frontal in mich hinein, und zum Dank bekomme ich auch noch deinen Ellbogen in die Rippen. Und das, nachdem ich dich zu den besten Fish & Chips entlang der Südküste von Nova Scotia eingeladen habe.« Nun muss ich auflachen, doch dann fügt Connor hinzu: »Oder war das deine Revanche dafür, dass du hier nur Coca-Cola bekommst? Und keinen … Sex on the Beach?«

Mir wird schlagartig sehr heiß, und ich höre auf zu lachen. »Quatsch«, murmele ich und muss meinen Blick abwenden, greife nach ein paar Pommes. »So wichtig ist mir Alkohol nun wirklich nicht. Und das hier ...« Ich deute auf unser Essen und den nächtlichen Strand. »Das ist einfach genial.«

Ich halte ihm die Pommes hin, und Connor greift mit einem Lächeln danach. »Dann ist es ja gut«, schmunzelt er, und als sich unsere Finger streifen, halte ich kurz die Luft an.

»Und warum sind deine Notizen bei deinem Bad im Meer nicht verloren gegangen?«

»Weil ich wie durch eine Fügung meine ganzen Notizen mit einem Kugelschreiber aus dem Smiling Whale Café gemacht habe. Hätte ich mit meinem üblichen Tintenschreiber gearbeitet, wäre alles verwischt worden.«

»Glück gehabt«, sagt Connor leise. »Nicht nur, was deine Notizen angeht.« Ich nicke. »Tja. The tide is high«, bemerkt er dann und wirft mir einen langen Blick zu, bevor er einen Schluck Cola nimmt.

»Wie lustig, zu dem Lied habe ich eben erst im Barn getanzt«, grinse ich.

»Ich weiß«, sagt Connor.

»Hast du ... mich etwa beim Tanzen gesehen?«

Connor erwidert meinen Blick ein paar Atemzüge lang stumm, dann nickt er und lächelt in seine Cola-Dose hinein. Oh Gott. Connor hat mich beim Tanzen beobachtet! Hoffentlich habe ich mich nicht blamiert. Hoffentlich war mein Kleid nicht zu freizügig. Hoffentlich ...

»Ich bewundere dich übrigens dafür, dass du Romane schreibst«, reißt mich seine Stimme aus meinen Gedanken.

Überrascht sehe ich ihn an. »Ach«, sage ich langsam und kaue auf meiner Unterlippe herum. »Noch habe ich ja nichts veröffentlicht.«

»Nein, aber du bist in der Lage, dir ganze Romane auszudenken und sie auf Papier zu bringen. Du glaubst doch wohl nicht, dass das jeder kann, oder?«

»Ähm ... na ja ...« Ich starre auf meine Hände.

»Ich selbst habe durch die Trauergruppe begonnen, Tagebuch zu schreiben«, erklärt Connor leise und sieht ebenfalls auf seine Hände hinab, die er locker zwischen seinen Knien verschränkt hält. »Dadurch fällt es leichter, seine Gefühle und Gedanken zu ordnen«, erklärt er. »Und es tut mir wirklich gut, mir alles von der Seele zu schreiben, was mich im Alltag beschäftigt.«

Spontan frage ich mich, ob er in den letzten Tagen etwas über mich geschrieben hat. Mir fällt wieder unser holperiger Start auf dem Weg vom Flughafen nach Chester ein, die Säge, meine Zickigkeit, und ich kann ein Schmunzeln nicht verhindern.

»Lachst du mich etwa aus?«, fragt Connor mit dunkler Stimme und sieht mich mit hochgezogenen Augenbrauen an. Ich schüttele heftig den Kopf. »Nein! Natürlich nicht, ich finde es toll, wenn jemand Tagebuch schreibt. Ich selbst habe das als Jugendliche auch mal gemacht, aber nur kurz. Leider bin ich dafür zu undiszipliniert. Nein, ich habe mich nur gerade gefragt ...« Ich zögere, muss schon wieder grinsen, als ich fortfahre: »Ich habe mich gefragt, ob du mich in deinem Tagebuch erwähnt hast. Und ich fürchte, falls das der Fall ist, dass ich nicht sonderlich gut dabei wegkomme. ›Nervige deutsche Touristin, die mich für Hinterwäldler gehalten hat, war dumm genug, bei Ebbe zum Leuchtturm zu wandern. Kann es nicht erwarten, dass sie wieder abreist.‹«

Neckend sehe ich ihn an, und ein Lächeln zuckt um Connors Lippen. Dann jedoch wird er ernst und schüttelt leicht den Kopf, bevor er abrupt von der Bank unseres Picknick-Tisches aufsteht und sagt: »Ich sollte dich zurück in die Pension bringen, Lotte.«

Fragend sehe ich zu ihm hoch, bleibe auf der Bank sitzen, will mich nicht von der Stelle rühren. Das kann er doch nicht ernst meinen! Jetzt will er gehen? Dabei ist es hier so wunderschön, ich habe meine Coca-Cola noch gar nicht ausgetrunken – und hinter uns, über dem dunklen Wald, geht gerade goldgelb leuchtend und riesig der Vollmond auf!

»Warum?«, frage ich deshalb beinahe trotzig und rühre mich immer noch nicht.

»Weil du verlobt bist!«, antwortet die Stimme der Vernunft in meinem Kopf. Doch auf die will ich heute Abend nicht hören. Auf keinen Fall.

Connor sieht stumm zu mir herab und erwidert schließlich mit rauer Stimme: »Glaub mir, es ist besser so. Komm.«

Er beginnt, die leere Styroporschachtel zuzuklappen und unser Besteck in die braune Papiertüte zu werfen, als ich mit einer Heftigkeit, die mich selbst überrascht, sage: »Weißt du was, Connor, ich verstehe dich nicht. Wirklich nicht.«

Connor hält inne, ein leeres Ketchup-Tütchen in der Hand, und sieht mich beinahe traurig an. »Das kann ich dir nicht verdenken«, sagt er leise. »Ich verstehe mich ja meistens selbst nicht.«

Ich nehme meinen ganzen Mut zusammen und sage: »Eben, als wir im Barn getanzt haben – da hättest du mich beinahe geküsst, wenn wir nicht unterbrochen worden wären. Das weiß ich!«

Ein paar Herzschläge lang sieht Connor mich schweigend an. Schließlich wirft er das leere Ketchup-Tütchen in die Papiertüte auf dem Tisch und sagt langsam: »Wenn du wüsstest, wie oft ich dich schon fast geküsst hätte, Lotte.«

Sprachlos starre ich zu ihm hoch. Connor schiebt seine Hände in die Taschen seiner Jeans und erwidert meinen Blick. Er klingt heiser, als er fortfährt: »Ich hätte dich fast geküsst, als ich gestern Abend dein Knie verarztet habe. Wäre deine Mutter nicht hereingekommen, hätte ich es getan.«

»Ich wusste es«, wispere ich.

»Und kurz zuvor im Pick-up, nachdem wir das Boot verlassen hatten … Glaub mir, so wütend ich auch auf dich war – es fehlte nicht viel und ich hätte dir an Ort und Stelle deine nassen Sachen ausgezogen. Hätte ich nicht befürchtet, dass du ohne Tee und heiße Dusche eine Lungenentzündung bekommst, ich …« Er bricht ab und rauft sich mit einer Hand das dunkle Haar. Ich glaube, ich vergesse gerade, zu atmen. Mein Herz pocht laut in meinen Ohren, während Connor leise fortfährt: »Und als du im Smiling Whale Café diesen verfluchten Frischkäse so dicht an deinem Mundwinkel hattest, da …« Er starrt auf genau die Stelle, wo er an dem Abend mit seinem Zeigefinger entlanggefahren ist. »Ich …«, sagt Connor und wirkt kurz, als hätte er den Faden verloren. Dann löst er seinen Blick von meinem Mund und fügt hinzu: »Ich hätte dich schon an deinem allerersten Abend im Bed & Breakfast am liebsten geküsst, und das, obwohl ich dich kaum kannte. Als du in deinem durchsichtigen Nachthemd am Fuß der Treppe standst … Herrgott, Lotte.« Nun fährt er sich mit beiden Händen durchs Haar und sieht mich aufgebracht an. »Du hast ja keine Ahnung, was dieses verfluchte Nachthemd mit mir gemacht hat. Oder wie mich die Art, wie du ständig mit deinen Haarsträhnen spielst und dir auf die Unterlippe beißt, um den Verstand bringt. Wenn du wüsstest …« Er hält kurz inne, und ich fürchte, dass ich wahnsinnig werde, wenn er nicht weiterredet.

»Wenn du wüsstest, was ich tatsächlich über dich in mein Tagebuch geschrieben habe, dann würdest du so rot werden wie immer dann, wenn dir etwas ganz besonders peinlich ist … und was so unfassbar … sexy ist.« Die letzten Worte stößt Connor regelrecht vorwurfsvoll hervor, als wäre es eine Unverschämtheit, so sexy zu sein.

»Und falls du es genau wissen willst … mein Vater ist zwar heute Abend tatsächlich vor dem Fernseher eingeschlafen, aber selbst, wenn er schon im Kajak auf mich gewartet hätte, ich wäre trotzdem zum Barn-Dance gekommen. Weil ich zum einen nicht wollte, dass dich die ganzen betrunkenen Typen anmachen … und weil ich dich zum anderen unbedingt noch einmal in diesem … Kleid sehen musste.« Er atmet tief durch und fügt etwas leiser hinzu: »Dieses Kleid ist nicht fair, Lotte. Glaub ja nicht, dass ich dir die Decke nur wegen der Kälte geholt habe. Das habe ich vor allem getan, weil ich meiner Selbstbeherrschung nicht getraut habe.«

Er deutet auf die Wolldecke, die mein Dekolleté verhüllt. Mit brennenden Wangen folge ich seinem Blick. Dann lasse ich die Decke langsam von meinen Schultern gleiten, während ich mit belegter Stimme frage: »Und was soll das mit dieser ewigen Selbstbeherrschung? Willst du vielleicht Mönch werden?«

Herausfordernd sehe ich ihn an, während die Decke in den Sand zu meinen Füßen gleitet. Der Vollmond steht jetzt so hoch am Himmel, dass er Connors Gesicht in blasses Licht taucht. Er starrt mich an, und ich merke, wie er seine Kiefermuskeln anspannt. Ganz kurz wandert sein Blick zu meinem nun unverhüllten Dekolleté, bevor er mir wieder in die Augen sieht und den Kopf schüttelt. Atemlos hake ich nach: »Ist es … wegen … ihr?«

Ich bringe es nicht über mich, jetzt Lindas Namen auszusprechen. Connor schließt eine Sekunde lang die Augen, bevor er nickt. Ich schnappe hörbar nach Luft. Dann jedoch fügt er ruhig hinzu: »Aber nicht, weil ich mit keiner anderen Frau zusammen sein will. Das ist es nicht.«

Ein wenig hoffnungsvoll hake ich nach: »Sondern?«

»Ich weiß nicht, ob ich es verkraften würde, wieder jemanden zu verlieren, der mir … so … wichtig ist.« Seine Kiefermuskeln arbeiten deutlich, und ich merke, dass er seine Hände in den Taschen seiner Jeans zu Fäusten ballt. Ungläubig reiße ich meine Augen auf. Was hat er gerade gesagt?

Connor erwidert meinen Blick ernst und fährt fort: »Du fliegst vielleicht schon morgen, Lotte. Und du wirst sehr wahrscheinlich nicht wiederkommen. Tut mir leid. Das kann ich nicht.«

»Aber …« Ich stehe völlig neben mir und muss mich kurz sammeln. »Aber … du hast die ganze Zeit so gewirkt, als fändest du mich ... ich weiß nicht ... irgendwie nervig ... und ... anstrengend ... Du ... du wolltest ja nicht einmal mit mir in die Rope Loft gehen!«

Connor nickt. »Weil ich eigentlich genau das hier verhindern wollte«, sagt er leise. »Ich wollte nicht zu viel Zeit mit dir allein verbringen, weil ich wusste, wohin das führen würde.«

Er klingt ein wenig heiser. Ich spüre die Röte deutlich in meinen Kopf schießen.

»Aber ... ins Smiling Whale Café hast du mich dann doch begleitet. Wirklich nur, weil man ›nicht allein essen sollte‹?« Mit den Zeigefingern male ich zur Unterstreichung seiner Worte aus dem Café imaginäre Anführungszeichen in die Luft und sehe ihn herausfordernd an. Ich habe keine Ahnung, wohin diese Unterhaltung führen soll, aber ich bin nicht bereit, einfach klein beizugeben. Dieser Mann macht mich wahnsinnig!

Mit einem tiefen Seufzer starrt Connor auf meinen Mund, als müsse auch er wieder an den Frischkäse denken. »Das zumindest habe ich mir eingeredet, ja«, sagt er, und ich merke an seinem ironischen Tonfall erneut, dass mehr Humor in ihm steckt, als ich bisher wahrgenommen habe. Er lächelt vage, wird dann jedoch schnell wieder ernst und sieht mich ein paar Sekunden lang stumm an. Schließlich sagt er mit einem Kopfschütteln: »Himmel, Lotte. Ich habe wirklich versucht, mich von dir fern zu halten, und war eigentlich mein Leben lang ziemlich konsequent. Aber dann kamst du daher und hast alles durcheinander gewirbelt, sodass ich wieder und wieder an meinen Vorsätzen gescheitert bin. Zuletzt heute Abend. Glaub mir, ich habe dich auf der Tanzfläche gesehen. Und wie ich dich gesehen habe.« Er macht eine Pause, starrt mich so durchdringend an, dass ich vergesse zu atmen. Dann seufzt er beinahe gequält auf und sagt mit Nachdruck: »Und jetzt fahre ich dich nach Hause, und wir belassen es dabei.«

Kapitel 38

Und mit diesen Worten dreht er sich entschlossen um, greift nach der Papiertüte und unseren leeren Cola-Dosen und geht über den Sand davon. Ein paar Sekunden lang starre ich ihm wie benommen nach, versuche zu begreifen, was gerade geschehen ist. Dass er mir offenbart hat, wie oft er mich schon küssen wollte, wie verrückt ich ihn mache … und dass er den Gedanken nicht erträgt, sich auf mich einzulassen, nur, um mich danach wieder zu verlieren. Ich bin mir nicht sicher, ob ich euphorisch oder enttäuscht sein soll.

Dann fällt mir wieder ein, dass heute Samstag ist. In einer Woche werde ich vor dem Traualtar stehen. Nein, Moment, in Deutschland ist jetzt schon früher Sonntagmorgen. In einer Woche um diese Zeit werde ich als frisch gebackene Braut in den Armen meines Mannes liegen. Dieser Gedanke bringt mein Herz dazu, wieder etwas ruhiger zu schlagen. Als ich aufstehe und mich nach der Decke bücke, um den Sand auszuschütteln, atme ich tief durch. Mein Blick hängt am Vollmond über dem Wald, während ich versuche, Lennarts Gesicht vor meinem inneren Auge herauf zu beschwören. Lennart wartet auf mich. Er liebt mich. Und er rechnet fest damit, dass ich am kommenden Samstag »Ja, ich will« sage.

Connor hat recht. Vielleicht fliege ich schon morgen zurück nach Deutschland, und auch ich würde einen One-Night-Stand so kurz zuvor nur schwer verkraften. Mein Herz würde sehr wahrscheinlich ziemlich lädiert sein, wenn wir nach Düsseldorf zurückkehren. Jetzt ist Connor nur eine Fantasie, die nie Wirklichkeit werden wird. Ich weiß, dass ich ihn wieder vergessen kann, wenn ich zurück in meinem normalen Leben bin, fern von Kanada. Hätte er mich tatsächlich geküsst oder sogar mit mir geschlafen ... dann wäre das womöglich etwas ganz Anderes. Dann sähe ich in unserer Hochzeitsnacht vielleicht nur ihn vor mir. Nein, das ginge gar nicht. So etwas könnte ich Lennart nicht antun. Dann wäre ich nicht besser als Linda.

Kurz muss ich an Mama denken, frage mich beklommen, ob sie Papa heute Abend mit Harold betrogen hat. Oder gerade in diesem Moment betrügt. Ich schüttele mich, atme tief durch, stapfe durch den Sand auf die Treppe zu, schlüpfe in meine Flip-Flops. Connor hat recht. Es ist besser so.

Einigermaßen gefestigt gehe ich auf seinen Pick-up zu, setze mich schweigend auf den Beifahrersitz, lege die zusammengefaltete Decke wie eine schützende Barriere zwischen uns.

»Danke für den schönen Abend«, sage ich so ruhig wie möglich.

»Ich danke dir auch«, antwortet Connor, und sein bemüht höflicher Tonfall bricht mir fast das Herz. Ohne ein weiteres Wort lässt er den Motor an und fährt zurück Richtung Ortskern. Während die teilweise erleuchteten Häuser von Chester an uns vorbeiziehen, versuche ich, mich auf meine bevorstehende Hochzeit zu konzentrieren. Ich denke an meinen wunderschönen Spitzenschleier – und an die tolle weiße Unterwäsche von Victoria's Secret. Leider kann ich nicht verhindern, dass sich ungebeten die Frage in meine Gedanken schleicht, ob Connor diese Unterwäsche gefallen würde. Mit glühendem Kopf starre ich aus dem Beifahrerfenster, wie ich es schon so oft getan habe, seit ich hier in Chester bin. Merkwürdig, wie vertraut sich dieser Pick-up-Truck schon anfühlt. Okay, ich muss mich auf etwas Anderes konzentrieren. Die Hochzeitsrosen, die hoffentlich den richtigen Rosaton haben werden. Meine tollen Schuhe aus cremefarbenem Satin, die ich dringend noch einlaufen muss. Dann wird mir bewusst, dass ich vielleicht nicht nur an die Details meiner Hochzeit denken sollte, sondern vor allem an den Bräutigam. Voll des schlechten Gewissens rufe ich mir erneut Lennarts Gesicht in Erinnerung, doch immer wieder schiebt sich das Bild von mir in meiner neuen, weißen Spitzenunterwäsche mit dem tollen Push-up-BH in den Kopf – und von Connor, der diesen BH öffnet. Ich schlucke und reibe mir mit Nachdruck über die Schläfen, als könnte ich diese unerwünschten Bilder dadurch vertreiben. Dabei merke ich, dass mich Connor prüfend von der Seite mustert, doch er sagt nichts, und ich vermeide es, in seine Richtung zu sehen. Wir kommen am Smiling Whale Café vorbei, dessen Fenster um diese Uhrzeit nicht mehr erleuchtet sind. Wieder einmal glaube ich, Connors Zeigefinger in meinem Mundwinkel zu spüren, als er den Frischkäse fortwischt. Wenn ich geahnt hätte, dass er mich tatsächlich lieber geküsst hätte … Verzweifelt versuche ich, nicht mehr an Connor zu denken. Ich muss mir dringend meine Gefühle für Lennart bewusstmachen! Doch das will mir einfach nicht gelingen, was ich, nur eine Woche vor unserer Hochzeit, ziemlich beunruhigend finde.

Als wir die Einfahrt des Bed & Breakfast hinaufrollen, schließe ich kurz die Augen und atme tief durch. »Vielleicht sehen wir uns noch?«, fragt Connor leise, als er vor dem Haus geparkt hat.

»Vielleicht«, wispere ich. Wie so oft schnürt sich mir die Kehle zu bei dem Gedanken, ihn nie wieder zu sehen. Ein, zwei, drei hoffnungsvolle Sekunden warte ich noch, ob Connor es sich anders überlegt und mich doch noch küsst, wider alle Vernunft. Ich schäme mich dafür, dass ich es zulassen würde, ohne mit der Wimper zu zucken. Doch Connor tut es nicht. Er nickt mir leicht zu, als wolle er mich bestärken, dass es Zeit ist, auszusteigen. Also mache ich mit einem leisen »Gute Nacht« genau das.

Auf meinem Weg hinauf in den ersten Stock lausche ich auf Geräusche aus den Zimmern meiner Familie, doch alles ist still. Ob Luise und Sophie noch auf der Party sind? Und Mama, wo mag sie sein? Ich würde zu gern wissen, ob sie schon in ihrem Bett liegt und schläft – oder ob sie in einem ganz anderen Bett liegt. Dieser Gedanke über meine eigene Mutter erschreckt mich regelrecht, und ich beeile mich, in den zweiten Stock hinauf zu kommen.

Mein Herz hämmert noch immer wild, als ich aus meinem Kleid schlüpfe – das Kleid, das Connor so verrückt gemacht hat, dass er mir eine Decke gebracht hat – meinen BH ausziehe und mir mein Schäfchen-Nachthemd über den Kopf streife. Ich betrachte mich im Spiegel, sehe meine Brüste, die sich unter dem dünnen Stoff abzeichnen, die Haut, die durchschimmert. Atemlos träume ich mich zurück in den Flur, an den Treppenaufgang, Connor dicht vor mir. Warum hat er mich damals nicht einfach geküsst, entgegen aller Vernunft? Mein Zeigefinger streicht über meine Unterlippe, und ich stöhne leise auf vor Sehnsucht.

Ein Klackern an der Fensterscheibe meiner Balkontür lässt mich zusammenzucken. Was war das? Atemlos warte ich ab. Da, schon wieder ein Geräusch an der Scheibe. Es klingt, als werfe jemand Steinchen oder Ähnliches dagegen. Das wird doch nicht … Hastig öffne ich die Tür und sehe hinaus in die Nacht. Zunächst erkenne ich nichts, bis ich eine Bewegung im Ahorn vor meinem Fenster ausmache. Erstaunt trete ich auf den Balkon hinaus und bemerke tatsächlich zwei kleine Steine unter meinen bloßen Füßen. Connor sitzt in einer Astgabel auf Höhe meines Balkons. Ungläubig starre ich ihn an.

»Fall nicht runter!«, ist das erste Sinnvolle, das mir einfällt.

Er lacht leise und schüttelt den Kopf. »Es gab Zeiten, da habe ich quasi in diesem Baum gewohnt. Ich kenne jede Astgabel.«

Richtig, ich erinnere mich daran, dass Hazel erzählt hat, wie ihre Tochter und Connor als Kinder oft in diesem Baum herumgeklettert sind.

»Stimmt. Du und Maggie«, bemerke ich.

Connor nickt. Verschmitzt sagt er: »Ich habe Maggie früher oft mit Steinchen gegen ihr Zimmerfenster geweckt, wenn sie sonntags mal wieder zu lang geschlafen hat.« Um seine Worte zu unterstreichen, öffnet er eine Hand, in der sich noch einige Steinchen befinden, und grinst mich an. »Bei Maggie habe ich immer mehr als zwei gebraucht.«

»Ich habe ja auch nicht geschlafen«, erwidere ich. Dann hake ich zaghaft nach: »Du und Maggie ... wart ihr nur befreundet?«

Sein Lächeln vertieft sich, als er antwortet: »Ja. Maggie ist wie eine Schwester für mich.«

Okay, ich überlege ernsthaft, hinüber zu ihm in die Astgabel zu klettern. Warum sitzt er dort, sieht mich mit diesem schiefen, beinahe jungenhaften Lächeln an, das mich endgültig Richtung Wahnsinn schickt? Fragend mustere ich ihn. Er erwidert meinen Blick und deutet dann schräg nach oben. Ich lege meinen Kopf ein wenig in den Nacken und reiße im nächsten Augenblick überrascht den Mund auf. »Wow!«, stoße ich hervor. »Was ist ...? Ist das ...?«

»Nordlicht«, bestätigt Connor. »Oder Aurora borealis, wie es offiziell heißt.«

Ich kann ihn nicht ansehen, schaffe es nicht, meinen Blick von dem Spektakel am Nachthimmel über mir loszureißen. Noch nie zuvor habe ich so etwas gesehen, und ich wünschte wirklich, mein Smartphone würde funktionieren, damit ich diesen Moment festhalten könnte: Grellgrüne Farbschlieren ziehen sich leuchtend über den dunklen Nachthimmel. Wie ein hauchdünner Vorhang bewegt sich das Licht in sanften Wellen hin und her, schwebt wie von Geisterhand über das Himmelszelt. Ich komme aus dem Staunen nicht heraus, während ich stumm und andächtig nach oben starre, bis mein Nacken beginnt, zu schmerzen.

»Unglaublich«, wispere ich schließlich. »Darüber haben wir eben erst gesprochen!«

»Ja«, höre ich Connor aus der Baumkrone sagen. »Was für ein Zufall, oder?«

Zufall, denke ich. Zufall? Langsam habe ich das Gefühl, dass in diesem Urlaub verdammt viele Zufälle passieren.

»Ich hatte gerade vorn in der Einfahrt gewendet, als ich das Nordlicht bemerkt habe und mir dachte, dass du das nicht verpassen solltest«, reißt mich Connors Stimme aus meinen Gedanken. »Schade, dass heute Vollmond ist. Wenn es dunkler wäre, sähe es noch eindrucksvoller aus.«

»Das ist schon eindrucksvoll genug«, versichere ich und sehe wieder Connor an. »Danke, dass du mir Bescheid gesagt hast.«

»Gern geschehen.« Er hält meinen Blick fest und lächelt leicht.

Ich lächele zurück. Und da ich mich davor fürchte, dass er nun einfach wieder hinabklettern und verschwinden wird, sage ich spontan: »Weißt du, das Lied, zu dem wir vorhin getanzt haben ... Das lief im Autoradio, als du uns vom Flughafen nach Chester gefahren hast.«

Connor nickt. »Ich weiß«, erwidert er ruhig.

Ungläubig starre ich ihn an, während Hitze meinen Hals hinaufkriecht, meine Wangen erfasst. Er kann sich an so ein Detail unserer ersten Autofahrt erinnern?

»Noch so ein Zufall«, meint er leise, ohne seinen Blick von mir abzuwenden.

Stumm sehen wir uns an, und ich weiß nicht, wie viel Zeit verstreicht, während keiner von uns sich rührt oder etwas sagt. Dann, ganz plötzlich, steht Connor in der Astgabel auf, zieht sich einen Ast höher und rutscht vorsichtig über diesen auf meinen Balkon zu. Ich halte den Atem an, bin halb entsetzt, halb euphorisch. Er kommt wirklich zu mir herüber! Aber was, wenn er abstürzt? Der Ast bricht? Connor sich schwer verletzt? Immerhin bin ich hier im zweiten Stock! Ich unterdrücke einen erschrockenen Schrei, als Connor mit einem geschickten Sprung auf der Dachschrägen der Pension landet und sich über die Dachschindeln langsam bis zu meinem Balkon vorarbeitet, nach dem Geländer greift und sich hochzieht. Es ist offensichtlich, dass er dies nicht zum ersten Mal macht. Siedendheiß fällt mir ein, dass Hazel nur zwei Zimmer entfernt in ihrem Bett liegen dürfte. Hoffentlich wacht sie jetzt nicht auf, weil sie denkt, ein Einbrecher verschafft sich über das Dach Zutritt zum Haus! Um mich selbst von meinen flatternden Nerven abzulenken, frage ich: »Du weißt schon, dass dieses Haus eine Treppe hat, oder?«

Connor hat sich über das Balkongeländer geschwungen und steht mit einem Mal so nah vor mir, dass es mir den Atem verschlägt. Spontan greife ich nach seinen Händen. Sie fühlen sich warm und stark an, und ich schließe meine Finger fest um seine, damit er nicht auf die Idee kommt, einfach wieder zurück in den Baum zu steigen und abzuhauen.

»Ja, weiß ich«, sagt Connor mit dunkler Stimme und sieht an mir herab, bevor er einen weiteren Schritt auf mich zumacht, so dicht vor mir stehen bleibt, dass sich unsere Körper berühren. »Und du weißt schon, was du mit diesem Nachthemd provozierst, oder?«

Ich schlucke, kann nichts sagen. Connor schüttelt den Kopf, murmelt leise: »Wir sollten das nicht tun, Lotte.«

»Mhhm«, mache ich kurzatmig und beiße mir auf die Unterlippe. Da seufzt Connor beinahe ergeben auf, bevor er mich eng an sich zieht. Und mich küsst. Endlich, endlich, endlich. Einige kurze Sekunden lang ist sein Kuss vorsichtig und fast ein wenig unsicher, als wäre er immer noch nicht hundertprozentig überzeugt davon, das Richtige zu tun. Dann jedoch scheint er alle Zweifel zu verlieren, denn seine Lippen werden mit einem Mal fordernder, und ich habe das Gefühl, dass mein Mund mit seinem verschmilzt. Wir taumeln rückwärts in mein Zimmer hinein, und ich merke, wie Connor die Balkontür hinter sich zuschiebt, ohne dabei aufzuhören, mich mit einer Leidenschaft zu küssen, die mir den Boden unter den Füßen wegzureißen droht. Unter seinen Händen, die begonnen haben, sich hungrig über meinen Körper zu bewegen, schmelze ich zu einem kleinen Häufchen Lust zusammen. Ich höre jemanden stöhnen, und mir wird klar, dass das ich bin, während wir zusammen auf mein Bett sinken. Wir können nicht aufhören, uns zu küssen, als wir uns über die Decke wälzen und unsere Hände überall sind. Dann löst Connor seine Lippen doch von meinen, um mir so ungeduldig mein Nachthemd über den Kopf zu zerren, dass ich kurz fürchte, es könnte zerreißen. Was mir jetzt ziemlich egal wäre, denn sein Mund beginnt, jeden Quadratzentimeter meiner erhitzten Haut zu erkunden. Das leichte Kratzen seiner Bartstoppeln lässt mich alles um mich herum vergessen. Meine Hände graben sich in sein Haar, das sich so gut zwischen meinen Fingern anfühlt, und ich will gerade erneut vor Verlangen aufstöhnen, als mich ein anderes Geräusch aufhorchen lässt.

In Connors hinterer Jeanstasche klingelt es.

»Verflucht«, murmelt er mit heiserer Stimme und lässt von meinem Körper ab, zieht sein Telefon hervor.

»Nein, bitte nicht drangehen«, flüstere ich flehend. Nach einem schnellen Blick aufs Display sieht er mich voller Bedauern an. »Es ist das Hope Home. Da muss ich drangehen. Tut mir leid.«

Und schon meldet er sich mit leicht kratziger Stimme, räuspert sich, während er zuhört. Ich starre ihn an, lasse meinen Blick über seinen Mund wandern, der so fantastisch küssen kann, und über seine Hände, die mich angefasst haben, wie mich noch kein Mann angefasst hat. Alles an mir brennt und zittert vor Lust und Sehnsucht, und ich kann mich nur mit Mühe davon abhalten, meine Hände unter Connors Shirt gleiten zu lassen, den Gürtel seiner Jeans zu öffnen, seinen Hals zu küssen, während er mit dem Hope Home telefoniert.

»Okay, ich bin gleich da.«

Ich erstarre, während Connor das Gespräch beendet und noch zwei Sekunden lang das Display des Telefons betrachtet, bis das Licht dort erlischt. »Verdammt«, murmelt er und atmet mit geschlossenen Augen tief durch. Dann sieht er endlich mich an, und ich erkenne in seinem Blick, dass er innerlich zerrissen ist.

»Bei Kayla, einer meiner jungen Patientinnen, ist die Fruchtblase geplatzt, und sie hat Wehen. Ich muss sofort rüber zu ihr.«

Kayla. Das war die junge Schwangere, die nach Ansicht meiner Schwestern in Dr. Hammond verknallt ist. Ich stöhne gequält auf.

»Glaub mir, ich würde sehr viel lieber hier bleiben«, murmelt Connor und zieht mich erneut an sich. Sein Kuss ist so heftig und leidenschaftlich, dass ich kurz glaube, er habe seine Patientin vergessen. Dann jedoch scheint er sich einen Ruck zu geben, denn er schiebt mich entschlossen von sich, zerrt die zerwühlte Decke vom Bett und legt sie mir um die Schultern, damit ich nicht mehr ganz nackt vor ihm sitze. Er fährt sich mit beiden Händen durchs Haar und seufzt tief auf, bevor er sagt: »Lotte, es tut mir so leid, aber bei einer Geburt – da muss ich hin. Zwar bringen wir die Mädchen immer ins Krankenhaus nach Bridgewater, weil mir Geburten im Hope Home zu riskant sind, falls es Komplikationen gibt. Dafür sind die Entfernungen hier einfach zu groß, um im Notfall noch zum Krankenhaus zu kommen. Aber … im Krankenhaus, da weiß man vorher nie, welcher Arzt gerade Dienst hat. Meine Patientinnen sind größtenteils noch so jung, und ich bin derjenige, der sie durch die ganze Schwangerschaft begleitet hat. Sie brauchen mich. Darum hat das Hope Home eine Vereinbarung mit der Klinik, dass ich die Geburten meiner Patientinnen dort selbst betreuen darf.« Er sieht mich ernst an und fügt leise hinzu: »Aber es ist trotzdem nicht so, dass … Mein Beruf … Er geht nicht immer vor. Und es werden nicht jeden Tag Kinder geboren. Ich will, dass du das weißt, Lotte.«

Mir ist klar, warum er das sagt. Seine Worte vorhin am Strand fallen mir wieder ein: Dass er ständig gearbeitet hat, um die großen Fußstapfen seines Vaters auszufüllen, und dass er währenddessen seine Ehefrau verloren hat. Mir wird bewusst, dass mir sein Vater genau dasselbe erzählt hat: Dass seine Ehe mit Connors Mutter an seiner Leidenschaft für den Beruf zerbrochen ist. Connor scheint mir klarmachen zu wollen, dass es nicht mehr so sein soll. Dass sein Beruf nicht immer vorgeht. Mit hämmerndem Herzen frage ich mich, ob er davon ausgeht, eine wirkliche Beziehung mit mir zu beginnen, nicht nur einen One-Night-Stand zu haben. Eine ganze Welle von Gefühlen rollt über mich hinweg.

»Wenn dieses Baby jetzt auf die Welt kommen will, kannst du es natürlich nicht warten lassen«, sage ich, wobei ich mich sehr zusammenreißen muss, um meine Arme nicht um seinen Hals zu schlingen und da weiterzumachen, wo wir aufgehört haben. Stattdessen schenke ich ihm ein aufmunterndes Lächeln. Einen Augenblick lang starrt mich Connor nur stumm an, dann erscheinen auch um seine Augen herum die mir inzwischen beinahe vertrauten Lachfältchen, die er so lange gut vor mir verborgen hat.

»Danke für dein Verständnis«, sagt er leise und streicht mir eine Haarsträhne hinter das Ohr. Diese zarte Berührung lässt mich erschaudern, und ich beiße mir auf die Unterlippe, um nicht erneut aufzustöhnen. Connors Blick wandert zu meinem Mund, ich merke, dass er sich vorbeugen will, um mich wieder zu küssen. Dann jedoch wendet er sich mit einem Kopfschütteln ab und sagt heiser: »Himmel, Lotte, du machst mich wahnsinnig!«

Trotz meiner brennenden Lust muss ich lachen, als er vom Bett aufsteht, und sich sein Telefon schnappt. »Sobald dieses Baby da ist, komme ich zurück. Verlass dich drauf.«

Ich ziehe die Decke enger um meine Schultern, während mein ganzer Körper von einer Gänsehaut überzogen wird. »Okay«, hauche ich. »Ich warte hier auf dich.«

Connor wirft mir einen letzten langen Blick zu, dann öffnet er ohne ein weiteres Wort die Zimmertür und verschwindet, um einem Baby auf diese Welt zu helfen.

Kapitel 39

Leider scheint es dieses Baby nicht sehr eilig zu haben. Wie lang dauert denn eine Geburt normalerweise? Sophie hat bereits bei einigen Familienfeiern theatralisch erzählt, dass sie bei Mats ewig in den Wehen lag – aber wie lang »ewig« genau gedauert hat, kann ich nicht mehr sagen. Fiete wäre dafür fast im Auto auf dem Weg ins Krankenhaus geboren worden. Tja, Kaylas Baby lässt sich anscheinend wesentlich mehr Zeit als mein jüngerer Neffe.

Die ganze Nacht über liege ich wach, horche auf Schritte auf der Treppe oder Steinchen-Klackern an meinem Fenster. Doch alles, was ich höre, ist das Zirpen von Grillen im Garten und das beruhigende Rauschen des Meeres in der Ferne, das meine Augen irgendwann, als es draußen bereits ganz langsam hell wird, doch zufallen lässt.

Ich erwache aus tiefem Schlaf, als es an meine Zimmertür klopft. Sofort schrecke ich in die Höhe, in der nervösen Erwartung, dass es endlich Connor ist, der sein Versprechen wahrmacht und zurückkommt. »Ja?«, rufe ich mit belegter Stimme und räuspere mich hastig, während sich die Tür öffnet – und Sophie ihren Kopf hereinstreckt.

»Guten Morgen, du Schlafmütze«, sagt sie und sieht sich neugierig im Zimmer um, als erwarte sie, dass sie irgendwo Connor entdecken könnte. Als dies nicht der Fall ist, mustert sie mich eingehend und erkundigt sich mit einem nur mühsam unterdrückten Grinsen: »Na, lange Nacht gehabt?«

»Nein, gar nicht«, verteidige ich mich entrüstet. »Ich war schließlich vor euch im Bett.«

»Mhm«, macht Sophie, und ihre Augenbrauen wandern süffisant in die Höhe. »Fragt sich nur: mit wem?«

»Sophie!«, gebe ich mich schockiert. »Ich bin verlobt, schon vergessen?«

»Nee, ich nicht«, grinst Sophie und kommt einen Schritt in mein Zimmer herein, während ich mich mit einem Gähnen aus der Bettdecke schäle. Ein Blick auf meine Armbanduhr zeigt mir, dass es schon fast zehn ist. Und Connor ist immer noch nicht zurück. Vielleicht hat er es sich doch anders überlegt und ist in sein eigenes Bett heimgekehrt, nachdem Kaylas Baby geboren worden ist. Enttäuschung überrollt mich wie eine gewaltige Welle.

»Willst du mir weismachen, dass zwischen Connor und dir gestern Abend nichts mehr gelaufen ist? Nach der Szene auf der Tanzfläche? Du hättest euch sehen müssen, wie ihr euch angeschmachtet habt!«

»Du hast uns beobachtet?«, frage ich peinlich berührt und spüre die altvertraute Röte in meine Wangen kriechen, während ich ans Fenster trete und die Vorhänge zur Seite schiebe. Beim Blick in die Äste des Ahorns vor meinem Balkon werde ich noch röter.

»Na klar. Von meinem Barhocker aus hatte ich einen guten Überblick«, erklärt Sophie ungerührt. »Ganz ehrlich: War da gar nichts zwischen euch?«

Verlegen zucke ich mit den Schultern. »Na ja, gar nichts kann man nicht sagen«, beginne ich ausweichend. Ich möchte wirklich nicht über Connor und mich sprechen. Irgendwie habe ich das Gefühl, Lennart erst wirklich zu betrügen, wenn ich mit meiner Schwester darüber rede. Jetzt, im hellen Sonnenlicht, erscheint mir die ganze Szene von gestern Nacht sowieso viel verwerflicher, als es in der Dunkelheit, im Schein des Vollmondes und des Nordlichts, der Fall war. In der Nacht schien irgendwie alles möglich. Jetzt ist das anders. Mit einem Schlag muss ich an Lennart denken, an unsere bevorstehende Hochzeit. Und daran, dass Connor nicht zurückgekommen ist. Ich schlucke schwer, und als Sophie mich begierig drängt: »Los, erzähl schon!«, weiche ich aus und sage: »Ich bin noch gar nicht richtig wach. Lass mich erst mal duschen, okay?«

Ich sehe meiner jüngeren Schwester die Enttäuschung deutlich an. Beinahe beleidigt verschränkt sie ihre Arme vor der Brust und sagt: »Wir warten übrigens unten mit dem Frühstück auf dich. Es war Mamas Idee, dass wir uns mal wieder alle zusammensetzen. Sie wollte dich wecken kommen, aber da ich dachte, du wärst hier oben vielleicht nicht allein, habe ich darauf bestanden hochzukommen.«

Bei dem Gedanken daran, wie es gewesen wäre, tatsächlich nicht allein in diesem Zimmer, in diesem Bett aufzuwachen, sondern in Connors Armen, nackt, nach einer Nacht voller Leidenschaft, wird mir warm. Als Sophie das Zimmer verlassen hat, stelle ich mich unter die Dusche und versuche, nicht an Connors Hände auf meinem Körper zu denken, weil ich sonst vor Frust in Tränen ausbrechen würde. Ich ziehe mich lustlos an, frisiere mich notdürftig, lege schnell ein wenig Wimperntusche auf, für den Fall, dass Connor doch noch vorbeikommt. Dann gehe ich ins Erdgeschoss hinab, wo ich meine Familie in der Gesellschaft von Hazel auf der Veranda finde. Sie sitzen um einen Holztisch herum, jede eine dampfende Kaffeetasse vor sich. In der Mitte des Tischs steht ein Teller voll mit herrlich duftenden Blaubeermuffins neben verschiedenen Marmeladen und einem bunten Obstsalat.

»Guten Morgen!«, ruft Mama, als sie mich sieht. »Na, du Langschläferin, alles in Ordnung?«

»Mhm«, murmele ich und lasse mich seufzend auf den letzten freien Stuhl sinken. »Ich bin nur keine Partys mehr gewöhnt, das ist alles.«

»Ach, du bist doch so früh verschwunden!«, sagt Luise und mustert mich argwöhnisch. »Sophie sagte, Connor hätte dich nach Hause gebracht?«

»Ähm, ja«, winde ich mich verlegen und greife dankbar nach der vollen Kaffeetasse, die Hazel mir reicht. »Ich hatte ... äh ... Kopfschmerzen. Bestimmt vom Alkohol, ich vertrage einfach nichts mehr. Als ich mitbekommen habe, dass Connor fahren wollte, habe ich ihn gebeten, dass er mich hier absetzt.«

»Warum war er überhaupt da? Eigentlich hatte er doch gar nicht zur Party kommen wollen«, bemerkt Luise und hört nicht auf, mich zu fixieren.

»Hmm, ja, er hatte es sich wohl anders überlegt«, weiche ich aus. Ich fürchte schon, dass Luises Verhör weitergeht, als zu meiner Erleichterung ihr Smartphone zu läuten beginnt. Während sie sich mit »Seliger!« meldet und ans andere Ende der Veranda geht, wird mir bewusst, dass meine ältere Schwester gar nicht mehr überall mit ihrem Bluetooth-Headset herumläuft. Chester bewirkt wirklich Wunder.

Im nächsten Augenblick lasse ich vor Schreck beinahe den Muffin fallen, nach dem ich gerade gegriffen habe, denn die Fliegengittertür zur Veranda öffnet sich, und Connor kommt aus dem Haus. Mir ist klar, dass ich ihn anstarre wie eine Erscheinung, aber das kann ich nicht ändern. Beim Anblick seines leicht zerzausten schwarzen Haars, das noch ein wenig feucht vom Duschen zu sein scheint, muss ich wieder an das Gefühl dieser Strähnen zwischen meinen Fingern denken. Und beim Anblick seines Mundes, der sich zu einem Lächeln verzieht, als sich unsere Blicke treffen, bekomme ich Atemnot. Mein Herz hämmert so laut gegen meinen Brustkorb, dass ich überzeugt bin, jeder am Tisch kann es hören.

»Guten Morgen«, sagt Connor in die Runde, doch ich merke, dass er fast nur mich ansieht. Mir wird bewusst, dass er eine andere Jeans anhat als gestern Abend – da ich im Begriff war, ihm die Hose von den Hüften zu zerren, als sein Telefon klingelte, kann ich das ziemlich genau sagen. Und statt des langärmeligen Shirts trägt er nun ein weißes T-Shirt und darüber ein offenes Hemd im altvertrauten Holzfällermuster. Er war also doch zu Hause und ist nicht gleich vom Krankenhaus zu mir zurückgekommen.

»Guten Morgen, mein Junge! Wie schön, dich zu sehen. Komm, setz dich zu uns«, höre ich Hazel sagen und merke, wie sie aufsteht und einen weiteren Stuhl heranzieht, den Connor ihr abnimmt. Automatisch rücke ich mit meinem Stuhl zur Seite, damit er sich neben mich setzt. Genau das tut er, und unter dem Tisch berühren sich unsere Knie. Ein Schauer durchläuft mich.

»Kaffee?«, fragt Hazel an Connor gewandt, und er nickt mit einem müden Lächeln. »Ja, danke, Hazel, den brauche ich auf jeden Fall. Ich habe eine ziemlich turbulente Nacht hinter mir.«

Als Sophie mich mit hochgezogenen Augenbrauen mustert, ignoriere ich sie einfach. Stattdessen betrachte ich eingehend Connors Gesicht und merke aus dieser Nähe, dass er Schatten unter den Augen hat und ehrlich erschöpft wirkt. Dennoch liegt ein regelrechtes Strahlen auf seinen Zügen, das ich dort noch nie gesehen habe. Seine Augen leuchten, als er erzählt: »Kaylas Baby ist vor zwei Stunden geboren worden.«

»Oh, wie schön!«, ruft Hazel und stellt einen Kaffee vor Connor ab. »Das Schönste, was man sich vorstellen kann«, bestätigt er, und in seiner Stimme schwingen so viel Wärme und ehrliche Begeisterung für den Beginn des Lebens mit, dass ich vor Rührung feuchte Augen bekomme. Zum ersten Mal sehe ich wirklich den Arzt in ihm. Den Gynäkologen, der seine Arbeit liebt. Sophie, die Kayla ja kennengelernt hat, überschüttet Connor aufgeregt mit Fragen zu Geschlecht (Mädchen), Namen (Hailey Grace), Gewicht, Größe, Geburtsverlauf (ab hier schalte ich auf Durchzug und kann mich nicht an Connor sattsehen, während er geduldig alles beantwortet). Als er endlich wieder mich ansieht, vertieft sich sein Lächeln. Er wirkt so gelöst und im Reinen mit sich selbst, dass ich das Gefühl habe, diesen Mann neben mir zum ersten Mal zu sehen. Glücklich lächele ich zurück. Okay, er war also kurz zu Hause, um sich frisch zu machen und umzuziehen. So eine Geburt ist ja sicherlich auch für den Arzt anstrengend. Aber dann ist er sofort hergekommen. Und das tatsächlich, um mich zu sehen, wird mir klar, als seine Hand unter dem Tisch wie zufällig meinen Oberschenkel streift. Unbändiges Verlangen durchströmt mich von den Fingerspitzen bis in die kleinen Zehen. Den Muffin habe ich längst vergessen, an Essen ist jetzt wirklich nicht zu denken. Fieberhaft überlege ich, unter welchem Vorwand ich in meinem Zimmer verschwinden könnte und ob Connor es schaffen würde, mir diskret nach oben zu folgen, als sich Luise wieder unserem Tisch nähert. Um meinen nervösen Händen etwas zu tun zu geben, greife ich nach meiner Kaffeetasse, spanne meine Finger um das warme Porzellan. Meine Schwestern hatten recht: Die Luft zwischen Connor und mir scheint in der Tat geladen zu sein. Es ist, als könnte man das Verlangen mit Händen greifen.

»Lotte?«, lässt mich Luises Stimme zusammenfahren. Fragend sehe ich sie an. Sie steht hinter Mama und Sophie, die mir gegenüber am Tisch sitzen, und ich merke, dass der Blick meiner älteren Schwester zwischen Connor und mir hin- und herwandert. Schuldbewusst lasse ich meine Tasse ein wenig sinken, frage so locker wie irgend möglich: »Ja?«

Ihr Blick gleitet zu meinen Fingern, die nach wie vor die Tasse umfassen. Da weiß ich, was sie fragen wird, bevor die Worte über ihre Lippen kommen. Ich will sie aufhalten, doch es ist zu spät.

»Wo ist eigentlich dein Verlobungsring?«

Ich merke, wie Connor neben mir erstarrt. Ganz langsam stelle ich meine Tasse ab und sehe selbst auf meinen nackten Ringfinger, als müsste ich mich erneut vergewissern, dass der Diamantring dort nicht mehr funkelt. Nur zu deutlich spüre ich, dass auch alle anderen am Tisch meinen Finger anstarren. Am deutlichsten bemerke ich Connors Blick. Er scheint sich regelrecht in meine Haut zu brennen.

»Ähm«, krächze ich. »Ich habe ihn am Strand verloren.«

»Wow«, sagt Luise und schüttelt langsam den Kopf. »Eine Woche vor deiner Hochzeit? Da wird sich Lennart aber freuen.«

Die Worte »eine Woche vor deiner Hochzeit« hängen plötzlich über dem Tisch wie eine unheilvolle Gewitterwolke. Ich merke, wie sich Connors Hände unter dem Tisch zu Fäusten ballen.

»So«, sagt er schließlich leise, und endlich bringe ich es über mich, seinem Blick zu begegnen. Ich zucke leicht zusammen, als ich den Schmerz und die Wut in seinen Augen sehe – aber vor allem, als ich die Verachtung dort erkenne. »Du heiratest also.« Er macht eine kurze Pause, und ich sehe, wie seine Kiefermuskulatur arbeitet. »Herzlichen Glückwunsch.« Die Worte klingen, als hätte er sie unter größter Anstrengung hervorgepresst. Er nimmt einen Schluck Kaffee und steht dann abrupt auf. An alle gerichtet sagt er lauter: »Ich muss los. Kajaktour mit Dad. Macht es gut.«

Ich merke, wie Sophie und Mama mich über den Tisch hinweg anstarren, wie Luise leicht den Kopf schüttelt, dann an Connor gewandt sagt: »Ähm, Connor, bitte warte kurz.«

Er hält inne. »Ja, was ist?«

»Die Airline hat gerade angerufen. Wir können heute Abend nach Deutschland fliegen.« Luise sieht mich an.

»Das trifft sich ja gut«, höre ich Connor sagen. »Dann verpasst du ja deine Hochzeit nicht, Lotte.«

In seiner Stimme liegt so viel Verachtung, dass ich heulen könnte. Alles, was ich mir wünsche, ist, dass ich mit ihm allein sprechen, ihm in Ruhe erklären könnte, wie durcheinander ich selbst wegen meiner bevorstehenden Hochzeit bin. Ich möchte ihm sagen, dass ich nicht mehr weiß, was ich denken, geschweige denn fühlen soll, seit ich am Flughafen in ihn hineingerannt bin.

Die Vorstellung, heute Abend an eben diesem Flughafen, wo alles begonnen hat, in eine Maschine nach Deutschland zu steigen und Connor womöglich nie wieder zu sehen, bringt mich fast um.

»Was meinst du, wie wir am besten zum Flughafen kommen?«, höre ich Luise fragen. »Sollen wir versuchen, einen Bus zu erwischen? Oder einen Mietwagen nehmen? Wo gibt es noch einmal die nächste Mietwagenfirma, sagtest du?«

»In Bridgewater. Der Bus ist schon weg, und der fährt nur einmal am Tag. Aber das ist kein Problem, ich kann euch hinbringen.« Ich merke, dass er es sorgfältig vermeidet, in meine Richtung zu sehen, als er hinzufügt: »Ich wollte heute sowieso an einen Strand hinter Halifax fahren, um …« Er lässt den Satz unvollendet. Ich weiß, was er dort will: Treibholz sammeln.

»Wann müsst ihr am Flughafen sein?«

»Der Flug geht um 19 Uhr. Also gegen … hmm … 16 Uhr?«

Connor sieht auf seine Armbanduhr und nickt. »Okay. Dann fahren wir um 15 Uhr ab. Ich sehe euch also später.«

Ohne mich noch einmal eines Blickes zu würdigen, dreht er sich um und verschwindet durch die Fliegengittertür im Haus. Ehe ich weiß, was ich tue, springe ich auf und eile ihm hinterher.

»Connor, bitte warte«, stoße ich verzweifelt hervor und versuche, ihn im Flur einzuholen, doch er macht so große Schritte, dass ich erst an der Haustür nach seinem Arm greifen kann. Mit einer heftigen Bewegung reißt er sich los, fährt herum und sieht mich aus wütend funkelnden Augen an.

»Worauf soll ich warten, Lotte?«, herrscht er mich an, und ich zucke erschrocken zurück. »Darauf, dass du mir tatsächlich die Wahrheit sagst? Schönen Dank, die habe ich gerade selbst begriffen: Du wolltest hier im Urlaub einfach noch mal ein bisschen Spaß haben, bevor du in Deutschland brav heiratest, richtig?«

»Das stimmt gar nicht«, wende ich verzweifelt ein.

»Ach nein? Du hast doch wohl nicht ernsthaft vor, deinen Verlobten zu verlassen, oder? Willst du deine Hochzeit canceln, eine Woche vor dem Termin?«

Hilflos sehe ich ihn an, suche nach einer Antwort. Doch ehe ich die finde, lacht er bitter auf. »Natürlich nicht, logisch. Ich sollte nur ein letztes Abenteuer vor dem Start in eine solide Ehe sein, stimmt's? Der handfeste Kanadier, der aussieht wie ein Hinterwäldler, aber vielleicht gar nicht so schlecht im Bett ist.«

Diese letzten Worte schleudert er mir mit so viel Wut entgegen, dass ich ihn entsetzt anstarre. Wie kann er denn nur so etwas denken?

Als hinter mir die Dielen knarren, sehe ich mich um und merke, dass Hazel im Flur steht, in den Händen eine Tupperdose mit Muffins, ihre Wangen vor Verlegenheit gerötet. Es ist offensichtlich, dass sie Connors letzte Worte gehört hat und nun nicht weiß, wie sie reagieren soll.

»Hier, Junge«, sagt sie hilflos und macht einen Schritt auf Connor zu, reicht ihm die Dose. »Nimm die mit, für Roy und dich.«

Doch anstatt sich zu bedanken, fragt Connor mit harter Stimme: »Wusstest du etwa auch, dass Lotte verlobt ist, Hazel?«

Hazel sieht ihn groß an, dann wandert ihr Blick zu mir, bleibt flüchtig an meinem nackten Ringfinger hängen, kehrt zu Connor zurück. Ich erwarte, dass sie verneint, schließlich habe ich ihr gegenüber nie etwas von Lennart erwähnt. Doch zu meiner Überraschung nickt sie mit bekümmerter Miene und sagt: »Ja, Erika hat es einmal erwähnt.« Sie sieht mich ernst an und fährt fort: »Sie sagte, dass ihr auf einer … wie meinte sie? Auf einer Junggesellinnen-Abschiedsreise in New York wart, und dass deine tote Großtante dir diese Reise geschenkt hatte.«

Ich kann nur nicken. Connor starrt erst Hazel an, dann mich. Er schnaubt leise. »Und ich dachte, ihr hättet nur einen normalen Städtetrip nach New York gemacht. ›Junggesellinnen-Abschiedsreise‹. Ja, das passt. Hättest du dir nicht einfach einen Stripper bestellen und mich in Ruhe lassen können?« Ich spüre, dass ich rot werde wie ein gekochter Hummer. »Toll, dass ich der Einzige war, der nichts wusste.« Connor sieht Hazel wütend an, wendet sich dann ab. »Bye.«

Mit einem Krachen fällt die Haustür hinter ihm zu. Ich bleibe wie versteinert stehen, und auch Hazel rührt sich nicht.

Kapitel 40

Scheiße«, flüstere ich schließlich und breche in Tränen aus. Ich erwarte, dass Hazel sauer auf mich ist, dass sie mir Vorwürfe macht, weil ich Connor verletzt habe und, was sie sicher noch mehr trifft, dass ich ihn sogar gegen sie aufgebracht habe. Doch stattdessen stellt sie die Dose mit den Muffins auf einen Stuhl und zieht mich mütterlich in ihre Arme.

»Ach Honey«, murmelt sie. »Gefühle können manchmal für einen ganz schönen Schlamassel sorgen, nicht wahr?«

Ich kann nur nicken. Hazels Bluse duftet nach Rosen und auch ein winziges Bisschen nach Vanille, weshalb ich noch heftiger heule. Ihre Hand kreist beruhigend über meinen Rücken. So, wie Connors Hand gestern Nacht am Strand. Laut schluchze ich auf.

»Connor ist ein Mensch, der schon einmal sehr verletzt wurde«, höre ich Hazel sagen. Ich bemühe mich darum, weniger zu weinen, damit ich sie richtig verstehen kann. »Du weißt ja inzwischen, wie er seine Frau verloren hat, und dass er erst durch ihren Tod erfahren hat, dass sie ihn betrogen hat.«

»Und schwanger war«, füge ich heiser hinzu.

»Hat er dir das erzählt?«, fragt Hazel und klingt ehrlich überrascht. Ich löse mich von ihr und wische mir mit dem Handrücken Tränenrinnsale von den Wangen, bevor ich erwidere: »Ja … wusstest du das etwa nicht?«

»Doch«, nickt Hazel und mustert mich nachdenklich. »Aber sonst weiß das kaum jemand. Connor hat mit so gut wie niemandem darüber gesprochen, und auch Taylor hat das Ganze sehr diskret behandelt. Weißt du, Taylor ist eigentlich ein anständiger Kerl. Er muss Linda wirklich geliebt haben, er hat nach ihrem Tod mindestens so gelitten wie Connor. Aber er hat sich nicht hingestellt und laut verkündet, dass Linda kurz davor war, Connor zu verlassen, weil sie sein – Taylors – Baby erwartete. Stattdessen hat er still getrauert und den Klatsch über sich ergehen lassen. Du weißt ja, wie die Leute sind, selbst hier, in diesem liebenswerten Ort, wo die Menschen eigentlich meistens freundlich zueinander sind und sich gegenseitig helfen. Aber auch in Chester wird geklatscht, und so hat man viel über Taylor gelästert. Er wurde als derjenige angeprangert, der Lindas Tod verursacht, der Connors Ehe zerstört hätte.« Hazel seufzt bekümmert und schüttelt den Kopf. »Auf der anderen Seite wurde über Connor genauso viel getuschelt: Er habe ja immer zu viel Zeit in der Praxis und im Hope Home verbracht, keine Zeit für seine junge Frau gehabt und, und, und. Aber was Connor am meisten zugesetzt hat, war das Mitleid von allen Seiten. Die mitfühlenden Blicke, die Gespräche, die verstummten, wenn er einen Laden oder ein Restaurant betrat. Egal, wo er hinkam: Er war der hintergangene Witwer, der arme Kerl, der von seiner Frau betrogen wurde und dennoch um sie trauerte, weil er sie so geliebt hatte. Connor kam damit nicht klar. Also fing er an, sich immer weiter zu verschließen, wollte mit den Leuten nichts mehr zu tun haben. Viele sahen ihn nur noch in seiner Praxis oder draußen auf dem Meer, in seinem Kajak, gemeinsam mit Roy. Das ist bis heute so. Er geht viel zu selten aus.«

Mit einem Mal fällt mir der Abend in der Rope Loft ein. Ist Connor nur dorthin gekommen, weil er wusste, dass ich da sein würde? Genauso, wie gestern Abend, im Barn? Ich schlucke, als ich mich daran erinnere, wie dicht er im Pub neben mir stand und mir zum ersten Mal von den Butterkisten-Babys erzählt hat. Jetzt kann ich mir auch denken, warum er an jenem Abend so abrupt verschwunden ist: Ich weiß noch, dass sein Blick sich verdüsterte, als Connor über die Köpfe der Kneipenbesucher hinweggesehen hat. Rückblickend könnte ich schwören, dass er in jenem Moment Taylor in der Menge entdeckt hat.

»Und am Strand ist er natürlich oft«, reißt mich Hazels Stimme aus meinen Gedanken. Mit einem traurigen Lächeln sieht sie mich an. »Weißt du, dass Connor wunderbare Dinge aus Treibholz anfertigt?«

Ich nicke und meine Augen füllen sich schon wieder mit frischen Tränen. »Damit hat er nach Lindas Tod angefangen«, erklärt Hazel sanft. »Er ist stundenlang am Strand spazieren gegangen. Vielleicht hat er sich ihr dort näher gefühlt, weil sie im Meer ertrunken ist. Wer weiß. Wie er mir erzählt hat, ist er zufällig auf Treibholz gestoßen, hat es mit nach Hause genommen und überlegt, was er damit machen könnte. Also hat er im Internet recherchiert, sich Material gekauft und begonnen, den ersten Bilderrahmen zu bauen. Dann kamen immer mehr Dinge hinzu: Spiegel, Stehlampen, Windspiele, sogar einen ganzen Kronleuchter hat er einmal für einen reichen Amerikaner gebaut, der hier in Chester ein Sommerhaus hat.«

Hazel greift nach meinen Händen und drückt sie. »Was ich eigentlich sagen wollte: Connor ist ein herzensguter Mensch, aber kein einfacher Mensch. Er ist so sehr verletzt worden, dass er Probleme damit hat, sich anderen gegenüber zu öffnen. Dass er dir überhaupt diese Sache mit der Schwangerschaft erzählt hat, das bedeutet, dass du ihm sehr wichtig bist, dass er dir vertraut.«

Ich blinzele ein paar Tränen fort, sage mit zitternder Stimme: »Und ich habe ihn so schrecklich enttäuscht! Ich hätte ihm sagen müssen, dass ich verlobt bin, aber ... ganz ehrlich, ich war mir die ganze Zeit nicht sicher, ob er ... na ja, überhaupt Interesse an mir hat. Mal hat er mich abweisend behandelt, dann war er wieder nett, dann wirkte er wieder, als könne er mich nicht ausstehen ...«

»Ach Honey«, seufzt Hazel und streicht über meinen Handrücken. »Ich fand es schon offensichtlich, dass da etwas zwischen euch war ... nein, ist. Eine Anziehungskraft. Aber da ich wusste, dass du verlobt bist, dachte ich, dass du ihm sagen würdest, wie die Situation aussieht. Darum bin ich gar nicht auf die Idee gekommen, Connor zu warnen. Obwohl ich gemerkt habe, wie er dich angesehen hat.« Sie lächelt traurig. »So hat er in der ganzen Zeit seit Lindas Tod niemanden mehr angesehen, glaub mir. Er hat seither keine Beziehung gehabt. Und, soweit ich das mitbekommen habe, hat er auch sonst keinen ... ähm, näheren Kontakt zu Frauen gehabt.«

Hazel lächelt verlegen, während ich sie fassungslos anstarre. »Verdammt«, murmele ich schließlich und fühle mich noch schlechter. Mit einem Mal wünsche ich mir so sehr, dass Connor hereinkommt, vielleicht um doch noch die Muffins zu holen, dass ich fast glaube, seine Schritte auf der Verandatreppe zu hören. Ich sehne mich danach, meine Arme um ihn zu schlingen, über seine unrasierten Wangen zu streicheln, in das helle Blau seiner Augen zu sehen und seinen Mund zu küssen, diese sinnlichen Lippen, die so weich und gleichzeitig so fest und fordernd sein können. Und ich will ihm sagen, dass er mir nicht egal ist, dass ich ihn nie benutzen wollte. Dass ich kaum noch an Lennart denken kann, seit ich weiß, dass es ihn gibt, dass ich nachts von ihm träume und nicht von meinem Verlobten.

Doch die Schritte, die ich höre, sind nicht Connors, sondern die meiner Schwestern und meiner Mutter. Sie kommen durch den Flur auf uns zu, und ich trockne rasch meine letzten Tränen, während Hazel mir ein aufmunterndes Lächeln schenkt.

»Lotte?«, höre ich Sophies Stimme und drehe mich einigermaßen gefasst zu meiner Familie um. Ohne, dass ich reagiert oder geantwortet hätte, fährt Sophie bereits fort: »Ich muss noch schnell in die Mermaid Boutique, Mitbringsel für die Jungs kaufen.« Sie bleibt vor mir stehen und sieht mich prüfend an. Eine Hand legt sich auf meine Schulter und sie fragt leise: »Möchtest du reden?« Ich kann nur den Kopf schütteln. Würde ich etwas sagen, kämen mir wieder die Tränen. Sophie nickt leicht und fügt lauter hinzu: »Willst du mitkommen?«

Erneut schüttele ich den Kopf. Ich kann jetzt nicht durch den Ort laufen und erneut bei jedem Pick-up-Truck hoffen, dass Connor hinter dem Steuer sitzt.

»Okay«, murmelt Sophie. Sie wendet sich ab und steigt die Treppe hinauf, gefolgt von Luise, die mir einen regelrecht betretenen Blick zuwirft. Ich bin versucht, sauer auf sie zu sein, doch gleichzeitig ist mir klar, dass ich im Grunde genommen nur sauer auf mich selbst sein kann. Wieso habe ich Connor auch verschwiegen, dass ich verlobt bin?

Hazel verschwindet in Richtung Küche. Ein Arm legt sich um meine Schultern. Ich sehe Mama an und weiß, dass sie genau weiß, was los ist.

»Ach, Kind«, sagt sie bekümmert und schüttelt den Kopf. »Es ist wohl ganz gut, dass der Flug schon heute Abend geht. Wenn wir erst einmal zurück in Deutschland sind, dann hat uns unser normales Leben wieder.«

Leise frage ich: »Und … Harold?«

Mama lächelt wehmütig. »Harold werde ich immer in guter Erinnerung behalten. Wir hatten gestern einen wunderbaren Abend. Ich habe noch nie so guten Fisch gegessen. Es war köstlich! Dazu haben wir Weißwein getrunken und auf seiner Veranda gesessen, aufs Meer hinausgesehen und geredet. Zusammen mit Ethan. Er ist ein ganz reizender junger Mann, der viel Zeit mit seinem Vater verbringt, seit seine Mutter vor ein paar Jahren an Krebs gestorben ist.«

»Ich habe Ethan aber später im Barn gesehen«, bemerke ich und versuche, an Mamas Gesichtszügen abzulesen, ob sie peinlich berührt ist. Doch sie nickt nur ruhig und bestätigt: »Ja, er hat erwähnt, dass er noch dort vorbeischauen wollte, als er mich gegen neun mit seinem Wagen hier abgesetzt hat.«

Überrascht schnellen meine Augenbrauen in die Höhe. »So früh warst du zurück?«

»Aber ja.« Mama sieht mich ruhig an. »Nachdem wir gegessen und gemeinsam abgewaschen haben, Lotte. Mehr war nicht. Und das ist gut so. Heute Abend kehren wir in unseren Alltag zurück. Ich zu deinem Vater und du zu Lennart. Gerade habe ich Papa angerufen und ihm erzählt, dass wir endlich zurückkommen. Er hat sich wahnsinnig gefreut. Ich glaube, er hat mich mehr vermisst, als er zugeben möchte.« Sie macht eine kurze Pause und lächelt nachdenklich, bevor sie leise hinzufügt: »Und ich ihn auch. Im Urlaub können die Gefühle manchmal ganz schön durcheinandergeraten, weißt du?« Sie tätschelt mir leicht die Wange, bevor sie sich der Treppe zuwendet. »Aber eines werde ich mir aus dem Urlaub mit nach Düsseldorf nehmen: Die Lust am Malen. Und die Erinnerung an diesen fantastischen Ort. Ich bin Tante Charlie wirklich dankbar dafür, dass sie dir den Kurzurlaub in New York geschenkt hat – sonst hätte wir nie erfahren, dass es diese schöne kanadische Atlantik-Provinz namens Nova Scotia gibt, nicht wahr?«

Ich kann nur nicken, während ich Mama hinterhersehe, die die Treppe in den ersten Stock hinaufsteigt und dabei leise vor sich hin summt. Dann starre ich auf die blauen und weißen Streifen der Tapete und denke: Tante Charlie, ich bin mir nicht so sicher, ob ich dir dankbar sein soll. So schön es hier auch war ... wäre ich nicht hier gelandet, wäre Connor nicht schon wieder verletzt worden. Und ich hätte nicht diese vielen Zweifel, ob Lennart tatsächlich der Mann fürs Leben ist.

Die wenigen Stunden bis zu unserer Abfahrt vergehen wie im Fluge. Meine Schwestern kehren von ihrem Einkaufsbummel zurück, und Sophie zeigt mir begeistert zwei rote Plüsch-Hummer und hellblaue T-Shirts mit dem Aufdruck eines Segelschiffes und den kindlich gekritzelten Worten »Pirate in training«, die sie für Mats und Fiete erstanden hat. Außerdem hat sie für Baby Nummer 3 einen kleinen weißen Strampelanzug mit einem Muster aus blauen Seesternen gekauft.

»Der ist per Hand bemalt worden, und zwar von einer Schwangeren aus dem Hope Home, wie mir die Verkäuferin in der Mermaid Boutique erklärt hat«, sagt Sophie begeistert. »Ist der nicht wahnsinnig süß? Und auch noch aus Bio-Baumwolle!«

Bei der Erwähnung des Hope Home wird mir schwer ums Herz, doch ich bemühe mich um ein begeistertes Lächeln.

»Weißt du was? Ich habe eben überlegt, ob ich so etwas in Düsseldorf auch versuche. Wozu habe ich ein paar Semester Design studiert? Und wer kennt sich besser mit Babyklamotten aus als ich? Ich könnte versuchen, ein paar Klamöttchen auf Kreativmärkten oder so zu verkaufen und endlich mal ein wenig eigenes Geld zu verdienen!«

»Das ist eine schöne Idee«, murmele ich und nicke. »Warum nicht?«

Eine Stunde später sitze ich vor meinem aufgeklappten Koffer und starre die Butterkiste und den Bilderrahmen an, die immer noch auf der Kommode stehen. Meine Anziehsachen und mein Kulturbeutel sind längst im Koffer, und für die beiden Gegenstände wäre auch noch Platz in meinem Gepäck, wenn man geschickt stauen würde. Aber das will ich gar nicht. Als ich eben mit meinen Schwestern und Mama in Hazels Küche gesessen und ein paar köstliche Sandwiches gegessen habe, die unsere Wirtin als Imbiss zubereitet hatte, habe ich ihr erklärt, dass ich Butterkiste und Bilderrahmen zurücklassen würde. Allerdings habe ich es nicht über mich gebracht, zu erwähnen, um was für einen Rahmen es sich handelt. Das wird Hazel früh genug selbst herausfinden. Oder – vielleicht weiß sie längst, was für einen Rahmen ich gekauft habe. Schließlich ist sie täglich in meinem Zimmer, um das Bett zu machen, und hat ihn vermutlich gesehen.

»Ach, schade«, meinte Hazel und sah mich über den Küchentisch hinweg nachdenklich an. »Du wolltest in der Butterkiste doch einen Kräutergarten anlegen, richtig?«

»Ja«, murmele ich und zwang mich dazu, einen letzten Bissen vom Sandwich zu nehmen. So köstlich die Kombination aus Brie, Apfelscheiben und Hazels hausgemachter Currycreme auch war, ich hatte einfach keinen Appetit. »Aber jetzt, da ich die Geschichte der Kisten kenne, finde ich es doch ein wenig zu makaber, sie zu Hause in der Küche stehen zu haben.«

»Lennart wird es dir danken«, bemerkte Luise spöttisch, die genau wusste, dass mein Verlobter kein Freund von Trödel war.

»Verstehe«, meinte Hazel. »Aber ich denke, gerade wegen ihrer traurigen Geschichte sollte man etwas Schönes mit der Kiste machen. Ich werde sie mit Blumen bepflanzen und auf die Veranda stellen.«

»Gute Idee«, meinte ich.

Entschlossen löse ich meinen Blick nun von Butterkiste und Bilderrahmen, stopfe die pinkfarbene Tüte von Victoria's Secret, die meine Hochzeitswäsche enthält, tiefer in den Koffer und schließe den Reißverschluss des Deckels. Dann trete ich ein letztes Mal auf den Balkon hinaus, betrachte den Atlantik, der sich blau schimmernd vor mir in der Nachmittagssonne erstreckt. Heute sieht er so friedlich aus, als könne er niemandem gefährlich werden, doch seit meinem schrecklichen Erlebnis habe ich ziemlichen Respekt vor dem Meer bekommen. So schön der Atlantik auch ist und so gern ich nach wie vor hinaussehe auf die blaue Weite, so bekomme ich doch wieder und wieder eine Gänsehaut, genau wie jetzt. Langsam beginne ich, zu begreifen, wie es den Leuten geht, die entlang dieser Küste leben: Einerseits lieben sie den Atlantik, ihr Leben ist eng mit ihm verknüpft, er gehört fest zu ihrer Welt. Doch auf der anderen Seite kennen sie seine gefährliche Seite, haben gelernt, vorsichtig zu sein, niemals leichtsinnig. So wie ich es war.

Ein Kajakfahrer paddelt durch die Meeresbucht, und ich versuche, mir vorzustellen, wie Connor in seinem Boot sitzt, sein Paddel gleichmäßig links und rechts ins dunkle Wasser eintauchen lässt, den Blick konzentriert auf den Horizont gerichtet. Wie der Wind mit seinem schwarzen Haar spielt, seine Kiefermuskulatur entspannt ist, da er draußen in der Natur ist, weit fort von den Menschen, die einem so weh tun können. Andererseits war es kein Mensch, der ihm Linda genommen hat, sondern das Meer. Aber wäre es das Meer nicht gewesen, hätte Taylor sie ihm genommen.

Der Wind lässt meine Haarsträhnen tanzen, und die Blätter des Ahornbaums rascheln. Meine Hände umfassen das Balkongeländer fester, als ich meinen Blick durch die Äste des Baums wandern lasse. Ich sehe wieder Connor vor mir, wie er in der Astgabel sitzt und verschmitzt lächelt. Mein Herzschlag beschleunigt sich. Ob Mama recht hat? Sind meine Gefühle nur deshalb durcheinandergeraten, weil wir hier im Urlaub sind? Wird alles wieder in Ordnung kommen, wenn ich zurück in meinem Düsseldorfer Alltag bin? Ich versuche, mir Lennarts Gesicht vor Augen zu rufen, doch erneut sehe ich nur Connor vor mir. Sein schwarzes Haar, seine hellblauen Augen, sein Lächeln, das so selten und so schön ist wie … wie das Nordlicht. Ja, ein extrem kitschiger Vergleich. Aber so zutreffend.

Als mir klar wird, dass meine Gedanken schon wieder nur um Connor kreisen, verlasse ich abrupt den Balkon und schließe die Tür. Ich beginne, die Fächer des Kleiderschranks zu kontrollieren, um sicherzugehen, dass ich nichts liegen gelassen habe. In der Nachttischschublade finde ich das silberne Medaillon, das ich fast vergessen hätte. Rasch schiebe ich es in die neue Handtasche aus der Mermaid Boutique, in der auch schon mein Pass steckt und auf seinen späteren Einsatz wartet. Als ich vor der Kommode ankomme, greife ich nach dem Bilderrahmen. Meine Finger fahren über das raue Holz, ich drehe den Rahmen um, betrachte die Handschrift, in der »Made by C. Hammond« auf der Rückseite geschrieben steht.

Vielleicht sollte ich den Rahmen doch einpacken.

Oder … Vielleicht sollte ich hierbleiben.

Der Gedanke schockiert mich selbst so sehr, dass ich ein paar Schritte rückwärts mache, fort von der Kommode und dem Rahmen, und mich auf das Bett sinken lasse. Will ich das? Hier bleiben? In diesem Ort an der kanadischen Atlantikküste, in dem die Winter sicher hart und lang und bitterkalt sind, wo ich nur eine Handvoll Menschen kenne, keine Arbeit habe?

Wo es einen Mann gibt, der mich so küsst, wie ich noch von keinem Mann geküsst worden bin?

Ich schließe die Augen, atme tief durch. Das geht überhaupt nicht, sagt mir mein Verstand eindringlich. Du bekommst nie im Leben einfach so ein Visum für Kanada. Man kann hier nicht über einen Urlaub hinaus bleiben. Schon gar nicht ohne Job.

Aber mein Herz … mein Herz schreit mich an, dass es Connor will. Und was ist mit meiner Hochzeit? Will ich die etwa absagen? So kurz vor dem Ziel? Könnte ich Lennart das wirklich antun? Ihn eine Woche vor unserer Trauung mit einer Trennung konfrontieren? Könnte ich ihm diese Schmach zumuten? Und nicht nur ihm, fährt es mir durch den Kopf. Was ist mit Papa? Der würde mich glatt enterben.

Als es an meiner Zimmertür klopft, zucke ich heftig zusammen. Connor!, denke ich eine irrationale Sekunde lang und springe auf. Doch als sich die Tür öffnet, kommt Luise ins Zimmer, ihr Smartphone in der Hand.

»Für dich«, sagt sie, und schon wieder denke ich: Connor!

»Lennart.«

»Oh«, mache ich und durchquere hastig den Raum. »Danke.« Mein eigenes Smartphone konnte bisher trotz Reisbad nicht zurück ins Leben geholt werden.

Luise nickt und sagt mit einem schnellen Blick auf ihre Armbanduhr: »Mach nicht zu lang – in einer Viertelstunde werden wir abgeholt.«

Oh Gott, in einer Viertelstunde muss ich Connor wieder gegenübertreten.

»Alles klar«, erwidere ich und wende mich ab, höre Luise die Tür schließen, während ich ins Telefon frage: »Hallo? Lennart?«

»Charlotte«, höre ich seine vertraute Stimme und muss mich sehr zusammenreißen, um nicht schon wieder in Tränen auszubrechen. Als wir uns vorgestern das letzte Mal gesprochen haben, ging es um die verdammten Lupinen in meinem Brautstrauß. Das war noch vor meinem missglückten Ausflug zum Leuchtturm. Ich schlucke, und meine Unterlippe beginnt zu zittern, als Lennart sagt: »Du kannst dir gar nicht vorstellen, wie erleichtert ich bin, dass ihr heute endlich zurückfliegt.«

»Ja«, erwidere ich mühsam beherrscht. Lennart hört mir sofort an, dass ich mit den Tränen kämpfe.

»Weinst du etwa?«

»Nur ein bisschen«, schniefe ich. »Ich … ich bin so froh, dich endlich wieder zu sprechen.«

Mir wird bewusst, dass das stimmt. Ich bin tatsächlich froh, ihn zu sprechen. Das Lächeln in seiner Stimme zu hören, als er erwidert: »Aber Charlotte, du hättest mich doch jederzeit mit Luises Telefon erreichen können.«

»Mhhm«, murmele ich. »Aber … du warst letztes Mal so sauer auf mich. Da war ich irgendwie nicht so wild auf ein weiteres Telefonat.«

»Bitte verzeih mir, Charlotte«, sagt Lennart, und plötzlich sehne ich mich danach, in seine Arme sinken zu dürfen, mein Gesicht in seinem vertraut duftenden Hemd zu vergraben, sein Lachen zu hören. Ja, Lennarts Lachen, das nicht so selten ist wie das Nordlicht – und ist das nicht im Alltag sehr viel angenehmer? Wer will schon ewig an den Himmel starren und auf Nordlicht hoffen? Nein, ich sicher nicht.

»Ich war so angespannt, weil ich nicht wusste, wann du zurückkommen kannst«, fährt Lennart in schuldbewusstem Tonfall fort. »Ich weiß, ich war ganz schön unfreundlich. Tut mir leid.«

»Schon okay. Holst du uns vom Flughafen ab?«, frage ich erwartungsvoll.

»Ach, Süße, ich wünschte, das ginge. Aber ich habe morgen eine ganz wichtige Konferenz, die ich nicht verpassen darf. Jens hat schon gesagt, dass er euch abholt.«

»Aha«, mache ich und versuche, mir meine Enttäuschung nicht anmerken zu lassen. »Klar, kein Problem.«

»Aber morgen Abend machen wir es uns zu Hause gemütlich und bestellen was beim Thailänder, okay? Und du erzählst mir in Ruhe von New York. Und von Kanada.«

»Klingt gut«, lächele ich.

»Und, weißt du was? Ich habe Freitag mit der Gärtnerei gesprochen. Du wirst Lupinen in deinem Brautstrauß haben.«

»Oh!« Einen Moment lang weiß ich nicht, was ich sagen soll. Plötzlich wird mir klar, dass Rosen vielleicht doch besser gewesen wären. Werden mich Lupinen nicht meine ganze Hochzeit über an Kanada erinnern? An einen anderen Mann, der bei meiner Trauung keinesfalls anwesend sein sollte, auch nicht in meinen Gedanken? Dann jedoch überkommt mich tiefe Rührung, weil Lennart sich wirklich diese Mühe gemacht hat. »Danke dir, mein Schatz«, wispere ich. »Ich liebe dich.«

»Und ich dich«, sagt Lennart. »Flieg vorsichtig.«

Ich muss lachen, bevor ich erleichtert erwidere: »Bis morgen!«

Als ich das Gespräch beendet habe, lasse ich das Telefon sinken und atme tief durch. Nein, auf gar keinen Fall könnte ich diesen Mann eine Woche vor unserer Hochzeit verlassen. Ihm das Herz brechen, einfach so. Wegen eines Kanadiers, den ich kaum kenne. Entschlossen stehe ich auf und greife nach meinem Koffer. Als ich das Leuchtturm-Zimmer verlasse, werfe ich keinen Blick zurück.

Kapitel 41

Diesmal sitze ich hinten. Ich war die Erste, die den Pick-up-Truck erreicht hat, als Connor vor dem Mapletree Bed & Breakfast hielt. Ohne ihn anzusehen warf ich meine Handtasche auf die hintere Sitzbank, um dort einen Platz zu reservieren. Dann ging ich noch einmal zur Verandatreppe, wobei ich Connors Blick nach wie vor auswich, und verabschiedete mich von Hazel, die mir ein Blatt Papier in die Hand drückte.

»Hier, ich habe dir das Lemon-pie-Rezept aufgeschrieben, Honey«, sagte sie.

»Oh, dass du daran noch gedacht hast! Vielen Dank!« Gerührt betrachtete ich das Blatt, auf dem ganz oben in geschwungener Handschrift »Hazels Lemon Meringue Pie« zu lesen war.

»Du wirst mir fehlen«, sagte Hazel leise und umarmte mich fest. »Besondere Menschen hinterlassen die größten Lücken.«

»Du wirst mir auch fehlen, sehr sogar«, erwiderte ich und bekam ohne Vorwarnung feuchte Augen, doch bevor ich zu sentimental werden konnte, wurde ich schon von Sophie zur Seite geschoben, die Hazel ebenfalls herzlich umarmte. Ein wenig benommen ging ich wieder zum Wagen, wo Connor schweigend die Koffer auf die Ladefläche lud, seine Baseballmütze tief in die Stirn gezogen, mich konsequent ignorierend. Froh darüber, mich nicht mit ihm unterhalten zu müssen, stieg ich in den Pick-up und ließ meinen Blick ein letztes Mal über das sonnengelbe Haus und den blühenden Garten wandern, atmete tief die salzige Meeresluft ein, sagte stumm Lebewohl.

»Hier, Junge, die nimmst du jetzt aber wirklich mit«, hörte ich Hazels resolute Stimme, als Connor die Fahrertür öffnete. Verstohlen reckte ich den Kopf und erkannte die Dose mit den Muffins, die er mit einem gemurmelten »Danke dir« neben sich auf die vordere Sitzbank stellte.

Als wir nun die Auffahrt des Mapletree Bed & Breakfast hinabrollen, wird mir schwer ums Herz, und ich werfe einen Blick zurück. Dort steht Hazel auf der Verandatreppe und winkt so heftig, als verabschiede sie ihre eigenen Töchter und nicht bloß ein paar Pensionsgäste, von denen sie in nicht einmal zwei Stunden schon die nächsten bekommen wird. Als wir das Grundstück verlassen und auf die Straße biegen, frage ich mich, ob sich Hazel tatsächlich dazu durchringen und das Bed & Breakfast zum Verkauf anbieten wird. Der Gedanke macht mich traurig. Wobei mir das ja eigentlich egal sein dürfte, schließlich ist es mehr als unwahrscheinlich, dass ich noch einmal zurückkomme.

Verstohlen schaue ich nach vorn. Da ich hinter dem Fahrersitz Platz genommen habe, sehe ich von Connor nur den rechten Arm und seine Finger, die das Lenkrad umfasst halten. Gerade als ich zum Rückspiegel hinaufgucke, um zu sehen, ob ich dort einen Blick auf sein Gesicht erhaschen kann, schaut auch Connor in den Spiegel. Allerdings weiß ich, dass er nicht den Verkehr hinter uns kontrollieren will. Er sieht mich an. Als sich unsere Blicke begegnen, schaut er jedoch ruckartig wieder nach vorn. Ein fieser Schmerz durchzuckt mich, und ich versuche hastig, mich abzulenken, indem ich aus dem Fenster nach draußen sehe, wo Chester ein letztes Mal an mir vorbeizieht.

»Stopp!«, rufe ich und erschrecke mich selbst, weil das Wort so schnell aus meinem Mund geschossen ist, dass ich erst begreife, was ich gesagt habe, als Connor schon auf die Bremse tritt. Erneut sucht er meinen Blick im Rückspiegel, sieht mich fragend an.

»Was ist denn los?«, fragt Luise entrüstet.

»Jetzt sag nicht, du hast was vergessen«, stöhnt Sophie von vorn.

»Oh nein, bitte nicht, Lotte, wir verpassen unseren Flug!«, jammert Mama neben mir.

Doch ich antworte nicht, sondern öffne stattdessen mit zittriger Hand die hintere Wagentür, steige aus. Keine zwei Meter von mir entfernt steht Tante Charlie. Mit rosa Hose und einer grell gemusterten Bluse in Pink und Mintgrün. Ihr kurzes Haar glänzt silbergrau in der Sonne, und ich könnte schwören, Vanille zu riechen, als ich näherkomme. Sie steht mit dem Rücken zu mir, vor dem Smiling Whale Café, und liest einen der Aushänge an dem Schwarzen Brett neben dem Eingang. Gerade will ich ihren Namen sagen, als sie sich umdreht. Die Enttäuschung trifft mich wie ein Faustschlag in die Magengrube.

Es ist nicht Tante Charlie. Die alte Dame sieht mich freundlich an, mit einem Lächeln, das zahlreiche knittrige Lachfältchen um ihren Mund herum entstehen lässt – das jedoch nicht das Lächeln meiner Großtante ist. Hinter runden Brillengläsern mustern mich ihre hellbraunen Augen freundlich. Hellbraun, nicht grün. Nur das Haar, diese silbergrauen Löckchen, und der Klamotten-Geschmack der fremden Dame erinnern in der Tat an Charlie. Der Rest leider nicht.

»Geht es Ihnen nicht gut, mein Kind?«, fragt die Dame und kommt besorgt näher.

»Ähm, doch, doch«, sage ich. »Ich habe Sie nur mit jemandem verwechselt. Mit … meiner Großtante.«

»Oh«, sagt die Dame verdutzt. »Tut mir leid, Sie enttäuschen zu müssen.«

»Schon gut«, winke ich betont unbekümmert ab, während mir all die »Begegnungen« mit Charlie durch den Kopf gehen: An meinem ersten Morgen in Chester, als ich meiner vermeintlichen Großtante in die Straße hinein gefolgt bin, wo das Antiquitätengeschäft liegt und ich die Butterkiste gekauft habe. Einen Tag später, als ich ihr bis in die Straße hinterhergelaufen bin, wo die Bayview Clinic einst stand. Gestern Abend, im vollen Barn, als ich der mintgrünen Bluse und einem leichten Vanilleduft auf die andere Seite der Tanzfläche gefolgt bin, um dort in Connor hineinzulaufen.

Als sich die Tür zum Smiling Whale Café mit einem leisen Bimmeln öffnet, verlässt gemeinsam mit einem jungen Pärchen eine Vanillewolke das Lokal, und mir wird bewusst, dass der Duft nach etwas frisch Gebackenem in der Luft hängt. Nicht das Parfüm meiner verstorbenen Großtante. Und ich habe auch nie Charlie hier in Chester gesehen, sondern wohl einfach diese alte Dame, die dieselbe Vorliebe für bonbonfarbene Kleidung zu haben scheint. Du meine Güte, und ich habe an Erscheinungen geglaubt. Wie ungeheuer dumm von mir! Nur gut, dass ich niemandem davon erzählt habe. Na ja, niemandem – außer Connor.

»Auf Wiedersehen«, sagt die alte Dame nun und geht mit einem freundlichen Nicken weiter, in Richtung Mermaid Boutique.

»Auf Wiedersehen«, murmele ich und werfe ihr einen nachdenklichen Blick hinterher. Ja, von hinten sieht sie wirklich aus wie meine verstorbene Großtante. Unfassbar. Ich will mich gerade dem wartenden Pick-up zuwenden, als mir etwas einfällt. Hastig rufe ich: »Entschuldigen Sie?«

Die Dame bleibt stehen, sieht mich erstaunt an. »Ja?«

»Sie waren nicht zufällig am letzten Dienstagabend am Flughafen in Halifax, oder?«

Sie lacht auf. »Am Flughafen? Ach du liebe Güte, was sollte ich denn wohl am Flughafen machen?«

»Ach, ich dachte nur …«, erwidere ich, doch bevor ich eine Ausrede erfinden kann, kommt mir der nächste Gedanke. »Ähm … haben Sie einen Cowboyhut? Aus Stroh?«

Nun wirkt die Dame ehrlich verwirrt. Sie blinzelt, neigt ihren Kopf ein wenig zur Seite und fragt misstrauisch: »Sie sind nicht von einer dieser Fernsehshows, in denen Leute veräppelt werden, oder?«

»Nein!«, widerspreche ich vehement. Die Dame nickt, scheint allerdings nicht ehrlich überzeugt zu sein.

»Ich habe keinen Cowboyhut, nein«, sagt sie dann und wendet sich ab. »Einen schönen Tag noch.«

»Ihnen auch«, murmele ich und steige hastig wieder in den Pick-up ein, wo mich meine Familie mit Fragen bombardiert.

»Schon gut, sorry, ich hatte die Frau verwechselt«, wehre ich ab. »Los, lasst uns zum Flughafen fahren.«

Erneut begegnet mir Connors Blick im Rückspiegel. Ich kann ihm ansehen, dass er weiß, warum ich die Frau angesprochen habe. Er mustert mich kurz, bevor er aufs Gas tritt und wir weiterfahren, aus Chester hinaus, auf den Highway, der uns zum Flughafen bringt.

Als unsere Maschine mit einer Stunde Verspätung vom Flughafen Halifax abhebt, sehe ich auf die dunklen Wälder hinunter, zwischen denen sich in der Abendsonne glitzernde Seen erstrecken, und habe größte Mühe, meine Tränen zurückzuhalten.

Ich muss wieder an Connor denken, daran, wie nüchtern er sich von mir verabschiedet hat. Er hat uns vor dem Flughafengebäude aussteigen lassen, hat unser Gepäck ausgeladen und dafür gesorgt, dass wir einen Kofferkuli bekommen, hat Mama und Luise höflich die Hände geschüttelt und sich geduldig von Sophie umarmen lassen. Mich hat Connor nur kurz unter dem Rand seiner Baseballmütze hervor gemustert und gesagt: »Leb wohl, Lotte.« Und schon stieg er in den Pick-up-Truck und fuhr davon. Ich sah ihm hinterher, stellte mir vor, wie er in ein paar Stunden wieder hier auftauchen würde, diesmal, um hoffentlich endlich seine Mutter abzuholen. Er hatte Sophie auf dem Weg zum Flughafen erzählt, dass der Flug seiner Mutter nun ebenfalls stattfinden konnte und er sie gegen 21 Uhr in Empfang nehmen würde. Bis dahin wollte er an den Strand hinter Halifax fahren, wo er gern lange Spaziergänge machte, wie er sagte. Ich wusste, dass er dort Treibholz für seine wunderschönen Kunst-Objekte sammeln würde, und musste an den Bilderrahmen denken, den ich im Leuchtturmzimmer hatte stehen lassen. Mein Herz zog sich schmerzhaft zusammen.

Der Flughafen war heillos überfüllt, nachdem nun endlich wieder Transatlantik-Flüge möglich waren. Während wir nach dem Check-in mal wieder vor den Toiletten Schlange standen, sagte Sophie zu mir: »Was bin ich froh, dass wir dank Tante Charlie hier in Nova Scotia gelandet sind. Ich habe mich lange nicht mehr so erholt gefühlt wie nach diesen Extra-Urlaubstagen in Chester.«

Ich musterte ihr sonnengebräuntes Gesicht und stellte fest, dass ihre Augenringe tatsächlich verschwunden waren. »Trotzdem wird es jetzt höchste Zeit, zurückzufliegen. Gestern, als ich mit meinen Jungs geskypt habe, hätte ich fast geheult, so eine Sehnsucht habe ich nach ihnen bekommen.« Nachdenklich streichelte Sophie ihren Bauch, während wir in der Schlange vorrückten.

»Weißt du, als ich diese Kayla in Connors Praxis kennengelernt habe, da habe ich mich wirklich geschämt für mein Herumgejammer«, fuhr sie fort, und bei der Erwähnung der jungen Frau, die vor wenigen Stunden mit Hilfe von Connor ein Kind zur Welt gebracht hatte, hätte ich heulen können. »Mir wurde klar, was für ein verdammtes Glück ich habe. Ich habe einen liebenden Ehemann und zwei gesunde Kinder, ein drittes ist auf dem Weg, wir haben ein Dach über dem Kopf, und Michi hat einen festen Job. Vielleicht werden wir uns nicht so bald einen Urlaub am Mittelmeer leisten können und der neue Flachbildschirm-Fernseher, von dem Michi träumt, wird wohl vorerst auch nicht drin sein. Aber wir haben uns. Und das ist etwas, was ich erst hier, in Kanada, richtig zu schätzen gelernt habe.« Sie grinste mich breit an und sagte: »So schön ich die Zeit hier auch fand – ich kann es nicht erwarten, meine Jungs in Düsseldorf in die Arme schließen zu dürfen. Alle drei.«

»Mhm, das ist schön«, murmelte ich und merkte, wie wenig enthusiastisch ich beim Thema Düsseldorf klang. Sophie musterte mich prüfend, und ich wusste, dass nun wieder eine Frage zum Thema Connor kommen würde, doch in dem Moment war ich zum Glück an der Reihe und verschloss mich eilig in einer Toilettenkabine, dankbar, dem nachdenklichen Blick meiner jüngeren Schwester zu entkommen.

Als ich nun im Flugzeug sitze, wird mir beim Blick auf die Wälder und Seen hinab klar, dass ich dieses wunderbare Fleckchen Erde womöglich nie wiedersehen werde. Wehmütig starre ich auf die Wattewölkchen, die sich langsam zwischen uns und die kanadische Seenlandschaft schieben. Neben mir sitzt Mama und blättert in einem Bordmagazin, während in der Reihe vor uns Luise und Sophie auf der Suche nach einem schönen Spielfilm durch das Bordprogramm auf ihren Bildschirmen scrollen. Kaum zu glauben, dass Luise ihren Laptop noch nicht einmal herausgeholt hat.

Einen Liebesfilm ertrage ich jetzt nicht, das steht fest. Um mich irgendwie zu beschäftigen, ziehe ich meine Handtasche unter meinem Vordersitz hervor und durchwühle sie, auf der Suche nach der Kaugummipackung, die ich am Flughafen gekauft habe. Als ich zwischen meinen Fingern einen glatten, kühlen Gegenstand spüre, ziehe ich diesen heraus und betrachte das Medaillon an seiner Silberkette. Mein Finger zeichnet das eingravierte Muster auf dem Deckel des Schmuckstücks nach, als ich Mamas Stimme neben mir höre.

»Hast du das in diesem Trödelladen gekauft?«, erkundigt sie sich neugierig und beugt sich ein wenig vor.

»Nein. Du wirst es nicht glauben: Das habe ich im Turmzimmer des Bed & Breakfast gefunden. Es war in eine Spalte zwischen zwei Bodendielen gerutscht und hat laut Hazel wohl schon jahrelang dort gelegen, bevor ich es herausgezogen habe. Sie meinte, ich solle es behalten.«

»Sehr hübsch«, sagt Mama. »Ist ein Foto drin?«

Mit einem Kopfschütteln öffne ich das Medaillon. Erstaunt betrachtet Mama den winzigen Schlüssel.

»Das ist ja richtig spannend«, sagt sie mit einem abenteuerlustigen Lächeln. »Wer weiß, vielleicht ist das der Schlüssel zu einem versteckten Schatz?«

Ich muss lachen, während ich das Medaillon wieder zuklappe.

»Ja, bestimmt. Wahrscheinlich liegt er unter Hazels Heckenrosensträuchern begraben.« Ich werde wieder ernst und füge hinzu: »Schade, dass wir das nie herausfinden werden.«

»Wer weiß, Kind, wer weiß«, erwidert Mama, greift nach meiner Hand und drückt sie sanft. »Vielleicht kehrst du eines Tages mal zurück nach Chester und machst wieder Urlaub im Mapletree Bed & Breakfast. Mit Lennart. Wäre das nicht schön?«

»Ich glaube kaum, dass sich Lennart sehr für Chester begeistern könnte«, wende ich ein und lasse das Medaillon an seiner dünnen Kette wie ein Pendel hin- und herschwingen.

»Weißt du«, sagt Mama nachdenklich und betrachtet das Schmuckstück. »Mir fällt gerade ein, dass Charlie mal ein ähnliches Medaillon hatte.«

»Echt?«, frage ich erstaunt. »Daran kann ich mich gar nicht erinnern.«

Mama schüttelt den Kopf und wendet sich wieder dem Bordmagazin zu. »Sie hat es verloren, als du noch klein warst.«

Gedankenverloren starre ich noch eine Weile auf das Schmuckstück. Schließlich öffne ich den Verschluss der Kette und lege sie mir um den Hals. Sie fühlt sich gut an, das Medaillon liegt glatt und kühl auf meiner Haut, wo mein fast verblasster Sonnenbrand inzwischen eine letzte Erinnerung an mein kanadisches Abenteuer ist. Ich spiele an der Kette herum, während mir Mamas Worte wieder und wieder durch den Kopf gehen: »Sie hat es verloren.«

»Mama?«, sage ich zögerlich.

Sie blickt von ihrem Magazin auf und sieht mich fragend an. »Ja?«

»Sag mal … Charlie war nie im Urlaub in Kanada, oder?«

Mama runzelt die Stirn, schüttelt den Kopf. »Nein. Warum fragst du?«

Ich zucke mit den Schultern und winke verlegen ab. »Ach, schon gut. War nur so ein Gedanke.«

»Nein, sie hat immer nur Urlaub in Europa gemacht. Und einmal ist sie nach Australien geflogen«, wiederholt Mama die Stationen aus dem Leben meiner Großtante, die mir schon bekannt waren.

Kapitel 42

Charlies Wohnung sieht aus wie immer. Alles wirkt so, als wäre meine Großtante noch am Leben und käme jeden Moment aus einem anderen Zimmer herein, ein unternehmungslustiges Blitzen in den grünen Augen. Ich glaube fast, sie sagen zu hören: »Komm, Lottchen, wir machen uns eine Flasche Wein auf und setzen uns auf den Balkon! Wenn es regnet, ist es dort unter dem Vordach am schönsten. Liebst du nicht auch den Duft nach Regen?«

Zunächst stehen wir alle ein wenig eingeschüchtert mitten im Wohnzimmer und wagen es kaum, etwas zu berühren. Nur Mama, die kurz nach Charlies Tod bereits hier war, um das Lieblingskleid ihrer Tante zu holen, in dem wir sie beerdigt haben, scheint nicht vor Ehrfurcht und Trauer wie erstarrt zu sein. Sie legt einen Arm um meine Schultern und fragt liebevoll: »Na, Lottchen, wie fühlt es sich an, Wohnungseigentümerin zu sein?«

Es fühlt sich bizarr an. Völlig unwirklich. Ich kann es immer noch nicht fassen, aber Mamas Worte erinnern mich daran, dass es wahr ist: Tante Charlie hat mir ihre Altbauwohnung vererbt.

Mama, Luise, Sophie und ich sind seit gestern Morgen wieder in Deutschland. Da ich doch noch erschreckend viele Punkte in Sachen Hochzeitsvorbereitungen auf meiner To-do-Liste stehen habe, war ich alles andere als begeistert, als Lennart mir von dem heutigen Notar-Termin erzählte.

»Wegen der Testamentseröffnung«, erklärte er, als wir gestern Abend bei einem Glas Rotwein unser Wiedersehen feierten. »Hast du die etwa vergessen?«

Ja, das hatte ich tatsächlich, doch nun fiel es mir wieder ein: Die Testamentseröffnung hatte eigentlich am Tag nach unserer Rückkehr aus New York stattfinden sollen und war notgedrungen verschoben worden. Und so saßen Mama, Luise, Sophie und ich heute Vormittag dem Notar Dr. Hartmut Heinrich gegenüber, der Charlies Testament vorlas. Ich glaubte, deutlich Charlies Stimme zu hören, als er begann:

Liebe Erika, liebe Mädchen (ja, ich weiß, ihr seid alle längst erwachsen, aber ihr werdet immer meine Mädchen sein), wenn der Notar meines Vertrauens euch diese Zeilen vorliest, bin ich nicht mehr bei euch – zumindest nicht im physischen Sinne.

Ich tupfte mir ein paar Tränen aus den Augenwinkeln und merkte, dass auch meine Familie betreten schluckte. In Charlies Testament wurde zunächst Mama erwähnt, die ihren Schmuck und das Silberbesteck erben sollte. Dann kam die Reihe an Luise und Sophie, denen unsere Großtante jeweils 10.000 Euro hinterließ.

»Aber jetzt renn bloß nicht sofort los und kauf einen neuen Flachbildschirm-Fernseher für Michi«, meinte ich neckend, während Sophie vor Freude fast vom Stuhl fiel.

»*Lottchen*«, las Dr. Hartmut Heinrich vor und hatte somit meine ganze Aufmerksamkeit sicher. »*Du und ich, wir hatten immer eine ganz besondere Beziehung. Ich habe euch alle geliebt, Mädchen, aber du, Lottchen, warst mein Augapfel, und das nicht nur, weil ich deine Patin sein durfte.*«

An dieser Stelle konnte ich meine Tränen nicht länger zurückhalten. Sophie drückte meine Hand, Mama legte einen Arm um meine Schultern, und Luise reichte mir ein Taschentuch.

»Daher möchte ich dir meine Eigentumswohnung hinterlassen. Ich habe sie schätzen lassen, sie hatte im März 2016 einen Wert von 480.000 Euro. Ich weiß, dass Lennart und du nach einer Immobilie sucht, aber ob ihr in meine Wohnung ziehen wollt, sei dahingestellt. Ich erwarte keinesfalls, dass du die Wohnung selbst nutzt, nein, deshalb vererbe ich sie dir nicht, mein Kind. Habe keine Gewissensbisse, wenn du sie verkaufen möchtest. Sie gehört dir, und du kannst damit machen, was du willst. Alles, was ich mir wünsche, ist, dass du deine Träume verwirklichst. Dass du frei bist in deinen Entscheidungen. Dass du das machen kannst, wonach du dich tief in deinem Herzen sehnst – auch dann, wenn andere Leute dich für verrückt halten. Du musst deinen eigenen Weg gehen, selbst wenn er dich nicht in die Richtung führt, die andere für sinnvoll halten. Solltest du zu neuen Ufern aufbrechen wollen, werden dir durch den Verkauf der Wohnung unterwegs nicht die Mittel ausgehen. Ich bin mir sicher, du wirst das Richtige tun.«

Nun stehen wir also mitten in Charlies Wohnzimmer, das jetzt streng genommen mein Wohnzimmer ist. Ich kann das immer noch nicht glauben. Langsam lasse ich meinen Blick über die Wände mit den vertrauten Gemälden gleiten. Einige hat Charlie in Galerien erstanden, andere hat sie selbst gemalt. Mama geht zu der Staffelei vor dem bodentiefen Fenster hinüber, wo Charlie stets gemalt hat. Auf der Staffelei steht ein Bild, das sie vor ihrem Tod wohl nicht mehr vollenden konnte. Es ist ein Stillleben: Man erkennt einen halbfertigen Blumenstrauß in einer Vase auf Charlies Couchtisch. Wehmütig betrachte ich den Tisch in der Sofaecke. Die Blumen sind natürlich nicht mehr da.

»Nimm die Staffelei und Charlies Farben und Pinsel doch mit«, sage ich spontan. Mama hat mir auf der Fahrt zum Notar erzählt, dass sie sich bereits bei einem Malkurs angemeldet hat und nach meiner Hochzeit damit beginnen will, Luises altes Kinderzimmer auszuräumen und sich dort ein Atelier einzurichten.

»Ja, das mache ich gern«, nickt Mama und betrachtet andächtig Charlies unvollendetes Bild. »Danke dir, Lottchen.«

»Ach, ich bitte dich«, sage ich beinahe entrüstet und füge mit Nachdruck, auch in Richtung meiner Schwestern, hinzu: »Ihr könnt natürlich alles mitnehmen, was euch am Herzen liegt. Ehrlich. Nur, weil ich diese Wohnung geerbt habe, heißt das nicht, dass ich die Dinge darin allein für mich beanspruche.«

»Finde ich super von dir«, sagt Luise, die vor Charlies überquellendem Buchregal stehen geblieben ist. Sie wirft mir ein flüchtiges Lächeln zu und wendet sich dann den vielen Romanen und Reiseführern zu.

»Ja, ich auch«, murmelt Sophie und lässt sich auf das Sofa mit Charlies selbst genähten Kissen sinken, die ich so liebe. Die farbenfroh bestickten Stoffe hat Charlie aus einem Urlaub in Kroatien mitgebracht. Oder war es Griechenland? Ich kann es nicht mehr genau sagen, aber eines weiß ich: Diese Kissen werde ich in Ehren halten, auf meinem eigenen Sofa. Nein, halt, auf Lennarts und meinem Sofa. Da fällt mir ein, dass Lennart noch nie etwas für bunte Folklore-Sachen übrighatte. Mit einem unterdrückten Seufzen verdränge ich dieses Problem. Stattdessen wandern meine Gedanken schon wieder zur Testamentseröffnung und ganz speziell zu dieser einen Passage aus Tante Charlies letztem Willen, die mich nicht mehr loslässt: *Solltest du zu neuen Ufern aufbrechen wollen, werden dir durch den Verkauf der Wohnung unterwegs nicht die Mittel ausgehen. Ich bin mir sicher, du wirst das Richtige tun.*

Was hat Charlie denn bloß gemeint? Was für neue Ufer? In Gedanken versunken wende ich mich vom Sofa ab, gehe den Flur entlang. Erst, als ich in Charlies Schlafzimmer stehe, merke ich, wohin mich meine Füße getragen haben. Ich atme tief ein, während sich meine Augen mit Tränen füllen. Es duftet hier so intensiv nach Charlies Vanilleparfüm, als hätte meine Großtante erst vor wenigen Minuten an ihrem herrlich altmodischen Schminktisch gesessen. Langsam durchquere ich den Raum und lasse mich auf die Bettkante sinken. Meine Finger streichen sacht über den Spitzenrand von Charlies Kopfkissen, finden dort eine silbergraue Locke. Ich blinzele Tränen fort, während ich das Haar ins Licht halte, es zwischen meinen Fingern hin und her drehe und eingehend betrachte. Dann mustere ich traurig die Gegenstände auf dem antiken Bauernschränkchen, das Charlie als Nachttisch gedient hat: ein gerahmtes Foto von Luise, Sophie und mir. Auf dem Bild waren wir ungefähr neun, zwölf und fünfzehn Jahre alt – Sophie noch ein kleines Mädchen mit einem Rest Babyspeck, Luise ein schlaksiger Teenager mit Hautproblemen, ich irgendwo dazwischen. Neben dem Bild liegt das Buch, das Charlie zuletzt gelesen hat: »Der Hundertjährige, der aus dem Fenster stieg und verschwand«.

Ach, wäre meine Großtante doch hundert geworden, denke ich wehmütig, während ich das Buch auf der Seite öffne, wo das Lesezeichen liegt. Ich überlege noch, ob ich den Roman mitnehmen und selbst lesen soll, als mich das Lesezeichen stutzen lässt: Es ist eine weinrote Kordel, die ziemlich abgegriffen wirkt, offensichtlich lange Zeit als Lesezeichen gedient hat. Aber was meine Aufmerksamkeit erregt hat, ist das silberne Ahornblatt am Ende der Kordel. Ich greife danach, drehe den Anhänger hin und her. Nun gut, sage ich mir, es ist ein Ahornblatt. Die gibt es auch in Deutschland, nicht nur in Kanada. Man merkt wirklich, dass ich erst gestern heimgekehrt bin. Noch erinnert mich alle paar Schritte etwas an Chester. Oder an gewisse Personen. So wie heute Morgen, als ich auf der Fahrt zur Testamentseröffnung in den strahlend blauen Himmel über Düsseldorf hinaufgesehen habe und an Connors Augen denken musste.

Damit ich nun nicht schon wieder an den Mann denken muss, den ich nicht heiraten werde, klappe ich das Buch zu und lege es zurück auf den Nachttisch, neben das hölzerne Kästchen, das dort steht. Ich erstarre. Nein, das kann doch nicht sein. Auf dem glänzenden Deckel aus honigbraunem Holz ist schon wieder ein Ahornblatt zu sehen, es erhebt sich als fein geschnitztes Relief aus dem Holz des Deckels. Ungläubig greife ich nach der Schatulle, streiche mit den Fingern über das glatte Holz, fahre sacht den Umriss des Ahornblatts nach. Zwei Ahornblätter auf dem Nachttisch meiner Großtante. Nun gut, vielleicht mochte sie Ahornblätter. Wobei ich das vorher nie bemerkt habe. Sie hat aber auch nie von Kanada erzählt, hat nie erwähnt, dass sie mal in den Urlaub dorthin wollte. Ich entdecke ein silbern glänzendes Vorhängeschloss am Deckel der Schatulle. Ratlos drehe ich den kleinen Kasten hin und her, rüttele ein wenig am Schloss und sehe mich auf dem Bauernschränkchen nach einem Schlüssel um. Was mag Tante Charlie in der Schatulle aufgehoben haben? Als ich mich vorbeuge, um in der Schublade des Schränkchens nachzusehen, ob dort, zwischen einer Packung Taschentüchern, einer alten Ersatz-Lesebrille, zwei losen Knöpfen und der Gebrauchsanleitung des Radioweckers vielleicht der Schlüssel zum Kästchen liegt, löst sich etwas von der Haut meines Dekolletés und schwingt nach vorn. Ich starre hinab auf das silberne Medaillon, das ich heute wieder trage. Langsam richte ich mich auf und greife nach der Kette samt Anhänger. Meine Finger zittern leicht, als ich den Deckel des Medaillons aufklappe und mir der winzige Schlüssel entgegenfällt.

Nein, das kann nicht sein. Sicher befinde ich mich auf einem ganz, ganz breiten Holzweg. Es gibt schließlich nicht einmal den Ansatz einer logischen Erklärung dafür, warum dieser Schlüssel …

Ich stecke ihn in die winzige Öffnung und drehe. Das Vorhängeschloss springt auf.

»Ach, hier bist du«, höre ich Mamas Stimme und merke, dass sie ins Schlafzimmer kommt. Den Blick heben kann ich nicht. Ich lasse ihn auf das gerichtet, was mich seit Minuten – oder länger, ich habe wirklich keine Ahnung – in seinen Bann zieht. Auf das, was so unglaublich und nicht zu fassen ist, dass ich nicht dazu in der Lage bin, mich zu rühren, zu denken, geschweige denn zu sprechen.

»Lotte? Ist alles in Ordnung?« Mama kommt näher, ihre Füße erscheinen am Rande meines Blickfelds. Als ich nicht reagiere, lässt sie sich neben mich auf die Bettkante sinken. »Was hast du denn da gefunden?«, erkundigt sie sich vorsichtig, weil sie wohl merkt, dass ich völlig erstarrt bin.

Ganz langsam lasse ich den Zeitungsartikel, den ich in einer Hand halte, sinken. Da entgleitet das vergilbte Papier meinen Fingern, der Ausschnitt segelt zurück in die Schatulle, zu dem Foto und den Steinen und Muscheln.

»Hier«, flüstere ich und drücke meiner Mutter die Holzkiste in die Hände. In dem Moment kommen Luise und Sophie herein.

»Na, was habt ihr da Interessantes entdeckt?«, erkundigt sich meine jüngere Schwester neugierig und lässt sich neben Mama aufs Bett plumpsen, während Luise fragt: »Lotte, ist alles okay? Du bist ja leichenblass!«

»Seht euch das nur an«, haucht Mama, und Luise verstummt. Ich rücke ein Stück zur Seite, sodass auch sie sich neben Mama setzen und gemeinsam mit ihr und Sophie den Zeitungsartikel lesen kann.

»Eigentlich hatte ich mich darauf gefreut, Koalabären zu sehen. Jetzt hoffe ich darauf, mal einen Schwarzbären zu Gesicht zu bekommen – oder zumindest einen Waschbären!«

Schon zum zweiten Mal in diesem Jahr hat ein Buchungsfehler eines europäischen Reisebüros zu einem unfreiwilligen Urlaub in unserer Provinz geführt: Charlotte Busch (55) aus Düsseldorf, Deutschland, war der Meinung, auf dem Weg nach Australien zu sein.

»Mein Reisebüro hat mir in den letzten zwei Jahrzehnten schon etliche Urlaube gebucht«, erzählt die reisefreudige Deutsche mit einem angesichts der Situation erstaunlich heiteren Lachen. »Und bisher bin ich immer dort angekommen, wo ich hinwollte – nur diesmal ist da irgendetwas schiefgelaufen.«

Ja, in der Tat. Dem Düsseldorfer Reisebüro ihres Vertrauens unterlief derselbe Fehler wie in diesem Jahr bereits einem italienischen Reisebüro: Anstatt für ihre Kunden Flüge nach Sydney, Australien zu buchen, orderten sie Tickets nach Sydney, Nova Scotia. Auch Gianni und Maria DiPietro aus Rom waren im Februar dieses Jahres unfreiwillig in unserer Provinz gestrandet, hatten ihre Reise nach Australien jedoch einen Tag später fortgesetzt.

»Die Reiseroute mit British Airways kam mir schon sehr umständlich vor«, erklärt Charlotte Busch und wirkt ein bisschen verlegen. »Zunächst umsteigen in London, dann noch einmal in Kanada ... Natürlich hätte ich da stutzig werden müssen. Aber ich habe Europa noch nie zuvor verlassen und kannte mich mit Langstreckenflügen nicht aus. Daher dachte ich mir, dass Australien nun einmal am anderen Ende der Welt liegt und es im Grunde genommen egal ist, ob man nach Osten oder Westen fliegt, ewig unterwegs ist man in jedem Fall. Und auf meinem Ticket stand ja ›Sydney‹, also habe ich mir keinerlei Sorgen gemacht.«

Erst, als sie in Halifax an der Passkontrolle gefragt wurde, was der Grund für ihren Aufenthalt in Kanada sei, merkte die 55-Jährige, dass etwas grundlegend schieflief. Bei den Flughafenmitarbeitern rief die deutsche Touristin, die statt nach Sydney in Down Under auf den Weiterflug mit einer kleinen Propellermaschine nach Sydney, Nova Scotia gebucht war, sowohl Mitleid als auch Erheiterung hervor.

»Was muss das für eine Enttäuschung sein, wenn man glaubt, auf dem Weg nach Australien zu sein, und dann landet man hier in unserer Provinz!«, sagte uns Lindsay Jamieson, eine Mitarbeiterin von »Air Canada« mit einem Kopfschütteln.

Charlotte Busch indes beschloss, Australien zu einem späteren Zeitpunkt zu erkunden und stattdessen aus ihrer unfreiwilligen Reise nach Kanada das Beste zu machen: Zwar trat sie den Weiterflug nach Sydney, Nova Scotia nicht an, verbrachte jedoch zwei Tage in Halifax, fuhr dann mit einem Mietwagen die Südküste unserer Provinz hinunter und kam in einem Bed & Breakfast in dem wegen seines malerischen Jachthafens bei Touristen beliebten Ort Chester unter.

»Ich liebe diesen zauberhaften Ort!«, erklärt die Deutsche strahlend, als wir sie in Chester treffen. Sie zeigt auf das »Mapletree Bed & Breakfast«, in dem sie ein Zimmer im zweiten Stock bewohnt, und erklärt: »Hier fühle ich mich wie zu Hause, der lieben Hazel St. Clair sei Dank. Ich habe schon Hummer und Jakobsmuscheln gegessen, mich für einen Acrylmalkurs am Jachthafen angemeldet und einen entzückenden Leuchtturm entdeckt, zu dem man bei Ebbe hinauswandern kann. Ich liebe Chester – eigentlich möchte ich am kommenden Sonntag gar nicht zurück nach Deutschland fliegen!«

Beinahe wäre ihr dieser Wunsch erfüllt worden, da eine Aschewolke über Island infolge einiger vulkanischer Aktivitäten drohte, den Transatlantik-Flugverkehr lahmzulegen (die Halifax Daily News berichtete). Doch seit gestern Entwarnung gegeben wurde, steht Charlotte Buschs Rückkehr nach Deutschland wohl nichts im Wege. Allerdings möchte sie vorher unbedingt noch einen Schwarzbären sehen – oder zumindest einen Waschbären.

Kapitel 43

Eine ganze Weile sagt niemand etwas. Mama, Luise, Sophie und ich starren stumm auf den Zeitungsartikel, auf die gedruckten Worte, auf das Schwarz-Weiß-Foto, das eine jüngere Tante Charlie zeigt, die gut gelaunt in die Kamera lacht, im Hintergrund das Mapletree Bed & Breakfast.

Erst, als Mama flüstert »Das gibt es doch gar nicht!«, rühre ich mich.

»Das ist noch nicht alles«, erkläre ich mit krächzender Stimme und greife in die Schatulle, nach dem Foto, das unter dem Zeitungsartikel lag. Meine Finger zittern, als ich das Bild hochhalte, sodass meine Familie es sehen kann. Alle betrachten stumm den Mann, der sie in gelbstichigen Farben anlächelt. Er trägt beigefarbene Cordhosen und ein kurzärmeliges kariertes Hemd, sein Haar ist schwarz, die Schläfen silbergrau. Er sitzt auf einer verwitterten Holzbank und lächelt in die Kamera, seine hellblauen Augen blitzen fröhlich hinter den Brillengläsern.

»Wer ist das?«, fragt Mama erstaunt und greift nach dem Bild, um es näher zu betrachten.

»Er kommt mir irgendwie bekannt vor«, murmelt Sophie nachdenklich.

»Klar«, sage ich und schlucke gegen den Kloß an, der sich in meinem Hals bildet. »Ihr kennt seinen Sohn. Das ist Dr. Roy Hammond, Connors Vater.«

Fassungslos starren mich alle an. »Ist nicht dein Ernst!«, keucht Sophie mit weit aufgerissenen Augen.

»Doch«, bestätige ich mit bebender Stimme. »Zum einen erkenne ich ihn ganz eindeutig. Und zum anderen ... guckt euch die Rückseite an.«

Mama dreht das Foto um, alle starren auf Tante Charlies geschwungene Handschrift in verblasster Tinte: »Roy vorm Leuchtturm, 6. Juli 1986«.

»Vorm Leuchtturm«, murmelt Luise und sieht mich an. »Da, wo du ...?«.

Ich nicke. »Ja. Und weißt du noch, wann ich dort war?«

»Klar. Letzten Freitag.«

Noch einmal nicke ich und bemühe mich, ein leichtes Zittern zu unterdrücken. »Ja. Und der letzte Freitag war auch der 6. Juli.«

»Unfassbar«, flüstert Sophie. »Aber ... bist du sicher, dass ... Könnte das nicht ein anderer Leuchtturm sein?«

Ich schüttele mit Nachdruck den Kopf. »Nein. Die Bank, auf der Roy sitzt, habe ich sofort erkannt. Da haben sich über die Jahrzehnte viele Liebespaare mit ihren Initialen verewigt. Und ich wette, da steht irgendwo ›CB + RH‹. Charlotte Busch + Roy Hammond.«

»Das ist ja kaum zu fassen«, flüstert Mama.

»Tante Charlie hatte eine Affäre?«, fragt Sophie langsam. »Ausgerechnet mit Connors Vater? War der damals nicht noch mit Connors Mutter verheiratet?«

Ich denke nach. »Hmm, 1986 ... Ja, doch. Klar. Connor war schon siebzehn, als sich seine Eltern getrennt haben. 1986, da muss er noch ein Kind gewesen sein. Und Roy, er war ... Wartet ...« Ich denke an das Jahr, in dem Roy in der Bayview Clinic geboren wurde, 1935. »Er war damals einundfünfzig Jahre alt. Vier Jahre jünger als Tante Charlie.«

Eine Weile ist es wieder still im Zimmer, während wir abwechselnd das Foto des jüngeren Roy Hammond und das Zeitungsbild von Tante Charlie betrachten. 1986, denke ich. Da war ich zwei Jahre alt, Sophie noch gar nicht auf der Welt.

Schließlich räuspert sich Mama und stellt die Frage, die uns allen auf der Seele brennt: »Wie kann es sein, dass Charlie in genau dem Ort war, wo auch wir gestrandet sind?«

Wir sehen uns an, schweigen. Keine von uns hat eine Antwort parat.

»Das ist wirklich ungeheuerlich«, wispert Sophie und sieht regelrecht verstört aus. Genauso fühle auch ich mich. »Richtig unheimlich, findet ihr nicht?«

»Ja«, bestätigt ausgerechnet Luise, von der ich eigentlich einen rationalen Erklärungsversuch erwartet hatte. »Nicht, dass ich an so etwas glauben würde, aber es ist … es ist …« Man merkt ihr an, dass sie sich nicht dazu überwinden kann, ihre Vermutung laut auszusprechen, also komme ich ihr zu Hilfe: »Es ist, als habe Charlie gewollt, dass wir den Ort entdecken, in dem sie damals gestrandet ist. Wo sie sich offensichtlich in Roy verliebt hat.«

Wieder schweigen wir alle, während jede von uns versucht, diesen Gedanken zu verarbeiten, zu begreifen.

»Aber … das kann doch nicht sein«, flüstert Sophie, und ich merke, dass ihre Arme von Gänsehaut überzogen sind.

»Nein, eigentlich nicht«, bestätigt Luise ernst.

»Aber für Zufälle kommt da eindeutig zu viel zusammen«, gibt Mama mit einem Kopfschütteln zu bedenken.

Wir nicken alle, bevor ich mich räuspere und das ausspreche, was mir durch den Kopf geistert, seit ich die Schatulle geöffnet habe: »Das können keine Zufälle sein. Erst der Vulkanausbruch, der uns in Halifax stranden lässt – nachdem Charlie damals beinahe selbst wegen vulkanischer Aktivitäten auf Island länger in Chester hätte bleiben müssen. Dann laufe ich am Flughafen in Connor hinein … ausgerechnet in den Sohn von Charlies Urlaubsaffäre.« Ich stocke und überlege flüchtig, ob ich hinzufügen soll, dass ich geglaubt habe, Tante Charlie am Flughafen zu sehen, beschließe jedoch, es für mich zu behalten. Mit bebender

Stimme fahre ich fort: »Dann werden wir in Chester in dem Bed & Breakfast untergebracht, in dem auch Charlie damals gewohnt hat. Ich erfahre von der Geschichte der Bayview Clinic ...« Erneut bin ich versucht, zu erwähnen, dass ich der Charlie-Erscheinung zum Trödelladen und zu dem Grundstück, wo die Klinik einst stand, gefolgt bin, doch ich weiß, das wäre momentan zu viel für meine Familie. Stattdessen sage ich heiser: »... und durch meine Entscheidung, ein Buch über diese Klinik zu schreiben, lerne ich Roy Hammond kennen. Dann laufe ich zum Leuchtturm, wo Roy damals mit Charlie war, auch am 6. Juli. Und zu allem Überfluss finde ich das Medaillon, das Charlie einst im Bed & Breakfast verloren hat.«

Ich greife nach dem Kettenanhänger, halte ihn hoch, damit ihn alle sehen können. Verwundert betrachten meine Schwestern das Schmuckstück.

»Ach, du hast die Kette gefunden?«, sagt Sophie verblüfft. »In der Pension?«

»Ja, ganz oben, im Turmzimmerchen. Das Medaillon war in eine Spalte zwischen den Holzdielen gerutscht. Hazel meinte, ich könne es behalten, weil schon ewig kein Gast mehr dort oben gewesen sei.« Ich atme tief durch. »Nun, Charlie war es anscheinend.«

Plötzlich wird mir klar, warum ich mich meiner toten Großtante während unseres Aufenthalts in Chester immer so nah gefühlt habe.

»Aber ... wieso kommst du darauf, dass das Charlies Kette war?«, fragt Luise mit einem kritischen Blick auf den Anhänger.

»Mama hat gesagt, dass sie mal so ein Medaillon hatte«, beginne ich, als Sophie auf das Bild in der Zeitung zeigt und mich unterbricht: »Schau doch mal genau hin, Luise.«

Konzentriert betrachtet Luise das Foto. Auch ich habe es erst beim zweiten Hinsehen erkannt: Das silberne Medaillon liegt auf Charlies Dekolleté, wie es nun auf meinem liegt. Meine Finger fahren über die Gravur im Silber, und ich fühle mich meiner Großtante noch viel näher.

»Außerdem«, fahre ich leise fort, »war ein Schlüssel in dem Medaillon. Und ratet mal, welches Schloss ich mit diesem Schlüssel geöffnet habe.«

Alle sehen sofort zu dem kleinen Vorhängeschloss, das geöffnet auf meinem Schoß liegt.

»Nein!«, sagt Mama und sieht regelrecht erschrocken aus. »Wirklich?«

Ich nicke. »Ja.«

»Unfassbar!«, murmelt Sophie. »Das können gar keine Zufälle sein!« Sie erschaudert und schlingt ihre Arme um ihren Oberköper.

»Aber ... warum lagen dieser Zeitungsausschnitt und das Foto in der Schmuckschatulle ... aber der Schlüssel befand sich im Medaillon im Turmzimmer des Mapletree Bed & Breakfast?« Luise setzt ihren kritischen Blick auf, während sie das Vorhängeschloss anstarrt. »Das passt doch nicht zusammen.«

»Doch«, sage ich ruhig. »Das Schmuckkästchen stammt aus Kanada ... gut erkennbar an dem Ahornblatt auf dem Deckel und an dem ›Made in Nova Scotia‹ auf der Unterseite. Charlie muss es in Halifax oder Chester gekauft haben. Dann hat sie vor Ort den Zeitungsartikel ausgeschnitten und zum Verwahren in die Schatulle gelegt, außerdem die Muscheln und Steine. Und schließlich hat sie dieses Foto von Roy hineingelegt, das sie offensichtlich noch in Chester hat entwickeln lassen.« Ich betrachte das Bild, fahre leise fort: »Sie hat die Schatulle immer abgeschlossen, weil sie ihre Affäre hüten wollte wie einen verbotenen Schatz. Dann hat sie das Medaillon verloren, in dem sie den Schlüssel verwahrt hatte, und hat die Schatulle verschlossen mit nach Deutschland genommen. Vielleicht wollte sie das Schloss zunächst ja knacken lassen, hat es dann aber doch nicht getan. Es war ja auch riskant, Onkel Rudolf hätte das Bild finden können.«

»Und den Zeitungsartikel«, fügt Mama hinzu. »Immerhin wollte sie offensichtlich nicht, dass wir erfuhren, wo sie ihren Urlaub tatsächlich verbracht hat. Sonst hätte sie doch vom Buchungsfehler des Reisebüros und von Nova Scotia erzählt!«

»Stimmt«, murmelt Luise nachdenklich.

»Jetzt fällt es mir auch wieder ein«, fährt Mama fort und wirkt mit einem Mal ganz aufgeregt: »Sie hat uns damals, nach ihrer Rückkehr aus ›Australien‹...« Mama malt mit den Fingern Anführungsstriche in die Luft, »erzählt, dass der Film mit den Fotos beschädigt worden sei und alle Fotos, die sie gemacht habe, verloren gegangen seien. Wir haben nie Bilder von Australien zu Gesicht bekommen und waren ziemlich enttäuscht, aber Charlie wirkte deswegen erstaunlich gelassen. Ach, und ... stimmt! Angeblich sind sämtliche Postkarten verloren gegangen! ›Na ja, bei dem langen Weg von Australien bis hierher‹, hat Charlie damals lapidar gemeint, als ich sie gefragt habe, warum die Karten denn nicht ankamen. Und euch beiden ...«, Mama deutet auf Luise und mich, »... euch hat Charlie diese Plüsch-Wale mitgebracht, wisst ihr noch?«

Ja, ich kann mich dunkel an einen Plüsch-Wal erinnern, der jahrelang in meiner Spielzeugtruhe lebte.

»Plüsch-Wale, nicht etwa Kängurus oder Koalas! Und sie hat immer von diesem Malkurs geschwärmt, den sie angeblich in einem Ort irgendwo an der Ostküste Australiens gemacht hat. Seit dem Urlaub hat Charlie mit Begeisterung gemalt. Du meine Güte, was für eine verrückte Geschichte!« Mama schüttelt fassungslos den Kopf.

»Jetzt fällt mir auch ein, dass ich erst vor ein paar Monaten in der Zeitung von einem Pärchen gelesen habe, das versehentlich im kanadischen Sydney gelandet ist, und nicht in Australien«, bemerkt Luise. »Da dachte ich noch: Wie blöd kann man sein? Wenn ich gewusst hätte, dass Tante Charlie ... Wahnsinn. Dem Reisebüro hätte ich die Hölle heiß gemacht.«

»Das hat sie aber sicherlich nicht, denn sie wollte offensichtlich, dass die ganze Reise und somit ihre Liebschaft ein wohlgehütetes Geheimnis bliebe«, staunt Sophie und streicht über den glatten Holzdeckel der Schatulle. »Ein Geheimnis, das sie tatsächlich mit ins Grab genommen hat.«

»Dennoch scheint sie gewollt zu haben, dass wir es am Ende lüften«, gebe ich zu bedenken.

»Meinst du wirklich, deshalb der Flug nach New York?«, fragt Luise skeptisch. »Dann hätte sie uns doch gleich nach Halifax schicken können!«

»Aber dorthin wären wir vermutlich nicht freiwillig geflogen«, wende ich ein. »Ganz ehrlich: Wenn sie euch mit Tickets in eine kanadische Provinz überrascht hätte, von der ihr noch nie gehört hattet, wärt ihr dann wirklich geflogen? Das glaube ich kaum. Ihr hättet sie für verrückt erklärt.« Ich zögere kurz und gebe zu: »Und ich wohl auch.«

»Und warum hat sie uns nicht einfach von Roy Hammond erzählt, anstatt uns auf diese Reise zu schicken?«, wirft Luise beinahe verzweifelt ein.

»Weil sie nicht nur wollte, dass wir von ihrer Liebesgeschichte erfahren«, sage ich ruhig, denn mir erscheint es mit einem Mal ganz logisch, was Charlies Plan war. »Sie wollte, dass wir vier selbst nach Chester kommen. Weil sie wusste, dass der Ort auch uns … verzaubern würde.«

Meine Schwestern und Mama starren mich an, lassen meine Worte sacken.

»Aber Charlie konnte doch wirklich nicht ahnen, dass auf unserem Rückflug der Vulkan ausbrechen und uns in Nova Scotia stranden lassen würde!«, wirft Sophie fassungslos ein.

»Nein«, bestätige ich mit einem Kopfschütteln. »Eigentlich nicht. Aber …« Jetzt muss ich an Connors Worte denken, als er mir am nächtlichen Strand vom Leuchten über dem Meer erzählt hat. Von der Teazer, die dort hin und wieder zu sehen sein soll.

Ich wiederhole seine Worte laut: »Es gibt wohl so einiges zwischen Himmel und Erde, was wir Menschen nicht erklären können.«

Fast erwarte ich, dass die anderen widersprechen, einen Einwand finden, zumindest Luise. Doch zu meiner Überraschung schweigen sie. Nicht nur das: Sie nicken sogar.

Wir können uns erst von der Holzschatulle und ihrem erstaunlichen Inhalt lösen, als Luises Telefon klingelt und ihre Sekretärin ratlos fragt, ob sie die Besprechung vergessen habe, die eigentlich gleich beginnen sollte. Ich kann mir vorstellen, dass die gute Frau Meyerhoff unsere Schwester nach dem Kanada-Urlaub kaum noch wiedererkennt. Denn, ja, Luise hat die Besprechung tatsächlich vergessen. Das wäre ihr früher im Leben nicht passiert.

»Mist, ich muss los«, seufzt Luise und reibt sich über die Schläfen, als habe sie Kopfschmerzen von all den erstaunlichen Erkenntnissen der letzten Stunde. »Ach ja, ich habe an Charlies Garderobe übrigens etwas gefunden, was ich wirklich gern mitnehmen würde.« Sie erhebt sich vom Bett und hält eine Art Beutel hoch. Er ist schmal und länglich, aus hellgrünem Stoff, der mit gelben Blüten bestickt ist, und hat einen Tragegurt.

»Was ist denn das?«, fragt Sophie ratlos.

»Na, ein Beutel für Yogamatten!«, erklärt Luise und wirkt beinahe fassungslos, dass wir das nicht wissen. Als ob sie bis vor ein paar Tagen irgendetwas über Yoga gewusst hätte!

»Du willst also mit Yoga weitermachen?«, erkundige ich mich.

»Ja, unbedingt. Die Übungen taten meinem Rücken total gut, und ich habe gemerkt, dass Meditieren echt entspannend ist. Natürlich wird mir das Meer fehlen, aber vielleicht finde ich einen Kurs, bei dem man auf den Rhein gucken kann. Sophie, soll ich dich mitnehmen?«

»Gern«, seufzt diese und erhebt sich vom Bett. »Die Jungs fragen sich bestimmt schon, ob ihre Mutter wieder nach Kanada abgehauen ist.« Sie lächelt uns an. »Und, ganz ehrlich: Lust auf einen weiteren Urlaub mit euch dreien hätte ich schon. Ich finde, wir sollten das irgendwann mal wiederholen.«

»Absolut«, nicke ich mit einem Lächeln und füge im Stillen hinzu: ›Gut gemacht, Tante Charlie. Bis vor einer Woche wären wir nie auf die Idee gekommen, freiwillig zusammen in den Urlaub zu fahren!‹

Als Luise und Sophie fort sind, geht Mama ins Wohnzimmer und faltet die Staffelei zusammen. Ich sehe mich noch ein wenig in Charlies Schlafzimmer um, entdecke auf ihrem Sekretär einen kleinen Bilderrahmen, in dem ein Druck zu sehen ist, der mir den Atem stocken lässt. Connors Frage fällt mir ein, als wir am nächtlichen Picknicktisch saßen: Ob ich vor meinem Traum mit Charlie den Strand und den Leuchtturm von Chester vielleicht irgendwann einmal auf einem Bild gesehen habe. Ja, denke ich nun, als ich nach dem Rahmen greife. Der halbmondförmige Strand und der Leuchtturm sind in leicht verblassten Farben festgehalten. Gut möglich, dass ich nach Charlies Rückkehr aus »Australien« einmal dieses Bild zu Gesicht bekommen, es aber längt wieder vergessen hatte. Den Rahmen nach wie vor in der Hand lasse ich meinen Blick gedankenverloren über den Sekretär wandern, über Charlies Briefpapier und die Schachtel mit Büroklammern, über ein Glas mit einem bunten Sammelsurium an Stiften, und ich will mich gerade abwenden, als ich etwas wahrnehme, das mich innehalten lässt. Mein Herz pocht aufgeregt gegen meinen Brustkorb, als ich meine freie Hand nach den Stiften ausstrecke und nach einem hellgrauen Kugelschreiber greife. Andächtig betrachte ich den Wal, dessen Farbe mit den Jahren von einem kräftigen zu einem zarten Gelb verblasst ist. Doch man kann nach wie vor die aufgedruckte Schrift lesen: »The Smiling Whale Café«.

Als ich Charlies Schlafzimmer schließlich verlasse, nehme ich den Schmuckkasten und das kleine Bild vom Leuchtturm mit. Außerdem das Einzige, was mir wirklich wichtig ist: eine halb volle Parfümflasche, die auf der Kommode stand. Als ich den Deckel abnehme, umgibt mich zarter Vanilleduft. »Ich vermisse dich, Charlie«, flüstere ich.

Im Wohnzimmer bleibe ich vor dem vollen CD-Regal stehen. Mein Herz schlägt plötzlich schneller, als ich die Reihen mit Plastikhüllen durchforste. Als ich die CD finde, atme ich tief durch und ziehe sie heraus. Ein Mann mit Cowboyhut sieht mich an. Garth Brooks. Ich drehe die Hülle um und finde sofort das Lied, das ich gesucht habe: »To make you feel my love«. Die CD muss ich auch mitnehmen. Gerade will ich mich vom Regal abwenden, als mein Blick an der Hülle hängen bleibt, die neben Garth Brooks stand und nun ein wenig zur Seite gekippt ist. Ich kann nur das Wort »Bob« lesen, doch ich ziehe auch diese CD heraus, weil ich so ein Gefühl habe, dass sie etwas bedeutet. Bob Dylan. Nachdenklich starre ich auf das Cover, drehe die Hülle um, überfliege die Lieder. Bleibe bei einem hängen. Mein Herz schlägt schneller. »Girl from the North Country«.

Mit einem Schlag bin ich wieder im Wohnzimmer des Hammond-Hauses, tanze mit Roy über knarzende Holzdielen. Die tiefe Stimme von Johnny Cash stimmt ein, als Bob Dylan von dem Mädchen aus dem Norden singt, das er mal kannte und liebte.

»She once was a true love of mine«, singen die beiden und Roy sieht mich aus seinen hellblauen Augen an und sagt auf meine Frage hin, ob er mit seiner Frau zu diesem Lied getanzt hat: »Nein, mit Angelika nicht.«

Sondern mit Tante Charlie. An sie hat er so wehmütig gedacht, als er mit mir durch sein Wohnzimmer getanzt ist. An Charlotte Busch, die einst in Chester gestrandet war und ihn verzaubert haben muss. Da fallen mir auch Roys Worte wieder ein, als Connor mich ihm vorgestellt hat: »Na so etwas, dass immer mal wieder gestrandete Touristinnen hier auftauchen«. Verblüfft schüttele ich den Kopf. Unglaublich!

Und dann sehe ich wieder Connor vor mir, wie er im Türrahmen lehnt und mich ansieht, wie sein Blick mich durchdringt. Meine Knie werden weich bei der Erinnerung, und ich schiebe die beiden CDs hastig in meine Handtasche.

»Lotte?«, höre ich Mama rufen. »Komm bitte mal her und sieh dir das an.«

Ich folge ihrer Stimme, finde meine Mutter in der Küche, wo sie in der kleinen Abstellkammer neben dem Kühlschrank eine Plastiktüte für den Acrylkasten gesucht hat. Sie deutet mit der Hand, die die Tüte hält, auf das Bild über Charlies Küchentisch. Wie angewurzelt bleibe ich mitten im Raum stehen. Mit einem Schlag wird mir klar, warum mir der Ausblick von meinem Leuchtturmzimmer aus so merkwürdig vertraut erschien, als ich zum ersten Mal morgens am Fenster stand und hinaussah. Schon tausendmal habe ich dieses Bild in der Küche meiner Großtante gesehen, aber erst jetzt erkenne ich, was Tante Charlie dort mit ihren Acrylfarben festgehalten hat: Im Vordergrund ist das Geländer einer Veranda zu sehen, hinter dem sich eine Rasenfläche sanft hügelabwärts erstreckt, unterbrochen von einem Meer aus üppig blühenden violetten Lupinen. Am Ende des Gartens wird ein weißer Holzzaun über und über von pinkfarbenen Heckenrosen umrankt, und dahinter schimmert der Atlantik tiefblau in der Sonne. Dass es sich bei dem Ozean um den Atlantik handelt, begreife ich erst jetzt: Dies ist der Ausblick von der Veranda des Mapletree Bed & Breakfast in Chester, Nova Scotia.

Kapitel 44

Langsam wiege ich mich über die Tanzfläche. Mein Brautkleid bauscht sich bei jedem Schritt, den ich mache, üppig um meine Füße. Die weiche Stimme von Garth Brooks hüllt mich ein, trägt mich durch den Raum. »I can offer you a warm embrace, to make you feel my love«, singt er, und ich schließe die Augen, weil ich mich so genau daran erinnern kann, wie es war, mich zu diesen Worten mit Connor über die Tanzfläche des Barns zu wiegen.

Connor. Ich sehe ganz deutlich seine hellblauen Augen vor mir – und seine Lippen. Oh mein Gott, diese Lippen. Ja, es ist mehr als unpassend, im Brautkleid an die Lippen eines Mannes zu denken, der nicht der Bräutigam ist, aber ich kann nichts dagegen tun.

»Winds of change are blowing wild and free, and you ain't seen nothing like me yet«, singt Garth, und ich schluchze mit geschlossenen Augen auf.

Als mich eine Hand an der Schulter berührt, zucke ich vor Schreck zusammen und lasse meinen Diskman fallen. Der Kopfhörer löst sich vom Apparat, Garth verstummt und stattdessen höre ich das satte »Plong«, mit dem das Relikt meiner Jugendzeiten auf den Teppichboden unseres Schlafzimmers plumpst. Lennart steht neben mir und mustert mich besorgt und vor allem ratlos. Das kann ich ihm wirklich nicht verdenken. Er hat sicherlich nicht damit gerechnet, nach Feierabend in unsere Wohnung zurückzukehren und seine Verlobte im Brautkleid durchs Schlafzimmer tanzen zu sehen. Ich unterdrücke ein weiteres Schluchzen, während ich die Kopfhörer abnehme.

»Hallo, Lennart«, sage ich mit belegter Stimme.

»Hallo, Charlotte«, sagt Lennart und lässt sich langsam auf die Kante unseres Betts sinken. Er sieht seriös aus wie immer, in seinem schwarzen Anzug, mit dem weißen Hemd und der Krawatte in Milchkaffeebraun, die die Farbe seiner Augen betont. Sein Blick begegnet flüchtig meinem, bevor er wieder unruhig über mein Kleid huscht, das sich üppig um meine Beine bauscht.

»Ähm ... Warum ... trägst du dein Brautkleid? Das ... das sollte ich doch eigentlich noch gar nicht zu Gesicht bekommen, oder?« Er klingt unsicher, was so gar nicht zu ihm passt. Da erst bemerke ich den Zettel, den er in der Hand hält. Verdammt. Habe ich den etwa auf dem Esstisch im Wohnzimmer liegen lassen? Ja, sieht ganz so aus.

Als ich nicht antworte, hakt Lennart ruhig nach: »Ist irgendetwas passiert?« Ich merke, dass er nicht weiß, ob er aufstehen und zu mir gehen soll, ob ich vielleicht in den Arm genommen werden möchte, weil ich schließlich immer noch hin und wieder ein trockenes Schluchzen von mir gebe.

»Was machst du überhaupt mit diesem ... Diskman?« Er klingt, als gehe er davon aus, dass ich ein Technikmuseum geplündert haben müsste, um dieses Schätzchen in die Hände zu bekommen.

»Ich höre eine CD«, erwidere ich heiser. »Und weil wir nur die Dockingstation für den i-Pod haben, ging das nicht anders.«

Als ich vorhin nach Hause kam, wollte ich nur eines: mich ablenken. Also habe ich mich mit einem Zettel und meinem Smiling-Whale-Kugelschreiber an unseren Esstisch gesetzt und geübt, »Charlotte von Seehausen« zu schreiben. Doch irgendwie wollte mir das Ganze nicht gelingen, ich verschrieb mich immer wieder und starrte zunehmend frustriert auf meinen zukünftigen Nachnamen. Und dann schrieb mein Kugelschreiber wie von selbst eine andere Namenskombination auf das weiße Papier: Charlotte Hammond. Ich schrieb den Namen flüssig und ohne den Stift abzusetzen, betrachtete das Wort, strich es voll des schlechten Gewissens durch. Wiederholte das Ganze, bis ich eine ganze Seite voll durchgestrichener Worte hatte. Nur ganz am Ende habe ich ein »Charlotte Hammond« stehen lassen, erkenne ich nun, als ich wie benommen auf das Blatt in Lennarts Hand starre. Lennart folgt meinem Blick.

»Und wer ist dieser … Mr. Hammond?«, erkundigt er sich gepresst. »Darf ich hoffen, dass es sich bei ihm mal wieder um eine deiner Romanfiguren handelt?«

Ich bücke mich, hebe meinen Diskman auf. Dann gehe ich langsam auf das Bett zu, lasse mich neben Lennart auf die Kante sinken, starre auf den silberfarbenen Apparat in meinen Händen.

Erschrocken über meine Unterschriftenaktion wollte ich mich vorhin auf meine wirkliche Hochzeit einstimmen, auf die Hochzeit mit Lennart. Denn ich musste mir vor Augen führen, dass ich im Begriff war, das Richtige zu tun. Das Einzige, was in Frage kam. Schließlich liebe ich Lennart. Ich liebe ihn. Ganz bestimmt. Also öffnete ich den Kleidersack, der an unserem Schrank hing, und zog den duftigen Stoff meines Brautkleids heraus. Ich schlüpfte hinein, um erneut dieses Glücksgefühl zu spüren, das mich im Brautgeschäft beim Blick in den Spiegel überkommen hatte. Doch diesmal ließ das Gefühl auf sich warten. Und das lag nicht nur an der nicht ganz unerheblichen Tatsache, dass ich den Reißverschluss am Rücken des Kleides nicht mehr vollständig schließen konnte, ohne Atemnot zu bekommen. Ich hatte tatsächlich zugenommen! Eigentlich hätte mich diese Erkenntnis in Panik versetzen müssen, schließlich war meine Hochzeit nur vier Tage entfernt, und das Kleid jetzt noch einmal ändern zu lassen würde verdammt knapp werden. Trotzdem blieb ich ruhig, während ich mich im Spiegel betrachtete. Dann suchte ich meinen Diskman. Als Garth Brooks weich in meine Ohren sang, begann ich wie von selbst zu tanzen. Und stellte mir vor, wie es wäre, zu diesem Lied an meinem Hochzeitstag zu tanzen. Aber nicht mit Lennart.

»Lennart«, sage ich heiser und sehe ihn an. Er erwidert meinen Blick fragend. »Ich habe meinen Verlobungsring verloren.«

»Was?« Erschrocken starrt er auf meinen nackten Ringfinger. »Wann ist das denn passiert?«

»In Kanada. Am Strand. Meine Hände waren wohl kalt, meine Finger schmaler als sonst. Er muss in den Sand gefallen sein, ohne dass ich es gemerkt habe.«

»Aber ... hast du denn gründlich nach dem Ring gesucht, als du gemerkt hast, dass er weg war?«, fragt Lennart und scheint einen Moment lang tatsächlich meine Unterschrift mit einem fremden Nachnamen und die Tatsache, dass ich im Brautkleid neben ihm sitze, vergessen zu haben.

»Ja, natürlich habe ich das!«, erwidere ich ein wenig gereizt.

»Weißt du, wie teuer der Ring war, Charlotte?«

»Nein«, gebe ich zurück und atme tief durch. »Aber ich kann es mir ungefähr denken. Und es tut mir wirklich leid, Lennart. Hör zu, das ist noch nicht alles.«

Alarmiert sieht er mich an. »Was hast du denn noch verloren?«

»Ich ... ich ...«, stammele ich und hätte fast die kitschige Antwort »Mein Herz« gegeben. Doch die verkneife ich mir und sage stattdessen atemlos: »Das Kleid passt mir nicht mehr.«

»Welches Kleid?«

Nun muss ich doch lachen, der ganzen Situation zum Trotz. »Na, das hier!«

»Ach ... ich hatte mich schon gewundert, warum es hinten offen ist«, erwidert Lennart zögernd und lässt seinen Blick über den Stoff wandern. »Es ist schön«, fügt er dann hinzu und sieht mich mit einem unsicheren Lächeln an. »Meinst du ... kann man es vor der Hochzeit noch ändern?«

Ich atme tief durch und schüttele den Kopf. Er starrt mich an, scheint zu begreifen, was ich ihm sagen will. Langsam senkt er den Blick, fährt mit einem Finger über meine Handschrift auf dem Zettel, den er immer noch hält.

»Dieser Typ – dieser Soundso Hammond – er ist keine Romanfigur, habe ich recht?«

Ich nicke und schluchze leise auf. »Es tut mir so leid«, wispere ich heiser.

»Aber Charlotte«, sagt Lennart ruhig und greift nach meiner Hand. Diese Geste überrascht mich so sehr, dass ich vergesse, weiter zu weinen. Ich sehe ihn fragend an. »Wenn dir ein Ausrutscher passiert ist – du weißt schon, wenn du mit diesem Typ geschlafen haben solltest – dann, nun ja, dann könnte ich das verzeihen. Ich möchte dich heiraten, Charlotte. Du bist wieder hier, in Deutschland. Vergiss Kanada.«

Ein paar Herzschläge lang sehe ich Lennart stumm an, betrachte seine klugen Augen, seine hohe Denkerstirn, sein dunkelblondes Haar. Dann senke ich meinen Blick auf unsere Hände, auf seine Finger, die meine sanft umfassen. Ganz sacht schüttele ich den Kopf.

»Ich habe nicht mit Connor geschlafen«, erkläre ich und hole zitternd Luft. »Aber ich habe mich in ihn verliebt. Und es gibt nichts, was ich dagegen tun könnte. Es tut mir so leid, Lennart, aber ich kann dich nicht heiraten.«

Ruckartig entzieht mir Lennart seine Hand. »Ach komm, Charlotte, so ein Blödsinn! Das kannst du doch nicht machen! Nicht so kurz vor dem Termin!«

»Ich habe keine andere Wahl«, gebe ich leise zurück. Nervös nestele ich an meinem Kleid herum, stoße schließlich hervor: »Das mit Nova Scotia – ich habe das Gefühl, dass das alles Schicksal ist. Es sollte so sein, dass wir dort gelandet sind, dass ich endlich eine zündende Idee für einen Roman hatte, dass …«

Lennart schnaubt. »Oh, bitte«, murmelt er und steht auf, reibt sich aufgebracht die Stirn. »Nun ist es schon Schicksal, wenn du mal wieder eine neue Buchidee hast? Wie oft hat das Schicksal denn in den letzten Jahren schon zugeschlagen, Charlotte?«

Verletzt sehe ich ihn an. »Diesmal ist es etwas ganz anderes«, verteidige ich mich, doch ich merke an seinem kühlen Blick, dass ihn das nicht interessiert. Was ich verstehen kann, nach dem, was ich ihm soeben eröffnet habe.

»Du hast also nicht einmal mit diesem Hammond geschlafen, willst aber wegen ihm unsere Hochzeit absagen?«, hakt Lennart nach und sieht mich fassungslos an. »Bist du denn noch zu retten, Charlotte? Komm bitte mal wieder auf den Boden der Tatsachen zurück, ganz ohne Schicksal und Trara. In vier Tagen stehen 105 Gäste auf der Matte. Du willst die jetzt nicht wirklich alle benachrichtigen und ihnen sagen, dass das Schicksal etwas anderes für dich vorgesehen hat, oder? Ich werde das nämlich nicht tun.«

Ein paar Sekunden lang spiele ich mit den Gedanken, Lennart von Tante Charlie zu erzählen, von der ungeheuren Entdeckung, die ich vorhin gemacht habe. Doch dann fällt mir wieder ein, wie er am Morgen nach Charlies Tod auf meinen Traum reagiert hat. Ich glaube kaum, dass Lennart mehr Verständnis für die »Zufälle« der letzten Tage aufbringen würde.

Connor würde verstehen, dass das keine Zufälle waren, denke ich.

Diese Erkenntnis gibt mir den letzten Anstoß, den ich brauche. »Es tut mir wirklich von Herzen leid, dass ich dir das antue«, sage ich und bemühe mich um eine feste Stimme. »Aber ich kann dich nicht heiraten. Ich muss wieder zurück, nach Kanada.«

Kapitel 45

In der Meeresbucht schimmert das Wasser in einem karibisch-kitschigen Türkisblau, als ich mit meinem Mietwagen in die Buccaneer Road einbiege. Da man die von goldgelbem Seetang bedeckten Felsen entlang des Ufers deutlich sehen kann, weiß ich, dass Niedrigwasser ist. Merkwürdig, wie vertraut mir alles erscheint und was für einen freudigen Hüpfer mein Herz macht, als ich die Kanadaflagge im Vorgarten eines Hauses erblicke.

Das freudige Hüpfen vergeht meinem Herzen jedoch wieder recht schnell und macht hektischem Pochen Platz, als der Briefkasten mit der Aufschrift »Hammond« am Straßenrand auftaucht. Unruhig befeuchte ich meine Lippen, während ich den Mietwagen in die Einfahrt lenke, das dunkle Waldstück durchquere und langsam auf das atlantikblaue Haus zufahre. Als ich den schwarzen Pick-up-Truck neben dem Schuppen parken sehe, würde ich vor lauter Nervosität am liebsten gleich wieder den Rückwärtsgang einlegen. Connor. Er ist also tatsächlich zu Hause. Eigentlich habe ich fast gehofft, zunächst nur seinen Vater anzutreffen. Es wäre einfacher, erst einmal Roy unter vier Augen von meinen neuen Erkenntnissen zu erzählen. Ihm die Fotos von Charlie zu zeigen, die sich in der Schachtel neben mir auf dem Beifahrersitz befinden. Schließlich weiß ich gar nicht, wie Roy auf diese Verbindung in die Vergangenheit reagiert. Ob es ihm peinlich ist. Und sehr wahrscheinlich weiß Connor noch gar nichts davon. Ja, ich sollte wirklich versuchen, zunächst allein mit Roy zu reden.

Als ich auf den Hof fahre, um neben Connors Pick-up zu parken, fällt mir auf, dass dort heute noch zwei weitere Autos stehen. Beim letzten Mal war es nur ein anderer Wagen, derselbe dunkelblaue Kombi, der auch jetzt dort steht und vermutlich Roy gehört. Aber was ist das für ein silberfarbener Toyota? Kaum habe ich meinen Motor ausgestellt, als sich meine Frage zu beantworten scheint: Im Rückspiegel nehme ich eine Bewegung wahr und erkenne nach einer Schrecksekunde, dass nicht etwa Connor über den Hof kommt, sondern eine Frau. Eine extrem attraktive Frau, die ungefähr in meinem Alter sein dürfte, allerdings eine weitaus bessere Figur hat, die sie in engen Jeans zu betonen weiß. Dem heißen Sommertag entsprechend trägt sie ein trägerloses Bandeau-Oberteil, dessen blaue und weiße Querstreifen mich wie eine überdimensionale Hummel aussehen lassen würden, ihr jedoch hervorragend stehen. Das dunkelbraune Haar der Fremden ist im Nacken zu einem lockeren Pferdeschwanz zusammengebunden, und als sie mich im Auto sitzen sieht, nimmt sie ihre Sonnenbrille ab und mustert mich freundlich. Ich fühle mich verpflichtet, auszusteigen und etwas zu sagen.

»Hi«, begrüßt mich die Frau. »Suchen Sie die Hammond-Männer?«

»Ähm, ja«, sage ich und hüstele nervös. Was hat diese attraktive Brünette hier verloren?

»Dann sollten Sie sich beeilen. Connor und Roy wollen gerade mit dem Kajak losfahren.« Sie zeigt in die Richtung, wo ich den Bootssteg vermute.

»Oh«, sage ich und beschließe, mir später Gedanken über die Fremde zu machen. Jetzt gilt es, keine Zeit zu verlieren. »Vielen Dank.«

Ich nicke der Frau zu, die ihre Sonnenbrille mit einem »No problem« wieder auf ihre Nase schiebt, drehe mich um und verfalle in einen Laufschritt, die Schachtel mit Tante Charlies Bildern fest gegen meine Brust gepresst. Ich schlage einen Pfad ein, der sich im Schatten einiger Kiefern zum Meeresufer hinabwindet. Als ich den Bootssteg erkennen kann, bleibe ich stehen.

Connor und sein Vater sind gerade dabei, das rote Kajak ins Wasser gleiten zu lassen. Atemlos beobachte ich Connors sichere und geschickte Bewegungen, bewundere still die Souveränität, die er ausstrahlt. Man sieht ihm an, dass er schon Hunderte wenn nicht gar Tausende Male die Leine des Kajaks mit ein paar raschen Handgriffen an einem Pfahl des Stegs vertäut hat, wie er es gerade tut. Meine Handflächen werden feucht vor Nervosität, ich reibe sie an meinen Jeans ab und fahre mir mit den Fingern durch meine Frisur, um sicherzustellen, dass sich nicht allzu viele Strähnen aus den Haarnadeln gelöst haben. Dann zwinge ich mich mit weichen Knien dazu, weiterzugehen, zum Steg hinab.

Connor hält den Blick gesenkt, und wegen der üblichen Baseballmütze, die er trägt, kann ich sein Gesicht nicht erkennen. Dafür betrachte ich eingehend seinen Oberkörper in dem verwaschenen graublauen T-Shirt, unter dem sich deutlich seine muskulöse Brust abzeichnet. Seine Beine stecken wie immer in Jeans, und ich freue mich über diesen vertrauten Anblick. Ich bin so vertieft darin, den Körper dieses Mannes anzustarren, der mich in meinen Träumen verfolgt, dass ich Roy gar nicht beachtet habe. Erst, als ich seine Stimme erstaunt »Lotte?« ausrufen höre, sehe ich ihn erschrocken an. Connors Kopf schnellt in die Höhe, unter dem ausgefransten Schirm seiner Baseballmütze hervor sieht mich ein Paar hellblauer Augen ungläubig an. Ich bin ein paar Meter vom Steg entfernt wie angewurzelt stehen geblieben und weiß nicht so recht, was ich tun oder sagen soll. Verlegen grinse ich und wünsche mich plötzlich weit fort.

»Was machst du denn hier?«, ruft Roy verblüfft, aber freundlich. Er legt sein Paddel auf den Steg und kommt auf mich zu. Seine Augen, ebenso hellblau wie die seines Sohnes, mustern mich eingehend, als er vor mir stehen bleibt. Ich sehe ihn an, betrachte das faltige Gesicht und die gerade Nase, das silbergraue Haar, das mal so schwarz war wie Connors. Und ja, ich kann den Mann, den Charlie auf einem Bild in ihrem Schatzkästchen verschlossen hat, deutlich in dem Einundachtzigjährigen vor mir erkennen.

Als Connor nun ebenfalls den Steg verlässt und langsam den Weg heraufkommt, presse ich die Schachtel mit Tante Charlies Fotos fester gegen meine Brust. Mein Blick trifft den von Connor, und ich schnappe nach Luft, denn da er inzwischen fast bei uns angekommen ist, überwältigt mich die Intensität seiner Augen mal wieder.

»Also, ich …« Nervös breche ich ab und suche verzweifelt nach dem Faden, von dem ich nicht sicher bin, ob ich ihn jemals hatte.

»Hallo«, sagt Connor mit dieser tiefen, kratzigen Stimme, die mir augenblicklich Röte in die Wangen treibt.

»Hallo«, stoße ich hervor.

Er legt den Kopf ein wenig schief, mustert mich von oben bis unten, woraufhin meine Wangen noch stärker brennen, und fragt schließlich: »Solltest du nicht in Deutschland sein und heiraten?«

Roy sieht überrascht zwischen Connor und mir hin und her. Dann räuspert er sich und sagt: »Ähm – ich gehe mal ins Haus und mache mir ein kaltes Ginger Ale auf. Ist ganz schön warm heute, oder? Will noch jemand eines haben?«

»Warte, Roy«, sage ich hastig. »Eigentlich … eigentlich muss ich dringend mit dir sprechen.« Ich sehe Connor entschuldigend an, bevor ich an seinen Vater gewandt hinzufüge: »Allein.«

Connors Augenbrauen wandern leicht in die Höhe, während er die Arme vor der Brust verschränkt. Es ist einfach nicht fair, wie eng sein T-Shirt seine Oberarme umspielt. »Bist du etwa extra aus Deutschland zurückgekommen, um dir von Dad weiter bei deiner Romanrecherche helfen zu lassen? Wir haben hier in Chester Internet, das weißt du, oder? Du kannst Dad eine E-Mail schicken. Oder mit ihm skypen.«

»Nein, nein, es geht gar nicht um den Roman«, wende ich hastig ein, erkläre jedoch nicht, worum es dann geht. Connor mustert mich schweigend, und ich werde ganz zappelig unter seinem forschenden Blick. Schließlich meint er ruhig: »Dann verschieben wir die Kajaktour wohl. Ich wollte sowieso noch etwas besorgen. Bis später.«

Ohne einen weiteren Blick in meine Richtung wendet er sich ab, während Roy murmelt: »Ist gut, Junge. Bis später.«

Als ich Connor den Pfad entlang zum Haus hinaufgehen sehe, muss ich mich sehr zusammenreißen, um ihm nicht hinterher zu rennen und ihn am Arm festzuhalten. Ihm all das zu erzählen, was ich ihm so gern sagen würde, was mir allerdings vor lauter Aufregung nicht über die Lippen gekommen ist: Dass ich die Hochzeit mit Lennart abgesagt habe. Dass ich die letzten Tage damit verbracht habe, Dutzende unangenehme Telefonate zu führen, mir Lennarts eisiges Schweigen und die Vorwürfe meines Vaters anzuhören. Zum Glück haben mir wenigstens Mama und meine Schwestern helfend zur Seite gestanden, auch wenn sie zunächst ziemlich entsetzt über meine Last-Minute-Entscheidung waren. Doch alle drei schienen zu begreifen, dass ich fest entschlossen war, diesen unerwarteten Schritt durchzuziehen – und, was mich verblüffte: Sie waren sich offenbar sicher, dass ich das Richtige tat. Anstatt lange mit mir zu diskutieren oder mich mit Vorwürfen zu überschütten, nahmen sie mir einige der undankbaren Aufgaben ab. Mama war es, die der Gärtnerei mitteilte, dass ich keinen Brautstrauß mit Lupinen und keine Tischdekoration mehr brauchte, während Sophie Konditor und DJ absagte und Luise es tatsächlich schaffte, unsere Anzahlung vom Caterer zurückzubekommen. Ich hatte dafür die freudige Aufgabe, den Pfarrer zu informieren und sämtliche Gäste anzurufen. Statt genau heute in einem weißen Kleid den Nachnamen von Seehausen anzunehmen, stehe ich jetzt in einer anderen Zeitzone, auf einem anderen Kontinent und denke an einen anderen Mann. An einen Mann, dessen bloßer Anblick mich so um den Verstand bringt, dass mein Gehirn wie leergefegt ist. Und genau aus diesem Grund wende ich mich nun wieder Roy zu, um zunächst mit ihm über Tante Charlie zu reden. Später werde ich mich hoffentlich genug gesammelt haben, um erneut seinem Sohn gegenüberzutreten und etwas Sinnvolles über die Lippen zu bekommen.

Roy schenkt mir ein leicht ratloses Lächeln und legt eine Hand auf meinen Arm. »Na dann komm mal mit, Lotte, und erzähl mir, warum du hier bist.«

Kapitel 46

Ich wünschte wirklich, Connor wäre nicht vor zehn Minuten in seinen Pick-up-Truck gestiegen und vom Hof gefahren. Hätte er nicht einfach in seiner Werkstatt bleiben und an einem Treibholz-Stück arbeiten können? Dann wäre er jetzt in Reichweite und könnte seinen Vater bei Bedarf medizinisch betreuen. Ich befürchte nämlich, dass Roy jeden Moment vor meinen Augen zusammenklappen könnte. Er starrt mich nun schon mindestens zwei Minuten lang sprachlos an und sagt nichts, absolut nichts. Verzweifelt versuche ich, sein stummes Starren zu interpretieren – ist er nun positiv überwältigt von dem, was ich ihm gerade erzählt habe oder eher gelähmt vor lauter Entsetzen, dass ihn ein Fehltritt aus der Vergangenheit nach so vielen Jahren wieder einholt?

»Roy?«, frage ich zaghaft und überlege, ob ich nach der Hand des alten Mannes greifen soll, die auf der hölzernen Armlehne des Adirondack-Stuhls liegt. Wir sitzen Seite an Seite auf der überdachten Veranda, mit Blick aufs Meer, wie beim letzten Mal, als ich hier war. Damals allerdings hat Roy erzählt, und ich habe gespannt zugehört. Nun war ich es, die erzählt hat – von Tante Charlies Tod und davon, was ich in ihrer Wohnung entdeckt habe, als ich aus Kanada zurückgekehrt bin. Ich habe von dem Medaillon erzählt, das ich im Turmzimmer des Bed & Breakfast gefunden habe, und zur Unterstreichung meiner Worte habe ich Roy die silberne Kette mit dem Anhänger gezeigt, die ich wie immer trage. Er hat aufmerksam zugehört, jedoch kein Wort gesagt, und seine Augen wurden mit jeder Minute, die verstrich, größer, sein Blick fassungsloser.

Nun blinzelt er einmal mehr, räuspert sich und endlich, endlich sagt er leise: »Das gibt es doch gar nicht. Nach all diesen Jahren ...« Er schüttelt langsam den Kopf, sieht mich staunend an. »Du hast mich vom ersten Moment an, als ich dich gesehen habe, an deine Großtante erinnert.«

»Wirklich?«, frage ich verblüfft.

Roy nickt, lächelt mich zaghaft an. »Ja. Du hast Charlottes grüne Augen. Die habe ich nie vergessen. Und ihr Haar. Dieses Rot ... das sieht man nicht so häufig. Auch dein Lachen erinnert mich an sie. Aber ich dachte, das könne nur ein Zufall sein. Auch, dass du denselben Vornamen hast. Zufall, alles ein merkwürdiger Zufall, habe ich mir gesagt.«

Ich nicke langsam. »Ziemlich viele Zufälle, findest du nicht? Dass meine Mutter, meine Schwestern und ich genauso unfreiwillig hier in Chester gelandet sind wie damals Tante Charlie selbst.«

Roy mustert mich nachdenklich, nickt schließlich ebenfalls.

»Und als ich hier bei dir war, lief auch noch euer Lied im Radio«, bemerke ich. »Rein zufällig, natürlich.«

Verblüfft reißt Roy die Augen auf. »Woher weißt du ...?«

Ich ziehe die CD von Bob Dylan aus meiner Handtasche, reiche sie ihm. »Tante Charlie hatte die in ihrem Regal stehen. ›Girl from a North Country‹ ist auch darauf.«

Roy greift nach der CD, betrachtet sie mit einem wehmütigen Lächeln. »Na so was. Charlotte hat sich also eine CD mit diesem Lied gekauft.« Er sieht mich an. »Sie hatte das Lied zum ersten Mal in meinem Auto gehört, ich hatte eine Bob-Dylan-Kassette dabei. Damals gab es noch keine CDs. Sie kann sich die hier erst ein paar Jahre später gekauft haben.«

»Und Garth Brooks hatte sie auch im Regal stehen«, bemerke ich. »Ich vermute mal, dessen Musik hat sie auch hier zum ersten Mal gehört, oder?«

Roy nickt. »Und ob. Ich habe deine Großtante damals in der Rope Loft kennengelernt. Sie war allein da, ich mit ein paar Freunden. Eine Band hat Coversongs von Garth Brooks gespielt, und irgendwann haben Charlotte und ich zusammen getanzt.« Er lächelt bei der Erinnerung und wirkt mit einem Mal zwanzig Jahre jünger.

»Aber ... nicht zu ›To make you feel my love‹, oder?«, frage ich, und mein Herz schlägt schneller.

Roy sieht mich überrascht an, dann nickt er. »Doch. Woher weißt du das?«

Ich schüttele den Kopf, atme tief ein und aus. »Dazu haben Connor und ich neulich Abend im Barn getanzt«, wispere ich schließlich, während eine Gänsehaut meine Arme überzieht. Roy starrt mich an, ich erwidere seinen Blick stumm. Dann sehen wir beide aufs Meer hinaus, in unsere Gedanken versunken.

»Als ich Charlotte kennenlernte, war meine Frau mit Connor im Urlaub in Deutschland«, erzählt Roy schließlich, ohne den Blick vom Atlantik abzuwenden. »Deine Großtante wollte so viel wie möglich von Chester und Umgebung entdecken, also habe ich ihr angeboten, sie mit meinem Wagen herumzufahren, um ihr die Gegend zu zeigen.«

Er seufzt, ein zaghaftes Lächeln auf den Lippen, doch gleichzeitig einen Ausdruck von Reue auf dem Gesicht. »Ich hätte das nicht tun sollen«, sagt er leise. »Schließlich war ich verheiratet und habe mich sehenden Auges in ein emotionales Dilemma gestürzt. Ich wusste genau, dass ich mein Herz an Charlotte Busch verlieren würde, noch bevor wir überhaupt Zeit zu zweit verbracht hatten. Tja, und genauso kam es.«

Er sieht mich an, wirkt anrührend verlegen für einen Mann seines Alters.

»Und ... was ist dann passiert? Ist Charlie nach dem Urlaub einfach so abgereist?«, erkundige ich mich wissbegierig.

Roy seufzt tief auf, sieht auf seine Hände, die er im Schoß

gefaltet hält. »Charlotte hat mir gesagt, dass sie bleiben würde, wenn ich das wollte. Sie war bereit, ihren Mann in Deutschland für mich zu verlassen.«

Verblüfft reiße ich meine Augen weit auf. »Wirklich? Sie wollte Onkel Rudolf verlassen?«

»Rudolf. Aha, so hieß er also«, murmelt Roy. »Ja, das wollte sie. Sie hat gesagt, ich sei ihre große Liebe, auf die sie immer gewartet habe.« Er sieht mich bekümmert an. »Aber ich … ich konnte meine Frau nicht einfach verlassen. Connor war doch erst acht Jahre alt.«

Aha, acht Jahre alt. Dann ist er also jetzt achtunddreißig. Sechs Jahre älter als ich.

»Ich wollte unsere Familie nicht zerstören, daher siegte letztendlich doch die Vernunft. Aber es brach mir trotz allem das Herz, Charlotte ziehen zu lassen. Ich konnte sie nicht vergessen.«

»Und deine Ehe … irgendwann ist sie dann trotzdem kaputt gegangen«, stelle ich zaghaft fest.

»Ja«, murmelt Roy. »Neun Jahre später hat mich Angelika verlassen, ist zurück nach Deutschland gegangen. Es traf sie schwer, dass Connor sich dafür entschied, hier bei mir zu bleiben. Dabei liebte er seine Mutter sehr – und tut es natürlich immer noch –, aber er hing zu sehr an Nova Scotia, seiner Heimat. Und ich war ihm natürlich auch nicht egal.«

»Ja, das merkt man heute noch«, bestätige ich sanft. Dann kommt mir ein Gedanke. »Ist Connors Mutter denn jetzt eigentlich zu Besuch gekommen?«

Roy nickt. »Ja, Angelika war vier Tage lang hier. Wir verstehen uns inzwischen wieder einigermaßen gut, sodass sie in unserem Gästezimmer wohnen kann, ohne dass wir uns an die Gurgel gehen.« Er grinst schief. »Du hast sie gerade verpasst, Angelika ist gestern Abend nach Toronto weitergeflogen, um dort noch ein paar Freundinnen von früher zu besuchen. Auf dem Rückweg wird sie erneut einen Stopp hier in Nova Scotia einlegen.

Einen kurzen Stopp. Zu lange hält sie es hier einfach nicht aus.« Nachdenklich starrt er in die Ferne und sagt schließlich mit echtem Bedauern in der Stimme: »Leider haben Charlotte und ich damals ausgemacht, dass wir einander nicht mehr kontaktieren würden. Deine Großtante war eine Frau von klaren Entscheidungen, sie wollte keine halben Sachen machen. ›Wenn wir uns trennen, dann ist es für immer‹ hat sie gesagt. ›Dann gibt es keine zweite Chance.‹ Daher hat sie mir keine Kontaktdaten in Deutschland hinterlassen. Ich wusste nur, dass sie aus Düsseldorf kam. Nachdem Angelika fort war, habe ich einmal versucht, Charlotte über Google zu finden. Ohne Erfolg. Sie stand nicht im Telefonbuch, dafür allerdings jede Menge andere Leute mit dem Namen Busch. Aber den Vornamen ihres Mannes kannte ich ja nicht. Sie wollte mit mir nie über ihn sprechen. Über … Rudolf.«

Hätte Roy diesen Namen damals gekannt, hätte er Tante Charlie gefunden, denke ich. Onkel Rudolf stand als Steuerberater ganz sicher im Telefonbuch.

»Du hättest sie also gern wiedergesehen«, flüstere ich.

»Ja«, sagt Roy und nickt ernst. »Ich habe meine Entscheidung von damals so oft bereut. Aber wie Charlotte schon gesagt hatte: Es gab keine zweite Chance. Und daran war ich selbst schuld.«

»Na ja, du hast nun einmal versucht, deine Ehe zu retten. Deinem Sohn eine heile Familie zu ermöglichen«, wende ich ein. »Das war sehr selbstlos, finde ich.«

Ein paar Minuten lang schweigen wir beide. Mit einem Mal fällt mir ein Gespräch ein, das Charlie und ich vor ungefähr zwei Jahren geführt haben. Es ging wohl mal wieder um meine Unzufriedenheit mit meiner Arbeit in der Marketingabteilung, ganz detailliert weiß ich es nicht mehr – aber an eine Bemerkung von Charlie kann ich mich plötzlich wieder sehr genau erinnern: »Kind, ich hoffe für dich, dass du niemals im Leben eine Entscheidung wirklich bereuen musst. Eine Entscheidung, die nicht mehr zu ändern ist. Deinen Beruf kannst du immer noch ändern, dafür ist es nicht zu spät. Wirklich schlimm ist es, wenn man keine zweite Chance bekommt. Glaub mir.« Sie sah dabei eigenartig wehmütig aus und starrte an mir vorbei, in die Ferne. Ich weiß noch, dass ich erstaunt nachgehakt habe, was sie genau damit meinte, aber dass Charlie nur betont unbekümmert das Thema gewechselt hat.

Jetzt ist mir klar, von welcher zweiten Chance sie gesprochen hat.

Schließlich sagt Roy: »Komm mal mit, ich zeige dir etwas.«

Gespannt folge ich ihm ins Haus und die Treppe hinauf, in den ersten Stock. Ich fühle mich merkwürdig befangen, denn hier oben schläft schließlich nicht nur Roy, sondern auch sein Sohn. Verstohlen sehe ich mich um, während ich dem alten Herrn den Flur entlangfolge. Vier Zimmertüren gehen von diesem Flur ab, und die erste neben der Treppe steht offen. Ich sehe ein hölzernes Doppelbett in einem warmen Honigton, auf dem weiße Bettwäsche mit feinen hellblauen Streifen liegt. Auf dem Nachttisch steht eine Lampe mit einem Fuß aus Treibholz, daneben stapeln sich ein paar Bücher. Außerdem entdecke ich zwei Lautsprecherboxen und die Abspielstation eines i-Pods auf einer Kommode neben dem Fenster, durch das man aufs Meer hinaussieht. Ob das Connors Zimmer ist? Beklommen frage ich mich, ob die attraktive Brünette hier die Nacht verbracht hat. Ich starre auf das Bett und stelle fest, dass dort nur ein Kopfkissen liegt. Ein wenig beruhigt folge ich Roy, der zwei Türen weiter ein anderes Schlafzimmer betritt. Dieses ist ganz offensichtlich seins, mit einem Bett aus dunklem Holz und einer Kommode, auf der ein Meer aus Bilderrahmen zu sehen ist. Mein Blick fällt auf einen Holzrahmen, aus dem mich ein schwarzhaariger Junge mit hellblauen Augen anlacht, in den Ästen eines Baumes sitzend. Mein Herz macht zwei schnelle Schläge nacheinander, als ich erkenne, dass es sich um den Ahornbaum hinter dem Mapletree Bed & Breakfast handelt.

Und dann entdecke ich sie. Aus einem Rahmen in der zweiten Reihe strahlt mich eine bildhübsche Frau mit kastanienbraunem Pferdeschwanz und Ponyfransen an, die Nase übersät von Sommersprossen, ein ausgelassenes Blitzen in den blauen Augen. Da neben dieser Frau ein jüngerer Connor steht – ohne Sorgenfalten, dafür mit einem unbekümmerten Lächeln auf den Lippen – wird mir klar, dass ich nun endlich weiß, wie Linda Sullivan aussah.

»Hier, das wollte ich dir zeigen«, reißt mich Roys Stimme aus meinem verstohlenen Starren, und ich drehe mich zu ihm um. Er deutet auf ein Bild an der Wand neben dem eingebauten Kleiderschrank. Ich trete näher heran und betrachte den Leuchtturm aus Acrylfarben, der sich stolz von seiner kleinen Insel im Meer erhebt. Tante Charlie hat ihn bei Hochwasser festgehalten, gischtgekrönte Brandung schlägt gegen die Felsen. Denn dass Tante Charlie das Bild gemalt hat, ist mir sofort klar. Nicht nur, weil das offensichtlich der Grund ist, warum Roy es mir zeigt, sondern vor allem, weil ich ihren Stil erkenne.

»Das ist wirklich schön«, sage ich andächtig.

»Ja«, bestätigt Roy und betrachtet das Bild mit liebevollem Blick. »Charlotte hatte viel Talent.«

Als ich aus dem Augenwinkel heraus eine Bewegung im Flur wahrnehme, sehe ich Connor dort stehen. Er hat die Hände in den Taschen seiner Jeans vergraben und lehnt am Türrahmen, starrt mich ernst und durchdringend an, bevor er an seinen Vater gerichtet fragt: »Alles okay?«

»Ach, du bist schon zurück. Ja, mein Junge, alles okay«, sagt Roy langsam, und ich sehe ihm an, was ihm in diesem Moment klar wird: Dass er Connor eine Erklärung schuldig ist. Vermutlich hat er nie vorgehabt, seinem Sohn von der Affäre mit Charlie zu erzählen, und plötzlich habe ich ein sehr schlechtes Gewissen, weil ich ihn in diese unangenehme Situation bringe. Doch da lächelt mich Roy warm an und sagt: »Ich bin wirklich froh, dass du mir von Charlotte erzählt hast. Auch, wenn es sehr traurig ist, dass sie nicht mehr da ist ... Aber ich freue mich, zumindest zu wissen, was aus ihr geworden ist. Bleibst du noch eine Weile hier?«

Ich sehe schnell zu Connor hinüber, räuspere mich nervös, bevor ich antworte: »Ähm ... ja. Ich ... ich habe noch keinen Rückflug.«

Erstaunt hakt Roy nach: »Keinen Rückflug?«

»Nein ... also ...« Unter Connors durchdringendem Blick werde ich so unruhig, dass ich nicht mehr weiß, was ich sagen soll. Hilflos erkläre ich: »Ich weiß noch nicht genau, wie lange ich bleibe. Vielleicht ... länger. Mal sehen. Es gibt ein paar große Entscheidungen, die anstehen.« Mir wird bewusst, dass ich immer noch die Schachtel mit den Fotos umklammert halte. »Hier«, sage ich und reiche sie Roy. »Da sind Fotos von Charlie drin. Ich dachte ... ich dachte, du willst vielleicht wissen, wie sie in den letzten Jahren aussah.«

»Oh«, sagt Roy und streicht andächtig mit einem Finger über den Deckel der Schachtel. »Und ob! Tausend Dank, Lotte. Wenn du noch eine Weile hier in Chester bleibst, werden wir sicher die Gelegenheit haben, uns zusammenzusetzen, damit du mir mehr aus Charlottes Leben erzählen kannst.«

»Das wäre schön«, stimme ich mit einem erleichterten Lächeln zu.

»Wer zum Teufel ist diese Charlotte, von der ihr sprecht?«, hakt Connor von der Tür aus nach. Seine Stimme klingt ein wenig gereizt. Er sieht seinen Vater und dann wieder mich an, und in diesem Moment scheint ihm ein Licht aufzugehen. Seine hellblauen Augen weiten sich, während er mich unverwandt anstarrt und leise fragt: »Doch nicht etwa ... die verstorbene Großtante, von der du mir erzählt hast?«

»Doch«, wispere ich. »Genau die.«

»Komm mit nach unten, Junge«, sagt Roy und durchquert langsam den Raum. Er wirkt müde, doch scheint wild entschlossen zu sein, reinen Tisch zu machen. »Ich muss dir etwas erzählen.«

Als wir im Erdgeschoss stehen, wende ich mich hastig der Haustür zu. »Ich gehe dann mal«, sage ich und nestele nervös am Riemen meiner Handtasche herum. »Ihr zwei solltet euch in Ruhe unterhalten.«

»Wohnst du wieder im Mapletree Bed & Breakfast?«, erkundigt sich Roy, während Connor nur schweigend am anderen Ende des Flurs steht und mich anstarrt. Sein Verhalten beginnt, mir auf die Nerven zu gehen. Freut er sich gar nicht, dass ich hier bin? Hat er denn nicht begriffen, dass die Hochzeit nicht stattfindet? Immerhin habe ich eben gesagt, dass ich keinen Rückflug gebucht habe! Oder … hat es tatsächlich etwas mit der Brünetten zu tun? Mir wird abwechselnd heiß und kalt. Aber ich war doch nur eine Woche lang fort – so schnell wird er sicherlich keine andere Frau kennengelernt haben! Oder kannte er die Brünette schon länger, und sie sind sich jetzt erst näher gekommen? Weil … weil er sich über eine gewisse deutsche Touristin hinwegtrösten musste?

»Also, ähm, ich hoffe schon, dass Hazel ein Zimmer für mich hat«, sage ich und sehe wieder Roy an. »Ich bin gestern Abend mit zwei Stunden Verspätung in Halifax gelandet und war so müde, dass ich die Nacht im Flughafenhotel verbracht habe. Diesmal hatten sie ein Zimmer frei.« Ich sehe Connor mit einem kleinen, verschmitzten Lächeln an, doch er reagiert nicht.

»Na ja – und heute, nach dem Frühstück, bin ich hierher, nach Chester, gefahren und … also, ich habe als Erstes hier bei euch vorbeigeschaut, weil ich … ähm … weil ich dir so schnell wie möglich von Tante Charlie erzählen wollte.« Ich winde mich vor Verlegenheit. Sollte Connor immer noch nicht begriffen haben, dass ich nicht nur wegen seines Vaters, sondern auch wegen ihm auf direktem Wege hierhergekommen bin, dann ist ihm nicht zu helfen.

»Also … ich fahre dann jetzt zum Bed & Breakfast«, erkläre ich, als mir endgültig klar wird, dass von Connor nichts weiter kommen wird als ernste Blicke. Enttäuscht wende ich mich ab. »Tschüs«, sage ich und öffne die Haustür.

»Bis ganz bald, Lotte«, höre ich Roy hinter mir erwidern. Connor sagt nichts.

Zehn Minuten später biege ich in die Einfahrt des Mapletree Bed & Breakfast. Ein »For Sale«-Schild begrüßt mich zwischen den Heckenrosenbüschen hervor. Oh nein, sie hat sich wirklich dazu durchgerungen! Eilig parke ich meinen Wagen vor dem Haus, laufe die Stufen zur Veranda hinauf und betrete das Bed & Breakfast.

»Lotte?«, höre ich Hazels verblüffte Stimme, als die ältere Dame die Treppe herabkommt. »Was machst du denn hier? Solltest du nicht heute in der Kirche stehen?«

Ich nicke und lächele Hazel breit an. »Ja. Eigentlich schon. Aber ich habe alles abgesagt.«

Hazel reißt ihre Augen weit auf und schlägt sich eine Hand vor den Mund, während sie auf der zweiten Stufe von unten stehen bleibt und mich ansieht. »Das ist ja ein Ding …«, murmelt sie mit einem Kopfschütteln, und als sie die Hand sinken lässt, erkenne ich das Lächeln auf ihren Lippen.

»Ich hoffe, du hast noch keinen Käufer für dein Bed & Breakfast gefunden?« Ein wenig nervös sehe ich Hazel an. Ihr Lächeln wird breiter, während sie die letzten zwei Stufen hinabgeht und vor mir im Flur stehen bleibt. Ihre Hände legen sich auf meine Schultern und sie sagt: »Nein, das habe ich noch nicht. Und selbst wenn sich so schnell ein Interessent gemeldet hätte: Ich hätte ihm wohl abgesagt.«

»Willst du etwa doch nicht mehr verkaufen?«, frage ich beinahe erschrocken. Seit mir klar geworden ist, was ich mit dem Erlös, den ich für den Verkauf von Tante Charlies Wohnung bekommen werde, machen möchte, kann ich an nichts anderes mehr denken. Okay. Außer an Connor. Aber die Gedanken an ihn verdränge ich nun rasch, denn ich muss mich konzentrieren.

»Oh doch«, lächelt Hazel. »Aber ich habe irgendwie geahnt, dass du zurückkommen würdest.«

»Wirklich?« Ich starre sie groß an.

»Ja. Du gehörst hierher. Das habe ich sofort gespürt, als ich dich kennengelernt habe.« Sie macht eine kleine Pause, sieht mich forschend an und fragt: »Weiß Connor schon, dass du zurück bist?«

Ich spüre, wie ich rot werde. Langsam nicke ich, füge jedoch leise hinzu: »Aber er hat sich nicht gerade vor Freude überschlagen.«

»Das sähe dem Guten auch nicht unbedingt ähnlich«, bemerkt Hazel mit einem Schmunzeln. »Er wird sich schon noch freuen. Glaub mir. Aber jetzt komm, Honey. Wir setzen uns in die Küche, es gibt ja einiges zu besprechen.«

»Es duftet schon wieder so köstlich«, bemerke ich, als ich ihr den Flur entlangfolge.

»Ja, und stell dir vor: Ich habe wieder einen Lemon Meringue Pie gebacken.«

Kapitel 47

Als Connor an diesem Abend die Küche des Mapletree Bed & Breakfast betritt, sitzen Hazel und ich mit einer halb geleerten Sektflasche am Tisch und ich kann mich vor lauter Lachen kaum halten. Hazel hat mir gerade die x-te Anekdote aus dem Bereich »Komplizierte Gäste und ihre Extrawünsche« erzählt, und ich muss mir Lachtränen von den Wangen wischen. Erst als ich Connor im Türrahmen auftauchen sehe, vergeht mir das Kichern und macht akuter Nervosität Platz. Nicht nur der Sekt verursacht ein heftiges Kribbeln in meinem Bauch. Zu meiner großen Überraschung verziehen sich Connors Lippen zu einem vagen Lächeln, als er bemerkt: »Ihr scheint euch ja bestens zu amüsieren.« Dabei hängt sein Blick allerdings ausschließlich an mir.

»Und ob«, grinst Hazel und springt auf, um ein weiteres Sektglas aus dem Küchenschrank zu holen. »Es gibt ja auch etwas zu feiern: Lotte hat mir heute eröffnet, dass sie sich vorstellen kann, dieses Bed & Breakfast zu übernehmen!«

Connor sagt nichts, sondern starrt mich nur ungläubig an. Nervös rutsche ich auf meinem Stuhl hin und her, während Hazel das Glas mit Sekt füllt, es Connor in die Hand drückt und meint: »Na komm, darauf stoßen wir noch einmal gemeinsam an, oder? Auf Lotte – und auf die Zukunft des Mapletree Bed & Breakfast!«

Beschwingt hebt Hazel ihr Glas, und Connor, der noch immer aussieht, als wüsste er partout nicht, was er sagen soll, stößt geradezu mechanisch mit ihr an. Ganz ehrlich: Begeisterung sieht anders aus. Erst, als ich mich von meinem Stuhl erhebe und auf weichen Knien näher komme, mein Glas erst gegen Hazels, dann gegen seines klirren lasse, hakt er verblüfft nach: »Du willst wirklich hier bleiben – und diese Pension weiterführen?«

»So ist der Plan, ja«, sage ich, und meine Stimme klingt fest. Ich werfe Hazel ein zufriedenes Lächeln zu, während ich an meinem Sekt nippe und an die stundenlange Unterhaltung denke, die sie und ich bis gerade eben am Küchentisch geführt haben, nur hin und wieder unterbrochen von dem einen oder anderen Gast. Die zahlreichen Krümel auf meinem leeren Teller zeugen davon, dass ich während dieses Gesprächs mehr als ein Stück des köstlichen Lemon Pies vertilgt habe.

Zu besprechen gab es reichlich, denn so sehr sich Hazel auch über meine Entscheidung, in Chester einen Neustart zu wagen, gefreut hat – sie war dennoch ehrlich genug, mir die Nachteile des Ortes nicht vorzuenthalten: Die meisten Touristen kommen lediglich von Mitte Juni bis Mitte Oktober, weshalb man in der Saison genug verdienen muss, damit man sich während des restlichen Jahres finanziell über Wasser halten kann. Doch Hazel hat sich beeilt, mir sogleich Mut zu machen, indem sie von den Aktionen erzählt hat, die sie sich vor Jahren, als sie noch mehr Energie hatte, während der Nachsaison ausgedacht hat, um Gäste anzulocken: So war eine Zeit lang das »Christmas by the Sea«-Angebot sehr populär, wodurch viele Leute aus Halifax für zwei Nächte nach Chester kamen, den Weihnachtsmarkt besuchten und abends von Hazel Eierpunsch und Weihnachtsplätzchen auf die Zimmer gebracht bekamen. Ebensolchen Erfolg hatte das »Theater-Wochenend-Paket« in Kooperation mit dem Chester Playhouse, wo regelmäßig Stücke aufgeführt werden. Außerdem hat mich Hazel daran erinnert, dass ich während der Saison noch mehr aus dem Bed & Breakfast werde herausholen können, indem ich zwei weitere Zimmer renoviere und vermiete.

»Aber kennst du dich denn mit dem Leiten einer Pension aus?«, erkundigt sich Connor nun erstaunt und nippt an seinem Sekt, ohne mich aus den Augen zu lassen. Ich atme tief durch und lächele Hazel an.

»Noch nicht«, gebe ich zu. »Daher hat mir Hazel angeboten, dass wir die Pension bis zum nächsten Frühsommer gemeinsam betreiben. Sie will mir alles beibringen, vom Buchungssystem über das Bettenmachen bis hin zum Backen.« Meine Stimme bebt ein wenig vor Aufregung, als ich fortfahre: »Sollte ich im kommenden Frühsommer immer noch der Meinung sein, dass ich das Ganze durchziehen möchte, machen wir den Vertrag fertig, und Hazel könnte nach Toronto ziehen.«

»Aber … du kannst doch gar nicht einfach so über einen Urlaub hinaus hierbleiben, oder?« Connor sieht mich nachdenklich an. »Was ist denn mit einer Aufenthalts- und Arbeitsgenehmigung? Hast du dich schon erkundigt, wie das läuft?«

»Nur flüchtig«, gebe ich zu. »Erst einmal bin ich wieder nur als Touristin hier. Ich muss mich noch gründlich schlau machen, aber ich habe schon in Erfahrung gebracht, dass man leichter eine Aufenthalts- und Arbeitserlaubnis bekommt, wenn man sich selbstständig macht und das nötige Startkapital mitbringt. Meine Großtante …« Ich zögere und werfe Connor einen unsicheren Blick zu, doch als er keine Reaktion zeigt, fahre ich fort: »Meine Großtante Charlie hat mir eine Eigentumswohnung in Düsseldorf vererbt. Nach dem Verkauf der Wohnung werde ich eine nette Summe auf dem Konto haben. Das wird hoffentlich helfen, die Einwanderungsbehörde zu überzeugen.«

»Ja, das denke ich auch«, bemerkt Hazel gut gelaunt und nimmt einen großen Schluck Sekt. So ausgesprochen locker und fröhlich wie heute erlebe ich sie zum ersten Mal. Das liegt sicherlich teilweise am Sekt, aber vor allem scheint ihr die Aussicht, dass ich dieses Bed & Breakfast übernehmen möchte, eine zentnerschwere Last von den Schultern genommen zu haben. »Zur Not musst du einen Kanadier heiraten, dann klappt das mit der Aufenthaltsgenehmigung«, bemerkt sie lapidar und lächelt mich betont unschuldig an.

»Mhhm«, mache ich verlegen und bin versucht, mein Sektglas zur Abkühlung an meine heiße Wange zu halten. Connor geht jedoch stoisch über Hazels Bemerkung hinweg, sondern fragt stattdessen: »Und was ist mit deinem Job in Deutschland?«

»Ich habe schon in der Familienfirma gekündigt«, erkläre ich und muss einen unangenehmen Moment lang an Papas Wutausbruch denken. Dann jedoch straffen sich meine Schultern wie von selbst, denn in meinem Kopf spielt sich wieder meine Reaktion auf Papas zornige Tirade ab: Ich habe meinem Vater unbeirrt in die Augen gesehen und ihm gesagt, dass es endlich Zeit für mich würde, eigene Entscheidungen zu treffen. Viel zu lang hatte ich mich von anderen beeinflussen lassen, war um des lieben Friedens willen den Weg des geringsten Widerstands gegangen, hatte versucht, es allen recht zu machen. Hatte meine eigenen Träume auf Eis.gelegt. Nein, noch schlimmer: Hatte fast aufgehört, an meine Träume zu glauben.

Doch diese Zeiten waren vorbei. Diese Lotte Seliger gab es nicht mehr. Die neue Lotte Seliger sagte ihrem Vater deutlich, dass ihre Zukunft nicht bei den Glühbirnen lag – und auch sonst nirgendwo in Deutschland. Und schon gar nicht an Lennarts Seite. Diese neue Lotte Seliger zuckte nicht mit der Wimper, als ihr Enterbung angedroht wurde. Stattdessen verließ sie die Familienfirma würdevoll und packte ihre Koffer für Kanada.

Connors Augen haben sich überrascht geweitet. »Respekt«, murmelt er. »Das war bestimmt nicht leicht.«

»Nein«, bestätige ich. »Das war es nicht. Vor allem nicht, nachdem ich vorher bereits die Hochzeit gecancelt hatte.« Connor erwidert meinen Blick stumm und nimmt noch einen Schluck

Sekt. Okay, mir reicht es. Wenn er weiter schweigen will, bitte, aber ich habe in meinem Leben schon oft genug an der falschen Stelle geschwiegen. Es wird höchste Zeit, reinen Tisch zu machen. Entschlossen stelle ich mein Sektglas ab.

»Und, falls das nicht selbsterklärend sein sollte: Zwar bin ich wirklich glücklich darüber, die Chance zu bekommen, dieses wunderbare Bed & Breakfast zu übernehmen, weil ich mich nämlich rettungslos in diesen Ort verliebt habe, aber ...« Ich atme tief durch, sehe Connor unbeirrt in die blauen Augen und fahre mit fester Stimme fort: »Aber der ausschlaggebende Grund, warum ich hierbleiben möchte, ist nicht Chester. Und es ist auch nicht das Bed & Breakfast. Der ausschlaggebende Grund bist du, Connor. Weil ich mich noch viel rettungsloser in dich verliebt habe und mir beim besten Willen kein Leben mehr in Deutschland vorstellen kann. Ohne dich.«

In der Küche wird es ganz still, nur irgendwo im ersten Stock redet eine Frau eine Spur zu laut, offensichtlich ein telefonierender Gast. Connor erwidert meinen Blick wie vom Donner gerührt. War ihm bis zu diesem Moment tatsächlich nicht klar, dass ich etwas für ihn empfinde? Hat er etwa ernsthaft geglaubt, dass ich lediglich auf der Suche nach ein bisschen Spaß vor meiner Hochzeit war?

»Oh, da fällt mir ein, dass ich draußen dringend die Blumen gießen muss«, verkündet Hazel, stellt beschwingt ihr Sektglas ab und eilt mit einem zufriedenen Lächeln auf den Lippen aus der Küche. Als wir allein sind, ist nur noch das Ticken der Wanduhr zu hören, sogar die Frau im ersten Stock scheint ihr Telefonat beendet zu haben. Da Connor immer noch nichts sagt, kommt mir ein furchtbarer Gedanke: Was, wenn er gar nicht will, dass ich hierherziehe? Gut, er war zwar sauer, als er von meiner Verlobung erfahren hat, aber ... vielleicht hat er es sich inzwischen anders überlegt? Hat sich für diese attraktive Brünette entschieden? Ich hole tief Luft und frage nervös:

»Wer … wer war denn eigentlich die Frau vorhin bei euch zu Hause?«

Connor mustert mich unverwandt und fragt dann leise: »Warum ist das denn jetzt wichtig?«

Ich zucke mit den Schultern, antworte aber nicht. Schweigen kann ich auch.

»Du hast also Brooke getroffen«, stellt Connor fest. Brooke. Der Name gefällt mir nicht.

»Ja. Flüchtig. Ich kam an, sie fuhr los.« Abwartend sehe ich ihn an.

»Brooke ist … Sie ist meine neue Partnerin«, erklärt Connor seelenruhig, und ich starre ihn fassungslos an, unfähig, etwas zu sagen oder zu tun. Als seine Mundwinkel angesichts meiner Reaktion verräterisch zucken, werde ich wütend. Macht er sich etwa über mich lustig? Ist das seine Rache dafür, dass ich ihm meine Verlobung verschwiegen habe? Doch bevor ich reagieren kann, fügt Connor schon hinzu: »Dr. Brooke Malone wird als Partnerin in meine Praxis einsteigen und mit mir gemeinsam das Hope Home leiten.«

Nun bleibt mir der Mund offen stehen vor Überraschung. »Echt?«, höre ich mich stammeln, während mir ein Stein vom Herzen fällt.

»Ja. Echt. Ich will und kann nicht mehr alles allein stemmen, im Hope Home und in der Praxis. Es schlaucht ganz schön, immer als Verantwortlicher nachts raus zu müssen, wenn ein Baby kommt.« Der Blick, den er mir zuwirft, sagt mir eindeutig, dass er an dieselbe Nacht denkt wie ich. Mein Atem geht schneller, ich bemühe mich, seinen Worten konzentriert zu folgen. »Daher habe ich mich schon länger nach jemandem umgesehen, der mit einsteigen könnte. Brooke und ich, wir kennen uns von der Uni.« Mein Herz wird augenblicklich wieder ein wenig schwerer, und als wüsste er das genau, fügt Connor sanft hinzu: »Derzeit wohnt und arbeitet sie noch in Halifax, aber bevor die

Schule im September wieder anfängt, will sie hierherziehen. Sie hat nämlich zwei schulpflichtige Kinder. Gemeinsam mit ihrer Lebenspartnerin, Shannon.«

»Oh«, sage ich und räuspere mich. Um Connors Augen herum bilden sich kleine Lachfältchen. »Wie schön«, stammele ich und weiß plötzlich nicht mehr, wohin ich schauen soll.

»Dein Verlobter war sicher nicht begeistert davon, so kurz vor der Hochzeit abserviert zu werden«, bemerkt Connor ernst und stellt sein Sektglas auf dem Küchentisch ab. Er sieht heute Abend so verdammt gut aus, mit seinen Bluejeans und dem grauen T-Shirt mit dem weißen Aufdruck eines Elchs.

»Nein«, krächze ich und räuspere mich verlegen, versuche, mich zu sammeln. »Nein, das war er nicht. Aber ehrlich gesagt hatte ich den Eindruck, dass er vor allem wütend war, weil ich ihn in so eine peinliche Situation gebracht habe. Wir mussten ja allen Gästen sehr kurzfristig absagen. Sein Ärger drehte sich hauptsächlich um die Hochzeitsfeier. Nicht um unsere gemeinsame Zukunft.«

»Mhm«, macht Connor und mustert mich nachdenklich. Mein Mund ist plötzlich sehr trocken, ich brauche dringend einen Schluck Wasser. Hastig wende ich mich der Spüle zu und fülle mein leeres Sektglas mit Leitungswasser. Als ich etwas getrunken habe und mich wieder umdrehe, steht Connor direkt hinter mir. Vor Schreck zucke ich zusammen. Er tritt ganz dicht an mich heran, so dicht, dass er seine Hände links und rechts von mir auf der Arbeitsplatte abstützen kann, während er mir ernst in die Augen sieht. Mein Herz droht meinen Brustkorb zu sprengen.

»Es tut mir wirklich leid für deinen Verlobten, dass er so enttäuscht wurde«, sagt Connor mit dieser rauen Stimme, die Hitze in regelrechten Wellen durch meinen ganzen Körper pulsieren lässt. »Trotzdem bin ich ...« Er zögert kurz, und ich merke, dass ihm die Worte nicht leichtfallen. Schließlich fährt er etwas leiser fort: »Ich bin unglaublich … glücklich … dass du wieder hier bist.« Die Muskeln in seinem Unterkiefer spannen sich an, entspannen sich wieder. Leise fügt er hinzu: »Weil ich mich nämlich auch in dich verliebt habe, Lotte Seliger. Und zwar genauso …« Er scheint kurz nach dem Wort zu suchen und vollendet dann leise: »… rettungslos.«

Kapitel 48

U ngläubig starre ich ihn an. Meine Lippen verziehen sich zu einem zaghaften Lächeln, ich will etwas erwidern, doch mein Mund kommt nicht mehr dazu, denn Connor beugt sich zu mir herab und küsst mich. Leise stöhne ich auf, als er sich im nächsten Moment schon wieder von mir löst und flüstert: »Lotte – bitte erzähl mir in Zukunft immer die Wahrheit. Ich will dir vertrauen können.«

Er sieht beinahe unsicher aus, verletzlich. Ich schlucke und fahre sacht über seine unrasierte Wange, merke, wie er leicht erschaudert. Dann muss ich lächeln, als mir klar wird, dass nicht nur er mich zum Erschaudern bringt, sondern ich ihn umgekehrt genauso.

»Es tut mir so leid, dass ich dir nicht erzählt habe, dass ich verlobt war«, wispere ich. »Aber – mir war tatsächlich bis zu unserem Abend am Strand gar nicht klar, dass du … dass du ernsthaft an mir interessiert sein könntest.«

»›Interessiert‹ ist die Untertreibung des Jahrhunderts«, grollt Connor und drückt mich fester gegen die Küchenunterschränke. Die Lust droht meine Sinne zu vernebeln. Unter größter Mühe stoße ich ein wenig kurzatmig hervor: »Du hast es aber wirklich gut vor mir verborgen, dass … dass …«

»Dass du mich völlig um den Verstand bringst?«, fragt Connor und sieht mir in die Augen. »Ich weiß. Tut mir leid. Gefühle zu zeigen war in den letzten Jahren nicht unbedingt meine Stärke. Ich werde versuchen, mich zu bessern. Versprochen.« Er macht eine kurze Pause und sieht flüchtig auf meine Lippen, scheint sich dann jedoch noch einmal zusammenzureißen, denn er fügt heiser hinzu: »Was glaubst du, warum ich so ungeheuer sauer auf dich war, als du am Leuchtturm warst? Ich hatte plötzlich so eine Panik, dass dir etwas passieren könnte. Dass du ... Genau wie Linda ...« Er schluckt und sieht mich gequält an. »Als du abgereist warst, wusste ich nicht, wie ich weitermachen sollte, Lotte. Egal, was ich gesehen oder getan habe – alles hat mich nur an dich erinnert.«

Mit einem Lächeln beiße ich mir leicht auf die Unterlippe. »Das ging mir genauso«, erwidere ich. Dann fällt mir plötzlich Tante Charlie ein – und dass wir noch gar nicht über ihre Affäre mit Roy gesprochen haben. Oder über diesen ungeheuren Zufall – oder diese Fügung, je nachdem, wie man es sehen will –, dass auch sie in diesem Ort war. Ich will etwas sagen, doch Connors Blick ist an meiner Unterlippe hängen geblieben. Ohne ein weiteres Wort beugt er sich wieder zu mir herab und küsst mich erneut. Dieses Mal vergrabe ich meine Hände in seinem Haar und halte seinen Kopf fest, damit er auf keinen Fall auf die Idee kommt, wieder aufzuhören. Aber zum Glück denkt Connor nicht mehr ans Aufhören. Er küsst mich mit einer Leidenschaft, die meine Beine zum Einknicken bringen würden, würde sein Körper mich nicht so fest gegen die Arbeitsplatte hinter mir pressen. Selbst wenn ich wollte, könnte ich mich keinen Zentimeter fortbewegen, aber das will ich ja gar nicht. Stattdessen schlinge ich nun meine Arme um Connors Hals und erwidere seinen Kuss, als gäbe es kein Morgen ... bis uns Schritte auseinanderfahren lassen.

»Oh, sorry!«, sagt ein untersetzter Herr mittleren Alters, der mit puterrotem Gesicht in der Küchentür steht und uns verlegen ansieht. Ich muss ein Kichern unterdrücken und merke, dass auch Connors Mundwinkel zucken, während er sein T-Shirt glatt zieht, das im Eifer des Gefechts ein wenig nach oben gewandert ist.

»Schon okay«, sagt er und klingt beneidenswert souverän. »Können wir Ihnen helfen?«

»Ähm«, sagt der Mann und hüstelt. »Ich war auf der Suche nach Hazel ... Ich habe nämlich das Wifi-Passwort vergessen ...«

»Ahornblatt«, sagen Connor und ich wie aus einem Munde. Wir sehen uns an und müssen lachen.

Es tut so gut, Connor lachen zu sehen, dass ich vor lauter Überwältigung wieder ernst werde und ihn beinahe andächtig anstarre. Fragend wandern seine Augenbrauen in die Höhe, er mustert mich verwirrt.

»Ah, ja, danke! Sorry nochmals ... ähm ... schönen Abend noch«, höre ich den Mann stottern, bevor sich seine Schritte im Flur entfernen.

Weder Connor noch ich antworten. Stattdessen fragt Connor mich leise: »Warum siehst du mich so an, als hätte ich mich gerade in einen Werwolf verwandelt?«

Wieder muss ich auflachen, und auch Connor grinst. Er sieht zehn Jahre jünger aus, wenn er so breit lächelt wie jetzt – und um ein Zehnfaches attraktiver als ohnehin schon. Nicht fair.

»Das habe ich am Anfang immer befürchtet«, gebe ich zu. »Dass du dich in einen Werwolf verwandeln und mich anfallen könntest, weil du mich immer so finster angesehen hast.« Connor mustert mich mit einem amüsierten Schmunzeln um die Lippen, das mich fast um den Verstand bringt. »Aber jetzt«, füge ich in neckendem Tonfall hinzu, »jetzt stelle ich zu meinem grenzenlosen Erstaunen fest, dass du nicht nur vage schmunzeln, sondern richtig lachen kannst.«

»Und ob ich das kann«, murmelt Connor und zieht mich wieder dicht an sich heran. »Trotzdem lagst du vorher nicht falsch.«

»Wie bitte? Du bist doch ein Werwolf?«, frage ich kichernd.

»Das nicht. Aber ich wollte dich schon einige Male anfallen. Und es wird höchste Zeit, dass ich es endlich tue.«

Mit einem Stöhnen kralle ich meine Hände in sein T-Shirt und erwidere Connors Kuss, bis ich nach Luft ringen muss. Auch sein Atem geht stoßweise, als er gegen meine Lippen murmelt: »Wenn du nicht willst, dass dich der nächste Gast auf der Suche nach dem Wifi-Passwort nackt sieht, lass uns schleunigst in dein Zimmer hochgehen.«

Er greift nach meiner Hand und will mich mit sich ziehen, als ich hastig erwidere: »Warte … Ich habe gar kein Zimmer! Das Bed & Breakfast ist ausgebucht.«

Connor bleibt stehen und starrt mich entgeistert an. »Ist nicht dein Ernst.«

»Doch!«, sage ich und muss lachen, obwohl ich das eigentlich überhaupt nicht komisch finde. Schließlich will ich auch nichts lieber, als Connor die Klamotten vom Leib zu reißen. »Hazel wollte noch herumtelefonieren, ob vielleicht im Motel am Ortsrand was frei ist. Sie hat das, glaube ich, wegen unseres langen Gesprächs vorhin wieder völlig vergessen. Ich sollte wirklich schleunigst …«

»Mitkommen«, vollendet Connor entschlossen meinen Satz und zieht mich hinter sich her, aus der Küche.

»Wohin denn?«, frage ich, während ich ihm den Flur entlangfolge, erfüllt von einem Glücksrausch, der mich unaufhörlich grinsen lässt. Er öffnet die Haustür, lässt mich vorgehen.

»Zu mir nach Hause.«

In die Buccaneer Road? Ich bleibe auf der Veranda stehen und sehe ihn im Licht der tief stehenden Sonne zweifelnd an. »Aber dein Vater ist doch zu Hause«, gebe ich zu Bedenken. Roys Anwesenheit finde ich nicht wirklich erotisch, so gern ich den alten Herrn auch habe.

»Dad sieht um diese Uhrzeit fern und ist im Zweifel schon vor der Kiste eingeschlafen«, erwidert Connor gelassen.

»Und wenn er aufwacht und … und in dein Zimmer geht, um dir Gute Nacht zu sagen? Er könnte einen Herzinfarkt bekommen vor Schreck!«

Mit einem amüsierten Funkeln in den Augen tritt Connor ganz nah an mich heran und erwidert mit dunkler Stimme: »Erstens: Ob du es glaubst oder nicht, mein Vater kommt abends nicht mehr in mein Zimmer, um mir Gute Nacht zu sagen. Aus dem Alter bin ich tatsächlich raus.« Er legt eine Hand auf meinen unteren Rücken und zieht mich an sich, bevor er fortfährt: »Zweitens: Man kann meine Zimmertür von innen abschließen.« Er lässt seinen Zeigefinger über meine Wange gleiten, bis zu meinem Mund, wo er sacht über meine Lippen streicht und mich vor Erregung fast umkommen lässt. »Und Drittens: Dad nimmt abends sein Hörgerät raus.«

Ich spüre, wie Hitze über mein Dekolleté nach oben wandert, sicher bin ich mal wieder rot gefleckt. »Gut zu wissen«, murmele ich und stoße dann, um meine Verlegenheit zu überspielen, endlich die Frage hervor, die mir schon den ganzen Abend auf dem Herzen liegt: »Bist du gar nicht sauer auf mich, wegen Tante Charlie?«

Connor sieht ernsthaft verwundert aus über diesen Themenwechsel, als er ein wenig von mir abrückt und fragt: »Warum sollte ich sauer auf dich sein?«

»Na ja«, sage ich und starre unruhig auf meine Füße, die in beigefarbenen Sandalen stecken. Diesmal bin ich besser ausgerüstet in den kanadischen Sommer geflogen. »Immerhin war sie meine Großtante – und dein Vater ...«

»... hatte eine Affäre mit ihr«, beendet Connor ruhig meinen Satz. Verstohlen atme ich aus, weil ich schon befürchtet hatte, dass Roy womöglich doch gekniffen und seinem Sohn nichts von Charlie erzählt haben könnte. »Und, was hat das jetzt mit dir zu tun?«

»Ich habe Charlie immerhin sehr geliebt und ... Ich dachte, dass du wütend sein könntest, weil dein Vater damals noch verheiratet war.«

Connor legt seine Hände auf meine Schultern und sieht mich

ruhig an. »Lotte«, sagt er. »Was mein Vater und deine Großtante vor vielen Jahren getan haben, dafür kann ich nichts, und dafür kannst du genauso wenig. Das war allein ihre Sache. Und die Affäre hatte im Übrigen auch nichts mit der Scheidung meiner Eltern zu tun, solltest du darüber nachgedacht haben. Meine Mutter hat sich in Chester nie zu Hause gefühlt. Das war der Hauptgrund, warum sie am Ende gegangen ist.«

Er zögert und mustert mich ernst. »Lotte, bist du dir wirklich sicher, dass du ... tatsächlich hier leben möchtest? Chester ist nicht das ganze Jahr über sonnig und warm, so wie jetzt. Die Winter ...«

»... können endlos sein. Ich weiß, das hat mir Hazel eben auch schon erzählt«, unterbreche ich ihn mit einem Lächeln. »Aber, ob du es glaubst oder nicht: Ich kann tough sein. Auch wenn ich Schäfchennachthemden trage.«

Bei der Erwähnung meines Nachthemds schüttelt Connor mit einem leisen Lachen den Kopf, und in seinen Augen blitzt etwas auf. Er greift nach meinen Händen, zieht mich näher an sich heran. »Wirklich irre, dass deine Großtante damals auch hier in Chester war, oder?«, fragt er leise. »Ein unglaublicher Zufall.«

»Ja«, murmele ich.

»Ein bisschen zu unglaublich für einen Zufall.«

Ich sehe in seine hellblauen Augen und erkenne, dass er dasselbe denkt wie ich. Erleichtert nicke ich. »Allerdings. Sie hat sogar im Leuchtturmzimmer gewohnt, so wie ich auch. Hazel konnte sich gut an sie erinnern. Sie hat mir eben von Charlies Begeisterung für Chester erzählt, davon, wie sie jeden Tag mit ihrer Staffelei im Garten stand und gemalt hat. Und wie sehr sie Hazels Lemon Meringue Pie geliebt hat.«

Connor lächelt mich zärtlich an, was mein Herz noch heftiger schlagen lässt. »Es gibt im Leben ab und zu Dinge, die sind zu unglaublich, um logisch erklärt zu werden«, meint er leise. »Und das ist auch gut so.«

»Finde ich auch«, wispere ich.

Ein paar Herzschläge lang sehen wir uns schweigend an, dann hakt Connor nach: »Soweit ich weiß, darf man als Tourist nur sechs Monate am Stück im Land bleiben, oder? Heißt das, dass du im Winter doch zwischendurch nach Deutschland zurückmusst?«

Es macht mich wirklich glücklich, dass es ihn so zu beschäftigen scheint, wie lange ich bleiben kann, und ich drücke Connors Hände fest. »Ich fürchte, ich muss schon vor Ablauf der sechs Monate zurückfliegen«, gebe ich zu, und als ich Connors alarmierten Gesichtsausdruck sehe, erkläre ich schnell: »Es gibt noch einige Dinge in Düsseldorf zu regeln. Meine Sachen habe ich zwar gestern aus Lennarts Wohnung geräumt, aber momentan lagert alles bei meinen Eltern auf dem Dachboden. Da muss ich dringend ausmisten und entscheiden, was ich mit hierhernehme.«

»Und … wann genau fliegst du?«, fragt Connor ernst.

»Hmm, irgendwann im Herbst … Vielleicht im Oktober.«

»Im Indianersommer, wenn die Bäume leuchtend rot werden?« Connor zieht skeptisch die Augenbrauen in die Höhe, und ich muss lachen. »Na gut, dann im November. Aber Weihnachten will ich spätestens zurück sein.«

»Allerspätestens«, murmelt Connor und zieht mich ganz dicht an sich heran. »Hast du dir schon einmal deinen eigenen Weihnachtsbaum im Wald geschlagen?«, fragt er leise, seinen Mund dicht vor meinem. Ich schüttele den Kopf, den Bauch voll überschäumender Glücksgefühle.

»Bist du schon einmal auf einem zugefrorenen See Schlittschuh laufen gegangen?« Wieder ein Kopfschütteln meinerseits. »Oder mit Schneeschuhen durch einen verschneiten Wald gewandert?«

»Nein«, flüstere ich gegen Connors Lippen. »Ich komme aus dem Rheinland. Ich kenne überhaupt keinen Schnee.«

»Dann wird es höchste Zeit, dass du ihn kennen lernst«, murmelt Connor noch, bevor ich ihn küsse. Als wir uns voneinander lösen, frage ich atemlos: »Steht im Hope Home auch wirklich keine Geburt an?«

»Nein«, erwidert Connor mit rauer Stimme. »Heute Nacht entkommst du mir nicht, Lotte Seliger.«

»Klingt gut«, wispere ich. »Los, lass uns zu dir fahren.«

Epilog

So, das hier ist das Atlantik-Zimmer«, verkünde ich und öffne stolz die Zimmertür zu dem lichtdurchfluteten Raum im Erdgeschoss, der mal Hazels Bügelzimmer war und nun in frischem Weiß gehalten ist, mit Akzenten in Atlantikblau.

Die Highlights dieses Zimmers sind die Stücke aus Treibholz, die Connor angefertigt hat: Der Spiegel über der Kommode, die Füße der Nachttischlampen und der große Bilderrahmen an der Wand, in dem das Aquarell zu sehen ist, das in Charlies Küche hing und den Blick von der Veranda des Mapletree Bed & Breakfast auf den Atlantik hinab zeigt. Denselben Blick hat man von diesem Zimmer aus, wenn man durch die bodentiefen Sprossenfenster nach draußen sieht.

»Oh, wie entzückend!«, höre ich Marla Matthews sagen, während sich ihr Mann Gary im Flur noch mit dem riesigen Rollenkoffer abmüht. »Hach, und dieser Blick aufs Meer! Gary, komm, sieh dir das an!«

Marla öffnet die Terrassentür und tritt hinaus auf die kleine Veranda, die Connor mit der Hilfe von Harolds Sohn Ethan an diese Seite des Hauses angebaut hat. Auf dem Geländer steht die Butterkiste, die ich einst im Antiquitätenladen erstanden habe und die Hazel bepflanzt hat: Zartrosa Malven und weiße Margeriten lachen mir entgegen.

Connor und ich haben uns vorgenommen, als Nächstes das Zimmer im ersten Stock herzurichten, das noch mit altem Gerümpel vollgestopft ist. Genau wie beim Atlantik-Zimmer werden wir auch im ersten Stock einen Durchbruch in das benachbarte Badezimmer machen, das bisher nur vom Lupinen-Zimmer genutzt wird. So müssen sich die Gäste das Bad zwar teilen, aber ich denke nicht, dass das ein Problem darstellen wird, zumal wir die zwei Zimmer als Option für größere Familien anbieten werden, von denen in der letzten Saison einige zu Besuch gekommen sind. Das neue Zimmer neben »Lupine« wollen wir »Leuchtturm« taufen und mit den Möbeln ausstatten, die noch in meinem ehemaligen Pensionszimmer im Stockwerk darüber sind, denn Connor und ich haben uns überlegt, dass wir den zweiten Stock ganz für uns haben wollen.

»Gästefreie Zone«, hat Connor es genannt, als wir vor ein paar Wochen am ersten milden Abend des Jahres bei einem Glas Wein auf der Veranda gesessen haben. »Damit wir ein wenig Privatsphäre haben. Was meinst du?«

Das meinte ich auch. Das jetzige Leuchtturmzimmer im zweiten Stock soll unser Schlafzimmer werden, das Zimmer am Ende des Flurs, in dem bisher Hazel geschlafen hatte, ein gemütliches Wohnzimmer, in das wir uns würden zurückziehen können, wenn das große Wohnzimmer im Erdgeschoss von Gästen in Beschlag genommen würde. Das dritte Zimmer ist vorerst als Arbeitszimmer für Connor geplant – und eines schönen Tages wird hoffentlich ein Kinderzimmer daraus.

»Sollten Sie noch etwas benötigen, lassen Sie es mich bitte wissen«, sage ich nun zu den ersten Gästen, die ins gerade fertiggestellte Atlantik-Zimmer einziehen. »Und falls Sie Hunger haben, steht in der Küche frisch gebackener Lemon Meringue Pie.«

»Oh ja, den habe ich schon gerochen«, schnauft Gary, der es geschafft hat, das Koffer-Ungetüm ins Zimmer zu bugsieren. »Von dem werde ich bestimmt etwas probieren. Vielen Dank für alles, Mrs. Hammond.«

»Ach, bitte nennen Sie mich Lotte«, sage ich mit einem breiten Grinsen, das sich immer dann auf mein Gesicht stiehlt, wenn mich jemand mit meinem brandneuen Nachnamen anspricht.

Ja, Connor und ich haben geheiratet. In einer der vier Kirchen von Chester – und zwar der protestantischen – vor knapp zwei Wochen, Mitte Juni, bevor die Touristensaison richtig losging. Das bodenlange Kleid aus weißer Spitze passte wie angegossen, Hazel ließ es sich nicht nehmen, eigenhändig die Hochzeitstorte zu zaubern (ein dreistöckiger Blaubeer-Sahne-Traum) und für die violetten Lupinen meines Brautstraußes musste sie nur in ihren Garten gehen.

Nein, halt: in meinen Garten. Denn seit Mitte Mai gehört das Mapletree Bed & Breakfast offiziell mir. Und seit meiner Hochzeit muss ich nun allein die Betten machen und Köstlichkeiten für die Gäste backen, weil Hazel kurz nach unserer Trauung nach Toronto gezogen ist. Dafür wohnt nun Connor bei mir. Solange Hazel noch hier war, hatten wir eine »Mädchen-WG«, wie sie es vergnügt nannte, wenn wir uns abends bei einer Schüssel Popcorn kitschige Liebesfilme auf DVD ansahen. Allerdings eine Mädchen-WG, die regelmäßig Übernachtungsbesuch von einem gewissen Arzt mit hellblauen Augen bekam – und auch ich habe viele Nächte in Connors Schlafzimmer in der Buccaneer Road verbracht. Doch sobald Hazel offiziell ausgezogen war, ist Connor bei mir eingezogen, worüber ich wahnsinnig glücklich war – was mir aber auch ein sehr schlechtes Gewissen bereitete, und zwar wegen Roy. Als der alte Herr einmal mitbekam, wie ich mit Connor darüber tuschelte, ob wir seinen Vater wirklich allein in dem atlantikblauen Haus wohnen lassen konnten, nahm er mich allerdings zur Seite und erklärte mit einem warmen Lächeln: »Lotte. Du glaubst gar nicht, wie glücklich es mich macht, meinen Sohn endlich wieder strahlen zu sehen. Du tust Connor so wahnsinnig gut, du lockst ihn aus der Reserve, bringst ihn zum Lachen – du solltest ihn erleben, wie überschwänglich er mir von dir erzählt, wie sein Gesicht aufleuchtet, wenn er dich erwähnt.« Roy lächelte mich liebevoll an, während mir die Tränen kamen. »Wirklich, ich werde dem Schicksal ewig dankbar dafür sein, dass es dich nach Chester gebracht hat. Oder deiner lieben Großtante Charlotte. Wie auch immer.« Er zwinkerte mir zu. »Auf jeden Fall brauchst du dir um mich alten Kerl keine Sorgen zu machen. Solange der Fernseher nicht schlapp macht und ich einmal die Woche zum Bingo komme, bin ich glücklich. Wirklich. Ich muss auch nicht ständig betüttelt werden und komme immer noch ganz gut allein zurecht. Und ständig Connor mit Grabesmiene neben mir auf dem Sofa sitzen zu haben, war in den letzten Jahren auch nicht wirklich erbauend. Da ist es mir tausendmal lieber, dass ich ihn bei dir weiß. Dass er sein Glück gefunden hat.«

Seither ist mir leichter ums Herz, wenn Connor Zeit mit mir verbringt und nicht mit seinem Dad. Durch die Arbeit an seinen Treibholz-Werken hält er sich jedoch nach wie vor regelmäßig bei Roy auf, und auch Kajak fahren die beiden immer noch oft, wobei sich Roy zunehmend über sein Rheuma beklagt und daher immer häufiger mich mitfahren lässt. Zuerst habe ich mich allerdings gar nicht ins Kajak getraut, zu groß war meine Angst vor dem rauen Atlantik, zu präsent noch die Erinnerung an mein Erlebnis beim Leuchtturm. Doch Connor hat mich Schritt für Schritt davon überzeugt, dass ich keine Angst zu haben brauche – nur Respekt. Und da wir nie ohne Schwimmwesten und ausschließlich bei gutem Wetter Kajak-Ausflüge in die Mahone Bay hinaus unternehmen, habe ich das mulmige Gefühl im Bauch, das bei den ersten Touren mein Begleiter war, peu à peu verloren und mich schließlich sogar in das stille Über-das-Wasser-Gleiten verliebt. Da fällt mir ein: Auch heute habe ich noch eine Verabredung mit meinem Mann und seinem roten Kajak. Ich werfe einen flüchtigen Blick auf meine Armbanduhr.

»Bis später!«, sage ich zu meinen Gästen, die inzwischen beide von ihrer kleinen Veranda aus den Blick aufs Meer genießen. Diskret schließe ich die Zimmertür und eile durch den Flur Richtung Treppe. Ein kurzer Blick ins Wohnzimmer erinnert mich daran, dass ich noch frische Blumen auf den Couchtisch stellen wollte. Nach der Kajaktour werde ich im Garten ein paar Lupinen pflücken. Ihr kräftiges Violett wird toll zu den bunten Folklorekissen von Tante Charlie aussehen, die ich auf den Sofas verteilt habe – und die Connor zum Glück genauso schön findet wie ich.

Als ich im ersten Stock an den Türen der Gästezimmer vorbeikomme, muss ich an den Besuch meiner Familie denken. Ganz wie im letzten Sommer wohnte Mama im Lupinen-, Luise im Ahorn- und Sophie im Blaubeer-Zimmer, doch diesmal hatten sie alle Anhang dabei: Luise war mit Jens angereist, Mama mit Papa – und Sophie mit ihrer ganzen Rasselbande, bestehend aus Michael, Mats, Fiete und dem Anfang Dezember geborenen Lasse. Die älteren zwei Jungs nahmen das gesamte Haus auseinander, und nach ihrer Abreise mussten wir ein paar Kleinigkeiten reparieren. Trotz allem waren es wunderbare gemeinsame Tage, denke ich wehmütig, während ich den Flur entlanggehe. Zum Glück blieb mir nach der Abreise meiner Familie nicht viel Zeit, um ihnen hinterherzutrauern, denn schon wenige Tage später füllten sich die Gästezimmer mit Touristen und das Haus erneut mit Trubel. Natürlich wäre es schön gewesen, wenn Connor und ich nach unserer Hochzeit etwas mehr Zweisamkeit gehabt hätten. Aber selbst wenn die Tage oft hektisch waren, so gab es ja noch die Nächte, die nur uns zweien gehörten. Seit Dr. Brooke Malone, mit der ich inzwischen gut befreundet bin, in der Praxis und im Hope Home mitarbeitet, teilen sich Connor und sie die Betreuung der Geburten, sodass es bisher nicht oft vorkam, dass er nachts überstürzt fort musste. Außerdem – so lieb mir meine kostbare freie Zeit mit Connor auch ist, so bin ich dennoch mehr als froh, dass im Bed & Breakfast wieder Hochbetrieb herrscht, denn Hazel hatte nicht übertrieben, als sie mich vor den »Flaute-Monaten« gewarnt hatte.

Nach dem sehr betriebsamen letzten Sommer wurde es schlagartig ruhig, als Ende Oktober die letzten prachtvoll-roten Blätter von den Bäumen gerieselt waren und grauem, kaltem Wetter Platz machten. Doch auch die Zeit brachte ihren ganz eigenen Reiz mit sich, und nach meiner Rückkehr von meinem kurzen Deutschlandaufenthalt Ende November lernte ich Chester von einer neuen Seite kennen: Ob die Filmabende im Gemeindehaus, das Weihnachtsliedersingen am Jachthafen oder das Schlittschuhlaufen auf zugefrorenen Seen – langweilig wurde mir nie. Was natürlich auch an Connor lag. Wenn ich an die langen Winterabende zurückdenke, die wir in seinem oder meinem Bett oder, wenn Roy zum Bingo gefahren war, auf dem Sofa vor dem Holzofen verbracht haben, muss ich immer noch versonnen grinsen.

Aber selbstverständlich drehte sich den Winter über nicht alles nur um Connor. Ich habe mir in den letzten Monaten auch reichlich Wissenswertes zum Bed & Breakfast von Hazel erklären lassen, habe die Website überarbeitet und an Marketingideen getüftelt, wie zum Beispiel am »Wellness-Wochenend-Paket«, das wir im Frühjahr in Kooperation mit dem Chester Spa angeboten haben und das ein echter Erfolg war. Endlich war mein BWL-Studium für etwas gut, was mir doch Spaß machte!

Ja, es war zweifellos die richtige Entscheidung, dieses Bed & Breakfast zu übernehmen, denke ich, während ich in den zweiten Stock hinaufgehe. Auch meine Mutter, Sophie und sogar Luise mussten mir recht geben, als sie hier waren. Die drei waren ganz aus dem Häuschen, wieder in Chester sein zu können: Luise hatte ihre eigene Yogamatte in Tante Charlies besticktem Beutel mitgebracht und zog regelmäßig zum Beachyoga an den Strand. In einer ruhigen Minute vertraute sie mir an, dass Jens und sie eine Paartherapie gemacht und einiges an Problemen aufgearbeitet hatten. Eines der Ergebnisse dieser Therapie war, dass sich Luise ihre Wochenenden nun konsequent frei hielt, keine Arbeit mit nach Hause nahm und stattdessen Zeit mit Jens verbrachte. Und nachdem Jens hoch und heilig geschworen hatte, als Vater daheim zu bleiben und Luise den Rücken für ihre Karriere freizuhalten, hat meine Schwester kurz vor ihrem Abflug nach Kanada die Pille abgesetzt. Ich habe mich wahnsinnig darüber gefreut, dass Luise einen Schritt in diese für sie völlig neue Richtung wagte – vor allem, als ich erlebt habe, wie sie mit Mats und Fiete im Garten herumtobte und sich mit ihnen Piratenspiele ausdachte. Ja, Luise wäre wohl eine weitaus bessere Mutter, als sie selbst glaubt.

Mama stellte sich während ihres zweiten Aufenthalts in Chester bei jeder Gelegenheit mit einer Staffelei, die wir für sie organisiert hatten, in den Garten des Bed & Breakfast und malte, was das Zeug hielt, während Sophie mit ihren »Männern« in einem Mietwagen die Strände der Umgebung abklapperte. Meine kleine Schwester war zwar oft müde und gestresst von ihren quirligen Jungs, aber dennoch sehr viel ausgeglichener als noch im Sommer zuvor, und das hatte einen Grund: Sophie hatte tatsächlich ernst gemacht und zwischen Windeln wechseln und Stillen damit begonnen, mit Stoff-Farbe maritime Muster auf Strampelanzüge zu malen. Ganz so, wie bei dem Strampelanzug mit den Seesternen, den sie kurz vor unserem Rückflug nach Deutschland für ihren damals noch ungeborenen Jüngsten in der Mermaid Boutique gekauft hatte. Im Frühjahr stand Sophie mit ihrer kleinen Kollektion zum ersten Mal auf einem Kreativmarkt in Düsseldorf, Baby Lasse im Wickeltuch vor der Brust. Sie kam ohne einen einzigen übrig gebliebenen Strampelanzug, dafür mit stolzgeschwellter Brust nach Hause, erzählt Michael gern. Ich bewundere meine kleine Schwester dafür, dass sie, trotz ihres permanenten Schlafmangels, so etwas auf die Beine gestellt hat.

»Es macht mir so viel Spaß, endlich etwas Eigenes zu schaffen und damit sogar ein wenig Geld zu verdienen, dass die Energie wie von selbst kommt«, meinte Sophie lachend, als wir uns bei meiner Hochzeit darüber unterhalten haben. Ihr Traum ist es, eines Tages einen eigenen Laden zu eröffnen, um die Klamöttchen ihres Labels »Beachbaby« dort zu verkaufen. Bis dahin liegt ein weiter Weg vor ihr – aber wenn sie so weitermacht wie seit dem letzten Sommer, dann wird Sophie ihr Ziel irgendwann erreichen, da bin ich mir sicher. Und das Geld, das Tante Charlie ihr vererbt hat (und das dann doch nicht für einen Flachbildschirm-Fernseher ausgegeben wurde), wird vielleicht eines Tages ihr Startkapital bilden.

Ich habe mich unglaublich darüber gefreut zu sehen, wie glücklich meine Schwestern und Mama waren, weil sie erneut einen Urlaub in Chester verbringen durften – und dieses Mal sogar völlig freiwillig, ohne das Dazwischenpfuschen eines isländischen Vulkans. Wenn ich an den holprigen Beginn unseres letzten Kanada-Aufenthalts zurückdenke, muss ich immer noch schmunzeln, denn all die Reibereien und Auseinandersetzungen, die Tränen und Geständnisse waren längst überfällig gewesen und hatten unserer Beziehung zueinander so gut getan.

Doch während wir Frauen der Familie Seliger unser erneutes Zusammentreffen in Chester zelebrierten und in Erinnerungen an den vergangenen Sommer schwelgten, blieb noch mein Vater. Mir war vor der Ankunft meiner Familie ziemlich mulmig zumute gewesen, was das Thema Harold anging, doch zu meiner Erleichterung machte Mama keinerlei Anstalten, sich auf irgendeine Weise heimlich mit ihm zu treffen, und so fing ich an, mich trotz der Anwesenheit meines Vaters zu entspannen. Papa fand natürlich erst einmal alles blöd: zu viele Mücken, zu wenige Attraktionen, zu langsames WLAN und so weiter und so fort. Nachdem er monatelang nicht mit mir gesprochen hatte, war ich allerdings einfach nur froh, dass er sich überhaupt dazu hatte überreden lassen, zu meiner Hochzeit anzureisen. Und mit jedem Tag, der verstrich, entspannte sich mein Vater tatsächlich ein wenig mehr, und auch unser Verhältnis näherte sich peu à peu normalem Terrain an. Dann stellte Connor Papa einem Bekannten vor, der ein Segelboot besaß, und von da an sahen wir meinen alten Herrn nur noch selten. An unserem Hochzeitstag erkannte man den gestressten Geschäftsmann aus Düsseldorf kaum wieder. Als er sich während unserer kleinen, intimen Hochzeitsfeier im Garten der Pension mit mir über die auf dem Rasen aufgebaute Tanzfläche drehte, sagte er mit vom Prosecco leicht schleppender Stimme: »Ich denke, mit dem Bed & Breakfast hast du eine gute Entscheidung getroffen, Lotte. Natürlich hätte ich es besser gefunden, wenn du in der Firma geblieben wärst. Aber – hier ist es wirklich schön.« Er machte eine Pause und schluckte, während er mein Gesicht musterte und dann ungewohnt rührselig hinzufügte: »Du bist eine wunderschöne Braut. Ich freue mich für dich. Und Connor ist ein netter Kerl. Aber … Lennart wäre mir als Schwiegersohn trotzdem lieber gewesen.«

»Das ist auch okay, Paps«, erwiderte ich ruhig. »Aber da ich nun einmal Connor liebe, ließ sich da leider nichts machen.«

Ja, denn die Zeiten, in denen ich mich verrenkt hatte, um es allen recht zu machen, ohne an mich selbst zu denken, die waren zum Glück vorbei.

»Hmm«, brummte Papa. »Das ist wohl so.« Ein kleines Lächeln zuckte um seinen Mund, das ich erleichtert erwiderte. Ich habe keinen Kontakt mehr zu Lennart, aber über meinen Vater habe ich erfahren, dass er eine neue Freundin hat. Eine Rechtsanwältin, die er ebenfalls bei der Arbeit kennengelernt hat. Das freut mich für ihn. Ich wünsche mir, dass er so glücklich wird, wie ich es mit Connor bin.

Die Stufen knarzen unter meinen Füßen, als ich vom zweiten Stock aus die schmale Treppe ins Turmzimmer hinaufsteige. Ich betrete den kleinen Raum und fange an zu lächeln, wie immer, wenn ich hier oben ankomme. Diesen Raum habe ich mir als Arbeitszimmer hergerichtet – natürlich mit der Hilfe von Connor, der den Fußboden abgeschliffen und die Fenster abgedichtet hat. Nachdem eine kleine Heizung eingebaut worden war, konnte ich sogar im Winter hier oben an dem Schreibtisch sitzen, den ich auf einem Flohmarkt entdeckt, weiß angestrichen und zu meinem Arbeitsplatz gemacht habe.

Hier, mit diesem wunderbaren Rundumblick auf Chester, ist mein Roman entstanden. Im letzten Sommer, nach meiner Rückkehr nach Chester, habe ich meiner Agentin Julia endlich das generalüberholte Exposé schicken können. Zunächst hatte ich befürchtet, dass sie vielleicht nicht mehr mit mir zusammenarbeiten wollte, weil ich immerhin den Schwager ihrer Cousine kurz vor der Hochzeit hatte sitzen lassen. Doch Julia war zum Glück professionell genug, um dieses private Drama von unserem Arbeitsverhältnis zu trennen – denn, ja, unsere Zusammenarbeit ging weiter – und dieses Mal so richtig, weil Julia meine neue Idee großartig fand und mich möglichst bald um eine Leseprobe bat, damit sie das Projekt diversen Verlagen anbieten konnte. Von da an saß ich so oft wie möglich hier oben vor meinem Laptop, und die Worte, Sätze und Kapitel sprudelten nur so aus mir hervor. Wenn ich an einer Stelle nicht weiterkam, konnte ich jederzeit durch den Ort spazieren, auf der Suche nach neuer Inspiration für meine Geschichte. Oder ich stattete Roy einen Besuch ab und bat ihn, mir mehr über die Bayview Clinic zu erzählen. Als sich Anfang September die ersten Blätter des Ahornbaums hinter dem Haus rot färbten und die Kolibris Richtung Süden aufbrachen, schickte ich eine Leseprobe an Julia. Nur vier Wochen später kam die Nachricht, die mich fast von meinem Schreibtischstuhl fallen ließ: Ein renommierter Verlag mit Sitz in München wollte meinen Roman veröffentlichen!

Da ich vertraglich zusicherte, das Manuskript bis Ende Juni fertig zu haben, nutzte ich die langen Wintermonate also auch zum Schreiben, wobei besonders Connor mal wieder mein Fels in der Brandung war. Wenn ich eine kleine Schreibblockade hatte und plötzlich meinen gesamten Roman schlecht fand, schaffte es niemand so wie er, mir Mut zuzusprechen und mir vor Augen zu führen, dass ich seiner Meinung nach viel Talent besaß. Dass er so sehr an mich glaubte, rührte mich jedes Mal aufs Neue und spornte mich zum Durchhalten an.

Heute ist der 26. Juni, und mein Manuskript ist tatsächlich fertig.

»Lupinensommer«, so heißt mein Roman, den ich weder unter meinem Mädchennamen noch unter Pseudonym veröffentlichen werde, sondern unter »Charlotte Hammond«. Connor ist schon jetzt außer sich vor Stolz, dass sein Nachname auf meinem Roman stehen wird. Auf der ersten Seite habe ich eine Widmung festgehalten:

Für Tante Charlie, ohne die es diesen Roman nicht gäbe.

Zufrieden vor mich hin summend gehe ich auf meinen Schreibtisch zu, um die Zeit, bis mich Connor zur Kajak-Tour abholt, zu nutzen und das Manuskript per E-Mail an den Verlag zu schicken. Im nächsten Augenblick bleibe ich wie angewurzelt stehen: Neben meinem zugeklappten Laptop liegt ein Strauß tiefvioletter Lupinen.

Erstaunt greife ich nach den Blumen, halte sie an meine Nase, inhaliere tief ihren Duft. Nachdenklich betrachte ich das Foto von Tante Charlie, das in einem Rahmen aus Treibholz neben meinem Laptop steht – in genau dem Rahmen, den ich damals im Trödelladen gekauft habe.

Heute vor einem Jahr ist Tante Charlie gestorben. Kaum zu glauben, wie sehr sich mein Leben seitdem verändert hat. Ich frage mich oft, ob Charlie wusste, dass ich hier, in Chester, den Schlüssel zu meinem Glück finden würde. Und zwar nicht nur eine gute Romanidee und ein sonnengelbes Haus. Nein, vor allem frage ich mich, ob sie gewollt hat, dass Connor und ich zueinander finden. Ob es ihr Wunsch war, dass ich mich Hals über Kopf und entgegen aller Vernunft in diesen Mann verliebe, bei dessen Heiratsantrag ich nicht eine Sekunde zögern musste, weil ich mir von ganzem Herzen sicher war, dass wir zueinander gehören – und das, obwohl wir uns erst acht Monate lang kannten, als Connor mich im vergangenen Winter bei einem Schneespaziergang mit der Frage aller Fragen überrascht hat.

Kann das sein? Hat Tante Charlie ihre Finger im Spiel gehabt? Mein Verstand ruft mir jedes Mal, wenn ich mir diese Frage stelle, energisch »Nein!« zu. Aber wer hört schon immer auf seinen Verstand?

Während mein Laptop hochfährt, trete ich mit den Blumen in der Hand an eines der Fenster und sehe hinaus auf den dunkelblauen Atlantik. Hier oben fühle ich mich immer wie ein Leuchtturmwärter, der Ausschau nach Schiffen hält. Als ich das einmal zu Hazel gesagt habe, hat sie mich verblüfft angesehen und bemerkt, dass Tante Charlie das auch immer gesagt habe. Hier oben war auch ihr Lieblingsplatz. Mein Finger fährt sacht über das Silber des Medaillons, das sie hier verloren hat und das ich nun immer trage. Statt des kleinen Schlüssels habe ich allerdings ein Foto von Connor hineingeschoben.

Einen Moment lang überlege ich, ob es wahrscheinlich ist, dass Connor hier heraufgekommen ist und die Lupinen neben meinen Laptop gelegt hat. Er ist seit heute Morgen in der Praxis und sollte erst in einer halben Stunde hier sein, um mich zum Kajakfahren abzuholen. Die Blumen sehen frisch aus.

Erneut betrachte ich das Foto meiner Großtante. Ich könnte schwören, dass sie mir leicht zuzwinkert. Lächelnd drücke ich die Lupinen an mich und sehe wieder hinaus aufs Meer, wo am Horizont ein Segelboot vorbeizieht. Sofort muss ich an die Vollmondnacht am Wochenende denken, als Connor und ich ein paar kostbare Momente zu zweit genossen haben. Wir saßen, in Decken gehüllt, draußen im Garten, lauschten den Grillen, zählten Glühwürmchen, warteten auf Sternschnuppen oder gar Nordlicht. Und dann glaubten wir beide, es deutlich zu sehen, über die Rosenhecken hinweg, weit draußen in der nachtschwarzen Bucht: Ein Leuchten über dem Meer. Wir haben uns angesehen und leise, um den Zauber nicht zu brechen, geflüstert: »Die Teazer!«

Vielleicht war es nur der Schein des aufgehenden Vollmondes. Aber vielleicht auch nicht. Wer weiß das am Ende schon ganz genau?

ENDE

Nachwort und Danksagung

Es gibt viele wunderbare Menschen, denen ich dafür danken möchte, zur Entstehung dieses Romans beigetragen zu haben. An erster Stelle steht jemand, den ich namentlich gar nicht kenne: Es ist der Mann, an dessen Stand auf dem Antiquitätenmarkt im Ort Mahone Bay, Nova Scotia, ich mir im Sommer 2015 eine hölzerne Butterkiste angesehen habe. Er hat mir die Geschichte der »Butterbox Babies« erzählt, die mich seitdem nicht mehr losgelassen hat. Ich begann, mich näher mit dem »Ideal Maternity Home« zu beschäftigen, wie die Klinik für Schwangere in Chester in Wirklichkeit hieß, und auf Grundlage dieser Recherche ist mir schließlich die Idee zu diesem Roman gekommen.

Was den Ort Chester in Nova Scotia angeht, so gibt es dort tatsächlich die Rope Loft mit den Balken der gesunkenen Teazer, ebenso die Tancook Island Ferry und das Chester Health Centre (allerdings ohne Dr. Connor Hammond). Das Mapletree Bed & Breakfast wird man aber ebenso wenig finden wie die Mermaid Boutique und das Smiling Whale Café, die alle meiner Fantasie entsprungen sind. Jedem Glückspilz, der irgendwann einmal die Chance hat, Chester zu erleben, kann ich allerdings empfehlen, das Village Emporium zu besuchen, wo man neben Souvenirs auch zauberhaften Schmuck (mit und ohne Beachglass), tolle Kleider und vielleicht sogar silberfarbene Flip Flops findet. Und wer den Salat mit den kandierten Pekannüssen probieren möchte, der Luise so geschmeckt hat, geht einfach nebenan ins Kiwi Café. Ob dort eine Kellnerin namens Rachel arbeitet, kann ich nicht hundertprozentig sagen. Was es im realen Chester ganz sicher nicht gibt, sind der Leuchtturm und der halbmondförmige Strand, die ebenfalls fiktiv sind – aber wen es tatsächlich einst gab, war ein Hummerfischer namens Harold. Der echte Harold hat im Jahr 1982 an einem See außerhalb von Chester ein Blockhaus für meine Eltern und eine befreundete Familie gebaut. Deshalb geht ein besonders großes Dankeschön an ihn und seinen Schwiegersohn Martin, der beim Bau geholfen hat – und an Harolds Tochter Angela, die mir das Buch »Butterbox Babies« von Bette L. Cahill zu Recherchezwecken geschenkt hat. Natürlich möchte ich auch von Herzen meinen Eltern dafür danken, dass sie ihren kanadischen Traum gelebt haben. Ohne die langen Sommer in Kanada hätte ich vielleicht nie zum Schreiben gefunden.

Meine Autorinnen-Kollegin Michaela Grünig hat mir glücklicherweise den Kontakt zu ihrer Agentin vermittelt – Michi, tausend Dank! Ein ebenso großes Dankeschön geht an diese Agentin, die ich inzwischen auch meine Agentin nennen darf, nämlich an Cornelia Heindl von der Agentur Gerald Drews. Die Zusammenarbeit mit meiner Lektorin Michelle Stöger vom Heyne Verlag war eine große Freude – vielen Dank für die Verbesserungsvorschläge und neuen Ideen rund um Lotte und Connor! Diana Mantel hat als Redakteurin aus diesem Manuskript mit viel Liebe zum Detail das Beste herausgekitzelt. Danke, Diana!

Die Inspiration zu Sophies Geschäftsidee hat meine liebe Freundin Kim Lansink geliefert, die in Florenz für ihr Label »Mixingmania« handgemalte Muster auf Baby-Klamotten zaubert. Grazie, Kim!

Meinen Töchtern Emilia und Matilda möchte ich dafür danken, dass sie mich manchmal in Ruhe am Manuskript haben arbeiten lassen – zumindest abends, wenn sie im Bett waren. Ich liebe euch von ganzem Herzen. Und, last, but not least: Vielen Dank, Marco, für dein offenes Ohr, wenn ich mal wieder den Glauben an diesen Roman verloren habe. Du bist mein Fels in der Brandung. Ti amo di tutto cuore.

Hazels
Lemon Meringue Pie

Für den Teig nehme ich:
175 g Mehl
100 g kalte Margarine
1 EL Puderzucker
1 Eigelb
1 – 2 EL sehr kaltes Wasser
(am besten aufgetaute
Eiswürfel)

Schließlich für das Baiser:
4 Eiweiß
4 gehäufte EL Zucker

Und für die Zitronenfüllung:
2 EL Speisestärke
125 g feinen Zucker
abgeriebene Schale zweier
Bio-Zitronen
ausgepressten Saft zweier
Zitronen
ausgepressten Saft zweier
Orangen
85 g Butter, in Stückchen
1 Ei
3 Eigelb

Mehl, Margarine und Puderzucker vermenge ich mit einer Gabel zu einer krümeligen Masse, gebe dann Eigelb und kaltes Wasser hinzu und knete, bis ein geschmeidiger Teig entsteht. Den Teig rolle ich zwischen zwei Schichten Frischhaltefolie aus und kleide eine gefettete Pie-Form (24 cm Durchmesser) damit aus, wobei ich einen etwa 2 cm hohen Rand forme. Den Teig decke ich mit Alufolie ab und stelle ihn für ein bis zwei Stunden in den Kühlschrank.

Anschließend schütte ich getrocknete Erbsen oder Linsen auf die Alufolie (alternativ kann man auch einen schweren Topf darauf stellen), damit der Teig beim Backen in der Form bleibt und nicht hochgeht. Nun muss der Boden 15 Minuten lang im vorgeheizten Backofen bei 200 Grad (Ober- und Unterhitze) auf der mittleren Schiene blindgebacken werden. Dann entferne ich Hülsenfrüchte und Folie und backe den Boden weitere 5 bis 10 Minuten, bis er hellbraun wird und aus dem Ofen genommen werden kann, um leicht abzukühlen.

Während der Boden im Ofen ist, gebe ich Speisestärke, Zucker und Zitronenschale in einen Topf, um die Füllung zuzubereiten. Zitronen- und Orangensaft fülle ich mit Wasser bis auf 325 ml auf und gieße die Flüssigkeit langsam in den Topf, vermenge alles gründlich und lasse die Mischung unter ständigem Rühren aufkochen. Dann nehme ich den Topf vom Herd und rühre die Butterstückchen unter. Eigelb und Ei verquirle ich und vermenge das Ganze mit der Zitronenmasse, bevor ich den Topf zurück auf den Herd stelle und die Creme bei geringer Hitze unter ständigem Rühren weiter erhitze, bis sie glatt ist und eindickt. Nun kann die Zitronencreme auf den Teig gegossen werden.

Für das Baiser schlage ich den Eischnee mit Zucker in einer fettfreien Schüssel sehr steif. Das Baiser streiche ich vom Rand aus zur Mitte auf die Zitronencreme. Jetzt regele ich den Backofen auf 170 Grad zurück und backe den Pie noch einmal 15 bis 20 Minuten, bis das Baiser leicht hellbraun ist.

Viel Spaß beim Backen und dann: guten Appetit!
Deine Hazel

Emma Sternberg

Linn erwischt ihren Verlobten in flagranti. Aber dann
erfährt sie, dass sie geerbt hat – und findet sich in einem
Haus in den mondänen Hamptons wieder, direkt
am Meer. Die Bewohner, fünf lebenslustige Senioren,
wachsen Linn bald ans Herz ...

978-3-453-42163-9

Leseprobe unter **www.heyne.de**

Nora Roberts

»Die Königin des Liebesromans« *Süddeutsche Zeitung*

978-3-453-42144-8

Die Garten-Eden-Trilogie:

Blüte der Tage
978-3-453-40034-4

Dunkle Rosen
978-3-453-49015-4

Rote Lilien
978-3-453-49014-7

Die Quinn-Familiensaga:

Tief im Herzen
978-3-453-41930-8

Gezeiten der Liebe
978-3-453-41931-5

Hafen der Träume
978-3-453-41932-2

Ufer der Hoffnung
978-3-453-41933-9

Eine Auswahl:

Rückkehr nach River's End
978-3-453-40850-0

Lilien im Sommerwind
978-3-453-40993-4

Verlorene Liebe
978-3-453-40945-3

Tödliche Flammen
978-3-453-41777-9

Gefährliche Verstrickung
978-3-453-41875-2

Erinnerung des Herzens
978-3-453-42144-8

Leseproben unter **www.heyne.de**